Johannes Tralow

Malchatun

Roman

Rowohlt

Veröffentlicht im Rowohlt Taschenbuch Verlag GmbH
Reinbek bei Hamburg, November 1996
Copyright © 1963 by Verlag der Nation Berlin
Umschlaggestaltung Susanne Heeder
(Foto: Archiv für Kunst und Geschichte/
Eugène Delacroix: «Marokkanische Familie», 1833)
Druck und Bindung Clausen & Bosse, Leck
Printed in Germany
1690-ISBN 3 499 13981 2

Erstes Buch

I

Viele Jahrhunderte hatte Kleinasien unter der Hand Ostroms geblüht, unter der Herrschaft griechisch-byzantinischer Kaiser in der Welthauptstadt Konstantinopel.

Dieses Kleinasien, das weite und hohe Land zwischen den Meeren – dem Schwarzen oder dem Pontus im Norden, dem Mittelländischen im Süden und der Propontis mit dem Bosporus im Westen –, dieses Anatolien hatte stets einer festen Hand bedurft. Immer hatte die Gefahr bestanden, daß Völkermassen über den Euphrat hinweg bis zum bithynischen Westen vordringen. Schicksalsland Bithynien im weiten Anatolien, nun armes Grenzland mit dem Halbrund deiner Gebirge, deinem Olymp, dem Tumanidsch, dem Ermeni! Auch beim letzten Überfall hatte die gestaute Völkerflut nur noch den zerstäubenden Gischt ihrer Brandung an die Berghänge hinaufschleudern können. Eingesikkert war er jetzt, eingesogen und verwandelt.

Der mongolische Aufbruch war der Beginn einer weltweiten Unrast gewesen. Das Reich aller Menschen hatte erstehen wollen, doch dieses Wollen hatte zuletzt nichts als Zerstörung hervorgebracht.

Zuerst die Türken. Hirten waren sie und Stammesverwandte der Mongolen. Aus den Ebenen zwischen dem Kaspischen Meer und um den Aralsee herum hatten sie sich westwärts gewandt, hatten die bithynischen Berge erreicht und mit der Hauptstadt Ikonium oder Konia das Kaiserreich der seldschukischen Türken über nahezu ganz Anatolien errichtet. Sultane nannten sich die Prinzen des Hauses Seldschuks, Padischah war der Titel des regierenden Sultans und Kaisers – ihre Religion war die des Islams. – Nur der kleine Teil jenseits der Berge war dem christlichen Byzanz vom ganzen Anatolien übriggeblieben, nicht viel mehr als ein Küstenstrich, in seinen Grenzen von Konstantinopel aus zu übersehen.

Zwei Kaiser statt einem hatte es nun zwischen den Meeren gegeben: den christlich-byzantinischen Basileus, den Großkönig und göttlichsten Kaiser in Konstantinopel, einen Monarchen mit übermenschlichem Anspruch – und in Kleinasien den mohammedanischen Padischah in Ikonium, etwas neuer in seiner Würde, dafür aber tolerant. Viele griechische Archonten auf seldschukischem Gebiet hatten bei rechtzeitiger Unterwerfung ihre Städte und Herrschaften behalten. Alle aber – griechische Christen oder türkische Mohammedaner – huldigten dem Padischah, und der Unterschied in der Religion bedeutete nur noch wenig. Eigentlich neu war das Erscheinen einiger türkischer Horden, die dem Hirtenleben nicht hatten entsagen mögen. Ihnen waren die grasreichen Hänge des Tumanidsch und Olymp als Weidegründe überlassen.

An diesen Zuständen änderte die zweite, die mongolische, Eroberungswelle nichts.

Die Mongolen, ebenso gierig nach dem goldenen Westen

wie vor ihnen die Türken, hatten dann Persien erobert und in Täbris unter einem Ilkhan – dem dritten und weitaus mächtigsten Kaiser auf diesem Schauplatz – ein großes Reich gegründet. Anatolien hatten sie dabei nicht vergessen. Auch die Mongolen waren vor den bithynischen Bergen erschienen.

Doch hatten sie den Seldschukenstaat unter ihrer Oberhoheit bestehen lassen, und so lasteten nun zwei Kaiser über dem Land: der Schattenkaiser in Ikonium und der Ilkhan in Täbris, der nichts dagegen hatte, wenn die seldschukischen Lehensträger bis hinunter zu den Herren einer einzigen Stadt sich um die letzten Fetzen einer vergangenen Herrlichkeit balgten.

Arm wie sein Padischah war das einst so blühende Anatolien. Was die Seldschuken verschont, hatten die Mongolen vernichtet. Zumal Bithynien, die frühere Kornkammer von Byzanz, war in diesem dreizehnten Jahrhundert zur skythischen Steppe und aus einem Lande griechischer Kultur zu einem Mehrsprachenland geworden. Fast alles hatte zwei Namen und zuweilen drei: einen griechischen, einen türkischen und, wenn es sich um die verehrten Lehrer des Islams handelte, auch einen arabischen.

Was den weitgereisten islamischen Gelehrten Edebali aus Adana veranlaßt haben mochte, sich im Dorfe Itburni bei Eskischehr niederzulassen, schien für immer ein Geheimnis zwischen ihm und dem Stadtherrn Aristides Kontophres bleiben zu wollen.

Das Verhältnis zwischen den beiden Männern war eher ein freundschaftliches als eines zwischen dem Stadtherrn und einem Schutzgenossen. Der Umstand, daß Edebali rechtgläubiger Mohammedaner, die Familie Kontophres griechisch und christlich war, hatte daran nichts ändern können. Es war sogar mehr Edebali, der als Priester der Sultansreligion Toleranz übte. Der berühmte Meister der Koranexegese hätte ebensogut nach Adana oder nach Syrien, wo er seine Studien beendet hatte, zurückgehen können; aber auch in Ägypten oder jedem anderen Lande des Islams wäre er einer ehrenvollen Aufnahme sicher gewesen. Das gleiche konnte Kontophres von sich nicht behaupten.

Er mußte bleiben, wo er war, oder untergehen, und so konnte die Freundschaft eines Mannes wie Edebali für ihn recht wichtig werden. Sie war es schon jetzt, weil Kontophres durch sie den Anschluß an einen andern großen Mann des Islams in diesem Land gewann. Dieser andere war Ertoghrul, der Scheich eines türkischen Hirtenstammes, der zugleich von der Ikonischen Pforte mit der Grenzhut gegen Byzanz betraut war.

Jeder der beiden bedeutenden Männer stand im achten Jahrzehnt seines Lebens, und beide hatten sie junge Kinder – Edebali seine Tochter Malchatun und Ertoghrul seinen Sohn Osman.

Auch darin glichen sie sich, daß der Geburt des jungen Mannes und der des Mädchens in beiden Fällen ungewöhnliche Ereignisse vorangegangen waren und die jungen Leute sich aus diesem Grunde einer Beachtung erfreuten, die nicht allein den Vätern galt. Seit ihrer Geburt schon hatten sie aufgehört, ausschließlich ihrer Väter Kinder zu sein. In Wahrheit gehörten sie dem ganzen Land und dem ganzen Volk.

Nur der Zufall und Edebalis Ruf eines heiligen Mannes hatten vor nun bald siebenundzwanzig Jahren den Häuptling Ertoghrul zur Nacht in das Haus des Gelehrten geführt.

Nachdem sich alle zur Ruhe begeben hatten, war Ertoghrul, der Krieger und Stammesführer, allein wach geblieben und hatte, ehrfurchtsvoll stehend, die ganze Nacht den Koran gelesen.

Erst gegen Morgen hatte auch er sich niedergelegt. Und in dieser Zeit wahrhaftiger Träume war ihm Allahs Engel erschienen: «Dieweil du mein von Ewigkeit bestehendes Wort geehrt hast», hatte das Traumbild verkündet, «sollen hochgeehrt sein deine Kinder und Kindeskinder durch alle Geschlechter und Zeiten.»

Und nach Ertoghruls Rückkehr zu seinen Zelten hatte

ihm eine junge Sklavin mit dem Ablauf der natürlichen Frist einen Sohn geschenkt ... So jedenfalls lautete die Geschichte von Osmans Geburt, um dessen Bevorzugung durch den Vater und vor den älteren Brüdern zu erklären.

War aber im Falle Ertoghruls gewissermaßen dessen Sohn Osman die Ursache einer engeren Beziehung zu Edebali gewesen, so hatte Malchatuns Mutter in gleicher Weise den gelehrten Mann mit dem christlichen Kontophres verbunden.

Blonde Menschen gab es genug – ob sie nun zur Nachkommenschaft nordischer Kreuzritter oder zu sonstwem gehörten. Hierüber freilich konnte man bei Malchatuns Mutter nichts sagen, weil sie ein Findling gewesen war.

Was sie zu dem bedeutend älteren Edebali und dem Islam hingezogen hatte, darüber gab es so viele Berichte, wie es Leute gab, die sich es zu wissen rühmten. Nicht zu bezweifeln war hingegen, daß sie eines Tages von Eskischehr, wo sie als Herrenkind und im Schloß aufgewachsen war, sich nach Itburni begeben und dort Edebali nach mohammedanischem Ritus geheiratet hatte.

Deswegen war jedoch auch in der Folge an gegenseitigen Besuchen und Botschaften zwischen Itburni und Eskischehr kein Mangel gewesen – bis die junge Frau dann bei der Geburt ihrer Tochter Malchatun gestorben war.

Obwohl ein Schüler Edebalis, war Osman nie mit Malchatun zusammengetroffen. Sein Ruf war nicht danach. Auch jetzt, zur Zeit der Fasten des Ramadan, fand er bei seiner Einkehr wie immer nur seinen Lehrer vor. Sie saßen lange. Längst hatten mit dem Einbruch des Abends die zu dieser Festzeit schicklichen Stunden des Essens, der Lauten und der Märchen angehoben. Nur Lehrer und Schüler waren noch in Gesprächen beieinander, ohne Mahl, ohne Licht und ohne der Nacht, die sie umgeben hatte, gewahr zu werden.

Niemand dachte im Trubel der frohen Stunden an Edebali. Nur Malchatun vermißte den Vater, der nach ihrem Vermeinen in einem Zustand der Versunkenheit der Zeiten vergessen habe, und um den Dienern die erlaubten Freuden nicht zu kürzen, ging sie selbst mit einer Lampe und einem Mahl in das väterliche Gemach.

Wie ein Erwachen kam es bei ihrem Eintritt über Edebali und den jungen Osman. Mit keiner anderen Beleuchtung als der des zunehmenden Mondes hatten beide auf dem Teppich gesessen, und während Osman nun aufsprang, stellte Malchatun von ihrem Tragbrett die Lampe, die Schüssel saurer Bohnen, die flachen Brotfladen und das festliche Zuckerwerk in die Mitte. Mit einem Schweben ihrer schlanken Hände bedeutete sie dem Gast, ebenfalls zuzulangen, da er gewiß nicht weniger hungrig sei als sein Lehrer.

Und der junge Mann sei Ertoghruls Sohn Osman, erklärte ihr der Vater.

Osman aber staunte sie immer nur völlig verloren an. – Plötzlich und ohne Übergänge durchdrang ihr Bild sein Gemüt. Es blieb in ihm stehen. Unverrückbar bis an seines Lebens Ende.

Blauäugig und blond war Malchatuns Mutter gewesen – soviel wußte man. Ihr Vater aber war ein Araber aus Syrien. Dieser eigenwillige und hagere Greis mit der feinen, ganz leicht gebogenen Nase, dem gepreßten und doch vollippigen Mund und den dunkelglühenden Augen war schwer zu deuten. Vielleicht hatte gerade sein großer Gegensatz zu der hellen und heiteren Gattin diesen Mann und jene Frau einst um so inniger vereint. Denn daß Malchatun das Kind einer großen Liebe sei, ließ die langjährige beharrliche Trauer vermuten, die Edebali dem Andenken der Verstorbenen geweiht, und die leidenschaftliche Zuneigung, die er von ihr auf die Tochter übertragen hatte, auf sie, die als schön galt.

Von dem Ebenmaß einer griechischen Statue war freilich wenig an der schönen Malchatun zu finden. Mühsam gebändigt, legte sich ihr natürliches Gelock als Geflecht in den Nacken. Tieren glichen diese Flechten, deren ins Dunklere und Kupfrige spielender metallischer Goldglanz mehr an Funken und Feuersbrunst als an heitere Helle denken ließ. Das Erbteil des Vaters war ihre schmalrückige Nase, während der Mund eindeutiger Menschliches zugab. Ihre Augen aber, diese dunkelbewimperten Augen unter den breiten Brauen und einer hohen Stirn, waren von einem klaren, strahlenden Blau.

Ein weitärmeliges silbergraues Gewand umhüllte Malchatun wie fast stets so auch jetzt an diesem Abend. Oben war ein Stück weißen Hemdes, unten eins ebensolcher Hosen zu sehen. Leichte Ledersandalen schützten die bloßen schmalen Füße.

Was aber den jungen Osman so sehr erschütterte, waren wohl nicht die Einzelheiten ihrer Kleidung und ihres Leibes.

Gewöhnt an derbere Frauen, die sich trefflich auf Melken und die Zubereitung von Käse und Schnaps verstanden, war er hier zum ersten Male hilflos einem Mädchen ausgeliefert, das nicht nur durch ihr Äußeres bezwang, sondern auch in der Anmut ihrer Bewegungen, in Wort und Haltung Zug um Zug jenen arabischen Damen zu vergleichen war, von deren männerbeherrschendem Selbstbewußtsein schon vor bald siebenhundert Jahren der Prophet sich gelegentlich hatte überzeugen müssen.

Mekkas Damen waren keine weltfernen Geschöpfe. Nicht nur auf den Schmuck und den Glanz des Irdischen verstanden sie sich, sondern auch auf dieses Irdische selbst. Sie sandten wie die erste Gattin des Propheten ihre Karawanen aus und verwalteten ihre Ländereien gleich Männern.

Und es sei ein Streit zwischen ihrem Vater und ihm, erkühnte sich Osman nun, das Mädchen zurückzuhalten, und ob die Tochter seines verehrten Lehrers den Streit nicht schlichten wolle?

«Ein Fetwa? Ein religiöses Gutachten?» war ihre Gegenfrage. «Der gelehrte Scheich und sein Schüler wollen ein Fetwa von mir, einer unbelehrten Frau?»

Diese kleine ironische Koketterie galt freilich mehr dem

Vater als dem jungen Manne; aber wenn Malchatun – was sich schon ihrer ärztlichen Kunst wegen nicht vermeiden ließ – mit andern Männern zusammentraf, fühlte sich Edebali immer beeinträchtigt. So kam ihm denn eine Bemerkung, die er sonst heiter belächelt hätte, sehr gelegen, sich zu kränken. Ein Fetwa solle für jedermann heilig sein. Es abzugeben komme nur einem unbestrittenen, berühmten Meister der Gotteslehre zu – etwa ihm selbst.

«Du bist nicht unwissend, mein Kind», tadelte er sie durch Sachlichkeit und stellte zugleich den Gegenstand der Unterhaltung als so belanglos wie nur möglich hin. «Auch weichen wir, Osman und ich, im Grunde nur um ein Geringes voneinander ab.»

Aber Kara Osman, der «Schwarze Knochenbrecher», der wegen seiner Haare und dunklen Augen so hieß, zeigte durchaus nicht den Takt, den Edebali erwartet hatte. Osman ließ das eben angebahnte Gespräch nicht einfach wieder fallen. Bei seiner Jugend war ihm noch nicht der volle Strom seines Bartes vergönnt, und so konnte er nur seinen Schnurrbart streichen, was mehr als einmal geschah, während er seinen Fall mit allen Einzelheiten Malchatun vortrug.

Es war immer noch die alte Geschichte vom wilden Matthäos Botoniates.

Soweit von einer Grenze gesprochen werden konnte, saß der Christ Botoniates jenseits von dieser Grenze im byzantinischen Gebiet. Aber wenn es auch einmal keinen seldschukischen Kaiser in Ikonium mehr geben sollte, pflegte er zu sagen, und selbst keinen byzantinischen Kaiser in Konstantinopel, so sei und bleibe er der Kaiser von Angelokoma, der Engelsburg unfern des spiegelnden Sees, den die Gottverfluchten zum Anlaß nehmen, sein ehrbares und festes Haus in ihrer schweinischen türkischen Sprache Ainegöl zu benennen: Spiegelsee.

Es lag nahe, die fehlenden Hammel und Rinder der Ertoghruler in den Ställen eines solchen Mannes zu vermuten, und Osman war entschlossen gewesen, mehr noch den

Hohn als den Verlust durch einen plötzlichen Überfall auf Ainegöl zu rächen. Doch sein Vater Ertoghrul hatte nach den Beweisen gefragt, und da hatte Osman keine gehabt. Erst einem Worte des Priesters Edebali war Osmans Vater zu weichen gewillt; aber dieses Wort war von Edebali verweigert worden. Was hatte Malchatun nun zu sagen?

«Der Koran widerspricht dir, o Osman», sagte sie. «Vor dem Sturm ist der Belagerte zur friedlichen Übergabe aufzufordern. So befiehlt Allah durch seinen Propheten.»

Freiwillig lasse der Matthäos Botoniates niemals seine Burg durchsuchen, war Osmans Antwort, nur durch einen Handstreich sei das zu erlangen.

«Vergiß nicht, Osman, der du ein gutes Gewissen so gering anschlägst: Ein Ruf als frommer und gerechter Mann kann dir auch einmal Nutzen bringen, wie er ihn deinem Vater gebracht hat.» – Ganz wie zu einem trotzigen, aber gutherzigen Kinde sprach sie. –

«Einen ungerechten Nachteil aber abzuwehren», war ihre weitere Entscheidung, «verbietet der Koran dir nicht. Lasse den Botoniates bespähen.»

Er könne nicht Tag und Nacht, grollte Osman dawider, gegen den Strolch streifen lassen!

«Du hast das kaiserliche Diplom und kannst weiden lassen», entgegnete sie ihm. «Es wird doch irgendwo in der Nähe von Ainegöl ein Wasser geben, wo du zum Schutz der Herde einen Turm aufstellen kannst?»

«Das Weiden ist uns erlaubt, nicht, Mauern zu errichten.»

Als Malchatuns Antwort kam ein feines Lächeln.

«Ich sprach nicht von Mauern», dehnte sie dann die Silben. «Du läßt Balken zerschneiden und kommst mit allem, was zum Bau gehört, nachts an den Ort. Ehe der Morgen graut, wirst du deinen Turm schon mit wenigen Leuten verteidigen können, deinen hölzernen Turm, deinen Tschardak, der kein Mauerwerk ist, und tags mit Fahnen, nachts mit Feuerbränden werden deine Reiter dir weithin berichten, was in Ainegöl vorgeht.»

Osman verschlug es zuerst die Rede.

«O Kadin, meine Herrin, du hast recht!» entfuhr es ihm dann. «Tochter meines Lehrers, ich hätte nie geglaubt, daß es Frauen gebe, die so klug sind wie du, Malchatun.»

Nicht lange danach warb Osman um das Mädchen, erhielt aber eine abschlägige Antwort. Ihn dünke seine Tochter, erklärte Edebali, für den Sohn eines Stammesfürsten von zu bescheidener Herkunft. Nun war aber Edebali nicht nur ein berühmter Mann, sondern seiner Abstammung nach ein Koreischite, also von arabischem Adel, dem stolzesten und hochmütigsten der Erde. Es war nicht wahrscheinlich, daß er seine Tochter für zu gering halte.

Ertoghrul umgürtete sich also mit dem ganzen Stolz der Steppe, und ein Gebot ging von ihm aus im Namen der Ahnen, daß sein Sohn Osman dem Mädchen Malchatun zu entsagen habe.

Doch er selbst und Edebali blieben Freunde.

II

Vom Tumanidsch kam ein Wind.

Die Blüten und Gräser verneigten sich nach Osten und Süden und richteten sich in der Freude ihres Seins unermüdlich wieder auf, um sich ebenso unermüdlich wieder zu neigen. Kaum ein Stäubchen kränkte ihr Grün oder Rot oder Weiß, über das die stolzen Schwertlilien in Blau emporschossen. Fruchtbar war die Erde am Flusse Pursuk. Blumen und Gräser siegten über den Staub, über Staub und Asche der Stadt Doryläum in Bithynien, die man in letzter Zeit immer mehr auf türkisch Eskischehr zu nennen begann, und jetzt, 1282 nach der Geburt Christi, war auch wirklich nicht mehr viel übrig, was sich gelohnt hätte, dieser Trümmerstätte den Namen des einst so hochberühmten Doryläum zu geben.

In der Hauptsache bewohnten Schafe Eskischehr, die Ziegen nicht zu vergessen, die sich, wenn die Gelegenheit es zuließ, sogar noch vom First eines alten Tempels das Gras herunterholten. Die Menschen aber hausten in den Resten der Ruinen, die sie mit Notmauern und Brettern bettelhaft zusammengeflickt hatten, falls sie nicht den Zelten, den Sinnbildern ihrer eigenen Unruhe und ihres gefährdeten Daseins, vor solchen armseligen Unterkünften den Vorzug gaben.

Da sich das Land seit langem im Zustand eines beständigen Kleinkrieges befand, so fehlte es den Ruinenstädten keineswegs an Wehrgängen und Mauern.

Nur den besiedelten Teil der ehemals weitläufigen Stadt umschloß die Wehrmauer von Eskischehr, aus der mehr als Festung und Burg denn als Palas der Herrensitz gegen Westen emporwuchs. Unter seinem Schutz, aber außerhalb der Mauer, lag der Platz, auf dem gemäß einem kaiserlichen Diplom des Sultans von Ikonium zweimal im Jahr Markt abgehalten werden durfte. Dann wimmelte es dort von Zelten und Buden. Die berühmten Eskischehrer Zinnarbeiten wurden feilgeboten, und die sauer eingemachten Weinbeeren sowie die knoblauchduftenden Knackwürste Sögüds fehlten ebensowenig wie die weißen Filzhauben Biledschiks und andere Erzeugnisse der näheren Umgebung, während die Fremden mehr mit denen einer entfernteren Herkunft auf die vorbeidrängende Menge Eindruck zu machen suchte.

So war es an Markttagen. Doch obwohl heute kein Markt abgehalten wurde, so war der Platz nicht menschenleer: Die Herrentochter von Eskischehr heiratete den jüngeren der beiden letzten Männer aus dem Geschlechte der Asanes, nämlich David Asanes oder Kir David, wie die Griechen ihren Herrn zu nennen pflegten. Jedenfalls bedeutete diese Hochzeit nicht nur einen, sondern mehrere Festtage für die Stadt, wozu auch das Warten der Leute auf Braut und Bräutigam und einen lieben Gast gehörte. Denn bereits am Tage zuvor war die junge Braut mit ihrem David und dessen Vater nach dem Dorfe Itburni geritten, um von dort ihre beste Freundin und Jugendgespielin, des mohammedanischen Gelehrten Edebali schöne Tochter Malchatun, nach Eskischehr einzuholen.

Dem erwähnten Vetter des Bräutigams, Kir Salmenikos Asanes auf Biledschik, hatte es stets widerstrebt, nichts als ein Krautjunker und Heckenreiter zu sein. Er kannte als Christ den Hof in Konstantinopel und in seiner Eigenschaft als Lehensträger der Hohen Pforte von Ikonium den des Sultan-Kaisers noch besser. Darum hatte es auch nicht ausbleiben können, daß der hochgewachsene, wohlgestaltete Mann im ganzen Land als ein Muster der Eleganz und des guten Tones angesehen wurde.

Dieser Mann dachte im Reiten etwas, was er nicht laut auszusprechen klug genug war. Malchatun sei doch die einzige wirkliche Dame in dieser finsteren Gegend, dachte er nämlich, wobei er seiner Verwandtschaft mit dem noch ganz knabenhaften David zum Trotz dessen Braut einfach übersah. Und Apollonia Kontophres, die Tochter des Kir Aristides Kontophres von Eskischehr, war doch keineswegs häßlich. Ein zierliches brünettes Mädchen war sie, das sich durchaus gewillt zeigte, ihre Vorzüge ins Licht zu stellen. Schon zum dritten Male hatte sie der Autorität des eleganten Salmenikos unterbreitet, daß ihr Gewand aus Konstantinopel stamme, und tatsächlich strahlte sie in dem reich verzierten Überwurf ihrer Großmutter so viel Glanz aus, wie man füglich von ihr nur erwarten durfte. Unter ihrem blauen Kleidsaum ließ sie auch noch gelbe Schaftstiefel sehen, den Mund aber trug sie nach Sitte byzantinischer Damen durch einen Schleier aus hauchfeinem Byssus verhüllt, ohne damit etwa ein Schweigegebot auf sich zu nehmen. Auch legte sich dieser Byssus nach hinten hinauf noch über die Haare, um von oben über die Stirn zu fallen. Allerliebst sah das aus. Die leichte Verhüllung entbehrte für Männer nicht der Verlockung.

Eines Gesichtsschleiers bediente sich ihre Freundin Malchatun ebenfalls, und mehr aus dem gleichen Grund wie die christliche Apollonia als mit Rücksicht auf den großen Lehrer des Islam, ihren Vater Edebali. Viele mohammedanische Glaubensgenossinnen des Mädchens waren Landfrauen oder gar Türkinnen, und gerade die erklärten in ihrer ererbten Selbstherrlichkeit den Schleier als einen Fummel, der sie beim Melken und Warten der Tiere nur störe: Der Prophet in allen Ehren, aber der habe nicht gemolken!

Diese Frauen waren nicht unfromm; aber der Prophet hatte es schon mit seinen eigenen Frauen schwer genug gehabt, und ein Städter war er auch gewesen. Seine Vorschrift der Verschleierung gehörte darum auch zu denen, die seine Lehre seit nun bald siebenhundert Jahren niemals überall hatte durchsetzen können. In Byzanz dagegen hatte kein Mann und kein Prophet jemals für den Schleier einen Finger gerührt, und so wurde er dort ganz widerspruchslos getragen.

Von Malchatuns Gesicht gab deren Verhüllung allerdings wirklich nur die blauen Augen und den schmalen Nasenrücken frei. Sonst war das Mädchen vom Scheitel bis zum gebleichten Kalbleder ihrer Schuhe in einen dunkelblauen schmucklosen Kapuzenmantel gehüllt.

Vielleicht war es der Reiterin Haltung, die dem Salmenikos jene Meinung eingegeben hatte, ihm, dessen Gedanken in letzter Zeit immer mehr um Malchatun kreisten. Zuerst hatte er gar nicht so sehr darauf geachtet, bis er sich dann plötzlich seines Zustandes bewußt geworden war. Und das war gewesen, als die Umstände ihm eine Heirat mit der Erbin von Eskischehr nahegelegt hatten. Allen scheinbar zwingenden Gründen zum Trotz hatte er sich nicht zu dieser Heirat entschließen können und war lieber der Hochzeitsstifter zwischen Apollonia und dem noch sehr jugendlichen Bräutigam geworden. Möge der David mit seiner Pollizza glücklich werden, dachte er ... Pollizza ... so wurde Apollonia zumeist genannt, aber unmöglich sei es ihm, eine Frau zu haben, die Pollizza heiße!

«Daß wir dich nur wiederhaben!» schmachtete Pollizza ihre Freundin Malchatun gerade an – und nicht einmal ganz ohne Grund. Denn viele Monate war die junge Ärztin

Malchatun – und sie war eine – bei dem großen Rabbi-Arzt in Satalia gewesen.

Und auch die Frage war nicht unbegründet, die von Pollizza unfehlbar gekichert werden mußte: «Hatte dich dein Osman vertrieben?»

Die Annahme lag tatsächlich nahe, daß Malchatuns Reise eine Flucht gewesen sei, durch die sie sich der peinlich gewordenen Werbung dieses Türken Osman habe entziehen wollen.

«Was hättest du auch noch von einem alten Arzt zu lernen gehabt?» drang Apollonia weiter in sie. «Die Kranken glauben an dich. Das genügt.»

Nun endlich vernahm Salmenikos den so erregend tiefen und vollen Klang von Malchatuns Stimme: «Wir wissen immer zuwenig, Pollizza, aber wenn wir nicht wenigstens das wissen, was wir zu lernen Gelegenheit hatten, dann betrügen wir.»

Nein, von Malchatun erfuhren weder Apollonia noch sonst jemand das Geringste über den jungen Sohn des alten Türkenhäuptlings Ertoghrul. Es war dieser Osman selbst gewesen, der sich – höchst unschicklicherweise, wie vor allem die Männer des Islams meinten – in seiner Leidenschaft allen möglichen Leuten anvertraut hatte. Auch dem Salmenikos.

Wie ein Schlag war es dem feinen Mann gewesen, und nur die Erwägung, wie lächerlich so ein Türkenbengel sich mit seiner Verliebtheit mache, hatte den Zorn über das, was ihn Frechheit dünkte, gemildert. Dennoch fand der Mann mit den gepflegten Sitten, daß jedes Geschwätz über ein Wesen, das er, Salmenikos Asanes, noch soeben in seinen Gedanken die einzige Dame genannt habe, eine Entweihung sei.

Eine Weile hörte man nichts als das Klirren der Zaumketten, Ledergeknirsch und das dumpfe Pumpern der Hufe. Der letzte Regen war vor Wochen gefallen, und um dem Staub zu entgehen, ritten, indes die Knechte folgten, die Mädchen mit ihren Kavalieren voran.

Jetzt bog der Trupp in das Wegende ein, und nun lag vor den Reitenden das Schloß, an dessen Wiege die Wehrhaftigkeit und nicht die Schönheit gestanden hatte. Säulen, Statuen, Gesimse zusammengestürzter Paläste und Tempel waren je nach ihrer Tauglichkeit mit anderen Steinhaufen vermauert worden, und so wirkte das Schloß nur wie aufgeschichtete Würfel und eine massige Drohung, die durch das edle Material in keiner Weise gemildert wurde. Unheimlich nahe stand die Burg dem gestaltlosen Chaos.

Mit Glückwünschen setzten sich nun auch die Wartenden – Gäste und Volk – in Bewegung, und bald waren die Reiter umringt. Weder Dank noch Zuruf blieb die fröhliche Braut den Hintersassen ihres Vaters schuldig, und während sie zugleich mit den Frauen des halben Adels von Bithynien Umarmung und Küsse tauschte, ermunterte sie ihren knabenhaften Künftigen, seine Schüchternheit zu überwinden.

Kaum weniger lebhaft wurde Malchatun begrüßt.

Sie gehörte zum Hause Kontophres, in dem ihre Mutter wie eine Tochter aufgewachsen war. Sie gehörte zu Eskischehr, dem sie und ihre Familie einen Glanz gaben, und sie gehörte mehr als je dem Land. Denn nach dem unlängst erfolgten Tod des berühmten Arztes, ihres Onkels, war Malchatun als dessen Schülerin die letzte Hoffnung der Kranken geworden, ja, es hieß, sie habe aus diesem Grund ihren Aufenthalt in Satalia verkürzt.

Als nun ein halbwüchsiger Junge voll Angst auf sie einschrie, wurde sie ernst, und nach einigen Fragen befahl sie, aus ihrem Gepäck einen schweren Kasten zu holen, mit dem sich der Junge belud.

Ob Malchatun denn nicht erst mit in die Stadt und zum Schloß wolle, um den Vater, den alten Kontophres, zu begrüßen? fragte Apollonia.

«Kindbettfieber», antwortete Malchatun aber nur, und das Haus der Kranken liege ja ganz in der Nähe.

In diesem Augenblick mischte Kir Salmenikos sich ein und ordnete, wie es seine Art war, seine Begleitung mehr an, als daß er sie anbot. Jeden Einspruch wies er leichthin zurück, auch den Malchatuns, der ohnehin nur schwach war, und während die Menge den beiden Hochzeitern einen festlichen Einzug bereitete, ritten der Schloßherr von Biledschik und das Mädchen Malchatun in entgegengesetzter Richtung davon.

Das Haus der Kranken war beiden Freundinnen gut bekannt. Nicht viel mehr als eine Hütte, lag es abseits am Pursuk, und dieses Umstandes wegen hatte es für die Mädchen einst, als sie noch klein waren, etwas Anziehendes gehabt. Natürlich war damals ein strenges Verbot für die Kinder erlassen worden, sich aus dem Schloßbereich oder gar aus der Stadt zu entfernen. Aber Apollonia und «Marula», wie die Kontophres sich Malchatuns Namen zurechtgemacht hatten, waren genauso unartige kleine Mädchen gewesen wie andere auch, und nach dem Tode von Apollonias Mutter hatten sich die beiden in dieser Hinsicht noch besonders entwickeln können. Zu allem aber, was ihnen als etwas ganz Unvorstellbares gar nicht erst verboten worden war, hatte es gehört, zur Sommerzeit mit einigen gleichaltrigen Rangen aus der Stadt zum Bad nach jenem abseitigen Haus zu entweichen. Späher hatten die Mädchen nicht zu befürchten brauchen, und vor etwas Unvorhergesehenem wären sie – wie sie geglaubt hatten – immer von der Bäuerin gewarnt worden, was sich dann freilich als ein Irrtum herausgestellt hatte, an dem zu reifen ihnen vom Schicksal vorbehalten war.

Vor sechs Jahren mochte es das letztemal gewesen sein, daß sie sich dort zusammengefunden hatten. Heute war Malchatun zweiundzwanzig, Apollonia etwas älter. Kinder also hätte man sie damals schon nicht mehr gut nennen können, als ein lachender Zuruf aus fremdem Munde plötzlich das fröhliche Mädchengetümmel in ein vielstimmiges Kreischen verwandelt hatte.

Der Flucht war eine tiefe Stille gefolgt. Nur durch die Büsche hatten die Mädchen zu dem noch jungen Mann hinübergelugt, und der wieder hatte, nur wenige Meter von ihnen getrennt, ganz vergnügt inmitten ihrer abgelegten Kleider gestanden.

Er sei ein Prinz, waren seine Worte gewesen, und dies seien Märchengewänder, die er jetzt behalte, damit sich die Feen nicht wieder in Schwäne verwandeln und davonfliegen könnten. Und auf die Frage, was dieser Unsinn bedeuten solle, hatte er Erstaunen geheuchelt, ob man sich denn nicht in den Märchen auskenne, denen allein man doch sein beschwingtes Dasein verdanke?

Daß man es in Wirklichkeit, wenn nicht mit einem Prinzen, immerhin mit einem großen Herrn zu tun habe, hatte mehr sein doppelgegürtetes kurzes Wams als sein Verhalten vermuten lassen; denn davor, die Kleider aufzuraffen, war er nicht zurückgeschreckt, nicht nur die Obergewänder, sondern alles, was – wie wenigstens die Mädchen behauptet hatten – Männeraugen auf keine Weise und nimmer zu sehen erlaubt sei. Wenn die Holdseligen kommen wollen, hatte er dabei gelacht, so werde er vielleicht ein Einsehen haben und sich mit dem Ergötzen zufriedengeben, das ihm ihr Auffliegen bereiten werde.

Aber die Holdseligen hatten sich nur sehr entrüstet gezeigt. Und das Spiel gehe zu weit und dauere zu lange, hatten sie aus ihrem Versteck gerufen, und recht mochten sie gehabt haben.

So war dem Querkopf offenbar der Gedanke überhaupt nicht gekommen, was die Mädchen bei allzu großer Verspätung daheim wohl erwarten könne. Als wenn es in Eskischehr keine Ruten gegeben hätte! Mit hochgereckten Armen hatte er sich seines Vermeinens preislich hingestellt. Wäschestücke in jeder Faust.

Gleich einem Handelsmann hatte er getan und schließlich gerufen, daß wenigstens eine herauskommen möge, eine einzige, und die andern von ihm aus bleiben können, wo sie seien. Der einen wolle er, wie er sie da in Händen halte, Röcke und Hemden herausgeben. An zahllosen Stellen hatte die Sonne das Dickicht besiegt und jeden Umriß im dämmernden Grün zu einem letzten sonnigen Flirren verzaubert.

Auch die eine, deren Kommen vom Bedränger so herrisch verlangt worden war, hatte eher einem gleitenden Lichtgebilde als einem körperlichen Wesen geglichen.

Denn gekommen war sie. Ganz zuletzt noch hatte eine von allen und gerade die, der nichts bei verspäteter Heimkehr gedroht hatte, sich zum Wagnis bereit gefunden.

Mit umschäumten Schenkeln hatte sie stolzen Ganges die Flut zerteilt. Dann plötzlich war der rauschende Kranz um ihren Knien verebbt. Beim Anblick des übermütigen, bekleideten Mannes hatte jähe Scham die eben noch so tapfer Entschlossene übermannt.

Aber noch im Verharren war sie eine sonnenumflammte Göttin geblieben – ein zweites Mal Göttin im Spiegel der schwarzen Gewässer. Und gesagt hatte sie auch etwas.

Weich war und tief aus ihrer Kehle die Frage gekommen, eine Frage ohne mitschwingenden Scherz.

«Ist Ihnen, Hochgeborener, so wohl, wenn Mädchen sich schämen?» Diese Frage hatte auf bärtiger Lippe ein Lächeln getötet. Ein Sichnähern war nun völlig unmöglich geworden. Vielmehr hatten des Mannes Arme sich langsam gesenkt, und den allzu dreisten Händen waren die weißen Geheimnisse entglitten.

Dann waren die Mädchen wieder allein gewesen.

Noch am gleichen Abend hatten die beiden Freundinnen die Bekanntschaft des Kir Salmenikos gemacht. Der regierende Sultan Mesud hielt sich kaum noch in Ikonium auf, bis an den Euphrat hatte Salmenikos ihm nachreisen müssen, und dort hatte ihn vieles zu bleiben gezwungen, bis ihm dann endlich die Rückkehr nach seinem Biledschik möglich gewesen war.

Seinen ersten Besuch aber hatte Salmenikos Asanes in Eskischehr bei den Kontophres gemacht, wo die Tochter des Hauses sehr über die Ehrerbietung des Gastes ihrer Freundin Malchatun gegenüber erstaunt gewesen war. Und noch heute verwunderte sie sich, wenn ihre Gedanken zu diesem Tag zurückkehrten. Denn eines setzte ihrem Weiterdenken immer ein Ziel: Es sei doch nun einmal nicht zu leugnen, daß der Burgherr von Biledschik ihre liebe Marula ohne Kleider gesehen habe.

III

Immer noch wartete Salmenikos vor dem Haus. Er wartete auf Malchatun.

«Wenn Arzt und Priester sich am Krankenbett treffen, hat meist der Priester das Wort», vernahm er jetzt eine Stimme – sah jedoch nur eine Kappe, deren oberer, eingeknickter Teil windmunter in der Gegend herumschwenkte.

Malchatuns wegen hatte Salmenikos beim ersten Hinschauen an einen Derwisch gedacht. Nun jedoch erblickte er das der Brust aufgenähte Kreuz und verneigte sich leicht vor dem Priester seines eigenen Glaubens. Eine Form, sei es welche immer, verletzte Salmenikos nie. Was den Priester – dem Anschein nach ein Mönch – hergeführt hatte, war leicht zu denken: Im Haus lag eine Frau krank auf den Tod. Ihrem Vernehmen nach, erklärte Malchatun ihm nun, sei ihre eigene Mutter an der gleichen Krankheit gestorben, an der die Frau darniederliege. «Aber das Kind ist gesund», fügte sie hinzu.

Das letzte nahm der Mönch als einen willkommenen Trost vorweg. Denn er war ein fröhlicher Pessimist und rechnete nur deswegen immer mit dem Schlimmsten, um sich hinterher freuen zu können, wenn das Unheil wieder einmal vorübergegangen sei. Salmenikos dagegen empfand die heitere Sicherheit dieses minderen Mönches als unziemlich. Auch mißfiel ihm, daß er selbst wenig beachtet beiseite stehe. «Vater –», wollte er gerade seinen Angriff beginnen, als ihm der andere auch schon gleich dazwischenfuhr.

«Nur Bruder», verbesserte er, «Bruder Aratos, der gern

möchte und in seiner Unwissenheit so gar nichts vermag, ungleich unserer gelehrten Kirina, unserer jungen Herrin, der Gott oft Gelingen verlieh und langes Leben verleihe!»

«Vor allem aber Erkenntnis», versuchte Salmenikos den Mönch durch den Hinweis auf Malchatuns Islam zu verwirren. «Nach der Lehre Ihrer – vielmehr unserer Kirche öffnet das Paradies sich doch nur dem, der sich dem Kreuz geneigt?»

Dem Kleinen verschlug das gar nichts. Unbeschadet seiner ohnehin geringen Würde lachte er herzlich und laut.

«Liebet euch untereinander! Von der Hagia Sophia in Konstantinopel oder einem andern Dom mögen sich die Dinge ja verwickelter anschauen. Aber bei mir in den Höhlen von Ögi sind sie ganz einfach.»

«Einfältig wähnen Sie Gott?» verbog Salmenikos um ein kleines das Wort.

«Du sagst es, Bruder», wischte Aratos jedoch jede Versuchung fort, «eine einzige Falte und ohne Hinterhalt – das ist unser Vater im Himmel.»

Gott allein sei allwissend, legte Salmenikos unverdrossen einen neuen Fallstrick, und wie lange der Bruder die Kirina schon kenne, um sich hinsichtlich ihrer so zuversichtlich zu zeigen?

«Schon manches Mal vorher», schmunzelte der Mönch, «hat mir Marulizza als kleines Mädchen gebeichtet – ja, das tat sie! –, und immer habe ich sie freigesprochen, ob sie es freilich niemals verlangte.»

«Doch, Aratos!» erheiterte sich nun auch Malchatun. «Einmal bat ich dich – denke nach! Als ich einen Puppenkopf zerbrochen hatte, fühlte ich mich überaus schuldig und war es wohl auch. Jedenfalls fand ich mich einer Verzeihung sehr bedürftig. Sogar mit deiner wollte ich vorliebnehmen!»

«Was aber tatest du?» stellte Aratos sich grimmig. «Nachträglich schmähtest du mich, daß der Gipskopf nicht gleich wieder angewachsen sei, und jegliches Geschick zur Sündenvergebung sprachst du mir ab!»

Was blieb dem Salmenikos übrig, als in das Lachen der beiden einzustimmen und sich damit für überwunden zu erklären? Offenbar nichts. Der Geistliche aber schloß Malchatun unbekümmert in sein Kreuzzeichen mit ein und trat in das Haus.

Des Burgherrn Knecht kannte seine Lektion ebenso gut. Er wußte, was sein Herr füglich von ihm erwarten durfte, und hatte die Pferde so weit bewegt – um keinen Zuruf mehr vernehmen zu können.

Daraus ergab sich, daß der Herr seine Dame mit einer Entschuldigung wegen der schlechten Bedienung zum Sitzen einlud.

«Ich möchte, Sie sähen einen andern Kranken, der Ihnen nähersteht, Kirina Marula», sprach er sie mit ihrem griechischen Namen an, wogegen er mit dem, was ihm mehr am Herzen lag, noch zurückhielt. «Es liegt mir daran, mit Ihnen über Apollonias Vater zu sprechen. Es geht Kir Aristides, scheint mir, nicht gut.»

«Und gerade ihm zu helfen wird mir schwergemacht», seufzte sie. Die Gesundheit des Stadtherrn von Eskischehr, gleichsam ihres Pflegevaters, in dessen Haus sie zu einem guten Teil aufgewachsen war, lag ihr am Herzen. «Wahrscheinlich bin ich überhaupt nicht dazu imstande – das Übel muß innen liegen», grübelte sie, «eine Geschwulst, eine Entzündung wichtiger Organe – man müßte die Menschen inwendig sehen – aufschneiden müßte man sie ...»

«Kirina!»

«Ja, das müßte man!» beharrte sie. «Es hat immer solche Meister gegeben. Gallensteine wurden schon oft herausgeschnitten –»

«Aber doch nicht von Mädchen!»

Noch ganz entsetzt war Salmenikos. Malchatun kam ein Lächeln, als sie das sah.

«Auch ein Mädchen kann helfen, auch ich sollte das können», schloß sie und blieb nachdenklich, bis ein neuer Name an ihr Ohr schlug.

Was hatte Salmenikos gefragt? Ob sie etwas über Manuel

Kontophres wisse? Manuel? Was für ein Manuel? – Das sei doch der Sohn erster Ehe des Aristides Kontophres? fiel ihr dann ein und auch, daß über ihn bei dessen Vater nie gesprochen werden dürfe.

«Als Manuel Kontophres aus dem Lande verschwand, war ich noch ein kleiner Junge, und Sie und Apollonia waren noch gar nicht geboren.»

«Gewiß», bestätigte Malchatun. «Kir Aristides war um vieles älter als seine zweite Frau.»

Und ob etwa Manuels Verschwinden mit dem Altersunterschied zwischen Kir Aristides und dessen zweiter Frau, Kira Maria, zu tun habe? mußte Salmenikos denken.

«Eskischehr fällt später einmal an Apollonia und deren Mann?» fragte Malchatun, womit sie bewies, für wie gefährdet sie das Leben des Pflegevaters hielt.

«Wir Asanes bilden einen Familienverband», wich Salmenikos aus. Selbst Malchatun brauchte seines Vermeinens nicht zu wissen, was ihn Eskischehr bis jetzt schon gekostet habe. Apollonias und deren Mannes Ansprüche besitze er zwar jetzt. Dafür aber habe er dem jungen David das feste Jarhissar als Afterlehen geben müssen und schon Jahre darangesetzt, um vom Sultan-Kaiser Mesud die Verleihung als Nachfolger des alten Kontophres zu erlangen. – Freilich, der Stadt bemächtigen müsse er sich selbst, falls es erst einmal soweit sei, und harte Kämpfe könne es kosten, wenn der Sohn Manuel wieder auftauchen sollte. Überaus köstlich sei dafür auch der Gewinn! Als Herr von Eskischehr und Biledschik dürfe er Belehnung mit Fahne und Pauke, also die fürstliche Würde, und zugleich die Statthalterschaft des Westens im seldschukischen Reich erhoffen. Tag und Nacht träumte er von beidem ...

Auch Malchatun träumte.

Warum habe sich Salmenikos der Ehe mit Apollonia entzogen? Doch wohl aus dem gleichen Grund, dem Osman ihr Nein zuschreiben müsse. Denn ihres Vaters Begründung dieses Neins könne keinen Tieferblickenden irregeführt haben, jedenfalls nicht den Salmenikos. Und wie er die Ursache ihrer Ehelosigkeit, so sei sie die Ursache der seinigen. Es könne gar nicht anders sein. Sie, Malchatun, sei der Grund, daß Apollonia statt des Herrn von Biledschik, der jetzt neben ihr sitze, dessen kleinen Vetter David heiraten müsse.

In den Kreisen der arabischen Gelehrsamkeit wurde Malchatun stets als Gleichberechtigte behandelt, und so kannte sie genug Männer, mit denen sich zu unterhalten Gewinn war. Es gab stattliche Erscheinungen unter diesen Gelehrten, und würdig sahen sie aus in ihren weiten Gewändern.

Dagegen hatten es die Griechen des heruntergekommenen Grenzlandes zumeist verlernt, ihren Prunk aus besseren Tagen mit Anmut zu tragen. Gerade von Salmenikos galt das jedoch nicht. Er war in Wahrheit noch immer in jener älteren, gesättigten Welt jenseits des Bosporus zu Hause. Seine Kleidung wirkte, als sei sie ihm angewachsen.

Ein enganliegendes schwarzes, goldornamentiertes Wams trug er heute, von seinem Doppelgurt hing lässig der geschmückte Dolch, goldumrandet waren auch seine in die roten Strumpfhosen eingearbeiteten Stiefel mit den fußlangen goldenen Radsporen. Schwarz wieder war die hohe, sich oben verbreiternde Kappe, die einer Priesterhaube zu vergleichen gewesen wäre, wenn nicht eine aus einer Juwelenspange steil aufsteigende Feder sie überschattet hätte.

Nichts verbarg der Körper, nichts das Gesicht. Die braunen Haare legten sich, um im Nacken zu verrieseln, wellig über die Ohren. Ein bärtiger Strich bedeckte die Oberlippe – das Kinn ein lockiger Bart. Leicht, aber bestimmt, wölbten die Brauen sich über den dunklen Augen.

Auf der Waage lag beider Schicksal, und es war die Stunde des großen Pan. Von Malchatuns Schultern war der blaue Mantel geglitten. Unverhüllten Gesichtes saß sie da im matten Glanz ihres silbergrauen Gewandes. Wie eine lichte Wolke stand das gelbliche Weiß eines blütenschweren Holunderstrauches über ihren sprühenden Haaren.

Viel, viel älter als das Haus war die marmorne Bank. Als man die Stadt noch nicht Eskischehr genannt hatte, war die

Bank schon Jahrhunderte dagewesen. Witterung und Gewalt hatten das Werk ihrer Zerstörung beinahe vollendet; aber hier und da ein halbes Gesicht oder die Andeutung eines menschlichen Leibes zeugten von der größeren Beschwingtheit des heidnischen Doryläums. Unsichtbare Götter einer alten Anbetung umschwebten die Städte, und weit mehr zu ihnen, dünkte es Salmenikos, gehöre die sinnende Malchatun als in den Tartaros des entgötterten Heute. Tief senkte die Sonnenstunde ihm ungestillte Sehnsucht in die Brust. Das Bild der weit ausschreitenden Göttin, die sich ihm einst an gleicher Stelle genaht hatte, verschmolz mit dem der harrenden Nymphe vor ihm. Gewaltig lockte ihn die Flucht in dieses Mädchens höhere Sphäre.

Dazu Pauke und Fahne – und vielleicht erlebe er noch den völligen Verfall der Sultansmacht, deren er jetzt noch bedürfe – dann werde er Münzen mit dem eigenen fürstlichen Bilde sehen, und der Name «Salmenikos» müsse in den vorgeschriebenen Gebeten genannt werden.

Er erhob sich. Malchatun zur Fürstin zu machen erschien ihm in diesem Augenblick als das große Ziel seines Lebens.

Dicht stand auch sie vor ihm. Er brauchte sie nur zu berühren, nur in seine Arme zu ziehen. Nicht einmal ein Wort war nötig. Keine Abwehr der Unerschlossenen empfand sie, nicht das leiseste Grauen, nichts als die beglückende Bereitschaft für den Gatten ihrer Wahl.

An sein Biledschik mußte er denken. Unterhalb der Burg schäume das Wasser weithin zur Sakaria, dem Fluß, und Lorbeer und Myrte dunkelten grün aus den Schluchten. Alles, was das Leben wert mache, sei in Biledschik. Nur dort sein mit diesem Mädchen, auslöschen die Qual des Sehnens – dem Chaos, das sie beide umgebe, ihr Leben und sein eigenes entreißen. Der Vollendung entgegenreifen – in Stille, in Sicherheit und ohne Unrast.

Er sah ihren Mund ... er atmete sie ...

Jäh schloß er die Augen.

Pauke und Fahnen – die Münze mit fürstlichem Bild ...

Doch was sei das mit Osman? – Malchatun heiraten heiße Osman mit rotem Lappen unter die Augen gehen, und noch sei er, Salmenikos, nicht Fürst, nicht Statthalter und Stellvertreter der seldschukischen Majestät! Noch könne er sich keine Feindschaften leisten. Auch nicht die eines türkischen Hirtenstammes. Die schon gar nicht! Oh, dieses Noch! Noch müsse er warten. Erst Eskischehr, die Fahne, die Statthalterschaft ...
Und nun sprach er.
Natürlich sei er mit den Ertoghrulern befreundet, dem so hochbegünstigten Stamme der Grenzreiter, mit dem Alten und auch mit Osman. So fest sei die Freundschaft, daß der Stamm ihm sogar allsommerlich seine Habe ins feste Biledschik bringe, daß er, Salmenikos, sie dort verwahre. Und Teppiche, Käse und Honig seien der Tribut für den Schutz.
Vieles noch stammelte er, sagte er ...
Aber das Wort der Entscheidung sagte er nicht.

Und dann kamen die Pferde.

IV

Das einzige Geräusch in diesem Raum des Schlosses von Eskischehr war der Ton des mahlenden Löffels. Die schmale Hand rührte im verbeulten Silberbecher, der zur Zeit seiner glanzvolleren Jugend sich wohl kaum eines Ansehens wie heute erfreut hätte. An Wolfsfellen freilich fehlte es weniger. Die Wölfe machten sich breit im Lande.
Wolfsfelle unterbrachen das Rot des Ziegelbodens, lagen vor dem Armstuhl am Kamin und zur Sänftigung für die Knie der Betenden sogar in der Ikonenecke, auf welche Weise die teuflischen Tiere nach ihrem verdienten Ende noch im Lichtkreis der Ewigen Lampe gewissermaßen des allgemeinen Heiligenscheins teilhaftig wurden. Ein zerschlissener alter Teppich schmückte als Kostbarkeit die Langwand über dem Polster, während dieses selbst und die

Bankecke mit dem festen Tisch, soweit sie etwas davon abbekam, sich mit der einfacheren Hirtenwebkunst turkmanisch-türkischer Frauen begnügen mußten.

Die Läden der drei kleinen glaslosen Fenster standen offen.

Malchatun hatte es dem Kaminfeuer zum Trotz angeordnet, nicht so sehr, um das Öl für die hängende Deckenlampe zu sparen, als um frische Luft hereinzulassen.

«Die schadet Ihnen nichts», sagte sie gerade zu dem in Kissen vergrabenen Mann.

Dem festlichen Tage zuliebe hatte sie auch gar nicht erst die Lampen löschen lassen, sondern im Gegenteil noch die teuren Wachskerzen vor den Ikonen entzündet. Es war ihr dabei völlig gleichgültig, daß ihr als einer Ungläubigen diese gottesdienstliche Handlung eigentlich nicht zukam. Auf diese Weise sehe man wenigstens etwas, fand sie. Was aber die Heiligen anlangte, so stand sie mit ihnen von Kind auf in einem so vertrauten Umgang, daß sie sich deren Zustimmung gewiß glaubte.

Ruß genug hatten zudem die gekalkten Wände und vor allem die Balkendecke angesetzt, denn wenn das Öl knapp wurde, schreckte man selbst vor Kienfackeln nicht zurück.

Und diese Knauserei sei eine Schande, erklärte Malchatun. Wie in einer Höhle sehe es hier aus!

Solche und ähnliche Bemerkungen konnte sich Malchatun jederzeit erlauben. Der Tochter des Hauses wären sie nicht so leicht hingegangen. In bezug auf Malchatun aber hatte es sich als ein Gesetz ergeben, sie könne das Absonderlichste sagen oder tun, weil es keineswegs ausgemacht sei, ob sie hinterher nicht etwa doch recht behalte.

Auch Kir Aristides, der Stadtherr – und gerade er –, hatte sich diesem Gesetz unterworfen. Seit einer Stunde hielt er nicht einmal mehr die letzte Schanze seines männlichen Hochmuts: daß er sich schon aus Gründen des Anstandes in seines Leibes Nöten von einem Mädchen nicht helfen lasse.

Überhaupt war Apollonias und Malchatuns Verhältnis

von klein auf zu ihm ganz anders als zu Apollonias verstorbener Mutter, Kira Maria, gewesen. Etwas Unbestimmtes hatte immer zwischen dem Mann und den Mädchen gelegen, etwas anderes als der größere Abstand, der den Nachwuchs im Vergleich zur Mutter vom Vater zu trennen pflegt. Doch während aus Malchatun für Kir Aristides mit der Zeit eine, wenn auch widerwillig ertragene, Vertraute geworden war, bestand zwischen Apollonia und deren leiblichen Vater noch heute der alte Zustand. Oft genug hatte Malchatun das Empfinden gehabt, als wenn Kir Aristides sich vor ihnen beiden fürchte, vor ihr und vor Apollonia, daß er ihnen mit einem noch geheimnisvolleren als seinem gewöhnlichen Mißtrauen begegne.

Jetzt allerdings hatte sie zu Grübeleien keine Zeit gehabt. Tief erschrocken war sie über des Pflegevaters Aussehen gewesen, und sie hegte die größten Bedenken, ob er den Ansprüchen einer Hochzeit als Brautvater auch gewachsen sein werde.

«Nehmen Sie!» befahl sie nun und führte den schmerzstillenden und zugleich anregenden Trank an seine Lippen.

Über ein Dutzend Jahre trennten Kir Aristides von Edebali und noch mehr von Ertoghrul; aber neben ihm hätten die beiden Älteren noch den Eindruck junger Männer erweckt. Grau im Gesicht, mit eingefallenen Schläfen und dünnem Haupthaar saß der Archont, der adlige Herr, in Kissen und Decken verpackt, im Stuhl und hob seine rotgeäderten Augen.

«Und es wird helfen?» fragte er.

«Sie werden sich besser fühlen und diesen Byzantiner von jenseits der Grenze empfangen können», war Malchatuns Antwort. «Wozu freilich – das sehe ich nicht ein», behauptete sie, obwohl sie sehr genau wußte, daß Apollonias Vater viel zu ängstlich sei, um sich einen Feind zu machen oder sich das Wissen um irgend etwas entgehen zu lassen, was sich später einmal gegen ihn selbst richten könne. «Und wenn Sie glauben, sich aufregen zu dürfen, so irren

Sie sich», fuhr sie fort. «Ich werde zugegen sein und die Unterhaltung abbrechen, wenn es nötig sein sollte.»

«Du willst dableiben?» fragte er und kam gar nicht erst zur Entrüstung, weil ihn das Erstaunen über etwas so Neues schon völlig erfüllte.

Nun pflegte Malchatun sonst keineswegs Tyrannei zu üben; aber bereits als Halbwüchsige war sie zu der Überzeugung gelangt, daß dieses Mannes Unberechenbarkeit, vor der sich alles duckte, sehr selten einmal guten Gründen, um so eher jedoch einem Befehle weiche. Wie Zauberei sei das, meinten die Leute, wenn sie sahen, wie die Tochter des geistlichen Scheichs Edebali mit dem Herrn von Eskischehr umsprang.

Auch jetzt packte sie, zum Zeichen, daß sich jedes weitere Gespräch erübrige, einzig ihr Gerät in den Tragkasten zurück. Eine eigentliche Antwort gab sie nicht.

«Die Wirkung muß bald eintreten», sagte sie nur.

«Und keinen Aderlaß, Marula?» begab sich Kir Aristides auf den Rückzug.

Malchatun schüttelte sein Rückenkissen.

«Man hat Ihnen oft genug die Ader geschlagen», erinnerte sie, «hat es Sie erleichtert? – Nun also!» beantwortete sie selbst ihre Frage. Und damit ging sie hinaus.

Draußen fand sie den Byzantiner, den sie suchte, einen Mann mittlerer Jahre. Es war ihm anzusehen, daß er dem Anlaß entsprechen und sich festlich hatte herrichten wollen. Nur war ihm seine pelzbesetzte Scaramangia etwas zu weit. Doch daß dieser verschnürte lange Leibrock nicht eben für ihn gemacht schien, war keine Schande. Man behalf sich, und wenn man nur hatte, trug man mit Freuden die Kleider der Ahnen.

Ganz und ihm ureigentlich zugehörig war dagegen sein roter Bart, den er gegen die Gepflogenheiten aller ordentlichen Leute spitz zugeschnitten trug.

Auf keine Weise war er davon abzubringen gewesen, und diese Hartnäckigkeit hatte ihm denn auch seinen Zunamen «Spitzbart» eingetragen. Als Michael Spitzbart war diese Persönlichkeit ziemlich bekannt, wenn auch nicht gerade rühmlich.

Immerhin gehörte er als Herr einer Gerichtsbarkeit zur regierenden Schicht. Viel zu regieren hatte er allerdings nicht. Er war einer jener kleinen Herren, die ihren bedrängten Lebensumständen mit allen Mitteln aufhelfen mußten, am harmlosesten noch dadurch, daß sie gefürchtete Gäste waren, die unverhofft kamen und lange blieben. Das also war Kir Michael, der Herr von Chirmendschik.

Am oberen Pursuk, nicht weit von Eskischehr, lagen Ort und Schloß Karadschahissar, das Melangeia der Griechen, die Schwarzenburg, ein Ganerbentum der griechischen Familie Mazaris. Bei dieser Familie nun hielt Kir Michael sich zur Zeit auf, und dieser Umstand erklärte auch seine Anwesenheit bei Apollonias Heirat. Seine Freunde hatten ihn eben im Vertrauen auf des Kontophres Gastfreundschaft mitgebracht.

Kir Michaels Vermessen jedoch, gerade er wolle den Eskischehrer für die Absichten eines Teiles der Gäste gewinnen, hatte diese Freunde eher mit Besorgnis als mit Genugtuung erfüllt. Denn jene Absichten gingen recht heikel darauf hinaus, die Festesfreude als heiteren Vorhang für eine kleine Verschwörung zu benutzen. Doch Kir Michael hatte so beharrlich behauptet, im Besitz eines Trumpfes zu sein, der den alten Kontophres schon mürbe machen werde, daß die Mazaris schließlich der Meinung gewesen waren, man könne schlimmstenfalls jedes Einverständnis in Abrede stellen und den Projektmacher einstweilen ruhig vorpreschen lassen.

Zu diesem Mann nun trat Malchatun.

Nicht allzu viele Damen hatte Kir Michael in seinem Leben gesehen, und so hielt er Malchatun ihrer einfachen Kleidung wegen für eine Magd, für eine begünstigte vielleicht, mit der zu rechnen die Klugheit gebiete. Klug zu sein, war er aber immer gewillt. So widersprach er auch nicht, als ihm eröffnet wurde, daß Kir Aristides geschont werden müsse.

«Sagt das der Arzt?» fragte er nur.

«Er sagt es», war, ohne daß sie sich zu erkennen gegeben hätte, ihre Antwort.

Dann durfte er eintreten.

Kir Aristides war von einer kindlichen Frömmigkeit, und daß sein Besucher sich darüber unterrichtet hatte, zeigte sich gleich. Noch bevor er den Hausherrn begrüßte, ging er vor den Ikonen in die Knie, wobei er es nicht unterließ, sein Antlitz vor so vielem heiligem Glanz mit dem Ärmel zu beschatten.

Der Herr sei doch von Chirmendschik? fragte der Kontophres.

Das sei er, der Schloßherr von Chirmenkia, verbesserte Michael; denn da seine paar Ruinen und der nicht mehr sehr dauerhafte Turm, in dem er hauste, auf byzantinischem Gebiet lagen, glaubte er den türkischen Namen für seinen Herrschersitz ablehnen zu sollen. Dafür nannte er Kir Aristides «Euer Höchstedlen» und machte ihn damit zu einem Nobilissimus, was zu sein der Kontophres niemals auch nur geträumt hatte! Und bei den Glückwünschen sprach er sogar von dessen «erlauchter» Tochter. Das alles machte den alten Herrn freilich nur noch behutsamer.

Allmählich ging Michael dann dazu über, Kir Aristides' christlichen Sinn zu preisen und mit neuer Verneigung vor der reich bestückten und so festlich beleuchteten Ikonenecke auf die Verpflichtung hinzuweisen, die jedem wahren Christen ungeachtet aller politischen Zufälle aus seinem heiligen Glauben erwachse.

Die Wirkung blieb allerdings aus. Nur noch mehr kroch der Herr von Eskischehr in seine Decken und Kissen wie in eine Verschanzung. Immerhin gehöre dieses Land seit zweihundert Jahren zum Reich der mohammedanischen Seldschuken-Kaiser in Ikonium, was auch der rote Michael wissen könne, dachte er und überließ es dem andern, die lastende Pause zu zerreißen.

Ob er offen reden könne? fragte Kir Michael mit einem unmißverständlichen Blick auf Malchatun.

Er habe vor seiner «Tochter» keine Geheimnisse, meinte der Kontophres.

Überrascht blickte der andere auf. Apollonia hatte er bereits begrüßt, und von einer zweiten Tochter hatte man ihm nichts gesagt. Aber was für eine Tochter Malchatun auch sein mochte, für alle Fälle wandte er sich dem Fenster zu, an dem sie stand, und einen Augenblick lang sah sie während der feierlichen Verbeugung den Deckel von Kir Michaels zobelbesetzter Haube. Kir Aristides aber freute sich im voraus über den Schutz, den ihm Malchatun gegen die Geschäftigkeit dieses Mannes noch gewähren könne.

«Karadschahissar ist zum Glück in den Händen meiner christlichen Freunde», entschloß sich Kir Michael zu reden. «Biledschik und Jarhissar besitzen die Asanes und Sie, Kir Aristides, Eskischehr oder sagen wir besser Doryläum –»

«Und Inöni, Oinasch, Agridsche, Bosojuk –?» wehrte der Eskischehrer ab.

«Euer Höchstedlen haben vollkommen recht», schützte Kir Michael ein Mißverständnis vor, «diese und andere Plätze schmachten noch immer unter mohammedanischem Joch. Aber ihre Herren wären uns nicht gewachsen oder doch wenigstens gezwungen, sich uns anzuschließen, wenn diese fremden Türken an der Grenze nicht wären, immer bereit, ihre Glaubensgenossen zu unterstützen und uns zu unterdrücken.»

«Sie meinen die Ertoghruler?» verbarg der alte Herr kaum noch sein Unbehagen. «Mehr als einmal haben sie mir verlaufenes Vieh zurückgebracht. Sie achteten mein Brandzeichen, die Ertoghruler. Ich kann eigentlich nicht sagen, daß sie mich unterdrücken – nein, Kir Michael, das kann ich wirklich nicht.»

Doch der Herr von Chirmankia blieb unbeugsam.

«Wenn sie es bisher nicht taten, so werden sie es tun», sagte er. «Alle denken so, und alle hoffen, daß Euer Höchstedlen nicht abseits stehen werden.»

«Ist der Botoniates von Ainegöl auch dabei?»

«Selbstverständlich!» versicherte Kir Michael, ohne zu

ahnen, daß er damit seinen Vorschlag dem Kontophres nur noch unerquicklicher machte. «Unser tapferer Freund Botoniates wird in der Verteidigung der Ehre und unseres heiligen Glaubens gegen niemand zurückstehen.»

«Gewiß, gewiß», nickte Kir Aristides, der kaum etwas so sehr wie diesen einbeinigen Unruhestifter verabscheute, «der Matthäos Botoniates ist ein guter Christ von altem Schrot und Korn und hält sich höchst wacker in seinem Ainegöl.»

Beinahe hätte Malchatun gelächelt. Auf diese Weise entlockte der Kontophres alles, was er wissen wollte, seinem Gast. Und das war dieses:

Mehrere christliche Herren diesseits und jenseits der Grenze, vor allem die Mazaris, die einen früheren Handstreich Ertoghruls auf Karadschahissar noch immer nicht vergessen hatten, waren im Begriff, sich gegen den «Alten vom Berge» zu verbünden, wie man den Türkenhäuptling Ertoghrul zum Andenken an einen größeren Räuberhauptmann gern nannte.

Selbst einige mohammedanische Herren, die sich zu sehr als Eingesessene fühlten, um den emporgekommenen Neutürken nicht mit verhaltener Feindseligkeit gegenüberzustehen, hoffte man zu gewinnen. Malchatun erschrak.

Sie dachte daran, daß Osman oder dessen Brüder nichtsahnend unter den Glückwünschenden erscheinen könnten. Hatte sie dem Sohne Ertoghruls auch ihr Jawort verweigert, so gehörten die Ertoghruler doch zu den Freunden ihres Vaters. Sehr unzufrieden war sie daher mit ihrem Pflegevater, weil er keinerlei abfällige Bemerkung laut werden ließ.

«Den Isa Tschendereli von Inöni werdet ihr nicht auf eure Seite ziehen», sagte der Kontophres nur. «Inöni ist meine nächste Nachbarschaft, und ich kenne ihn gut.»

«Aber Euer Höchstedlen selbst?» trieb Michael ihn in die Enge. «Was brauchen wir Inöni, wenn Eskischehr sich uns anschließt!»

Der gute Michael sei entweder sehr unwissend oder ein

Trottel, wahrscheinlich beides, dachte Malchatun, wenn er denke, Kir Aristides werde sich zu irgend etwas bekennen, dessen Erfolg noch nicht völlig gesichert sei.

Und tatsächlich zog ihr Pflegevater sich hinter sein festestes Bollwerk, nämlich seine Krankheit, zurück. «So anregend ich alles finde, was Sie mir altem Mann zu eröffnen die Gewogenheit hatten», ächzte er, «zweifellos sehr bemerkenswert, Kir Michael – aber ich fühle mich recht leidend, müssen Sie wissen!»

Doch Kir Michael war anderer Meinung. Der Anschluß des Herrn von Eskischehr müsse gleich, müsse heute noch erfolgen, die Beratung stehe vor der Tür, und das Beispiel eines Archonten wie Aristides Kontophres würde alles entscheiden.

Auf dieses Drängen hin schwand dem Kontophres vollends die Stimme. Nur noch mit dem Zeigefinger konnte er eine zittrige, verneinende Bewegung machen.

«Nein –?» fragte der Michael fassungslos.

Nicht einmal mehr einen Blick hatte Kir Aristides zu versenden. Wie seiner unmächtig lag er da. So wenigstens schien es. Denn sei er wohl krank – ein guter Schauspieler sei er auch, fand Malchatun wie schon oft, und fast leid tat ihr Kir Michael wegen des beschämenden Rückzuges, den er nun anzutreten habe.

Ganz zusammengedrückt saß der Spitzbart auch auf dem Polster. Was er jedoch denken mochte – an eins dachte er jedenfalls nicht: ans Gehen.

«Sie erinnern sich doch, Kir Aristides, daß Sie einen Sohn haben?» fragte er vielmehr im Ton einer Bemerkung über das Wetter und ohne das Gesicht zu heben.

Die Augen aufzuschlagen war vielmehr ganz allein Sache des Kontophres.

«Ich habe keinen Sohn», sagte er. «Was wissen Sie von meinem Sohn?!» Mit überraschendem Kraftaufwand fuhr er in die Höhe. Auch Malchatun starrte den Fremden an. Sie hatte sich gründlich in Kir Michael getäuscht und machte sich nun Vorwürfe, die Unterredung überhaupt zugelassen zu haben.

«Ich fragte nur», sagte der Spitzbart.

«Mein Sohn ist verschollen», flüsterte Kir Aristides, als spreche er mit sich selbst. «Seit mehr als zwanzig Jahren!» schrie er dann plötzlich auf.

«Verschollen ist nicht tot», stellte Kir Michael sachlich fest und versenkte seinen Blick in Kir Aristides' Augen.

Niemand stand dem alten Kontophres nahe, selbst Malchatun nicht, der er noch am meisten vertraute. Doch der Anblick, wie er, ein Bild des Entsetzens, sein Gegenüber ansah, wischte alles Trennende fort, und in diesem Augenblick war nichts in Malchatun als ein tiefes Mitleid mit der leidenden Kreatur.

«Sagen Sie, was Sie wissen», kam es aus Kir Aristides, und dann sank er wieder zurück.

Viel sei ihm ja auch nicht vom jungen Kontophres bekannt, meinte Michael, er wisse nur, daß Kir Manuel in tatarische Gefangenschaft geraten sei und viele Jahre bei der Goldenen Horde in Sarai an der Wolga zugebracht habe. Ob er ehrlich zum Islam übergetreten sei oder nur, um seine Freiheit wiederzuerlangen, möge dahingestellt bleiben. Aber übergetreten sei er, und darüber werde die Pforte in Ikonium nicht einfach hinweggehen wollen ...

«Er lebt also?! – Lebt er –?»

«Ich sprach ihn in Brussa», schlug Kir Michael zu.

Denn es war ein Schlag. So traf der einfache Satz den Alten, und sein Stöhnen war wie der Nachklang des Schlages.

Seine Höchstedlen mögen bedenken, fuhr Kir Michael fort, daß der Moslim Manuel sich, um seine Rechte wahrzunehmen, in erster Linie der Ertoghruler bedienen könnte. Diesen fluchwürdigen Stamm endlich zu vernichten liege also – falls Seine Höchstedlen den Sohn nicht wieder aufzunehmen gedenke – in Kir Aristides' eigenem Interesse ...

«Genug, Archont», unterbrach Malchatun den Byzantiner, indem sie heftig an eine Bronzeplatte schlug. «Kir Aristides ist nicht mehr in der Lage, Sie anzuhören. Sie sehen es selbst.»

Kir Michael war so mit sich zufrieden, daß er keine Gegenvorstellung machte. Dessen glaubte er gewiß sein zu können, daß von seiten des alten Kontophres kein Widerstand zu erwarten sei.

Wenn sie anderer Meinung hätte sein können, wäre Malchatun wohler gewesen. Doch sie hatte gesehen, wie erschüttert Kir Aristides gewesen war. Abgründig müsse der Haß des Vaters gegen den Sohn sein – daran zweifelte sie nicht.

Sie befahl, den Hausherrn auf das Polster zu betten. Aber statt Apollonia zu suchen, verließ sie, mit allen Winkeln des unregelmäßigen Baues vertraut, heimlich das Schloß.

Sie suchte Aratos, und beim Grobschmied fand sie ihn im Begriff, die Stadt zu verlassen.

Er müsse ihr helfen, rief sie und bat ihn, die Ertoghruler zu warnen. Falls sie mit Geschenken zur Hochzeit kämen, seien sie auf der Karawanenstraße von Lefke her zu erwarten.

Ohne sie zu unterbrechen, hörte Aratos ihren Bericht. Dann sah er sinnend seine junge Freundin an.

«Und wenn Kir Michael nun recht hätte?» fragte er. «Es sieht fast so aus, als wenn die Grenzreiter des Sohnes Manuel größte Hoffnung wären.»

«Was weißt du von Manuel?»

«Wenig», meinte Aratos, «auch war er damals, als sein Vater ihn fortjagte, nicht viel mehr als ein dummer Junge. Aber du solltest an Apollonia denken – das solltest du –»

«Manuel ist ihr Bruder», wurde Malchatun ungeduldig. «Ich verstehe nicht, wie du noch zögern kannst!»

«Ich zögere nicht», beruhigte er sie. «Doch ich tue es für dich, Marula, und nicht wegen des Manuel.»

«Ich bin ein Arzt», sagte sie, «und du bist ein Priester – wir tun beide, was wir müssen.»

Des Aratos ernstes Gesicht erheiterte sich.

«Das war eine Predigt», schmunzelte er, «und nicht die schlechteste, sollte ich meinen.»

V

Malchatun hatte getan, was zu tun gewesen war. Aber sie hatte darüber nicht vergessen, daß Kir Aristides ihrer bedürfe.

Alles schickte sie hinaus, was den Hausherrn umgab. Nicht jedermann brauche zu wissen, was geschehen sei, dachte sie, und von dem Wiederauftauchen des Haussohnes Kir Manuel schon gar nicht!

«Er soll nicht kommen», ächzte der Kranke, «er soll nicht! Marula –»

«Ich höre Sie, Kir Aristides», sagte Malchatun jüngferlich herb. «Sie brauchen mir auch nicht zu sagen, wer nicht kommen soll. Sie denken an Ihren Sohn. Aber was sie fordern, entspricht nicht den Gesetzen Ihres eigenen Glaubens und nicht denen irgendeiner Religion. Ganz unnatürlich sind Ihre Wünsche. Sie sollten sich von allen bösen und rachsüchtigen Gedanken befreien. Das wird Sie befähigen, wieder gesund zu werden. Denn Sie sind krank, Kir Aristides, kränker, als Sie vielleicht glauben.»

«Marula ...» Kir Aristides' Stimme flehte.

Sie beugte sich über ihn.

«Ja –»

«Mach, daß ich nicht sterbe», bat er, «ich darf noch nicht sterben, Marula.»

«Sie wollen ihn wiedersehen?»

«Nein!! – Niemals. Er muß weg. Wenn er die Rückkehr wagt, muß er ganz weg!»

«Allah, erbarme dich», betete Malchatun.

Was habe Aratos gesagt? überlegte sie. Ein dummer Junge sei Manuel gewesen – achtzehn Jahre vielleicht – und dennoch fortgejagt worden, und nun nach zwei Jahrzehnten noch dieser Haß – Kir Aristides' Sohn, Apollonias Bruder – unmenschlich erschien ihr das.

«Unmenschlich sind Sie», sagte Malchatun streng. «Wie wollen Sie Gottes Gnade erlangen, wenn Sie selbst keine üben?»

«Unmenschlich ist das Verbrechen, das da einst begangen wurde.»

Kir Aristides, der ein Mann strenger Sitten war, nannte das Verbrechen nicht. Losgelöst aus allen menschlichen Beziehungen schwebte es im Raum.

Ein tiefes Mitleid ergriff Malchatun mit einem Jüngling, einem halben Knaben noch. Sie sann über das Vergehen, das Verbrechen, das Manuel in seiner Jugend begangen haben könne, und fand keins, das mehr als zwanzigjährige Verbannung nicht gesühnt hätte. Nie zuvor hatte sie sich so als Mitglied der Familie Kontophres gefühlt wie gerade jetzt.

«Hilf mir auf», bat Kir Aristides nun auf eine Weise, die ihren Widerspruch fortwischte, «ich weiß, daß ich krank bin.»

Sie führte ihn an seinen Stuhl, in dem er nun mit einer Würde saß, die ihr fremd war. Sie bangte, ob nicht der ernste Thanatos ihm schon zur Seite stehe.

Still glitt sie auf das Wolfsfell zu seinen Füßen; denn daß er sich bei ihr alter, angestauter Gedanken entledigen wolle, schien ihr gewiß.

So blieben sie lange.

«Die Leute», begann Aristides Kontophres schließlich, «und du nicht minder, Marula – ihr haltet mich für einen geizigen und kleinlichen alten Mann voll Argwohn und nachtragendem Haß. Und es ist wahr, daß ich mich keines Menschen zu erfreuen vermag. Aber es ist ebenso wahr, daß mein Mißtrauen mich immer gut geleitet hat. Ich bin der Narr nicht, meine Rüstung abzulegen, wenn ich von Schwertern umringt bin. Mögen sie über mich schimpfen! Sie tun es nur, weil ich nicht einfältig genug bin, mich von ihnen berauben und betrügen zu lassen.»

Heftig hatte er die letzten Worte hinausgestoßen.

«Das alles können Sie mir oder wem sonst auch ein anderes Mal erzählen», meinte Malchatun, weil ihr der farbige Glanz seiner Augen und die roten Flecke auf seinen Backen zu denken gaben.

«Hören wollt ihr nicht, hören will keiner – du auch nicht!» erregte er sich jedoch nur noch mehr, so daß Malchatun sich wieder setzte. «Bilde dir doch nicht soviel auf dein Gesicht und deine glatte Haut ein. Wenn sie erst ihre Runzeln hat, wirst du weniger stolz und sehr viel klüger sein. Oder meinst du, ich sei niemals jung gewesen? Jung und dumm? Den Kopf voll hängender Locken und nichts darin? Damals bin ich auch in der Gegend herumgeritten, vor allem zu den Mazaris nach Karadschahissar. Der Seldschuk freilich war auch damals schon lange im Lande, und du hast gehört, wie er groß und mächtig war. Krieger aus allen Ländern nahmen Sold beim Kaiser, auch ein Ritter des Abendlandes darunter ...»

Kir Aristides hielt inne und schloß die Augen.

«... sein Name tut nichts zur Sache, Marula», fuhr er dann fort. «Er war ein fränkischer Barbar und Herr einer Lanze, dem niemand folgte als seine drei Knappen. Es war klar, daß die Mazaris mich lieber sahen als ihn – die Mazaris wohl, nicht aber Eudoxia. Bei der wäre ich lieber jener fränkische Abenteurer gewesen als der Herr des hochberühmten Eskischehr. Oh, Marula», seufzte er, «was sind wir für Narren, solange wir jung sind!»

«Wir Jungen mögen Narren sein», sagte Malchatun ungerührt, «aber alte Männer, die in ihrer Krankheit den Arzt nicht hören, sind es nicht minder. Das Sprechen tut Ihnen nicht gut, Kir Aristides.»

«Laß mich reden», bettelte er. «Einmal muß ich es sagen, ein einziges Mal.»

«Dann fassen Sie sich kürzer, damit Sie sich nicht erschöpfen», gab sie seufzend nach, so geringe Hoffnung sie auch hatte, daß er sich mäßigen würde.

«Vom ersten Einfall der Mongolen hast du gehört», fuhr er fort. «Sechzigtausend Mann lagen wir alles in allem bei Cäsarea, als es hieß: ‹Die Mongolen kommen!› Es waren nur vierzigtausend, und unsere Sache hätte nicht schlecht gestanden. Aber als wir vorrückten, war der Kaiser noch am hellen Vormittag weit hinter der Front! Und betrunken war er auch. – Du weißt, daß die Schlacht verlorenging und die Mongolen über Anatolien kamen wie vordem die Seldschuken. Armes Land! Immer kommt ein neuer Schwarm aus Asien, und hier bei uns verebbt die Woge. Aber wie du siehst, kam ich davon. Und ich machte mein Doryläum, mein Eskischehr, so fest ich nur konnte. Steinerne Mauern, hohe Mauern, sag' ich dir, und dahinter Männer, die sie verteidigen. Ich verstehe deinen Vater nicht, daß er auf einem Dorf leben mag, jedem Überfall preisgegeben.»

«Der Ruf eines ehrwürdigen und gerechten Mannes schützt meinen Vater und uns alle – auch Sie, Kir Aristides, wenn Ihre Mauern es nicht mehr vermögen. Und hinter die flüchteten Sie sich doch nach der Schlacht bei Kusadac?»

«Hätte ich standhalten sollen, da alles floh? Was hatte jener fränkische Narr davon, daß er es tat? Ein stinkendes Aas war alles, was von ihm blieb. Ich aber lebte und lebe noch, und nicht er heiratete Eudoxia Mazaris.» – Eine Pause entstand.

«Und machte Sie das glücklich, Kir Aristides?» brach Malchatun die Pause.

Der Kontophres beugte sich vor.

«Ich will dir etwas sagen», flüsterte er ihr ins Ohr, «dieser Franke fiel mit einem Mongolenpfeil in der Kehle – ich sah es, und ich sah seinen Kopf, den sie ihm abhieben und den einer der Kerle auf seine Lanze spießte –, aber tot, nein, Marula, tot war er nicht. Denn ich sage dir, er war mehr mit der Eudoxia verheiratet als ich.»

«Kir Aristides ...», Malchatun wollte sich diesen Vertraulichkeiten entziehen ...

Der Greis aber hielt sie fest.

«Glaube mir doch, Marula: mehr als ich war er ihr Mann. Und sie leugnete es nicht einmal, daß Manuel mehr sein Sohn sei als meiner. Du verstehst mich, ich sehe es. Nach jeder menschlichen Vermutung bin ich des Manuel Vater. Aber ich weiß, was du denkst. Meine Mauern seien ein Aberglaube und nicht Wirklichkeit? Weil der Geist stärker sei, meinst du? Er ist es, Marula. Gedanken sind stärker als das Fleisch. Die Gedanken der Eudoxia Mazaris an den fränkischen Barbaren – meine eigenen Gedanken an ihn. Immer ähnlicher wurde Manuel dem Barbaren, nicht mir!»

«Er ist Ihr Sohn», sagte Malchatun hart. «Sie haben Ihren eigenen Sohn fortgejagt, Kir Aristides.»

«Er ist mein Feind. In ihm ist der fränkische Ritter wiedererstanden, sag' ich dir. Der wollte es nicht leiden, daß ich die Eudoxia heiratete, und der rächte sich dann.»

«Sie sind verwirrt, Kir Aristides.»

«Ich erinnere mich haargenau. Es war wenige Monate nach der Hochzeit mit meiner zweiten Frau, mit Kira Maria. Im gleichen Alter war sie wie ihr Stiefsohn Manuel. Eines Tages nun mußte ich verreisen, und ich gedachte die Nacht über fortzubleiben. Du kanntest Kira Maria. Sie war anders als Eudoxia, und wir waren erst kurz verheiratet. So trieb es mich denn zurück. Zu ihr trieb es mich! Ohne Licht zu entzünden, legte ich mich neben sie. Da aber sagte sie etwas. Halb im Schlaf sagte sie es ...»

«Ich will es nicht hören!»

«Du brauchst es nicht zu hören. Nur so viel mußt du wissen, daß Maria mich schon längst zurückgekehrt wähnte und in meinen Armen gelegen zu haben glaubte – verstehst du? –, in meinen, der ich doch weit über Land gewesen war!» Er hielt inne. «Du sagst nichts?» fragte er. «Ich machte es wie du. Ich sagte auch nichts. Aber eingedrungen sein konnte vor mir nur einer ...»

«Warum befragten Sie Kira Maria nicht?»

«Du bist wie dein Vater. Befragen, befragen! Den letzten Schleier reißt ihr fort. Alles wollt ihr wissen. Schamlos seid ihr!»

«Und Sie verstießen auf einen bloßen Verdacht hin Ihren Sohn?»

«Nicht auf einen Verdacht!»

«Sie konnten Kira Maria mißverstanden haben. Ein paar Worte im Halbschlaf, wohl gar noch im Traum –»

«Kein Traum, kein Mißverständnis. War er in seine Stiefmutter verliebt, oder tat er es aus Haß? Denn daß er mich, seinen leiblichen Vater, haßte, daran ist nicht zu zweifeln! Jedenfalls kam es so weit. Maria rief meinen Schutz gegen ihn an. Sie selbst tat es. Meinst du immer noch, ich hätte sie über jene Nacht befragen sollen?»

«Nein ...», ergab sich Malchatun.

«Ich tat es nicht», sagte Kontophres leise. «Sie war ohne Arg. Und mir genügte mein eigener Zweifel, der kein Zweifel mehr war.»

Malchatun gedachte der mütterlichen Freundin ihrer Jugend und war erschüttert. Und doch wußte sie nicht, ob nun Neigung zu Kira Maria oder Feigheit diesen alten Mann am Fragen verhindert habe. Wahrscheinlich beides, dachte sie.

«Oh, Marula», stöhnte der Kranke, «nicht zu wissen, ob Apollonia meine Tochter oder meine Enkelin ist!»

«Bitte nicht ...», beschwor sie ihn.

«Und du, Marula», flüchtete er sich unversehens in die Wollust der Grausamkeit, «vergiß nicht, daß deine Mutter damals noch hier im Hause lebte. Glaube nur nicht, daß Manuels Begehren nach meiner Frau ihn auf deine Mutter hätte verzichten lassen. Weswegen, denkst du, verließ deine Mutter so plötzlich unser Haus? Meinst du wirklich, nur um deinen so viel älteren Vater zu heiraten?»

Voll Würde erhob sich Malchatun. Scheich Edebalis Tochter zu sein war ihr größter Stolz.

«Ich bitte, nicht von Vermutungen zu reden, Kir Aristides, die ich als Tochter meines Vaters nicht anzuhören wünsche.»

«Tochter? Wessen Tochter?» höhnte Kontophres, der, da er die eigene Vaterschaft in Frage gestellt sah, auch keine andere gelten lassen wollte. «Wirklich Edebalis Tochter oder nicht doch Manuels ...»

«Kir Aristides!» empörte sich Malchatun. «Es war Ihre Sache, ob Sie an der Wahrheit vorbeigehen wollten oder nicht. Jetzt aber haben Sie auch die Rechtschaffenheit, unwürdige Zweifel zu unterdrücken, die ...»

«Ich will ihn nicht sehen, sag' ich dir!» rief der Burgherr mit seiner letzten Kraft. «Zweifel unterdrücken! Ich weiß, wo das hinausläuft! Wiederaufnehmen soll ich Manuel. Aber ich denke nicht daran. Ich schütze niemanden – niemanden schütze ich, ihn nicht und keinen seiner Moslemfreunde. Die Ertoghruler ...»

Was der Stadtherr von Eskischehr über die Ertoghruler und Osman noch zu sagen hatte – war ihm auszusprechen nicht mehr vergönnt.

Zweites Buch

VI

Kutahie am Pursuk war des Beys von Kermian schönste Stadt, wenn das Fürstentum selbst seinen Namen auch von der weit unbedeutenderen Stadt Kermian hatte.

Der alte Ertoghrul hatte denn auch vor Zeiten seine Augen allzu wohlgefällig auf Kutahie ruhen lassen – allerdings ohne Erfolg. Bei der Hohen Pforte von Ikonium war der Bey der stärkere gewesen, und so hatte er sich sein fürstliches Lehen nicht entreißen lassen, das er wie andere Türken- und Turkmanenbegs seit langem besaß, während an der bithynischen Grenze noch alles in der Schwebe war. Keiner der Schloßherren konnte sich dort der Pauke und der Fahne rühmen. Auch Ertoghrul konnte es nicht, obwohl er aus dem Geschlecht der Kaji, dem edelsten der Türken, stammte und sein Vater in der Steppe jenseits des

Kaspischen Meeres ein Herr über vierzigtausend Seelen gewesen war.

Aber das große Glück war an Ertoghrul immer ganz nahe – vorbeigegangen. Die Stadt Karadschahissar hatten ihm die Mazaris wieder abgenommen, und statt Kutahie war ihm nur die Gegnerschaft des Beys von Kermian zuteil geworden. Von woher man sich Kutahie auch nahte – der hohe Burgberg war immer das erste weithin sichtbare Zeichen der Stadt und auf ihm das Obere Schloß, das «Juwel des Ringes» mit Namen. Das Untere Schloß deckte die Flanke von Berg und Stadt. Silbern überglänzten die Kuppel und die Minarette der Neuen Moschee ihre Mauern und Dächer. Die Siegesfanfare ihres Erbauers, des Beys, und sein steinerner Ruhm war dieses Gotteshaus.

Fruchthaine umkränzten die Stadt zur Blütezeit weiß, und im Herbst verdrängten das Rot und das leuchtende Gelb der quellenden Äpfel und Birnen die Blätter. Den himmlischen Segen aber ergänzte die Erde durch heiße Heilbrunnen aus der Tiefe.

Kutahie war keine Ruinenstadt mehr. Es lag weit genug von der Grenze.

In dieses Grünen und springende Knospen – denn es war im Frühling des Jahres 662 der Hedschra oder nach christlicher Weise des Jahres 1284 – drängten sich die Zelte.

Hierher hatte nämlich Sultan Alaeddin, der Neffe und Statthalter des Kaisers Mesud, sein Hauptquartier verlegt. Denn wer etwa geglaubt hatte, der neue Statthalter würde ähnlich seinem regierenden Onkel, der sich am Euphrat die Zeit vertrieb, nun seinerseits im Palast der eigentlichen Haupstadt Ikonium seine Tage verträumen, hatte sich geirrt. Gar nicht schüchtern trat der Prinz auf. Offenbar besaß er zugleich auch das Vertrauen des mongolischen Ilkhans in Täbris. Und das war nötig. Denn seit ihrem Sieg bei Kusadac hatten die Ilkhane Persiens noch immer ihre Hand über dem seldschukischen Reich von Ikonium.

Der Bey von Kermian war dem jungen kaiserlichen Prinzen, um ihm die Hand zu küssen, einen Tagesritt entgegengekommen. Alle, die Sultan Alaeddin berufen hatte, waren in Person erschienen oder hatten sich vertreten lassen. Es war fast wie in den Tagen des Glanzes. Die Hohe Pforte von Ikonium war nicht mehr verwaist. Westanatolien hatte wieder einen Herrn ...

Aber dieser Herr hieß Sultan Alaeddin ben Firamurs, kaiserlicher Prinz und Neffe des regierenden Padischahs – und nicht Kir Salmenikos Asanes auf Biledschik. Einem kaiserlichen Prinzen nachstehen zu müssen war zwar keine Schande – in diesem Fall aber bedeutete es den Zusammenbruch aller Hoffnungen des Salmenikos.

An seiner Stelle saß nun Sultan Alaeddin im Oberen Schloß von Kutahie, wo an den Tagen öffentlichen Diwans dasselbe Zeremoniell wie in Ikoniums Kuppelpalast mit dem spitzen Turm entfaltet wurde. Der Bey von Kermian, ein weißbärtiger alter Herr, und andere etwa anwesende fürstliche Lehensträger saßen zur Linken und Rechten des Sultan-Statthalters in gleicher Reihe mit den Würden des Gesetzes und dem Wesir.

Die militärischen Befehlshaber standen hinter dem Prinzen. Unter den Militärs befand sich der junge Osman im Schmuck seines neuen Kürk, des iltisverbrämten schwarzen Ehrenpelzes, den ihm Alaeddin verliehen hatte.

Der Emir-Tschausch, der Hofmarschall, rief die Namen, und von Kämmerern geleitet, nahten sich die Geehrten mit dreifachem Fußfall der Gnade des Handkusses und der Belehnung. Auch griechische Christen waren darunter. So hatten die Mazaris von Karadschahissar den Jüngling Kir Kalanos gesandt, und die Archonten wetteiferten mit den Moslemin in Ehrerbietung vor dem höchsten Machtanspruch. Das galt von den Glücklichen, vor denen die Schranken und die Kette der Leibtrabanten sich auftaten. Manche eifrige Bewerber jedoch warteten an jedem Tag eines neuen öffentlichen Diwans umsonst auf den Ausruf ihrer Namen. Das waren die, deren Besitzrechte noch ungeklärt waren und denen sich darum wie in einer Wolke das Antlitz der Hoheit entzog.

Unter ihnen stand Manuel Kontophres, der einst verbannte Sohn des Kir Aristides, des verstorbenen Stadtherrn von Eskischehr.

«Es ist immer noch nichts über Eskischehr entschieden», sagte Alaeddin zu seinem Wesir.

Sie waren allein in diesem Raum, dessen größter Luxus darin bestand, daß die Fensterrahmen mit Glas von Konstantinopel gefüllt waren. Der Ausblick über die Stadt und die Ebene bis zu den blauen Bergen war das Schönste. Das andere Schöne waren die edlen Teppiche an den Wänden. Sonst befand sich außer den verhangenen Sofas nur noch ein Tisch mit Schriftrollen und ein Tendur im Zimmer, ein eiserner Korb mit glühenden Kohlen.

Ungleichen Alters waren die Männer. Des Fürsten zierliche Gestalt hatte kaum Mittelgröße. Sein leichtgewellter brauner Bart rahmte ein kluges schmales Gesicht. – Bartlos war der Wesir. Sein Kopf mit den weißen Brauen saß auf einer langen, etwas vornübergeneigten Gestalt.

Der Wesir war ein Eunuche aus Bulgarien. Als die christliche Prinzessin Maria von Byzanz 1258 den damaligen Ilkhan und Dschingisenkel geheiratet hatte, war er mit ihrem Hofstaat nach Täbris gekommen und hatte dort die Gelegenheit zu ergreifen gewußt.

Mongolisch an ihm war nur sein Name Schermugan. Gegen den hatte er seinen griechischen vertauscht, während von seinem bulgarischen schon viel länger nicht mehr die Rede gewesen war. Um Prinzenerzieher zu werden, hatte er das getan, und jetzt war er der «Barvannah» oder Resident des Ilkhans bei Alaeddin. Er war mehr als das. Der junge Sultan hatte denselben Mann, der ihn im mongolischen Interesse beaufsichtigen sollte, auch noch zu seinem eigenen Wesir gemacht.

Schermugan war freilich auch alles andere als ein Weiberhüter. Einer jener «Engel» war er, wie Byzanz sie nannte, deren Entmannung einen sowohl christlich-mystischen wie staatsordnenden Sinn hatte. Sehr oft war das Schicksal

Ostroms von ihnen als Feldherren und Staatsmänner in glückliche Bahnen gelenkt worden. Schermugan hatte die Neigung seiner Zeit, die inneren Verbände aller Großstaaten bis zu deren Auflösung zu schwächen, als eine natürliche Folge allgemeiner kriegerischer Verheerungen erkannt. Da seine Vergangenheit ihn aber zwang, sich dieser Entwicklung entgegenzustemmen, hoffte er auf den gescheiten und tapferen Alaeddin als auf den Reformator und Wiederhersteller des einst so glanzvollen Seldschukenreichs.

«Die Herrschaft Doryläum ist dem Salmenikos Asanes auf Belokoma wegen mannigfacher Verdienste so gut wie versprochen», sagte er jetzt und gebrauchte aus alter Gewohnheit die griechischen Namen, «aber gerade der ist nicht erschienen.»

«Sagten Sie nicht, daß er seinen Vetter David schickte? Und der ist es ja auch, der die Tochter des alten Kontophres geheiratet hat.»

«Die Tochter ist ebenfalls hier, freilich auch der Sohn, der verschollene Manuel», ergänzte Schermugan.

Salmenikos hatte sich in seiner Enttäuschung nicht entschließen können, statt als umbuhlter Machthaber nur wegen seiner Bestätigung im Besitz Biledschiks zu erscheinen. In seiner festen Stadt fühlte er sich völlig sicher. An der Grenze war er zweifellos auch ein großer Herr. Außerdem hatte er sich am Hofe des regierenden Kaisers Mesud nicht ohne Erfolg um die Gunst fast aller einflußreichen Leute beworben, nur nicht um die Alaeddins, der zu jener Zeit beim Ilkhan in Täbris gewesen war. Den jungen, noch unbewährten Prinzen dort aufzusuchen, hatte Salmenikos nicht für nötig erachtet, und auf diese Weise war ihm Schermugan überhaupt entgangen. Voll eifersüchtigen Mißtrauens starrte er dafür auf die Ertoghruler und den Schwarzen Osman, denen Treue zum Herrscherhause Seldschuks Tradition war. Lange und harte Tage des Zauderns und Erwägens waren es für Salmenikos gewesen, bis er sich schließlich zu dem Entschluß durchgerungen hatte, durch Entsendung seines Vetters David alle Ansprüche seines

Hauses aufrechtzuerhalten; durch persönliches Fernbleiben jedoch im Gegensatz zu Osman seinen Wert in den Augen des Prinzen zu erhöhen. Denn dessen, daß Alaeddin den Rat des Herrn von Biledschik nun seinerseits erbitten müsse, glaubte Salmenikos um so sicherer zu sein, als er sich gleichzeitig durch Botschaften an alle Freunde wandte, die er in Mesuds Umgebung am Euphrat besaß, wo der unstete Kaiser einmal in dieser, dann in jener Stadt sein Hoflager aufzuschlagen liebte.

«Was ist mit Manuel?» fragte Alaeddin.

Schermugans Rechte hob sich zu einer unbestimmten Geste. «Er hat Eskischehr», sagte er.

«Weil er es mit Waffengewalt besetzte?» fragte Alaeddin dagegen. «Das bedeutet noch keine Bestätigung durch Unsere Pforte. Ich hoffe, Sie vergaßen das nicht?»

«Ich freue mich, daß Hoheit sich meines untertänigen Rates noch zu erinnern belieben», erlaubte sich Schermugan zu schmunzeln. «An die Erbfolge unserer großen Bege zu tasten, können wir nicht wagen», kam er dann zur Sache, «noch nicht wagen. Wir müssen froh sein, daß sie Hoheit die schuldige Ehrerbietung bezeigen. Aber daß wir im Bedarfsfall viel von ihren Aufgaben sehen werden, glaube ich nicht, nicht eher jedenfalls, als wir Land und Leute, die der Pforte unmittelbar verblieben sind, fest in unsere Hand bekommen. Zu diesen Landschaften gehört die Grenze. Dort müssen wir bei den kleinen Herren den Grundsatz wiederherstellen, daß die Lehen auf Lebenszeit verliehen seien. Anerkennen können wir ein Erbrecht überhaupt nicht und in Eskischehr schon gar nicht.»

«Wohlgesprochen, mein Freund. Was soll uns also Manuel?»

Wiederum glitt ein Lächeln über Schermugans Antlitz.

«Der Grundsatz ist eine Klinge von Stahl, doch die wirkt auch in der Scheide, einfach durch ihr Dasein. Wenn Hoheit Ihre weisen Absichten zu früh enthüllen, und sei es auch nur bei einem kleinen Mann, so könnte es die Großen vor der Zeit bedenklich machen.»

Alaeddin runzelte die Brauen.

«Wir sollen uns fügen?»

«Hoheit sollten prüfen» – Schermugan neigte sich über seine Schriften –, «und zwar zuerst diesen Kir Manuel, der immerhin das eine für sich hat, daß er im Besitz ist. Was wir nämlich bis jetzt von ihm wissen, ist wohl vielerlei, aber doch recht unbestimmt. Daß ihn sein Vater davongejagt hat, ist zwar sicher. In seinem Testament ‹vererbte› der alte Kontophres das Lehen unter ausdrücklichem Ausschluß des Sohnes auf seine Tochter.»

«Über das Testament ist nicht zu reden», lehnte sich Alaeddin auf.

«Gewiß nicht, Hoheit», räumte Schermugan ein und legte das Schriftstück beiseite, «– es sei denn, wir könnten es später einmal brauchen. Was nun diesen Manuel anlangt, so mag er ja wohl zur reinen Lehre des Propheten übergetreten sein, und das wäre, wie Hoheit zugeben werden, sehr zu begrüßen. Aber war seine Bekehrung echt? Er unterzeichnet sich in seinen Eingaben mit beiden Namen, dem seiner Beschneidung und dem seiner Geburt, was wir nicht einmal rügen dürfen, wollen wir die andersgläubigen Untertanen nicht gegen uns aufbringen. Und es ist eigentlich auch nicht zu rügen, weil er die Pforte sich als einem Neubekehrten wohl nur geneigt machen könnte. Außerdem – und darüber erwarte ich noch bestimmte Nachrichten – soll er freilich die Schwester Taindschars, des Generalkapitäns der Turkopolen, geheiratet haben.»

«Turkopolen!» empörte sich der Prinz.

«Das ist nicht so ausgeschlossen», lächelte Schermugan, «denn darüber besteht kein Zweifel: Die Söldner – es sollen an zweihundert Mann sein –, mit denen er Eskischehr überfiel, sind Turkopolen.»

«Söldner des Kaisers von Konstantinopel!»

«Es sind Türken, Hoheit.»

«Abtrünnige sind es, von Allah verworfen, die um guten Sold den Islam verrieten und den christlichen Afterglauben annahmen?»

Nicht einen Augenblick dachte Alaeddin daran, daß der Renegat Schermugan sich gekränkt fühlen könne. Den Islam annehmen war ihm etwas ganz anderes, als ihn abschwören. In dieser Auffassung bekundete sich eine Verschärfung der konfessionellen Gegensätze, die der älteren Generation fremd war. Am Hofe Mesuds hätte man hierfür nur ein Lächeln gehabt.

«Ich bin nur neugierig», meinte Schermugan kühl, «wie lange dieser Manuel seine Leute bezahlen kann.»

«Falls er sie bezahlt!»

«Hoheit denken an Konstantinopel? Ich kann versichern, die Kassen sind dort ebenso leer wie unsere eigenen. Immerhin sind es, wenn auch leere, so doch kaiserliche Kassen. Falls aber der Kontophres mit dem Soldzahlen aufhört, werden seine Leute plündern, und dann haben wir ihn!»

Alaeddin war keineswegs überzeugt. Ein Vorstoß der Byzantiner erschien ihm genauso möglich ... wie er ihn selbst gegen sie plante.

«Ich denke, es genügt schon jetzt mit diesem Manuel», sagte er aber nur.

«Durchaus nicht!» widersprach Schermugan. «Oder glauben Hoheit, unsere großen Herren würden sich besinnen, Turkopolen in Dienst zu stellen? Von einem weiß ich sogar, daß er welche hat, und wir würden nicht nur ihn mißtrauisch machen, wenn wir aus diesem Grund gegen Manuel vorgingen.»

«Aber bestätigen werde ich ihn nicht!»

«Gewiß nicht ... jetzt nicht. Hoheit werden geruhen, zu warten. Vorerst wissen wir nicht, ob der Mann nicht etwa doch noch für uns zu brauchen ist.»

«Und was sagt Ertoghruls Sohn und Kiaja über ihn aus, sein Stellvertreter Osman?»

«Weder Gutes noch Schlechtes. Er kennt diesen Kontophres nicht. Zwar hat er davon gehört, daß Manuel mit dem Botoniates aus Ainegöl Verbindung haben soll und mit dem verrückten Kir Michael. Aber daß Manuel Eskischehr besetzt hat, hält Osman offenbar für verständlich. Er selbst sieht sich in seiner Eigenschaft als Kiaja vielleicht auch schon als Nachfolger seines Vaters.»

«Dann sollte er besser unterrichtet sein und sich seiner Ernennung zum Kiaja wert zeigen ...»

«Hoheit wollen verzeihen – aber das gehört nicht zu seinen Aufgaben. Ich gebe untertänigst zu bedenken, Osman jede Unterstützung zu gewähren. Er ist tüchtig, zuverlässig und –», fuhr Schermugan mit einem leicht unterstreichenden Zögern fort, «wie alle Ertoghruler von einer bedingungslosen einfachen Frömmigkeit, die ihm mancherlei Gegnerschaft zuzieht.»

Alaeddin stand auf und trat sinnend ans Fenster. «Osman hat Feinde, sagten Sie?» fragte er mit einer Kopfwendung über die Schulter.

«Mehr, als er selbst weiß.»

«Gehört der Biledschiker auch dazu?»

«Seltsamerweise nicht. Osman nannte Kir Salmenikos sogar seinen Freund, womit er wahrscheinlich etwas zuviel gesagt hat. Aber ich hege deswegen keine Befürchtung für ihn. Er ist ein Mann der Steppe und weiß, daß Gefahr überall ist.»

«Immerhin wäre das gute Einvernehmen der beiden sehr günstig», überlegte der Prinz.

«Für den Fall, daß Hoheit sich genötigt sähen, der Stadt Eskischehr einen anderen Herrn zu geben», ergänzte Schermugan. «Wir könnten es dann dem Salmenikos oder dem Osman überlassen, Manuel Kontophres wieder hinauszuwerfen.»

«Das meine ich. Mit unseren eigenen Kräften müssen wir sparen.»

«Und obendrein hätte es den Anschein hoher Gerechtigkeit, wenn Hoheit Eskischehr zuletzt selbst besetzten – und behielten. Denn daß die Sieger sich niemals einigen würden, versteht sich von selbst.»

Alaeddin lachte. Sich von Schermugan durchschaut zu sehen, machte ihm nichts aus. In seinen Augen bestätigte das nur die Fähigkeit seines Wesirs.

«Und die Tochter des Kontophres ist von dem Biledschiker abgefunden?»

«Ihr Mann versicherte es mir.»

«Um so besser. Vorläufig warten wir also. – Wissen Sie, ob noch jemand von Bedeutung im Vorzimmer ist?»

«Ich wüßte nur den einen», sagte Schermugan. «Falls Hoheit geruhen sollten, ihn für bedeutsam zu halten ... Ich meine Scheich Edebali, den großen Lehrer.»

VII

Über das schmutzige Olivgrün blänkerte ein leichtes Gewelle. Aber es konnte dem Blick nicht wehren, bis zu den bemoosten Bohlen hinunterzudringen. Gegen den Strom jedoch standen in Erwartung einer guten Mahlzeit die Fische. Das Füttern dieser fingerlangen Gesellen war eine Ergötzung der Badenden.

Freilich durfte kein Menschenkoloß in die Fischschwärme stoßen. Dann waren sie weg, durch die Holzlatten weg, die das Becken begrenzten, um wieder dazusein, kaum daß sich der Aufruhr beruhigt hatte. Selbst den geschicktesten Schwimmern war es noch nie gelungen, einen der Flinken zu erhaschen.

Indes helle Gestalten, um die Krumen hinabfließen zu lassen, den Einstrom des Baches umstanden, hielt sich am entgegengesetzten Ende ganz allein ein schwerer Mann auf. So hingerissen vom Spiel war er, daß er sich weit vornüberbeugte. Fleischfalten legten sich ihm dabei um die Hüften. Doch hatte er weder einen Fettbauch noch fehlte es ihm an Muskeln. Selbst die Fleischmassen eines unverschmähten Lebensgenusses, die sich bei ihm über den ganzen Körper verteilt hatten, ließen noch Sehnen ahnen.

Als nun zwei lachende junge Männer mit glattem Kinn schweißnaß aus dem Dampfraum stürzten, wäre es nicht unbedingt nötig gewesen, daß der erste mit federnden Gelenken schnurgerad auf den Stämmigen zulief.

«Konur!» rief der Verfolger.

Klatsch! antwortete die Hand des Verfolgten, indem sie auf die Schultern des vornübergebeugten Zuschauers niedersauste. Damit verschwand der Hurtige auch schon mit Bocksprung und sieghaftem Juchzer kopfüber im Wasser. Aber nicht er allein. Den schweren Mann nahm das Becken ebenfalls auf, mit dem Unterschied freilich, daß er nicht formvollendet mit einem unbedeutenden Spritzer versank, sondern mit Brust und Bauch und allen vier Gliedmaßen auf das Wasser klatschte. Doch dann lächelte auch ihm das Glück. Denn die Jagd der beiden jungen Burschen ging weiter, und gerade wie der Grollende wieder auf festem Boden stand, rannte Konur, der Verfolgte, an ihm vorbei.

Das war die Vergeltung!

Mit einer Gewandtheit, die man dem breiten Mann kaum zugetraut hätte, stellte er dem übermütigen Bockspringer ein Bein und sandte ihn dorthin, wo dessen Platz war: auf den Boden und zu Füßen des von ihm Mißbrauchten.

Jetzt galt das Spottgelächter denn auch – und mit besserem Recht – dem Jüngling, nur daß Konur die ihm widerfahrende Gerechtigkeit nicht nach deren Wert zu schätzen vermochte. Ohne die Vermittlung Besonnener hätte es also leicht Streit geben können. Und niemand konnte wünschen, daß der Friede des Bades gestört werde. Ein Bad hatte immer etwas von einer Moschee.

«Entschuldige dich, Konur», übertönte jetzt ein Hinzutretender das Gewirr der Stimmen. «Allah sei davor, daß du unseren Zelten einen schlechten Namen machst.»

Ein freundschaftlicher Befehl war das. Doch wie Konur auch darüber denken mochte, zu entschuldigen brauchte er sich nicht mehr. Beim Anblick des Friedensstifters löste vielmehr ein sonniges Lächeln den Zorn auf dem Antlitz des Widersachers. Keinerlei Entschuldigung begehrte er mehr, sondern er wollte nur wissen, ob es ihm vergönnt sei, mit dem Grenzhauptmann Kara Osman zu sprechen.

Er hatte sich nicht geirrt. Doch Grenzhauptmann sei noch immer Ertoghrul Suleimanoghlu, erklärte Osman, er selbst sei lediglich durch die unverdiente Gnade des Sultans zum Kiaja, zum Stellvertreter, ernannt.

Diese Bescheidenheit konnte den anderen jedoch nicht hindern, Allahs Segen auf Seine Kaiserliche Hoheit und den Kiaja herabzuflehen und sich selbst als den neuen Herrn von Eskischehr der Gewogenheit des so Hochbegünstigten zu empfehlen.

«Kir Manuel Kontophres?» verwunderte sich Ertoghruls Sohn und hatte dazu allen Grund, da das Bad als religiöse Stiftung nur den Moslemin offenstand.

«Mahmud Bey», verbesserte Manuel schnell, und die äußeren Umstände ließen auch ohne Schwierigkeit feststellen, daß er sich durch kein Zuviel von den anderen unterschied, also der Beschneidung teilhaftig geworden war.

«Ich sehe», lachte Osman. «Also Mahmud? Und Bey? Sie haben die Belehnung erhalten?»

Bei dieser Frage stieg denn doch eine leichte Röte in des Kontophres Gesicht, wenngleich er es als etwas Nebensächliches hinwarf, daß die Formalitäten noch nicht abgeschlossen seien, und dabei eine heitere Bemerkung über die Umständlichkeiten kaiserlicher Schreibstuben hinzufügte.

Beide Männer boten den Anblick körperlicher Kraft. Aber während der nicht ganz so große Manuel weiß und breit durch seine Masse wirkte, schwellten harte Muskelstränge Osmans dunkle Haut. Wie herausgeschnitzt waren sie und als Ursache jeder Bewegung seiner überlangen Arme, seiner hohen Beine und seiner Lenden deutlich erkennbar. Was die zusammengewachsenen Augenbrauen im hakennasigen Gesicht nur vermuten ließen, bestätigte sich: Schwarzes Haar bedeckte den ganzen Leib und vor allem als Mähne die Brust. Weil es Osman widerstrebte, seinem neuen Nachbar den ungebührlichen Bey-Titel zu gewähren, redete er ihn, wie es einem Kontophres zukam, mit «Euer Edlen» an. Auch reizte es des Jüngeren Neugier, von den Schicksalen des Vielgewanderten zu erfahren. Diesen Wunsch nicht sogleich zu befriedigen, war jedoch Manuel klug genug. Ihm genügte es, sich willkommen zu wissen, wenn er zurückkehren würde.

Dann hoffte er, Osman mit um so besserem Erfolg für sein Anliegen zu gewinnen. Jetzt zog er sich einstweilen zurück, während Osman und seine Begleiter einer Ecke zustrebten wie Leute, die ihres Zieles gewiß sind.

Ein kleiner, doch stiernackiger Graubart hockte dort auf seinem Teppich. Daß er über die Zeit des Herumtollens längst hinaus war, konnte man sehen. Aber kaum einer hätte in dem anscheinend recht kriegerischen Mann einen Heiligen vermutet. Und doch galt er vielen als heilig.

Es war Kumral oder, wie seine Anhänger ihn nannten, Abdal Kumral, der Heilige Kumral.

Irgendwo am bithynischen Olymp hatte er seine Höhle, in der er allerdings nur selten anzutreffen war. Häufiger sah man ihn in den Orten zu beiden Seiten des Tumanidsch, des Temnos-Gebirges, und am häufigsten bei seinem Schützling Osman.

Kumral war nicht die geringste Ursache, daß man in Ertoghruls Stamm immer häufiger von Osman sprach, und besonders hatte das eine seiner Weissagungen bewirkt, die er getan haben sollte.

Im Passe Ermeni, erzählte man sich, habe der fromme Derwisch gesehen, wie das Haupt des Jünglings Osman von den Flügeln eines Königsgeiers – des kaiserlichen Vogels – überschattet worden sei, und des Abdals Weissagung sei diese gewesen:

Osman und seine Nachkommen würden zu einer Herrschaft über das Schwarze Meer und das Mittelmeer, über Europa und Asien gelangen.

Seinen besten Säbel habe ihm Osman zum Dank geschenkt, hieß es weiter, und eine Schale zum Trinken.

Seines Schwertes freilich überhob Kumral sich nicht und gab immer noch seinem knorrigen Stecken den Vorzug. Aber daß er ein Schwert und eine Schale von Osman besaß, war in der Tat nicht zu leugnen. Zu diesem Mann setzten sich Osman, Konur und Torghud.

Auch den beiden ausgelassenen jungen Leuten sah man das kriegerische Hirtenleben an. Zum Sohn ihres Häuptlings standen sie in einem besonderen, völlig freiwilligen Verhältnis. Sie gehörten zu seinen «Alpen», zu seinen Helden, wie sie Ertoghrul ebenfalls unter den ergrauten Männern besaß. Säulen waren sie von Osmans gegenwärtigem Ansehen und seiner künftigen Macht.

Keiner seiner älteren Brüder konnte sich einer Gefolgschaft rühmen, wie er sie besaß.

Abdal Kumral schien immer noch ganz seinen inneren Gesichtern hingegeben zu sein; aber nun zeigte es sich, daß er alles gesehen und den unbedeutenden Vorgang mit Kir Manuel sehr wohl bemerkt hatte.

«Der Eskischehrer kam deinetwegen», knurrte er zu Osman hinüber. «Da siehst du nun, welch große Person du bist!»

In seinem Munde klang selbst etwas Angenehmes noch wie Spott und Verweis. Ihn ein Lob aussprechen gehört zu haben, konnte sich niemand erinnern. Der lange Konuralp jedoch hörte, was er hören wollte. «Wir Jungen sind für Osman!» wagte er sich tollkühn vor. «Wir sind unserer neun aus den ersten Jurten!»

«Junge Hunde seid ihr. Wartet, bis euch das Fell angewachsen ist», lautete Kumrals Wohlmeinen.

«Ich bin der jüngste unter den Brüdern», gab Osman ihm bescheiden recht.

«Das bist du», mischte sich nun der schmächtige Torghud ein, der sich durch seine krummen Reiterbeine und eine ungestüme Angriffslust auszeichnete. «Aber wer von deinen Brüdern hat Alpe wie du? Weder dein Bruder Sarujati noch dein Bruder Ghundus!»

Ein finsterer Blick war alles, was Kumral dazu äußerte. Durch nichts verriet der Alte das Behagen, mit dem er die Rede des Vorlauten vernahm. Aber wenn Torghud ein junger Hund sein sollte, so war er doch von einer Rasse, die, was sie anpackte, nicht ließ.

«Schon jetzt hat Osman hundert und mehr, wenn er für

sich selbst einen Zug unternehmen will, und wenn er seines Vaters Würde erhält, folgt ihm der ganze Stamm. – Spreche ich recht, Ehrwürdiger?» wandte er sich geradezu an Kumral.

«Das Erbe soll man teilen, niemals den Stamm», verkündete der Abdale wie ein Fetwa.

«Noch lebt Ertoghrul, unser Herr», wehrte sich nun aber Osman ... «Allahs Segen über sein Haupt», fielen seine beiden Alpe mit einer Frömmigkeit ein, die viel durch Kumrals Anwesenheit gewann ...

«Ihr sagt es», hemmte der Abdale aber trocken jede weitere Inbrunst. «Und nun gebt uns zu trinken.»

«Hat Osman nicht den Kursk des Sultans ...», gab sich Torghud jedoch immer noch nicht zufrieden, indes Konuralp nach dem Krug mit berauschendem Kumys langte, der gegorenen Stutenmilch.

«... und wenn Osman den Pelz hat, sollte ich meinen ...», zeigte Torghud sich hartnäckig ... Doch nun blieb das Wort ihm stecken.

«Unverständiger!» grollte Kumral, wozu er auch allen Grund hatte: Kir Manuel nahte.

«So Gott will, geht es meinem Herrn wohl?» Manuel verneigte sich höflich.

«So Gott will, ja», dankte Osman. «Setze sich Euer Edlen, wenn es beliebt.»

Es beliebte Manuel, und er trank sogar den Kumys, ohne sich hinterher zu schütteln. Seit seiner Jugend war er an das Gebräu der Nomaden gewöhnt. Einen tiefen Zug tat er und befahl dann seinem Diener, ihm den Schweiß abzuwischen, der dem vollblütigen Herrn von Eskischehr zu schaffen machte.

Auch Märchenerzähler gehörten als Zeitverkürzer zum Bad. Im Bereiche von Osmans Teppichen jedoch wurden keine Märchen erzählt, jedenfalls keine, die sich als solche ausgaben.

Manuel berichtete von eigenen Abenteuern, und er war ein guter Erzähler.

Von den sagenhaften Damen von Byzanz sprach er. In ihrer aufs höchste getriebenen Gepflegtheit seien sie eher himmlischen als irdischen Geschöpfen zu vergleichen. Aber wenig ersprießlich sei der Genuß der anderen dem, der, um mitzuhalten, des Geldes ermangele. So habe ihn die Not des Lebens denn weit herumgetrieben, Schätze habe er gewonnen und verloren in den Ländern des Abends und des Morgens, was er mit Beispielen belegte und unter anderem auch mit seinem Aufenthalt in der Krim, wo er den hochmütigen Genuesen in Kaffa als ein Krieger und Hauptmann gedient habe, und höher im Norden dann bei einem Fürsten in Rußland.

Alle diese russischen Teilfürsten und selbst der Großfürst seien nur Vasallen und Diener der Goldenen Horde. Und als dann sein eigener Fürst vom Großkhan, um sich dort zu verantworten, nach Sarai an die Wolga befohlen worden sei, habe er, Mahmud der Kontophres, von der gefährlichen Reise nicht zurückbleiben können. In Sarai nun habe Mahmuds, des Erzählers, Russenfürst, ohne vor das Antlitz des erhabenen Herrschers gelassen zu werden, wochenlang unbehelligt mit seinem Gefolge gelebt, bis ihm dann allerdings das Urteil gesprochen worden sei. Mit einem Block um den Hals und um die Handgelenke und sonst nackt habe er hinter dem Jagdpferd des goldenen Khans herlaufen müssen, um zuletzt auf dem Richtplatz zu enden.

Manuel schwieg. Und da Kumral auch weiterhin stumm blieb, kam es Osman zu, die Pause schließlich zu brechen.

«Und Euer Edlen –?» ermunterte er Manuel.

«Was nun mein eigenes Los anbelangt, dem nachzufragen Euer Tapferkeit die Gewogenheit hatten, so behielt ich, wie Sie sehen, das Leben und verlor die Freiheit. – Ja, meine Freunde», ließ Manuel seine Stimme in männlicher Verhaltenheit beben, «ich gestehe es: Es gab eine Zeit, da ich, der Sohn des Kontophres, ein Sklave war.» – Nachdem er, damit sich die durch seinen Freimut bewirkte Erschütterung seiner Hörer vertiefe, eine Pause hatte verstreichen lassen, fuhr er fort: «Dennoch traf ich es nicht gar zu schlecht. Meiner Talente wegen schenkte der Khan mich seiner Nichte. Und wenn Frauen als Herrinnen auch mehr zu fürchten sind als Männer, so betrachte ich, da ich zu einem Eunuchen nicht den Beruf in mir fühle, wenigstens das als ein Glück, daß die Tatarinnen sich der Verschnittenen nicht zu bedienen wissen.»

Osman und seine Alpe nickten bedächtig. Ihr Stamm glich in seinen Gewohnheiten den Nomaden Innerasiens zu sehr, um die Sitten von Byzanz angenommen zu haben. Bei ihnen brauchte man die Männer zum Trieb und Schutze der Herden und die Frauen zum Buttern und für die Jurte. Was hätten die Ertoghruler wohl mit Eunuchen anfangen sollen?

Wie Manuel darüber dachte, sagte er nicht.

«Als meine Herrin mich bekam», erklärte er, «war sie mit ihren elf Jahren fast noch ein Kind. Nach zwei weiteren jedoch wurde der Krimkhan, der den Islam angenommen hatte und ein frommer Mann ist, mit ihrer Hand beehrt. Und dort, meine Freunde, geschah es, daß meine Augen hell wurden und der wahren Lehre sich öffneten. Ich wurde beschnitten und erhob mich von meinem Wundlager als der Mahmud, der ich jetzt bin.»

«Sei gepriesen», sagte Osman.

«Gott ist barmherzig», fügten die beiden Alpe hinzu.

«Wahrlich, er segnete mich», erklärte der Kontophres. «Meiner Herrin widerfuhr die gleiche Gnade wie mir, und um meiner Bekehrung willen gab sie mich frei.»

«Amin», bekräftigten die Ertoghruler.

Nur Kumral sagte nichts. Kein Wort hatte er während der Anwesenheit Manuels gesprochen. Nun stand er auf und stelzte davon, was Osman und seinen Alpen eine kleine Verlegenheit bereitete.

Manuel dagegen atmete auf. Trotz des kaum mißverständlichen Verschwindens des Abdalen glaubte er Osman allmählich in eine Stimmung hineingeredet zu haben, daß er jetzt endlich beginnen könne.

«Was aber jetzt?» wagte er die entscheidende Frage. «Ich bin wieder in meinem Land und in meiner Stadt und begierig, Frieden zu geben und zu nehmen. Wäre Euer Tapferkeit ein Gespräch genehm?»

Konuralp und Torghudalp schauten auf ihren erwählten Herrn. – Osman blickte Manuel in die Augen. So verharrten sie eine Weile.

«Kommt mit in mein Zelt», sagte Osman dann.

VIII

Osman und Manuel waren allein im schmucklosen Zelt. Auf bunten Wolldecken saßen sie. Über den Kumys waren sie längst hinaus und auch über die scharfe Arrjka, den Schnaps der Schnäpse. Das war alles gewesen, was Osman reinen Herzens hatte beisteuern können. Von den Sitten und Gebräuchen der Mongolen hatte der Prophet nie etwas vernommen. Diese Köstlichkeiten zu verbieten war ihm daher nicht vergönnt gewesen.

Mit dem Wein war das etwas anderes, und Osman hatte sich sehr verwundert, als ein so frommer Mann wie Mahmud der Kontophres aus dem Ledersack, der ihm gebracht worden war, plötzlich Weinkrüge hervorgezogen hatte.

Natürlich sei Weintrinken eine läßliche Sünde – das fand auch Osman; aber von einem Neubekehrten habe er sich eigentlich eines Besseren versehen, meinte er. Immerhin war es dem Moslim Mahmud gelungen, den Schüler des Scheichs Edebali zu beschwichtigen, und nun hielten die beiden ungeachtet vorher genossener Schnäpse bereits beim dritten Krug.

Alles übrige ergab sich daraus von selbst.

«Wer bin ich, Bruder», sagte Osman gerade, «daß ich dir beim Sultan zu deiner Belehnung verhelfen könnte? Zum Schermugan mußt du gehen. Der kann helfen!»

«Er kann, aber er will nicht, sonst hätte er es schon längst getan. Was soll mir Schermugan? Du hast das Ohr Alaeddins so gut wie der Verschnittene. Du mußt ihm sagen, dem Sultan, daß uns die Christen schlucken, wenn wir Moslemin nicht zusammenhalten. Und was will die Pforte dann noch in Sultan Öni?»

Osman hörte das Land gern «Sultan Öni» nennen. Der Name erinnerte an einen glorreichen Sieg Ertoghruls über Griechen und Tataren. Drei Tage lang hatte Osmans Vater gegen sie am Passe Ermeni gekämpft und sie dann über Ainegöl hinaus bis ans Meer verfolgt. Der ehemalige Sultan aber, der große Alaeddin-Keikobad, hatte als ein Zeichen, daß die ikonische Pforte die Landschaft nimmermehr preisgeben werde, ihren Namen aus Bosöni, Eisvorderseite, in Sultan Öni, des Sultans Vordertreffen, geändert und zugleich Ertoghrul zum Dank für den Sieg mit dem Ort Seraidschik und Grenzhauptmannschaft belehnt.

«Ich sage ‹Sultan Öni›», rief Manuel. «Ein Hundsfott, wer unserer geliebten Heimat einen anderen Namen gibt! Oh, Land der türkischen Berge und der Wiesen, wie Smaragde so grün», sang er zur Bekräftigung seiner guten Gesinnung mit einem ganz leidlichen Bariton ...

«Ich bin nur der Sohn meines Vaters», wollte Osman bescheiden einwenden ...

«Das ist es eben», trumpfte Manuel aber dazwischen, «der Sohn des Alten! Des Alten vom Berge», streifte er lachend Ertoghruls Spitznamen, der an den Häuptling der Assassinen erinnern sollte; «fehlt nur noch die Burg Alamut. Oberster Grenzhauptmann! Man muß sich vor dir verneigen, Bruder Osman.» Und dabei taumelte er auch schon auf und verneigte sich aus den Hüften – sehr tief verneigte er sich.

Osmans Gedanken aber kreisten wieder einmal um den Stamm. Der war ihm wichtiger als Schermugan und selbst als der Sultan. Den Stamm der Ertoghruler Türken müßte er, Osman, für sich haben, Nachfolger seines Vaters müßte er werden – das könnte den Anfang von vielem bedeuten. Das dachte er, aber trotz Schnaps und Wein sagte er es nicht. Osmanen, dachte er und spielte mit dem Klang dieser Silben. Wenn das wäre! Den gepriesenen Vater so zu übertreffen, daß der Stamm seinen, Osmans, Namen annähme!

Nur in der Lockerung des Weines konnte er sich dieses schier unerreichbare Ziel eines verstiegenen Ehrgeizes eingestehen.

Aber erst seine Alpe und nun dieser Mann, der doch immerhin die Hauptstadt von Sultan Öni besitze ... Osman Ertoghruloghlu stelle vielleicht doch etwas vor, und mit dem Sultan könne er ja in der Tat einmal reden ...

«Du meinst also, die Christen ...?» wollte er fragen ...

«Die Ungläubigen», unterbrach ihn jedoch Manuel sofort, «diese unbeschnittenen Ungläubigen – Allah verderbe sie! Da ist der Botoniates auf Ainegöl, der windige Michael auf Chirmendschik – auf Biledschik und Jarhissar sitzen die Asanes, und in eurem Karadschahissar, das dein Vater – Allahs Segen über den Vater! – schon einmal genommen hatte, nisten noch immer – weh mir, daß ich mit ihnen verwandt bin! – diese Dreckläuse, der Mazaris, alle unbeschnitten wie das liebe Vieh, einer wie der andere. Und alle miteinander zu unserem Verderben verschworen! Sage selbst, Bruder Osman, kam ich nicht gerade zur rechten Zeit? Sonst wäre Eskischehr in Händen von dieser Rotznase, dem David Asanes, was soviel heißt wie des geschniegelten Kir Salmenikos ...»

«Ist aber gut gelitten, der Salmenikos, bei der Pforte», meinte Osman. «Sultan Alaeddin, mußt du wissen, ist eben auch so ein ganz Feiner, mehr etwas für einen Salmenikos als für mich. Richtig warm wird unsereiner bei dem nicht ...»

Manuel lachte.

«Fürchtest dich vorm Alaeddin?» gönnerte er. «Wollen sehen, wie lange der's treibt. Wenn er es nicht mit uns Moslemin hält, nicht lange. Vor Alaeddins Gehabe sich scheuen! Laß dich nicht auslachen, Kiaja. Mit deinem Benehmen würdest du in Konstantinopel Aufsehen erregen», sagte er, indem er innerlich grinste, «du, der Sohn deines

Vaters und Schüler des hochberühmten Scheichs Edebali.»

«Den kennst du auch?»

«Wen?»

«Scheich Edebali. Er wohnt doch in Itburni, und wenn dir's drum zu tun gewesen wäre, hättest du ebenfalls sein Schüler sein können.» Und ob dieser Bursche, der Osman, durchblitzte es Manuels umnebelten Kopf, wohl die Islamstreue des Herrn von Eskischehr bezweifle? – Doch schon verschwanden die Falten über der Nasenwurzel, und an ihrer Stelle legten sich andere um den Mund, Falten einer gelinden Zerknirschung.

«Was nützt die Reue, Bruder? Ich bin nicht du, und mein Vater war nicht dein Vater. Ich will mich auch nicht darauf ausreden, daß ich zu jener Zeit noch nicht erweckt war. Eher möchte ich dieses sagen: daß mein Vater, obwohl sehr hart, dennoch nicht ganz ohne Ursache mich strafte. Jawohl, so ist es. Mein sündhaftes Herz war schuld. Darum saß ich nicht zu Füßen des hochwürdigen Scheichs.» Manuel wußte, was er sagte.

Mit diesem Geständnis gewann er mehr als mit allen anderen Worten den jüngeren Mann.

«Allah ist barmherzig», murmelte Osman ...

«Er ist in Wahrheit barmherzig und allerbarmend», erwiderte der andere.

Schnaps und Wein hatten teil an Osmans Rührung; aber vor allem wirkte die Erwähnung Edebalis. Mit dem Klang dieses Namens stand auch Malchatun in Osmans Gedanken auf.

«Rede mir nichts wider dich, Bruder», sagte er, «du bist ein guter Mensch.»

«Du wirst mit dem Sultan sprechen?» fragte Manuel schnell.

«Du bist mein Freund und ein guter Mensch», beharrte Osman mit der Unbeugsamkeit eines Angetrunkenen. «Ein Bey bist du nicht – die Wahrheit muß ich sagen, Bruder Mahmud, sei mir deswegen nicht böse. Und auch belehnt bist du immer noch kein Bey. Ich bin dein Freund; aber was wahr ist, muß wahr bleiben. Bey bist du nicht. Du hast das Diplom nicht, du hast den Roßschweif nicht und nicht die Fahne und nicht die Pauke. Aber ein guter Mensch, das bist du!»

«Ich bin ein Sünder», wiederholte Manuel und glaubte beinahe schon selbst an seine Reue und vor allem an seinen damit verbundenen Seelenadel. «Und wenn es nicht um Sultan Öni wäre, würde ich dich nicht bitten», versicherte er. «Sprich du also mit Alaeddin, Kiaja des Grenzhauptmanns.»

«Es wird geschehen. Ich sagte es schon», versuchte Osman sich würdig zu geben. «Oh, mein Mahmud», rief er dann aus, «wie leicht ist dir zu helfen! Aber mir ...»

Mit dem Verklingen sah er Edebali und aus dessen Brust den Mond aufsteigen, und im Monde erblickte er Malchatun. Leibhaftig sah er sie und doch unnahbar fern als das Wesen einer höheren Welt, die ihm versagt sei.

«Was ist dir, mein Osman», umsorgte ihn Manuel. «Wenn du einen Kummer hast, laß mich ihn teilen.»

Osman schüttelte den Kopf.

«Kennst du das Wort des Propheten nicht?» fragte er. «‹Wer liebt und schweigt und entbehrt und stirbt – stirbt als Martyr›», zitierte Osman. «So spricht Mohammed!»

«Ganz gewiß», meinte Manuel, neugierig gemacht, «der Prophet war ein frommer Mann, ein heiliger Mann, aber ein Mensch wie wir, und so konnte er irren,»

«Das Wort ist erhaben, das Wort eines Tschelebi, eines Kavaliers!» rief Osman. «Wer liebt und schweigt ... Und schweigt!!» brüllte er mehr, als er schrie.

«Höre mich recht, mein Osman», ließ Manuel sich durch das Getöse nicht schrecken, «der Prophet hatte Frauen genug, mehr als uns erlaubt sind. Daraus wäre auf seine Liebeserkenntnis zu schließen. Aber wenn du wohl aufmerkst, findest du leicht heraus, daß seine Weiber ihm zuzeiten arg zusetzten. Besonders die Aïscha, das kleine Biest ...»

«Allahs Segen über Aïscha, die Mutter der Gläubigen», murmelte Osman.

«Allahs Segen», gab ihm Manuel ohnehin Bescheid. «Du siehst also selbst: In bezug auf die Fauen irrte Mohammed sehr oft. So auch hier. Warum schweigen? Liebe will Erfüllung. Wie kannst du auf Erfüllung hoffen, wenn du schweigst?»

Wie eine ferne Prinzessin aus dem Märchen sei Malchatun. Was habe er da auf Erfüllung zu hoffen? Er sei der Mann nicht, wachsame Drachen zu überlisten oder seltsame Rätsel zu lösen. So dachte Osman und wußte zu seinem Glück nichts über das Rätsel von Malchatuns Zurückhaltung. Nicht mit dem Hauch eines Gedankens kam sein argloses Gemüt auf Salmenikos als die Ursache seiner Leiden.

«Und entbehren?» hörte er Manuel auf sich einreden. «Warum entbehren? Einem strammen Kerl wie dir kann es doch nicht fehlen –»

«Schweig, Bruder, ich bitt' dich.»

Aber bei einem Männergespräch über Frauen war Manuels Beredsamkeit so leicht nicht zu stillen.

«Hinter welcher Burgmauer steckt sie?» versuchte er Osman. «Ich helfe dir, sie herauszuholen», bot er sich ganz im Ernst an. Zu gern hätte er sich den Einflußreichen durch einen gemeinsamen Frevel verbunden.

«So schweig doch!» wies ihn Osman aber zurecht.

«Hab doch keine Angst, Bruder», ließ Manuel dennoch nicht locker. «Wenn dir ein Weib spröde tut, lüstet es sie nur danach, daß du dich ihr mannhaft erweisest. Wäre ja eine Schande, wenn ein Mann im besten Stall wie du darben sollte. Glaub mir: Greif der Zimperlichen nur dreist unter das Kleid und tu ihr, wozu sie erschaffen ist – hinterher schleckt sie dir noch die Hand ab.»

Manuels kollerndes Lachen verstummte jäh. Mit glasigen Augen starrte er in Osmans zornsprühendes Antlitz.

«Schamloser», rief Osman, «von wem redest du so? Wisse, daß es Scheich Edebalis Tochter ist, an die ich denke. Einen Moslem nennst du dich und kennst nicht die vierundzwanzigste Sure, die medinesische, genannt ‹das

Licht›? ‹Diejenigen›, heißt es dort, ‹die züchtige Frauen verleumden, die geißelt mit achtzig Hieben und nehmt nie mehr ihr Zeugnis an, denn es sind Frevler.› Und ferner im dreiundzwanzigsten Ajat: ‹... sie sind verflucht hienieden und im Jenseits und empfangen gewaltige Strafe.› Warum sprichst du, ein Bekehrter, zu mir wie ein Grieche ohne Scham und ohne Ehrfurcht vor Allahs Gebot?»

«Himmel!» rief Manuel. «Welch eine Gelehrsamkeit! Sicher bist du der weiseste unter den Schülern Edebalis.»

«Ich bin ein Nichts», sagte Osman, «hätte Edebali mir sonst wohl seine Tochter verweigert? Und dir laß sagen: Da du mein dürftiges Wissen mit Weisheit verwechselst, steht es schlecht um deine Bekehrung.»

Manuel gedachte weniger seiner Bekehrung als der Siege, die er so oft über Frauen davongetragen habe, und begegnete der trunkenen Aufwallung des Jüngeren mit Herablassung und Nachsicht. Er verstand ihn gar nicht. Um sich wie Osman ganz an das männliche Phantasiebild von einer Frau verlieren zu können, besaß er zu wenig Phantasie und empfand er, obwohl er das Gegenteil glaubte, zu wenig als Mann. Sein nie gestilltes Verlangen galt dem Rausch der Körper, dem er mit mancherlei knifflichen Würzen aus der Untergrundküche des Geschlechts immer neue Auftriebe zu geben gelernt hatte. Wie hätte er also nicht über Osman lächeln sollen?

Er hörte von Edebalis Tochter, und sogleich stand Selmas, der blonden Mutter, Antlitz und Gestalt wieder vor ihm. Sein Erinnerungsvermögen war vortrefflich, und daß Edebali und nicht er selbst der Vater von Selmas Kind geworden war, hatte keineswegs an ihm gelegen. Nicht ganz mit Unrecht hatte der alte Kontophres Malchatun gegenüber vermutet, Selmas Ehe mit Edebali sei eine Flucht vor Manuel gewesen. Und so entsprach es auch demselben Manuel, daß seine Neugier auf die Tochter einer Frau, die ihm als Mädchen entschlüpft war, im gleichen Augenblick erwachte, da er von ihr vernahm.

«Wie heißt die Hanum?» fragte er höflich und räumte

Malchatun mit diesem Titel bereitwillig den Rang einer Dame ein.

«Wir nennen sie ‹Malchatun›, die Schatzfrau, die liebe Herrin», übersetzte Osman ins Arabische, «aber Edebali gab ihr den Namen ‹Kamerije›.»

«‹Schönheitsmond›?» wiederholte Manuel auf griechisch.

«Selmas Tochter ein Vollmond der Schönheit ...»

«Selma?» stutzte Osman und erinnerte sich dann des Namens von Malchatuns Mutter. «Du hast sie gekannt, Bruder!» freute er sich zugleich über die Entdeckung eines verwandtschaftsartigen Verhältnisses zum Trinkgenossen. «Malchatuns Mutter war deine Pflegeschwester.»

Er hätte aber nicht wissen dürfen, daß der andere im Hinblick auf Selma zu der Überzeugung gelangt war, seine Gespielin und Pflegeschwester gehöre nach römischem Recht als Findling dem Grundherrn, nämlich dem alten Kontophres, und später ihm, dem Erbsohn. «Ich war alles andere als ein Heiliger», sagte Manuel jetzt aus seinen Erinnerungen heraus.

«Du auch nicht?» verriet sich Osman, und Manuel war nicht der Mann, es zu überhören.

«Ist das der Grund», fragte er, «warum man dir die Hanum nicht geben will? Wegen deiner Mädchen?»

Osman seufzte.

«Ich sei flatterhaft, sagen sie. – Aber ich schwöre dir», fuhr er lebhafter fort, «seit ich sie – seit ich Malchatun sah, habe ich keine andere mehr angeredet. Das ist die reine Wahrheit. Keine einzige mehr.»

«Doch vorher waren es genug», meinte Manuel trocken. Was konnte Osman erwidern? Er hatte die unbequeme Gewohnheit, bei allen Mißgeschicken die Ursache immer zuerst bei sich selbst zu suchen.

Manuel aber fühlte sich angenehm durch den Gedanken berührt, daß er mit Osman doch viel gemein habe, wobei er an den eigenen wohlerworbenen schlechten Ruf dachte. Dennoch irrte er sich. Zwischen ihnen war ein großer Unterschied: Osman war vordem immer nur weiblichen Neigungen erlegen, und darum wurde es ihm auch so schwer, dieses eine Mal, da er selbst liebte, bei Malchatun, sich mit einer Zurückweisung abzufinden. Manuel dagegen, dem von den Frauen selten etwas erspart worden war, hatte sich in dieser Lage viel häufiger befunden.

Vor Selma jedoch erzählte Manuel nichts. Mit einem letzten Rest von Besinnung hielt er sich zurück, um lieber Osman von der Tochter sprechen zu hören.

Ein junger Mann sprach von seiner Geliebten und dachte an nichts als an sie. Von dem Lächeln des älteren Hörers war er durch eine Sternenwelt getrennt. Denn vielerlei kann Liebe bedeuten, auch die Anbetung einer jedem Zugriff entrückten Göttin.

Wohl dem Jüngling, der beten kann. Mit nichts und durch keine Tat vermag das im Fleisch wandelnde Abbild der Angebeteten das Gebet zu trüben. Es ist das Geschenk des Barmherzigen und geht zu Ihm, in jedem Bilde ist Er, und immer ist das Gebet an Ihn gerichtet.

So sprach Osman von Malchatun.

«Wisse, mein Manuel», begeisterte er sich, «in meinen Gedanken ist sie oft. Und eine Ulme sah ich aus ihr wachsen, und dann war sie die Ulme. Immer größer wurde sie in der Schönheit ihres Wuchses, immer weiter breitete sie ihre Zweige, weit über Länder und Meere bis an der Erde äußersten Rand. Aus ihren Wurzeln sprangen Quellen und umrieselten die Rosenbüsche der edenischen Flur. Tausendstimmige Nachtigallen nisteten in ihren Zweigen und kosten im Schatten ihrer bergenden Krone, und ein seliger Wind erhob Blätter und Zweige in einer einzigen Woge zu Gott.»

«Amin», sagte Manuel und brauchte kein Lächeln mehr zu verbeißen. Wohl sei Osman verrückt, war seine unumstößliche Meinung, daran sei nicht zu zweifeln, doch keine Gewöhnliche könne ein Mädchen sein, das aus dem sonst leidlich vernünftigen Burschen einen solchen Irrsinn hervorgezaubert habe.

Von Malchatun zu hören, wurde er aber nicht müde.

Zwar war er gescheit genug, seine jüngste Begierde zu verbergen, den andern jedoch durch leicht hingeworfene Fragen am Sprechen zu halten war gar nicht schwer.

Auch über Tatsächliches, was Manuel vor allem zu wissen begehrte, erhielt er auf diese Weise Auskunft: über Malchatuns strahlende blaue Augen, ihre leicht gebogene, schmalrückige Nase, den rätselhaften Mund, das kupfrige Haar, über ihren weit ausgreifenden Gang, ihre Haltung im Sattel und selbst über ihre gewohnte Kleidung aus einem hellgrauen Gewand und den weißen Hosen. – Daß die näheren Einzelheiten ihres Körpers sich unter diesen Gewändern allen Blicken entzogen, gereichte Manuel zu einer seltsamen Genugtuung, die nur durch seinen stillen Wunsch zu erklären war, vom Befund der Beine und Schenkel und aller anderen vermutlich schönen Dinge sich lieber selbst und als erster zu überzeugen.

Manuel war mehr für die Handgreiflichkeiten seiner Freuden, und wenigstens in seinen Gedanken mußte er solchen Regungen nachgeben, auch dann, wenn sie nur zu einem Verzicht führen konnten. Denn im Augenblick lag ihm an Osmans Freundschaft mehr als an einem noch so vielversprechenden Mädchen, und sei es der spröden Selma eigenwillige Tochter und nach seinem hartnäckigen Vermeinen sein Eigentum. Mehr noch stachelte Manuel freilich der Reiz, in der Tochter die bereits verstorbene Mutter noch nachträglich zu genießen.

«Du wirst sie sehen», sagte Osman, ohne auch nur im geringsten zu ahnen, auf welche Weise es den Kontophres sie zu sehen verlangte, «bis Itburni ist es von dir nur ein kurzer Ritt, und kein väterliches Verbot und keine Abweisung hindert dich, Edebalis Haus zu betreten.»

«Wenn du es wünschest, mein Osman ...»

«Ich wünsche es. Oh, wie sehr wünsche ich es, daß du ihr von mir sprechest und von meinem Gram. Vielleicht, daß du sie erweichst!»

«Und vielleicht ist sie hier», nahm Manuel das Wort auf. «Ich sah Edebali im Schloß.»

«Hier?! In Kutahie?!» Osman war blaß vor Erregung.

«Sind wir Freunde, mein Osman?» begann der andere.

«Wir sind es, Mahmud.»

«Sprichst du mit Alaeddin?»

«Ich spreche mit ihm.»

«Und ich mit Malchatun.»

Osman kreuzte die Arme über der Brust und verneigte sich tief. «Allah segne mich in dir», betete er, «und spende dir volles Gelingen.»

Gott sei groß, meinte Manuel, und er erflehe das gleiche. Aber von seiner Frau Daphne Kontophres, Taindschars, des Turkopolen, Schwester, sprach er nicht.

IX

«Oh!» sagte Daphne und machte runde Augen, als Malchatun zu ihr ins Zimmer trat.

Das geschah in einem jüdischen Hause von Kutahie, das der Straße nur Abwehr zeigte. Hinter verwinkelten Höfen jedoch lag ein Flügel, der fast zu reich, immerhin aber behaglicher eingerichtet war als das Schloß zu Eskischehr.

Daß Daphnes Zimmer in der Ausstattung die edle Einfachheit eines vornehmen byzantinischen Wohnraumes vermissen ließ, machte ihr selbst nichts aus. Vielmehr erfreute sie sich der Fülle von persischen Teppichen, der seidenen Decken und Kissen, die den Fußboden und die Wände fast erstickten. Soviel wie nur möglich wollte sie haben, und was sie hatte, wollte sie sehen und anfassen können. Mit ihren Krügen und Tiegeln, ihren Salbstäben und Pinseln, vor allem aber mit dem großen Silberspiegel in einem Bernsteinrahmen von erlesener Kunst, aber sehr gewagtem Motiv hatte sie den Tisch, an dem sie auf perlmutternem Hocker saß, obendrein zu ihrem Schminktisch gemacht, und der Dunst schwerer Gerüche schwebte im Raum. Noch immer hielt Daphne die Perle, die sie von ihrer Stirn genommen hatte, an der dünnen Goldkette.

«Oh!» verwunderte sie sich noch einmal.

«Ich wurde zu einer Kranken gebeten –!» gab Malchatun die Verwunderung zurück.

«Euer Wohlerfahrenheit –?»

«Jawohl: Malchatun Hakim. In Eskischehr nannte man mich Marula. Ich bin die Tochter des Scheichs Edebali.»

«Kirina Marula!» prüfte die andere den Klang des Namens. «Ich heiße Daphne, Euer Wohlerfahrenheit», erklärte sie dann, wobei sie den Kopf zurückwarf, als wollte sie sich im voraus jedem Einwand verschließen.

Dazu hatte sie auch einigen Grund: Von ihren lieben Eltern war ihr nämlich ursprünglich der um eine Kleinigkeit herbere Name «Turkan» verliehen worden. Doch nach der Taufe hatte sie sich in eine Daphne verwandelt, und zwar ziemlich eigenmächtig; denn getauft war sie auf den frommeren Namen «Maria». Auf «Daphne» aber war sie sehr stolz, weil der Name, was er auch bedeuten möge, so schön griechisch sei.

«Kirina – Kira –?» schwankte Malchatun.

«Ja, ich bin, die Sie suchen», nickte Daphne eifrig, «Kira Daphne Kontophres.»

Malchatun stutzte. Davon hatte man ihr nichts gesagt. Und nun stand sie statt einem jüdischen Mädchen ganz unvermutet der Gattin Kir Manuels gegenüber. Denn eine andere Kira Kontophres könne es nicht geben, sagte sie sich.

«Man bedeutete mir, Sie seien krank –?» zeigte sie sich um so befremdeter.

«Krank? Natürlich bin ich krank», versicherte die junge Dame voll Hast. «Ich dachte nur nicht, daß Sie so bald kommen würden – ich meine ...», versuchte sie sich zu verbessern, nur daß ihr leider im Augenblick nichts einfallen wollte. «Ach, ich hab' ja solche Stiche in der Brust!» rettete sie sich darum geradewegs in den Schmerz.

«Wirklich?» meinte Malchatun trocken. «Dann ziehen Sie sich aus!»

Einer derartigen Aufforderung ohne Koketterie zu begegnen war Daphne nicht gegeben.

«Gleich? – Ganz?» zauderte sie. Wie ein Vogel, der gern auffliegen möchte und nicht kann, stand sie da mit den breiten Flügelärmeln ihres byzantinischen Gewandes aus pfauenblauem Brokat.

«Da Sie doch krank sind –», folgerte Malchatun.

Es scheine, man wolle sie sprechen, war sie überzeugt, begriff aber die Umschweife nicht, mit denen man sie hergelockt hatte.

«Ich meinte ja auch nur –», sagte Daphne jetzt, da jedes weitere Zureden ausblieb. «Eigentlich bin ich nämlich schon ausgezogen.»

Damit öffnete sie eine Spange, schüttelte sich ein wenig, und der herabgleitende Kaftan ließ sie mit ihren weißen Glacéledersandalen allein.

Malchatun war unzart genug, hinzuwerfen, daß sie wohl nur mit der Brust zu tun haben würde, aber Daphne war nicht kleinlich. Sie raffte ihr einziges Kleidungsstück vom Boden auf und warf es nachlässig über einen Stuhl. Viel zu sehr hielt sie sich selbst für eine Augenweide, und Malchatun davon zu überzeugen lag ihr am Herzen. Ihr kleiner Aufschrei bei deren Eintritt war durchaus nicht Überraschung, sondern vielmehr Verwunderung gewesen, daß hier inmitten der tiefsten Provinz plötzlich eine Frau wie Malchatun dagewesen war. Aus der Verwunderung aber ergaben sich Bewunderung und Neugier, die weit über Daphnes Aufgabe hinausgingen. Aber danach fragte die Dame nicht. Sie folgte ihrer Eingebung auch jetzt. Denn was sie bewunderte, mußte sie haben: schöne Kleider, Schmuck, Männer und Frauen.

In ihrer Haut von der Farbe leicht getönten Elfenbeins stand sie ganz schlank auf ihren dünnen, wenn auch beschwingten Beinen. Um so satter quollen aus diesen noch kindlichen Formen die stark entwickelten Brüste, und während das junge Wesen wie im Erschauern die dunklen Mammellen zum Zittern brachte, umfingen ihre Nachtschattenaugen Malchatun mit allzu betonter Unschuld.

«Setzen Sie sich», befahl Malchatun völlig ungerührt.

Und damit begann die Untersuchung.

«Au! Oh!» schrie Daphne, als Malchatun die Leistengegend berührte.

«Haben Sie dort Schmerzen?»

«Unerträglich! Oh, Euer Wohlerfahrenheit –»

«Seltsam», unterbrach Malchatun, «vorhin sei es, meine ich, die Brust gewesen?»

«Ja, da auch. Aber hier ebenfalls. Und dann ...»

Daphne war willens, eine sehr umfangreiche Beschreibung ihrer Leiden zu geben, als sich zwei schmale, aber feste Hände ihr auf die Schultern legten und sie herumdrehten. Auge in Auge sah Daphne sich nun Ihrer Wohlerfahrenheit gegenüber. Zwei blaue Augen sah sie, nichts als die Augen. «Daphne Kontophres», bemühte Malchatun sich der Gerechtigkeit wegen um Strenge, «wollen Sie mir nicht lieber gleich sagen, warum man nach mir geschickt hat?»

«Ich? – Aber Euer Wohlerfahrenheit...», versuchte Daphne zu schmollen.

Doch Malchatun war schon aufgestanden und hielt ihr den Kaftan hin. «Sagen Sie mir nicht, daß Sie krank seien. Ich wünsche allen Menschen eine Gesundheit wie die Ihrige.»

Wenn Daphne auch nicht ohne Anlehnungen in die Ärmel schlüpfte, so fühlte sie sich durch dieses abkürzende Verfahren dennoch nicht wenig gedemütigt. Als sich daher der Vorhang wieder über ihren Reizen schloß, war das ärgerliche Aufstampfen ihres weißsandalten Fußes so echt wie nur möglich.

«Ich hab' es ihm ja gleich gesagt!» rief sie.

«Wem?»

«Ihm natürlich!»

«Kir Manuel?»

«Selbstverständlich meinem Mann!»

«Und was haben Sie ihm gesagt?»

«Daß ich zum Krankspielen nicht tauge. Ja, mit einem nassen Tuch um den Kopf wäre es vielleicht geglückt.

Sagen Sie selbst? Aber Sie kamen eher, als ich gedacht hatte, und so war alles von Anfang an verdorben. Wenn Euer Wohlerfahrenheit nur etwas später ...»

«Lassen wir meine Wohlerfahrenheit», schlug Malchatun vor. «In Konstantinopel mag man Ärzte so anreden. Aber hier ...»

«Sie gehörten nach Konstantinopel», erklärte Daphne mit liebenswürdiger Bestimmtheit. «Und wenn Sie erst einmal dort gewesen wären, würden Sie nie mehr fort wollen. Hier ist es grausam. Kennen Sie das entsetzliche Loch, das sich in Eskischehr ‹Schloß› nennt?»

«Ich denke, ja», lächelte Malchatun. «Einen großen Teil meines Lebens habe ich dort zugebracht.»

«Schrecklich!» flüsterte Daphne, so völlig hatte sie die weniger glanzvollen Anfänge ihres eigenen Lebens vergessen. «Aber Sie waren eben nie in der Stadt. Oder waren Sie?»

«Wenn Sie unter ‹Stadt› Konstantinopel meinen – nein, dort war ich nie.»

«Eine andere Stadt gibt es nicht», erklärte die Dame vom Bosporus, um dann von den Herrlichkeiten zu schwärmen, die zu verlassen sie verleitet worden sei. Weniger freilich von der Hagia Sophia sprach sie und von den anderen Märchenbauten, vom Augusteon nicht und der unvergleichlichen Lage der siebenhügeligen Stadt zwischen den Meeren – dafür um so mehr von Gewändern und Zierat, von dem überwältigenden Glanz höfischer Empfänge und der Meza, der großen, meilenlangen Kaufstraße mit ihren Basaren.

Und nun erwies es sich, daß Gottes- und Rechtsgelehrsamkeit und Heilkunde alle zusammen Malchatuns weibliche Natur nicht hatten ändern können. Sie empfand das, was jede andere Frau in ihrer Lage ebenfalls gefühlt hätte: einen rechtschaffenen Neid. Denn so war Daphne auch wieder nicht, daß sie es einer anderen Frau erspart hätte, alle die gleißenden Kleider zu bewundern, die sie sonst ja auch ganz vergeblich in diese Wildnis geschleppt hätte.

Ganz ohne Einwand konnte Malchatun das alles freilich nicht über sich ergehen lassen, und so rühmte sie denn mit einem kleinen Spott wenigstens den Grasbestand der Wege Eskischehrs. Je nach Witterung bändige er Staub und Schlamm, schlucke er den Schmutz, der nach Kir Salmenikos' Aussage Konstantinopels Straßen zuzeiten unbegehbar mache. – Einen Sieg errang sie damit keineswegs. Daphne lachte nur. Eine Dame werde sich doch nicht der Gefahr aussetzen, bis über die Knöchel im Unrat zu versinken! Schmuck, Stoffe, Duftwässer und Kunstarbeiten und die Felle, diese herrlichen russischen Felle! lasse man sich eben an den Sattel oder zum Wagen bringen. Auf diese Weise werde beides gefördert: das Sehen und Gesehenwerden, was doch gerade erst die richtige Würze eines Ritts oder einer Fahrt durch die Stadt sei.

Selbst beim Anhören dieser und ähnlicher Reden konnte Malchatun immer noch nicht ganz den richtigen Abscheu aufbringen. Erst als Daphne freimütig erklärte, daß es ihr nicht einfiele, in Eskischehr zu bleiben, wenn Manuel ihr nicht eine Wohnung, wie sie ihr zukomme, einzurichten vermöge, und wenn es dort auch ferner so langweilig bliebe wie bisher – erst da fühlte Malchatun wieder festen Grund. Und ob Kira Daphne denn keine Neigung für ihren Gatten empfinde? vertrat sie mit unverkennbarer Mißbilligung den kontophresischen Familienstandpunkt.

«Ich weiß es nicht», sagte die nachtschattenäugige Daphne.

«Sie wissen es nicht?» erhob sich Malchatun empört.

«Vielleicht können Sie es mir sagen», lächelte die andere mit aufreizender Unbefangenheit zu ihr hinauf. «Sie müssen nicht etwa denken, daß ich Häschen abgeneigt bin. Ich nenne ihn nämlich ‹Häschen›, müssen Sie wissen. Oh, durchaus nicht! Er versteht sich auf Frauen und wahrscheinlich nicht nur auf Frauen. Wo war er nicht überall, und was muß er nicht alles erlebt haben! Meinen Sie nicht auch, daß er furchtbar viel verstehen muß?»

Eine Antwort hierauf fand Malchatun nicht.

Zum Glück bestand Daphne nicht darauf.

«Ganz und gar will ich erleben, wozu er fähig ist», rief sie. «Und ich glaube, er ist zu sehr vielem fähig. Das ist doch Liebe, meinen Sie nicht?»

«Aber keine Ehe!» entfuhr es Malchatun.

Doch nun stand auch Daphne sofort auf ihren Beinen und schloß ihren Mantel züchtig bis oben zum Hals.

«Wollen Sie damit sagen, daß wir nicht richtig verheiratet seien?» forschte sie mit großem Aufwand an sittlicher Strenge. «Oh, bitte! In der Kirche der Blachernissima sind wir getraut. Und der göttlichste Basileus selbst ließ uns Glück wünschen. Durch einen Stratarchen!» setzte sie stolzgeschwellt hinzu. «Und der Basilissa, der göttlichsten Kaiserin, bin ich im Muschelsaal vorgestellt worden! Was denken Sie sich eigentlich, meine Liebe? Wissen Sie überhaupt, was der Muschelsaal ist? Sie haben ja keine Ahnung!»

Vornehmheit war Daphnes stärkste Seite nicht. Dagegen entstammte Manuel einer alten Archontenfamilie, die im Hofregister von Byzanz verzeichnet war und Anwartschaft auf die Hauptstadt der Landschaft Sultan Öni besaß. Besonders das letzte hatte im Hinblick auf politische Pläne beider Heirat begünstigt. Daphne bekam ihren Adel, und Manuel ...

«Haben Sie sich es einmal überlegt, daß Manuel ohne mich überhaupt nicht in Eskischehr säße?»

«Ich denke, er nahm mit seinen Söldnern die Stadt?»

«Jawohl. Und diese Söldner sind meine Mitgift», lachte Daphne eitel und glücklich. «Ich bin überzeugt, Sie wissen nicht einmal, wer mein Bruder ist», verfiel sie gleich darauf in ein Schmollen.

Und Malchatun wußte es in der Tat nicht.

«Ich bin Taindschars Schwester!»

Selbst diese Auskunft vermochte Malchatuns Unwissenheit nicht zu erhellen.

«Des Generalkapitäns der Turkopolen – wer die sind, dürfte Ihnen doch wohl bekannt sein?» wurde Daphne ungeduldig, aber nicht lange. Endlich war sie verstanden worden. «Nun?» fragte die junge Frau.

Und es sei ferne von ihr, die Rechtmäßigkeit von Kira Daphnes Ehe anzweifeln zu wollen, glaubte Malchatun sie beschwichtigen zu müssen.

«Oh, dann ist alles gut!» jubelte Daphne. «Wir werden Freundinnen sein, ich fühle es. Gleich im ersten Augenblick, da ich Sie in der Tür stehen sah, habe ich mir das gedacht. Können Sie mich auch ein bißchen gern haben? Itburni gehört zu Eskischehr, und Eskischehr gehört mir, und so gehören Sie mir eigentlich auch. Finden Sie nicht?»

Wie Malchatun über diese etwas kühne Schlußfolgerung dachte, sagte sie nicht. Ihre Antwort war eine Frage.

«Sollte ich wirklich allein deswegen herbemüht sein?» erkundigte sie sich – als Kir Manuels Eintritt die Dame Kontophres allein weiteren Verlegenheiten entriß.

X

«Ist es erlaubt?»

«Oh, sie ist reizend!» rief Daphne. «Du mußt sie kennenlernen. Dies, Marula, ist mein Mann – und dies, Manuel, ist Kirina Marula, die berühmte Ärztin.»

Manuel verneigte sich mit verschränkten Armen vor der gegen ihre «Berühmtheit» protestierenden Malchatun.

«Ich betrachte es als glückverheißend», sagte er mit dem Anschein größter Ehrerbietung, «die Freundin meiner Schwester Apollonia bei meiner Gattin zu finden.»

Ganz anders hatte Malchatun sich Kir Manuel vorgestellt. Es war nicht nur die Tracht eines Moslems, die sie überraschte. Auch der breitschultrige Mann selbst schien ihr Daphnes Schilderung nicht ganz zu entsprechen. Zwar fühlte sie, daß Kir Manuel hinter seinem biedermännischen Äußeren mehr verberge, als er zeige; aber – er war ein Kontophres, und das bedeutete ihr viel. Allerdings verschleierte sie sich auch, freilich ohne Hast, bis auf die Augen.

«Da man mir sagte, es befinde sich eine Kranke im Hause», lächelte sie dabei, «mußte ich wohl kommen.»

«Oh, Manuel, du glaubst nicht, wie schnell sie mich überführte!» lachte Daphne. «Sie zog mich aus, und schon wußte sie alles.»

Nun lachte auch Malchatun, und Manuel fiel ohne weiteres ein.

«Ich gestehe», gab er unbefangen zu, «wir fürchteten, Apollonia habe mir einen schlechten Namen bei Ihnen gemacht, Kirina, und so gebrauchten wir eine kleine, unschuldige List. Jedenfalls hielten wir sie dafür.»

«Sie gedachten demnach, mit mir über Apollonia zu reden?» ging Malchatun auf die List nicht weiter ein; und daß sich die Freundin in Kutahie befinde, sagte sie auch nicht.

«Gewiß, freilich», meinte er jedoch nur obenhin, «ich sprach schon mit meinem Schwager, Kir David ... aber ...»

Manuel dachte an Osman und dessen Auftrag.

«Etwa Geheimnisse?» gab Daphne, um Malchatun zu sich auf das Sofa ziehen zu können, ein Mißtrauen vor. «Kommen Sie, Liebe, ich sehe, wir müssen zusammenhalten.»

Manuel zauderte, als wisse er nicht recht zu beginnen.

Selmas Tochter! dachte er. Der undurchdringlichen Wolke ihrer Gewänder auch nur eine Ahnung ihrer Umrisse abzugewinnen, mühte er sich allerdings vergebens. Zwei blaue Augen sah er von ihr – das war alles. Sie bereits erregten ihn, wie es die Keuschheit und selbstverständliche Würde taten und der tiefe Ton ihrer Stimme.

Geradezu unmöglich kam es ihm jetzt vor, daß er für Osman um sie werben solle, daß er sie um eines unbeholfenen Tölpels willen, wie er den neuen Freund in seinen Gedanken nannte, hergelockt habe. Wenig begeisternd fiel demnach die Freiwerbung für den Bundesgenossen aus. Er sprach von dessen Liebe, und er sage nur, was alle Welt wisse. Osman habe dafür gesorgt, daß es keine Geheimnisse gebe.

Malchatun hatte wohlgetan, ihren Schleier wieder vor

das Gesicht zu schlagen! denn bei Manuels Bemerkung errötete sie tief. Ertoghruls Sohn stand ihrem Hause nahe, und doch fand sie nichts, was ihn entschuldigt hätte. – ‹Diese Schwatzsucht der jungen Männer!› dachte sie voll innerem Ärger. Und da ihr Unwille dem Kontophres nicht entging, sah er keinen Grund mehr, sich des «Freundes» nun nicht mit aller Wärme anzunehmen. Osman konnte er damit nur schaden.

Tatsächlich hört ihm Malchatun auch zu – freilich nur, um dabei zu denken, wie Salmenikos wohl dieses oder jenes gesagt hätte.

Und über solche Gedanken waren Daphne und Manuel für sie bald nicht mehr da.

Angesichts dieser Verträumtheit Malchatuns unterlief Manuel der entscheidende Irrtum, sie auf sich zu beziehen. Wenn aber seine Männereitelkeit sich zum Begehren steigerte, dann wagte er beim geringsten Anschein eines weiblichen Entgegenkommens alles, um alles zu gewinnen.

Wie eine Damaszener Klinge in einer Scheide von Samt war sein Drohen. Denn darauf lief hinaus, was er sagte, wenn er Malchatun auch mit dem Titel einer «Kadin», einer hohen Herrin, ansprach.

«Meine Kadin hört mich flehen für meinen Freund», sagte er, «und obwohl Herr von Eskischehr, verschließe ich meine Wünsche, die ich ganz anders zu äußern vielleicht berechtigt wäre, in meiner Brust, um von der gelehrten Freundin meiner Schwester Befehle zu empfangen.»

Doch Malchatun täuschte der Samt nicht. Sie erkannte das Schwert.

«Auf welche Weise wollten Sie Ihre Wünsche wohl anders äußern, Kir Manuel?» wies sie ihn zurück. «Gedachten Sie etwa, Befehle zu geben?»

«Wie könnte ich so vermessen sein? Es war nur ein Spiel mit Worten ...»

«Ganz gewiß nur ein Scherz, Marula!» sprang Daphne ihm bei.

«Es ist ein Scherz! Aber jetzt möge Kir Manuel Scheich

Edebali in seiner Tochter ehren», schloß Malchatun und strebte zur Tür.

«Ließ ich es an Ehrerbietung fehlen?» fragte Manuel wie bestürzt und vertrat ihr rückwärtsschreitend den Weg. «Aber, Kadin, ist es strafbar, wenn man das, was man schätzt und verehrt, gern noch eine Weile behielte?»

Daphne mischte sich nicht mehr ein. Voll neugieriger Spannung verfolgte sie die Entwicklung einer Improvisation, die, wie sie zu wissen glaubte, nicht von Manuel vorgesehen war. Malchatun jedoch ging nicht auf ihr Stichwort ein – sie forderte Durchlaß.

«Man könnte mich in den Zelten meines Vaters vermissen.»

Daraufhin blockierte Manuel die Tür mit seiner ganzen Breite.

«Auch dies ist ein Scherz, daß ich Sie gar nicht freizugeben brauchte. Mein Bote hat weder Straße noch Haus genannt, und so weiß ‹in den Zelten Ihres Vaters›», wiederholte er in Malchatuns eigenem Tonfall, «keine Seele, wo Sie sich befinden.»

Er lachte. Aber die Biederkeit dieses Lachens konnte Malchatun nicht über die Hintergründe täuschen.

Dennoch lächelte auch sie.

«So hätte Kir Manuel reden können, wenn er nicht inzwischen Mahmud der Moslem geworden wäre», begegnete sie ihm mit gleicher Waffe. «Kir Manuel hätte vielleicht den großen Lehrer Edebali unterschätzt. – Sie aber, o Mahmud, wissen, daß nicht nur Sultan Alaeddin, sondern alle rechtgläubigen Fürsten und Herren mich würden suchen lassen, unter ihnen – Sie selbst.»

«Ich hätte gesucht und nicht gefunden», grinste er zornig.

«Nicht Sie allein hätten gesucht, und gefunden worden wäre an Stelle eines Neubekehrten vielleicht – ein Christ ...»

Der Stich saß richtig und ging tief.

«Außer über meines Vaters Leute», verließ er jede Dekkung, «bin ich Herr über zweihundert turkopolische Söldner. Tochter deiner Mutter, ich bin eine Macht!»

Immer stärker wurde Malchatuns Lächeln und zugleich immer kälter. «Wenn Sie Gewalt anrufen wollten – wozu brauchten Sie dann den Lehensbrief der Pforte? Wozu wären Sie dann in Kutahie? – Sie sehen also selbst, Mahmud Kontophres, daß Ihre Worte tatsächlich ein Scherz gewesen sein müssen.»

Sie betonte das letzte Wort, und es war dieser Ton, der es zum Befehl werden ließ. Davon versprach sie sich diesem Manne gegenüber mehr als von einem Argument. Mochte sein Verstand auch gar nicht so unbedeutend sein, so hatte sie doch begriffen, daß die Wallungen seines Blutes stärker seien als sein Gehirn.

«Marula, Liebe!» warf sich Daphne mit einem Gelächter zwischen die beiden. «Und auch du, Manuel! Ich könnte euch stundenlang zuhören, euch Fürsten der Beredsamkeit ...»

Von Osman war nicht mehr die Rede gewesen. Hatte Manuel die Verabredung vergessen? Jedenfalls war es unverkennbar Osman, den man hörte.

Und man möge Kir Manuel fragen, ließ er sich draußen auf der Diele vernehmen, ob ihm, dem Kiaja, der Eintritt gestattet sei?

Durch Vorhänge und Polster vernahm es Malchatun. «Osman!» rief sie, nichts als diesen Namen wiederholte sie: «Osman ...!!»

Manuels Zaudern eines winzigen Augenblicks hatte ihr genügt, die Tür zu erreichen.

«Still!» befahl Daphne und hielt ihrem Manne den Mund zu. «Habe ich einen Narren geheiratet?!»

Beide horchten ...

«Sie gehen fort –», flüsterte Daphne. – Und dann nach einer Pause: «Was mag Osman gewollt haben?»

Bei dieser Frage wurde sich Manuel plötzlich seiner Lage bewußt.

«Vermutlich etwas – von Schermugan», stotterte er.

«Glaubst du, daß Osman schon mit Alaeddin sprach? Aber was soll das noch!» besann er sich. «Das ist jetzt alles aus. Gar nicht denken mag ich daran.»

«Sehr viel sollst du daran denken», widersprach Daphne. «Einmal richtig nachdenken könnte dir gar nicht schaden!»

«Ja, wie sprichst du denn mit mir –?»

«So, wie es nötig ist.» Daphne blieb gelassen. «Mir kannst du mit Taindschars Leuten keine Angst einjagen. Deine Knechte! Deine? Kannst sie ja mal fragen.»

Ganz grau wurde Manuel im Gesicht. Grau und müde.

Noch nie hatte er Daphne so gesehen und so gehört. Ganz ohne jedes damenhafte Getue. Und wenn sie im nächsten Augenblick mit einer Kaskade der unflätigsten Schimpfworte aus Konstantinopels Hafenkneipen das duftgeschwängerte Zimmer geschändet hätte, wäre er kaum noch erstaunt gewesen. Er erstaunte eher, daß es nicht geschah.

«Du hast – Taindschar hat –?»

Daphne blieb völlig ruhig.

«Auf mich hat Taindschar die Leute schwören lassen.»

«Auf mich doch auch!» schrie Manuel.

«Dann kannst du dir ausrechnen, welchen Eid sie halten werden. Es sind Taindschars Leute, und was bist du ihnen? Ein Fremder. Ich aber bin Taindschars Schwester, und mich kennen sie. Kerle sind darunter, die mir als kleiner Rotznase den Unterschied zwischen Männchen und Weibchen beibrachten.»

Endlich! Fast als Erleichterung empfand Manuel die Gassensprache. Aber seine Fassung gewann er darüber nicht zurück. Dieses hier war darum so über alle Maßen bitter, weil er sich schon endgültig oben gewähnt hatte. Er wandte sich um. Daphne war in ein Gelächter ausgebrochen. Mit grausamer Überlegenheit lachte sie.

«Was machst du für ein Gesicht, Manuelizzes? Das Arztmädchen hatte ganz recht, mein Lieber: Wenn du die Macht hast, dich in Eskischehr zu behaupten, brauchst du keinen Lehensbrief. Durch deine Anbiederung bei den

Mekkabrüdern machst du dich nur verdächtig. Gewiß, du magst recht haben, sie hinzuhalten, und darin will ich dir nicht entgegen sein. Aber vor allem sollst du die griechischen Burgherren sammeln, damit Taindschar, wenn er angreift, hier alles vorbereitet findet. Bithynien und Phrygien müssen wieder christlich und byzantinisch werden, und du sollst dabei die große Rolle spielen. Oder glaubst du, ich möchte in Eskischehr versauern? Hofdame will ich werden, Zoste patriciae, Obersthofmeisterin, eine Nobilissima – in der Stadt will ich leben, aber in einem Palast, und meine Landhäuser will ich haben am Bosporus, im Gebirge und meinetwegen auch in Eskischehr, wenn es denn sein muß. Genauso unentbehrlich wie Taindschar mußt du dem Basileus werden. Das ist es, was ich will!»

«Und ich dachte, ich solle der Soldherr meiner Knechte sein», grollte Manuel.

«Zahlst du den Sold? Na also!» fuhr sie, unbestechlich in ihrer Sachlichkeit, fort. «Soldherr ist Basileus, auch der deine.»

Erkannt hatte Manuel seine Lage stets; aber er hatte gehofft, sich durch ein Paktieren nach allen Seiten schließlich unabhängig zu machen, auch von seinen eigenen Söldnern. Mochte Daphne daher immerhin alle schönen Verhüllungen der Wirklichkeit herunterreißen – das verschlug ihm weniger als die Beschämung, sie so unverzeihlich unterschätzt zu haben. Voll Wut warf er sich auf das Sofa.

Daphne stieß aus ihren gespitzten, vollen Lippen einen leisen Pfiff aus und setzte sich ihm auf die Knie.

«Manuelizzes», lockte sie, indem sie ihre Füße zu sich hinaufzog, «mein dicker Liebling, maule nicht. Sicher weißt du viel mehr als ich, doch wenn es sich um Geld handelt, kannst du mir nichts vormachen. Was ist denn überhaupt geschehen? Es ist plötzlich über dich gekommen. Das mit dem Mädchen, mein' ich.»

«Ich sei unvorsichtig gewesen, möchtest du sagen?»

«Nicht eigentlich ...», überlegte Daphne. «Daß Osman kam, konntest du nicht voraussehen, und selbst jetzt kann sie im Grunde nichts Wirkliches gegen dich vorbringen. Sei mir dankbar, daß du ihr nicht nachgelaufen bist.» Sie kicherte in sich hinein. «War es wirklich deine Absicht», schüttelte sie sich vor verhaltener Lust, «sie verschwinden zu lassen? Ohne den Zwischenfall hättest du es gekonnt. Irgendwohin ins Byzantinische.»

Manuel packte Daphne bei den Schultern und drehte sie zu sich herum.

«Eifersüchtig bist du wohl gar nicht?» forschte er in ihren Augen.

«Vielleicht doch», sagte sie, «aber – auf das Mädchen.»

«Du bist doch ...», wollte er auffahren.

«Mich laß nur so, wie ich bin. Ich bin ganz richtig», versicherte sie ihm jedoch. «Du denkst natürlich nur an dich. Daß mir das Mädchen ebenso gefällt, daran denkst du nicht!»

«Ach –», sagte er nur noch, schon beruhigt.

«Und nun gönnst du sie mir nicht!» empörte sie sich.

«Doch», widersprach er.

«So uneigennützig –?» fragte sie mit reichlich viel Mißtrauen.

«Nicht so sehr», sagte er, indem er sie ganz dicht an sich heranzog. «Ich gönne das Mädchen – uns beiden.»

Manuel wußte, womit er Daphne ablenken müsse, wenn er sich ihrer Herrschaft entziehen wolle.

XI

«Nenuphar», sagte Apollonia und drückte die Neugeborene an die Brust.

«Nilufer ...», wiederholte Malchatun.

Derselbe Name, Lotosblüte, kam der Griechin griechisch über die Lippen und Malchatun türkisch. Die Zärtlichkeit jedoch, mit der beider Frauen Blicke das winzige Wesen umfingen, war die gleiche. Um so geringere Dankbarkeit bezeigte der rötliche, wenig ansehnliche Fleischballen dadurch, daß er den Lauten seines anmutigen Namens mit so heftigem Gebrüll begegnete.

Freilich schien das Lärmen auf der festen Burg Biledschik auch sonst kein Ende zu nehmen. Türkische Laute standen obenan. Nach einer Nacht, die der Gebärenden Wehen gehört hatte, konnte man jetzt noch andere türkische Worte vernehmen als das aus Malchatuns Mund: Mit Zwitschern, Gelächter drangen einzelne Rufe volksfestlich ins Gemach und dazwischen immer wieder das Geräusch des Schleifsteins auf einer stählernen Scheide.

Es war nämlich der Frühsommertag des Herdenaustriebs, und die Frauen der Ertoghruler brachten die Habe des Stammes nach Biledschik. – Der Schwertschleifer aber war Abdal Kumral.

Seiner Gewohnheit gemäß murrte er. – Daß die Ertoghrulerinnen mit ihren Ballen und Lasten auf den Köpfen unverschleiert daherkamen, verschlug ihm zwar nichts. Er war ein Mann der kleinen Leute. Denen sah er schon etwas nach, wenn, was beides zutraf, eine Notdurft hinter ihrem Tun stand oder eine alte Gewöhnung. Auch daß Frauen, in gehöriger Masse vereint, gern zur Tapferkeit entbrennen und männlichem Scherzruf so leicht keine Antwort schuldig bleiben, wußte er ebenfalls.

Es war weniger die Keckheit als das weibliche Getöse überhaupt, das ihm Mißbehagen bereitete. Denn an das eigene Getöse zu denken, das er selbst unter dem Fenster der jungen Mutter veranstaltete, hätte ihm niemand zugemutet. – Er selbst schon gar nicht.

«Liebe», sagte Apollonia und streckte ihre Hand aus, «daß du kamst!»

Sie hatte die Geburt ihres Kindes überstanden und war erregt.

Mit einem Lächeln der Beruhigung umschloß Malchatun der Freundin zittrige Finger.

«Es scheint», sagte sie, «daß wir beide unser Haus verlassen mußten, damit Nilufer zur Welt kommen könne.»

So schien es wirklich.

Wegen der Schwäche seiner Burg Jarhissar waren dem jungen David Asanes Befürchtungen gekommen. Darum hatte er seine Frau nach Biledschik gebracht. Zu viel hatte sich ereignet, und Apollonia war eine Kontophres. Die Bosheit würde es vielleicht nicht wissen wollen, daß sie vor dem eigenen Bruder hatte flüchten müssen und sich gegen ihn gewandt hatte. Eine Gewalttat des Kir Manuel konnte sehr wohl an ihr Auge um Auge, Zahn um Zahn vergolten werden – eine Gewalttat an Malchatun.

In einer plötzlichen Aufwallung umfing Malchatun mit ihren Armen Mutter·und Kind. – Nein, Apollonia sollte nicht das Opfer dummer Zufälle werden, und es sei gut, daß die Freundin in Biledschik sei, wenn es für sie selbst, Malchatun, auch seine Gefahren habe, herzukommen ...

Erneut lehnte der Säugling sich auf – dieses Mal gegen die Umarmung.

«Sei still», tröstete Malchatun, «jetzt bist du da, kleines Ding, und alles ist gut.»

«Alles ist gut ...», wiederholte Apollonia. «Aber du hättest nicht kommen dürfen, Marula ...»

Abwehrend lächelte Malchatun und trat an das Fenster. Noch immer schrillte der Schleifstein. Kumral schliff das Schwert, das ihm Osman für die glückverheißende Prophezeiung geschenkt hatte. Sie kannte den Grund dieses Schleifens, und ihr Lächeln wich einem tiefen Ernst ... In Itburni sei Manuel gewesen. Vor ihren Vater hinzutreten, habe er gewagt, um sie, Malchatun, als zweite Frau für sich zu verlangen. Der Moslem Mahmud Kontophres! Und eine zahlreiche schwerbewaffnete Eskorte habe diese Werbung unterstützt. Nur daß eben sie selbst nicht in Itburni gewesen sei und daß ihr Vater dem unerbetenen Schwiegersohn sich mehr als gewachsen gezeigt habe. Erst in der drittnächsten Nacht sei er dann mit Schülern und Gesinde verschwunden – alles habe er in Itburni gelassen: Äcker und Häuser, nur nicht sie und sich selbst.

In Seraidschik, so genannt wegen der Burg, oder Basardschik wegen des Kaufmarktes, wohnte jetzt Edebali. Der größeren Sicherheit wegen hatte Ertoghrul gerade die Seraidschiker Burg seinem geistlichen Gastfreund zugewiesen.

Nach ihrer Flucht aus Itburni war es Manuel dann gleichgültig geworden, ob er die Bekenner des Islams gegen sich aufbringe oder nicht. Als eine Leibeigene der Kontophres hatte er Malchatun in Anspruch genommen. Es sollte ein Schimpf sein und war einer. Es war mehr als das! Die Sache war vor die Dschirga gekommen.

Türken sowohl wie Turkmanen trieben ihre Herden auf den Tumanidsch, und der Streitigkeiten wäre kein Ende gewesen, wenn die Stämme nicht ihre «Dschirga» gehabt hätten, ihre große Ratsversammlung. – Einmal im Sommer trafen sie sich. Dann blieben die Waffen in den Zelten. Mochten die Reden auf dem Ratshügel noch so hitzig verlaufen – keiner wagte, sich am Gegner zu vergreifen.

Vor wenigen Wochen erst hatte die letzte Dschirga stattgefunden. Und da Manuel Kontophres als Kläger angemeldet gewesen sei, habe sie, Malchatun, sich ebenfalls eingefunden ..., nur nicht weiterdenken! Wie gegen eine Meute, die sie anfiel, wehrte sie sich gegen ihre Erinnerung.

Aber der Versuch gelang nur halb. Und es sei nicht die Gefahr gewesen, dachte sie dennoch weiter, obwohl Manuel einige Turkmanenhorden gekauft gehabt habe – es sei die Schmach gewesen, ihn hören zu müssen, ihn reden lassen zu müssen, ihn und seine Gesellen. Zwischen zwei so ehrwürdigen Männern wie Ertoghrul und Edebali war sie auf dem Ratshügel erschienen. Manuels Beredsamkeit war blumig und gerade darum so verletzend gewesen. Seine Forderung hatte gelautet: Die Dschirga möge den Ertoghrulern aufgeben, dem Mädchen Malchatun jeden Schutz zu entziehen.

Bleich und wild hatte Osman zwischen seinen Alpen gestanden. Mit Sorge hatten es die Alten bemerkt. – Und schließlich war von Ertoghrul der Gegenantrag gestellt worden: die Dschirga und alle ihr angehörenden Türken- und Turkmanenstämme mögen Edebalis Tochter Malchatun in ihren Schutz nehmen unter Androhung von Blutrache gegen jeden, der das Mädchen verletze.

Da die Abstimmung leicht zu einer Spaltung hätte führen können, hatte fast alle bange Erwartung erfüllt. Zuletzt freilich war eine Mehrheit für Ertoghruls Antrag ausgezählt worden.

Aber nicht nur um Sieg hatte Manuel gekämpft – ihm, dem Verbannten, der längst nicht mehr alles von der Grenze wußte, ihm war es fast ebensosehr auf den Schimpf angekommen, darauf, zwischen Christen und Moslemin Streit zu entfachen, und für seinen letzten Trumpf hatte sogar seine Niederlage noch die Gelegenheit hergeben müssen.

Er betrachtete das strittige Mädchen nach wie vor als ihm hörig, hatte er mit aufreizender Gelassenheit verkündet, und auf dem Marktplatz von Eskischehr stehe ein Bock der Gerechtigkeit, auf dem sie die fünfzig Peitschenhiebe empfangen werde, zu denen er, Manuel, Gerichtsherr von Eskischehr, sie als eine entlaufene Sklavin mit Fug verurteile. Doch wolle er sie mit Rücksicht auf die hier gehörten Meinungen ehrenwerter Männer begnadigen, wenn die Entlaufene freiwillig zurückkehre und selber begehre, daß man ihr den silbernen Sklavenring mit dem Wappen ihres Eigentümers um den Fußknöchel schmiede.

Kumrals Schwert war verstummt und er selbst verschwunden. Malchatun erblickte ihn nicht mehr.

Als sie sich umwandte, sah sie Apollonias weitoffene Augen.

«Du muß nicht immer daran denken», sagte Apollonia, «hier sind wir beide in Sicherheit, und wenn die Männer erst zurück sind ...»

«Schlaf jetzt», bat Malchatun, «es ist alles gut.»

Irgendwo in den Hängen des Tumanidsch hielt ein ertoghrulisches Geschwader Wache. Nach Hinterlegung des Stammeseigentums in der Burg würden die Frauen wieder eines Schutzes bedürfen. Auch Osmans Bruder Ghundus und seine Männer hatten nach dem Vertrag mit Salmenikos

Biledschik nicht betreten. Allein Kumral hatte Malchatun begleitet. Auf ihn traf der Vertrag nicht zu. Er war kein Ertoghruler und durfte schon mit Rücksicht auf Malchatun kommen und gehen nach seinem Belieben. So war er auch in der Nacht von Apollonias Wehen nicht in der Burg gewesen.

Jetzt aber ließ er Malchatun fragen, ob er in das Haus eintreten dürfe, er habe mit ihr zu reden. Malchatun war von den Nachtwachen erschöpft. Dennoch nickte sie Gewährung, und die junge Dienerin verschwand mit einem kleinen Gruseln und doch auch ein wenig erheitert über den griesgrämigen Unhold, dem sie die Botschaft auszurichten hatte. Daß Kumral von vielen für einen Abdal gehalten wurde, wußte sie nicht, und hätte sie es gewußt, so würde sie daraus nur ungünstige Folgerungen für die Mohammedanischen abgeleitet haben. Sie war eine Christin. Ihre Heiligen liefen nicht in Freiheit und struppig herum, sondern hingen in schönen Kleidern und mit Gold darauf, wie es ihnen zukam, an den Wänden.

Indes die Herrin der Dienerin nachsah, mußte sie denken, daß doch ein großer Unterschied zwischen Eskischehr und Biledschik sei. Mochten die Völkerstürme auch die Saaten, Weinberge und den Viehbestand der Asanes mehr als einmal arg mitgenommen haben – weder Stadt noch Burg Biledschik waren jemals erstürmt worden, und als dieses Schicksal vor hundertsiebzig Jahren gedroht hatte, war der damalige Asanes in löblicher Unterwerfung ein Vasall der ikonischen Pforte geworden. Davon hatte Salmenikos einmal gesprochen, und nun sah sie, daß sich hier ein Reichtum aus der glücklichen Vergangenheit von Byzanz ungeschmälert erhalten hatte, und mit dem Reichtum der geläuterte Geschmack.

Kumral allerdings sah nur, daß sich Malchatun aus einem Stuhl erhob, dessen Armlehnen in silbernen Löwenköpfen ausliefen.

«Weißt du nicht, was in der zweiten Sure von den Juden gesagt ist?» knurrte er. «Sie machten sich ein Kalb, es anzubeten, und Moses strafte sie. Welch ein Unterschied ist zwischen dem Abbild eines Kalbes oder den Abbildern von Löwen oder von anderen Wesen, die leben? Allzumal sind die Bilder Sünde.»

«Wir sind Gäste in diesem Haus», gab Malchatun voll Sanftmut zu bedenken, «auch du, Kumral, bist Gast. Du warst es, der einzutreten begehrte.»

«Mag es denn für dich und für mich keine Sünde sein», gab er widerwillig zu und wandte den Blick von ihr ab. «Aber ich sehe dich unverschleiert, meine Tochter, und Allah ist allwissend.»

Lächelnd fügte sie sich.

«Ich wollte dir nicht schaden, mein Kumral», meinte sie dabei mit leichtem Spott, «und ich vernahm auch nie, daß die unverschleierten türkischen Frauen dir jemals anstößig erschienen seien.»

«Sie versorgen das Vieh, und da mag er ihnen hinderlich sein. Was bei ihnen zu entschuldigen ist, ist es nicht bei dir. ‹Sprich zu den gläubigen Frauen›», ereiferte er sich mit den Worten des Korans, «‹daß sie ihre Blicke niederschlagen und ihre Scham hüten und daß sie ...›»

Malchatun ließ ihn weiterreden.

Als sie sich zu der gefährlichen Reise nach Biledschik entschlossen hatte, war Kumral plötzlich dagewesen, um sich dann, ohne daß er sich zu einer Bemerkung herabgelassen hätte, als ein treuer und sorgender Begleiter zu erweisen. Nicht einmal, daß Osman ihn geschickt habe, erwähnte er, und das vor allem rechnete sie ihm an. Sie mochte ihn nicht durch die Bemerkung kränken, daß er nach der Schrift die dritte Erlaubnis zum Eintritt habe abwarten müssen, aber schon nach der ersten erschienen sei.

Seit Kutahie hatte sie Ertoghruls jüngsten Sohn nicht mehr gesehen, und doch war Osman um sie. In seinen Alpen war er gegenwärtig und in Kumral, der ihr jetzt in Biledschik, wohin die anderen Männer ihm nicht hatten folgen können, Schutz sein sollte. Doch gerade das bedrückte sie, weil sie viel darum gegeben hätte, wenn ihr von Salmenikos gleiches widerfahren wäre.

Salmenikos ..., dachte sie mit einem Seufzer.

«Ich war diese Nacht im Gebirge», sagte Kumral.

Nun erst merkte sie, daß er von etwas anderem sprach, und darüber verwunderte sie sich, weil Gesprächigkeit sonst nicht die Art von Kumrals Umgang mit Menschen war. Es müsse sich etwas ereignet haben, sagte sie sich.

«Die Alpe haben einen Mann gefangen», fuhr Kumral fort.

«Einen von Manuels Leuten?» beunruhigte sie sich.

«Das weiß ich nicht, er selbst behauptet, ein Bote des Salmenikos zu sein.»

Der Name wirkte auf Malchatun wie ein Schlag.

«Und dann habt ihr ihn gefangen?!» rief sie.

«Du sagst es. Aber er wußte nicht, wer wir seien, und fragte uns um den Weg nach Biledschik.»

«Das bedeutet nichts», wandte sie ein. «Die Besitzungen der Asanes sind weit zerstreut. Und die Herren sind in Jundhissar.»

«Waren sie – wenn der Gefangene nämlich recht hat. Und daß er aus Jundhissar sei, sagte er auch. Aber hätte Salmenikos nicht jemand aus Biledschik gesandt, der die Wege kennt?»

«Ihr hättet den Mann hierherbringen müssen», beharrte sie, «vielleicht, daß ihn einer kennt. Und wie dürft ihr dem Kastellan des Burgherrn Botschaft vorenthalten?»

«Die Botschaft geht nicht an den Schloßhauptmann.»

«An wen denn?»

«An dich.»

Es war nicht leicht für Malchatun, einer jähen Aufwallung, die sich ihrer bemächtigte, Herr zu werden. In diesem Augenblick stand es für sie fest, daß der Bote echt sei. Salmenikos habe erfahren, daß sie sich in seiner Burg befinde, und ihr habe er den Boten gesendet, nicht Apollonia und keinem andern. Um sie zu begrüßen, habe er das getan, und sie zu benachrichtigen, daß er selbst bald folgen werde.

«Wann wird er kommen?»

«Gar nicht, sagte der Bote», erklärte Kumral. «Zuerst verhielt sich der Mann recht schweigsam, aber dann nach einigem Zureden bequemte er sich. Salmenikos sei krank ...»

«Verwundet?!» unterbrach Malchatun, ohne an die Art von Kumrals ‹Zureden› eine Frage zu verschwenden.

«Der Mann sagte ‹krank›», ließ sich der Heilige nicht beirren. «Doch hoffe Salmenikos bis Seraidschik zu kommen ...»

Malchatun sprang auf.

«Wir müssen aufbrechen», entschied sie. «Jetzt gleich.»

«Das ist es vor allem, meine Tochter, warum ich diesen Botengänger mit festen, neuen Stricken zusammenschnüren ließ.»

«Das bedeutet?»

«Ich dachte es mir, daß du versessen darauf sein würdest, nach Seraidschik zu reiten.»

«Und deswegen –?» Sie verstand ihn nicht.

«Jawohl», nickte aber Kumral. «Soll etwa ganz Biledschik um diesen Ritt wissen? Ich meine, falls es mir nicht gelingen sollte, ihn dir auszureden. Und du kannst versichert sein, ich werde versuchen das zu tun.»

«Aber du sagtest doch selbst, Salmenikos sei krank. Und da ist er nun in Seraidschik, ohne Arzt, ohne Arznei –»

«Das sagte nicht ich, sondern jener Bursche», berichtigte der Sahid, der Einsiedler. «Aber beantworte mir eine Frage, doch deine Antwort sei ein Schwur auf den Koran: Wenn du erfahren hättest, daß ein Sklave deines Vaters krank sei, hättest du, nachdem uns Allah glücklich hierhergeleitet, auch wieder nach Seraidschik zurückreiten wollen? Jetzt? Sogleich?»

Malchatun dachte betroffen nach und errötete tief. Mit dieser Frage bekam Kumral für sie ein anderes Gesicht.

«Daß du nicht antwortest», blitzte er sie an, «möge als deine Ehrlichkeit gelten. Und warum kannst du nicht antworten? Weil du vergaßest, daß nach den Worten des Propheten ein ungläubiger Adeliger geringer zu achten sei als ein rechtgläubiger Sklave. Das vergaßest du. Um der Rechtgläubigen willen aber hättest du Allah nicht ein zweites Mal versuchen mögen. Und wärest mit gutem Grund hier geblieben, froh der Sicherheit, die du in Biledschik genießest. Das Gegenteil zu tun behieltest du dir für einen Ungläubigen vor. Oder glaubst du, daß Manuel der Abtrünnige, den Allah verdammen möge, seine Worte auf dem Ratshügel zu Kutschukjora nicht wahr machen würde, falls du ihm in die Hände liefest? Gehe in dich, meine Tochter, und mit der ganzen Kraft deiner Seele stelle dir vor, was Manuel dir täte, falls er dich finge.»

«Sprich doch nicht so, Kumral», bat sie grauenerfüllt. «Ich bin ein Hakim.»

«Und dennoch schwiegst du auf meine Frage. Und du hattest recht, es zu tun: Unendlich ist Allahs Barmherzigkeit, doch alles Irdische, auch die Pflicht eines Hakims, hat sein Ende. So bleibe denn ohne Vorwurf in Biledschik.»

«Ich habe geschworen. Auch mit Gefahr meines Lebens – habe ich geschworen – zu helfen», wehrte sich Malchatun verzweifelt.

Das war ein Schrei, und zunächst antwortete Kumral nichts.

Er verschmähte die Stühle mit heidnischem Bildwerk, aber zum Zeichen, daß er noch nicht zu Ende sei, sondern erst beginne, setzte er sich auf den Boden. Alle seine Kräfte versammelte er geschlossenen Auges in sich. Denn daß er Schweres unternahm, wußte er wohl.

«Setze dich zu mir, meine Tochter», bat er dann, «und erleichtere dein Herz.»

Aber Malchatun folgte der Einladung nicht.

«Du bist gelehrt, mein Kind», ließ sich Kumral durch die Ablehnung nicht schrecken, «und ich bin nur ein armer Derwisch oder, besser, da ich allein lebe, ein armer Sahid. Aber es steht geschrieben: ‹Die Armut ist mein Ruhm.›»

«Es steht auch geschrieben, Kumral, ‹es ist kein Mönchstum im Islam›», verteidigte Malchatun mit der reinen Lehre zugleich die Geheimnisse ihres Herzens. «Du aber lässest dich einen Abdal nennen, obwohl selbst der Prophet, dem Allah erschien, sich keiner Heiligkeit rühmte, sondern sich zu seinen Sünden bekannte.»

«Höre nicht auf die Leute, Hakim, die mich einen Abdal nennen. Sie sind ebenso unwissend wie ich, nur daß sie mich lieben.»

«Aber du glaubst an Heilige?»

«Ich glaube an die vierzig ganz in Gott verlorenen Budela, die, obwohl nicht bekannt, den Islam regieren.»

«Ich glaube an den Koran und die Sunna. Darum bitte ich dich herzlich: Laß ab, mich zur Beichte zu verführen. Das ist die Art der Christen. Nichts sagen Koran und Sunna von der Beichte.»

«Aber sie sagen auch nichts dawider. Glaube mit mir, meine Tochter, an die Kraft des Wortes: Sprich es aus, was dich bedrängt, vor dir selbst, aber auch vor einem zweiten, vor mir, der die Worte festhalten hilft, wenn sie dir wieder entrinnen wollen. Das Dunkel wird sich erhellen, das Vermengte sich scheiden, und du wirst das, was am schwersten zu sehen ist, erkennen: dich selbst.»

«Du mußt nicht denken, mein Vater, daß ich nicht schon oft über mich nachgesonnen hätte –»

«Über etwas träumen und es aussprechen ist zweierlei. Du sprachst von deinem Schwur, Hakim Malchatun, allen Menschen zu helfen, die deiner bedürfen, selbst unter der Gefahr deines Lebens. Entweder gilt ein Schwur immer oder nie. Was du aber einem Rechtgläubigen versagt hättest, bist du willens, einem Ungläubigen zu gewähren; ihm zu helfen unter der Gefahr deiner Freiheit, deines unversehrten jungfräulichen Leibes und deiner Ehre. Spreche ich wahr, meine Tochter?»

Malchatun senkte den Kopf.

«Es ist Wahrheit in deinen Worten», sagte sie.

Sie wehrte sich nicht mehr. Kumrals Wahrheit zog sie neben Kumral zu Boden. Doch es war kein Setzen, sondern ein Sinken. Sie sank auf die Knie. Kumral blickte sie nicht an.

«Du versagst Rechtgläubigen, was du einem Ungläubigen gewähren willst?»

«Ich versage Rechtgläubigen, was ich einem Ungläubigen gewähren will.»

«Nenne mir den Grund, meine Tochter. Oder verschließt dir die Scham den Mund? Fürchte dich nicht vor mir. Glaubst du, ich sei kein Mensch und nicht zu beschämen?»

In diesem Augenblick war Malchatun geneigt, ihn für einen Heiligen zu halten.

«Die Menschen nennen es Liebe», flüsterte sie.

Noch immer schaute Kumral in eine Ferne, die nur er sah. Aber was er auch sehen mochte – Osmans Namen nannte er nicht.

«Es gibt Regungen, die weder gut sind noch böse, die ihren Grund darin haben, daß wir Männer und Frauen sind – erst die Menschen machen ein Gut oder Böse daraus. Demütige deinen Hochmut, gelehrte Tochter des Scheichs Edebali. Befrage Allah und nicht dein Herz.»

«Ich liebe ihn.»

«Ich sehe diesen Ungläubigen. Auch er ist nicht gut und nicht schlecht. Und Eitelkeit ist sein Denken.»

«Ich liebe ihn.»

«Er ist kein Moslem – er ist nicht einmal ein Christ. Du bist in großer Not. Und was tat er? Er tat nichts. Keine Hilfe kam dir von ihm.»

«Ich liebe ihn dennoch.»

Kumral ließ eine Weile verstreichen.

«Jeder Vernunft zuwider wirst du reiten», sagte er dann. «Das weiß ich nun.»

«Wie kann ich anders, da ich ihn liebe?»

Er stand auf und sah auf sie nieder.

«Es ist dein Herz, dein törichtes Herz, meine Tochter.» Fast milde klangen seine Worte. «Doch fortab schließe deine Augen – sie leiten dich nicht. Ich will für dich sehen. Verschließe deine Ohren – sie warnen dich nicht. Ich will für dich hören. Du würdest dem Kontophres in den Fang laufen wie ein Rehjunges dem Fuchs, dir zum Verderben und dem ganzen Islam zur Schmach. Ich will für dich wachen. Weil du blind bist und taub und deiner Gedanken nicht mächtig, will ich für dich beten.»

«Oh, Kumral, ich liebe ihn!»

Fester faßte er seinen Stab.

«Der Bote soll nicht schwatzen, er bleibt in der Fessel», erklärte er hart. «Eine der ertoghrulischen Frauen habe ich dir bestimmt. Sie wird kommen, wenn niemand sie sieht, und an deiner Stelle in Biledschik bleiben, bis wir über den Tumanidsch sind. Nach Monduntergang brechen wir auf, also um die Mitte der Nacht. Du wirst mir folgen in der Tracht jenes ertoghrulischen Weibes.»

Bis auf den Teppich neigte Malchatun die Stirn.

«Ich liebe ihn», hauchte sie, und ihre Schultern bebten.

«Nach Mitternacht», sagte er und ging.

XII

Wenn die Herrschaft Biledschik sich auch um Ertoghruls Besitzungen Seraidschik und Sögüd vermindert hatte, so war sie doch immer noch bedeutend und erstreckte sich zu beiden Seiten des Tumanidsch von Jarhissar und Indschirbinari bis Jundhissar am Osthang des Gebirges. In dem letzten Burgflecken konnte aber von einem richtigen Schloß kaum die Rede sein. Die Kernstellung der schwachen Befestigung, die als äußerstes Vorwerk gegen Eskischehr sehr wichtig werden konnte, war nicht viel mehr als ein Burgstall. Mit Rücksicht auf Manuels Umtriebe arbeiteten daher nicht nur die Einwohner von Jundhissar, sondern auch ein kriegerisches Aufgebot aus anderen Orten der Herrschaft unter dem Befehl des Salmenikos und David an der Verstärkung der Mauern und Türme. Und nun hatte die vorzeitige Geburt von Davids Töchterchen Nilufer die beiden Herren völlig überrascht.

«Junger Vater!» lachte Salmenikos und beklatschte bei der Umarmung des Jünglings Rücken. «Jetzt hast du zwei

Frauen in deinem Haus, die dir über den Kopf wachsen können.»

«Ich bin noch immer ganz erschrocken», wehrte sich David, «wenn ich daran denke, was hätte geschehen können, wenn Marula nicht dagewesen wäre. Eine Frühgeburt! Ein Siebenmonatskind!»

Jetzt gab auch Salmenikos den andern frei.

«Marula? Sagtest du Marula?»

«Denke dir, sie ist noch rechtzeitig nach Biledschik gekommen. Dem Herrn sei Dank!»

«Das hätte sie nicht tun sollen!» rief aber Salmenikos und machte in seiner Erregung einige Schritte in der kahlen Halle. Mochte er immer noch unentschlossen sein – daß Malchatun zu ihm gehöre, daß sie sein sei, davon war er tiefer durchdrungen als je zuvor. «Du denkst nur an dich selbst!» schmähte er seinen Vetter. «Apollonia ist jung und gesund, und es gibt mehr als eine Frau in Biledschik, die ihr hätte helfen können. Aber was schiert euch die Gefahr, die Marula lief, als sie kam. Es war ja nicht eure Gefahr!»

«Ich wußte von gar nichts –», verteidigte sich David unsicher.

«Wußtest nichts, wußtest nichts!» höhnte Salmenikos. «Daß sich Manuel in der Gegend herumtreibt, wußtest du wohl auch nicht? Sind unsere Reiter zurück?»

«Zwei –»

«Und was sagen sie? Dürfte ich vielleicht auch etwas darüber erfahren? Aber natürlich! Wenn ein Bote von deiner Pollizza kommt, ist dir alles andere gleichgültig! Wer sind die zwei?»

«Der eine ist aus Eskischehr zurück, und dann der Turkmane. Keiner von beiden ist auf Manuel oder dessen Leute gestoßen. Wie fortgeblasen sind die Eskischehrer.»

«Und wie sieht es in Eskischehr selbst aus? Was sagt der Mann? Ich will beide zwar selbst noch verhören –»

«In Eskischehr sei alles ausgeflogen, sagt er. Alle turkopolischen Söldner hat Manuel mitgenommen. Er muß über mehrere hundert Mann verfügen. Was meinst du, Salmenikos, gilt das uns? Von Manuel weiß man überhaupt nicht, was er eigentlich ist –»

«Du scheinst ihn für einen Freund der Ertoghruler zu halten», spöttelte Salmenikos.

«Es wäre ja auch eine Schande, wenn christliche Herren gegen uns –»

«Christliche Herren?» fuhr Salmenikos auf. «Wer ist sonst noch dabei?»

«Der verrückte Michael Spitzbart, und Kalanos Mazaris wurde auch noch genannt. Aber nur für seine Person sei er beigetreten. Die Mazaris von Karadschahissar haben abgelehnt.»

«Der Kalanos ist ein junger Hund, der immer mitbellen muß, wenn er andere bellen hört», überlegte Salmenikos, um sich dann zu beruhigen: «Er wird auch nicht mehr Leute aufstellen können als der ausgefranste Michael. – Gegen uns?» ging er dann auf Davids Frage ein. «Ich glaube nicht. Jedenfalls nicht, wenn Kalanos dabei ist. Der würde sich versagen. – Unser Mann hat gute Arbeit geleistet, wie ich sehe. Tüchtiger Mann!»

Damit trat Salmenikos an eins der kleinen quadratischen Fenster, die sich zur Straße nach Eskischehr hin öffneten.

Eskischehr! Über Malchatun hatte er sich beruhigt. In Biledschik sei sie in Sicherheit, beschwichtigte er seine Sorge. Alle seine Gedanken galten jetzt Eskischehr. Als über Manuels Abtrünnigkeit kein Zweifel mehr bestehen konnte, hatte Sultan Alaeddin seinen Vasallen Salmenikos Asanes dessen geheime Ansprüche aus freien Stücken bestätigt und ihn aufgefordert, sich der Stadt bei guter Gelegenheit zu bemächtigen.

Fast schien es so, als sei die Gelegenheit da, heute da.

«Eskischehr ist so gut wie ohne Verteidigung», hörte er David hinter sich sagen.

Jäh wandte er sich um. Ob David etwas wisse? fragte er sich. Geheimnisse auszuplaudern war nicht seine Gewohnheit.

«Und die Pforte, mein David?» fragte er und las vom Gesicht des Vetters mit Befriedigung ab, daß es sich bei dessen Bemerkung nur um eine Eingebung des Augenblicks gehandelt habe. «Auch vernahm ich noch eben von dir, daß es Schande sei, wenn christliche Herren einander bekriegen», fuhr er lächelnd fort.

«Ach was!» widersprach David. «Manuel ist kein christlicher Herr. Und wir wären den Kerl ein für allemal los!»

«Wären wir?» zweifelte Salmenikos, um dann zu fragen, mit wieviel Mann sie rechnen könnten.

David überlegte.

«Wenn wir alles zusammenkratzen, mit hundertvierzehn.»

«Mit hundertvierundfünfzig», sagte Salmenikos, «es können auch ein paar mehr sein. Ich habe nach Biledschik um Verstärkung geschickt», erklärte er dann.

«Um so besser!» rief David begeistert. «In Eskischehr sind die Leute diesen Manuel und dessen Kerle übersatt. Kein Mädchen lassen sie ungeschoren, und über nichts ärgern die Burschen sich mehr. Ich sage dir, Salmenikos, wir schaffen es. Mit hundertvierundfünfzig schaffen wir es kinderleicht. Pack zu, sage ich dir! Sonst schnappt uns Osman womöglich den Brocken noch fort.»

«Kaum», meinte Salmenikos. «Du denkst an deine Pollizza, die gern wieder nach Eskischehr zurück möchte. Aber sie wird wohl noch warten müssen. Osman, meinst du? Nein, mein Junge, Manuel hat seine Zeit gut gewählt. Die Ertoghruler haben ihr Vieh ausgetrieben. Wo sind sie jetzt? Über den ganzen Tumanidsch zerstreut auf den Almen. Ihr Vieh und ihre Weiber können sie nicht im Stich lassen, und überhaupt ist Ertoghrul ein viel zu rechtlicher Mann, um etwas gegen Manuel zu unternehmen, ehe der ihn angreift. Was aber hat Osman? Seine Alpe und deren Anhang, weniger als wir hier zusammen haben.»

«Aber die vierzig, die noch kommen?»

«Damit können wir nach Eskischehr hinein. Das glaube ich wohl. Doch Eskischehr ist nicht Biledschik. Die Mauern sind viel zu weitläufig, als daß ich sie so besetzen könnte, wie es sein müßte. Wir wären drin, und Manuel wäre mit mehreren hundert Mann draußen, darunter gut und gern zweihundert Turkopolen.»

«Turkopolen sind auch nicht unsterblich», murrte David.

«Gewiß nicht. Nur pflegt jeder, wenn er fällt, einige Gegner mitzunehmen, und manchmal überlebt einer aus Trotz die Erschlagenen. Weißt du, was das heißt: Söldner, Berufssoldaten? – Unnützes Gesindel zumeist», gab Salmenikos selbst Antwort; «aber fechten haben sie gelernt, darauf verstehen sie sich. Hinein kämen wir nach Eskischehr, doch Manuels Leute würden uns wieder hinausfegen, und wir könnten von Glück sagen, wenn wir mit einigen Beulen davonkämen –»

Die Tür wurde aufgerissen, und der Kastellan, ein alter Diener der Asanes, stürmte herein.

«Sie kommen, edle Herren!» rief er.

«Wer?»

«Die Verstärkung. Aber unsere Leute werden von weit überlegenen Kräften gejagt!»

«Alarm», befahl Salmenikos. «Alles auf die Plätze. Feuer unter die Pechkessel. Zugbrücke und Tor doppelt besetzen.»

«Alarm!» schrie der Kastellan und rannte davon.

«Das ist Manuel!» rief David.

«Wer sonst?»

«Und es geht gegen uns?»

Salmenikos blieb ruhig. «Das wissen wir noch nicht», sagte er.

Ein mächtiges sonnengelbes Banner mit dem schwarzen Doppeladler Ostroms wand sich mit schweren Falten im Wind. Gar nicht groß genug hatte Kir Manuel es bekommen können, und daß es ein kaiserliches Banner war, verschlug ihm wenig. Byzanz würde seinem Parteigänger den sonst todeswürdigen Verstoß gegen die Etikette schon nachsehen – der ikonischen Pforte gegenüber bedeutete es und sollte es Abfall und Empörung bedeuten. Kir Manuel hatte also keinen Grund gehabt, seiner Eitelkeit Schranken zu setzen.

Neben diesem halben hundert Quadratfuß Fahnentuch verschwand beinahe Michael Spitzbarts rote Rose von Chirmenkia. Aber da war sie auch. Und wegen ihrer geringeren Schwere flatterte sie zwar weniger fürstlich, aber um so lebhafter unter dem blauen Himmel und vor Burg und Flekken Jundhissar in Bithynien.

«Es ist höchste Zeit, daß ein Ende wird», meinte der Spitzbart, «die Gäule können nicht mehr weiter und unsere Leute auch nicht.»

«Brauchen sie auch nicht», beruhigte Manuel.

«Er ist drin, und wir haben ihn», war auch der junge Kir Kalanos Mazaris überzeugt.

«Mir kommt es so vor, als hätten wir zuerst mehr Spuren gesehen und von leichteren Hufen als später», gab Michael zu bedenken. «Sind die Herren sicher, daß wir auch zuletzt immer noch Osman verfolgten?»

«Wer sollte es sonst gewesen sein?» gab Manuel zurück. «Na also», fuhr er fort, als Michael keine Antwort wußte. «Ich bin nur neugierig, ob man uns diesen Osman herausgeben wird. Schon ein Skandal, daß eine christliche Burg den Heiden bei sich aufnahm!»

Eine Trompetenfanfare zerschnitt alle anderen Geräusche. Die Flügel von Manuels Streitmacht hatten sich so weit vorgeschoben, daß ein heimliches Entkommen der Gesuchten nicht mehr zu befürchten war.

Dennoch rührte sich anscheinend nichts in Jundhissar. Aber der Wind wehte von der Burg dem Gebirge zu, und der rote Michael zog tief den Atem ein. «Da stinkt's», sagte er. «Sie machen Pech heiß. Sie wollen sich verteidigen. Verdammt! Und wir haben kein Belagerungszeug.»

Doch da stiegen blau und weiß die Farben der Asanes am Flaggenstock hoch, und ein Mann erschien auf der Mauer. Der Kastellan nahm das Begehren der kriegerischen Herren entgegen, den Türken Osman ben Ertoghrul mit dessen Leuten und dem Mädchen Marula auszuliefern.

«Sie müssen stark sein, die da drüben», erwog der Spitzbart, «sonst hätten sie die Ertoghruler überhaupt nicht aufgenommen. Salmenikos hat nur immer deren Weiber in seine Burgen gelassen. Ich kann es mir gar nicht denken, daß seine Leute anders gehandelt haben sollten.»

«Unken Sie nicht immer, Kir Michael», ärgerte sich der Eskischehrer. «Unken? Ich überlege und glaube nicht, daß Osman da drinsteckt, es sei denn, er habe Jundhissar überrumpelt, und die Burgleute seien nun seine Gefangenen.»

«Das Beste, was sich ereignet haben könnte», lachte Kir Manuel. «Dann holten wir uns Osman und zugleich von Salmenikos einen Dank. Möchte sehen, ob der Biledschiker sich dann noch gegen uns sperren würde.»

Die Antwort aber lautete ganz anders.

Kein Osman, wohl aber der Burgherr Kir Salmenikos selbst befinde sich in Jundhissar und lade Kir Manuel zu einer Besprechung ein. Zehn Begleiter, die sich unbehindert von der Wahrheit überzeugen dürften, seien ihm zugestanden. Kir David Asanes jedoch wolle sich für die Dauer von Kir Manuels Besuch als Bürge für dessen Sicherheit zu den Eskischehrern begeben.

«Hoffentlich beklagt sich Kir David nicht hinterher», sagte Manuel gerade und räkelte sich in seinem Armsessel. «Ich werde hier fürstlich bewirtet; aber ich fürchte sehr, daß die da draußen nicht mit allem so köstlich versehen seien, wie Sie es hier drinnen sind, Kir Salmenikos. Bei der Muttergottes von den Blachernen! Selbst in Konstantinopel habe ich keine besseren Palakuntas gegessen als bei Euer Edlen!»

Der Herr von Eskischehr hatte es seinen Leuten überlassen, die Burg und den Ort abzusuchen und sich selbst mehr dem gerösteten Hammel, dem Geflügel, den Salaten, eingemachten Früchten und vor allem den Weinen gewidmet, die ihm immer wieder eingeschenkt wurden. Schon waren deren Wirkungen zu merken.

«Auf das Wohl Euer Edlen», lächelte Salmenikos liebenswürdig zurück, worauf ihm Manuel mit einem vollen Becher Bescheid tat. «Ich hoffe», fuhr er, der selber nur genippt hatte, dann fort, «daß ich Sie mit allem anderen ebenso zufriedengestellt habe wie mit den Palakuntas?»

«Zufriedengestellt?» wiederholte Manuel. «Das könnte ich nicht gerade sagen, wenn es auch nicht Ihre Schuld ist.»

«Es ist nicht meine Gewohnheit, fremde Männer zu Dutzenden oder gar Hunderten in meine Burgen aufzunehmen», erklärte Salmenikos. «Daß Osman nicht in Jundhissar ist, wissen Sie jetzt.»

«Aber Marula hätten Sie aufgenommen?» erkundigte sich Manuel wie im Scherz.

«Ich hätte sie sogar gegen Euer Edlen beschützt», erwiderte Salmenikos mit unbeirrbarer Höflichkeit.

«Darf man fragen, was das Mädchen Sie eigentlich angeht?» belauerte der Gast den Burgherrn.

«Nein, Manuel, das dürfen Sie nicht», sagte Salmenikos und schenkte dem andern ein. «Trinken Sie lieber, und lassen Sie uns Freunde bleiben.»

Es kostete ihn einiges, wenigstens äußerlich seine Gelassenheit zu bewahren; denn am liebsten hätte er den wüsten Gesellen hinausgeworfen. Osman hätte das getan, dachte er, ja, mit etwas Ähnlichem solle die junge Freundschaft des Türken mit Manuel in Kutahie jäh geendet haben.

«Übrigens beschütze ich Scheich Edebalis Tochter tatsächlich –», gedachte er sich jetzt einen kleinen Triumph zu verschaffen. «In diesem Augenblick, da wir reden, befindet sich Hakim Malchatun in Biledschik.»

Aber es wurde kein Triumph daraus. Manuel kniff nur seine Augen zusammen und lachte mit größerer Selbstgefälligkeit, als Salmenikos lieb war.

«Wissen Euer Edlen das so genau?» spottete der Eskischehrer.

Wie eine glühende Klinge durchstieß den Salmenikos die Frage. Für einen kurzen Augenblick hätte er alles hergegeben, um Malchatun in Sicherheit zu wissen. Manuel freilich bekam nur ein unbewegtes Gesicht zu sehen.

«Hat man Ihnen anders berichtet?» Salmenikos faßte sich.

«Genaues nicht», warf Manuel hin, indes er sich den Bart strich. «Daß sie in Biledschik war, ist gewiß – die Frage ist nur, ob sie noch da ist. Ich würde mich jedenfalls nicht wundern, wenn sie bei Osman wäre.»

«Osman –?»

«Haben der Herr keine Angst – der tut ihr nichts», grinste der Gast. «Osman befindet sich im Zustande einer jugendlichen Schwärmerei, über die wir beide längst hinaus sind. Oder nicht?» Und dann kam Manuel mit fast unerträglicher Frechheit damit heraus, daß er in des Salmenikos Namen einen Boten nach Biledschik gesandt habe, um Malchatun zur Rückkehr nach Seraidschik zu vermögen, wo Salmenikos krank liege. «Ich sagte mir nämlich», fuhr er behaglich fort, «wenn sie käme, dann wäre es, wie man so sagt, die Liebe, die sie zu diesem nicht ungefährlichen Wagnis triebe, eine unwiderstehliche Zuneigung zu dem eleganten Kir Salmenikos und vielleicht auch eine ähnliche Empfindung des Edlen Herrn zu ihr.»

«Kir Manuel –!»

«Oh, bitte!» wehrte Kir Manuel ab. «Ich leugne gar nicht, daß ich Vorteil daraus zu ziehen und mich der Schönen zu bemächtigen hoffe. Ein solcher günstiger Umstand würde auch unser Verhältnis zueinander, Kir Salmenikos, nicht unwesentlich verändern. Meinen Sie nicht, daß Ihnen um dieses Mädchens willen ein Bündnis mit mir nicht mehr so abstoßend erscheinen würde?»

Gar nicht ernst gemeint waren Manuels Worte. Zu wenig Grund hatte er, auf des Salmenikos Anschluß zu hoffen. Aber er war nicht der Mann, sich eine Wirkung entgehen zu lassen, sei es auch nur die eines Augenblicks, während Salmenikos plötzlich eine Gelegenheit ersah, sich über die Hintergründe dieses Mannes zu vergewissern. Und so sehr war er Herr seiner Züge, daß ehrlicher Zorn bei ihm zu einer Maske wurde, deren er sich, obwohl er die Glut eines aufsteigenden Hasses empfand, kalt bediente.

«Lassen wir die Kirina beiseite», zürnte er. «Es ziemt sich nicht, über eine Dame zu reden, wie Sie das tun.»

«Schöne Kirina das, schöne Dame! Eine Leibeigene.»

«Ich will das nicht hören! Am allerwenigsten in meinem eigenen Hause!»

«Von einem mir hörigen Mädchen kann ich reden, wo ich will und wie ich will!»

«Sie sind ein Narr –!!» Mitten im stärksten Ausbruch hielt Salmenikos inne. «Sie sind wirklich ein Narr, mein Lieber», wiederholte er mit einem fast gutmütigen Überredungsversuch. «Wir sind ein wenig verwandt, Kir Manuel, darum lassen Sie mich Ihnen sagen, was Sie tun. Sie erschweren sich alles, was Sie auch vorhaben mögen – das ist es, was Sie tun. Es ist Ihre Sache, daß Sie sich von der Pforte getrennt haben – doch deswegen sind die Moslemin immer noch eine Macht. Und keineswegs nur die Moslemin – das ganze Land steht zu Marula, auch die Christen, auch ich.»

«Vielleicht gäb' ich sie Ihnen – natürlich erst später!»

Selbst durch diese Unflätigkeit ließ sich Salmenikos nicht überwältigen. Nichts mehr konnte ihm Manuel anhaben.

«Noch erfreut sich Kirina Marula ihrer Freiheit», sagte er nur, «ich rate Ihnen: Beten Sie zur Panagia, zu Unserer lieben Frauen, oder zu Allah oder zu wem, woran Sie sonst glauben, daß es Ihnen niemals gelingen möge, Ihre Hand auf Kirina Marula, die Ärztin, zu legen. Die Blutrache der Stämme wäre Ihnen sicher, und Ertoghrul allein ...»

«Worte, Worte!» dröhnte Manuels Lachen dazwischen. «Ertoghrul? Ich verstehe überhaupt nicht, daß Sie sich mit dem so tief einlassen mochten. Der ist doch froh, daß er Sögüd und Seraidschik hat, zwei Plätze, die den Asanes abgenommen wurden, um sie dem Türken zu geben. Der alte Kuhtreiber denkt doch nur an seinen Käse und nicht an Mädchen.»

«Der alte Kuhtreiber, wie Sie ihn nennen, kann heute gut und gern tausend Reiter aufstellen.»

«Hirten – Viehknechte, leichtes Volk und keine Soldaten!»

«Tausend Reiter, die ihn keinen Solidos kosten.»

«Nun, Sie, Kir Salmenikos, könnten sich das doch auch leisten.»

«Nur daß tausend Mann mich im Gegensatz zu Ertoghrul sehr viel kosten würden, mehr, als meine Herrschaft Biledschik auf die Dauer zu tragen vermag. Und Sie, Kir Manuel, werden den beneidenswerten Stand Ihrer Streitkräfte nicht lange aufrechterhalten können, jedenfalls nicht mit den Mitteln Eskischehrs.»

Eine Weile blickte Manuel dem Salmenikos stumm in die Augen.

«Eskischehr kann meine Turkopolen nicht bezahlen – das wissen Sie ganz genau», sagte er dann.

«Aber nicht genau weiß ich», parierte Salmenikos, «wie lange der Basileus zur Zahlung gewillt ist.»

Manuel lachte auf und puffte den andern freundschaftlich in die Rippen. «Da wären wir also», sagte er. «Aber beruhigen Sie sich: Für eine Weile wird Byzanz den Sold noch herausrücken. Natürlich muß inzwischen was geschehen.»

«Nennen Sie ‹etwas geschehen›, wenn Sie angesehenen Frauen auflauern?»

«Sie sagen: Frauen und meinen Marula. Dem Osman gilt Ihre zärtliche Besorgnis also weniger?»

Salmenikos schwieg.

«Das ist schon etwas», deutete Manuel dies Schweigen seinen Plänen günstig. «Und das Mädchen – ja –.» Er gab sich den Anschein einer Überlegenheit, die er keineswegs besaß. «Ich bin nämlich mit Taindschars Schwester verheiratet – Sie wissen doch, des Generalkapitäns der byzantinischen Turkopolen –, und meine Frau, Kira Daphne, hat sich das Mädchen in den Kopf gesetzt. So habe ich es ihr also geschenkt. Kleine Geschenke erhalten das Eheglück. Aber Sie, Kir Salmenikos ..., liegt Ihnen in allem Ernst so viel an der Marula?»

Salmenikos sagte nichts und erwiderte auch des anderen treuherzigen Blick nicht. Zu sehr war er überzeugt, daß er seinen Widersacher durch keinerlei Vorstellung bestimmen könne, von Malchatun abzulassen. Um aber Manuel zur Entwicklung seiner Pläne zu veranlassen, sei Schweigen die beste Verschanzung, dachte er. Möge Manuel erst einmal angreifen.

Und Manuel griff an!

«Selbstverständlich erhalten Sie, wenn Sie mitmachen, Sögüd und Seraidschik und die Weiderechte der Ertoghruler. Auch sonst können Sie Ihren Besitz abrunden. Dagegen hätte ich nichts. Aber was bedeutet das schon für unsereinen!» wurde er zutraulich. «Ist doch alles hier nur blöde Provinz, und was mir Kira Daphne täglich darüber vorbetet, ist nicht gerade ein Ohrenschmaus. Verlangt ja keiner, daß wir hierbleiben, wenn besorgt ist, was zu besorgen war. Konstantinopel ist schöner.»

«Dann hätte ich es an Ihrer Stelle nicht verlassen», meinte Salmenikos trocken.

«Schäker!» lachte Manuel. «Für nichts ist nichts, das wissen Sie auch. Und mit nichts wäre mir nicht gedient. Darum muß ich diese Arbeit hier erledigen. Es winkt der Lohn. Auch Ihnen, wenn Sie zu uns kommen. Was wollen Sie, Teuerster? Ein Hofamt? Einen Titel? Nobilissimus? Das Haupt einer so vorzüglichen Familie wie der Ihren hätte längst mit dem Patriziat die fürstliche Würde erhalten müssen. Finden Sie nicht auch?»

«Und was sonst?» verlockte des Salmenikos Ironie zu weiteren Vorschlägen.

«Eine Heirat!» trumpfte Manuel auf. «Sie sind zum Glück noch Junggeselle.»

«Zum Glück?» – Nun lachte Salmenikos offen. «Was die Heiratsmöglichkeiten anlangt, wirkt sich die Parteinahme für das allerchristlichste Byzanz nicht gerade vorteilhaft aus. Für Sie nicht, meine ich, Kir Manuel. Byzanz verweist Sie auf eine einzige Ehefrau, mein Ärmster. Und Kira Daphne –?»

«Also eine Heirat!» überging der andere mit einem freimütigen Gelächter den Einwand. «Irgendeine hohe Dame wird sich für den Gebieter eines vergrößerten Biledschik schon finden. Eine kaiserliche Prinzessin gar. Sagen Sie nichts, mein Teurer, ist alles schon dagewesen.»

«Ich sage ja nichts», meinte Salmenikos auf einmal ganz kühl. «Also: Sögüd, Seraidschik, die Weiderechte, das Patriziat und eine Prinzessin. Nicht schlecht. Was hätte ich dafür zu tun?»

«Sich mir anzuschließen.»

«Um das zu können, müßte ich erst einmal wissen, was Sie bei dem Handel gewinnen, ich meine, bei dem Handel mit Byzanz.»

«Warum wollen Sie das wissen?»

«Ich nehme an, daß auch Sie sich vergrößern möchten, Kir Manuel, und zuletzt könnten Sie, wenn wir beide und vielleicht die Mazaris noch übrig sind, Geschmack an – Biledschik bekommen.»

«Biledschik ist nicht zu nehmen.»

«Also überlegt haben Sie es sich doch!» nutzte Salmenikos sofort diese Blöße. «Nein, zu nehmen ist es nicht», fuhr er fort, «aber auszuhungern. Und dann liegt auch noch allerhand drumrum, was mir gehört und auch nicht zu verachten wäre.»

Manuel lachte, daß es dröhnte.

«Sie sind mir einer», kollerte er. «Ihnen kann man keine Katze im Sack verkaufen. Biledschik wäre freilich ein schöner Brocken –»

«Eskischehr auch.»

«Wieso Eskischehr?»

«Ich meinte nur so –»

Wenn es sich ergab, konnte auch Salmenikos recht schmucklos reden. Und in diesem Fall ergab es sich, daß er Manuel um so vertrauenswürdiger erscheinen mußte, je hartnäckiger er den Schacher betrieb. «Also gut!» ließ Manuel denn auch, soweit er es vermochte, seine Maske fallen. Jedenfalls wünschte er diesen Eindruck zu erwecken. «Natürlich will ich gewinnen», sagte er. «Daß ich dies alles zu Ihrem Vergnügen veranstaltet habe, würden Sie mir doch nicht glauben. Ich will Kutahie und ganz Kermian. Der alte

Bey soll sich zum Teufel scheren. Unsereins ist auch nicht schlechter als diese Turkmanen- und Türkenscheichs, die sich ihre Fürstentümer ergatterten. Ich meine, daß die Reihe auch einmal an uns sei.»

«Und dazu soll ich Ihnen helfen?»

«Sie sollen es nicht umsonst tun.»

«Dann will ich Ihnen den Preis nennen.»

«Ich nannte ihn schon.»

«Sie nannten ihn nicht», erklärte Salmenikos mit einer Ruhe, die Manuel nicht gegeben war. «An dem Tag, da Sie mit meiner Hilfe Kermian unterworfen haben und in Kutahie einziehen, überlassen Sie mir Ihr Eskischehr.»

Manuel sprang auf.

«Das ist –», schrie er wütend.

«Ein Geschäft», vollendete Salmenikos gelassen. «Wenn ich Biledschik und Eskischehr habe, bin ich auch ohne Patriziat ein Fürst.»

«Gerissener Gauner», murrte Manuel.

Salmenikos verneigte sich, als bedanke er sich für eine Schmeichelei. «Und wenn Euer Edlen Kermian haben, werden Sie sich nach dem Süden, dem Mittelmeer zu, ausdehnen wollen. Das aber liegt außerhalb meiner eigenen Ziele. Die Lage meines Besitzes verwiese mich auf den Norden, dem Schwarzen Meer zu. Ich könnte höchstens den Ehrgeiz haben, ein Nachbar des Kaisers von Trapezunt zu werden, woraus, wie Euer Edlen sehr richtig erkannten, hervorgeht, daß unsere Wege sich nicht kreuzen müßten und wir füglich zusammen gehen könnten.»

Manuel starrte ihn mit offenem Munde an.

«Reden können Sie», erklärte er dann, «und gescheit sind Sie auch. Ein wenig zu gescheit. Aber wenn es Ihnen ernst ist mit einem Bündnis, müssen Sie sich sofort entscheiden. Sofort, Kir Salmenikos! Bilden Sie sich nicht ein, daß ich Sie im trüben fischen lasse.»

«Warum so eilig?» widersprach Salmenikos. «Sie jagen den Osman, und dem sind Sie an Mannschaften um das Vielfache überlegen.»

«Schon recht, und auf Ihre paar Leute könnt' ich verzichten. Wo steht Osman?» fuhr er fort und tauchte seinen dicken Zeigefinger in den Wein, um eine Art Karte auf den Tisch zu malen. «Im Osten einmal nicht. Demnach im Westen. Zurück zum Norden in den Tumanidsch kann er auch nicht – nicht ungesehen –, meine Reiter streifen schon bis Kutschukjora. Was bleibt ihm noch offen? Die Straße nach Kutahie, hin zu seinem Sultan Alaeddin. Aber die ist ihm verlegt. Bis Inöni kann er zu seinem Glaubensgenossen Tschendereli. Weiter nicht.»

«Ich frage noch einmal: Wozu brauchen Sie mich? Inöni mit seinen armseligen Lehmmauern ist gegen Sie nicht zu halten, Osman kann Ihnen nicht entgehen.»

«Weiß ich», nickte Manuel. «Osman nicht – aber Sie! Deshalb ist es besser, Sie beteiligen sich an der Jagd. Dann können Sie nämlich nicht mehr zurück. Dann sind Sie Ertoghruls Freund gewesen. Aber ein Glückspilz sind Sie auch dieses Mal wieder: Die Beute haben die Weiber der Ertoghruler Ihnen selbst ins Haus geschleppt –»

Manuel keuchte nur noch. Kein Wort konnte er mehr hervorbringen – so unbändig war sein Gelächter. Nicht einmal der Eintritt des Kastellans konnte ihn darin unterbrechen. Er lachte noch immer, als der Offizier dem Schloßherrn seine Meldung bereits ausgerichtet hatte.

«Entschuldigen sie mich für einen kurzen Augenblick», sagte Salmenikos nun, «ich werde draußen verlangt. Aber dieser wackere Mann», fuhr er fort und schob den Kastellan zum Tisch hin, «wird dafür sorgen, daß Euer Edlen mir inzwischen nicht verdursten.»

XIII

In griechischer Sprache waren auf einem Leinenfetzen mit einem Stück angekohlten Holzes diese Worte gemalt: «Für Osman, dessen Leute und mich bitte ich um Aufnahme in Jundhissar.»

Jetzt erst, von Manuels verhaßter Gegenwart befreit, ermaß Salmenikos schreckerfüllt die ganze Größe der Gefahr, in die sich Malchatun seinetwegen begeben hatte und in der sie sich noch befand. Die Ränder des Lappens zeigten Schnitt- und Rißspuren. Salmenikos sah wie vor seinen leiblichen Augen die Hast, die Not. In seiner Hand hielt er den Fetzen von einem Kleidungsstück der Geliebten.

Panik vor den Tatsachen überflutete ihn, eine wilde Begierde, sich mit seiner Erschütterung zu verbergen; aber – er war nicht allein, und so zwang er seinem Gesicht mit schier körperlichem Schmerz die Maske der Gleichgültigkeit auf.

«Wer bist du?» fragte er den Boten.

«Du kennst mich nicht, Archont», antwortete der Mann, «doch ich kenne dich, und so weiß ich, daß du Salmenikos und der Herr der Burg bist.»

Es war der Ton, der Salmenikos überraschte. Mit unschicklich entblößtem Haupt, mit aufgeschlitztem Gewand, Gesicht und Hände zerrissen, stand der Fremde vor ihm. Die Lumpen mochte der Weg gemacht haben, aber dieses Kleid wäre auch heil das eines Armen gewesen. Dennoch sprach der Mann zu ihm wie zu seinesgleichen.

«Ich heiße Kumral», erwiderte er des Salmenikos Blick, «meine Höhle habe ich am Olymp. Die Schrift gab mir Edebalis Tochter mit ihren eigenen Händen.»

«Du bist ein Sahid vom Olympos?»

«Ich bin Allahs Diener.»

«Ein Freund von Marula?»

«Ein Freund der Bedrängten, und Malchatun ist in Bedrängnis.»

Marula in Bedrängnis. Salmenikos setzte sich auf die Wandbank des schmalen Raumes, in dem er sich allein mit seinem Gast befand. Aus seinen Gelenken fühlte er die Sicherheit weichen – darum tat er das. «Wie kamst du herein?» fragte er.

«Mit der Verstärkung. Ich war mit der Herrin in Biledschik, und einige deiner Leute kannten mich.»

«Es ist gut. Erzähle. Zeit verlieren wir nicht. Denn wie es hier steht, hast du gesehen.»

Und Kumral erzählte:

Unabänderlich war Malchatuns Entschluß gewesen, zum angeblich erkrankten Salmenikos nach Seraidschik zu gehen; aber wenigstens hatte sie Biledschik mit all der Heimlichkeit verlassen, die Kumral notwendig erschienen war. An Stelle Malchatuns war das ertoghrulische Weib mit der Weisung zurückgeblieben, die Leute in Biledschik so lange wie möglich glauben zu lassen, daß Malchatun sich noch im Schlosse befinde, und um das Geheimnis ganz undurchdringlich zu machen, hatte Kumral sogar die ertoghrulischen Posten umgangen.

Auf Richtwegen abseits der großen Straße von Biledschik nach Eskischehr wandte er sich nun mit Malchatun dem Gebirge zu. Sie ritt ein Maultier, er schritt nebenher, und es war ein Reiten und Schreiten, das ein vermeintliches Knacken oder ein Blinken immer wieder unterbrach – es war ein Verharren im Dunkeln, ein Anschleichen und Sichern. Einmal gewahrten sie von unbekannten Reitern einen Trupp, den sie, selbst verborgen, vorüberließen; aber bei Kaldiralikbinari überraschte sie, immer noch im Biledschiker Gebiet, auf der Paßhöhe von Ermeni der Tag.

Da Kumral die Weiterreise bei schneidender Sonne verweigerte, nahm statt der Burg von Seraidschik ein dichtes Erlengebüsch die beiden auf. Hier mußte Malchatun in bitterer Ungeduld einen langen Tag verharren, ehe der zeitraubende Abstieg auf dem schroffen Osthang begann. Vorsichtig näherten sie sich nach Mitternacht unweit Seraidschik der Landstraße beim Dorf Sindschirliköi ... es war der Ort des Überfalls.

«Wir wurden gejagt, Archont», fuhr Kumral in seiner Erzählung fort.

«Von wem?»

«Von den Abtrünnigen des Abtrünnigen.»

Damit wußte Salmenikos, daß von Manuels Turkopolen die Rede sei. «Es waren ihrer sechs», fuhr Kumral fort. «Die

Hälfte hielt sich bei mir gar nicht erst auf, sondern setzte der Hanum nach. Und die andern drei ...» – er zeigte auf seinen Stirnverband, ohne die Bluttaufe seines eigenen Schwertes zu erwähnen. «Aber dann kamen Osman, Ghundus und die andern», schloß er.

Osman war vor Biledschik auf seinen Bruder Ghundus gestoßen. Auch er hatte den gefangenen Boten verhört und war dann mit allen Männern, die er hatte zusammenraffen können, auf der Straße nach Seraidschik gejagt. Erreicht hatte er Seraidschik allerdings nicht. Vor Sindschirliköi war er auf Manuels Streiftrupps gestoßen und schleunigst ausgewichen. Malchatun aber hatte er befreit.

Osman, immer wieder Osman! durchfuhr es Salmenikos.

«Wieviel Mann hat er bei sich?» fragte er. Kumral schwieg.

Nun ja, man traue ihm nicht, nickte Salmenikos. Aber natürlich stehe Osman im Westen. Und einen Ausweg gebe es schon. Unmittelbar nach Manuels Abzug werde er, Salmenikos, Marula zu sich nach Jundhissar einholen. «Wenn du mir nicht traust, Kumral – wie soll ich die Herrin finden?»

«Du brauchst sie nicht zu finden – sie ist schon gefunden. Von Osman. Und du brauchst sie nicht zu holen – sie wird dir gebracht.»

«Und ich habe wieder Manuels Turkopolen auf dem Hals, wenn ihr euch erst bei mir in Jundhissar breitmacht.»

«Die Hanum zweifelte nicht, Archont, daß du das auf dich nehmen würdest.»

Eben noch hätte Salmenikos für Malchatuns Sicherheit alles gegeben; jetzt aber, da er die unmittelbare Gefahr gebannt wußte, war es wieder da, das Mißtrauen und mit dem Mißtrauen die Vorsicht. «Ihr wollt mich erpressen! Marulas wegen soll ich euch einlassen», zürnte er.

«Osman und seine Leute sind Malchatuns Wache.»

«Etwa gegen mich?» spottete er.

«Auch gegen dich», sagte Kumral ruhig. «Was wissen wir von dir?» fuhr er fort, als Salmenikos aufsprang. «Eine halbe

Freundschaft ist eine halbe Feindschaft, und aus der kann leicht eine ganze werden.»

«Frage sie selbst!»

«Wie wenig kennst du Malchatun, wenn du glaubst, daß sie in der Not sich von denen trennen würde, die sie befreiten und schützen.»

«Und Osman?»

«Was tatest du, als Manuel Edebalis Tochter beschimpfte? Wo warst du, als sie auf dem Ratshügel der Dschirga stand? Osman war da.»

Osman und Manuel – überlegte Salmenikos tief erbittert ... halbe Freundschaft, halbe Feindschaft – nein, ganze Feindschaft! Beide seien sie gleicherweise gefährlich: als Soldherr der Turkopolen der eine – als künftiger Türkenhäuptling der andere, und beider Begehren gehe auf Marula!

Soll er Osman zugunsten Manuels vernichten? Das hieße, hinterher dem Eskischehrer Gefolgschaft leisten oder gegen ihn kämpfen müssen. – Solle er im Bündnis mit Osman, was möglich wäre, Manuel niederkämpfen, daß der Besiegte das Aufstehen vergäße? Das hieße, Osman zur Grenzhauptmannschaft die Häuptlingswürde sichern, und die Ertoghruler hätten nachher keinen andern möglichen Gegner mehr als ihn selbst, Salmenikos ...

«Wenn Manuel abgezogen ist, Archont», hörte er Kumrals Stimme, «kannst du uns einnehmen in Jundhissar. Ein Gefecht mit der Nachhut oder mit einer zurückgelassenen Streife braucht Osman nicht zu fürchten, auch dann nicht, wenn die Trupps stark sein sollten. Wenn dein Tor ihm offensteht, bricht er durch!»

Jetzt endlich werde er, er selbst, das alte Haus der Asanes fürchten! überkam es Salmenikos mit überirdischer Sicherheit. Osman von Manuel gejagt und besiegt; aber Osman und seine Alpe würden wie die Bären fechten und große Lücken unter Manuels Söldnern reißen. Und wenn der Sieger in den Knien noch wankte, dann über ihn her mit den eigenen, fest zusammengehaltenen frischen Kräften! Über die plündernden Leute Manuels her, die Siegesberauschten, und in ein und derselben Stunde beide vernichten: Osman und Manuel!

«Wir brechen durch mit der Herrin», drängte Kumral, «und verstärken dich so, daß keine Gewalt Jundhissar noch etwas anhaben kann.»

Mit der Herrin ... Malchatun ... Marula ...

Solle er, Salmenikos Asanes, sie in seiner Burg haben, zwischen ihr und ihm ein Wall von fremden Männern? Nein!

«Du schweigst, Archont?» grollte Kumral.

Nein, Salmenikos war entschlossen, den Zipfel vom Mantel des Glücks zu ergreifen, den ihm ein günstiger Wind entgegenzuwehen schien – im Augenblick des Sieges her über Manuel und Manuels Truppen, ehe noch der Unflätige seine Hand auf Marula legen könne, und dann nach Eskischehr! Mit zweifachem Gewinn den Tag beschlossen: mit der Braut und der Stadt, den beiden so lange Ersehnten.

«Nimmst du Osman auf oder nicht?!»

Salmenikos wandte sich dem Sahid wieder zu.

«Osman kennt unser altes Abkommen, mein Kumral», sagte Salmenikos sanft. «Freundschaft mit Ertoghrul und Ertoghruls Stamm; aber seine Männer betreten meine Burgen nicht.»

«In deiner letzten Stunde versage der Allerbarmer dir seine Barmherzigkeit!» rief Kumral. «Daß du über Osman den Tod bringen willst – dafür magst du deine teuflischen Gründe haben. Aber daß du der Frau das gleiche Schicksal zuteilst – das ist schändlich.»

«Gebt Marula heraus!» war alles, was Salmenikos antwortete.

«In der Nähe des Todes ist sie sicherer als bei dir.»

«Dann berichte der Herrin, daß ich meine Gründe habe, die sie billigen würde, wenn sie ihr bekannt wären. Ich werde über sie wachen, und nicht wird sie verlassen sein.»

«Wahrlich, das wird sie nicht sein», sagte Kumral und

faßte grimmig sein Schwert. «Sieh diese Klinge, Archont», fuhr er fort, «Osman schenkte sie mir für meinen Wahrspruch, der ihm Glück verhieß. Es war ein Wahrspruch, Archont, und noch ist Osmans Tagen kein Ende gesetzt. Er wird leben, und du wirst bereuen.»

«Langes Leben meinem Bruder Osman, der mir wert ist», lächelte Salmenikos.

Während des Becherns hatte Manuel den Burgherrn nicht sehr vermißt. Er hatte höchstens den Wein vermißt, dem er in seiner Ehe mit Dame Daphne in letzter Zeit immer mehr zusprach.

Jetzt kehrte Salmenikos zurück und zeichnete nach dem Beispiel seines Gastes mit dem benetzten Finger eine Karte von Sultan Öni auf den Tisch. Den Fluß Pursuk, nördlich davon die Höhlenberge und an deren schroffen Nordhang Ort und Burg Inöni.

«Hier», sagte er, «von Nordwest aus werden Sie angreifen, Kir Manuel. Ich besetze zuvor die Höhe im Osten der Stadt.»

So betrunken war Manuel wiederum nicht, daß er den Sinn dieser Sätze nicht sogleich erfaßte. Er sprang auf.

«Sie wollen also –?» rief er.

«Osman kann uns nicht entkommen», fuhr Salmenikos fort, als sei alles ganz selbstverständlich und längst beschlossen. «Sie brauchen nur mit Ihren Freunden Michael und Kalanos vorzurücken. Ich sperre Osman auf der Straße über Bosojuk den Rückzug westwärts nach Sögüd. Er ist gestellt.»

«Also Bundesgenossen?» vergewisserte Manuel sich noch einmal.

«Sie hatten recht, Kontophres», bejahte Salmenikos, «ich muß mich entscheiden. Ich habe mich entschieden.»

«Für den Basileus – gegen die Pforte?»

«Gegen Osman», erwiderte Salmenikos.

XIV

Es ging auf die Nacht.

Dunst und Staub lagen über dem kleinen Platz am Haupttor von Inöni und auch noch über den engen, in den Platz mündenden Straßen. Denn mit dem Anmarsch der Leute Osmans oder der Osmanen, wie sie sich zu nennen begannen, hatten sich angesichts des bevorstehenden kriegerischen Zusammenstoßes die berittenen Hirten der Nachbarschaft mit ihren Herden in die Stadt geflüchtet, und diese Herden verstopften nun Platz und Straßen.

Das Gedränge von Vieh und Menschen war eine Gefahr für die Verteidigung, es riß die Mannschaften auseinander und unterbrach alle Verbindungen.

Auch Malchatun war mit dem langen Ghundus und mit Kumral festgekeilt. Geradezu verzweifelt war für die Eingeschlossenen die Lage. Einem sofortigen Angriff von Manuels Streitkräften konnten sie in diesem Augenblick keinen nennenswerten Widerstand entgegensetzen.

Zu sehen war freilich nichts von denen da draußen. Die dürftigen Lehmmauern verbargen sie dem Blick. Desto mehr war von ihnen zu hören. Durch das Blöken und Brüllen der Rinder vernahm man deutlich zu den Klängen der Handtrommeln die Siegesgesänge der Söldner und die brummig-brausende Begleitung einer Vielfalt anderer Stimmen.

Dies rhythmische Stampfen des Ganges und das Brausen machten Malchatun den Eindruck eines riesigen scharrenden Ungeheuers, das ungeduldig, aber seines Fraßes gewiß, sich auf seine Beute zu stürzen drohe.

Ein Dolchmesser zog Kumral aus Ghundusalps Gurt und steckte es Malchatun zu.

Es wurde kein Wort darüber gesprochen. Stumm verbarg es Malchatun in ihrem Gewand. Es war schlimm genug, zu wissen, daß sie angesichts des Schrecklichen, das auf sie laure, den Dolch vielleicht nötig haben würde. Einem Tier wie dem Manuel dürfe Scheich Edebalis Tochter niemals lebend in die Hände fallen – darüber kam keinem der drei ein Zweifel, nicht den beiden Männern, nicht dem Mädchen selbst.

Vergebens hatte der lange Ghundus sich bemüht, mit Tritten und Peitschenhieben durch das Vieh eine Gasse zu öffnen. Nur einem Pfeiler, der den Druck abhielt, verdankten es die drei, nicht zerquetscht zu werden. Schon wurden einige Tiere über die Masse emporgehoben, während die Todesangst der zu Boden Getretenen nur noch in dumpfen Lauten heraufdrang.

«Jetzt nicht am Tor und an der Zugbrücke zu sein!» rief Ghundus. «Wenn Isa Tschendereli uns verraten will, kann ihn kein Mensch hindern.»

«Ich glaube nicht, mein Sohn», sagte Kumral, «daß der Tschendereli uns hinaustreiben wird.»

«Du bist ein Abdal, ein Heiliger, mein Vater», erwiderte Ghundus, «du kennst die Welt nicht, Kumral.»

«Du freilich kennst sie besser», murrte der Sahid. «Und ich sage dir, der Isa Tschendereli ist ein Moslem, er wird uns nicht verraten. Ich habe seinem Sohn, dem kleinen Mohammed, den Glauben abgehört. Er ist in den Lehren bewandert.»

«Wenn Manuel, ohne viel zu fragen, stürmen läßt, ist ohnehin alles aus», rettete sich Ghundus in eine Tatsache, die schwer zu widerlegen war, «die Mauern sind höchstens gegen ein paar Strauchdiebe zu halten.»

Aber jetzt rauschte Trompetengeschmetter herüber, und der Burgherr Tschendereli begab sich in Person auf die Mauer über dem Tor. So dunkel war es bereits geworden, daß zwei Fackelträger ihn begleiteten.

Noch mehrere kleine Gruppen der Osmanen waren zwischen dem Vieh eingeklemmt, und sie riefen sich nun zu, was geschah. Jubel aber erscholl, als der Burgherr die Auslieferung verweigerte.

«Jetzt haben wir noch die eine Hoffnung, Manuel möge ein Esel sein und in der Nacht nicht angreifen», rief Ghundus.

«Auf diese Weise stürben wir erst am nächsten Morgen», sagte Kumral und begann das Totengebet.

Die ganze Zeit über hatte Malchatun immer wieder gedacht: ‹Das Vieh, die Rinder – welch eine Kraft, welch eine gewaltige, alles überwältigende Kraft!›

«Allah sei Preis!» lobte Ghundus. «Sie ziehen die Herden in die Gassen. Es gibt Luft. Und Manuel scheint auch nicht angreifen zu wollen.» – Er entnahm das dem Umstand, daß der Gesang der Turkopolen aufgehört hatte. Diese gefürchteten Söldner wollten wohl ihre kostbaren Kehlen für den wirklichen Angriff des nächsten Tages schonen.

«Lob sei Allah, dem Weltenherrn,
dem Erbarmer, dem Barmherzigen,
dem König am Tage des Gerichtes!»

Kumral betete die Erste Sure.

«Bete um Sieg!» unterbrach ihn Malchatun. «Ein Schwert will ich. Was soll mir ein Dolch!»

«Kannst du denn fechten?» erstaunte Ghundus.

«Mein Vatersbruder und Lehrer, der Arzt, hielt Säbelfechten für eine treffliche Übung zur Vervollkommnung des Leibes. Mit meinem Vetter habe ich es üben müssen», zwang sie sich zu ihrer eigenen Beruhigung eine formvolle Erklärung ab. «Wilde Tiere, denen ich nie etwas Böses tat, fordern meinen Leib und damit mein Leben», brach es dann aber aus ihr hervor, «wenn jedoch dieser oder der kommende Tag der meines Todes sein sollte, so will ich der Hoffnung nicht entsagen, in diesem Fall wenigstens einen Schändlichen in die Hölle zu senden, in die ihn Allah – des bin ich sicher – verbannen wird! Kein Rechtgläubiger, der an Allah glaubt und an den Jüngsten Tag, würde sich so an einem Weibe vergehen wollen wie die Unmenschen da draußen.»

«Amin», sagte Kumral.

«Malchatun», stammelte Ghundus begeistert, «meine Schwester, meine höchstzuverehrende ...»

Der Preß der Rinder lockerte sich. Immer mehr Tiere konnten nun auf Gassen und Höfe verteilt werden. Bald waren auf dem Platz nur noch so viele Tiere, daß sie die Verteidiger nicht mehr hinderten, zueinanderzukommen. Auch Malchatun und ihre Begleiter verließen jetzt das schützende Tor und begaben sich zum Burgherrn auf die Mauer, wo sich auch Osman befand.

Wenn es keine Kriegslist der Belagerer war, so hatten sie für die Nacht auf den Angriff verzichtet. Ein Kreis von Lagerfeuern umgab Inöni. Und an jedem Feuer sah man die Leute beschäftigt, die fehlenden Sturmleitern herzustellen. Darum also der Aufschub!

«Es wird ein harter Tag werden – morgen ...», sagte der Tschendereli, ein vollbärtiger, ergrauender Mann.

Hinter sich, zu den Lichtern am Abhang der Höhlenberge hinüber, blickte Malchatun nicht. Man hatte ihr gesagt, daß dort Salmenikos stehe.

«Morgen?» fragte sie. «Warum morgen? Die Nacht ist dem Schwachen freund. Wenn ein Durchbruch über Bosojuk nach Sögüd gelingen soll – dann nur in dieser Nacht.»

Nicht ohne Ehrerbietung hatten die Männer ihr zugehört; aber selbst Osmans Gesicht drückte Zweifel aus.

«Wir würden unseren Gastfreund Isa Tschendereli von uns befreien», zögerte er, «und das würde uns von Allah angerechnet werden.»

«Und mir zur Schmach!» rief der Burgherr. «Ich sende euch nicht in den Tod. Und wenn wir verderben – werden wir gemeinsam in Allahs Paradies eingehen.»

«Euer Edlen übersehen», gab ihm Malchatun zu bedenken, «daß wir über eine Kraft verfügen, die stärker ist als all unsere Armee.»

«Welche Kraft?»

«Die Herden der Rinder, die Sie dort unten sehen, Herr Isa.»

Als Malchatun dann aber ihren Plan erklärt hatte, nahm Kumral sein Schwert von der Hüfte.

«Ich tue dir Ehre an», sagte er zu Osman, «wenn ich dein

Geschenk der überlasse, die eine Waffe verlangt hat. – Gebrauche sie gut diese Nacht», wandte er sich dann an Malchatun, «und denke immer daran: Wer zuerst zuschlägt, schlägt am besten. Es ist eine gute Klinge und scharf, ein Krummschwert, ein Sulfakar, wie Osman sie selbst führt, mit gewirbeltem Rücken und am breiten Ende mit zwei Spitzen zum Stoß und zum Riß. Hier ist sie. Nimm sie hin.»

Nicht nur Malchatun sah die Lagerfeuer von Inöni. Bei Tagesanbruch werde er die Stadt angreifen, hatte Manuel an Salmenikos bestellen lassen.

Sich bereit zu halten war Salmenikos auch wirklich fest entschlossen – allerdings auf seine eigene Weise.

Die Burg Inöni lag über den Ort erhöht und lehnte sich dem Berg dort an, wo Salmenikos stand. Keinen Augenblick zweifelte er daran, daß Malchatun sich in diesem festesten Platz der ganzen Verteidigungsanlage, gerade in der Burg befinde und daß er, Salmenikos, auf jeden Fall früher als Manuel sie besetzen werde.

Sein Jundhissar war in dieser Nacht durch kaum mehr als dessen neuverstärkte Mauern verteidigt. Außer den Frauen waren nur noch Alte und Krüppel zurückgeblieben, alle anderen hatte Salmenikos mit sich genommen, so daß er jetzt an zweihundert Mann bei sich hatte.

Seine Lage war nicht sehr einfach. Die Vernichtung Manuels sowohl wie Osmans war sein Ziel oder doch wenigstens deren dauernde Schwächung an Ansehen und Macht. Auch war die völlige Vernichtung Osmans fast gewiß. Aber auf keinen Fall durfte Salmenikos seine Waffen gegen Ertoghruls jüngsten Sohn wenden, den Grenzhauptmann Kiaja Sultan Alaeddins. Eskischehr durch Manuel selbst zu erlangen – daran glaubte Salmenikos im Ernst nicht, während er den Berat, die Verleihungsurkunde des Sultans, daheim in seiner Truhe hatte.

Die Belagerer hatten längst abgekocht. Ein Feuer nach dem andern brannte nieder, erlosch. Aber an Schlaf dachte Salmenikos nicht. Es wäre ihm unmöglich gewesen, zu schlafen, so nah fühlte er sich Malchatun in dieser Nacht.

Er begriff nicht, daß er nicht längst, wie er es gekonnt hätte, die Hand nach ihr ausgestreckt und sie festgehalten habe. Noch nachträglich überfiel ihn eine heiße Angst, daß sie ihm hätte verlorengehen können. Um so fester nahm er sich vor, schwur er sich zu, sie nie mehr von sich zu lassen, seinen kostbarsten Besitz, ohne den ihm Biledschik, Eskischehr, die Fürstenwürde nichts bedeuteten.

Marula...

Nur gedacht war der Name und wehte doch wie ein Seufzer vom Berge über Inöni hinweg, wo sie war...

Malchatun!

Wie ein Strahlenkranz brach es aus der gebenedeiten Stadt ihres Verweilens, wie ein Kranz von lodernden Strahlen. Immer weiter, immer weiter drangen die Strahlen in die Ebene hinein, und nun vereinigten sie sich wie im Tosen stürzender Berge zu einem brennenden Halbmond, der sich lärmend und lärmerweckend voranfraß. Um Salmenikos wurde es lebendig. Seine Leute riefen und staunten.

Das war kein Traum... und war doch wie ein Traum!

Wie dahinjagende Fackeln war das; aber keine menschliche fackelschwingende Gestalt war zu sehen, keine Fackelschwinger stürmten dahin. Teuflisch war das! Ganz deutlich zeigte sich im Geflacker ein rennender Wald von Hörnern – langgestreckte Quastenschwänze, wie sie des Teufels Brut trägt, fuchtelten dazwischen. Die Hölle war los! Gehörnte und geschwänzte Teufel brachen mit dem ganzen Lärm ihrer geborstenen Hölle aus Inöni heraus, mit Rasseln und Beckenschlag, Kuhhorngeheul, mit Schreien und urwildem, wütendem Gebrüll, mit dem Angstschrei der Flucht vor der brennenden Brandung...

«Sie fliehen!» rief einer von des Salmenikos Leuten. «Bei der Panagia! Sie fliehen.»

Sie flohen wirklich, die Leute Manuels – Salmenikos konnte nicht zweifeln –, die berüchtigten, gefürchteten Turkopolen voran! Die Schlaftrunkenen, Aufgetaumelten rannten zu ihren Pferden. Um ihr Leben rannten sie. Aber nur einige wenige kamen auf die laut Wiehernden, Wildgewordenen hinauf, die Gäule ganzer Beritte rissen sich los und stürmten hinaus in die Nacht, daß der feurige Halbmond sie nicht fresse. Nichts blieb von den Unberittenen übrig. Eingeholt wurden sie vom rennenden Feuer. Und nun erscholl das Gedröhn von harten Hufen auf dem Boden. Die Osmanen schwärmten aus, peitschten die geschwänzten Teufel in die wildeste Raserei und hielten über das, was an Überrannten noch Leben zeigte, unerbittliche Exekution.

Ganz ohne Trompeten und Trommeln ließ Salmenikos sammeln und zog in aller Stille ab auf die Straße nach Eskischehr. Marula, dachte er, die sei nun bei dem siegreichen Osman.

Dies war Malchatuns Rat gewesen: pechgetränktes Reisig den Rindern zwischen die Hörner binden und das Vieh mit diesen entzündeten Fackeln zu den Toren hinaus und auf die Belagerer zu jagen.

So war es geschehen. Nur daß viele der besseren Wirkung wegen den Tieren brennenden Zunder unter die Schwänze gegeben hatten. Keins ist daran gestorben, keins der Tiere; wohl aber der größte Teil von Manuels Leuten. Und von dem übriggebliebenen kleinen Rest wurde sobald keiner mehr in der Gegend gesehen – auch Manuel nicht.

Die Besetzung Eskischehrs durch Salmenikos war mehr ein festlicher Einzug als eine Eroberung. Und der Jubel wäre noch größer gewesen, wenn die Bevölkerung Malchatun an Salmenikos' Seite als neue Herrin hätte einreiten sehen.

So fehlte dem Tag des Sieges die Braut.

Als alles vorüber war und die Mannschaften ihre Posten bezogen hatten, bestieg Salmenikos den höchsten Turm des Schlosses Eskischehr. Sein Blick schweifte über die Stadt, das alte Doryläum, über den Pursuk und eine Altwasserbucht, an deren Ufer er zum erstenmal Marula begegnet war, über die Ebene, über die Berge … Ein Wind wehte vom Tumanidsch. Salmenikos war Sieger und stand an seinem Ziel. Aber – er stand allein.

Drittes Buch

XV

«Bleib doch, Engel des Herrn, und verlaß deinen Knecht nicht! – Nimm dein Lachen nicht von mir, Engel des Herrn! Es kommt über mich, das Weib aus dem feurigen Abgrund – mit den Flammen und dem Gesicht des Zorns und dem Blutmond – mit dem blutenden Mond. Viele Augen sind um mich, glühende Augen – und das Weib aus dem Abgrund schwingt die gebogene Klinge des Grauens ...»

Bei diesen Worten des Kranken bedeckte Malchatun dessen Augen und Gesicht mit einem gewässerten, kühlenden Leinen.

«Ich versinke!» rief Kir Michael. «Halte mich, Engel! Das Gesicht ist über mir mit den roten Haaren der Hölle ...»

«Mit den Haaren der Hölle meint er dich», kicherte die

kleine Perid. Doch nun versuchte sie, sich einen Ausdruck von Entrüstung abzugewinnen, der ihrem immer heiteren Gesicht nicht recht gelang. «Der Ungläubige sollte sich schämen», sagte sie, «so von deinen Haaren zu sprechen, wo er doch selber ein Fuchs ist, dieser Rote!»

«Ein Fuchs wie ich», lächelte Malchatun.

«O nein!» beteuerte Perid ein wenig verlegen. «Viel, viel mehr ist er ein Fuchs! Sieh doch nur seinen dummen Spitzbart. – Ach, Malchatun», unterbrach sie sich, «immer lachst du mich aus ...»

«Engel des Herrn!» schrie Michael. «Ich fliege! Ein Drache sitzt mir im Bauch, ein schreckliches Grimmen – Engel des Herrn ...», verlor sich der Schrei in ein Stöhnen.

«So gar übel solltest du ihm nicht gesinnt sein», neckte Malchatun die junge Freundin. «Dich nannte er einen Engel des Herrn.»

«Wird er nie wieder gescheit?» bekundete dagegen Perid eine etwas nüchterne Einstellung zur eigenen Person. «Und was hat er nur mit dem Fliegen und der gebogenen Klinge?»

Für Malchatun waren die Hintergründe von Michaels Fiebervisionen kein Geheimnis. Sie waren Gesichte, die er, wie sie wußte, ganz wirklich gehabt hatte.

Beim Ausbruch aus Inöni war sie fest entschlossen gewesen, mehr noch als ihr Leben ihre Freiheit zu verteidigen. Die nackte Klinge in der Faust war sie mit Osmans und Tschenderelis Männern hinter der feurigen Herde aus der Stadt gejagt, ohne daß in der allgemeinen Flucht der Belagerer ihr Leben oder ihre Freiheit bedroht worden wäre. Von den Hufen der Rinder und Pferde waren die Säumigen niedergetreten worden, und der säumigste von allen war wohl Köse Michael gewesen, der Rote.

Ein tiefer Schlaf mußte ihn verstrickt gehalten haben und ein tiefer Traum, aus dem er nun emporgetaumelt war, um in den Wahrtraum einer losgerissenen Hölle zu stürzen und eines Todesengels mit dem geschwungenen Schwert. Denn zwischen Traum und völligem Erwachen hatte ihn schon der Hornstoß getroffen. In die Luft und in Bewußtlosigkeit hatte der Stoß ihn gewirbelt.

Nun aber war bei Malchatuns Anblick über sein erwachendes Bewußtsein eine wirre Erinnerung gekommen, aus der er sich zu den weniger schrecklichen, vertrauteren Zügen der fröhlichen Perid hatte retten wollen.

«Daß er sich zu erinnern beginnt, gilt mir als ein gutes Zeichen», sagte Malchatun zu ihrer Freundin. «Ihn erschreckt mein Gesicht. Es war das letzte, was er erblickte, als ihn das wütige Tier traf.»

Schämen solle sich der böse Mensch, war Perids Meinung, und recht geschehe ihm, wenn er sich jetzt fürchte. «O Malchatun!» rief sie und warf ihre Arme um der Älteren Nacken. «Nicht denken darf ich daran, wie es gewesen wäre, wenn sie dich...»

«Das wäre nie gewesen», sagte Malchatun einfach. «Und nun ist es vorüber. Man hat nichts mehr von Manuel gehört.»

«Und wenn er zurückkehrt?»

«Wohin? Sein Eskischehr haben jetzt die Asanes. – Und nun möchtest du ins Freie?» lächelte Malchatun. «Du habest dem Kranken lange genug nasse Tücher aufgelegt, meinst du und kannst es hier kaum noch aushalten? Geh nur, Liebe.»

«Aber wenn er aufwacht und dich sieht?» versuchte Perid ihre gar zu große Freude zu verbergen.

«Er wird sich an mein Gesicht gewöhnen müssen», war alles, was Malchatun erwiderte.

Und dann war sie mit Michael allein.

Fünfzehn Jahre war Perid nun alt, und eigentlich hätte sie bereits einen eigenen Mann haben sollen, einen gesetzten, der Theologie beflissenen Mann, wie ihr Vater selbst einer war. Was die Tochter zuwenig besaß, das hatte der Vater um so mehr, nämlich die Beflissenheit, den von Allah gewiesenen Weg zum eigenen Seelenheil und zum Nutzen seiner Mitmenschen zu wandeln. Es war ihm, obwohl er selbst schon die Würde eines Molla erlangt hatte, nicht zu gering gewesen, den großen Scheich Edebali aufzusuchen und sich zu dessen Füßen wieder unter die Schüler zu setzen. Nach dem Tode von Perids Mutter hatte er das getan. Mit den andern Schülern war er dann Edebali auf der Flucht nach Seraidschik gefolgt, und auch sonst schien er, was seine Tochter anlangte, in die Spuren des Meisters treten zu wollen. Was jedoch bei Edebali schon so lange gedauert hatte, daß aus Malchatuns Ehelosigkeit ein anerkannter Zustand geworden war, sah man dem Schüler keineswegs nach: die geringe Sorge, die er darin erkennen ließ, Perid ihrer natürlichen Bestimmung zuzuführen. Die Schüler kamen und gingen. Zwei von ihnen waren inzwischen fortgezogen, um die Ehren und Einkünfte eines Amtes zu übernehmen, ohne daß einer von ihnen, wie es doch nicht allzu ferne gelegen hätte, Perids Gatte geworden wäre.

Malchatun konnte man diesen beklagenswerten Umstand gewiß nicht zum Vorwurf machen. Sie hatte die Blicke der Männer nicht von der kindlichen Freundin fort und auf sich gelenkt. Man glaubte zu wissen, daß Edebali, der Koreïschite, sie dem Sohn seines Bruders bestimmt habe, und hielt es nicht für wahrscheinlich, daß der Scheich in eine Ehe seiner Tochter mit einem Manne weniger vornehmer Abstammung einwilligen könne, falls er sich darüber überhaupt noch irgendwelche Gedanken mache.

Nicht ganz so überzeugt war Malchatun von ihres Vaters Teilnahmslosigkeit in bezug auf die kleine Perid, und nicht als Freiwerber für einen andern sah sie ihn. Daß alte Männer junge Frauen nahmen, war gerade in den Kreisen der Gelehrten nichts Seltenes, und nur ein wenig allein gelassen fühlte sie sich bei dem Gedanken an eine etwaige Ehe des Siebzigers mit dem Kind.

Erst jetzt empfand sie, welche Sicherheit ihr der liebevoll belächelte väterliche Eifer stets gegeben hatte. Nichts fürchte Edebali so sehr, hatte sie gedacht, als ihre – Malchatuns – Gegenwart jemals entbehren zu müssen. Und nun sei etwas scheinbar Unerschütterliches, das ihr durch Jahre als kaum noch wahrgenommene Selbstverständlichkeit gegolten habe, ohne jede Warnung unsicher und schwankend geworden. Gerade jetzt, in diesem Augenblick, da sie des festen Grundes einer väterlichen, eifernden, ja selbst etwas lästigen Liebe so sehr bedurft hätte, fühlte sie diesen Grund unter ihren Füßen weichen.

Im Verlust, wie sie war, versuchte sie sich zu überreden, daß sie vielleicht einen Blick, ein gelegentliches Wort falsch gedeutet habe, um sich dann jedoch tapfer der Erkenntnis zu beugen, kein Mensch dürfe einem anderen den Weg vertreten, nur weil ihm selbst, den seinen zu Ende zu gehen, nicht beschieden gewesen sei.

Zum Schwersten für eine Frau überwand sich Malchatun: aus fremdem Schicksal die Hand zu nehmen.

Ein Gefühl, als sei sie schon eine geraume Weile beobachtet worden, ließ Malchatun aufschrecken. Mit geöffneten Lidern lag Kir Michael da – aber jetzt, da sie ihm ihr Gesicht entgegenhob, verbarg er in einer Gebärde der Abwehr seine Augen hinter den Armen.

Malchatun jedoch war ganz in der Stimmung, ihn zu seinem eigenen Heil in die nüchterne Wirklichkeit zu stoßen. Die Augen eines Kranken verstand sie zu deuten, und so wußte sie, das es an der Zeit sei.

«Ihr Engel des Herrn», sagte sie, «wenn Sie den suchen – der ist nicht hier.»

«Wo ist – er?»

«Bei den Kühen vermutlich», meinte Malchatun trocken. «Da ist er am liebsten, Ihr Engel. Übrigens ist dieser Kuhengel ein Mädchen namens Perid. Und ich hörte nie, daß Engel weiblich seien. Bei euch in Byzanz heißen die Verschnittenen Engel; aber was Eunuchen auch sein mögen – weiblich sind sie nicht. Mädchen sind niemals Engel», schloß sie mit einer herben Weisheit ihre Belehrung, «merken Sie sich das, Kir Michael. Da ich selbst eines bin, muß ich das wissen.» Zögernd lockerte er seine Arme.

«Eine Teufelin bin ich, soweit mir bewußt ist, deswegen doch nicht», fuhr sie fort. «Ich tue Ihnen nichts – jedenfalls nicht mehr. Wenn Sie mich in jener Nacht angesprungen hätten, wäre es freilich einem von uns schlecht gegangen, wahrscheinlich Ihnen. Denn zum Anspringen hätte ich Sie gar nicht erst kommen lassen, und die Kuh war auch so vernünftig, nicht erst lange zu warten ...»

«Welche Kuh?»

«Die Sie aufs Horn nahm und in die Luft warf, diese Kuh! – Meinten Sie etwa, es sei ein Stier gewesen? Bilden Sie sich nur nichts ein. Ich habe es genau gesehen. Es war ein Kuh. Ohne jede Beschönigung: eine ganz gewöhnliche Kuh.»

«Ich sah Sie, Kira ...»

«Natürlich sahen Sie mich. Vielleicht hab' ich etwas sonderbar ausgesehen. Denken Sie, es sei für mich eine Kleinigkeit gewesen, nicht zu wissen, ob ich im nächsten Augenblick vielleicht gezwungen sein würde, einen Menschen umzubringen? Sie zum Beispiel.»

«Nein, vorher bereits habe ich Sie gesehen», überkam ihn eine Angst vor dem Wiedererkennen.

Und nun beugte Malchatun sich vor und blickte dem Mann voll ins Gesicht.

«Beim alten Kontophres in Eskischehr haben Sie mich gesehen», sagte sie hart.

«Allerheiligste Muttergottes, Panagia hodegetria!» stöhnte der Kranke mit aufgerissenen Augen.

«Sie hatten an jenem Tag in Eskischehr zuviel Aufmerksamkeit für Aristides Kontrophres und zuwenig für dessen Pflegetochter und Ärztin – jawohl, für mich, Kir Michael. Ich bin das Mädchen, das Manuel seine Leibeigene nannte, und Sie verbanden sich meinem Verfolger, um mich zu fangen, damit ich auf dem Markt von Eskischehr als eine Entlaufene fünfzig Peitschenhiebe erhalte. Mich zu fangen wäre Ihnen freilich nie gelungen, weil Sie mich nicht lebend bekommen hätten. Oder was hatten Sie sich gedacht, Archont? Wer sind Sie, was sind Sie? Oh, ich weiß, Sie sind ein Tagaris und rühmen sich Ihrer Verwandtschaft mit dem kaiserlichen Geschlecht der Paläologen in Byzanz. Aber sind Sie deswegen ein Edelmann? Nicht wegen Ihres elenden Turmes, der Ihr einziger Besitz ist, frage ich Sie so, sondern wegen Ihrer Taten. Kir Michael, kein rechtgläubiger Mann hätte sich je so weit erniedrigt ...»

«Marula - Kirina Marula ...», stöhnte der Kranke völlig fassungslos.

«Nennen Sie mich nicht Marula und nicht Kirina!» unterbrach sie, und ihre Empörung verwarf mit den griechischen Lauten zugleich auch Salmenikos. «Nennen Sie mich Kamerije Malchatun. Kamerije nennt mich mein Vater - Malchatun nennen mich die Menschen, die mich lieben. Nichts von Kira und Kirina - eine Hanum bin ich, nämlich Ihre Hanum, Michael Tagaris, genannt Köse Michael, Michael Spitzbart.»

«Bin ich Ihr Gefangener?»

«Sie sind der Gefangene des Mädchens, das Sie mit vielen Toden und einer großen Schande bedrohten. Ihr Leben aber steht in der Hand des Erbarmers.»

«Er möge mich sterben lassen!»

«Haben Sie Angst, Kir Michael, ich könnte Sie das, was Sie mir zugedacht hatten, in aller Wirklichkeit erleiden lassen? Glauben Sie nur nicht, daß ich es als Edelmut erachte, einem Nichtswürdigen, der seinen Sieg reuelos ausgebeutet hätte, nur darum zu vergeben, weil er eine Niederlage erlitt. Mir schiene es besser, der edle Herr würde auf offenem Markt am eigenen Leibe Schande und Schmerz erleiden, denen er eine Frau, die ihm nie etwas zuleide getan hatte, leichten Herzens zu überantworten bereit war. Es gibt kräftige Arme in Seraidschik und Sögüd, die sich mit Freuden zu diesem Zwecke regen würden. - Haben Sie Söhne, Kir Michael, eine Tochter?»

«Ana -!»

«Sie haben eine Tochter», stellte Malchatun fest. «Haben Sie nie an Ihre Tochter gedacht, nie daran, daß man ihr mit Gleichem hätte vergelten können? Ist Ihre Tochter so stark, um fünfzig Peitschenhiebe zu ertragen?»

Was Malchatun sehen wollte, ersah sie. Dem Ergehen

seiner Familie stand Michael keineswegs mit Gleichgültigkeit gegenüber.

«Ich bin schuldig, ich allein», stammelte er. «Was kann mein Kind, meine Ana...»

«Nehmen Sie diese Medizin», sagte Malchatun und schob ihre Hand unter seinen Hinterkopf. «Sie wird Ihre Schmerzen lindern.»

«Lassen Sie mich sterben», bat er. «Erst heilen, um dann um so grausamer zu vernichten – ist das gut?»

«Vielleicht», sagte sie hart.

Um trösten zu können, litt sie selbst zu sehr.

XVI

«Zeus», rief Perid und scheuchte mit ihrem Fuß den Mächtigen aus der Beschaulichkeit seines Wiederkäuens.

«Muh!» schnaubte der Stier, stemmte die Vorderbeine auf und kam hoch.

Da lief sie ihm auch schon davon, und er trottete hinter ihr her. Er war mehr ein Gefolge als ein Verfolger. Als er aber zu einem Trab ansetzte, warf sie sich seitwärts ins Gras und lachte ihn aus.

Nun stand er und äugte sie, ehe er näher kam, mißtrauisch an. Denn dessen, was sie wohl tun würde, war er nie sicher. Nur daß die Hose, die wie eine große blaue Blume aussah und doch nichts zum Fressen war, seine Freundin Perid sei, war ihm bewußt. Um sich darüber im klaren zu sein, kannte er sie lange genug – Perid und die Hose. Keine Zeit hatte es im Leben des jungen Stieres gegeben, in der Perid nicht dagewesen wäre. Immer hatte er ein wenig Angst vor ihr gehabt und sehr viel Zuneigung. Angst und Zuneigung schienen sich geheimnisvoll zu bedingen. Denn vor allen andern Wesen war seine Scheu zusehends gewichen. Ihnen gegenüber empfand er weder Zuneigung noch gar Furcht, selbst gegen die ältesten Kühe zeigte er letzterzeit wenig Respekt, und gar die Knechte machten um ihn einen weiten Bogen. Zwei hatte er schon verletzt, und niemand wollte der dritte sein. Der Stier Zeus war lebensgefährlich.

Selbstverständlich war es streng verboten, ihn loszuketten. Infolgedessen hatte Perid ihn natürlich befreit. Sie war immer der Meinung, das arme Tier müsse auch seine Freude haben und herumlaufen dürfen wie die anderen. Malchatun pflegte zu scherzen, Perid sei mehr um ihren Zeus als um Freunde und Verwandte besorgt, aber wenn das wie ein Tadel hätte klingen können, so hob ein Lächeln ihn wieder auf, weil Malchatun zugleich immer denken mußte, daß Freunde und Verwandte Perid nicht in dem Maße brauchten wie Zeus. Zweimal hatte das Mädchen ihm, als er geschlachtet werden sollte, das Leben gerettet, und vor dem Austrieb auf die Almen, wo er sich wahrscheinlich nur unbeliebt gemacht hätte, war er ebenfalls nur durch eine List von Perid bewahrt worden. Jedenfalls ließ sich an der Freundschaft der beiden nicht zweifeln.

Als Zeus zur Welt gekommen war, hatte Perid sich gerade mal wieder in der Nähe herumgetrieben, und eher als am Euter der Mutter hatte er an ihrem Finger gesogen. So süß blöd und hilflos hatte das Bullenkalb ins Dasein geschaut, und diesem Anblick hatte Perid nicht widerstehen können. Aus Übermut hatte sie ihm den göttlichen Namen gegeben.

Gewissensbisse über die Befreiung des jungen Unholds empfand sie also durchaus nicht, so sicher war sie seines Gehorsams. Er mochte noch so schnauben und mit dem Schweif um sich schlagen, als sei er bereits ein Herr über unzählige Kühe – wenn Perid ihn anschrie und ihn mit dem Stecken über Nacken und Flanken schlug, wurde er gleich ganz manierlich, nicht so sehr wegen des Steckens als wegen der unheimlichen Gewalten, die sie für ihn verkörperte. Er wußte sehr wohl, daß er kommen müsse, wenn sie ihn rief.

Und jetzt rief sie ihn. Langsam näherte er sich, und dann leckte er, um sich ganz den Genuß ihrer Gegenwart zu verschaffen, mit seiner fleischigen Zunge ihre helleuchtende Hose, daß der Stoff hohe Falten schlug. Kreischend wehrte sich die strampelnde Perid und sprang auf.

«Muh», machte Zeus.

«Tolpatsch!» rief Perid. «Du willst ein Gott sein, du? Keine Ahnung hast du von dem Stiergott und der Hanum auf dessen Rücken! Aber paß nur auf, mein Alter, wenn du Zeus bist, will ich deine Europa sein!»

«Muuh!» empörte sich Zeus und wich zur Seite.

Für einen jungen und unerfahrenen Stier war es auch gar nicht so leicht, sich das, was ihm geschah, zu erklären. Eben war Perid noch dagewesen und hatte in ihrer Art, die er gewohnt war, ihn mit Geräuschen gelockt. Mit einem Mal war sie weg, und nun fühlte er auf seinem Rücken ein Gewicht, nicht gerade schwer, aber etwas Ungewohntes und daher Gefährliches fühlte er. Doch da er Perids Stimme mit «Hoi!» und «Hott!» auch ferner vernahm, ihre Hacken und ihren Stecken bald als etwas Vertrautes erkannte, kam er schließlich doch dahinter, daß ihm kein Bündel Heu, sondern Perid auf den Rücken gefallen sei, und alles hätte ganz gut gehen und Perid den Stier in aller Ruhe zureiten können, wenn nicht aus den Büschen etwas Schillerndes, Klirrendes, Stampfendes, Lärmendes hervorgebrochen wäre, dieser fremde Pferdegeruch, dieser verhaßte Leder- und Männergeruch, und das Klirren haßte er noch mehr wegen der Erinnerung an die Kette, dazu das Blitzen spiegelnder Metalle, das Knallen der Peitschen – Zeus hätte ein Ochse sein müssen, und er war doch ein Stier!, wenn er das geduldig ertragen hätte.

Er ertrug es nicht. Sein «Muh» geriet aus der Tiefe der dumpfbehaglichen in eine höhere Tonlage, sein Nacken bog, die Hörner senkten sich, und so raste er, um es auszulöschen, allem abmahnenden Kreischen seiner Freundin Perid zum Trotz, auf das Störende, Feindliche los. Wo war Perid? Er sah sie nicht. Und er fühlte sie auch nicht mehr. Denn was bedeuteten schon die Hacken und der Stecken eines Mädchens für einen wild gewordenen Stier.

Es gab ein großes Lärmen. Aber zu fassen war der Feind nicht. Immer wieder waren die schlanken Pferdebeine auf einmal nicht mehr da. Sie wichen aus, entzogen sich der ungebrochenen Vernichtungswut. Immer unbefriedigender empfand der Stier die Lage, und es war zu fürchten, daß er selbst Perid nicht mehr erkannt hätte, wenn sie ihm vor die Hörner gekommen wäre.

Das war der Augenblick, da Osman auf seinem Rappen gerade auf das Tier losritt, um dann nach einem kurzen Haken im Vorbeijagen Perid zu sich zu reißen. Eine Weile lag das strampelnde Mädchen quer über dem Pferdehals, ein Anblick, der nach überstandener Gefahr um so mehr und erst recht zur Heiterkeit reizte, als die Gerettete, hochgekommen, den Hals ihres Retters umschlang.

Aus Angst handelte sie so. Osman jedoch wäre kein vollblütiger junger Mann gewesen, wenn er die jugendlichen Rundungen der Lenden übersehen und dann die Wärme des Mädchenleibes nicht verspürt hätte. Bis jetzt allerdings hatte der Zufall allein die Körper entflammt; aber eben die Unbefangenheit, die so gar nichts verbarg, ließ Mann und Mädchen in ihrer engen Umschlingung einem echten Liebespaar gleichen. Kein Wunder, daß ein Gelächter aufsprang. Denn jedermann sah, daß die beiden als einzige von dem Schauspiel, das sie boten, nichts ahnten. Alles lachte daher: Osmans Neffe Baichodscha, der junge Mohammed Tschendereli von Inönü, Osmans übermütige Alpe und alle, die mit ihm zu Besuch von Sögüd herübergekommen waren. – Nur zwei lachten nicht.

Auf das Geschrei waren Edebali und Malchatun aus dem Schloßhof gekommen und sahen nun die kleine Perid, fest an Osman geschmiegt, auf dem Rappen.

Malchatun war überzeugt, daß sie nur den unverkennbaren Unmut des Vaters als gute Tochter mitempfinde, und Unmut empfand sie ... Auf wen?

Hetzend und schreiend tobten die Reiter davon – der Stier hinter ihnen her.

Aber Hetzjagd und Gelächter hatten auch Perid aufgescheucht. Sie wand sich los, hämmerte an Osmans Brust und lief, vom Pferd gesprungen, wie ein Schiff in den Hafen weinend zu Malchatun. Worüber weinend? Über Edebali, Malchatun, Osman oder ... den Stier.

«Sie werden ihm was tun!» rief sie, «sie stechen ihn tot!»

Etwas verlegen stand Osman daneben und versuchte, sie zu trösten; aber Perid hörte gar nicht hin.

Worüber empfand Malchatun nun Unmut? War es noch immer der von ihr angenommene Kummer des Vaters, den sie mitfühlte, und um des Vaters willen Eifersucht auf Perid?

Aber Edebalis Worte boten eigentlich keinen Anlaß zur Beunruhigung. In seiner Jugend hatte der Scheich auch im fernen Spanien auf der berühmten Hochschule von Cordova studiert, und in Andalusien hatte er einige Erfahrungen mit den Kampfstieren der Mauren gewinnen können. Nun erklärte er in aller Ruhe die Absicht von Osmans Gefährten, und deren Rückkehr bestätigte seine Worte. Wichtigtuerisch lärmend, verlangten sie Stricke, um den Stier zu binden.

«Nichts werdet ihr!» fuhr Perid sie jedoch an. «Wenn ihr ihn nicht neckt und ihn bös macht, ist er wie ein Lamm. Wie ein ganz kleines Lämmchen ist mein Zeus», schmeichelte sie zu Edebali hinauf, weil der doch alles könne und alles wisse.

«Du hättest ihn dennoch nicht von der Kette lösen sollen», lächelte der große Mann milde.

Und nun erging es Perid wie dem Stier vor ihr selbst: Sie senkte den Kopf.

«Ich werde ihn holen, ehrwürdiger Vater», sagte sie, «seid gewiß, er wird mir nichts tun.»

«Das glaube ich wohl», meinte auch Edebali, «doch besser ist es, du gehst nicht allein.» – Die Burschen freilich, die sich anheischig machen wollten, dem Mädchen zu folgen, scheuchte sein Blick zurück. «Ich werde dich begleiten», sagte er – worauf das Kind und der Greis einträchtig gingen, einen wilden Stier zu fangen.

Wenn der Gedanke an Osman in Malchatun auch nur Empfindungen der Abwehr auslöste, so hatte sie sich doch der Beobachtung nicht verschließen können, wie sehr sein Ansehen gewachsen sein müsse. Sein Gefolge sei jedenfalls größer als je zuvor. Der junge Tschendereli sei bei ihm, als könne er des Wunderns viel von Osman lernen. Und der Baichodscha fehle auch nicht, dieser Bengel mit Stupsnase und den barbarischen Backenknochen der Mutter. Sicher sei er seinem Vater durchgebrannt, Osmans älterem Bruder Sarujati Sawedschi. Denn erlaubt habe Sarujati es dem Sohn gewiß nicht, mit dem jungen Onkel zu streifen, dem Vordränger und Streuner. Das Osmans Alpe dabeisein, brauche freilich niemanden zu verwundern; aber die beiden Alten gaben ihr zu denken. Keine Gleichgültigen seien Akdscha Chodscha mit dem grünen Turban der Mekkapilger und Abdorrahmanghasi – nicht Osman, sondern Ertoghruls Alpe seien sie aus dessen engstem Freundeskreis. Daß diese angesehenen Männer es nicht verschmähten, einem so jungen Führer zu folgen, mache Osman fast schon zum Häuptling und die Ertoghruler zu Osmanen.

Ob Malchatun diese Entwicklung nun ablehne oder billige, ließ sie in keiner Weise erkennen. Schließlich waren sie und Edebali selbst eine Macht, die sie als Ertoghruls Gäste dem Stamme zubrachten, und beide schienen nicht sehr überrascht zu sein, daß ein Anwärter auf künftige Stammesherrschaft sich auch um ihr Wohlmeinen bemühe.

Außerdem war es noch nicht entschieden, wessen Gefangener Köse Michael nun eigentlich sei: Osmans oder Malchatuns? Und sich hierüber zu verständigen – das gab dem Besuch, den Osman als abgewiesener Freier sonst nicht mit Ehren hätte abstatten können, den Vorwand.

Die Jugend hatte geringere Sorgen und ließ sich auf ihre Art gehen. «Ich bedauere Osman», sagte, indem er die geleerte Milchschüssel zurückschob, der derbe Aighudalp, «immer mit den Knatterbärten zusammenzuhocken – mir wär's genug!»

«Und Malchatun?» knurrte Konur.

«Ist die auch ein Knatterbart?» blieb Torghud nicht dahinten.

Auch er wollte vor den Knaben Baichodscha und Mohammed Tschendereli gern mit einer Ungebundenheit prahlen, die sich im Ernstfall schnell in Respekt vor Alter und Würde verwandelt hätte. Je weiter die kleinen Jungen Mund und Augen aufsperrten, desto großartiger fühlten sich Osmans grüne Krieger.

«Malchatun – freilich – die Hanum», erwies sich Aighudalp jetzt auf Damen weniger eingerichtet, «so geradezu angeschaut hab' ich sie noch nicht, und wenn ihr's gleich genau wissen wollt: das Maul aufreißen darfst bei der auch nicht, da traust dich einfach nicht. Die wird den Osman aufmuntern.»

So ging es noch eine Weile über Osman, die würdigen alten Männer und Malchatun, indes die fünf selbst sich in der Verschwiegenheit eines inneren Gemaches berieten. Edebali und die beiden Alpe Ertoghruls kreuzten ihre Beine auf den Polstern des wandlangen Diwans, während Osman und Malchatun sich vor ihnen auf dem Teppich niedergelassen hatten.

Von dem Matthäos Botoniates, dem Einbein auf Ainegöl, war die Rede.

Natürlich! dachte Malchatun, die Männer müssen ja immer raufen, und das gehe weder sie noch Edebali etwas an. Sie dachte es, weil sie es denken wollte und obwohl sie fühlte, daß sie Osman damit unrecht tue.

Es war jedoch keineswegs nur von ärgerlichen Eingriffen in den Viehbestand der Ertoghruler und vom Verderb mehr als eines guten Wasserplatzes die Rede, sondern auch vom Burgflecken Koladscha am Südhang des Olymps. Köse Michael machte Anspruch auf ihn, doch Botoniates gab ihn nicht heraus. Dem Kir Michael galt darum ebenfalls das Gespräch.

«Michael wird schon wissen, was wir erfahren möchten, und er soll es mir sagen!» drohte Osman, «und wenn ich...»

«Nichts wirst du meinem Gefangenen tun», überraschte ihn Malchatun, «ich widersetze mich.»

«Hast du vergessen, was er dir zuzufügen bereit war?»

«Ich vergaß es nicht. In einer bösen Stunde sagte ich es und bedrohte ihn, wie du ihm jetzt drohst. Da aber erkannte ich, daß er nicht zu jenen Christen gehört, die durch ihnen erwiesene Guttaten nur schlechter werden. Michael Tagaris hat Schlechtes getan, weil er Worten wie ‹Bündnis› und ‹Treue› verfiel, ohne zu bedenken, was hinter diesen Worten stand. Jetzt weiß er es, und er weiß noch mehr. Zwischen dem christlichen Edrenos und dem Ainegöl des Botoniates liegt Michaels Chirmendschik. Michael freilich ist zu schwach; aber für jeden der beiden andern bedeutet der Besitz von Chirmendschik die Herrschaft über den westlichen Olymp. Um beiden die Hände zu binden, hat er sich zum Wortführer der christlichen Sache aufgeworfen. Was hat es ihm schon genützt? Hat ihm Botoniates auch nur Koladscha zurückgegeben? Das Einbein denkt gar nicht daran und haust in dem ihm bestrittenen Sitz wie ein Feind ...»

«Sagt Michael das?» rief Osman.

«Er wird es dir bestätigen, und aus freiem Willen. Wahrlich, ich habe nicht vergessen, was er mir tat, und auch nicht, wie du mich schütztest, mein Osman; aber statt einen Feind zu vernichten, schien es mir nützlicher, ihn zum Freund zu gewinnen. Und was hätte Michael außer seiner Freundschaft zu bieten? Für ein Lösegeld ist er zu arm.»

«Der Spitzbart muß sein Bündnis mit Kalanos Mazaris lösen», verlangte der alte Abdorrahmanghasi.

Ihm war es um einen Mazaris mehr als um einen Manuel oder Matthäos Botoniates zu tun. Vor einem Menschenalter hatte Ertoghrul Karadschahissar, die Schwarzburg, erobert. Schon hatte er seine Hand nach Kutahie und Kermian ausstrecken können, ganz nahe war er einer fürstlichen Herrschaft gewesen. Doch die Mazaris hatten ihre Burg und ihre Stadt wiedergewonnen, die Pforte hatte sie in ihrem Besitz bestätigt und Ertoghrul mit Sögüd und Seraidschik nur sehr dürftig abgefunden.

Was fast schon Gewißheit gewesen war, hatte sich als ein Traum erwiesen. Die beiden Alten, Abdorrahman und Akdscha Chodscha, hatten ihn mitgeträumt und träumten ihn noch heute wie der ganze Stamm. An den Lagerfeuern der Ertoghruler wurden Lieder von Karadschahissar gesungen. Keine Burg in Bithynien bedeutete ihnen so viel, und keine Eroberung würde Osman so sicher zum Herrscher des Stammes machen wie die von Karadschahissar am Pursuk.

«Noch liegt ihr nicht vor Karadschahissar», stieß Malchatun vor. Sie erriet die Gedanken der Männer und wußte, was sie damit sagte.

«In Ikonium und auf den Koran hat mein Vater den Frieden beschworen», war Osmans Antwort, «ich werde den Frieden nicht brechen, wenn die Mazaris es nicht tun.»

«Und Kalanos?» fragte Malchatun.

«Wenn er Frieden bietet, soll er ihn haben.»

«Und wenn er ihn nicht bietet ...»

«... kann Michael in meinem Frieden bleiben, falls er es begehrt. Es geht um Koladscha und gegen Botoniates.»

Ertoghrul selbst hätte nicht anders gesprochen, aber seine beiden Alpe blickten düster, gerade weil sie weder Ghundus noch Sarujati höher schätzten als Osman. Sie würden also in die Grube fahren und das Wappen des Stammes, den halben Mond, nicht über Karadschahissar gesehen haben.

Es war Stille im Raum. Von Edebali war noch kein Wort gefallen.

«Du hast wohlgesprochen, mein Sohn», sagte er nun und schloß damit die Unterhaltung ab, «dem Redlichen hilft Allah.»

«Wie aber steht es um unsern Anschlag auf Koladscha, ehrwürdiger Vater, mein Lehrer?» fragte Osman, nun wieder der bescheidene junge Mann, als der er sich gern zu zeigen pflegte. «Uns kam Nachricht über Koladscha.»

«Von wem, mein Sohn?»

«Von christlicher Seite. Es war ein Ruf der Unterdrückten um Hilfe.» Und dann erzählte er.

Nach dem byzantinischen Koladscha hatten sich ehemals beim Vorrücken der Seldschuken Einwohner aus Tarakli und Modreni geflüchtet und dort ihr Gewerbe, die einen als Kammacher – die anderen als Nadelmacher, mit ebensoviel Glück wie in der alten Heimat fortgesetzt. Jetzt standen sie unter der Botmäßigkeit des Matthäos Botoniates, der ungeachtet ihrer verbrieften Rechte schon seit längerem begonnen hatte, sie seinen Leibeigenen gleichzustellen. Ihre Heiraten zu erlauben oder zu verbieten, maßte er sich an, ihre jungen Leute – Bräute darunter und Hochzeiter – verlangte er zu seinem Dienst, und Flüchtige, deren er hatte habhaft werden können, waren gepeitscht worden. Niemand fühlte sich mehr seines Leibes und Lebens sicher, besonders in letzter Zeit nicht, da der Rest von Manuels versprengten Turkopolen sich in Ainegöl gesammelt hatte.

«Einen Ort zu nehmen ist schwer, ihn zu halten ist schwerer», meinte Edebali bedächtig.

«Koladscha ist nicht zu halten», gab Osman ohne weiteres zu. «Auch wollen die Leute ihre Häuser verlassen und erbitten nur Geleit und Aufnahme in Sögüd oder Seraidschik.»

«Und was sagt Ertoghrul?» fragte Edebali.

«Für den Schutz, den der Stamm gewähren müßte, hätte er Gewinn. Die Kämme, Löffel und Nadeln derer von Koladscha sind selbst in Konstantinopel geschätzt», erwiderte Osman. «Aber die Leute sind Christen. Um ihres Glaubens willen verließen ihre Voreltern Tarakli und Modreni. Ertoghrul fragt unsern Lehrer, meinen Herrn, ob es wohlgetan sei, sie, ohne daß sie sich zu Allah bekennen, unter uns anzusiedeln?»

Edebali brauchte nicht weiter zu fragen, um zu wissen, daß Ertoghrul und seinen Alten die zu erwartenden Steuern der Flüchtlinge willkommen wären, daß sie aber bei den sich vertiefenden religiösen Gegensätzen den Heißspornen und den anderen Stämmen gegenüber sich gern auf eine geistliche Autorität berufen möchten. Er selbst jedoch sah für die Glaubensfestigkeit der Ertoghruler keine Gefahr und rechnete vielmehr auf die Einwirkung des engeren Zusammenlebens für die allmähliche Bekehrung der Flüchtlinge, deren Gewerbefleiß der christlichen Partei auf alle Fälle entzogen würde. Aber so genau er Gewinn der Seinen und Verlust der Gegner an Steuern, Zinsen und Menschen erwog, hielt seine Antwort sich doch rein im Geistlichen. Er blickte auf, und alle neigten das Haupt, um die Worte des Lehrers mit Ehrerbietung zu vernehmen.

«Hilfe an Leuten in unverschuldeter Bedrängnis ist am Tage des Jüngsten Gerichtes vor Allah ein Schatz», verkündete er, «ihm allein sei Preis und Ehre. Christen sind Kinder des Buches, und so Gerechtigkeit an ihnen erfunden werden sollte, werden sie nicht verworfen sein, und nicht wird Allah ihre Seelen von euch fordern, wenn ihr ihnen in Tugend vorangehet und kein Ärgernis gebet.»

«Amin», sagten alle und verneigten sich bis auf die Polster.

Aber etwas Wesentliches fügte Edebali noch beim Abgehen auf eine mehr weltliche Art hinzu.

«Wie ich höre», sagte er, «betrachten die Leute von Koladscha Kir Michael als ihren eigentlichen Herrn. Es wäre gut, mit ihm ein Abkommen zu treffen, damit der Christenkaiser in Konstantinopel sich nicht wegen Grenzverletzung und Übergriffen bei der Pforte beklagen kann.»

Wenn es nicht so unschicklich gewesen wäre, hätte Malchatun über das väterliche Eingehen auf ihre eigenen Wünsche offen gelächelt. Auf diese Weise wurde Kir Michael so ganz nebenbei zu einem vernünftigen Vertragsfreund gemacht. Dessen Gefangenschaft verlor damit alles Bedrohliche.

Mit Edebalis letzten Worten hatten die drei älteren Männer das Zimmer verlassen. Zum erstenmal in seinem Leben war Osman mit Malchatun allein. Selbst in den Fluchttagen war das nicht geschehen. Immer waren Kumral oder Bruder

Ghundus bei ihr gewesen. Zu denen hatte sie sich gehalten, nicht zu ihm.

Weit mehr als nur ein körperliches Verlangen nach Malchatun erfüllte Osman. Sein unwiderstehliches Mitteilungsbedürfnis, dessen Beute er noch vor kurzem gewesen war, hatte ganz den Liedern der ritterlichen Araber Spaniens entsprochen; aber nachdem er aufgehört hatte, von Malchatun zu reden, empfand er sie nur noch stärker als ein ihm entrücktes Wesen aus einer Welt, die ihm für immer verschlossen sei. Noch in den Tagen der Flucht hätte ein Alleinsein mit Malchatun ihn mit leiser Hoffnung beschwingt. Aber inzwischen war mancherlei eingetreten, was seine Sehnsucht in Kummer und seinen Kummer in Gram verwandelt hatte. Worte eines herabsetzenden Spottes waren ihm hinterbracht worden, die Malchatun über ihn geäußert haben solle. Nicht nur verschmäht glaubte Osman sich, sondern auch verachtet. In seiner Eigenschaft als Krieger möge sie ihm wohl noch einige Gerechtigkeit widerfahren lassen, doch was bedeutete ein Kriegsmann Malchatun? Ein Mensch, nicht wert, den Saum ihres Kleides zu berühren, geschweige denn sie selbst, ein Tölpel, gerade gut genug, an Stelle eines Wachhundes auf ihrer Schwelle zu liegen.

Nun er zum erstenmal mit ihr allein war, stand Osman steif vor der Frau, die er liebte und die er sich so entfernt von sich dachte.

Osman bebte. und fast wäre eine weiche Stimmung über Malchatun gekommen. Ihr Leben war in Bewegung geraten, das Festeste wankte, und froh wäre sie gewesen, einen neuen Halt zu gewinnen. Verdankte sie Osman nicht ihr Leben? Könne sie seiner Neigung nicht gewiß sein? Könne sie …? Plötzlich stand eine Frage vor ihr. Eine bittere.

Allem gegenüber, was ihr sicher erschienen war, hatte sie ein Mißtrauen erfaßt. Warum aber solle gerade ein jüngerer Mann, dachte sie, dem man vorzeiten Flatterhaftigkeit nachgesagt habe, er allein in seinen Gefühlen beharrlich sein?

Viel hätte jetzt ein Lächeln auf Osmans Lippen vermocht. Aber Osman lächelte nicht, und seine Verschlossenheit war wenig geeignet, Malchatuns weiche Stimmung zu fördern.

«Handelt es sich nur um die Leute von Koladscha?» fragte sie ihn nun kühl.

«Nur um sie», erwiderte Osman.

«Ihr werdet keinen Krieg beginnen?»

«Wir wollen keinen.»

«Keinen Krieg?»

«Nein.»

«Manuel ist geschlagen und verschwunden», fuhr sie fort, «das ist eine Gelegenheit, die Grenze zu befreien.»

«Die Hanum hat recht», bestätigte Osman, «nur das beide Teile die Gelegenheit wahrnehmen müssen, wenn Friede bleiben soll.»

«Das kennt man», erbitterte sich Malchatun. «Einer schiebt dem anderen die Schuld zu; aber das ändert nichts daran, daß die Menschen sterben.»

«Ewig lebt keiner», warf Osman hin.

«Aber der Tod kommt von selbst. Was ruft ihr ihn vor der Zeit!»

«Von uns kommt kein Krieg», beharrte er. «Die Hanum kann ganz beruhigt sein», schloß er dann mit abschiednehmender Verneigung und machte sich, um seine Fassung nicht zu verlieren, groß und stark und doch wie auf Katzensohlen davon.

Daß es für Osman die höchste Zeit gewesen war, sah Malchatun nicht. Auch konnte sie sich nicht von dem Gefühl befreien, daß es trotz allem zu Kämpfen kommen werde und daß da einer gegangen sei, den sie nicht wiedersehen werde.

Osman nicht wiedersehen? Auf irgendeine Weise gehöre er zu ihr. Ihn nicht wiedersehen?

Sie faßte es nicht.

XVII

Mehr als zwei Wochen waren vergangen, doch die Erinnerung an Osmans Abschied wollte Malchatun nicht verlassen. Daß der Tag oder vermutlich die Nacht des geplanten Auszuges aus Koladscha, wenn er überhaupt glücken sollte, ein Geheimnis bleiben müsse, sagte sie sich selbst. Ganz abgesehen von den Ansprüchen des Botoniates auf die Untertänigkeit der Koladschaner werde er auf keinen Fall die gewerbefleißige Bevölkerung eines ganzen Fleckens gutwillig davongehen lassen. Nicht zu Unrecht befürchtete sie Kämpfe. Die Ereignisse vor und während ihrer Flucht nach Inöni hatten sie aufgeschreckt.

Manuels Auftreten sei mehr als eine der alltäglichen kleinen Grenzplänkeleien gewesen, dachte sie, und habe tiefe Ursachen gehabt. Ein neuer Zusammenstoß zwischen Mohammedanern und Christen könne leicht einen Brand entfesseln, der die ganze Landschaft und sie alle ergreifen würde. Noch nie hatte sie so entschieden Partei ergriffen. In ihrer wachsenden Unruhe war es ihr nicht mehr wie vor kurzem noch möglich, an Osman und dessen Gefolgsleute wie an Händelsucher zu denken. Immer tiefer durchdrang es sie, wie doch die Ertoghruler für sie eingetreten seien und Osman sie errettet habe.

Sie hätte viel um eine Nachricht gegeben, aber ... es war keine gekommen.

Wiederum war es Nacht, als Edebali, von der Tochter seinen Studien entrissen, mit ihr vor das Haus trat.

Als eine silberumrandete, ausgezackte schwarze Wand standen vor dem klaren Himmel die Berge – bald würden Wiesen und Bäume im Licht des spät heraufkommenden Mondes liegen. Längst war der abendliche Wind erloschen. Alles schwieg und war ohne Bewegung. Vater und Tochter schwiegen, Mädchen und Mann, jedes in die eigenen Gedanken versenkt.

Aber gerade Flucht vor diesen Gedanken hatte Malchatun zum Vater getrieben, und nun verleugnete sie jede Schicklichkeit, indem sie begann.

«Hast du Nachrichten erhalten?» fragte sie.

«Nachrichten? Worüber?»

Malchatun zürnte der weltabgewandten Gelassenheit der Frage. Lieblos erschien sie ihr.

«Über Osman natürlich ...», sagte sie, «... ich meine die Ertoghruler ...»

«Die Ertoghruler?» prüfte Edebali das Wort voll Bedacht, «die Ertoghruler weiden ihr Vieh auf den Almen. Was sollte es über sie zu berichten geben? Auch von Osman vernahm ich nichts.»

«Du gabst ihm ein Fetwa», stieß Malchatun vor.

«Er wird danach handeln, sobald er vermag.»

«Und sonst kümmert er dich nicht?»

«Die Tat, Tochter, gehört ihm, nicht mir. Auch dachte ich an dich und nicht an den Ertoghruler Osman», verließ er selbstherrlich ein Gespräch, das ihm erschöpft schien, um dann, allerdings erst nach einer Weile, fortzufahren: «Mich dünkt nämlich», sagte er, «ich sei zu tadeln, mein Kind. Jawohl, zu tadeln», widerholte er auf den Blick ihres Erstaunens. «Seit du Osman abwiesest, ist Zeit genug verstrichen. Längst hätte ich dich einem anderen Manne geben müssen.»

Er hätte nichts Schlimmeres zu Malchatun sagen können. Freilich: Wenn Edebali nur ein wenig unsicherer gewesen wäre, so hätte sie ihn gerührt beschwichtigt. Von ihr aber, fand sie, sei im Grunde gar nicht die Rede gewesen, der große Scheich Edebali habe sich ganz mit der unerträglichen Sicherheit jedes beliebigen Mannes gegenüber einer beliebigen Tochter benommen, und so unterdrückte sie auch nur noch mit Mühe die allzu rasche Antwort, daß der Vater zu alt sei und ihrer nicht entraten könne ... Aber das sei es ja eben, drängte es sich ihr auf, der Vater sei keineswegs zu alt. Und wenn er zehn Jahre gebraucht habe, um zu einer höchst überflüssigen Erkenntnis in bezug auf ihre Person zu gelangen, so sei das auch jetzt nur geschehen, weil er sie gerne forthaben wolle, damit sie nicht sehe und höre, seine Blicke für Perid nicht sehe und deren kindische Geschwätzigkeit nicht höre.

Ihre, Malchatuns, Augen wolle Edebali forthaben, ihr Lächeln solle weg.

So sehr war sie gewohnt, sich ihm frauenhaft, ja mütterlich überlegen zu fühlen, daß sie bei aller Liebe und Ehrfurcht für ihn seine väterlichen Ansprüche als Vermessenheit empfand. Geben, empörte sie sich, sie einem Manne geben? Sei sie denn überhaupt «unter seiner Hand»? fragte sie sich. Dem Koran nach sei sie es, mußte sie zugeben. Aber sonst!

«Wenn das je deine Aufgabe war», meinte sie schroffer, als sie mit ihrem Vater zu reden pflegte, «so ist sie es seit Jahren nicht mehr.»

«Du fühlst dich sehr stark, mein Kind.»

«Kann ein Baum wieder ein Strauch werden, Vater?» lenkte sie ein wenig ein.

Edebali kam ihr ebenfalls entgegen. Es war eine Bekundung von Achtung für die Tochter, daß der berühmte Ausleger des Korans nicht noch einmal auf seine Pflichten, geschweige denn auf seine gesetzliche Autorität verwies.

«Wir sollten eine Ordnung nicht aufgeben», meinte er nur, «ehe wir uns einer anderen versichert haben.»

«Wir sollten uns auf eine Ordnung nur berufen», entgegnete Malchatun unverweilt, «wenn eine Unordnung das nötig macht.»

Langsam ließ der Scheich seine dünnen Finger durch den Bart gleiten, eine Geste, die ihm eigen war, wenn ihn die Antwort eines Schülers befriedigte.

«Entspricht es Allahs Ordnung, daß eine Frau kinderlos bleibe und ohne Gatten?» versuchte er sie dennoch von neuem. «Meinst du nicht, daß du dich deinem Schicksal entziehst, Kamerije?»

Einer Antwort brauchte sie nicht erst lange nachzusinnen.

«Ich habe Menschen das Leben erhalten», sagte Malchatun, «Allahs Geschöpfe wie die, denen ich, wenn es Sein Wille gewesen wäre, das Leben hätte geben können. Das erste ist Gewißheit: Die Menschen, die ich heilte, gehen und sprechen, wir können sie anfassen und fühlen – vom zweiten wissen wir nichts.»

«Du bist klug», räumte der Vater ihr ein, ohne Malchatun damit das Gefühl eines Sieges zu geben. Auch fuhr er, wobei er sie nur von der Seite ansah, sogleich fort: «Es wird für deinen Vetter nicht leicht sein, mit dir zu streiten.»

Womit es dann gesagt war.

«Der Vetter also», stellte Malchatun mit vernichtender Gleichgültigkeit fest.

«Weißt du etwa einen andern Koreïschiten, den wir kennen?»

«Muß es ein Koreïschit sein?» lehnte Malchatun dieses Argument ab. «Meine Mutter war keine Koreïschitin.»

Ehe ihr Vater sich zu einer Antwort entschloß, schwieg er eine Weile. «Als Hakim, der du bist», erklärte er dann, «sprichst du von ‹gewiß› und ‹ungewiß›, von ‹anfassen›, ‹sprechen› und ‹fühlen›. Vergiß nicht die Seele darüber und nicht, daß der von Allah selbst als edelster ausgewählte Stamm eine Seele hat, die dem Osten und Westen durch die Jahrhunderte die Kalifen gab, eine Seele, die sich nicht durch Vermischung mit Niedrigergeborenen verflüchtigen sollte. Deine Mutter aber ist, des bin ich gewiß, von Gott des Paradieses gewürdigt worden. Von ihr, ich bitte dich, Kind, sprich nicht, wenn du von anderen Gestorbenen oder Lebenden redest. Sie war meine mir Unwürdigem von Allah verliehene Gattin. Ihr Andenken ist unvergleichlich. Uns aber, die sie hier zurückließ, bleibt die göttliche Ordnung, und die ist für eine Koreïschitin wie du die Tradition ihrer Familie.»

Weniger durch väterliche Logik als durch Rührung bezwungen, schwieg nun auch Malchatun. Womit hätte sie, die Tochter, einer so tiefen, ihrer Mutter geweihten Ehrfurcht begegnen sollen? Daß sie diese Mutter nie gekannt hatte, verschloß ihr um so mehr den Mund.

«Es gibt keinen edleren Stamm als den unsrigen, und nicht nur, weil aus ihm der Prophet kam», konnte Edebali wiederholen, «das gilt von den Rechtgläubigen. Von den Unbeschnittenen möchte ich nicht reden – es sei denn ...», dehnte er mahnend die Silben, «... du zwängest mich.»

Malchatun erschrak. Weit mehr, als sie sich vor dem Derwisch Kumral geschämt hatte, würde sie sich vor ihrem Vater schämen. Bis jetzt habe Edebali noch niemals in dieser Weise mit ihr über Ungläubige gesprochen, dachte sie, und bebte davor, daß er vielleicht alles wisse, was grade vor ihm zu verbergen sie sich stets so große Mühe gegeben habe.

«Was gehen mich die Ungläubigen an?» wehrte sie sich viel zu stark, um noch glaubwürdig zu erscheinen. «Ich zwinge dich gewiß nicht, mit mir von ihnen zu reden.»

«Und dem Vetter verweigerst du dich?»

Den Vetter zum Manne zu nehmen wurde durch diese Frage gleichsam der Preis für Edebalis Schweigen, und den erachtete Malchatun trotz ihrer Beschämung als zu hoch.

«Ich verweigere mich ihm», sagte sie.

Welche Antwort er erwartet hatte, ließ Edebali nicht erkennen.

«Wir sprachen von deiner Mutter», begann er jetzt vorsichtig auszuholen. «Bevor die Verklärte die reine Lehre umfing, war sie Christin.»

«Ich bin deine Tochter», versuchte Malchatun ihm das Wort abzuschneiden. «Ich bin rechtgläubig von Geburt.»

«Du bist eine Moslemin», bestätigte Edebali. «Daher ...», und nun holte er zum Schlage aus, «... würdest du eines Christen Frau wohl kaum werden wollen ...?»

Gestellt und gefangen fühlte sich Malchatun, und in diesem letzten Augenblick vor ihrer Niederlage griff sie zu ihrer weiblichsten Waffe. «Quäle mich nicht, Vater!» rief sie und verbarg ihr Gesicht in den Händen.

Vor noch gar nicht langer Zeit, vor einem Jahr etwa, wäre Edebali bei einem solchen Ausbruch seiner Tochter wahrscheinlich noch von einer ungestümen Eifersucht auf den fremden Räuber erfaßt worden. Ganz ohne Eifersucht freilich war er auch jetzt nicht; denn einen Mann, dem er seine Tochter gegönnt hätte, gab es nicht. Immerhin war diese Regung nicht mehr allzu gefährlich, und einen flüchtigen Augenblick wunderte er sich selbst ein wenig, wie gelassen er den Schlag doch hinnehme, eine Verwunderung, die sich ebenso schnell wie zwanglos in eine Genugtuung über die Besiegung irdischer Wallungen durch geistige und geistliche Bemühungen verwandelte. Daß er in Wirklichkeit gar nicht gesiegt, sondern nur eine Leidenschaft mit einer andern vertrieben hatte, hinderte ihn nicht daran, sich mit männlicher Befriedigung als Mann und Vater zu fühlen, der zu helfen, zu trösten und aufzurichten vermöge.

Er meinte es daher durchaus nicht böse, als er den Namen nannte ... «Salmenikos ...», sagte er. «Denke doch nicht, Kamerije, ich vermöchte dich nicht zu verstehen. Mit diesem Archonten freilich hält dein Vetter als Mann den Vergleich nicht aus. Aber handelt es sich denn um das Aussehen eines Mannes und um ein Vergleichen? Du könntest sagen, auch Salmenikos sei ein Kind des Buches, und vielleicht dachtest du sogar an seine Bekehrung. Täusche dich jedoch nicht, meine Tochter. Um der irdischen Klugheit willen widerstrebt dieses Weltkind der göttlichen Weisheit. Die irdische Klugheit aber verbietet ihm, seine Glaubensgenossen herauszufordern – zu tief stoßen seine Besitzungen ins byzantinische Gebiet. Wenn einer von euch beiden dem andern erläge, würdest du es sein, und während er sein Seelenheil im Erliegen gewonnen hätte, würdest du es verlieren.»

Malchatun atmete auf. Ganz durchschaut und wie nackt hatte sie sich vor dem Vater gefühlt, und nun erfuhr sie, wie wenig er im Grunde doch wisse. Über väterliche Eitelkeit gehe doch keine andere! dachte sie. Gar nicht auf den Gedanken komme der große Lehrer Edebali, daß Salmenikos sie keineswegs zur Frau begehrt habe und es vielleicht nie tun würde. Sein Verhalten in Jundhissar habe nichts von einer solchen Absicht verraten.

«Es kommt von unten», fuhr er fort, «daß die Bekenntnisse gegeneinander aufstehen. Dawider vermögen die Herren nichts. Sie können die Untertanen peitschen und ihnen ihr Joch auflegen – in dieser Sache ist der Wille der Unterworfenen stärker. Die Zeiten der Gleichgültigkeit im Glauben sind vorüber. Unsere – deine Zeit, die Zeit, die da kommt, verträgt Halbheiten nicht mehr. Sich zu entscheiden, wird Kir Salmenikos keine Gelegenheit haben, über ihn ist schon entschieden.»

Wieder einmal bewunderte Malchatun ihren Vater.

Ein anderer möge, was sich vorbereite, erkennen, erregte es sie, des Vaters Blick aber reichte bis zu den Wurzeln und dem Wirken der unterirdischen Kräfte. Töricht sei es von ihr, zu glauben, er wisse nichts, wenn er schweige. Vorausgesetzt, seine Eitelkeit sei nicht im Spiel, gebe es keinen klügeren Mann als ihn. Aber seine Eitelkeit sei im Spiel, raffte sie sich wieder auf, seine begehrlichen Wünsche seien es. Auf diese Wünsche komme es ihm an! Er solle nicht länger erhaben tun, wenn er diese Wünsche fördere, sondern sich ehrlich bekennen! Dann brauche sich keiner von ihnen beiden vor dem andern zu schämen, weil sie beide im gleichen Fall seien – oder es doch waren ... Denn sie, sie selbst, sei sie es eigentlich noch ...?

«Osman jedoch ...», warf er hin.

«Was ist mit ihm?» drängte sie; denn um ihrer Unruhe willen war sie zum Vater gekommen, und die hatte etwas mit Osman zu tun gehabt. Als befrage sie ein Orakel, wiederholte sie: «Was ist mit Osman?»

«Er wird getragen ...»

«Von den Unterirdischen?» erschauerte Malchatun.

«Von dem, was da kommt», sagte Edebali. «Das Christentum ist in seinen Formen erstickt ...»

«Und der Islam? Es gibt Leute, die sagen, er habe seine Grenzen erreicht ...?»

«Wir Araber sind es, die sie erreicht haben, das welteroberende Arabien ist ermüdet und hat seine Grenzen erreicht. Der Islam aber blieb jung. Neue Völker haben ihn ergriffen und halten die Fahne des Propheten. Wenn ihn, Osman, die Woge nicht verschlingt – und ich glaube, sie wird es nicht –, wird sie ihn an Land werfen, wo er stehen und bleiben kann. Jetzt trägt ihn die Woge.»

Da war sie wieder, die quälende Unruhe! Malchatun mochte nicht mehr hören. Sie war entschlossen und flüchtete in die Gewalt.

«Du sprichst von Osman und Salmenikos. Was sind mir diese Männer gegen dich? Von dir und mir sollst du mit mir reden. Es ist die Stunde, Vater.»

Der Mond hatte seine Höhe erklommen. In seinem Schein schwamm Edebalis Gesicht. Blaß und schmal war das Gesicht, aber in diesem Augenblick hätte Malchatun es sich älter gewünscht ... Immer noch währte das Schweigen – sie hörte das Hämmern ihres Herzens.

Schließlich bewegten sich Edebalis Lippen.

«Sprich du», sagte er.

Ihren ganzen Mut nahm Malchatun zusammen.

«Heirate Perid», stieß sie vor und bebte vor den Folgen dieser Kühnheit. «Ich werde ihr eine Schwester sein», sprach sie deswegen auch schnell weiter. «Perid ist mir wert.»

Statt «Schwester» hätte sie «Mutter» sagen können – so weit freilich wagte sie sich denn doch nicht.

Aber vielleicht hätte Edebali auch darüber nur gelächelt. Jedenfalls tat er es, und mit diesem Lächeln bezwang er die Tochter.

«Die Blüte fragt nicht nach dem Alter des Stammes, dem sie entsprießt», formte er seine Gedanken, «die Blume blüht. So kam auch aus mir und über mich ein Blühen, und du hast es bemerkt, wie ich vernehme.»

Malchatun hatte die Beschämung ihres Vaters, ihn vor seiner Tochter klein und erniedrigt zu sehen, gefürchtet. Und nun sah sie ihn frei und ohne die Kette, die sie selbst so sehr bedrückt hatte, sah sie ihn ohne jede lähmende Scham und empfand eine große Bewunderung für Scheich Edebali.

«Und wir werden uns nicht trennen müssen?» fragte er jetzt.

«Perids wegen nie!»

«Dann gewinne ich ein Weib und erhalte mir meine Tochter. Dank dir, Kamerije. Du hast dich Osman entzogen – ist es nicht so? – und dem Salmenikos nicht zugesagt. Bleibe also in deinem jungfräulichen Stand, solange es dir gefällt. Von nun an werde ich schweigen. – Denn das willst du doch ...?» fügte er noch mit der Verhaltenheit eines Menschen hinzu, der nicht alles sagt, was er sieht.

Das gleiche Mondlicht, das Edebali und Malchatun während ihres Gespräches geleuchtet hatte, beschien auch den Reiterzug, der von Norden her in dem Paß Ermenibeli einbog, dem westlichsten der vier Pässe über den Tumanidsch.

Wenig willkommen war den Reitern das helle Licht. Einer hinter dem andern drückten sie sich in den Schatten des Felsen. Die Kapuzen hatten sie über die weißen Biledschiker Kappen gezogen. Nichts funkelte an ihnen, und nichts klirrte. Nicht einmal der helle Klang der Hufeisen auf Kiesel und Steinen war zu hören. Sie ritten mit umwickelten Hufen.

An siebzig Mann zogen Osman und seine Gefährten so dahin. Neffe Baichodscha hatte es durchgesetzt, sich der kleinen Vorhut anschließen zu dürfen, und dem jungen Tschendereli war nicht zu verweigern gewesen, was dem Neffen erlaubt worden war.

Schon hatte die kleine Truppe die Paßhöhe überschritten, und nun kam alles darauf an, daß sie Koladscha am Südhang unbemerkt erreichten. Dort harrten die Einwohner des Fleckens schon mit bepackten Saumtieren und Karren. Einmal auf dem Wege nach Seraidschik, würde die Gefahr für die Auszügler nicht mehr allzu groß sein. – Nachsetzende Verfolger aufzuhalten, waren Osmans Reiter stark genug. Wer hatte diese Reiter gesehen? Offenbar niemand. Keine Warnung kam von der Vorhut.

Die Entführung der Koladschaner war erst Osmans zweites größeres Unternehmen, und so überlegte er, ob er auch nichts versäumt habe. Er stand am Beginn einer Laufbahn. Ein Fehlschlag konnte ihm verhängnisvoll werden. Das Vertrauen seiner Stammesgenossen stand auf dem Spiel.

An den Ruinen einer verwüsteten Karawanserei war der Haupttrupp vorüber, schon glaubte Osman gewonnen zu haben. Da rollte ein Stein vom abschüssigen Hang der Schlucht – eine Kugel hinterdrein. Unruhe kam unter die Reiter. Osmans Pferd bäumte sich, als die Kugel sich erhob. Sie war ein Mensch, der sich merklich beim Wiederaufsetzen der zerschundenen schwarzen Kappe erhöhte.

«Halt», sagte er dabei. «Nicht weiter!» rief er.

«Wer bist du?» herrschte Osman ihn an und sprang vom Pferd, um den Kleinen zu packen. «Laß dich anschauen.»

«Verlieren Sie keine Zeit, Herr», meinte das Kerlchen in Osmans Fäusten, «und lassen Sie mich lieber los. Sie sind in einiger Gefahr, mein Werter. Bei Hamsabeg, dem Dorf, lauert der Botoniates am Ausgang der Schlucht auf Sie.»

«Der Mönch!» erstaunte Osman, als er Aratos erkannte.

«Allerdings, der Mönch. Und meine schöne Kappe hab' ich mir Ihretwegen verdorben.»

Obwohl an der hohen Filzkappe des griechischen Geistlichen nicht viel zu verderben gewesen war, ging Osman darauf ein.

«Sie, ein Christ, warnen mich vor einem Christen? Warum?» fragte er.

«Vielleicht, weil die Koladschaner ebenfalls Christen sind», meinte Aratos, «können Sie das begreifen?»

Osman mußte sich entscheiden. Wenn Aratos lüge, sei die Strecke frei, überlegte er schnell, wenn der Mönch aber die Wahrheit spreche – welche Gefahr für die Vorhut!

«Wie viele lauern bei Hamsabeg?» fragte er kurz.

«Mehrere hundert, darunter Turkopolen», kam es ebenso kurz zurück.

«Und hinter uns?»

«Weniger.»

«Alles aufrücken und zurück!» befahl Osman. «Ich selbst

gehe ... nein, nicht so viele – acht Mann genügen.» – Osman bezeichnete die acht. – «Ich hole die Vorhut. Auf der alten Karawanserei Treffpunkt. Und laßt mir den Mönch nicht aus! Schlagt euch durch!»

Damit sprengte er mit den acht davon und mit so viel Krach, wie da kommen wollte. Lag der Botoniates im Hinterhalt, so wußte das Einbein ohnehin, wo die Gegner hielten. Osman dachte nur an die Vorhut. An die Knaben besonders.

Bei der alten Karawanserei Treffpunkt ... für die, die sich noch ihres Lebens erfreuten. Nach dem blutigen Gefecht waren es mehr, als man hätte denken sollen. Einer von den Toten lag quer vor Osman über dem Sattel und wurde bei den Ruinen begraben. Es war Baichodscha, der Neffe.

XVIII

Das Geheimnis der Uneinnehmbarkeit von Biledschik beruhte nicht zum geringsten darauf, daß dessen Herren es stets vermieden hatten, Fremde in die Burg, ja in größerer Anzahl auch nur in die Stadt zu lassen. Seit ihnen Seraidschik nicht mehr gehörte, hielten sie Markt bei ihren drei Brunnenorten.

Tschakirbinari, Schmerlenbrunn, lag dem Westen zu auf halbem Wege nach Jenischehr, der Neustadt am See – auf gleichem Wege, nur gut die Hälfte näher zu Biledschik, erhob sich am Indschirbinari, am Feigenbrunnen, der gleichnamige Ort. Kaldiralikbinari aber lag etwa in der Wegmitte von Biledschik nach Seraidschik in einem Sattel von Ermeni Derbend, dem Paß.

Auch die Feste fanden in den Brunnenorten statt, und zu Mariä Himmelfahrt zog Malchatun den kurzen Weg von Seraidschik nach Kaldiralikbinari hinauf, um Apollonia einen längst schuldigen Gegenbesuch zu machen.

Jedem Alleinsein mit Salmenikos, der sich ebenfalls dort

aufhielt, wich sie jedoch mit solcher Beharrlichkeit aus, daß er sich völlig zurückzog. Dagegen war sie bereit, der Freundin und deren Mann, Kir David, zu einem neu aufgekommenen Wundertäter zu folgen, dessen Segen nach Apollonias Versicherung durchaus nicht zu entbehren sei. Und da der hochgelobte Mann nicht allzuweit seine Eremitage hatte, handelte es sich auch um nicht viel mehr als um einen gefahrlosen Spaziergang.

Der Zufall oder was sonst immer fügte es jedoch, daß der eigentliche Zweck dieses geselligen Lustwandelns, das Beisammensein der beiden schwesterlichen Freundinnen um ein kleines zu verlängern, nur unvollkommen erreicht wurde.

Acht heitere Menschen verließen mit ihrem Gefolge Kaldiralikbinari, jedermann wechselte nach Belieben den Partner seines Gesprächs und damit den jeweiligen Begleiter oder die Begleiterin. Zumal Malchatun, wenn sie sich vor allem auch Apollonia zu widmen gedachte, hätte es als eine Unterlassung empfunden, auch nur einen einzigen oder eine einzige zu übergehen, und dabei ereignete es sich, daß ihr plötzlich Apollonia entschwunden war. Und nicht nur Apollonia. Alles Rufen half nichts, niemand antwortete, nicht einmal Bruder Aratos, denn der stand bei ihr, mit dem befand sie sich nun allein. «Wir werden sie wiederfinden», meinte er.

Hierauf erwiderte Malchatun nichts. Da es für sie jedoch keinem Zweifel unterlag, daß Aratos nicht von ungefähr ihr einziger Begleiter sei, war sie sogleich auch entschlossen, dem kleinen Manne alle etwaigen Aufträge gründlich zu verleiden.

Viel reputierlicher als sonst sah er heute aus. Fast einem bestallten Pfarrherrn glich der Eremit; aber er verwahrte sich voll Eifer gegen die Annahme, eine solche Würde zu bekleiden. Nichts weiter sei geschehen, als daß er dem neuen Herrn von Eskischehr auf dessen Bitte gefolgt sei und sich des geschenkten Gewandes nicht habe erwehren können.

«Aber angeboten hat Salmenikos dir eine Pfarre?» fragte Malchatun.

«Das freilich tat er.»

«Und du hast sie nicht angenommen? Warum nicht?»

«Was denkst du dir? Mir ziemt meine Höhle im Ögi und kein Pfarrhaus!»

«Ich will dir etwas sagen», eröffnete Malchatun ihren Angriff, «nicht allein den andern, auch dir selbst spielst du den Demütigen nur vor. In Wirklichkeit bist du so eingebildet auf dich selbst, daß du deine Mühseligkeiten der gemächlichen Seßhaftigkeit einer Pfarre vorziehst. Dich schrecken die regelmäßigen Pflichten eines Pfarrers, und aus der Pfründe machst du dir nichts. Denn da dir jedermann gern gibt, leidest du auch ohne Pfarre nur selten Not. Ich wünsche, es geschähe häufiger. Dann würdest du dich vielleicht nicht aus Selbstsucht deiner Bestimmung entziehen. – Aber dir scheint wohl, weil ich eine Moslemin sei, gehe mich das nichts an?»

«Daß du eine Moslemin bist, ist für mich nur ein Glück!» schlug er mit heiterem Spott zurück. «Denke dir, Marula, wenn du meine Beichtmutter wärest!»

«Dann ginge es dir schlecht», mußte sie ebenfalls lachen.

«Ich anerkenne deine Gerechtigkeit», räumte er ironisch ein, «doch eine so strenge Beichtmutter sollte sich ihrem bußfertigen Sohn an Sünden nicht überlegen zeigen, Marulizza!»

«Also gut», ergab sie sich, «sag, was du zu sagen gekommen bist. Beweise mir meine Sünden.»

Aus ihrem Gesicht war jedes Lachen verschwunden.

Eben jetzt kamen sie dem Erlengebüsch näher, in dem sie einen langen Tag des Bangens sich mit Kumral versteckt gehalten hatte.

Ganz erfüllt war sie von dem quälenden Bild eines fiebernden Salmenikos gewesen, an dessen Sterbelager sie zu spät zu kommen gefürchtet hatte. Kein anderer Gedanke als dieser eine war in ihr gewesen. Sie schämte sich nicht; aber das Herz zog sich zusammen, denn war wohl wenig

Zeit verstrichen, so hatte diese Zeit doch ausgelöscht, was Jahre hindurch der Inhalt ihres Lebens gewesen war.

Auch Aratos war ernster geworden.

«Wie hältst du es mit der Liebe, Malchatun?» begann er und ließ mit der Nennung ihres türkischen Namens erkennen, daß er die Tatsache ihres Bekenntnisses zum Islam zu würdigen gesonnen sei.

«Ein seltsames Thema für einen Mönch», meinte sie.

«Das einzige Thema für einen Mönch», widersprach er. «Zwar bist du eine Moslemin; aber selbst nach deiner Lehre gehören wir nicht zu den Heiden, sondern zu den Kindern des Buches.»

«Ich zweifle nicht, daß es auch bei euch immer gute und hilfreiche Menschen gegeben hat», gab sie zu.

«Und Propheten!» fiel er ein. «Magst du die Göttlichkeit unseres Herrn und Heilands bestreiten, so erkannte Mohammed den Sohn der Maria doch als Propheten.»

«Aber nicht als Vollender. Unreuige Missetäter zu lieben, wie er es befahl, vermag ich nicht.»

«Du verwechselst die Sünde, die du nicht lieben sollst, mit dem Sünder», sagte Aratos. «Wir sind allzumal Sünder, aber die Liebe höret nimmer auf.»

«Wohl hört sie auf!» wehrte sich Malchatun. «Dann hört sie auf, wenn das, was man liebt, sich als unwürdig erwies. Nur Gott ist ohne Anfang und Ende.»

«Gott ist die Liebe, und so ist auch die Liebe ohne Anfang und Ende.»

«Nach dem Koran ist Allah der Allerbarmer, der Barmherzige.»

«So erbarme dich deiner selbst und bekenne dich zu dem, den du liebst.»

Malchatuns Brauen zogen sich zusammen. Nun das Wort, das erwartete, gefallen war, hatte es sie doch tiefer getroffen, als sie sich zugeben mochte. «Worüber reden wir, Aratos?» fragte sie.

«Über Salmenikos», war die Antwort.

«Es gilt nicht als gute Sitte bei uns», wich sie aus, «über

ein Mädchen in Zusammenhang mit einem Manne zu reden.»

«Du bist nicht irgendein Mädchen, du bist Malchatun, der Segenswünsche folgen, wenn du vorübergehst. Um dieser Liebe willen, mit der dir deine Liebe gelohnt wird, rede ich. Weil es um das Leben und das Glück dieser Menschen geht, denen du ebenso, nur weit vollkommener, dienst als ich, spreche ich so. Du verstehst mich sehr wohl, Malchatun. Darum frage ich dich: Was tat dir Salmenikos, daß du ihn verwirfst?»

«Er verwarf mich! Mehr als einmal tat er es. Siehe, Aratos: Als wir uns das letztemal trafen – du erinnerst dich –, nachher sprach er mit mir. Aber das Wort, das er hätte sagen müssen, sagte er nicht. Doch deswegen verwarf ich ihn nicht. Später dann, auf der Dschirga der Stämme, blickte ich um mich, aber er war nicht da, und ich hätte alle, die mir dort beistanden, missen wollen, wenn er nur bei mir gewesen wäre! Und zum andern Male verwarf ich ihn nicht. Doch dann ... Weißt du, Aratos», unterbrach sie sich, «warum ich dir antworte? Weil ich dich länger und besser kenne als einen andern geistlichen Mann meines eigenen Glaubens, der mich über die Dinge zu reden zwang. Mehr jedoch, als dieses zu sagen, vermag ein Mädchen nicht über sich. Auch ich weiß, was Scham ist.» Das Schwere für Aratos lag darin, daß seine ganze Seele mit Malchatun empfand. Aber noch wußte er nicht, ob nur ein Stolz zu bezwingen oder ein Totes zu erwecken sei. Und er war überzeugt, daß auch Malchatun selbst es nicht wisse.

«Kennst du die Geschichte des Petrus?» fragte er. «Dreimal verriet er Jesus in dessen höchster Not. Aber der Heiland vergab ihm und machte ihn zu seinem Apostel. Und Petrus lehrte und starb als Martyr für seinen Herrn.»

«Sehr erbaulich», spottete sie; «aber ich glaube nicht, daß Salmenikos große Anlagen zum Martyr hat.»

Zunächst erwiderte Aratos nichts. So wenig gefeit war er selbst gegen irdische Liebe gewesen, daß sie ihn in seine Höhle hatte treiben können, und nun fragte er sich, ob er sich gegen eine wenn auch späte Erfüllung so unnahbar gezeigt hätte wie Malchatun. Lange gingen sie schweigend nebeneinander her.

«Du bist unerbittlich», sagte er schließlich und gab sich damit selbst eine Antwort. «Man sollte sich seiner Liebe nicht schämen und nicht seines Leides – beides gibt Gott», fuhr er dann fort. «Die Stämme hängen an dir, vor allem die Ertoghruler. Auf Salmenikos aber blicken die christlichen Herren. Er allein vermag deren Feindseligkeit, die ausbrechen möchte, zu zügeln. Wenn ihr euch beide verbindet, wird Friede sein im Lande. Um der Liebe willen zu deinen Nächsten», beschwor er sie, «verzeihe Salmenikos!»

«Und Osman?» fragte sie. «Du weißt, daß er um mich warb.»

Kaum fünf Tage waren vergangen, daß Aratos vor Ertoghruls Sohn gestanden und ihm einen großen Dienst erwiesen hatte. Um den Glaubensgenossen in Koladscha zu helfen, hatte er das getan – darin hatte er nicht gelogen –, ein wenig aber war es auch Osman selbst zuliebe geschehen. Dennoch kannte er die Frauen zu gut, um nun etwa in Malchatun durch die Erwähnung des Gefechts eine unzeitige Angst um Osmans Leben zu entfachen. Auch wußte er nichts über den Ausgang des Scharmützels.

«Die Stämme hängen an dir», wiederholte er nur. «Osman kann nicht hindern, daß sie es tun. Heute nicht mehr. Auch ist er nicht der Mann, der es dich entgelten ließe, wenn du dich ihm versagtest.»

«Weißt du auch, was das bedeutet, Aratos?» fragte sie. «Den besseren Mann heißest du mich, weil er weniger gefährlich sei, geringer zu achten als den schlechten.»

«Du warst bei Inöni, Malchatun», überging Aratos den Einwand, «du hast Tote gesehen – Verstümmelte – Blut und Gedärme. Kette den Krieg mit jeder Kette, die dir zu Gebote steht. Was verschlägt es, ob du Salmenikos liebst oder Osman! Deine Nächsten sollst du lieben wie dich selbst, den vielen, die dich segnen, sollst du den Frieden bewahren, das Leben, Hakim Malchatun, das Leben!»

Malchatun hatte die Erschlagenen und Zertretenen in Wahrheit gesehen, und bei des Aratos Beschwörungen sah sie die Bilder wieder, die sie nächtens und auch am Tag überfielen. Und mit dem andern habe ihr Bedränger ebenso recht. Sie dachte an Ghundus – ja, selbst alle Alpe Osmans, die sie kenne, würden auf sie hören, sogar zu Kumrals Verstand und Herzen getraue sie sich Zugang zu gewinnen ... Friede! Eine tiefe Sehnsucht ergriff Malchatun. Sie erinnerte sich, selbst bei diesem Spaziergang Bewaffnete gesehen zu haben. Beim ersten Anzeichen einer Gefahr würden sie zur Stelle sein. Und doch sei es nicht lange her, daß wenigstens sie selbst noch ungefährdet allein durchs Land habe reiten können. Solle das für immer vorbei sein? Sei der Hunger nicht groß genug? Solle der Pflüger denn nie mehr sicher sein bei seinem Pflug und kein Hirte bei seiner Herde? An die geflüchteten Rinder in Inöni dachte sie ..., aber auch daran, daß Aratos ihre Frage nicht beantwortet habe.

«Du schweigst, Malchatun?»

«Ich kannte dich als gerechten Mann, Aratos ...»

«Und nun?»

«Du nimmst Partei ...»

«Für den Frieden!» unterbrach er sie, «für die kleinen Leute, mögen sie vor Allah knien oder vor dem Kreuz.»

«Vorhin sagtest du, ich solle Erbarmen haben mit mir selbst. Bist du meiner Wünsche so sicher?»

«Wenn ich mich irrte, so verzeih. Gilt dir das, was ich erbitte, als ein Opfer, so rechne mir meine Worte nicht an. Wir sind allzumal Sünder, Marula.»

«Ich rechne dir deine Worte nicht an. Aber du beantwortest mir nicht meine Frage. Ist es nicht unrecht, das Bessere dem Schlechteren hintanzusetzen, und kann aus Unrecht Gutes entstehen?»

«Frage mich nicht», flehte er, «frage mich nichts, worauf ich dir keine Antwort weiß!»

«Du lässest mich allein», sagte sie sanft.

«Ich lasse dich einem andern», ergab er sich, «und will

Gott bitten, daß dieser dir besser als ich zu antworten weiß!»

Ein Schweigen breitete sich um Malchatun. Der Weg hatte sich den Bäumen entwunden. Nun übersah sie das Tal und den Ort zu ihren Füßen. Weidendes Vieh erblickte sie weit weg und winzig, und eine sonnenbeschienene Wolke glänzte am Himmel. Trotz fiel von ihr ab, und ihre Seele hüllte sich in das Leuchten des Sommertags und in die Ruhe des Friedens.

«Mein Aratos ...», hub sie an ...

«Aratos sei gepriesen», kam ihr die Antwort von Salmenikos, «er überließ mir seinen Platz. Darf ich hoffen, Kirina Marula, daß Sie mir nicht verweigern werden, was Sie ihm gewährten: huldvolles Gehör?»

Lächelnd blickte er sie an.

Ja, da sei er in seinem Glanz, fühlte Malchatun mehr, als sie es dachte.

Der Gedanke so vieler Nächte sei wieder in ihm leibhaftig geworden, und nichts fehle ihm von allem, was ihn jemals geschmückt habe. Höflich und unaufdringlich, fast bescheiden stehe er da und seiner selbst doch so gewiß. Auf seiner Stirn und in seinen Augen aber ruhe noch die geschmeidige Klugheit, die ihr sein Lächeln immer so wert gemacht habe und es auch jetzt wieder mache. Derselbe Mann stehe vor ihr, der, ohne einen Tropfen Blut zu vergießen, eine Stadt erobert habe, und wenn man ihn ansehe, wundere man sich nicht darüber. Das alles fühlte sie und zugleich sich selbst als ein zweites, als eine andere, der es zur Genugtuung gereiche, daß diese Malchatun das alles ohne jede Beklemmung und ohne Beschleunigung des Herzschlags zu sehen und zu fühlen vermöge. Selbst so weit konnte sie denken, daß der große Schmerz vielleicht noch kommen werde. Aber jetzt war sie ruhig, und sie freute sich dieser Ruhe.

«So sieht also ein Sieger aus», lächelte sie zurück, ohne ein Wort über Aratos und den Wechsel der Gestalten zu verlieren. «Ich glaube, ich wünschte Ihnen noch nicht einmal Glück zu Ihrer neuen Erwerbung, Archont?»

«Ihretwegen ist sie mir doppelt wert», sagte er mit leichter Verneigung. «Sie verlebten in Eskischehr Ihre Kindheit. Doch das Wissen darum ist alles, was von Ihnen zurückblieb, der Gedanke an Sie, den jedes Zimmer im Schloß, jedes Haus in der Stadt, jeder Stein auf der Straße herbeiruft, weil Sie im Zimmer verweilten, die Schwelle überschritten, den Stein mit Ihren Füßen betraten. Sie nennen mich Sieger, Marula; aber ich bin es nur halb. Halber Sieger bin ich ohne Sie.»

Immer tiefer hatte sie ihr Haupt gesenkt, und ohne in Eitelkeit zu erblühen, hatte sie seine Worte vernommen.

«Sie haben, was Sie am heißesten begehrten», sagte sie nur.

«Was wissen wir vom Begehren? Erst wenn wir das eingebildete Ziel erreichen, erkennen wir das wirkliche.»

«Und an jedem neuen Ziel, Salmenikos, wird Sie das Begehren nach einem andern ergreifen, nur weil es ein anderes ist», ergänzte sie, und in ihren Augen hob es ihn, daß er nicht ohne weiteres widersprach.

«Wir sind Menschen», meinte er, «und als Menschen sind wir geneigt, uns dessen, was wir zu besitzen glauben, zu sicher zu fühlen. Daß Sie mir unverlierbar schienen, ist meine Schuld. Nun aber, da ich, wie ich wohl weiß, um Sie kämpfen muß, Marula, werde ich mich Ihrer nie mehr sicher fühlen. Unerreichbar sind Sie mir geworden. Aber das Glück besteht nicht darin, ein Ziel zu erreichen, sondern sich ihm zu nähern.»

Wenn etwas Malchatun hätte bezwingen können, so wären es diese Worte gewesen – und sie begriff selbst nicht, daß sich wohl Rührung, aber nicht der Wunsch in ihr rege, Abgeschlossenes wieder aufzutun und sich von neuem einem Gefühl zu öffnen, das sie doch einst so stark bewegt habe und das nun – nicht mehr da sei.

«Mich dünkt, es sei zu spät ...», sagte sie leise.

«Und mich dünkt», wurde er lebhaft, «daß Sie mir zugetan waren, wie eine Frau einem Manne nur zugetan sein kann. Und sie werden mich nicht vom Gegenteil überzeugen!»

Sie hob ihr Gesicht zu ihm auf, und für eine Weile verflochten sich ihre Blicke.

«Ich habe Sie geliebt, und ich habe mich nach Ihnen gesehnt ...»

«Marula ...»

«... so sehr habe ich Sie geliebt», fuhr sie fort, «daß ich Osman auf der Dschirga haßte, nur weil er tat, was Sie, wie ich glaubte, hätten tun müssen.»

Das Leuchten seiner Augen erlosch.

«Aber begreifen Sie nicht meine Lage, Marula?» verteidigte er sich. «Offenes Eintreten für Sie hätte damals Kampf mit Manuels überlegenen Streitkräften bedeutet.»

«Osman scheute diesen Kampf nicht.»

«Das eben wußte ich. Ich wußte, wie wenig gefährdet Sie in Wirklichkeit seien und daß Manuel sich den Schädel einrennen würde, wie er es denn schließlich auch tat. Das wenigstens müssen Sie doch zugeben?»

«Ich gebe es zu», stimmte sie ihm bei, aber sie tat es mit wehem Herzen. Ein Stein in seinem Brettspiel sei sie gewesen, bei vollem Bewußtsein habe er sie eingesetzt, kaltblütig habe er sie höchstem Risiko preisgegeben – alles nur, um sein Spiel zu gewinnen. Und nun, da es gewonnen sei, solle sie ihm bewundernd in die Arme sinken und Glück über den guten Ausgang empfinden?

«Oh, dann, Marula ...!» bereitete er sich zum Sturm.

Aber sie unterbrach ihn. «Eins sollte ein Liebender nie tun», sagte sie, «abseits stehen und zusehen, wie die Geliebte von einem andern Mann verteidigt wird.»

«Und Sie begreifen nicht ...?»

«Sehen Sie das Erlengebüsch da unten, Kir Salmenikos? Ich schäme mich, es Ihnen zu sagen; aber die Wahrheit ist, daß ich Ihnen auch dies eine verziehen hatte. Einen langen Tag des Bangens um Sie verbrachte ich dort unten. Für ihr Leben, das ich bedroht glaubte, setzte ich mehr als nur mein Leben ein. Und was taten Sie, ehe die Sonne zum zweitenmal untergegangen war? Als ich wegen meiner Liebe zu Ihnen, die groß war, nach menschlichem Ermessen nur noch zwischen Tod und grausamster Entbehrung zu wählen hatte, versagten Sie mir den Schutz Ihres Hauses Jundhissar.»

«Aber es ging doch alles gut aus!»

«Allerdings ging es gut aus. Sie gewannen dabei Eskischehr, und zweifellos sind Sie ein kluger Mann. Mit mir aber müssen Sie Nachsicht haben, Kir Salmenikos. Ich bin eine Frau.»

Es sei aus, dachte er; aber es dürfe nicht aus sein! Möge er hoch gespielt haben – der Gewinn gebe ihm recht, und gerade das habe ihn an Marula gefesselt: ihre tiefe Einsicht in das Notwendige, ihre Klarheit und ihre unerschöpfliche Güte. Nur an ihre Einsicht müsse er sich wenden, schöpfte er wieder Hoffnung, nur zu ihrer Güte müsse er vordringen ... Wie er sie vor dem reinen Himmel stehen sah, in ihrer weiblichen Würde und schöner denn je – konnte er nicht verzichten.

«Eskischehr und die Burg in Biledschik warten auf ihre Herrin», begann er, «mehr noch wartet auf Sie, Marula, weit mehr. Wer seine Zeit versteht, wie es Ihnen zukommt und mir, der sieht die Herrschaft der Seldschuken sich ihrem Ende neigen. Aber nicht Byzanz wird ihr Erbe sein, nicht der Basileus.»

«Ich hörte sagen, daß mit Alaeddin ein neuer Geist in Konia eingezogen sei, und es wäre doch die Pflicht eines Pfortendieners, wie Sie es sind, Ihren Sultan zu unterstützen.»

«Ich werde Seiner kaiserlichen Hoheit meine sechzig Lanzen stellen, wie es sich gehört – mehr nicht.»

«Das heißt, Sie lassen die Pforte und den Basileus deren Streit allein ausmachen und sich gegenseitig schwächen?»

«Wie sehr Sie mich doch verstehen, Marula!»

«Nach dem, was ich von Ihnen sah, war das nicht schwer, Archont. Auch heißt verstehen nicht: billigen.»

«Sie geruhen mein Ziel zu verkennen, Kirina! Lockt Sie das Ziel nicht? Soll ich es Ihnen nennen?»

«Ich glaube es zu kennen, Archont.»

«Ehe Sie es verwerfen, sagen Sie mir doch, was Osman tun wird.»

«Seine beschworene Pflicht.»

«Er wird sich für Alaeddin einsetzen», deutete Salmenikos die Antwort, «und sich für ihn verbrauchen. Verkennen Sie doch die Zeichen der Zeit nicht, Marula», bedrängte er sie, «die Macht der Mongolen, die unwiderstehlich schien, ist gebrochen, wieviel mehr nicht die des Hauses Seldschuk, das den Ilkhanen tributpflichtig wurde. Der Islam hat seine natürlichen Grenzen überschritten und weicht nun zurück. Bithynien wird christlich sein. Alte Verbände lösen sich auf, neue werden sich fügen. Eskischehr war erst der Anfang. Bin ich geringer als die Bege von Kermian oder Karaman? Neue Staaten werden entstehen, Staaten, Marula! Unter ihnen wird einer vom Pursuk bis zum Pontischen Meer sich erstrecken, und dieses Staates Krone werden Sie tragen, Marula.»

Wie ein Engel der Verheißung hatte Salmenikos geendet, und nun ließ eine Pause ihn von neuem hoffen.

«Ich bin Kamerije Malchatun, die Haschimitin aus dem Stamm Koreïsch», brach sie schließlich das Schweigen der Erwartung. «Aus dem gleichen Mekkanischen Stamm und demselben Hause des erlauchten Haschim, aus dem auch unser Prophet kam – gepriesen sei Der, dem Allah erschienen! –, aus diesem Hause und von meinem Vorfahren ging das reinigende Feuer aus, die Völker der Erde von Aberglauben und Irrtum zu befreien. Sie sagten es selbst, Kir Salmenikos: alte Verbände lockern sich. Zu ihnen aber gehört auch das fast tausendjährige Byzanz. Es ist nur mehr ein Beweis für die Kraft des Wortes, das selbst einer ausgebrannten Hülle noch den Anschein von Dasein zu geben vermag. Doch Worte können sich wandeln. Das neue Jerusalem, der christliche Gottesstaat Byzanz hat sich gewandelt. In einer Zeit wie dieser aber, da allen der Boden unter den Füßen wankt, brauchen die Menschen ein Wort der Einfalt und Klarheit. Sie brauchen den Islam, Archont, und nicht das Kreuz.»

Es war Malchatuns Nein, was Salmenikos vernahm, und das erste Weh darüber bedrohte sogar seine sonst so untadelige Haltung.

«Nicht das Kreuz hassen Sie», rief er aus, «sondern mich!»

«Weder das Kreuz noch Sie. Ich sagte, daß ich Osman haßte. Sie, Salmenikos hasse ich nicht. Sonst würde ich Sie lieben.»

«Einst taten Sie es ...», sammelte er sich mühsam.

«Einst!» wiederholte sie nur, um dann zu fragen, worauf sie keine Antwort erwartete. «Was sind wir? Menschen mit eigenem Willen? Ist dieser Wille nicht einer von vielen, die an uns glauben? Uns ward er bewußt – den andern nicht. Das ist der gewaltige Unterschied. Aber Herrschende sind deswegen doch immer zugleich Beherrschte. Mit dem letzten Wort, das wir hier wechseln, Asanes, trennen sich mit uns unsere Bekenntnisse und unsere Völker.»

Fahl geworden, entließ er sie mit einem fiebrigen Blick, der aus seinem hilflosen Herzen stieg.

«Mögen wir uns nie feindlich begegnen, Marula», sagte er, «denn uns zu begegnen, können wir kaum vermeiden.»

«Allah ist gnädig und allerbarmend», gab sie ihm den Blick zurück.

«– und vergibt uns unsere Schuld ...?»

«Möge dir Christus vergeben», wandte sie sich von ihm ab. «Ich habe dich zu sehr geliebt.»

XIX

Mochte der regierende Sultan Mesud auch am Euphrat residieren, so blieb Ikonium oder Konia doch immer die Hauptstadt des Reiches, das man auch das Reich der Ikonischen Seldschuken nannte. Hier befand sich das großherrliche Serail mit dem ganz christlich anmutenden hohen, achtmal gekanteten Turm, an dessen Knie sich die Vielzahl der Kuppeln schmiegte. Und hier regierte Mesuds Neffe Sultan Alaeddin mit allen Vollmachten eines Herrschers den westlichen Teil des Reiches und die Grenze. Weit größer als in Kutahie waren in Ikonium der Glanz und die Unnahbarkeit des Gebieters.

Aber Salmenikos war durch die Wolke dieser Unnahbarkeit gedrungen. Oder, wie der Hofhistoriograph sich ausdrückte: «Der Sklave von Biledschik, ein Ungläubiger von der Grenze, wurde vor das ambraduftende Antlitz des kaiserlichen Prinzen geführt und, nachdem er seine Stirn in den Staub gebeugt, mit einem Ehrenkursk von erlesener Schönheit bekleidet. Durch höchste Gnade so verwandelt, wurde der Glückstrunkene zum Kuß der erhabenen Rechten zugelassen, um dann das Auge des Prinzen, seines Herrn, von dem Anblick seiner befleckenden Gegenwart zu befreien», was heißen sollte, daß die Pforte sich veranlaßt gesehen hatte, der tatsächlichen Macht und dem Ansehen des Herrn von Biledschik durch Verleihung eines Ehrenpelzes von nicht minderer Güte als der dem Osman verliehene Rechnung zu tragen.

Aber von der «befleckenden Gegenwart» des Ungläubigen war das erhabene Antlitz keineswegs befreit worden; denn jetzt saß Salmenikos in einer weniger feierlichen, dafür jedoch geheimen Audienz auf einem Polster vor Alaeddin.

«Demnach scheinen Sie mit meinem Grenzhauptmann Osman nicht in allen Stücken einverstanden zu sein?» neigte der Sultan sich höflich dem Salmenikos zu.

«Kaiserliche Hoheit werden begreifen, daß es mir nicht gleichgültig sein kann, wenn Osman die christliche Bevölkerung einer ganzen Stadt verschleppt.»

«Sie meinen Koladscha?»

«Ich sehe Eure Kaiserliche Hoheit unterrichtet.»

«Wie war das mit Koladscha, Schermugan?» wandte sich Alaeddin an den eintretenden Wesir.

Schermugan verschanzte sich hinter seine Akten und hinter ein Lächeln.

«Koladscha kam durch Grenzziehung zum Reich», führte er aus, «durch Erbgang aber an den Herrn von Chirmendschik. Der von Ainegöl jedoch besetzte es und gab es nicht mehr heraus.»

«Der Botoniates?»

«So heißt er. Beide, der Botoniates und Michael Tagaris, sind Untertanen von Byzanz. Die Einwohner von Koladscha sind dagegen unsere Untertanen und fühlen sich bedrückt. Das wird durch eine Erklärung der Ältesten von Koladscha beglaubigt.»

«Mir scheint, Kir Salmenikos, Osman sei eher zu loben als zu tadeln», meinte Alaeddin. «Da er, allein auf sich angewiesen, Koladscha nicht hätte halten können, führte er die Einwohner auf deren eigenen Wunsch nach Seraidschik und Sögüd. Oder war es anders?»

Salmenikos spürte eine unangenehme Überraschung. Er hatte die Pfortengeschäfte, wie er es von früher gewohnt war, nur lau geführt vermutet und geglaubt, daß er mit Behauptungen durchdringen könne, deren einziger Beweis das Ansehen sei, das zu haben er sich schmeichelte. Und nun wurde ihm nicht nur vom Wesir, sondern auch vom Sultan mit einer Genauigkeit geantwortet, die ihn zur Vorsicht zwang.

«Osman ist ein vortrefflicher Pfortendiener», stimmte er darum dem Sultan zu, «und den Mangel an Erfahrung muß man seiner Jugend nachsehen. – Daß er sich im Paß Ermenibeli von Botoniates schlagen ließ, ist allerdings sehr bedauerlich.»

«Immerhin führte er die Versetzung Ihrer Glaubensgenossen durch, Kir Salmenikos», lächelte Schermugan zurück, «und er tat es ohne Ansehung der Religion. Das müßten gerade Sie doch eigentlich zu schätzen wissen?»

«Wie sollte ich nicht? – Ich hätte die Leute natürlich ebenfalls aufgenommen.»

«Sie hätten nur helfen brauchen, sie zu befreien», sagte

Schermugan trocken. «Die Pforte würde das begrüßt haben.»

«Man hätte mir dazu die Gelegenheit lassen müssen», parierte Salmenikos sofort. «Aber unser Freund Osman ist etwas allzu stürmisch, obwohl er mit der Handvoll Leute, die er hinter sich hat, den Aufgaben seines Amtes recht wenig gewachsen ist. Mich dünkt, daß die Hohe Pforte ihm die Stellvertretung für seinen Vater Ertoghrul unter Voraussetzungen gab, die – mit Eurer kaiserlichen Hoheit Erlaubnis – nicht ganz zutrafen.»

«Bitte», lud Alaeddin ihn zum Weiterreden ein.

«Es ist sehr die Frage, ob Ertoghruls ganze Macht heute noch zur Behauptung der Grenze ausreichen würde», fuhr Salmenikos fort. Wenigstens aber müßte es die ungeteilte Macht sein. Die jedoch besitzt Osman nicht – nicht einmal einen Teil. Ich will nicht sagen, daß Osman meinen erlauchten Herrn täuschte, es scheint mir vielmehr, er täuschte sich selbst. Sehr voreilig waren seine Hoffnungen auf die Nachfolge in der Häuptlingsschaft. Sein Bruder Sarujati erhebt ebenfalls Ansprüche, und er ist der Ältere. Nach dem unglücklichen Gefecht in Ermenibeli aber, an dem Sarujati sich durchaus nicht beteiligte ...»

«Sarujati Sawedschi ...?» unterbrach Schermugan. «Wissen Euer Edlen, daß sein Sohn Baichodscha im Ermenibeli fiel?»

«Der Tod dieses Knaben wird den Stamm nicht weniger als der Verlust des Gefechtes von Osman abwenden.»

«Es gibt noch eine andere Möglichkeit», meinte Schermugan. «Ich hörte, daß Ghundus, der Bruder, und mehrere Alpe Ertoghruls sich Osman angeschlossen haben.» – «Sarujati ist nicht dabei.»

«Nein. Aber er muß den Tod des Sohnes rächen. Sarujati kann nicht länger beiseite stehen ...»

«Und wird den Befehl verlangen!» warf Salmenikos ein. «Immer wird zwischen den beiden Brüdern Rivalität sein und den Stamm schwächen.»

«Es spricht viel für das, was unser Freund ausführte», bedeutete der Prinz seinem Wesir, und mehr bedurfte es für Salmenikos nicht, um sich für seinen großen Schlag zu sammeln.

«Ich glaube», wandte er sich an Schermugan, «Seine überallhöchstzuverehrende Kaiserliche Hoheit haben mich als zuverlässigen Vasallen erkannt. Es war nicht immer ganz leicht, es zu sein; denn neuerdings zeichnen sich bei den Parteikämpfen an der Grenze die Fronten immer schärfer ab; die eine ist die des Islams – die andere ist christlich.»

«Wir gedenken eine Front der Ikonischen Pforte zu errichten», sagte Alaeddin.

«Das ist es, was ich meine.» Sehr tief verneigte sich Salmenikos, der seine Gelegenheit gekommen glaubte, vor dem Neffen seines Herrschers.

«Ohne diese dritte, die ikonische Front, wie Euer Hoheit sie nannten, würde ein gesetzmäßiges Verhalten, wie ich es bisher übte, leicht zur Vernichtung der treuen Untertanen führen. Ich habe das Wohlwollen der mohammedanischen Herren verloren und die Feindschaft meiner Glaubensgenossen gewonnen. Das letzte bekomme ich täglich zu spüren. Meine Herrschaft Biledschik stößt mit dem Amte Tschakirbinari tief ins Byzantinische hinein, und die christlichen Herren von Köprihissar, dem Brückenschloß bei Jenischehr, vergelten mir meine sultanstreue Haltung mit immerwährenden Einfällen in mein ungeschütztes Gebiet. Wenn aber eine Grenzwacht Sinn haben soll, dann doch den, die treuen Untertanen der Majestät in ihren Rechten zu schützen. Kann Osman das? Ich verkenne in keiner Weise seine Verdienste. Aber nicht einmal mit der geeigneten ertoghrulischen Macht ist er oder sein Bruder Sarujati dazu imstande. Wie seine Exzellenz sehr richtig bemerkten, vermochte Osman nicht einmal Koladscha zu halten. Er ist kein Grenzwächter, sondern nur ein kleiner Parteigänger an der Grenze. Einer von vielen und ohne eigentlichen Besitz, da die Lehen von Seraidschik und Sögüd Ertoghrul gehören und keineswegs über sie entschieden ist – wobei ich», fügte er wie ein Nebenbei hinzu, «untertänigst zu bedenken gebe, daß Sögüd wie Seraidschik alte Teile meiner Herrschaft Biledschik sind. Aber auch ohne diese beiden Orte bin ich, wenn die Not mich zwingt, mit meinem Erbgut der stärkste Mann an der Grenze. Ich kann meine Hintersassen aufbieten und Truppen hinzuwerben – darunter vielleicht sogar ein paar hundert Ertoghruler, die bei der Uneinigkeit des Stammes durch guten Sold leicht zu gewinnen wären...»

«Immerhin kann ich Ihr Zaudern verstehen», meinte Schermugan, «Söldner sind teuer, und Sie brächten ein großes Opfer.»

«Wenn ich zauderte», befliß sich Salmenikos, «geschah es, um mich vorher der Billigung der Hohen Pforte zu versichern. Aber wenn Hoheit», wandte er sich unmittelbar an den Prinzen, «mir nicht nur geheime Billigung gewährten, sondern geruhen würden, sich mit Dero kaiserlichen Autorität offen hinter mich zu stellen...»

«Sie verlangen Truppen?» unterbrach Alaeddin.

«Nicht einen einzigen Mann und nicht ein einziges Goldstück», versicherte Salmenikos schnell, ohne sogleich die Worte zu finden, die dann gesagt werden mußten.

Wie oft hatte er sich als Generalstatthalter des Westens geträumt, nichts hatte er unterlassen, es zu werden – gekommen jedoch war an seine Stelle ein kaiserlicher Prinz. Einem Manne von so hoher Geburt nachgesetzt zu werden war keine Schande gewesen; Salmenikos empfand es aber so. Und dazu hatte er einen guten Grund. Alaeddin war mehr als nur ein Prinz, er war ein Rivale. In einer Lage, wie sie schwieriger kaum gedacht werden konnte, zeigte er Eigenschaften, die an einen seiner berühmtesten Vorfahren, an Kaiser Alaeddin I., erinnerten. Salmenikos warf sich vor, den ehemals so unscheinbaren jüngeren Mann übersehen und sich nicht rechtzeitig um dessen Gunst beworben zu haben.

«Keinen Mann und kein Goldstück», lächelte Alaeddin. «Das ist gut. Wir haben von beiden nicht mehr, als wir brauchen.»

Tief gedemütigt fühlte sich Salmenikos, daß es ihm von diesem Prinzen und diesem Wesir nicht erlassen wurde, sich auf seine Verdienste und auf das ihm oft erwiesene Wohlmeinen des regierenden Sultans Mesud berufen zu müssen. Weder Zustimmung noch Ablehnung – nichts war im Gesicht Alaeddins zu lesen als eine höfliche Aufmerksamkeit, die vorantrieb.

«Meine beiden Herrschaften Biledschik und Eskischehr», fuhr Salmenikos denn auch fort, «bilden mit ihren Ämtern ein Gebiet von nicht viel geringerem Umfang als etwa die Fürstentümer von Kermian oder Mentesche. Eine einem getreuen Vasallen gewährte öffentliche Anerkennung von seiten Eurer kaiserlichen Hoheit würde meinen Einfluß auf manchen meiner Glaubensgenossen wiederherstellen und auf die pfortentreuen Herren des Islams ebenfalls. Daß ich mich zum Kreuz bekenne, dürfte angesichts der Verhältnisse an der Grenze nur ein Vorteil sein.»

«Freilich sind Sie Christ», ging Alaeddin auf die letzte Bemerkung ein, «doch ein Gerücht will wissen, daß Sie an eine Verbindung mit Scheich Edebalis Tochter denken?»

So überrascht Salmenikos auch darüber war, wie unheimlich unterrichtet man in Konia sei, so zeigte er sich dennoch dieser Frage gewachsen. Nicht um Liebesgeschichten war er hier, sondern um das Geschlecht der Asanes aus der Menge der Gleichen heraus- und hinaufzureißen.

«Der Plan zerschlug sich», sagte er kurz und unterdrückte damit alles, was ihn noch mit Malchatun verband. «Um so mehr bin ich bereit, aus Euer Hoheit Händen eine Dame des Islams entgegenzunehmen und die Kinder in der Religion ihrer Mutter erziehen zu lassen.»

«Was eine Gesinnung beweist, die Uns nur genehm sein kann», vollendete Alaeddin höflich. «Und jene öffentliche Anerkennung, die Sie wünschen? Welcher Art dachten Sie sich die?»

Salmenikos war so weit gegangen, wie er nur gehen konnte, und ließ sich jetzt durch nichts mehr entmutigen. Er wußte, was ein Archont seines Ranges an der Grenze für die Pforte bedeutete. Darin täuschte er sich nicht. Mochte sein Begehren auch nicht in jeder Hinsicht der Logik entsprechen – aller Umschweife entkleidet, war es der Vorschlag zu einem Handel: Die Pforte solle ihn zur fürstlichen Würde erheben, wofür er sich mit seinem ganzen Besitz und seiner ganzen Macht für sie einsetzen würde.

«Ich erwähnte die Bege von Mentesche und Kermian», sagte er. «Wenn Euer Hoheit mir wie ihnen Pauke und Fahne gewährten, so könnte ich an der Grenze eine größere Macht aufrichten, als die paar Reiter des Osman es sind. Euer Hoheit sprachen von einer ikonischen Front. Ich habe es gesagt: Diese Front würde die Pforte keinen einzigen Reiter und nicht ein Goldstück kosten – nur eine Pauke, eine Fahne und den Berat. Mit dem Diplom, das aus dem Herrn von Biledschik einen Bey macht, wäre die dritte, die ikonische, Front fest begründet.»

Mit dieser Rede hatte Salmenikos die große Karte seines Lebens ausgespielt. Die Antwort war ein Schweigen, unter dem er fast zerbrach. Er bedurfte der ganzen Zucht, die er immer geübt hatte, um seine Haltung zu bewahren.

Einen kurzen Blick wechselten Fürst und Wesir – dann ergriff Schermugan das Wort, und daß er Salmenikos dabei als Archont ansprach, war soviel wie eine abschlägige Antwort.

«Seine Hoheit haben gehört», sagte er, «was Sie vorzubringen hatten, Archont, und wir werden alles in Erwägung ziehen...»

«In wohlwollende Erwägung», verbesserte Alaeddin, womit alles wieder ins Schweben geriet, «dessen bitte ich Euer Edlen versichert zu sein.»

Ganz bleich war Salmenikos, als er sich mit gekreuzten Armen für die gnädigen Worte verneigte.

«Ihrer Beschwerde über die Einfälle der Leute aus Köprihissar in Ihr Gebiet wird selbstverständlich stattgegeben», fuhr Alaeddin dann fort, als sei von nichts anderm die Rede gewesen. «Befehl wird an unsern Hauptmann ergehen, dem Unfug zu steuern.»

«An Osman?» fragte Salmenikos und mußte sich Mühe geben, dabei den Mund nicht zu verziehen. «Wird er können?»

«Es soll eine Prüfung sein, mein Salmenikos», beehrte der Sultan ihn mit einem offenen und zugleich bedeutungsvollen Lächeln.

«Nun gut», meinte Salmenikos, der am Ende seiner Kräfte war, «als Hilfstruppe lasse ich ihn mir gefallen.»

«Seiner Hoheit Hauptmann», mischte Schermugan sich wieder ein, «befehligt, wo er in seinem Amt auftritt, an Stelle des Herrschers. Aber es bleibt Ihnen natürlich unbenommen, ihn zu unterstützen, so gut Sie es vermögen.»

«Ich möchte den Ruhm des Herrn Kiaja-Grenzhauptmanns nicht schmälern, Exzellenz.» Kaum konnte Salmenikos den Hohn noch verbergen. Doch gerade jetzt geschah das Unerwartete.

«Was die ikonische Front anlangt», kam Alaeddin doch noch einmal auf das scheinbar schon beendete Gespräch zurück, «so sprachen Sie von drei Fronten und nannten die ikonische die dritte. Ich aber dachte nur an eine Front, eben an die ikonische, an die des Reiches, an meine Front. Und darum werden Wir Uns mit Nächstem in Person an die Grenze begeben, um zu regeln, was dort zu ordnen ist. Auch Ihres Anliegens werden Wir Uns dann gerne erinnern, Kir Salmenikos.»

Huldvoll gewährte Alaeddin dem Untertan seine Rechte, daß er sie küsse, und nachdem Salmenikos sich rückwärtsschreitend entfernt hatte, waren Herrscher und Kanzler allein.

«Waren Sie nicht ein wenig streng mit ihm, Schermugan?» fragte Alaeddin.

«Hoheit können doch unmöglich zu den andern, die wir schon haben, ein neues Fürstentum wollen?»

«Gewiß nicht. Nur hat dieser Asanes leider in vielem Recht. Wenn er will, kann er leicht eine ansehnliche Streitmacht aufstellen, und die möchte ich nicht gern auf der falschen Seite sehen.»

«Hoheit werden sie überhaupt nicht sehen. Salmenikos ist ein guter Haushalter und sparsam. Krieg frißt oft als ersten den Kriegsherrn. Ja, wenn er etwas so billig erhalten kann wie Eskischehr, was, wie ich zugeben muß, ein Meisterstück war, dann wird er sich regen – sonst nicht.»

Mit einem Blick hinauf zu dem vor ihm Stehenden ließ Alaeddin seine Hand durch den Bart gleiten, was Schermugan den Zweifel seines Herrn verriet. Aber ein Lächeln bewies zugleich, daß er zu hören hoffte, was diesen Zweifel besiege.

«Es könnte sein, daß er die Lage als gleich günstig ansähe wie bei Eskischehr, jetzt, da die Mazaris von Karadschahissar sich mit dem ewigen Widersacher, dem Botoniates, verbündet haben. Das ist blanker Hochverrat, Wesir!»

«Hoheit sagen es, und so ist es gut, daß wir unsere Kräfte schonten. Die Mazaris werden es spüren. Sie haben Karadschahissar die längste Zeit gehabt.»

«Nicht wenn Salmenikos zu ihnen stößt. Ich wette, er denkt daran.» Zustimmend verneigte sich Schermugan.

«Er dachte daran, als er Hoheit verließ, und er wird auch morgen daran denken. Dann freilich nicht mehr. Um wirklich etwas zu wagen, fühlt er sich in Biledschik zu geborgen. Die Festigkeit seiner Stadt ist ein großes Hindernis für diesen sonst so klugen Kopf.»

Alaeddin entging das Bedauern nicht, mit dem Schermugan von der Festigkeit Biledschiks sprach.

«Wie ich Sie kenne», spöttelte er, «haben Sie gewiß schon erwogen, sich noch heute des sonst so klugen Kopfes zu versichern, um auf diese Weise sein Biledschik zu bekommen und Eskischehr dazu. Eingewilligt hätte ich allerdings nie. Unsere Zuverlässigkeit wird einmal ebenso unsere Macht wiederbegründen wie Streitkräfte und Gold.»

«Dennoch hätte ich Eurer Hoheit den Vorschlag unterbreitet, wenn ich nicht gefürchtet hätte, unsern Osman in eine allzu große Versuchung zu führen.»

«Was reden Sie da, Schermugan!» wies der Sultan seinen Wesir zurecht. «Osman? Er ist geschlagen. Schade um ihn!

Denn von seinem Bruder Sarujati halten auch Sie nicht viel. Wenn ich es recht überlege, hätten wir Salmenikos doch nicht ...»

«Hoheit mögen verzeihen», unterbrach Schermugan, «aber Sarujati wird uns keine Sorgen mehr bereiten. Bei Agridsche sind die Söhne Ertoghruls auf die verbündeten Christen gestoßen und haben gesiegt.»

«Gesiegt? Und wer befehligte, Sarujati oder Osman?»

«Das bleibt sich jetzt gleich; denn Sarujati fiel. Er und Kalanos Mazaris sind unter den Toten.»

Alaeddin hatte lange genug gesessen und erhob sich. Vor seinem Wesir brauchte er sich keinen Zwang aufzuerlegen.

«Das nenne ich Glück!» rief er. «Mit Sarujatis Tod ist Osmans Nachfolge gesichert. Sein Bruder Ghundus wird sie ihm nicht streitig machen. Und ein Sieg, Schermugan? Das ist unser Sieg! Sie haben recht: Karadschahissar muß fallen. Das wird unsere christlichen Vasallen lehren, was es heißt, sich mit byzantinischen Herren zu verbünden. Aber halten können wir es leider nicht. Die Ertoghruler sind wild auf Karadschahissar – sagten Sie es nicht? –, weil sie es einmal besessen haben. Wir geben es Osman. Dann ist ihm der Stamm sicher, und es wird sein wie in der Zeit, da Ertoghrul jung war.»

«Dann sah Kir Salmenikos unsere Lage ganz richtig?» warf Schermugan ein, da er es an der Zeit fand, daß die Pforte sich entscheide.

«Natürlich sah er sie richtig. Salmenikos ist gescheit genug, das zu tun. Wir brauchen einen starken Diener an der Grenze, einen Diener und keinen Herrn! Und so wird es Osman sein und nicht Salmenikos.»

Schermugan nickte. Seine Aufgabe war es, die Meinungen seines Gebieters im voraus zu wissen. Salmenikos oder Osman – auch Schermugan hatte lange geschwankt, um schließlich überzeugt zu sein, daß Alaeddin Osman vorziehen müsse, nicht nur, weil Ertoghruls Sohn der Schwächere und damit der Abhängigere sei, sondern auch um dessen einfacherer Lebensbedingungen willen, in denen die Milchwirtschaft immer noch eine größere Rolle spiele als das Scheu einflößende Zeremonial und die Hintergründe andeutender Worte. Osman werde nie den Respekt vor der Pforte verlieren, war Schermugans Meinung, und ihm gegenüber werde Alaeddin sich immer als der Überlegene fühlen. – Salmenikos dagegen sei in vielem dem Prinzen zu gleich. Gleich an Bildung, gleich an Gewandtheit und Einsicht in alle Möglichkeiten höfischer Intrigen. Vor allem aber stehe ihm Sultan Mesuds Gunst bei Alaeddin im Wege. Denn wohl habe der Onkel den Neffen mit unbeschränkten Vollmachten ausgestattet; aber deswegen sei der Prinz doch nur der absetzbare Stellvertreter des regierenden Sultans, und im Kanzelgebet werde nicht Alaeddins Name genannt, sondern der von Mesud. Schermugan kannte Mesud und wußte, was ein Mann wie Salmenikos bei günstigen Umständen über einen so schwachen Herrscher vermöge.

«Karadschahissar ist zum Glück nicht viel mehr als der Platz selbst», begann Schermugan, «das dazugehörige Gebiet ist nur klein. Auch Sögüd und Seraidschik sind nur geringe Lehen, über die Osman nicht einmal verfügen kann.»

«Mehr kann ich ihm nicht bewilligen!» wehrte sich der junge Sultan sofort. «Ich denke nicht daran, einen zweiten Salmenikos zu machen.» Zu den wirkungsvollsten Eigenschaften Schermugans gehörte jedoch dessen Zähigkeit. Daß er so leicht nicht abzuschrecken war, hatte Alaeddin oft genug erfahren. Der Sultan war also gewarnt, wenn das bartlose Gesicht des Eunuchen wie jetzt bis zur Ausdruckslosigkeit erstarrte. Das waren Augenblicke von Schermugans hartnäckigen Vorschlägen, die allen festgelegten Grundsätzen gänzlich widersprachen. «Eure Hoheit machen keinen zweiten Salmenikos, wenn Sie Osman gewähren, was Salmenikos erbat.»

«Pauke und Fahne? Ich soll zu unsern Fürsten, die wir schon haben, einen neuen machen? Fortjagen möchte ich die andern! Sind das überhaupt noch Vasallen? Unsere Ehrenvorrechte – freilich, die respektieren sie. Das kostet nichts. Wenn die Pforte aber Truppen und Geld will, stellen sie sich taub. Das wissen Sie so gut wie ich, Schermugan, und ich kann mich nur über Sie wundern.»

«Das Ziel, die der Pforte entzogenen Gebiete wieder deren unmittelbare Verfügung zu unterwerfen», entgegnete unbekümmert der Wesir, «wird durch meinen untertänigen Vorschlag nicht berührt. Sollten andere Vorstellungen durch unser Verhalten erweckt werden, so würde das unsere Bege nur in Sicherheit wiegen und Eurer Hoheit erhabene Absichten fördern. Ich erlaube mir, folgende Erwägung zu unterbreiten: Osman wird auch mit Karadschahissar nur einer von vielen kleinen Schloßbesitzern sein. Wenn Hoheit ihn zur fürstlichen Würde erhöhen, so geschähe das auf Grund seines Amtes und nicht eines Besitzes. Alle Vorteile, die Osman aus der Erhöhung zu ziehen vermöchte, wären Vorteile der Pforte. Die Ertoghruler würden sich in Osman geehrt fühlen und auch alle Turkmanenstämme der Dschirga sich zu ihm halten, nicht minder die mohammedanischen Herren. Es bedarf nur eines sichtbaren Mittelpunktes, und die Macht des Islams ist an der Grenze wiederhergestellt.»

Die Macht des Islams ... dachte Alaeddin. Aber das Angebot des Salmenikos sei so gut wie ein Übertritt! Damit setzte der Sultan seine Wanderung fort. Immer fingen seine Beine an zu laufen, wenn er in seine Gedanken versank. Schließlich blieb er vor dem Eunuchen stehen und fragte widerwillig, aber besiegt:

«Müssen Sie denn immer recht haben, Schermugan?»

«Mich begünstigte der Umstand, daß ich die Nachricht vom Sieg bei Agridsche früher als Euer überallhöchstzuverehrende kaiserliche Hoheit erfuhr», erwiderte der Kanzler und legte aufrichtige Ehrerbietung in die höfische Formel.

Jetzt erhellte sich Alaeddin wieder. Es tat ihm wohl, um dieses Einsseins mit seinem Wesir zu wissen.

«Ich muß mich entschließen», sagte er dann. «Daß Byzanz – ich meine nicht die paar Schloßmänner, sondern Byzanz selbst – einen Einfall in unser Gebiet plant, ist nicht zu bezweifeln. Soll ich abwarten oder entgegengehen? ist die Frage.»

«Wofür entscheiden sich Hoheit?»

«Für keins von beiden. Mit einem Streifzug ins byzantinische Gebiet erschöpfe ich vorzeitig meine Kräfte. Doch bei einem Einfall der Byzantiner wäre der Anmarsch von Konia aus zu weit. Ich will mich im feindlichen Land und nicht bei Kutahie schlagen. Osman soll Karadschahissar vorerst noch in Ruhe lassen. Er kann sich, wie ich es dem Salmenikos versprochen habe, gegen die Leute von Köprihissar nützlich machen. Karadschahissar werde ich mit ihm zusammen belagern. Das ist der Vorwand. Hochverräterische Untertanen bestrafen ist nicht Krieg gegen Byzanz. Aber an der Grenze stehe ich dann, und das werden die Byzantiner merken – falls sie kommen.» Schermugan kreuzte die Arme über der Brust. «Hören ist Gehorchen», sagte er, und der Fürst hatte Ursache, auf eine so unbedingte Zustimmung seines Wesirs stolz zu sein.

«Aber wie nun, wenn sich Osman als unzuverlässig erwiese?» fragte Alaeddin, um nichts ungeprüft zu lassen.

«Die Ertoghruler waren immer treu.»

«Mag sein. Doch nichts ist unwandelbar.»

«Dann?» – Schermugan lächelte seinen Prinzen an. «Für diesen Fall hätten wir Salmenikos.»

XX

Die Zeit lag noch gar nicht so lange zurück, in der es Malchatun nicht zu fassen vermocht hätte, daß die Vorstellung von einem Salmenikos, wie sie damals in ihr gelebt hatte, jemals an Leuchtkraft der Farben und Klänge würde verlieren können. Auch wenn er fern gewesen war, hatte sie in Freundschaft, in Liebe und Zorn Zwiegespräche mit dieser Vorstellung von ihm gepflogen, und aus deren Gesten und Lauten – gerade aus denen, die nur seine waren und keines anderen sein konnten – war ihre Antwort gekommen.

Mit verschlossenen Augen und Ohren hatte sie ihn leibhaftig gesehen und gehört, und nun vergingen oft Tage, bis sie plötzlich mit einem Erstaunen jenseits von Freude und Trauer dessen inne wurde, daß sie seiner mit keinem Gedanken gedacht habe.

Ihr schien es, als sei Salmenikos einfach aus ihr hinausgegangen und habe nur schattenhafte Umrisse von sich hinterlassen. Mit einem Schatten konnte Malchatun nicht reden. Sie wußte wohl um ganz bestimmte Konsonanten, die Salmenikos bevorzugte, und um diesen oder jenen Vokal, den er zu dehnen oder zu kürzen pflegte – doch dieses Wissen ergab kein Sprechen mehr, es war etwas Totes, aus dem das Einmalige, aus dem das Leben entschwunden war.

Was sie jedoch erstaunte und mißtrauisch gegen sich selbst machte, war die Schnelligkeit, mit der sich scheinbar diese Wandlung vollzogen hatte, woraus sie schloß, daß Salmenikos nur darum zum Schatten habe werden können, weil ihn ein anderes, Lebendigeres verdrängt habe, und um dieses anderen willen empfand sie eine größere Beunruhigung als je zuvor. Nie konnte sie ihre Gedanken zu Ende denken, immer kam ihr die Erinnerung an den abschiednehmenden Osman dazwischen. Als naturwidrig und gefährlich erschien ihr nachträglich die Fassungslosigkeit vor einem Niewiedersehen, als etwas Ungehöriges jene Panik – und zuletzt blieb ihr von allem nur noch die Scham.

Das Band zu Salmenikos hatte ebenfalls die Beschämung geknüpft, die sie an jener Altwasserbucht des Persuk vor dem spielerischen Manne empfunden hatte. Doch keinen Augenblick hatte sie daran zu zweifeln brauchen, daß Salmenikos ihre Gefühle erwidert habe. Es war seine Neigung gewesen, an der sich ihre entzündet hatte, und im Grunde war sie der des Salmenikos auch heute noch sicher. Osman gegenüber empfand sie die gleiche Überzeugung keineswegs, und dieser Zweifel ließ sie die Erinnerung an ihre letzte Begegnung mit ihm fürchten.

Die Gedanken aber kommen, wenn sie wollen und wann sie wollen, und fragen nicht.

Am unbarmherzigsten waren sie gegen Malchatun an jenem Tage kurz nach dem unglücklichen Gefecht im Ermenibeli und nach der Befreiung der Koladschaner. Nicht von Osman selbst war deren Abzug geleitet worden, den letzten Teil des Weges hatten die Flüchtigen sogar ohne jede Bedeckung zurücklegen müssen, und auf diese Weise brachten sie mit ihren Packtieren und ihrem Hausrat auch die Nachricht vom Kampftod eines Ertoghrulsohnes nach Seraidschik. Ghundus – nein – Ghundus habe man noch am Vorabend gesehen – der Tote sei ein anderer.

Aus einem Planwagen kam dieses Gespräch auf Malchatun zugekrochen. Und plötzlich wollten ihre Füße sie ins Haus tragen. Ihr war, als sei sie Witwe geworden und müsse sich nun verbergen.

Nur noch im Traum und in ihre Trauer gehüllt, wandte sie sich wieder den Bedürftigen zu, um ihrer Pflicht an dem kranken Weibe zu genügen, zu dem sie gerufen worden war – um Kinder zu versorgen und Männer und Frauen.

Osman.

Und Salmenikos?

Sie wußte um Männer, die mehr als eine Frau hatten und jeder einzelnen herzlich zugetan waren. Könne also ein Mädchen nicht ebenfalls zwei Männern geneigt sein? Doch über diese Frage, kaum gestellt, wurde ihr bewußt, daß nicht der Hauch eines Gefühles für Salmenikos die Zuneigung mindere, die unerfüllte, mit der sie Osman nachtrauere. Salmenikos lebe nicht mehr für sie – Osman aber sei ihr gestorben. Ihr!

Die Nachricht des übernächsten Tages, daß nicht ein Sohn Ertoghruls, sondern dessen Enkel Baichodscha gefallen sei, überfiel sie dann mit einem jähen Glücksgefühl – mit dem Gefühl freilich eines entschwundenen und darum schmerzenden Glückes. Nun wußte sie, wie es um sie stand, wie sehr sie gewollt hätte, daß Osman bei ihr sei und daß es nach jedem Fortgehen eine Rückkehr zu ihr geben möge. Diesen Wunsch hatte sie, ohne ihn einzugestehen, bereits bei ihrer letzten Begegnung mit Osman gehabt.

Aber gerade aus dieser Erinnerung kam ihr nur die Überzeugung von der Hoffnungslosigkeit ihres Wunsches. Nicht wegen Edebalis abschlägiger Antwort und wegen Ertoghruls Verbot, von der Heirat je wieder zu reden, erfüllte sie dieses Gefühl. Zwei alte Männer fürchtete sie nicht, und wenn ihr die Ursache von Osmans kühler Zurückhaltung bekannt gewesen wäre, eine Nebenbuhlerin etwa, so hätte sie sich Frau genug gefühlt, alles zu tun, um sich das, was ihr gehört hatte, zurückzugewinnen. Jedenfalls wäre sie bei einem Kampf nicht ausgewichen.

So aber wußte sie nicht, wogegen sie kämpfen sollte ...

Wochen waren vergangen, als Kir David Asanes von Jundhissar mit ansehnlichem Troß durch den Ermeniderbend heraufkam und natürlich in Seraidschik haltmachte. Hätte er es unterlassen, so wäre das Befremden groß gewesen, und es erregte bereits Aufsehen, daß er die Gastfreundschaft des Schlosses nicht in Anspruch nahm, sondern Lager aufschlug. Der Besuch bei Edebali und Malchatun war allerdings selbstverständlich und der bei Apollonias Pflegeschwester mehr als nur eine Höflichkeit.

«Ich hoffe», sagte er jetzt zu ihr, «daß sich in Ihrem Verhältnis zu Apollonia und uns nichts ändern wird.» – Kir David war ein guter Junge, und so besaß er die Kunst nicht, seine Gedanken zu verbergen.

«Geschah etwas, das Sie zu dieser Frage veranlaßt?» brachte Malchatun ihn denn auch gleich in Verlegenheit.

«Ich dachte ...», stammelte er, «... das heißt: Apollonia meinte ... Marula!» unterwarf er sich dann auf Gnade und Ungnade. «Sie wissen es doch selbst.»

«Hat Kir Salmenikos eine Bemerkung gemacht?» erließ sie ihm dennoch nichts.

«Kein Wort!» versicherte er. «O nein, Marula, das müssen Sie nicht denken. Aber Apollonia hegte gewisse Erwartungen ... Hoffnungen vielleicht ...»

«Apollonia ist mir allzu günstig gesinnt und vergißt Unterschiede der Abstammung und Lebensgewohnheiten», geruhte Malchatun endlich zu verstehen. «Sie aber, Kir David, sind ein Asanes und können beruhigt sein.»

«Beruhigt!» lehnte er sich auf. «Wie können Sie nur so etwas sagen. Ich war nie beunruhigt. Im Gegenteil! Immer noch teile ich Apollonias Hoffnung.»

«Sie sind zu ...»

Gütig, hatte Malchatun sagen wollen, aber Perids Geschrei unterbrach sie. «Kamerije!» schrie sie und kam gerannt. «Komm schnell, eh sie raufen! Sie zanken schon, Konuralp und die Christen!»

Und sie zankten wirklich.

Leider fehlte die Autorität des abwesenden Ghundus. An seiner Stelle befehligte Konuralp. Die Ertoghruler hatten sich demnach um ihren heißblütigen jungen Anführer – Davids Knechte um ihren graubärtigen Waibel geschart, der den Männern von Seraidschik den Zugang in eines der aufgeschlagenen Zelte verwehrte. Und es sei eine verschleierte Frau in dem Zelt, wandte sich Konur an Malchatun, eine Rechtgläubige sei drinnen, und sie sei von den Christen entführt worden und werde gefangengehalten.

Diese Aussage mit Geschrei zu bekräftigen, betrachteten die Ertoghruler natürlich als Ehrensache, und da die Leute des Asanes ebenfalls zu wissen glaubten, was sie sich schuldig seien, so ergab alles zusammen ein gewaltiges Getöse.

Malchatun sah wieder einmal bestätigt, was ihr in letzter Zeit schon so oft Kummer bereitet hatte. Aus ihren Kindertagen konnte sie sich jedenfalls dieses Mißtrauens zwischen den Bekenntnissen nicht erinnern, und schon gar nicht eines so leidenschaftlichen Hasses, wie er hier plötzlich aus den Männern sprang. Vergebens versuchte David Asanes, sich Gehör zu verschaffen, und es hätte zu schlimmen Händeln kommen können, wenn Malchatun für Kir Davids Leute nicht so gut wie eine Angehörige des Hauses Kontophres gewesen wäre und wenn die Ertoghruler sie nicht auf eine andere Weise ebenfalls verehrt hätten.

Als sie erst zwischen die Parteien getreten war, verlor

der Streit darum auch gleich das unmittelbar Bedrohliche. Dafür redeten alle auf sie ein, und erst als sie sich ihrer Bedränger lachend erwehrte, verebbte der Lärm. «Womit willst du beweisen, mein Konur», fragte sie, «daß die Verschleierte eine Rechtgläubige sei?»

«Alle sagen es», erwiderte Konur, wobei ihn seine Genossen wacker unterstützten, während seine Gegner ebenso vernehmlich widersprachen.

«Also alle?» ging Malchatun auf Konurs Antwort ein. «Ihr habt sie also erkannt?»

«Wie denn?» schmollte Konur. «Da sie doch verschleiert ist!»

«Dann schrie sie wohl und rief um Hilfe?»

So in die Enge getrieben, wollte Konur mit einer Flut von Beschimpfungen gegen die Christen im allgemeinen und die Leute von Biledschik im besonderen beginnen, als ihm Malchatun das Wort abschnitt. «Ich sehe schon», sagte sie, «die Sache muß aufgeklärt werden. Nur vergeßt nicht, daß ihr Männer seid. Es ziemt euch nicht, in ein Frauenzelt einzudringen und einer Verhüllten den Schleier zu heben. Überlaßt das mir, ich werde euch nicht betrügen.»

«Kirina ...», bat David in einer Weise, die seine Bestürzung kaum verhehlte. «Bitte nicht, Marula!»

«Was hätte ich zu fürchten?» tat sie erstaunt. «Ich fühle mich sicher im Schutze aller, die hier stehen. Und Sie, Kir David, haben – des bin ich sicher – die Wahrheit nicht zu scheuen. – Macht Platz, meine Freunde, und haltet Abstand vom Zelt, während ich mit der Verschleierten rede.»

Zwei schwarze Klumpen, in denen man menschliche Gestalten vermuten konnte, kauerten in der Zeltecke. Malchatun hatte nicht vergessen, daß David Asanes bei ihrem Entschluß, einzutreten, erblaßt war, auch hatte sie sich an Gefahren gewöhnt, die sie jederzeit überfallen konnten – und so bemerkte sie trotz des plötzlichen Übergangs aus dem Sonnenlicht in die Zeltdämmerung, wie sich unter den Stoffen etwas ballte. Es hatte die Größe einer Faust, und

Malchatun zog sofort in Betracht, daß eine Faust auch den Griff eines Messers umspannen könne.

«Falls Sie etwa zu meinem Empfang einen Dolch bereithalten sollten», sagte sie darum – und mit Rücksicht auf die Männer da draußen sagte sie es leise –, «so bitte ich die Dame zu bedenken, daß in unserer Nähe sich Leute befinden, die von mir eine Aussage über die Person in diesem Zelt erwarten.»

Furchtlos näherte sie sich der Gestalt. Doch im gleichen Augenblick huschte das Schwarze an ihr vorbei.

«Hier kommst du nicht mehr heraus», sagte die Verschleierte und sperrte den Ausgang. «Wenn ich verloren bin, dann sollst du es auch sein.»

«Geh zu deiner Herrin», verscheuchte Malchatun, weil sie nicht zwischen zwei Gegnerinnen stehen wollte, nun auch die andere. «Sie übertreiben, Daphne Kontophres», fuhr sie fort, während sie sich auf ein Polster niederließ. «Ob Sie verloren sind oder nicht, werde ich bestimmen.»

«Daphne Kontophres, die bin ich!» rief die Frau mit dem Dolch und riß sich den nutzlosen Schleier herunter. «Wollen Sie etwa behaupten, daß Ihr Türkengesindel mir ersparen werde, was Manuel Ihnen androhte? Wenn die Kerle mich kriegen, komme ich unter die Peitsche.»

«Es wäre möglich ...», schürte Malchatun eine Angst, von der sie wußte, was sie noch wert sein könne.

«Und nun reizt es dich, mich auf dem Bock zu sehen», brach es aus Daphne. «Aber ich will nicht – hörst du, Marula? – ich will nicht – nicht von den Männern, Marula ...»

Selbst die Gefahr, in der Daphne tatsächlich schwebte, konnte sie nicht hindern, sich als den überaus rührenden Mittelpunkt einer dramatischen Verwicklung zu empfinden. Malchatun merkte das wohl; aber sie zweifelte nicht, daß zuletzt die Angst in der Byzantinerin obsiegen würde. Nur von einer Geängstigten durfte sie das zu erfahren hoffen, was sie wissen wollte und wissen mußte. Daphnes Anwesenheit bei den Asanes konnte eine Drohung für die Moslemin bedeuten.

«Reden Sie keinen Unsinn, meine Liebe», sagte sie streng. «Welches Vergnügen könnte es mir bereiten, zu sehen, wie Sie gepeitscht werden. Glauben sie wirklich, ich würde etwas so Anstößiges betrachten?»

«Weil du ein Fisch bist!» rief Daphne und vergaß alles über ihrem leidenschaftlichen Begehren. «Oh, ich wäre dabeigewesen, ich hätte dich zum Schreien bringen lassen, mit angesehen hätte ich, wie dein Hochmut, dein Stolz, den ich hasse – nein, den ich liebe! Oh, Marula», kam sie wieder zum Bewußtsein ihrer Lage, «hilf mir, Marula, und ich will dir alles sagen, was ich weiß, und ich weiß vieles! Marula ...?» Sie warf sich auf die Knie und rang die Hände. Den Fehler, sie aufzuheben, beging Malchatun jedoch nicht.

«Sage, was du weißt.»

«Und du wirst mir helfen?»

«Sprich und vergiß nicht, daß ich Mittel habe, eine Widerstrebende zum Reden zu bringen.»

«Ich will ja, ich will ja! Alles will ich dir sagen», schwor Daphne. Malchatun konnte der Versuchung nicht widerstehen. Sie beugte sich vor und blickte der Flehenden in die angstgeweiteten Augen. Eine Weile blieb sie so.

«Und du befürchtest nicht», ließ sie dann Silbe für Silbe in die Kniende tropfen, «ich könnte, wenn ich erst alles erfahren habe, dir dennoch geschehen lassen, womit dein Gatte mich bedrohte, mir zum Schimpf auf dem Ratshügel von Kutschukjora?»

An den zum Schrei aufgerissenen Mund fuhren Daphnes Hände im ersten Erschrecken. Aber kein Laut kam. Statt dessen sanken die Hände wieder zurück, und der Mund verzog sich zu einem Grinsen, in dem Achtung und Verachtung sich seltsam mischten.

«Gar nichts fürchte ich», sagte sie mit einem unsicheren Lachen.

«Du aber hättest in einem ähnlichen Fall mich betrogen?» beharrte Malchatun. «Gestehe es nur, meine Daphne, und lasse dich nicht bei einer Lüge ertappen. Eine Lüge von dir befreit dich nämlich von meinem Versprechen. Denn ich verspreche dir etwas.»

Daphne fühlte sich in eine Enge getrieben, aus der nach ihrem Vermeinen nur Frechheit sie retten könne.

«Natürlich hätte ich dich betrogen! Wie denn nicht? Zuerst hätte die Peitsche hinter deinen Geständnissen gestanden, und bekommen hättest du sie in jedem Fall. Mir aber wäre dein Geschrei versüßt worden, wenn ich dich vorher auf Gnade hätte hoffen lassen.»

«Um so mehr erstaune ich, daß du mir traust. Nenne mir den Grund. Ich möchte ihn wissen.»

«Weil du gar nicht anders kannst! Du bist eben ein Fisch», lehnte Daphne jeden Willen zur Ordnung und Gesetzmäßigkeit ab. «Vielleicht macht es dich in dieser oder jener Sache stärker, daß du so bist. Aber ebenso gewiß ist es auch, daß es dich langweiliger macht als mich. Den Salmenikos hast du auch nicht halten können.»

«Nein», sagte Malchatun, «den Salmenikos habe ich auch nicht halten können.» – «Mach dir nichts draus», ergriff Daphne schnell die Gelegenheit zu einer Vertraulichkeit. «Bei euch an der Grenze sieht so einer nach wunder was aus; aber bei uns in Konstantinopel laufen diese Kavaliere zu Dutzenden herum. Man sieht kaum noch hin. Wenn ich du wäre …», fuhr sie fort und blinzelte zu Malchatun hinauf, «einer wie dieser Osman müßte es sein! Ich weiß», fiel sie, da sie eine Bewegung der Unnahbaren bemerkt hatte, rasch ein, «er ist dir widerwärtig und lästig, ja lächerlich. Aber du hast unrecht, Malchatun. Ich sage nichts gegen Salmenikos. Er macht eine gute Figur im Sattel, und ich zweifle nicht, daß er, wenn es je bei ihm soweit käme, ganz leidlich das Schwert zu handhaben wüßte. Bei ihm fehlt es an nichts. Alles ist glatt und geleckt. Osman aber! Mann und Gaul sind eins – eins ist sein Arm mit seiner Sulfakar. Und wenn er ruhig erscheinen will, spürst du am Zittern seiner Schnurrbartspitzen die innere Glut.»

Eine Wallung des Unwillens überlief Malchatun, und nichts verriet mehr den großen Abstand ihrer Gefühle für

Salmenikos und für Osman als gerade dieser Zorn. Salmenikos könne wissen, was er zu tun oder nicht zu tun habe, dachte sie, aber der arme Osman sei ja so gut wie wehrlos gegen diese byzantinische Dirne, wie sie Daphne bei sich erbarmungslos nannte. Manuels Frau kenne offenbar jeden beachtlichen Mann zwischen Ägäis und dem Pontus. Wenn Malchatun jedoch unter diesen Umständen auch tiefes Mitleid mit Ertoghruls Sohn zu empfinden glaubte, so hätte sie aus Gründen des Stolzes dennoch sagen müssen: ‹Nimm dir den Osman, Daphne, wenn er dir so gefällt.› – Aber das tat sie keineswegs. Sie fragte:

«Wer verriet dir, daß ich ihn verabscheue?»

«Salmenikos natürlich», kam es so selbstverständlich von Daphne, daß es wie Wahrheit klang.

Auch Malchatun konnte sich diesem Eindruck nicht entziehen. Sie begreife Salmenikos nicht, meinte sie nur. Und damit war Daphne dessen gewiß, daß sie nicht mehr ins Leere spreche.

«Da siehst du, wie man seine Worte hüten muß, wenn man nicht will, daß sie unter die Leute kommen», eiferte sie. «Osman gehörte dir, und du wolltest ihn nicht ...»

«Unsere Väter verboten die Heirat.»

«Sprich nicht so, Marula, ich bitte dich! Wenn er dir genehm gewesen wäre, hättest du dich wenig um Ertoghrul oder Edebali gekümmert.»

Malchatun errötete – weil die andere recht hatte, geschah es. Auch schreckte Malchatuns Stirnrunzeln Daphne durchaus nicht. Sie hatte ihre Gegnerin in ein Gespräch verwickelt, über das, wie sie hoffte, Malchatun allzu verfängliche Fragen vergessen würde.

«Du wolltest Osman nicht. Aber war das ein Grund, ihn zu schmähen?» gab sie, keck geworden, zu bedenken. «Bei jeder Gelegenheit bedecktest du den Namen deines abgeblitzten Liebhabers mit Spott und Gelächter.»

Ja – so könne es gewesen sein, dachte Malchatun, und was jeder Mann zu wissen glaubte, sei auch Osman nicht verborgen geblieben. Wie habe er als Mann sich demnach anders als ablehnend gegen sie, Malchatun, verhalten können? Sie zur Rede zu stellen, sei er zu stolz gewesen. Und nun erinnerte sie sich auch der Zurückhaltung Konuralps und der anderen Gefährten Osmans. Zwar habe es keiner ihr gegenüber an Achtung fehlen lassen; aber die alte fröhliche Vertraulichkeit sei dahin. Gerade deswegen jedoch fiel es wie eine Bürde von ihr ab. – Nun sie die Ursache von allem sah, was sie bedrückt hatte, fühlte sie sich befreit. – Salmenikos – er habe es eher als sie selbst gewußt, was – ja – was sie Osman verbinde, und nach seiner Art habe er dann gehandelt. Wie hätte man Salmenikos nicht glauben können? Wisse man doch um ihre lange Bekanntschaft mit ihm, und liege es doch nahe, daß sie mit dem Asanes über Osman gesprochen habe. Aber sie war zu froh, um ihm ihre Liebe nachzutragen. Das sei vorüber, dachte sie. Jetzt könne sie handeln. Aber Daphne gegenüber wahrte sie dennoch das Gesicht.

«Das soll ich getan haben?» fragte sie.

«David weiß es auch. Keiner weiß es anders», trumpfte Daphne zurück.

«Und wenn ich nun Konur befragte?»

Aber kein Zeichen der Furcht kam in Daphnes Gesicht.

«Ist es denn nicht wahr?» konnte sie nur staunen.

«Wenn es wahr wäre, hättest du mir keinen Dienst erwiesen», sagte Malchatun, und dabei lächelte sie, um dann doch die Frage zu stellen, die Daphne so gefürchtet hatte: «Was hat Salmenikos vor gegen Osman?»

«Salmenikos und Osman sind Freunde, denke ich?» bemühte sich Daphne vergeblich um eine Ahnungslosigkeit, die alles andere als echt war. Aber eine Drohung Malchatuns genügte, daß sie jeden weiteren Versuch, etwas zu verheimlichen, aufgab. – Als Daphne dann geendet hatte, erhob sich Malchatun.

«Dir wird nichts geschehen, wenn du die Wahrheit sagtest», bestätigte sie ihr Versprechen.

«Oh, Marula ...», wollte Daphne mit der Danksagung beginnen, doch da hob diese schon den Vorhang zum Zelt.

«Die Frau da drinnen», bedeutete sie Konur und den andern, «ist keine Entführte. Sie ist eine Christin, und was ihr an Bösem widerfährt, ist mir getan.»

Freude war in ihr, als sie das sagte.

XXI

Lebhafter noch als sonst ging es in den Pässen des Gebirges zu. Trupps türkischer und turkmanischer Hirten durchzogen sie vom Westen zum Osten hin, und dazu kamen auch andere Männer: entlaufene Knechte aus Herrendienst, die auf Beute zu dienen begehrten. So war es im Paß Ermenibeli, so in dem von Kutschukjora und dem von Ermeniderbend – vor allem im Ermeniderbend; denn ihn durchritten Osmans Gefährten, mit denen der junge Kiaja der Grenze so erfolgreich gegen Ketel und Jenischehr gestreift hatte. Um den Räubern ihre Einbrüche in das Gebiet von Biledschik zu verleiden, war das geschehen, und nun kamen diese Osmanen von dem Fest, das ihnen Kir Salmenikos aus Dankbarkeit bei Tschakirbinari, bei Schmerlenbrunn, ausgerichtet hatte.

Aber mit ihnen, die sich so schöner Beute rühmen durften, ritten heute noch andere. Ein neues Unternehmen war angesagt, und so hatte sich, außer andern Türken und Turkmanen, fast der ganze Stamm um den erfolgreichen Osman geschart. Den Ertoghrulern war der künftige Kriegszug eine Sache des Herzens: Es ging gegen Karadschahissar.

Jetzt hörte man auf der Dorfstraße von Sindschirliköi, wo Manuels Reiter einst beinahe Malchatun gefangen hätten, nur noch ein dumpfes Summen. Das war alles, was von Lachen und Sang und Pauken und Klirren der Handtrommeln übriggeblieben war, vom Gefunkel der Lanzen, von den Pferden mit bunt durchflochtenen Mähnen und von den unternehmungslustigen Männern darauf – nichts als ein Summen und eine große Staubwolke, die sich langsam senkte.

Abseits von dieser Wolke, durch ein Gehölz vor ihr geschützt, standen inmitten einer abschüssigen Waldwiese drei riesige Fichten. Ursprünglich mochten sich mehr als diese gegenseitig beschützt haben; aber drei hatten die andern überlebt und ragten nun wie Fürsten des Waldes selbstsicher am Hang, mit den weit ausladenden unteren Ästen eben noch miteinander in Berührung.

Das Rinnsal eines Bächleins umkreiste ihr Wurzelwerk, um sich dann aus dem Schatten in der sonnenhellen Wiese zu verlieren.

Hier, inmitten von Weite und Begrenzung, lag Malchatun auf ihrem Mantel, den sie über das Bett aus Fichtennadeln gebreitet hatte.

Sie wartete.

Keine Ungeduld trübte ihre Zuversicht. Konuralp hatte seine Schuldigkeit getan, und Schweres war ihm nicht aufgebürdet gewesen, als er von ihr zu Osman geschickt worden war. Noch viel, viel lieber als Konur hatte Osman vernommen, daß sie nie geringschätzig über ihn geredet habe und nur Feindseligkeit schuld an derartigen Gerüchten sei. Und nun werde Osman kommen – so war es ausgemacht –, und er werde ihr bleiben, dachte sie, was sie ihm auch immer zu sagen habe.

Malchatun war Frau genug, einem Menschen und nun gar einem Manne nicht alles zu sagen, was ihm nach ihrer Meinung zu wissen nicht not tue. Edebali schätze das sehr. Aber wenn sie schweigen konnte, so scheute sie sich ebensowenig, zu reden, wenn es sie an der Zeit dünkte.

Es war alles vorbedacht. Völlig gelöst war sie – ihrer selbst sich bewußt und ohne quälende Spannung. Erst allmählich kam ihr mit den Gedanken die Verwunderung darüber, daß es so sei. Ihr war, als vermisse sie etwas, wie der Leidende einen sonst gewohnten Schmerz vermißt. Wo sei, dachte sie, diese ziehende Sehnsucht, die sie in der Erwartung des Salmenikos und in dessen Gegenwart nie verlassen habe, und ob es ein Glück ohne ein bißchen Qual überhaupt gebe? Oder sei dies Gefühl einer Sättigung ohne

Wunsch und Furcht, dies vollkommene Gleichgewicht, das Glück? – Sie schreckte auf.

Ein Juchzer gellte. Der gewalttätige Freudenlaut zerriß das leise Atmen von Wiese und Wald. Leicht zogen Malchatuns Brauen sich zusammen, aber dann winkte sie doch mit ihrem Schleier.

Es war Osman, der sich auf seinem Falben im Schritt aus den letzten Stämmen des Waldes schob. Dann jedoch gewahrte er sie. Das Pferd fiel in Trab, gestreckten Leibes flog es im Sprung über den Bach, und dann parierte Osman es vor dem Mädchen.

«Ich grüße dich», sagte Osman und sprang aus dem Sattel.

«Und ich dich», erwiderte Malchatun Gruß und Handschlag.

«So Gott will, geht es gut?»

«So Gott will, ja.»

Das war vorerst alles. Dabei hatte er dem Pferd die Vorderbeine mit dem Riemen gefesselt, und nun konnte es zu Malchatuns Maultier auf die Wiese hoppeln oder wohin es sonst wollte. Weit würde es nicht kommen. Und noch immer schwieg sein Herr. Nur hatte er sich zu Malchatun niedergelassen und saß ihr nun gegenüber.

Was das eigentlich mit der Liebe sei? mußte Malchatun denken. Sie habe einen ganz anderen Osman in ihren Gedanken gehabt, und ob sie sich wohl an diesen neuen gewöhnen würde? Schlecht schaue er freilich nicht aus, und daß er sich herausgeputzt habe, sei zu sehen. Kara Osman, der Schwarze Osman, ja, das sei er mehr als zuvor, da er sich jetzt auch, wie es sich für einen anerkannten Führer zieme, den Kinn- und Backenbart habe wachsen lassen – schwarz umrahmt sei nun sein dunkles Gesicht mit der Hakennase und den starken Brauen. Würdig sei auch der Ehrenpelz, das Geschenk des Sultans, den er offenbar ihr zu Ehren angelegt habe, und die rote Kappe mit dem darumgewundenen weißen Leinenbund eines Herrn gehöre wohl dazu, wie er denn freilich in aller Wirklichkeit ein

Herr sei, dawider sei nichts zu sagen. Seine Stattlichkeit könne allerdings in keiner Weise mit der ausgeklügelten Eleganz eines Salmenikos verglichen werden. Was jedoch nicht viel zu bedeuten habe. Die Eleganz allein hätte ihre frühere Vorliebe für den Biledschiker nicht hervorzurufen vermocht. Das habe ganz andere Gründe gehabt, nämlich, daß Salmenikos immer höflich, immer zuvorkommend und stets vollendet in der Form gewesen sei und daß sie sich niemals, in keinem einzigen Augenblick, vor ihm habe fürchten müssen. Vor Osman aber fürchtete sie sich. Jawohl, sie fürchtete sich vor ihm!

In Satalia hatte sie indische Affen gesehen. Beim Anblick von Osmans Armen mußte sie flüchtig daran denken. Mögen lange Arme auch eine günstige, selbst fürstliche Vorbedeutung haben, so sei es doch zum Fürchten, von ihnen umschlungen zu werden. Auch hatte Osman wegen der Wärme an Hals und Brust Rock und Hemd geöffnet, und mit einem gelinden Gruseln sah Malchatun einen Büschel schwarzer Haare quellen.

Derart ketzerische Gedanken wären Osman in bezug auf Malchatun niemals gekommen. Doch die Vorstellung von einer Frau oder diese selbst anzubeten sind zweierlei. Das hatte Osman bereits in den Nächten erfahren, die er nach Konurs gesegneter Ankunft in seinem Lager zusammen mit der unbeirrbaren Überzeugung von seiner künftigen körperlichen Vereinigung mit Malchatun verbracht hatte. Auch für ihn war alles ganz anders gewesen. Vor eine ganz neue Malchatun, die nicht mehr viel mit einem vergöttlichten Bild zu tun haben konnte, war er in seinen allzu dreisten Gedanken gestellt worden. Die neue Malchatun hatte sich im Schoße seiner entfesselten Begierde und vor allem seiner unbändigen Neugier nach der Enthüllung der Verhüllten gar nicht faßbar gestalten können, immer wieder war sie seinem Vorstellungsvermögen entglitten. Nun aber sah er sie leibhaftig vor sich, und es war – wie einst und wie immer. Er saß vor Edebalis Tochter, der er Gedanken einräumte, die er nie würde denken können. Dies wie die vornehme Überlegenheit ihrer Gestalt, ihres Lächelns, ihrer Gebärden errichteten eine Scheu einflößende Schranke um sie.

Kein Grenzreiter, sondern ein Knabe saß vor Malchatun. Da sie aber den Knaben hartnäckig im Stich ließ und es vielmehr ihm zuschob, das Schweigen zu brechen, mußte er sich wohl auf den Grenzreiterhauptmann besinnen. Mit keinem Wort berührte er das, was sie beide hier zusammengeführt. Dafür warf er sich mit der Fanfare eines hellen Lachens in die Schilderung männlich-kriegerischen Tuns von erfolgreicher Streife, von Überlistung des Gegners, von Beute und Sieg. Und da er zu seinem Glück nicht ahnte, was sie über ihn dachte, half er mit dem fröhlichen Lärm seinem arg heruntergekommenen Selbstbewußtsein wieder auf und ein wenig sogar seinem ihm vererbten Gefühl einer Überlegenheit des Mannes über das Weib – bis sie allerdings fand, daß es nunmehr genug sei.

«Und wie war es bei Tschakirbinari?» unterbrach sie ihn.

«Über alle Maßen schön!» war die unerwartete Antwort. «Allein an dreihundert Hammel hatte Salmenikos zusammentreiben lassen, das Geflügel nicht gerechnet, und dazu fünf fette Ochsen! Bis zum Platzen haben die Männer sich mit Fleisch vollgestopft. Die Frauen natürlich auch. Dazu gab es Brot und Kuchen und Wein, soviel jeder mochte, und für die Frommen, die keinen Wein wollten, gab es Kumys, aber einen starken! Und so kam es, daß die mit dem Kumys am allererstern betrunken waren. Es war wundervoll!» schwelgte er noch jetzt.

«Und weiter, als daß ihr euch betrankt, ist nichts geschehen?» fragte sie mit einer vollen Ladung weiblicher Ironie.

«Doch!» meinte Osman ganz unbekümmert. «Gleich zu Anfang. Zum Glück wußte ich ja, woran ich war. So hielt ich meine Leute dicht beisammen. Hinter mir waren meine eigenen Alpe, neben mir, damit sie mir ein Ansehen geben sollten, die Alpe meines Vaters. Uns gegenüber mit seinen Knechten und Zinsbauern standen Salmenikos und David Asanes. Sie hatten ein ganz großes Aufgebot bei sich, und es war kein Zweifel, daß sie sich zeigen wollten. Mit fast mehr Mann waren sie aufgezogen als wir selbst. Aber ich hatte die Ebene im Rücken, und alle wußten Bescheid: beim ersten Anzeichen einer Feindseligkeit ausschwärmen – dann sammeln, zurück und die Biledschiker überflügeln. Wir hatten die schnelleren Pferde, und so konnte uns nicht viel geschehen. Aber im Grunde wußte ich nicht, was meine alte Freundschaft mit Salmenikos getrübt haben könne, und schließlich hat sie sich dann auch wieder bewährt.»

«Es geschah also gar nichts?»

«Etwas schon, doch das war mehr zum Lachen. Da du es gewesen warst, die mich hatte warnen lassen, so beobachtete ich alles, was Salmenikos tat, ganz genau. Er ritt einige Schritte vor – ich ebenfalls. Und da er nicht absaß, blieb auch ich wie angeleimt sitzen. So hielten wir eine Weile einander gegenüber: stumm und ohne Begrüßung. Dann erst begann Salmenikos. Du hattest recht, irgend etwas war schon daran, und ich habe mir jedes Wort gemerkt. Du kennst ihn ja, wie er spricht, so mit diesem leichten Lächeln, als sei alles, was er sage, gerecht und das Selbstverständlichste von der Welt.»

So gut kannte Malchatun Salmenikos, daß ihr war, als geschähe alles erst jetzt und vor ihren Augen.

«‹Mein Osman›, sagte er», ahmte Osman den Salmenikos nach, «‹du weißt sehr wohl, daß eure Lehen Seraidschik und Sögüd zu Biledschik gehören. Warum also steigst du nicht ab und küssest mir als deinem Bey nicht die Hand!› Dabei saß er ganz in Schwarz und Gold so herrlich auf seinem Schimmel, und aus einem funkelnden Tscheprast an seiner Mütze quoll eine fremdländische Feder, wie ich nie eine sah, als sei er der Kaiser von Byzanz – und dabei blökten die Hammel so lieblich –, bei Gott, Malchatun, wenn ich nicht an dich gedacht hätte», spöttelte er, «vielleicht hätte ich ihm den kleinen Gefallen getan, da er so närrisch versessen darauf schien.»

«Sohn Ertoghruls!» empörte sich Malchatun. «Du bringst

Schande über deinen Stamm, wenn du so sprichst, selbst im Scherz, und Schande über deine Ahnen. – Ich weiß, was du sagen willst», dämpfte sie dann ihren Unwillen zu einer Art Mütterlichkeit, «du meinst, daß Macht etwas Wirkliches sei und nicht von einer Form abhänge. Vergiß nie, daß auch die Form eine Wirklichkeit ist. Du kannst nicht immer siegen. Im Unglück aber hält es den Herrn aufrecht, daß die Menschen an ihn glauben. Was, denkst du, hätte dir dein Oheim Dündar gesagt, der dir schon so nicht gewogen ist, was die Pforte? ‹Wenn er sich zum Lehensmann eines Lehensmannes machen will›, hätten sie gesagt, ‹so möge er es bleiben.›»

«Aber ich tat es nicht!» wehrte sich Osman. «Auch hätte ich es gar nicht gekonnt. Des Salmenikos Knechte zwar zollten ihm Beifall; aber unsere Ertoghruler hättest du hören sollen! Das war ein Pfeifen und Johlen und ein Geschimpfe! Ich mußte die Hand aufwerfen, daß sie Ruhe gaben, wie es vereinbart war.»

«Was denn antwortetest du deinem Helden in Schwarz und Gold auf dem Schimmel?» mißtraute Malchatun immer noch und ließ dabei erkennen, was sie an Osmans Worten so ganz besonders verdrossen hatte.

«‹Mein Vater Ertoghrul›, sagte ich», gab ihr Osman mit einem triumphierenden Knabenlächeln zurück, «‹zog als Sieger in Seraidschik ein und in Sögüd, dem Weideplatz. Seit wann küssen die Sieger den Besiegten die Hände?›»

«So war es recht!» bewilligte ihm Malchatun endlich eine kleine Verzeihung. «Und wie verhielt sich Salmenikos?»

«Salmenikos warf einen Blick auf meine Männer, die so fest hinter mir standen und sich vor Begeisterung die Kehlen heiser schrien, und dann meinte er, nachdem ich ihm Ruhe verschafft hatte: ‹Du bist wahrlich der Sieger, mein Osman. Heute bist du es. Wir wollen das Fest durch alten Streit nicht beenden, ehe es begann. Mögest du und mögen die Deinen vorliebnehmen mit dem, was ich dir bieten kann.› Und dann riefen die Jungens Heil über den Salmenikos nicht weniger als über mich. Wegen der fetten Ochsen taten sie das und wegen der Kannen. Sie meinten es ganz ehrlich, das kannst du glauben!»

Nun erheiterte Malchatun sich doch. Und daß Osman nicht alles so ernst nehmen könne, sei vielleicht auch seine Stärke, dachte sie. Jedenfalls kleide ihn sein Leichtsinn.

«Du bist fast zum Fürchten», sagte er, «woher wußtest du, was Salmenikos vorhatte?»

«Ich bin eine Hexe», lachte Malchatun ganz wie ein Mädchen, das sie immerhin war.

«Scheint mir auch so», antwortete er ihr auf gleiche Weise. «Eine Dschinn bist du; aber eine von der guten Sorte aus Allahs Paradies.» Dabei bedrängte er sie mit seinem Männergeruch aus Schweiß und Leder, und wenn es an ihrer grundsätzlichen Zuneigung zu ihm auch nichts änderte – gegen seine allzugroße körperliche Nähe empfand sie dennoch nichts als Abwehr. So entzog sie sich ihm also mit einer kaum wahrnehmbaren Geste, daß er wie ein gescholtener Junge auf halbem Wege innehielt. Natürlich brauchte er daraufhin eine Ablenkung, und er fand sie.

«Warum tat Salmenikos das?» begehrte er auf. «Warum versuchte er, mich zu demütigen? Versagt hätte ich mich immer – darin hast du mich falsch verstanden –, aber das wäre nur ein halber Sieg gewesen, und daß ich ohne deine Warnung nicht gleich die richtige Antwort zur Hand gehabt hätte, ist einmal ganz gewiß. Und sie war richtig! Bereits am Abend sangen die Burschen sie an den Feuern, und jetzt ist sie unser Marschlied.»

«Du fragst, warum Salmenikos das tat?» – «Ja.»

«Er tat noch mehr. Du hörtest Gerüchte von Spottreden, die ich über dich geführt haben solle.»

«Ich hörte sie; aber Konur sagte mir, sie seien nicht wahr, und er sagte es mir in deinem Auftrag.»

«So weißt du es denn. Aber du weißt nicht, wer diese bösen Worte auf den Märkten unter die Leute brachte.»

«Bleibt dir denn nichts verborgen?»

«Dies blieb mir nicht verborgen.»

«Doch nicht – Salmenikos …? Malchatun!»

«Nicht gerade er selbst. Dazu ist dein Freund zu fein», meinte sie, in diesem Punkt noch immer nicht besänftigt. «Sicher hat er sich dazu anderer bedient. Aber du kannst dir sein Gesicht vorstellen, wenn die Rede darauf kam. Das war wohl mehr als nur eine Bestätigung.»

«Aber warum, Malchatun? Warum?!»

«Warum er das tat, möchtest du wissen?»

«Jawohl! das möchte ich wissen. Was du auch sagen magst, so war er doch mein Freund!»

«Stehe auf, Osman, gehe von hinnen und kehre nie mehr zurück. Dann wird er wieder dein Freund sein. Dein sehr guter Freund, mehr als zuvor.» Und da Osman sie nur anstarrte, fügte sie hinzu: «Verstehst du mich nicht? Alles, was Salmenikos gegen dich tat, geschah nur, weil du jetzt neben mir sitzest.»

Nun begriff Osman und sprang auf. «Das ist hündisch!» rief er. «Erst Manuel und dann Salmenikos. Immer diese Christen! Man sollte ihnen abschneiden, was sie unsere Mädchen allzu hitzig begehren läßt …!»

Malchatun war weit davon entfernt, an Osmans Derbheit Anstoß zu nehmen, zu unerträglich war ihr seine Bewunderung für Salmenikos gewesen. Auch kannte sie den Ton in den türkischen Jurten und verlangte von ihm nicht die Umschreibungen, wie sie in den Harems der Großen von Ikonium oder in den byzantinischen Frauengemächern, den Gynaeceen, gebräuchlich waren. Doch die Beweggründe ihres Verhaltens überschnitten sich. Dadurch, daß er Salmenikos mit Manuel auf eine Stufe stellte, hatte er wiederum, ohne es zu wissen, sie selbst angegriffen.

«Es ist nicht ganz so, wie du meinst», sagte sie. «Du kennst Salmenikos. Du selbst sprachst noch soeben von ihm als von einem Auserwählten, als von deinem Freund. Er ist gut anzuschauen, klug und von feinen Sitten. Höre, was wahr ist», erstickte sie sein eifersüchtiges Aufbrausen, «wir sollten unsere Augen nie vor der Wahrheit verschließen. Ich will nicht, daß dir das Geringste unbekannt bliebe, was sich zwischen mir und diesem Mann ereignete.»

Offenbar wäre es Osman lieber gewesen, er hätte weniger erfahren; denn als sie ihm von ihrer ersten Begegnung mit Salmenikos am Pursuk erzählte, mußte sie von neuem seinen Zorn beschwichtigen.

«Denke nicht, daß ich dich für besser halte, Osman», sagte sie. «Salmenikos erblickte mich nur aus der Ferne und verlangte mein Nahen nicht. Er ging. Ihr treibt es nicht immer so glimpflich mit euern Mädchen, wenn euch an einem Bach die Überraschung gelingt.» Darauf konnte Osman nichts erwidern. Er hatte einen schlechten Ruf gehabt, und das nicht zu Unrecht. Aber obwohl sie ihm durch ihr Jungmädchenabenteuer am Pursuk näherrückte, ergrimmte er doch, daß ein anderer Mann sie ohne Kleider gesehen habe. Zugleich entzündete sich sein Begehren an dem Bild von einer im Wasser schreitenden nackten Malchatun, und er am wenigsten hätte zu sagen vermocht, ob er nun unglücklich sei oder nicht. Denn da er der Stunde gewiß zu sein glaubte, da er Malchatun nicht nur wie Salmenikos aus der Ferne betrachten würde, fühlte er sich auch wieder als Sieger.

«So war er es, der dich meine Werbung abweisen ließ?» versuchte er dennoch den Anschein einer Kränkung schmollend aufrechtzuerhalten.

«Es war meine Neigung zu ihm, die mich dich abweisen ließ.»

«Ich hörte nie, daß er um dich warb.»

«Er warb, als es zu spät war.»

«Wie denn zu spät? Da du ihn doch liebtest!» stürzte Osman sich gewaltsam in die Bitterkeit eines Verschmähten.

«Geliebt hatte», verbesserte sie ruhig. «Verschließe dich doch nicht dem, was war, Osman Ertoghruloghlu! Mehr als einmal ging es für mich um Schande und Tod. Auf der Dschirga zuerst. Und Salmenikos war fern. Du aber warst bereit – widersprich mir nicht, denn ich weiß es! –, du warst bereit, um meinetwillen Stamm und Heimat aufzugeben, und vor Inöni schlugst du dich für mich.»

«Du schlugst dich!» huldigte er ihren Verdiensten. «Du

warst der Feldherr dieser Schlacht. Was wäre aus uns ohne deinen Einfall geworden!»

«Wir schlugen uns», sagte sie; «aber immer warst du der Treue.»

Wenn Osman seinen Vorteil hätte erspähen können, wäre dies der Augenblick einer Besitzergreifung gewesen. Doch immer noch konnte er die Scheu seiner Hände nicht überwinden und hielt es für ungefährlicher, sich einen geringen Ärger von ihr ausreden zu lassen.

«Die andern waren dir ebenso treu», murrte er, «und mir fruchtete meine Beständigkeit wenig. Immer hocktest du mit Kumral und Ghundus zusammen.»

«Bist du eifersüchtig auf Kumral?» lachte sie.

«Nein», stimmte er ein und wollte sie greifen, «aber vielleicht auf Ghundus!»

Doch jetzt kam er zu spät. Mit ihren flachen Händen stieß sie ihn zurück.

«Gedenkst du nicht unserer Väter, mein Osman?» lachte sie noch immer. «Was würdest du ihnen sagen, wenn sie von deiner Dreistigkeit erführen?»

«Pah!» gab er sich großartig, «da ist vorgesorgt. Ich schickte längst nach Sögüd.»

«Und du bekamst Antwort?» – Um neugierig zu sein, war sie Frau genug.

«Zwei sogar», triumphierte er. «Die eine von meinem Vatersbruder Dündar. Wunderbar war sie. Er verfluchte zuerst mich, dann dich, und kinderlos sollten wir bleiben – falls wir dennoch Kinder bekämen, würde er auch sie verfluchen.»

«Ein wackerer Fluch», meinte Malchatun, wenig erschüttert. «Und Ertoghrul? Er wird dir auch nicht gerade seinen Segen gesandt haben?»

«Nicht unbedingt», gab Osman zu. «‹Werbe, wenn du es so willst›, ließ er mir sagen, ‹wenn du aber abgewiesen wirst, verschließe ich dir Sögüd› ... Nun –?» fragte er nach einer kleinen Pause und rückte ihr näher.

«Soll das eine Werbung sein?»

«Ich habe nie aufgehört, um dich zu werben», wagte er sich weiter vor.

«Dann ...», sie wandte den Kopf fort und empfand ihre Lage als bedroht, «-dann werde ich dir die Heimkehr wohl nicht nehmen dürfen», vollendete sie dennoch. «Aber ...», scheuchte sie ihn sofort wieder zurück, «an meinen Vater hast du wohl überhaupt nicht gedacht?» Der Einwurf war wirksamer, als sie es vermutet hätte.

«Freilich, dein Vater, deiner ...», wurde er bedenklich ...

So unbegrenzt war seine Ehrfurcht vor Edebali, daß er sich das wirkliche Verhältnis zwischen Malchatun und seinem Lehrer gar nicht vorzustellen vermochte. Hätte Osman gewußt, daß Edebali im Begriff sei, eine junge Frau aus Malchatuns Händen zu empfangen, ja daß sie es gewesen sei, die den väterlichen Wünschen als erste Worte und Form gegeben habe, so hätte er sich um Edebalis Zustimmung zur Heirat mit Malchatun wohl weniger Gedanken gemacht und keineswegs mit gerunzelten Brauen sorgenvoll dagesessen.

Malchatun dagegen fand es gut, daß er so dasaß.

«Wie war es mit deinem Traum?» fragte sie.

Ob dieses Mädchen denn alles wisse? dachte er, und fast spürte er eine richtige Angst. Sogar seine Träume kenne sie, vielleicht sogar solche, deren er selbst sich gar nicht bewußt sei?

«Welchen Traum ...?» stotterte er.

«Den von einer Ulme. Erinnere dich nur, Manuel brachte es unter die Leute. Du haltest es mit den Bäumen, sagte er, sie seien dir lieber als Mädchen.»

«Dieser Schuft!»

Beschämt und bloßgestellt fühlte sich Osman vor Malchatun.

«Das mag er wohl sein», sagte sie; «aber vergiß nicht, daß hieran auch seine Dummheit ihren Teil hat.»

«Dumm?» erstaunte er. «Du nennst Manuel dumm?»

«Für schlau und beschränkt halte ich ihn. Was er auch wissen mag – das Wesentliche wird ihm stets verborgen sein, ihm und seiner Daphne.» Und nun lachte sie, da sie Osman ansah. «Von der weiß ich doch diese Ulmengeschichte.»

«Malchatuns Lachen richtete ihn wieder etwas auf. Sogar widersprechen konnte er ihr jetzt.

«So war es ein Gespräch und kein Traum», sagte er.

«Ein Wachtraum, mein Osman», beharrte sie, «und ich will ihn kennen.»

Anfangs verwirrten sich Osmans Gedanken, als er sich in das Zelt zurückversetzte. Einen Busenfreund hatte er geglaubt in Manuel gefunden zu haben, und nichts war davon übriggeblieben, nur die Erinnerung an ein sinnloses Zechen und an einen Haufen Unsinn, der geredet worden sei.

Osman war sehr geneigt, seine Vision von Malchatun für nichts anderes zu halten. Aber als sie ihn fragte, ob er ihr nicht das gleiche Vertrauen entgegenbringen könne, das er einst an einen fremden Mann leichtsinnig verschwendet habe, blieb ihm keine Wahl.

Und so sei es gewesen oder doch so ähnlich; denn jetzt sehe er es klarer als zuvor, rief er aus – ein Mond, ein wachsender Mond sei Edebalis Brust entstiegen und habe sich, in Schönheit vollendet, wie ein Samen in seine, Osmans, eigene Brust gesenkt. Und da habe er ein immerwährendes Wachsen in sich gespürt, und dieses Wachsen sei – jawohl! – zum Baum geworden, immer größer an Schönheit und Stärke, habe er seine Zweige weit über Länder und Meere gebreitet und mit seinem Schatten die letzten Horizonte der Erde erreicht. Über die Gebirge hinweg habe der Baum sich gereckt, wie Pfeiler eines unendlichen Laubdaches schwertförmiger Blätter seien die Berge gewesen. Flüsse seien den Wurzeln entsprungen, und Schiffe haben ihre Fluten bedeckt und Flotten die Meere. Durch Rosen- und Zypressenhaine seien die bergentsprungenen Quellen gerieselt, zu deren Murmeln der Gesang tausendstimmiger Nachtigallen erklungen sei. Da aber habe – und jetzt sehe er, Osman, es wieder! – ein siegender Wind sich erhoben und die Schwertblätter gegen die eine Stadt gesenkt, gegen die Kaiserstadt Konstantins, den Diamanten im Ringe erdumfassender Herrschaft.

So in sich selbst versunken war Osman, daß er eine Gebärde machte, als wollte er den Ring anstecken, von dem er sprach, und als er Malchatun ansah, war es kein Erwachen.

«Kamerije», sagte er und nannte sie mit ihrem arabischen Namen Schönheitsmond, «du bist in mir, du bist der Mond, wir sind der Baum, Keim und Wiege eines Herrschergeschlechtes sind wir ...»

Einen winzigen Augenblick wünschte Malchatun, der Vater hätte Osman so wie sie jetzt hören können, doch der Gedanke zerstob, wie er gekommen war. Um Osmans Traum dem väterlichen Lächeln auszusetzen, war sie zu hingerissen. Auch Salmenikos hatte sie mit der Aussicht auf fürstliche Macht versucht; dieser aber wollte sie nicht überreden. Er sprach, was er sah, und was er sah, war immer sie selbst. Malchatun sah sich im Spiegel von Osmans Liebe und erschauerte.

«Du wolltest einen Traum», entschuldigte er sich, «und ich sagte dir einen. So etwa mag ich zu Manuel gesprochen haben. Vergiß nicht, Malchatun, wir hatten getrunken.»

«Trinke oft, Osman, wenn du dann immer solche Träume hast», sagte sie und zog den Schleier über ihre Augen.

«Du lachst nicht?» verwunderte er sich.

Nein, sie lachte nicht. Was hatte sie zu Salmenikos gesagt? – ‹Mit dem letzten Wort, das wir hier wechseln, Asanes, trennen sich mit uns unsere Bekenntnisse und Völker.› – Daran mußte sie denken. Was sie von Salmenikos trennte, verband sie mit Osman. Sie fühlte sich auf der Woge eines unaufhaltsam dahinfließenden Stromes von Völkern und Bekenntnissen – getragen fühlte sie sich, ihrer Bestimmung entgegengetragen. Und die sei Osman.

Auch für ihn fielen die Schranken. Weder vergöttlichtes Bild noch erstrebter Besitz war Malchatun ihm mehr – nur als seine Frau empfand er sie, als sein Ziel, als die Erlösung von sich selbst, als die Quelle neuer, vielfältiger Kräfte. Er sah ihre schmalen Finger, ihren Fuß ...

«Kamerije ...», flüsterte er und streckte die Hände nach ihr aus, «Kamerije ...»

Voll Grauen fühlte Malchatun seine Pranke in sich dringen, sich von seinen Armen umschlungen. Aber dieses Grauen war kein Widerstand, keine Abwehr mehr, es war wie der Sturz in einen Abgrund. Unwiderstehlich zog dieser Abgrund sie an. Mit einer letzten, starken Gewißheit auf eine Wiedergeburt ließ sie sich fallen, und im Fallen erlebte sie es, daß zu jedem Schöpfungsakt auch das Chaos gehört, daß ohne Teufel kein Gott ist. Vereint mit dem Chaos sah sie den ordnenden göttlichen Willen in Allahs Allmacht kreisen.

XXII

Als Dündar, der Alte, nach Seraidschik kam und die große Zahl der Männer erblickte, die seinem Neffen Osman zugelaufen waren, wuchs sein Groll. Immer war er zu spät gekommen, um der erste zu sein, und jetzt sei es – das fürchtete er sehr – das letztemal und endgültig für ihn zu spät. Und doch fühlte Dündar sich als der einzige, der die große Vergangenheit nicht vergessen könne, während die andern, sein Bruder Ertoghrul eingeschlossen, zu kleinen Leuten herabgesunken seien, die sich in geringen Verhältnissen wohl fühlten. Sie wieder aus Viehzüchtern zu angehenden Welteroberern zu machen war ihm zeitlebens eine Herzenssache gewesen. Nicht minder als Dschingis Khan dünkte er sich, nur daß ihm das Verständnis seiner Stammesgenossen gefehlt habe und wohl auch das Glück des Mannes von Karakorum. Bei jeder Gelegenheit, die im Laufe der Zeit aufgetaucht sei, habe zwischen ihm und seiner Aufgabe Ertoghrul gestanden.

Doch wenn Dündar heute auch ein grämlicher alter Mann war, der dieser schnöden Welt das Scheitern aller Hoffnungen mit Haß vergalt – nach dem Gesetz des Werdens und Vergehens war auch er einmal jung und freundlicheren Gefühlen zugänglich gewesen, in jenen Zeiten eines höheren Glanzes, als er Dündars Stamm heute beschieden war.

Unvergeßlich war ihm der Vater. Doch was wisse diese Jugend wie Osman, so ein Nachgeborener, von seinem eigenen Großvater! Nichts wisse Osman, von den andern ganz zu schweigen. Weiter als Ertoghrul vermöge so was nicht zu denken.

So völlig unrecht hatte Dündar auch nicht. Für die junge Generation begann die Geschichte des Stammes mit dessen Ansiedlung am Tumanidsch. Selbst deren Anfänge verloren sich bereits in der Legende. Und doch war Dündars und Ertoghruls Vater, Suleiman Schah, ein Fürst über vierzigtausend türkische Nomaden aus den Ebenen zwischen dem Kaspischen Meer und dem Aral gewesen. Vor dem Mongolensturm waren sie nach dem Westen ausgewichen, und beim Rückzug ins Vaterland war Suleiman Schah mit seinem Pferd von einem Steilufer in den Euphrat gestürzt und ertrunken. Nur unwillig war Ertoghrul bis dahin seinem Vater und Fürsten auf dessen Rückzug gefolgt. Ihm war nichts an dem geruhsameren Leben im Lande der Väter gelegen gewesen, das Suleiman nach Dschingis' Tod mit den Seinen wieder hatte aufnehmen wollen. Aber nun, da Suleiman ebenfalls tot war, die Vierzigtausend zur Umkehr zu bewegen, war Ertoghrul nicht gelungen. Die Hauptmasse hatte unter zweien seiner Brüder den Zug nach dem Osten fortgesetzt. Bei ihm selbst waren für die Abenteuer eines neuen Westzuges mit ihren Frauen und Kindern nur vierhundertfünfzig Männer geblieben und unter den Männern sein Bruder Dündar.

Natürlich hatte Dündar nie aufgehört, von der Hochherzigkeit des eigenen Entschlusses völlig überzeugt zu sein, und niemals hätte er sich seine damalige Erwägung eingestanden, daß die größeren Gefahren des Westzuges ihm auch die reicheren Möglichkeiten bieten würden, zur Macht zu gelangen, und zwar dann, falls Ertoghrul etwas Menschliches zustoßen sollte, Möglichkeiten, die nicht in dem gleichen Maße vorhanden gewesen wären, wenn er sich seinen beiden andern Brüdern angeschlossen hätte.

Da jedoch kein Zufall seinen uneingestandenen Wünschen entgegengekommen war, hatte er sich um seinen Lohn betrogen gefühlt. Stets war es ihm hart angekommen, den kleinen Reststamm ‹die Ertoghruler› nennen zu hören, was bald geschehen war. Mehr als je glaubte Dündar heute daran, daß er und nur er es vor sechsundfünfzig Jahren gewesen sei, der die erste Verbindung mit dem großen Seldschukenkaiser Alaeddin Keikobad hergestellt habe und ihn die Tatarenschlacht habe gewinnen lassen. Aber Ertoghrul sei nachdem mit dem Kursk beehrt, ihm seien die Alme des Tumanidsch und Ermeni zugewiesen worden. Ebenso unerschütterlich war Dündars Überzeugung, daß er allein Karadschahissar erobert, Ertoghrul es aber verloren habe. Auch über die Griechen und Tataren von Aktaw sei er, Dündar, an der Spitze seiner vierhundertvierundvierzig Stammesgenossen und des kaiserlichen Vortrabs als erster hergefallen. Drei Tage und drei Nächte habe er am Passe Ermeni gefochten, um die Fliehenden dann bis in die Fluten des Propontis zu verfolgen. Das alles habe er bewirkt – doch Ertoghrul sei dafür General der Akindschi, der leichten Vortruppen, und Grenzhauptmann geworden, ihm habe der große Kaiser für die Siege Dündars die Lehen Sögüd und Seraidschik verliehen. Und nun sei es so, als wolle Ertoghrul ewig leben!

Schließlich freilich war durch Schlachten, Nachtwachen, Streifen und die Sorge für den stets bedrohten Stamm auch Ertoghrul gebeugt worden. In dieser jüngsten Zeit hätte Dündar hoffen dürfen, über die uneinigen Neffen hinweg und kurz vor seinem eigenen Grabe nach dem Tode des älteren Bruders die Häuptlingsschaft an sich reißen zu können. Aber Ghundus war seinem Bruder ergeben, mit Sarujati war dessen Ehrgeiz gestorben, und nun dieses:

Nichts als Zelte sah Dündar voll Unmut und ein bewegtes Durcheinander von Pferden und Menschen – ein Brausen aus Schreien, Gejohl und Gesang vernahm er. Es war alles wieder wie in den Zeiten der Jugend, seiner und Ertoghruls Jugend; aber nicht er, Dündar, war der Mittelpunkt, damals nicht und heute erst recht nicht.

Und dann stand der prächtige Mann vor Dündar, nicht allein stand er da, und ganz in Scharlach war er gekleidet.

Freilich – erinnerte sich Dündar – der junge Sultansneffe Alaeddin sei ja bereits bis Kutahie vorgerückt, und nun habe er wohl einen seiner Hofleute mit Glückwünschen zur Hochzeit Osmans und Malchatuns geschickt. So also sehe ein kaiserlicher Kämmerer aus? Ganz in Scharlach! Dündar mochte sich wehren, wie er nur konnte: ein Schauer lief ihm über den Rücken, als er an die hohe Ehre dachte. Doch vielleicht gelte diese Ehre vor allem dem gelehrten Edebali? wurde er dann mißtrauisch. Der Sultan möge seine Gründe haben, sich mit dem Alten gut zu stellen, mit ihm und dessen hochnäsiger Tochter, die es sich erst lange habe überlegen müssen, ob sie nicht vielleicht doch zu gut sei für den Neffen eines Dündar aus dem hohen Geschlecht des Kai. Freilich könne Osman ebenfalls gemeint sein. Aber zugleich mit dem Stolz auf die der Familie erwiesene Auszeichnung stieg im Oheim auch schon der Ärger darüber herauf, daß gerade Osman ihrer teilhaftig geworden sei, obwohl die Hohe Pforte die weit größeren Verdienste eines älteren Familienmitgliedes bisher niemals zu bemerken geruht habe.

Erst die tiefe Verneigung des Abgesandten konnte Dündar ein wenig besänftigen. Er stieg aus dem Sattel. Man solle von ihm in Konia nicht sagen, daß auch er nur ein Ochsentreiber sei. Von ihm nicht!

Geradezu gnädig wurde Dündar. Durch nichts verriet er, wie sehr er der Heirat mit seinen Flüchen für die Hochzeiter und deren Kinder und Kindeskinder widerstrebt hatte. Daß der Kämmerer nicht erst Osmans Erscheinen abgewartet hatte, sondern ihm, dem Oheim, als erstem seine Aufwartung machte, betrachtete Dündar als Beweis guter Sitte. Denn schließlich – war seine Überzeugung – sei er in Abwesenheit Ertoghruls zweifellos das Oberhaupt des Geschlechtes, und so komme die Ehre der Gesandtschaft ihm zu und keinem andern. Huldvoll lächelte er daher den Scharlachenen an und gab Worte des Wohlwollens von sich, wie man sich nicht erinnern konnte, sie jemals von ihm gehört zu haben. Dafür galten sie aber auch ausschließlich dem Sultansgesandten.

Sogar einen Namen hatte der treffliche Mann. Er hieß Belgutai.

Ganz fromm fühlte Malchatun.

Bei ihrer Trennung von Salmenikos hatte sie sich wohl ausdrücklich zum Islam bekannt, aber noch mehr zu dessen Bekennern als zur Lehre. Sie stand zwischen den Religionen.

Ohne eigentliches Wissen und Wollen hatte sie einen schiedsrichterlich erhabenen Standpunkt eingenommen. Er hätte ihr gefährlich werden können, wenn ihre Selbstkritik nicht gewesen wäre und ihr beharrlicher Verstand. So aber hatte sie mit den Vorurteilen keineswegs auch zugleich Gott und alles Geistige abgestreift, sie sah eher mehr von Gott als die andern, als ein Einigendes sah sie ihn und nicht als Trennendes. Bei dem Vergleich der Mystik des Islams mit der christlichen Gnosis war es ihr schon nicht mehr möglich gewesen, grundsätzliche Unterschiede anzuerkennen. Die ursprünglichen Lehren hatte sie im brünstigen Verlangen der Gläubigen nach der Nähe Gottes sich in dichterische Symbole verwandeln sehen. An Stelle der Worte seien Bilder getreten, war ihre Meinung, und aus den Bildern sei die Begierde über die wilden Gottsucher gekommen, in dem großen Drama der Dämonen selbst Rollen zu übernehmen. Auch hatte sie sich nicht täuschen lassen und der Entfesselung des Fleisches und dessen Besiegung durch Übersättigung den gleichen Platz angewiesen wie der Abtötung des Fleisches durch Askese. Sie bezweifelte nicht die Methoden, sondern das Ziel. Abtötung sei ebenfalls eine fleischliche und keineswegs eine geistige Überwindung. – Nur daß die christlichen Kirchen die Gnosis als Ketzerei verdammten, während die Moslemin die Gräber ihrer mystischen Scheichs in hohen Ehren hielten, gereichte Malchatun als ein Zeichen höherer Toleranz des Islams zu einer leichten Genugtuung.

In diesem Augenblick aber war das alles, als sei es nie gewesen. Nicht mehr schaute sie aus der Höhe dem menschlichen Ringen und Irren teilnehmend oder gelassen zu. Sie sah sich vielmehr in eine tagesnahe religiöse Zeremonie mit ihren Gefühlen verstrickt, die sich darin durch nichts von denen anderer Sterblicher unterschieden.

Malchatun war keine Prinzessin, und sie sollte weder einen Prinzen heiraten noch in einen der feinen Harems von Konia oder Angora eintreten. Die Haremszeiten ihrer väterlichen Familie lagen so weit zurück wie die Zeiten, da Bitynien noch eine Kornkammer gewesen war. Jetzt lebte man hier in einem versteppten Land und unter Ruinen. In Seraidschik stand kein Hofmarschall oder Eunuchenpräfekt bereit, in Malchatuns Stellvertretung die Ehe mit Osman Ertoghruloghlu, dem Oghusen, zu schließen. Sie mußte sich schon selbst bemühen, und sie hätte auch keinem andern erlaubt, es für sie zu tun, nicht einmal ihrem Vater.

Edebali saß mit Dündar und dem Kapidschi Belgutai auf dem Ehrendiwan. Ghundus und fast alle Alpe Ertoghruls waren zugegen – Osmans Alpe jedoch waren wegen Verdachtes jugendlicher Leichtfertigkeit nicht zugelassen worden. Edebali freilich wäre für die Jugend gewesen, Dündar aber war unerbittlich geblieben, und die Jugend sei heutzutage völlig entartet, hatte er behauptet.

Auch die Wahl des Geistlichen war schwierig gewesen. Abdal Kumral hatte offen gemurrt; denn nicht er, sondern ein Schüler Edebalis nahm die Trauung vor. Bei Malchatuns Geburt war es ihm von Edebali lachend versprochen worden. Tage und Nächte war der Mann auf einem bockigen Esel geritten, und nun sei es soweit, hatte er bei seiner Ankunft gesagt, nun sei er da. Außerdem verrichtete er die Vorschriften des Gesetzes auch mit aller Andacht, und es geschah alles, wie es das Beispiel gebot, das der Prophet den Rechtgläubigen bei seinen vielen Eheschließungen gegeben hatte. Ein Irrtum, wie er bei dem ungelehrten Kumral leicht hätte unterlaufen können, war völlig unmöglich.

Malchatun aber sah nichts als den Koran. Und als sie zugleich mit Osman die Hand darauflegte, war der Koran für sie das von Allah diktierte Buch der Bücher. Es war so wie damals, wenn sie als Kinder heiraten gespielt hatten. Nur daß Malchatun in völliger Verkennung ihres Geschlechtes meistens der Molla gewesen war. Aber das hatte ihr gar nichts ausgemacht. Und jetzt glaubte sie wieder ganz wie ein Kind: Als der Geistliche ihre und Osmans Hand verband – da geschah Allahs Wille. Unlöslich waren sie und Osman nun eins, weit mehr, als eine körperliche Verschmelzung jemals hätte bewirken können. Sie war Osmans Frau ... allerdings war Osman jetzt auch ihr Mann, ausschließlich und nur der ihre! Gleichsam ihr Eigentum.

Nach Meinung der Männer, die in Tschakirbinari dabeigewesen waren, übertraf das Fest der Hochzeit das des Kir Salmenikos bei weitem, und das, obwohl kein Wein ausgeschenkt wurde. Dafür war die Zahl der Schläuche mit Kumys und Arrjka schier unendlich, und wie es auch immer sein mochte, so gehörte es jedenfalls zu den Huldigungen für die Neuvermählten und für die Häuser Ertoghruls und Edebalis, die Ochsen und Hammel weit fetter zu finden als beim Fest des Sieges.

Unter den Bratspießen brannten auf der Festwiese die Feuer, wie sie sollten und mußten. Die Türken verstanden sich auf die Kunst, einen ganzen Ochsen am Spieß zu braten – einen Hammel auf diese Weise zu rösten, machte ihnen schon gar nichts aus. Begnügte man sich in gewöhnlichen Zeiten auch mit Milch und Topfen und Gerstenbrot – an den wenigen Festen des Jahres wollte man die Bissen nicht zählen. Jeder trug auf der Spitze seines Dolches oder Säbels so viel Fleisch davon, wie er nur mochte.

«Allah sei Dank», sagte Konuralp, während er auf dem Bauch lag und kaute, «daß sie uns bei der Trauung nicht dabeihaben wollten, sonst säßen wir jetzt drinnen im Haus, hockten auf Diwanen, Scherbet nippten wir und äßen kandierte Früchte.»

«Schauderhaft», erklärte Aighudalp und riß mit den Zähnen einen großen Fetzen von seinem Knochen. «Und dann noch die gelehrten Gespräche. Zum Kotzen!»

Kein Widerspruch erhob sich. Allen tat Osman leid. Nur Torghud fragte:

«Aber jetzt wird er doch bald zu uns kommen?»

«Wenn er darf», knurrte Aighud.

«Was heißt das: wenn er darf?» grollte Torghud.

«Das meint Aighud so», begann Konur und wischte seine fettigen Hände im Grase ab: «Osman ist Edebalis Schüler, und Malchatun ist ebenso gelehrt oder fast noch gelehrter als ihr Vater, folglich ist Osman auch ihr Schüler. Wer aber hat zu sagen: der Schüler oder der Lehrer? – He, du!» unterbrach er sich und schlug die Arme um die Knie eines aufkreischenden Mädchens. «Was hast du in deinem Krug? Ach was, Kumys! Hol Arrjka, meine Rose, schöne, scharfe Arrjka!»

«Arrjka!» zeigte das Mädchen sich abgeneigt. «Jetzt schon? Ihr werdet noch früh genug toll und voll sein.» – Aber den Krug ließ sie den Freunden doch, als sie davonlief.

«Ihr sollt sehen, sie bringt uns», meinte Konur und sah der Derben mit Wohlgefallen nach. «Und daß ihr's gleich wißt: die ist meine!» rief er. «Die hat mir mal 'nen Melkschemel an den Kopf geworfen. Das hat mir gleich an ihr so gefallen, und die Beule war auch nicht schlecht, kann ich euch sagen! Mit der läßt sich doch reden. Bei der braucht man nicht erst lange Gedichte aufzusagen, wenn man sich in der Jurte zu ihr aufs Fell legen will.»

Was in Medina, Kairo oder Damaskus ein Greuel gewesen wäre, geschah hier unter den Augen zahlreicher Derwische und Molla: Frauen und Mädchen bedienten die Männer mit Kumys und Schnaps und hockten sich zum Essen und Trinken zu ihnen auf den Boden. Die Molla waren froh, wenn sie diesen trotzigen Bekennern des Islams ihre

Schamanen und Geisterbeschwörer ausreden konnten – an die Gleichberechtigung der Frau in allen Dingen wagten sie sich nicht. Die Frauen der Mongolen, Tataren, Türken und Turkmanen taten Männerarbeit und feierten ihre Feste mit den Männern. Haremsbehütete kostbare Geschöpfe waren sie nicht, und es war ihnen vollkommen gleichgültig, was die feinen Leute darüber dachten. Sie kannten gar keine feinen Leute.

«Sagt' ich es nicht!» prahlte Konur. «Turakina bringt uns was Scharfes!»

Aber nicht nur die eine, auch andere handfeste Mädchen aus den ersten Jurten des Stammes stellten sich ein, um die Arrjka nicht allein den Männern zu überlassen. Außerdem umwob Osmans Alpe auch der Ruf kühner Draufgänger, von denen sich etwas erwarten lasse.

Und es sei eine Schmach, erklärte Torghud in Anbetracht dieser doppelten Genüsse von Mädchen und Schnaps, wenn Osman nicht zu ihnen herauskäme.

«Der?» höhnte aber Aighud. «Kannst du Verse machen und deklamieren?»

Nein, das könnten sie nicht, meinten die andern, und Aighud schon gar nicht!

«Nun eben», meinte der Geschmähte seelenruhig, «daß ich es nicht kann, braucht ihr Dummköpfe mir nicht erst zu sagen. Osman aber kann, und was ihm noch abgeht, wird ‹sie› ihm schon beibringen. Sagt euch also selbst, ob sie es ihm erlauben wird oder nicht. Das ist keine wie Turakina, die mit Melkschemeln schmeißt. Das ist eine, die flötet nur, und dann tust du, was sie will. Ich möchte so eine nicht. Ich meine, zur Frau», verbesserte er sich, «denn sonst …»

Es war aber gerade derselbe Augenblick, in dem Malchatun sich anschickte, Osman auf die Festwiese zu folgen.

«Du vergaßest deinen Schleier, Kamerije», mahnte Edebali.

«Ich vergaß ihn nicht, Vater», sagte sie, obwohl sie sehr wohl wußte, wie schmerzlich er es mißbillige, daß sie überhaupt das Haus verlassen wolle.

«Dann vergaßest du, daß du eine Koreischitin bist.»

«Ich vergaß auch dies nicht. Aber jetzt bin ich zudem noch eine Türkin aus dem Stamme der Ertoghruloghli. Soll ich mich anders verhalten als deren Weiber? Es wäre recht ungeschickt, Scheich», mahnte sie.

«Aber heute, vor all den Molla ...», wand er sich.

«Gerade heute vor all den Molla und Derwischen und dem Kapidschi Sultan Alaeddins!» blieb Malchatun fest entschlossen. «Die Ertoghruler werden es mir anrechnen. Und wenn wir genau nachdenken, Vater, müssen wir zugeben, daß sie so unrecht nicht haben. Mir wenigstens hat es nie gefallen, daß die Braut und die Frauen bei einer Hochzeit in ihren Zimmern bleiben sollen, indes die Männer deren Fest feiern. Denn eine Hochzeit hat doch wohl immer auch etwas mit Frauen zu tun.»

«Man sollte nicht glauben, daß du den Koran auswendig kennst, mein Kind, jedenfalls den größeren Teil von ihm», flüchtete sich Edebali hinter die Konvention.

«Ich bin hier geboren und gehöre zu denen da draußen, unter denen ich aufwuchs. Auch Perid gehört zu ihnen», flüsterte sie ihm noch zu, «und wenn du sie dir als deine Freude bewahren willst – laß sie gewähren.»

Als sich Malchatun nach diesen Worten – begleitet von Osman – nach draußen begab, war sie zu jeder Fröhlichkeit aufgelegt und keineswegs gesonnen, sich einem Volksfest zu entziehen, zu dem sie selbst die Veranlassung gegeben hatte.

«Da sind sie!» schrie Torghudalp begeistert. «Hab' ich es nicht gleich gesagt, ihr Kalbsköpfe, hirnrissige ihr! Natürlich ist Osman gekommen, und die Hanum ist bei ihm. Laßt sie uns begrüßen. Sürün! Vorwärts!»

Aus allen Zelten kamen sie, von allen Feuern sprangen sie auf: Jungkerle, Mädchen, Männer und Frauen. Am liebsten hätten sie Osman auf die Schultern gehoben und herumgetragen. Doch Malchatun war bei ihm, und an die wagte sich keine Männerhand. Was hätte demnach mit Malchatun geschehen sollen? Sie wäre gezwungen gewesen, nebenherzulaufen, und darum ließ ein natürlicher Takt selbst Osmans Alpe verzichten. Geringer war die Freude deswegen nicht. Im Gegenteil! Gerade Malchatuns Erscheinen, so vertraut die Priestertochter allen sonst war, hatte bei dieser Gelegenheit niemand erwartet. Sie halte sich also nicht für zu vornehm und bekenne sich zum Stamm, schwellten die Ertoghruler vor Stolz. Ertoghrulerin sei Malchatun seit heute. Und die Männer haben sich mal wieder in ihrer ganzen Unvollkommenheit offenbart, lachten die Mädchen ziemlich laut und stießen sich an. Und dann packten sie zu, und dann hatten sie sie, und auf den Armen und Schultern kräftiger Melkerinnen schwebte Malchatun jubelumbraust empor.

War sie nun eine Königin oder nicht? – Sie sei es, war ihre eigene Meinung, und kein Mensch auf der Festwiese von Seraidschik dachte anders.

Besser würde man sagen: Fast kein Mensch auf der Festwiese dachte anders.

Denn daß es einen so noblen Herrn wie den Kapidschi Belgutai aus Konia befriedigen solle, eine Frauensperson von andern ebenso entarteten Frauen durch eine kreischende, wild gewordene Menge, durch einen Wald fuchtelnder Arme getragen zu sehen – das konnte, bei Allah, niemand von ihm verlangen. Denn immerhin hatte Belgutai, obwohl ein Mongole, sich wie viele andere unter dem Ilkhan Achmed zur reinen Lehre bekehrt und kannte sich in den Künsten und Wissenschaften weit besser aus als im Herdentrieb und der Fohlenzucht. Des alten Dündar Zustimmung aber war überhaupt durch nichts zu erringen. Wäre Malchatun im Hause geblieben, hätte es ihn verdrossen. Und nun sie auf der Festwiese erschienen war, grollte er ebenfalls. Daß sie und Osman nun gar in einer Weise gefeiert wurden, wie es ihm selbst nie widerfahren war, erregte seinen Zorn noch über Groll und Verdruß.

Doch so seien die Menschen heute nun einmal geworden, sagte er, als er sich mit dem Kapidschi in seine Jurte zurückzog: völlig verkommen und bar jeder Zucht. Zu seiner Zeit ...

Der Kapidschi Belgutai fühlte sich freilich dem äußeren Anschein nach ganz behaglich. Jedenfalls erfreute sich Dündar dieser Zuversicht, und beinahe wäre er der Versuchung erlegen, dem Gast einiges Wohlwollen zu bezeigen. So recht gelang ihm das allerdings nicht; aber Belgutai war – was Dündar nicht wissen konnte – in Geschäften hier, und so kam es auf Gefallen oder Mißfallen nicht an. Er hatte Dündar zu ertragen, weil er sich seiner noch zu bedienen hoffte.

Der Kapidschi war nämlich nicht ganz das, was er zu sein schien. Mit seiner Eigenschaft als Sultan Alaeddins Kämmerer hatte es wohl seine Richtigkeit. Er war es der Bestallung und der Funktion nach. Wie viele mongolische Moslemin hatte er gern eine Berufung ins Ausland angenommen, um den ersten Stürmen einer Wiederherstellung der alten Väterreligion unter dem jetzt regierenden Ilkhan Argun zu entgehen. Doch den Umstand, daß der Eunuch Schermugan und nicht er, Belgutai, Sultan Alaeddins Wesir geworden war, konnte der ehrgeizige Mann nur als bedauerlichen Mißgriff betrachten, und daß Schermugan außerdem auch noch Barvannah, offizieller Resident und Vertrauensmann des mongolischen Hofes zu Täbris sein sollte, schien ihm vollends jedes vernünftige Maß zu übersteigen. In dieses Zuviel an Würde hatte Belgutai sich denn auch eingehakt, und tatsächlich war kaum zu leugnen, daß Schermugan weit mehr Sultan Alaeddins Wesir als Ilkhan Arguns Barvannah sei. Es war eine Zeit der Auflösung. Nicht nur das weströmische Imperium der Deutschen, Byzanz, die ikonische Pforte kämpften um ihre Selbstbehauptung – auch die Macht der Mongolen schwand dahin, und vor allen Nachfolgeherrschaften des Dschingis war es die der persischen Ilkhane, deren Bestand gefährdet war. Allerdings hatten Alaeddin und Schermugan die Zeitmaße des Verfalls vielleicht ein wenig überschätzt. Zwar konnte die mongolische Oberhoheit über das seldschukische Reich nicht mehr mit der selbstverständlichen Despotie von ehedem geltend gemacht werden; darum war aber Ilkhan Argun keineswegs geneigt, sie stillschweigend aufzugeben und sich mit einigen Ehrenvorrechten abspeisen zu lassen. Statt eines Barvannah, der es nur noch dem Namen nach war, ließ er sich daher gern einen geheimen, dafür aber um so wirksameren Vertreter seiner Interessen in Konia gefallen, und der war – Moslem oder nicht – der Mongole Belgutai, Alaeddins Kämmerer und Stellvertreter bei Osmans Hochzeit mit Malchatun. Der Ilkhan brauchte Männer wie Belgutai. Er konnte weder wünschen, daß sein Vasallenstaat von Byzanz überrannt wurde, noch daß dieser Staat sich mehr von seiner Schwäche erhole, als zur Abwehr der Byzantiner gerade nötig sei. Natürlich sollte Alaeddin den Basileus schlagen. Damit war Ilkhan Argun einverstanden. Er hatte sogar einige Mittel zu dem erwarteten Feldzug beigesteuert. Daß der junge Sultan dabei nicht zu stark werde – das zu verhindern war die Aufgabe von Leuten wie Belgutai. Für Osman dagegen war es beim Ilkhan keine Empfehlung, eine von Alaeddins zuverlässigsten Stützen zu sein.

Von der Doppelrolle seines Gastes konnte der alte Dündar freilich nichts wissen. Belgutai hätte seinen Turban verbrannt, wenn ihm ein Zweifel aufgestiegen wäre, ob seine Gedanken nicht etwa in ihn eingedrungen sein könnten. Wenn das Geringste ruchbar geworden wäre, hätte nur schnellste Flucht nach Persien sein Leben gerettet. In solchen Dingen verstand Alaeddin keinen Spaß und Schermugan erst recht nicht. Noch allerdings war es nicht soweit, und nach Belgutais Vermeinen werde es auch nie dahin kommen. Mit gekreuzten Beinen saß er Dündar friedlich gegenüber, und ein Sonnenstrahl, der sich durch den Zeltvorhang gestohlen hatte, ließ sein scharlachenes Gewand prunkvoll erglühen.

In bezug auf Schmeicheleien glaubte der erfahrene Hofmann sich dem Alten gegenüber keine Einschränkung auferlegen zu müssen.

«Wenn es mir gestattet sein sollte», begann er, «Suleiman

Schahs großen Sohn als meinen höchstzuverehrenden väterlichen Freund zu betrachten ...?»

Dündar gestattete es.

«Die Menge schien mir freudig bewegt und voll Zustimmung für die Neuvermählten ...?» verlockte der Kapidschi seinen väterlichen Freund zum Widerspruch.

«Blendwerk! Strohfeuer!» krächzte Dündar denn auch sofort. «Kindisches Geschrei dummer Jungen, das verstummt, sobald der erste kalte Wind pfeift.»

«So verstand ich also recht? Sie meinten, Ehrwürdiger, daß ihres Neffen Macht nicht gerade hoch zu veranschlagen sei?»

«Hoch? Überhaupt nicht. Bläht sich des Wunderns groß auf, weil er endlich die Priesterstochter bekam. Hat lange genug gedauert. Denn Edebali hat sie, unverschämt, wie er ist, das erstemal meinem Neffen verweigert. Vor zwei Jahren geschah das. Und nun gebärdet sich meines Bruders Sohn, als sei dem ganzen Stamme Heil widerfahren. Eine Schande!»

«Wie denn, Höchstedler?» spielte Belgutai den Verwunderten. «Verschmäht von einem geringen Priester – ein Dündaroghlu?»

«Sie nennen sich Ertoghruloghli«, erboste sich Dündar, «und es ist freilich wahr, daß mein Bruder noch lebt.»

«Und Ertoghrul bewilligte die Heirat trotz der dem Stamm widerfahrenen Schmach?»

«Mein Bruder war nie der Klügste. Und jetzt ist er älter, als uns guttut», meinte Dündar, obwohl er selbst dem Häuptling an Jahren nur wenig nachstand.

«Aber Osman ...?» stachelte Belgutai.

«Osman ...!» Man konnte Verachtung nicht besser ausdrücken, als Dündar sie in den Ton legte, mit dem er den Namen aussprach. Worauf er sich dann noch sehr abschätzig über den Sieg bei Agridsche und den Zug gegen Ketel ausließ, um sich zuletzt endlos über die Schlappe im Paß Ermenibeli zu verbreiten, die seinem Großneffen Baichodscha das Leben gekostet habe.

Immerhin hatte Belgutai genug gesehen, um zu erkennen, daß Osmans Streitkräfte gegenwärtig einen recht beachtlichen Zuwachs für Sultan Alaeddins Kriegsmacht bedeuteten; aber zugleich zeigten ihm Dündars Scheltreden – soviel er auch als Übertreibung ansah –, wie schwankend die Grundlage von Osmans Macht sei. Austrieb, Herbstarbeiten, Beunruhigung der Herden durch räuberische Nomaden oder feindliche Burgherren – jedes solcher Ereignisse würde eine große Anzahl seiner Leute vorübergehend oder dauernd abziehen, zumal dann, wenn nicht unmittelbar auf Beute zu hoffen sei. Hier habe er, Belgutai, also den Hebel anzusetzen, um auch auf dem Umweg über Osman Alaeddins Machtmittel zu beeinflussen. Nicht der einzige sei Osman, aber auch keineswegs der Geringste, den er auf diese oder ähnliche Weise in die Hand bekommen würde. Und in die Hand bekommen würde er Osman, war Belgutai überzeugt, und dazu gedenke er sich dieses mißgünstigen alten Mannes zu bedienen.

«Daß Sarujati fallen mußte!» rief Dündar gerade, obwohl er gegen einen lebenden Sarujati gewiß nicht weniger gewettert hätte als jetzt gegen jeden andern seiner Neffen. «Ghundus ist ein Tropf, und Osman ist ein Verderber. Meine Söhne, Kapidschi, hätten nicht sterben dürfen! Was der Sultan – langes Leben ihm! – an Osman findet, verstehe ich nicht. Zuviel Ehre, daß die Hoheit Sie schickte, und vergeblich!»

«Nicht so ganz, Ehrwürdiger!» widersprach Belgutai. «Habe ich, unter den Sultansdienern der niedrigste, nicht das Glück, mit Ihnen, Überallhöchstzuverehrender, in diesem Zelt zu sitzen und Weisheiten zu vernehmen, die meinem höchsten Herrn ebenso willkommen wie notwendig sein werden?»

«Meinst du wirklich, Kapidschi, der Sultan werde ...?»

«Zuverlässig! Wozu wäre ich hier? Die Wahrheit zu erfahren, bin ich hier, und die Wahrheit heißt Dündar und nicht Osman.»

In einem war Dündar glücklich: daß ihm nicht jede Hoffnung gestorben war. Mit seinem Bruder war er so alt geworden, daß man, wenn von sehr alten Männern gesprochen wurde, auch seinen Namen nannte, und wenn er zuletzt die Hoffnung aufgegeben hatte, den Bruder zu verdrängen, so war ihm doch die andere geblieben, ihn wenigstens zu beerben. Dündar dachte immer nur an die Macht und hatte darum keine Zeit, an den Tod zu denken. Er sah sich erhöht und am Ziel, nicht nur als Grenzhauptmann, sondern als Sultansgenosse!

«Ich bin Suleiman Schahs Sohn», sagte Dündar.

«Suleimans, eines Herrn über Fünfzigtausend», bestätigte Belgutai mit einer kleinen Übertreibung. «Ein Hochgeborener sind Sie, Ehrwürdigster. Wer bin ich? – Ich bin nur ein Bote. Aber ein Bote kann reden, und Sultan Alaeddin wird hören, was ihm zu wissen not tut.»

Und dann sagte er, was er von Dündar erwarte.

XXIII

Monate waren vergangen. Nicht mehr mit dem Kapidschi sprach Dündar, sondern mit Alaeddin selbst.

«Vortrefflich», dankte der Sultan, als Dündar geendet hatte.

Soweit er das zu sein vermochte, war der Alte recht zufrieden – vor allem natürlich mit sich selbst. Auch brauchte er nun nicht mehr bei jedem Schritt über den Neffen zu stolpern, war seine Meinung. Osman lag nämlich immer noch vor Karadschahissar, dessen Belagerung der Sultan mit ihm gemeinsam begonnen hatte. Als dann aber Eilboten die erwartete Landung byzantinischer Truppen gemeldet hatten, war es mit der Machtentfaltung vor der Burg der Mazaris vorbei gewesen. Alaeddin hatte, um sie dem Feinde entgegenzuwerfen, seine regulären und irregulären Streitkräfte sofort abgezogen. Sogar an hundert türkische Akindschi hatte Osman ihm für die Aufklärung überlassen müssen, und die waren Dündar unterstellt worden, die seinerseits ebenfalls einige Verstärkungen herangeführt hatte. Keine schlechte Anordnung war das gewesen. Der Alte hatte gezeigt, daß er immer noch die türkische Taktik beherrschte, einem Feinde sich unbemerkt nähern und ihn tagelang ungesehen begleiten zu können.

Alle großen Karawanenstraßen, die allein ein müheloses Vorrücken der beiderseitigen Streitkräfte ermöglicht hätten, überquerten den Tumanidsch und Ermeni. Indem Alaeddin deren Pässe nur ganz schwach besetzt hatte und unter südwestlicher Umgehung der beiden Gebirge in den weglosen Raum zwischen ihnen und dem Fluß Adranos gestoßen war, hatte er sich in eine große Gefahr begeben. Er war das Wagnis nur eingegangen, weil nach seiner Meinung aus der Wahl des Landungsplatzes auf die Absicht des Gegners geschlossen werden müsse, ohne Widerstand zu finden, durch eben diesen weglosen Raum direkt auf den Pursuk vorzustoßen. Für den schlimmen Fall eines Irrtums aber war Osman vor Alaeddin die Rolle zugedacht, durch opfervolle Kämpfe, deren Ausgang kaum zweifelhaft sein konnte, den Feind so lange aufzuhalten und zu beunruhigen, bis die Hauptmacht zur Stelle sein würde.

Dieser schlimme Fall war jedoch nicht eingetreten, sondern alles so gekommen, wie der Sultan es vorher berechnet hatte.

Nicht ganz einen Tagesmarsch voraus am Abullonia Göl, dem See Apollons, befand sich – so lautete Dündars Bericht – das Lager der Byzantiner. Eine beglückende Botschaft! Und die ermutigte Dündar, der den eigenen Erfolg keineswegs zu unterschätzen geneigt war, den Kriegsherrn um ein Gespräch anzugehen.

Die Bitte wurde gewährt, und während der Alte zur Linken seines Fürsten ritt, achtete er wohl darauf, daß sein Pferd stets mindestens eines halben Kopfes Länge hinter dem der Hoheit blieb, wie er auch stumm verharrte, bis der junge Sultan ihm durch gnädige Ansprache den Mund entsiegelte.

Je weniger Alaeddin diesen höfischen Anstand bei dem

alten Griesgram erwartet hatte, um so wohlgefälliger nahm er ihn wahr.

«Sie sind dessen gewiß, daß der Kern der Gegner Turkopolen sind?» begann er voll Huld.

«Turkopolen und tatarische Hilfstruppen, Hoheit.»

«Keine byzantinischen Palasttruppen, keine Garden?» vergewisserte sich Alaeddin, und da er bedachte, daß Dündar vielleicht nie etwas so Prächtiges wie byzantinische Garden zu Gesicht bekommen habe, fügte er noch hinzu: «Leute mit vergoldeten Panzern und Helmen, keine Doppeläxte?»

«Nichts dergleichen, mein Sultan.»

«Nun, wir werden mit ihnen fertig werden, was sie auch sein mögen», meinte der Herrscher nach einigem Nachdenken. Bei Anwesenheit kaiserlicher Garden hätten, das wußte er, die zuständigen Hofwürdenträger den Befehl führen müssen, und das wäre ihm lieber gewesen. «Jedenfalls freut es mich um Ihres Neffen Osman willen, daß Wir Uns nicht geirrt haben.»

Da er nicht daran zweifelte, daß Dündar von Osman reden wolle, so nannte er selbst den Namen. Und ob Seine Hoheit schon etwas über die Nachfolge Ertoghruls bestimmt habe, fragte Dündar denn auch.

Aber eine gute Aufklärungsarbeit war für Alaeddin noch kein Grund zu einer überstürzten Entscheidung.

«Vorläufig lebt Ertoghrul noch», lächelte er also. «Sollte es aber Allahs Wille sein – sein Name sei gepriesen …!»

«Amin …»

«… dem Helden die Freuden Seines Paradieses zu erschließen, so würden die Ertoghruler Unserer Hohen Pforte einen neuen Scheich vorzuschlagen haben.»

Da Dündar in bezug auf die Meinung in seinem Stamm ihm selbst gegenüber nicht völlig verblendet war, umwölkten diese Worte des Erhabenen seine Seele.

«Die Stimmen der Unbärtigen …», wollte er beginnen.

«Es ist der Brauch bei den freien Stämmen, von Unsern hohen Vorfahren bestätigt, daß jeder Waffenfähige zu

Worte komme. Aber nicht nur aus Unbärtigen besteht der Stamm.» Das war eine kleine Zurechtweisung.

«Auch Greise können wie Kinder sein», murrte Dündar dennoch. «Zudem dachte ich mehr an die Grenzhauptmannschaft.»

«Sagen Sie selbst, Vortrefflicher», erwiderte Alaeddin, «was Unserer Pforte wohl ein Grenzhauptmann frommen würde, der nicht zugleich Scheich Ihres gesegneten Stammes wäre?»

«Nun denn», stieß Dündar vor, «nächst Ertoghrul, meinem Bruder, bin ich der Älteste des Geschlechtes. Ein sichtbares Zeichen der Gnade Eurer überallhöchstzuverehrenden kaiserlichen Hoheit – und mein wäre, was mir gehört.»

Mit keinem Blick und selbst nicht mit der kleinsten Bewegung seiner Brauen verriet der Sultan, um wie vieles lieber ihm Osman als Grenzhauptmann sein würde.

Er gedachte jedoch der bevorstehenden Schlacht und wandte sich voll Herablassung dem Bittsteller zu, wobei er sich zugleich vornahm, seine letzten Befehle vor dem Zusammenstoß nicht nur dem Alten, sondern zur Sicherheit auch noch Konuralp einzuschärfen, den Osman vorsorglich seinem Kontingent beigegeben hatte.

«An welchen Beweis Unserer gnädigen Gesinnung denken Euer Vortrefflichkeit?»

«Karadschahissar ...»

Es war gesagt. Und in der Tat: wenn Dündar Karadschahissar besäße, das vielbesungene, würde er wahrscheinlich sogar Osman bei den Ertoghrulern ausstechen. Der Alte wisse genau, was er wolle, dachte Alaeddin.

«Karadschahissar wird von Osman belagert, von ihm selbst mit seinen eigenen Kräften und nicht auf Stammesbeschluß. Kann ich es ihm nehmen, wenn er es erobern und den Sturm überleben sollte?»

Wie weggewischt war alles Höfische von Dündar. «Nie wird der Unberatene Karadschahissar nehmen», rief er. «Nie!»

Als geradezu peinlich empfand Alaeddin diesen Ausbruch eines ungezügelten Hasses, und eine Weile hörte man nur die Laute des Marsches, das Knirschen von Leder und Pumpern der Hufe.

«Wir werden die Meinung eines so erfahrenen Mannes wie Euer Vortrefflichkeit gewiß nicht in den Wind schlagen», sagte er schließlich, «und wenn es soweit sein sollte, werden Wir nicht ermangeln, Uns Ihrer zu erinnern, mein Vater.»

«Nach dem Sieg?»

«Erst wäre zu siegen», wehrte sich der Fürst, und um eine Wiederaufnahme des Themas endgültig auszuschließen, fragte er noch nach einem kleinen Trupp, der nach Dündars Aussage zu den Byzantinern gestoßen sei.

«Nur wenige Leute, Erhabener», erklärte Dündar. «Sie kamen von Norden aus dem Gebirge. Aber sie hatten einen zu großen Vorsprung, und wenn nur einer entkommen wäre, hätte er unsere Nähe verraten. So jagten wir sie nicht.»

«Sie taten recht», beendete der Sultan das Gespräch und entließ den Alten mit einer leichten Bewegung seiner Rechten.

«Du vergißt ganz, daß ich deine Schwester bin, Taindschar!» sagte Daphne mit einem Schmollen, dem ein gutes Teil Furcht beigemischt war. «Ich klettere in der Tageshitze über diese schrecklichen Berge und friere nachts, daß es jedem Manne leid tun sollte, eine Dame in solche Ungelegenheiten gebracht zu haben, und nun wir endlich bei dir sind, überfällst du mich, halbtot wie ich bin, mit Vorwürfen ...»

«Schöne ‹Dame›!» grollte Taindschar ungerührt und fuhr fort, sein Zelt weit ausholenden Schrittes zu durchmessen.

«Taindschar ...!»

«Taindschar, Taindschar! Wann wirst du dir das abgewöhnen? Tachantschar heiße ich, Kir Tachantschar, Heteriarch des heiligsten Kaisers!»

Viel erhoffte Daphne angesichts dieser Feststellung nicht mehr von ihren Tränen. Aber etwas anderes, als sich laut aufschluchzend in die Kissen zu werfen, hatte sie nicht einzusetzen.

Immerhin gewann sie so viel damit, daß ihr Bruder vor dem bebenden Knäuel weiblicher Gliedmaßen stehenblieb.

«Ich sollte euch nackt aus dem Lager peitschen lassen, dich und deinen sauberen Mann!» schrie er sie an, ohne jedoch zuzuschlagen, was auch kein anderes Ergebnis gehabt hätte, weil sich aus dem Knäuel ohnedies schon ein lautes Geheul erhob. «Dann könntet ihr Gras fressen da draußen, ihr beide, und verrecken.»

Obwohl nur mittelgroß, erweckte Taindschar dennoch den Eindruck von Kraft und Geschmeidigkeit, und darüber, daß er die Peitsche zu führen verstehe, gab sich Daphne keinem Zweifel hin. Statt der hohen byzantinischen Haube bedeckte lediglich eine enganliegende Lederkappe sein Haar. In glatten schwarzen Strähnen fiel es ihm bis auf die Schultern. Ohne Schwert war er, doch ein Dolch hing ihm vom Gurt des kurzen, reichverschnürten Rockes, und dieses Dolches wegen war gar nichts gewonnen, als er die Peitsche jetzt fortwarf.

Zu Daphnes Glück tobte er seine Wut auf eine andere Weise aus. Er begnügte sich damit, der Schreienden die Kleider in Fetzen herunterzureißen. Denn im Grunde blieb ihm immer noch eine gewisse Schwäche für seine nichtsnutzige Schwester.

«Ich sag's der Mutter – ich sag's der Mutter!» kreischte die Gebeutelte.

Ganz unsinnig schien dieser Schrei. Doch so seltsam es sein mochte, so übte er doch eine gewisse Wirkung aus. Langsam dampfte die Wut von Taindschar, bis er schließlich sein Opfer wieder auf die Kissen warf.

«Mißbrauche nicht den Namen unserer Mutter», murrte er. «Die hätte dir den Hintern versohlt – wenn sie noch lebte.»

Dabei unterließ er es nicht, sich fromm zu bekreuzigen

und der Sicherheit halber auch noch im stillen den Schamanenzauber für die Seele der Dahingeschiedenen anzurufen. So genau wußte er es ja nicht, und auf keinen Fall wollte er etwas versäumen.– Die Muttergläubigkeit und das zähe Festhalten an allem, was mit ihm dem gleichen Schoß entsprossen war, machten eben eine der Stärken dieses Emporkömmlings aus. Trotz Streit und Zänkereien – und daran fehlte es nie – konnte Taindschar sich auf niemanden so verlassen wie auf seine Brüder und zuletzt auch auf Daphne. Daß er der Stärkste und Klügste sei, stand für sie fest. Sie prahlte mit ihm, sie hatte Angst vor ihm, und sie hätte ihn niemals verraten. Verraten nicht; aber ...

Der kleine Trupp, von dem Dündar seinem Fürsten berichtet hatte, war Daphnes und Manuels gewesen. Doch den Schwager hatte Taindschar überhaupt nicht vor sich gelassen, so daß Daphne es war, die seiner ersten Wut standhalten mußte. Der Schwager war etwas Angeheiratetes und gehörte nicht zur Familie.

«Zweihundertfünfzig meiner besten Leute habe ich dir als Mitgift gegeben», sagte Taindschar, «auf dich habe ich sie vereidigt. Wo sind sie? Ein paar haben sich zu mir zurückgefunden, und so weiß ich mehr, als dir lieb sein kann. Wo aber sind die andern? Beim Botoniates, der nicht hier ist? Wie? Oder vor Inöni gefallen, verlaufen, zweihundertfünfzig meiner tüchtigsten Jungens, und kein einziger der christlichen Herren, die ihr zusammenbringen solltet, ist zur Stelle!»

«Manuel...», versuchte Daphne einen schüchternen Einwand.

«Laß mich mit deinem Mann zufrieden! Gar nicht so ganz dumm ist der Mensch; aber seine Großmannssucht und seine Geilheit werden ihm stets ein Bein stellen. Schau dir deine Brüder an – sind auch keine Engel, die Lümmel – ich meine natürlich die andern –, doch zuverlässig sind sie, muß man schon sagen. Zuverlässig, meine Liebe.» Er beugte sich tief auf sie hinunter, die immer mehr in sich zusammenkroch. «Hätte ich auch von dir erwartet. Achtgeben solltest du auf deinen Manuel. Schön achtgegeben hast du! Mitgemacht hast du seine ganze Schweinerei und streunst jetzt wie eine läufige Hündin durch die Gegend, du, der eine göttlichste Kaiserin zur Hochzeit hat gratulieren lassen!»

Daphne hielt es für das beste, den Gewaltigen nicht zu unterbrechen. – Doch auch das schien wieder nicht das Richtige zu sein. «Sprich etwas», zürnte er von neuem. «Aber natürlich – jetzt kannst du dein Maul nicht aufmachen.»

«Ich hab' mir solche Mühe mit dem Asanes gegeben, ganz zuletzt noch ...», maulte Daphne nun doch.

«Mit dem David aus Jarhissar vielleicht», zeigte sich Taindschar unterrichtet. «Was soll mir der David? Auf den Salmenikos kommt es an.»

«Der Salmenikos ist ein Schuft!»

«Mächtig hineingelegt hat er euch», meinte dagegen Taindschar nicht ohne Anerkennung. «Einen Narren und eine Närrin habe ich geschickt, das hab' ich!»

«Das hast du doch alles nur von meinen Leuten», begehrte sie auf. «Einfach gemein finde ich es von ihnen, mich so bei dir zu verpetzen.»

«Deine Leute? – Merke dir: deswegen, weil ich sie dir zeitweilig überließ, bleiben sie einzig und allein doch meine Leute. Sei froh, daß es so ist. Sonst stände ich nicht da, wo ich jetzt stehe, nämlich im Begriff, mich zum Herrn von Bithynien zu machen. Wenn euer Verhalten meinen Anweisungen entsprochen hätte, so würden die christlichen Archonten diesseits und jenseits der Grenzen eine Angriffsbewegung den Pässen zu machen. Aber auch so wird Sultan Alaeddin auf keinen andern Gedanken kommen, als daß wir über den Tumanidsch durchbrechen wollen. Große Augen wird die Hoheit machen, wenn sie uns plötzlich weit in ihrem Rücken, in Kutahie oder gar in Konia, entdecken wird. Oder hast du etwas Besonderes bemerkt?»

Auch Daphne wußte es nicht anders. Der Asanes habe

Alaeddin nicht einen Mann über sein Kontingent hinaus zugeführt, da er seine Burgen gegen Taindschar verteidigen müsse, und aus der ähnlichen Erwägung, weil Taindschar ja ohnehin zu ihnen komme, seien der Botoniates und die andern byzantinisch Gesinnten zu Hause geblieben. Erst in Edrenos habe des Bruders Bote Daphne getroffen, und gar nicht mehr ausgekannt habe sie sich mit dessen Führung. Sie sei fast gewillt gewesen, den Boten als einen Verräter zu behandeln.

Nun wisse sie es ja, lachte Taindschar, sehr mit sich zufrieden, bei Daphnes Bericht. Dem Alaeddin möge die Zeit an den Pässen wohl lang werden. Ehe der etwas merke, habe er, Taindschar, längst Karadschahissar entsetzt.

Dennoch wollte er wissen – und zwar genau –, warum Daphne mit ihrem Auftrag gescheitert sei. Sie aber kannte des Bruders Verschlagenheit. Ihn geradezu anzulügen, wagte sie nicht. Und da auch ihm seine Schwester kein versiegeltes Buch war, hatte er zuletzt die Wahrheit so ziemlich beisammen.

«Auf so läppische Weise alles zu verlieren!» erboste er sich noch einmal. «Selbstverständlich hättet ihr die Belehnung der Pforte haben müssen – ich hatte es euch eingeschärft, es hätte euch alles erleichtert. Auf dem besten Wege wart ihr. Die Freundschaft mit diesem Osman zumal konnte euch die Geneigtheit der Stämme verschaffen. Auf ein paar Lügen hätte es gerade dir doch nicht ankommen dürfen! Und dann der Salmenikos, ein Mann, dessen Name im Hofregister von Byzanz steht – nichts hätte euch zuviel sein sollen, um euch mit ihm zu vergleichen. Und was tut ihr! Ihr verscherzt euch beide. Um was? Um ein Weibsstück, um die Tochter eines Bücherwurms und Augenverdrehers, eines Menschen von der allergefährlichsten Sorte!»

«Aber ich wußte doch nicht ...»

«So etwas hat man zu wissen! Habe ich euch wegen dieser Malchatun, oder wie man sie nennt, nach Bithynien geschickt? Alles habt ihr mit euren Hurereien verspielt, und wenn du jetzt wieder zu heulen anfängst, dann lege ich dich – das schwöre ich dir! – übers Knie und gebe dir doch noch die Peitsche, daß dir das Sitzen für lange Zeit schwerfallen soll! Du kennst mich.»

Hastig unterdrückte Daphne die bereits getroffenen Anstalten zu Geschrei und Tränenerguß. Ihr schauderte, weil sie an ihr durch die langen Ritte bereits schwer beeinträchtigtes Hinterteil dachte. Denn an Taindschars gutem Willen, seine Worte wahr zu machen, zweifelte sie keinen Augenblick, nicht einmal an seinem guten Recht. Das Kleid möge er ihr immerhin zerfetzen – das Kleid sei nicht die Haut. Auch verstand sie selbst nicht mehr, was sie an dieser Malchatun, der Urheberin ihres Unglücks, eigentlich so anziehend gefunden habe. Von all ihren Empfindungen für die einst so Begehrte war nichts mehr in ihr als ein Haß ohne jede Zärtlichkeit. – Scheu blickte sie zu ihrem Bruder auf.

«Du wirst mir helfen, Taindschar …?» bat sie mit einem Vertrauen, das ihm schmeicheln sollte, und dabei gebrauchte sie, um leichter zu ihm zu dringen, trotz des Verbots den verpönten Namen. «Nur noch dies eine Mal!»

Er faßte sie an den Schultern und zog sie zu sich hinauf.

«Und wenn ich nicht siege … oder falle …?»

«Taindschar!»

«… dann kannst du auf die Meza gehen – auf den Strich», schloß er, ungerührt von ihrem schwesterlichen Entsetzen. Aber wenn er etwa des Glaubens gewesen sein sollte, sie durch diese herbe Feststellung über Gebühr zu verletzen, so hatte er sich geirrt.

«Auch nicht das Schlimmste», meinte sie nach kurzem Besinnen. «Wenn eines dieser Mädchen nur schief angeguckt wird – gleich legen sich die Priester und Mönche ins Mittel, das weißt du doch selbst, und wenn man's geschickt anfängt, kriegt man zuletzt noch einen reichen Mann.»

Und damit hatte sie keineswegs unrecht. Seit der Zeit der Kaiserin Theodora, die in dieser Hinsicht eine gediegene Ausbildung genossen hatte, waren die öffentlichen Mädchen die verhätschelten Mündel der Kirche.

«Einen Mann?» fragte Taindschar, weil ihm nicht viel anderes mehr übrigblieb. «Ich denke, du hast bereits einen?»

«Manuel?» fuhr Daphne auf. «Den?! – Ich will ihn nicht mehr. Hörst du, Taindschar? Ich will ihn nicht mehr!»

«Sagt sich leicht», meinte Taindschar. «Aber nachher tut es dir leid um den Dicken, und dann könnte es zu spät sein, mein Kind.»

«Nie, nie, nie!» rief sie und stampfte eigensinnig mit dem Fuß auf. «Nie wird es mir leid tun!»

«Ich sage dir, du sollst dich vorsehen!» befahl er ihr schroff. «Deine Launen ein andermal. Heute bin ich nicht in der Stimmung.»

«Und ich sag' dir: schaff ihn mir vom Halse!» blieb Daphne unerbittlich. «Schaff ihn weg, Taindschar, ich hab ihn satt!»

«Wenn du etwa glaubst, daß ich über den Kontophres so begeistert sei ...», wurde Taindschar schwankend ...

«Taindschar», bat Daphne und wagte sich dicht an den Bruder heran. Lange sahen die Geschwister sich in die Augen. Es waren die Augen, die sprachen.

«Ernst?» fragte Taindschar.

«Ernst», sagte Daphne.

Ein Gongschlag, und bis Manuel vorgeführt wurde, kein Wort. Dann ließ der Heteriarch Seiner göttlichen Majestät seinem Gefangenen die Ketten abnehmen, und die drei waren allein.

Eine dröhnende Lache Manuels versuchte das eisige Schweigen zu brechen.

«So besonders schön finde ich den Witz gar nicht, Schwager ...»

«Kein Witz», durchschnitt Taindschar den Satz, um dann selbst fortzufahren: «Wie ich über Sie denke, Kir Manuel, brauche ich nicht mehr zu sagen. Auf meine Frage nach meinen zweihundertfünfzig Leuten wußten Sie keine Antwort. Um Ihnen eine neue Verlegenheit zu ersparen, will ich die Frage nicht wiederholen. Reden wir von etwas anderem.»

«Daphne ...», wandte sich Manuel an seine Frau.

Aber die ordnete nur mit einer Grimasse ihr Kleid, um anzudeuten, daß alles ausschließlich eine Angelegenheit Taindschars sei, über den sie im Augenblick keine Macht habe. Da ihr Bruder zugleich das Werben des Schwagers überhörte, war dessen Lage demnach so unangenehm wie nur möglich.

«Ich werde die Dinge wieder in Ordnung bringen müssen», sagte Taindschar. «Daß Sie Ihr Eskischehr verwirkt haben, werden Sie sich selbst sagen.»

«Aber Schwager», protestierte Manuel, «ich bin ein Kontophres! Seit Jahrhunderten haben wir ...»

«Verwirkt!» schrie ihn der andere an. «Mit keinem Fuß betreten Sie mehr die Stadt. Wenn ich erst siegreich in Bithynien stehe, werden die Archonten wohl zu ihrer Pflicht gegenüber der heiligen Majestät zurückfinden. Ich gedenke dann, Ihre Schwester Apollonia und damit die Asanes im Besitz zu bestätigen.»

«Aber Daphne ...», stammelte Manuel. «Denken Sie denn gar nicht an Daphne?»

«Meine Schwester lassen Sie meine Sorge sein. Ich werde sie mit Inöni entschädigen –»

«Ein Lausenest, dies Inöni!»

«Dann mag sie mit den Mazaris tauschen. Auf diese Weise bekäme sie Melangeia oder, wie ihr sagt, Karadschahissar. Daphne, mein Herr, nicht Sie. Ob meine Schwester Sie dann noch in ihre Stadt läßt, mag sie allein entscheiden.»

«So können Sie mich nicht behandeln», empörte sich Manuel. «Schließlich bin ich doch Daphnes Mann. Daran können Sie nichts ändern.»

«Ich könnte ... vieles», unterdrückte Taindschar einen neuen Ausbruch. «Unter anderem könnte ich Sie ... aufknüpfen. Aber ich will dem Mann meiner Schwester», fuhr er schnell fort, «noch einmal Gelegenheit geben. Für Ihre Überwachung wird gesorgt sein, wenn Sie den Feldzug bei meiner Vorhut mitmachen.»

«Beim verlorenen Haufen? Fällt mir gar nicht ein!»

«Sie werden! Dieses Mal wirst du mir nicht davonlaufen wie bei Inöni. Vergiß nicht, daß ich Bogenschützen habe, die dein Pferd mit Pfeilen spicken können. Und dich lasse ich ins Feuer werfen, bis du darin im eigenen Fette schmorst wie der Krebs in der Schale!»

Manuel erkannte den Ernst und wurde blaß bis in die Lippen. Ein neuer Gongschlag beendete die Audienz.

Wie des Kontophres Zustand aber auch sein mochte, daß ein Unabänderliches im Zelt gewesen war, hatte er nicht bemerkt. Anders Daphne. Ihr war es, als habe statt eines großen, dicken Mannes ein Gerippe das Zelt verlassen. Sie kannte den Bruder, und der wußte das.

«Ich bin der ganzen Sache hier überdrüssig, Taindschar», brach Daphne das Schweigen, wobei sie an ihrem Bruder vorbeiblickte. «Laß mich wieder nach Konstantinopel, hörst du?»

Taindschar blieb kühl.

«Eine Frau braucht nicht als Dame geboren zu sein, um eine zu werden», meinte er sachlich und ohne die geringste Spur seines Zornes, der längst verraucht schien. «Du hast es nicht geschafft, und so kann ich dich in Konstantinopel nicht gebrauchen.»

«Ich soll also wirklich ...?»

«Hierbleiben, hier in Bithynien. Du mußt das verstehen, Turkan», beschwichtigte er sie. «Trotz allem, was vorgegangen ist, will ich es noch einmal mit dir versuchen. Inzwischen wirst du wohl gelernt haben, daß Macht auch den, der sie hat, gefährdet, wenn er sich ihrer überhebt.»

Daphne kannte die Zwecklosigkeit eines Widerspruchs. Wenn Taindschar so wie jetzt sprach, war er nichts als das Familienoberhaupt, dem sich alles zu fügen hatte. Und nicht einmal ungern duckte sich Daphne. Es war wie das Kriechen eines verlaufenen Kükens unter schirmende Flügel, zurück in die Brutwärme der Familie. Daß aber ihre Dazugehörigkeit ihm so selbstverständlich erschien, gab ihr mit der Sicherheit auch die Frechheit zurück.

«Natürlich!» begehrte sie auf. «Ich soll hier versauern, und wenn ich dann Dummheiten mache, wunderst du dich. Im Grunde bist ganz allein du an allem schuld.»

Sie sagte noch einiges, bis sie empört wahrnahm, daß er gar nicht hinhörte. Schon ganz als Sieger fühlte er sich, und zweierlei sei nötig, dachte er: die angestammten Herren durcheinanderzuwirbeln und sie durch Verpflanzung ihrer allzu starken Verwurzelung zu berauben, zugleich aber auch die Gegner von heute mit Byzanz zu versöhnen. Und zu diesen Gegnern gehöre vor allem Osman, Türke wie er, Taindschar, selbst. Taindschar sah nicht ein, warum man aus den Ertoghrulern nicht ebenfalls Turkopolen machen könne. Es komme nur auf den Preis an. Osman brauche Karadschahissar und ...

«Ich werde dir einen andern Mann geben müssen», sagte er laut.

«Aber ansehen darf ich ihn doch vorher?» war alles, was Daphne erwiderte.

«Wozu?» winkte er ab. «Ich gebe dir, wie ich schon sagte, Karadschahissar und dazu einen Mazaris, wenn einer übrigbleiben sollte ... oder auch ... Wie denkst du über Osman?»

«Dann lieber Osman!» erklärte sie, ohne auch nur eine einzige Bemerkung daran zu verschwenden, daß der Erkorene ebenfalls schon verheiratet sei. «Ich meine, Osman ...»

«Er müßte sich taufen lassen», sagte Taindschar kurz, und dabei schloß seine Rechte sich um eine Geierkralle, ein altes Schamanen-Amulett, das er niemals von seiner Brust ließ.

Am andern Morgen begab es sich, daß eine wütende Biene in den ritterlichen Topfhelm des Kir Manuel Kontophres geriet. Soweit es die Biene anging, handelte es sich dabei um einen sehr begreiflichen Vorgang.

Der Haufe, bei dem sich Kir Manuel sehr gegen seinen Willen befand, war gerade im Begriff gewesen, aus der Hochebene ins Gebirge einzudringen, als er in dieser entvölkerten Gegend wider Erwarten auf einen Mann gestoßen war, der nicht vor dem kriegerischen Unwesen die Flucht ergriffen hatte. Offenbar war dieser Mann ein Imker, jedenfalls hatte er sich mit Hilfe einer Leiter und eines Sackes bemüht, einen Bienenschwarm einzufangen – ein Umstand, dem von Taindschars Soldaten nicht die nötige Rücksicht gezollt worden war. Ohne das Ergebnis der imkerischen Bemühungen abzuwarten, hatten sie sich kurzerhand des Mannes als eines erwünschten Führers versichern wollen.

Nun lag die Leiter am Boden, der fleißige Imker nicht weit davon, während der Sack im Geäst hing und der Bienenschwarm auseinandergestoben war.

Sowohl für die Biene wie für Kir Manuel wäre es besser gewesen, wenn sie sich trotz allem vertragen hätten. Leider hatten beide zuviel Furcht voreinander. So stach die Biene, was ihr den Tod, Kir Manuel aber einen heftigen Schmerz eintrug. Mit einem Fluch riß der Gestochene den Helm herunter. – Und dies war der Augenblick, da der Archont das stählerne Gehäuse auch schon wieder fallen ließ, um mit den Händen an seine Kehle zu greifen.

Allerdings zu spät. Der Pfeil, den der Helm abgewehrt hätte, stak bereits in der Kehle. Röchelnd rasselte der Schwergewaffnete in die blühende Wiese.

Auf diese Weise verlor Kir Manuel aus derselben Ursache und zu gleicher Zeit mit der Biene sein Leben.

Der Pfeil freilich war kein byzantinischer, und mit Manuels Schwager Taindschar hatte er nichts zu tun. Er war ein seldschukischer Pfeil.

Durch den überraschenden Angriff der ikonischen Streitkräfte wurde die byzantinische Vorhut in die Hochebene zurückgeworfen. Zusammen mit den Flüchtigen stießen die Angreifer mit Taindschars Hauptmacht zusammen. Aber noch Stunden dauerte die Schlacht, ehe das Heer des Basileus nach Taindschars Tod völlig vernichtet war. Von einem christlichen Angriff hatte die Pforte von Ikonium nichts mehr zu fürchten. Groß war Sultan Alaeddins Sieg.

XXIV

Einunddreißig – mit ihm selbst zweiunddreißig Reiter waren es, die Ghundusalp seinem Bruder zuführte. Denn immer noch lag Osman vor Karadschahissar.

Von Inöni ab hatten die Reiter keine richtige Straße mehr unter den Hufen gehabt, weder die südöstliche nach Kutahie noch die nordöstliche nach Eskischehr. Sie hatten den Saumpfad gewählt, nicht viel mehr als einen Fußsteig, der von Inöni zum Pursuk hinunter führte. Nun aber brauchten sie nicht mehr hintereinander zu reiten. Jetzt hatten sie die Ebene erreicht, jetzt lagen der Fluß und, am jenseitigen Ufer ansteigend, Karadschahissar vor ihnen. Und da sahen sie dasselbe, was die Belagerten auf den Mauern der Festung sahen und sehen sollten:

Männer mit umwickelten Beinen und zerfetzten Hemden liefen vom Fluß her auf die Ögi-Berge und damit gerade auf die ankommenden Reiter zu. Wie gehetzt rannten sie, wie ums Leben, und doch waren weder Reiter noch Hunde hinter ihnen her. Denn die am Fluß Verharrenden hielten ihre kleinen, zähen Pferde fest im Zügel und sandten den Läufern nur Gelächter und Spottworte nach, die dem Leib nichts anhaben konnten.

Etwas anders wurde es freilich, als ein emporgehobener Säbel plötzlich in der Sonne zu blinken begann. Einen Augenblick blieb das Funkeln in der Luft hängen – dann senkte sich der Säbel, und nun begann mit Gejohl eine Verfolgung, deren Ergebnis nicht zweifelhaft war: ein Wettrennen zwischen Männer- und Pferdebeinen. Schon wurden die Flüchtigen erreicht und sanken unter den blanken Klingen zu Boden, die Gäule über sie hin, immer weiter, der nächste und noch einer ... eine blutige Spur hinterließ dieser grausame Ritt.

Die Zweiunddreißig sahen es mit Staunen, das sich erst in Beifallsgeschrei löste, als Osman auf tänzelndem Roß zum Willkommen ihnen entgegenkam.

«Mehr konnte ich nicht auftreiben», wollte Ghundus

nach der ersten Begrüßung im Hinblick auf sein geringes Gefolge beginnen.

Doch Osman unterbrach ihn.

«Wart, bis wir im Zelt sind», bat er.

Ein Hin und Wider war über zwei der Verfolgten entstanden. Auf ihren Beinen hatten sie sich zu den Ghundusleuten durchgekämpft. Mehr im Scherz als im Ernst verweigerten die Neuangekommenen nun die Auslieferung der Gehetzten. Was geschehen solle, wurde Osman gefragt.

«Sollen wir sie hängen oder nur auspeitschen?» fragte Konur und gab damit der allgemeinen Ansicht Ausdruck, daß ein so wackeres Verhalten im Dauerlauf eine kleine Bevorzugung der Verurteilten verdiene.

«Laß sie laufen», entschied aber Osman, «damit sie erzählen können, wie es Leuten ergehe, die Lebensmittel nach Karadschahissar hineinschmuggeln wollen.»

Und dann gab er noch einen Befehl, den Ghundus nicht gleich verstand.

Bis jedoch Osman den Vorhang seiner Jurte hob, fragte dessen Bruder nichts mehr.

«Seltsame Spiele treibt ihr hier», meinte Ghundus nun, «habt ihr keine andere Arbeit für eure Pferde?»

«Arbeit genug», gab Osman zurück. «Glaubst du, mir macht es Spaß, Männer zu Tode zu hetzen? Aber wenn ich es nicht tue, haben die Mazarisleute in Karadschahissar morgen mehr zu essen als wir im Lager. Mit dreißig kommst du? Wenn du dreihundert gebracht hättest, wären es noch zuwenig gewesen.»

«Es hat schwer genug gehalten, nur die dreißig zu bekommen», murrte Ghundus. «Dündar ...»

«Und unser Vater?»

«Er gibt dir die Schuld am Tod unseres Bruders Sarujati.»

«Dündars Werk.»

«Jawohl, sein Werk. Aber seit der Schlacht auf der Ebene hat er einen großen Namen im Stamm. Aus den gegerbten Hoden der gefallenen Feinde hat er sich ein Zelt fertigen lassen. Damit hat er Eindruck gemacht! Sie sprechen nur noch von der Schlacht auf dem Hodenfeld. Es ist überhaupt besser, Osman, du weißt, wie es ist. Unsere Männer haben Beute gemacht nach dieser Schlacht, und jetzt glauben sie genug zu haben. Auch sind die Herden auf den Almen. An Karadschahissar denken sie nicht. Dündar hat ihnen gesagt, das sei doch nur für den Sultan, und wir würden es niemals haben, höchstens durch ihn, Dündar, selbst.»

«Ich werde es haben!»

«Es scheint dennoch nicht gut zu stehen, Osman? Sechsmal und mehr müssen meine Leute auf Umwegen zurück, um immer von neuem Einzug zu halten? Was bedeutet das?»

«Daß sie uns in der Stadt für stärker halten sollen, als wir sind. Und dann: Hast du das große Zelt nicht gesehen? Die Exzellenz des Wesirs ist im Lager.»

«Hilfe vom Sultan?»

«Hilfe vom Teufel!» knirschte Osman. «In einem hat Dündar recht: Wenn Sultan Alaeddins Truppen Karadschahissar nehmen, werden wir es nie haben. Von meinen hundert Mann, die ich der Hoheit lieh, sind mir ein Dutzend zurückgekehrt.»

«Die andern sind, soweit sie noch leben, bei den Herden. Was willst du, Osman? Alaeddin ist nicht viel besser dran. Gegen die Byzantiner, ja, das ging die Bege an, Großemire und keine kleinen Leute wie wir. Aber stark werden lassen möchten sie deswegen den Sultan nicht, die schon gar nicht! Was sie haben, haben sie und wollen sie behalten.»

«Was sollen mir die Fürsten!» rief Osman. «Der Stamm ist es, den ich brauche, unser eigener. Wenn ich den habe, laufen mir die andern auch zu, Türken und Turkmanen.»

«Dann mußt du eben nach Sögüd. Nichts anderes kann dir noch helfen.»

«Nicht für eine Stunde verlasse ich hier meinen Platz.»

«Du mußt, Osman. Es hängt alles vom Stamm ab. Du sagst es selbst.» – Osman antwortete nicht. Er zog für den Besuch im Zelt des Wesirs seinen Ehrenkursk an und überlegte.

«Hast du ...», tastete Ghundus sich vorsichtig an den Bruder heran, «... hast du einmal mit Malchatun gesprochen? Ich meine, in Inöni saßen wir auch im Dreck, und da ...»

«Malchatun ...», kam es von Osman, als seien dessen Gedanken weit weg, «– Malchatun ist gar nicht im Lager ...»

Nein, Malchatun sei nicht im Lager, dachte auch Schermugan.

Bis Kutahie war Sultan Alaeddin zurückgegangen, um dort abwartend stehenzubleiben.

Im Oberen Schloß des Beys von Kermian war es denn auch gewesen. Ein Bote Osmans war erschienen und hatte sich dringend um eine Audienz beim Sultan bemüht – beim Sultan und nicht nur beim Wesir. Zu anderen Zeiten wäre das Audienzbegehren zweifellos abgelehnt worden; aber die Folgen des Sieges über die Byzantiner hatten nicht in allem den Hoffnungen der Pforte entsprochen: Kaum war die unmittelbare Bedrohung beseitigt gewesen – da hatten die fürstlichen Vasallen schon an Abzug gedacht. Und weil sie sich den Urlaub sonst selbst genommen hätten, war es Alaeddin besser erschienen, ihn den Ungeduldigen dem Anschein nach freiwillig zu gewähren.

Der einzige, der noch im Felde stand, und zwar gegen aufsässige Untertanen, war der Nomade Osman, und das war auch der Grund gewesen, warum die Hoheit einen Boten dieses Mannes von bescheidenem Ansehen und einer so fragwürdigen Macht persönlich empfangen hatte. Freilich ganz insgeheim. Die Ehren eines öffentlichen Empfanges waren gar nicht erst erwogen und auch nicht erbeten worden. Ausdrücklich um eine geheime Audienz hatte der Unterhändler gebeten.

Dieser Unterhändler war nun wohl in weißer Kappe, mit umwickelten Beinen und überhaupt in der Kleidung eines türkischen Hirten erschienen, in Wirklichkeit aber Malchatun Hanum gewesen. Schon in seiner Eigenschaft als Eunuch hatte Schermugan die Verkleidung sofort durchschaut und den Sultan darauf aufmerksam machen können. – Ob Osman denn keinen Mann zu schicken gehabt habe, hatte sich Alaeddin daraufhin erkundigt.

Die Antwort war kurz und bündig gewesen: Vor Karadschahissar sei kein Mann zu entbehren.

Hierauf hatte Alaeddin freilich nichts zu erwidern gewußt, und erst war eine Pause vieldeutigen Schweigens verstrichen, ehe er seine Hand, mehr bezwungen als willig, der Dame zum Kuß überlassen hatte.

Freilich habe Osman keinen besseren Unterhändler schicken können, dachte Schermugan, während er in der Erwartung von dessen Besuch unruhig in seinem Zelt auf und ab ging. Auch sei er nur Malchatuns wegen gekommen, um sich in eigener Person vom Stand der Angelegenheiten vor Karadschahissar zu überzeugen.

Und nun sei sie nicht da …? grübelte er.

Schermugan war kein gewöhnlicher Mensch, den die Ehren seines Amtes zu befriedigen vermochten, geschweige ein Wohlleben, dessen er auch in bescheideneren Verhältnissen hätte gewiß sein können. Dafür war er inbrünstig von der Möglichkeit des einen überzeugt, über Menschen und Menschheit Macht zu gewinnen, und diese Macht in seine eigene Hand zu bekommen, war Schermugans Besessenheit.

Keineswegs jedoch erblickte er im großen Eroberer diesen einen. Weniger als Treiber und mehr als Getriebener, gleichsam Geschleuderter erschien ihm der Eroberermensch – auf die schaumgekrönte Woge geschleudert, die sich immer wieder, wenn ihre Zeit erfüllt sei, hebe und stets dem gleichen, nie erreichten Ziele zustrebe: dem ewigen Frieden der Völker.

Trotz ausgemordeter Städte sah er in einem Manne wie Dschingis den Friedensbringer, wie ja der tatarische Friede von der Wolga bis zu den Küsten Chinas in einer Vollkommenheit wie nie zuvor auf der Erde wirklich bestanden habe und zum Teil noch bestehe. Nur durch seine Begrenzung sei dieser Friede – so schier unermeßlich sich sein

Bereich auch erstrecke – ernstlich gefährdet, war Schermugans Meinung. Auf die Woge aber folge das Wellental, und nun sei man im Tal, im allertiefsten.

Fast nur noch dem Namen nach bestand freilich das große Reich des Dschingis, und zugleich mit ihm war auch das der persischen Ilkhane geschwächt. «Bruder der Sonne und des Basileus» hatten sich die alten Großkönige Persiens genannt. Was aber war übriggeblieben von dem so beispielhaften Reich der oströmischen Basileen gegen Abend und Morgen – was von den überaus bescheidenen Ansätzen zu einem weströmischen Imperium der Ottonen und Hohenstaufen? Zersplitterung und das Emporkommen zahlloser kleiner und kleinster Tyrannen war dem Absinken der Großreiche oder – wie Schermugan es ansah – dem Scheitern des tatarischen Weltfriedens gefolgt.

Doch auf das Tal müsse die neue Woge kommen, rechnete der Eunuch. Und da er die äußerste Tiefe erreicht glaubte, vermeinte er auch schon die ersten Anzeichen einer neuen Erhebung zu spüren. Sich selbst aber hielt er für einen zu großen Rechner, um als Geschleuderter ungelenkten Kräften zu dienen. Seine Süchte zielten nicht nach der Rolle eines Dschingis, sondern nach der von dessen chinesischem Minister, der arm gestorben wie er gelebt, die ungefügen Blöcke, von Dschingis gehäuft, erst zum Bau gefügt und dem Bau die Ordnung eingehaucht habe. So aufrichtig Schermugans Religiosität auch war, so wurzelte sie doch im Politischen. Hätte er an eine Erneuerung und eine Verjüngung von Byzanz zu glauben vermocht, so wäre er Christ geblieben.

Schermugan glaubte nicht an Byzanz und ebensowenig an die Mongolen des Dschingis, die ihre Kräfte nach seiner Meinung in Bruderkriegen schon verausgabt hatten. Er hoffte auf die Söhne Seldschuks und mehr noch auf deren Verwandte, turkmanische und türkische Hirten, die den Völkerstürmen jeweils ausgewichen waren und sich niemals geistig unterworfen, sondern in ihren einfachen Verhältnissen jung erhalten hatten.

Diese Gedanken leiteten Schermugan beim Größten wie beim Kleinsten, und innerhalb seiner unmittelbaren Aufgaben war die Ordnung der Grenze keineswegs das Allerkleinste.

Nach dem Besuch des Salmenikos in Konia war Schermugan bei Alaeddin für Osman eingetreten. Jetzt ging es um eine letzte Überprüfung. Schermugan mißtraute sogar sich selbst – sich selbst vor allem, weil nach seiner Überzeugung nichts so sehr der Kontrolle bedürfe wie das eigene Ich. Darum hatte er sich ernsthaft zu prüfen auferlegt, ob er nicht etwa aus religiösem Vorurteil den Mohammedaner Osman zum Schaden des Reiches dem Christen Salmenikos vorgezogen habe.

Auch hatte sich Salmenikos in keiner Weise durch hochverräterische Verbindungen mit Byzanz kompromittiert, sondern beim letzten Feldzug wieder seiner Lehenspflicht durch Entsendung der vorgeschriebenen Anzahl von Reitern genügt. Für die Pforte lag nicht der geringste Grund vor, sich ihn nicht näher zu verbinden.

Osmans Streitkräfte dagegen waren bis auf einen kleinen Rest dahingeschwunden, und daß er sich dies Mißgeschick durch sein Eintreten für die Ziele der Pforte zugezogen hatte, änderte an den Tatsachen nichts. Hatte er es nicht ebenso für die eigenen Ziele getan?

In einem hatte Sultan Alaeddin jedenfalls recht: daß er Salmenikos nicht haben könne, wenn er Osman unterstütze. Auf der einen Seite feste Burgen und Städte und ein Ansehen im Lande, das älter sei als die seldschukische Herrschaft – auf der andern ein Fremdling ohne festen Stützpunkt mit nur noch geringem Gefolge. – Schermugan hatte das ganze Gewicht seiner Dienste und seiner Persönlichkeit ins Treffen führen müssen, um eine Aufopferung Osmans hinauszuzögern. Mit der Begründung, man müsse die Männer ansehen und nicht nur deren augenblickliche Lage, hatte Schermugan Malchatun unterstützt.

Gerade jetzt dachte er immer wieder an sie. Prachtvoll habe sie sich in der Unterredung mit Alaeddin geschlagen.

Die Belagerung von Karadschahissar so gut wie zusammengebrochen, die Ertoghruler im Begriff, unter Dündars Einfluß zu geraten, nur Feinde und ohne einen Freund, der hätte helfen können – nicht das geringste von Osmans Unglück habe der Sultan ihr erspart. Aber von Malchatun sei der Hoheit zu bedenken gegeben worden, daß daraus nur zu ersehen sei, was ein erprobter Freund in der Not wert sein könne. Nur sich selbst stärke die Pforte, wenn sie Osman unterstütze. Wiederum sei das Wort gefallen – diesmal von Malchatun –, keinen Mann und kein Goldstück, aber ein sichtbares Zeichen großherrlicher Gunst, das sei alles, was Osman brauche. Und dann habe sie das fast wahnsinnige Begehren nach der Fürstenwürde für Osman Ertoghruloghlu vorgebracht.

Nach stundenlangem Ringen hatte sie wirklich den Berat erhalten, aber nur, weil der nach Alaeddins Vermeinen nicht den Wert des Papiers habe, auf den er geschrieben sei. Die Fürstenwürde – ja – freilich erst dann, wenn Osman Karadschahissar im nächsten Monat erobere. Mit seinen eigenen Kräften.

Wie Schermugan auch zu Osman und vor allem zu Malchatun stehen mochte, so war er doch darauf eingerichtet, seine Reise erforderlichenfalls nach Biledschik zum Salmenikos fortzusetzen. Es gab Augenblicke, in denen ihm sein Festhalten an Osman als der größte Fehler seines Lebens erschien. Allerdings machte gerade das ihn wieder bedenklich, weil er sich sagte, daß der Erfolg fast stets nur in unmittelbarer Nähe des Mißerfolges anzutreffen sei.

Die Fürstenwürde für den Bettler? überlegte er. Wenn nicht für den Bettler, so vielleicht für den Mann! antwortete er sich selbst. Das solle sich entscheiden, schloß Schermugan seine Gedanken ab – jetzt gleich! Er hatte Geräusch gehört, und nun hob sich der Vorhang.

Ganz tief eingesunken waren Ertoghruls Augen, und die Backenknochen standen steil heraus. Wie eine gebogene Klinge lag die Nase, von zwei scharfen Furchen begrenzt, inmitten. Alles war grau und gelb in weißes Haar gebettet, in Haupthaar und Bart. Unregelmäßige Atemzüge aus den halboffenen dünnen Lippen bewiesen Malchatun, daß der Greis bald erwachen würde.

Schon einige Male, wenn auch nicht sehr oft, hatte Malchatun bei andern Kranken dieses geheimnisvolle Absinken der Kräfte beobachtet, und sie wußte, daß solch ein Fall mit dem Eintritt von Schmerzen fast stets dem Ende zugehe. Es könne noch Wochen auf sich warten lassen; aber dann werde es kommen.

Auch in Sögüd hatte sich Ertoghrul sonst einer Jurte bedient – wenigstens im Sommer. Jetzt war er in das innerste Gemach seines Winterhauses gekrochen, daß niemand sein Stöhnen hören möge. Auch Malchatun hatte er nicht vor sich gelassen. Doch den schmerzstillenden und einschläfernden Trank aus Belladonna und andern Säften, der ihm von ihr geschickt worden war, hatte er getrunken. Wenn er nun erwachte, würde die Medizin ihre Wirkung verloren haben. Schwierig war es gewesen, den neuen Trank zu bereiten. Gerade nur die schmerzenden Organe mußte er lähmen, das Gehirn dagegen zur höchsten Tätigkeit entflammen.

Malchatun hatte mit Ertoghrul zu reden. Auf jede Gefahr hin wollte sie einen dem Tode Geweihten zum Handeln emporreißen. Er sollte einem Leben, dem er schon entrückt war, noch einmal seinen Zoll entrichten. Sie schämte sich, daß sie es wollte, und beharrte dennoch. Nichts kannte sie von der Natur der grauen Körner, die sie ihrem Lehrer verdankte, nur daß dieser bittere Kies aus Indien gekommen sei, hatte er ihr gesagt. Und doch war das unerprobte Mittel ihre einzige Zuflucht. Daß es jetzt ihrer Absicht dienen könne, dessen glaubte sie sicher zu sein; aber sie wußte nichts darüber, ob es Ertoghrul schaden würde. Daran mußte sie denken – wie eine Mörderin kam sie sich vor. Man müßte in die Menschen hineinsehen können, dachte sie, aufschneiden müßte man sie können – um sich dann sofort zu überlegen, wann und wo sie das schon einmal gedacht und gesagt habe. – Ja, richtig, erinnerte sie sich nun, das sei damals am Pursuk bei der Entbindung der Bäuerin gewesen und Salmenikos habe sich über ihren Ausspruch entsetzt.

Salmenikos ...

Könne eine kurze Zeit so lang sein, dachte sie, eine kurze Zeit sie so weit von etwas entfernt haben, das ihr einst als Inhalt und Ziel ihres Lebens erschienen sei? Kaum noch vorstellen konnte sie sich selbst als Archontin von Biledschik. Aber darin irrte sie sich. Sie hätte sehr wohl die Gebietsherrin von Biledschik und Eskischehr werden können und wäre es vermutlich ebenso mit ihrer ganzen Persönlichkeit gewesen, wie sie, die Araberin edelsten Blutes, jetzt Türkin war. Und das war sie, ohne das geringste von sich, von ihrer Vergangenheit und der Vergangenheit ihres Geschlechtes aufzugeben. Wie befreit fühlte sie sich durch die Kräfte des Neuen, des Werdenden, denen sie sich aufschließen durfte, statt sich, wie das ihr Los bei Salmenikos gewesen wäre, denen des Beharrens verpflichten zu müssen. Sieg oder Niederlage – sie kämpfte für Osman, dessen Geschick ihr mehr zu sein schien als das eines Mannes, den sie liebte. Sie war keineswegs siegesgewiß, aber fest entschlossen.

Und nun verzog sich Ertoghruls Antlitz. Darin und durch ein Stöhnen kündigte der wiederkehrende Schmerz sich an.

Sie stützte des Leidenden Kopf und hob den Becher an seine Lippen. Es war seine Kehle, die schluckte – nur die – schlafbenommen, wie er noch war. Dann sank er zurück. Geduldig wartete Malchatun die Wirkung des Mittels ab. Erst nach einer Weile öffnete er die Lider.

«Wer bist du?» fragte er.

«Ich bin die Frau deines Sohnes Osman.»

«Malchatun ...»

«Du wolltest mich nicht sehen, Scheich?»

«Ich wollte nicht, daß du mich sähest, so wie ich war.»

«Ist dir jetzt besser?»

«Sehr viel besser», sagte er und richtete sich auf. «Hast du dies Wunder vollbracht, mein Kind?»

«Es gibt keine Wunder vor Allah, mein Vater. Aber ich kann bewirken, daß du dich kräftig genug fühlst, um zu tun, was dir obliegt als Scheich unseres Stammes.»

«Du sprichst von Osman?»

«Ich spreche von den Ertoghrulern.»

«So nannten sie sich», seufzte er, «aber jetzt beginnen sie mehr auf Dündar zu hören.»

«Sie werden auf dich hören, wenn sie dich sehen.»

«Wo ist Osman jetzt?»

«Wo er hingehört: vor Karadschahissar.»

«Immer noch vor der Stadt und nicht in ihr? Wie steht es um Osman?»

«Es steht schlecht», sagte Malchatun hart und verhehlte nichts von Osmans mißlicher Lage. «Nur du kannst ihm helfen», schloß sie.

«Er ist ein Knabe», sagte Ertoghrul, «und Dündar ist ein Greis. Beide sind gleich wenig geschickt, den Stamm in dieser Zeit zu führen, und zwischen beiden soll ich nun wählen? – Der Stamm muß entscheiden. Er ist es, der leben soll – nicht ich.»

«Dein Sohn ist kein Knabe mehr, Vater», gab ihm Malchatun zur Antwort, «und er liegt vor Karadschahissar, vor derselben Stadt, die einst dir und dem Stamm gehörte.»

«Karadschahissar ...» Es war, als spreche Ertoghrul den Namen einer Geliebten. Dann wandte er sich an Malchatun.

«Und was sagt Edebali», fragte er, «über einen ungehorsamen Sohn?»

«Er gab ihm seinen Segen. – O mein Vater!» rief sie und sank an seinem Lager nieder. «Erinnere dich doch jener Nacht, die du, wie man erzählt, in Edebalis Stube betend verbrachtest, und an dein Gesicht, das du in der Zeit der Wahrträume gegen Morgen hattest. Damals weissagte Edebali dir einen Sohn, der hochgeehrt sein würde zu allen Zeiten, und du bekamst ihn und nanntest ihn Osman.»

Ertoghruls Gesicht erstarrte, und keine Antwort kam ihm zunächst von seinen Lippen. Nach einem langen, qualvollen Schweigen erst flüsterte er:

«Von meinen Kindern und Kindeskindern sprach die Stimme.»

«Ist Dündar dein Kind?» stieß Malchatun zu.

«Er ist mein Bruder. Wenn aber Osman Karadschahissar nehmen sollte – wer sagt dir, o Törichte, daß Alaeddin es ihm ließe? Mir hat man es nicht gelassen. Und das Blut meines Stammes war umsonst geflossen.»

Malchatun sprang auf.

«Wer dir das sagt? Ich sage es dir! Alaeddin selbst sagt es dir!»

«Wie denn du?» staunte der Alte. «Und Alaeddin? Ist der Sultan hier?»

«Nicht er selbst, aber seine Schrift.»

Malchatun nahm den Berat aus ihrem Gewand und reichte ihn Osmans Vater. «Lies hier, Ertoghrul Suleimanoghlu: Wenn dein Sohn innerhalb eines Monats Karadschahissar erstürmt, so wird er Herr sein der Stadt und Bey der Grenze.»

«Wie leichtfertig du redest! Bey? Du sagtest Bey, Malchatun. Immer spielt ihr mit Worten. Achte auf deine Zunge.»

«Hier steht es», wies sie ihm aber. «Hier der Namenszug des Sultans – nicht in Gold und nicht in Silber. Wie sollte das sein? Doch in Rot! Und hier ist es geschrieben: Bey der Grenze mit Fahne und Pauke.»

«– mit Fahne und Pauke ...» Es überwältigte Ertoghrul. «Er wird haben, was mir nicht beschieden war ...»

«Mißgönn es ihm nicht, denn du bist der Vater. Wir sind alle nur Werkzeuge in Allahs Hand. Willst du dich Gott widersetzen? Willst du noch behaupten, das Blut der Ertoghruler würde umsonst vor Karadschahissar fließen?»

«Was tat Osman, daß ihm der Sultan diese Schrift gab?» kränkte sich Ertoghrul immer noch.

«Nichts tat Osman. Alaeddin gab mir den Berat.»

«Dir?» weiteten sich Ertoghruls Augen.

«Ich ritt zum Sultan und vom Sultan zu dir. Nur gering ist Alaeddins Gnade. Er glaubt nicht, daß Karadschahissar in einem Monat genommen sein wird.»

«Was heißt das: er glaubt es nicht? Der Sultan glaubt nicht? Was? Wie? – Es wird genommen sein, sage ich dir!» brach es jetzt aus Ertoghrul, «und Karadschahissar wird meines Sohnes sein, und mein Sohn wird Bey der Grenze sein, und mein Stamm wird sein Stamm sein, der Stamm eines Fürsten, so wahr ich dem Tode sehr nahe bin! – Glaubst du, Mädchen, ich überließe dir, einer Fremden und Neuverbundenen, mehr für die Ertoghruler zu tun, als ich selbst, nach dem sie sich nennen, getan, dessen Stimme sie mehr als sechzig Jahre im Frieden hörten und in der Schlacht? Wer ist Dündar? Wo ist Dündar, wenn ich mich im Diwan zeige zu Pferde? – Verlasse mich jetzt, Frau meines Sohnes Osman, daß ich dir meine Scham nicht zeige, wenn ich mich erhebe.»

XXV

Eine ganze Weile dauerte bereits der Kampf zwischen Osman und Schermugan. Mit einer sehr bestimmten Absicht versuchte der Wesir, Malchatuns Gatten von der Nutzlosigkeit einer weiteren Belagerung von Karadschahissar zu überzeugen. Nichts weniger als ein Gottesurteil wollte er damit herbeiführen. Ahnungslos müsse Osman die Prüfung bestehen, oder Schermugan würde ihn beim ersten Anzeichen einer Schwäche fallenlassen.

«Man kann sich auch verrennen, mein Osman», warnte er. «Es ist keine Schande für einen Krieger, einmal einen Schritt zurückzuweichen, und für einen Feldherrn schon gar nicht.»

«Es ist gewiß keine Schande», gab Osman zu. «Nur muß man wissen, wo man zurückweichen darf und wo man beharren muß.»

«Man kann sich verrennen», wiederholte die Exzellenz.

«Man muß es wissen», blieb Osman bei seiner Antwort.
«Und Sie sind überzeugt, es zu wissen?»
«Ja, Exzellenz, ich weiß es.»

Als etwas Unerschütterliches, Endgültiges schien Ghundus dieses Ja seines Bruders im Zelt zu schweben. Immer hatte er Osman für klüger gehalten. So wie jetzt aber, in dieser festen Gelassenheit, hatte er ihn nie gesehen. War er dem andern bisher nicht allzu willig und auf eine etwas mürrische Art zugetan gewesen – in diesem Augenblick bewunderte er ihn.

Auch Schermugan sah sich den Entschlossenen genau an. Aber wenn ihm das Fehlen jeglichen Auftrumpfens und Geprahles auch Eindruck gemacht hatte, so war er doch keineswegs wie Ghundus von der Endgültigkeit eines Entschlusses überzeugt, der für Osman weit eher Nichtsein als Sein bedeuten konnte. Hatte der Wesir also, ohne seine kühle Überlegenheit zu gebrauchen, vorerst nur ganz allgemein gewarnt, so verdichtete er nun seinen Angriff.

«Mein Osman», hob er von neuem an, «rechnen wir. – Auf meinem Weg zu Ihnen sah ich eine Tagereise weit nur ausgeplünderte Höfe. Wovon wollen Sie Ihre Leute ernähren? Von den Almen des Tumanidsch bis hierher ist ein ziemlich weiter und keineswegs sicherer Weg. Auch bemerkte ich nirgends ein Anzeichen, daß Ihnen von Ihrem Stamm Lebensmittel zugeführt werden.»

«Für unsere Ernährung lassen wir die Belagerten sorgen», blieb Osman verstockt.

«Freilich», nickte Schermugan, «davon sah ich heute einiges, wie Sie sich denken können. Aber wenn Sie die Pascher immer so wie heute zu Tode hetzen, wird es bald keinen Schmuggel mehr abzufangen geben.»

«Um so eher ist die Burg sturmreif.»

«Gerade das ist es, wovor Sie sich fürchten sollten», meinte Schermugan dann. «Verhungernde Männer können recht gefährlich werden», beantwortete er dann Osmans fragenden Blick. «Jetzt glauben die Mazaris vielleicht noch an Ihre Verstärkung durch dreihundert Mann. Wenn sie aber bei einem Ausfall mit Ihren Leuten ins Handgemenge geraten, werden sie bald dahinterkommen, daß es nur dreißig waren. Und was werden Sie dann tun?»

«Kämpfen», sagte Osman und errötete vor Unwillen und Sorge, weil der Eunuch die Kriegslist durchschaut hatte.

«Daran zweifle ich nicht», ließ sich Schermugan nicht beirren. «Aber werden Sie auch siegen – Stadt und Burg Karadschahissar besetzen und halten?»

Doch Osman ergab sich nicht. Gemessen an den Aufgaben, sei Sultan Alaeddin, griff er nun seinerseits an, in der gleichen Lage. Auch dem Sultan seien die Leute davongelaufen.

Ohne Umschweife sagte er das. Osman war kein Höfling, dafür aber voll Grimm.

«Einige kleine Unterschiede scheinen mir immerhin noch zwischen Seiner Hoheit und Ihnen zu bestehen.» Der Eunuch zerkniff seinen Mund. «Sollte es Euer Edlen wirklich entgangen sein, daß unser Herr etwas mehr ist als ein goldener Knopf? Seit langem ist die Pforte nicht so kraftvoll gegen Byzanz aufgetreten wie jetzt unter ihm. Allah verlieh ihm die Krone des Sieges und machte ihn wieder zum Hort der Bedrückten. Von Ihrer Einsicht, mein Osman, erwarte ich mehr als von der unserer großen Vasallen. Auch gebe ich Ihnen vollkommen recht, wenn Sie andeuten, daß jene Herren sich nach dem Sieg der kaiserlichen Begünstigungen nicht so würdig gezeigt haben, wie sie es hätten sollen. Um der Pforte sich jedoch wirklich entziehen zu können, müßten sie einig sein. Und das, mein Lieber, sind sie nicht. Sie verklagen sich gegenseitig. Und bei wem? – Bei unserm allergnädigsten Herrn. – Ich überlasse Euer Vortrefflichkeit, selbst die Folgerungen daraus zu ziehen.»

«Exzellenz meinen, der Sultan werde sich die Begs wieder unterwerfen? Einen nach dem andern?»

«Wir sind allzusamt Sklaven des Padischahs und küssen den Staub von den Stufen des Throns. Von einer Wiederunterwerfung kann daher keine Rede sein», fühlte sich der

Wesir zu einer höfischen Bemerkung genötigt. Dazu war er Wesir; aber desungeachtet fuhr er ganz menschlich fort: «Euer Vortrefflichkeit verstehen, wie ich mit Genugtuung hörte, die Zeichen der Zeit.»

Um sich durch Schmeicheleien fangen zu lassen, empfand Osman seine Lage als viel zu gefährdet.

«Ich glaube schon», sagte er daher mit einiger Bitterkeit. «Nur wenige Narren dienen um seiner selbst willen dem Herrn – zum Beispiel ich. Hätte ich meine Kräfte, wie Kir Salmenikos, zusammengehalten, so stünde es heute besser um mich.»

«Es stünde schlechter», behauptete Schermugan, ohne sich zu besinnen. «Sie müssen an das denken, was morgen sein wird! Nicht lange noch, und unsere großen Machtanmaßer werden sich um die Gunst unseres Herrschers bemühen, und wohl ihnen, wenn sie ihnen gewährt wird. Was aber können sie dann noch erreichen? Nichts, als was Ihnen, mein Osman, heute schon freisteht: einen hohen Posten in der Lenkung des Reiches. Wer die Zeichen der Zeit versteht und als einer der ersten nach ihnen handelt, wird obenan sitzen. Sie werden obenan sitzen, Osman. Die andern müssen froh sein, wenn sie Ihnen nachrücken dürfen. Was wird Ihnen dann noch Karadschahissar sein, was die Grenzhauptmannschaft, was Sögüd ...»

Er hielt inne. Osmans verzerrtes, bleiches Gesicht ließ es ihm nicht geraten erscheinen, fortzufahren.

«Karadschahissar ist der Stamm», sagte Ghundus, und es war der erste Satz, den er sprach.

«Die Grenzhauptmannschaft ...?» fragte Osman.

«Bleibt dem Stamm.»

«Sögüd ...?»

«Bleibt dem Stamm.»

«Und der Stamm ...?»

«Der Stamm ist für Dündar», schloß Schermugan.

«Will Sultan Alaeddin mich vertreiben?» fragte Osman, und die Frage war Stahl.

«Er wird Sie erhöhen. Zu einem Feldherrn wird er Sie

machen, weit über einen Hauptmann der Grenze, der dann kommen muß, wenn Sie ihn rufen, und zu gehen hat, wenn Sie ihn schicken. Ich trete für Sie ein, mein Osman, ich verbürge mich. Ein hohes Hofamt ist Ihnen sicher, ein Hofamt, Osman Ertoghruloghlu!»

«Ertoghruloghlu – das ist unser Name, Exzellenz», erklärte Osman, «meiner und meines Bruder Ghundus, noch lebt unser Vater, und noch ist Dündar nicht Scheich.»

«Sie werden kämpfen um den Stamm?»

«Ja.»

«Um Sögüd?»

«Ja.»

«Um die Grenzhauptmannschaft?»

«Ja.»

«Um Karadschahissar?»

«Ja, aber nicht um einen Generalsrang und nicht um ein Hofamt. – Und nun, Exzellenz, habe ich die Ehre, Ihnen eine gute Reise zu Kir Salmenikos nach Biledschik zu wünschen.»

Osman hob die Rechte an Stirn und Herz, um sich dann mit gekreuzten Armen tief zu verneigen. Trotz dieser Höflichkeit war es freilich eine Herausforderung, daß er sich auf diese Weise selbst entließ, und darum übersah Schermugan auch alle Anstalten zu einem Abschied, den er nicht bewilligt hatte. – Die ganze Unterredung war stehend geführt worden. Nun klatschte der Wesir in die Hände. «Arrjka! Früchte!» befahl er dem eintretenden Diener und lud seine Gäste zum Sitzen ein. «Sie glauben, mein Osman», begann er dann, «Sie hätten mir nichts mehr zu sagen?»

«Nichts, was Euer Exzellenz zu hören wünschen», wurde Osman in seiner Bitterkeit unvorsichtig.

«Das zu beurteilen, überlassen Sie besser mir», meinte nämlich Schermugan. «Übrigens weiß ich nicht, ob meine Arrjka den Vergleich mit der vom Tumanidsch aufnehmen kann», milderte er sogleich mit einem Lächeln die Zurechtweisung, «aber reines Quellwasser ist sie jedenfalls nicht.»

Bis der Sklave das Zelt wieder verließ, ging demnach die Unterhaltung lediglich um die Vorzüge dieser oder jener Destillate aus Stutenmilch. Welche Gedanken dieses Gespräch verbarg, ließ sich freilich so ohne weiteres nicht sagen. Schermugan dachte dieses: Osman müsse bei der Belagerung noch mit einer Möglichkeit rechnen, die ihm, dem Wesir, verborgen sei, und das gehe nicht an, das Verborgensein nämlich. Die Geheimnisse der andern besaßen stets eine große Anziehungskraft für ihn, besonders diejenigen Osmans. Als der junge Mann in Kutahie zum Kiaja des Grenzhauptmanns gemacht worden war, hatte Schermugan ihn zum ersten Mal und dann bis jetzt nicht wieder gesehen. Nun aber fand er ihn wesentlich verändert und besonders auch im Vergleich zu Ghundus in seiner Selbstsicherheit gereifter. Schermugan mußte an Malchatuns Auftreten vor dem Sultan denken und konnte nicht umhin, beides in Zusammenhang zu bringen.

«Was meinen Sie dazu, mein Osman», warf er in dem bereits gelösten Ton einer freundschaftlichen Unterhaltung hin, «wenn Sie mir jetzt einmal verrieten, was ich nach Ihrer Meinung so ungern hören würde? Sie haben mich ein wenig neugierig gemacht, mein Lieber.»

«Ihnen ist Weisheit verliehen, mein Gebieter», wand sich Osman, «wer bin ich, daß ich Sie zu lehren vermöchte?»

«Es ist nicht von Lehren und Lernen die Rede, sondern von Offenheit», lächelte der Eunuch. «Finden Sie nicht, daß Glaubensgenossen sie einander schulden?»

«Sie schulden einander Offenheit und somit ich Ihnen», gab Osman zu, «um so mehr, da ich Euer Exzellenz Worten entnehme, daß Sie Ihren Glaubenswechsel nicht bereuen.»

«Ist es das, was mir zu hören so unangenehm sei?» erkundigte sich Schermugan, und in der Tat war es nicht gerade fein von Osman, auf politische Beweggründe bei Schermugans Bekehrung zu deuten. Als Persien und Kleinasien von Dschingis' Enkel Hulagu überrannt worden waren, hatte es noch geschienen, als ob der ganze Umkreis der bekannten Erde den Dschingisiden gehören solle. Noch war der Name des mongolischen Khakhans kein leerer Schall gewesen. Der vierte Großkhan und chinesische Kaiser Kubilai hatte dem Eroberer Persiens den Titel eines Ilkhans, eines Landeskhans, verliehen, und Hulagus Nachfolger Abaka hatte den Thron nicht bestiegen, bevor er von Peking bestätigt worden war.

Der Schlag gegen die mongolische Erdherrschaft war von der Wolga gekommen, gerade dorther, wo man noch nach der Sitte der Väter Herden trieb und die Seßhaftigkeit mit der damit verbundenen Knechtschaft den Russen und anderen unterworfenen Völkern überließ. Der Herr dieses ungeheuren Reiches der Goldenen Horde von den Grenzen Polens und Litauens bis zum Altai hatte dem Schamanentum seiner Väter entsagt und den Islam angenommen. Jetzt rächte es sich, daß der Ilkhan Bagdad erstürmt und den letzten der mesopotamischen Kalifen von den Hufen seiner Rosse hatte zertreten lassen. Den Islam hatte er nicht zertreten können. Wieder einmal hatten sich geistige Mächte stärker als reine Waffengewalt erwiesen: Durch das Bündnis des bekehrten Goldenen Khans mit den Mameluken Ägyptens waren weitere Eroberungen der Ilkhane unmöglich geworden. Sie hatten den Nimbus der Unbesiegbarkeit verloren. In Kairo aber thronte statt des zertretenen ein neuer Kalif. Dieser Tatsache war von Schermugan Rechnung getragen worden. Im Gefolge der byzantinischen Prinzessin Maria Paläologa war er nach Täbris gekommen, und als des Ilkhans Bruder und Nachfolger sich unter dem Namen Achmed ebenfalls zur Religion Mohammeds bekannt hatte, war er dem Beispiel des Herrschers gefolgt.

Mochte Osmans angedeuteter Zweifel auch ungerecht sein, so war er doch immerhin verständlich.

«Ich wurde als Christ geboren und als solcher erzogen», sagte Schermugan nun, «hierin hatte ich keine Wahl. Als mich aber Allah berührte, folgte ich dem Ruf seines Propheten aus der Überzeugung meines Herzens.»

«Amin», murmelten Osman und Ghundus.

«Der erste Ilkhan stürzte das Kalifat von Bagdad», meinte

der Wesir ferner, «aber die christlichen Kirchen rührte er nicht an. Die Christen waren der Mongolen natürliche Verbündete. Die Prinzessin Maria von Byzanz, meine allerhöchste Gebieterin, blieb auch als Gattin eines Ilkhans Christin, und sie ist es noch heute. Den Mongolen galt nur der Islam als Feind. Dennoch eroberten sie ihn nicht – er eroberte sie. Das Wort des Propheten war stärker. Mit dem Übertritt des Khans der Goldenen Horde begann der Verfall der mongolischen Macht.»

Wie Schüler saßen die beiden Brüder zu Füßen des Wesirs, und wie ein Schüler fragte Osman:

«Aber beim Übertritt des Ilkhans Achmed zeigte sich doch noch die Macht des Khakhans? Wurde Achmed nicht vertrieben, und gewann er nicht die Krone des Martyrs durch seinen Tod, mein Vater?»

«Er gewann sie, mein Sohn ...»

«Allah gewähre ihm die Freuden des Paradieses», fielen Ghundus und Osman ein.

«... aber nicht durch den Khakhan verlor Ilkhan Achmed Thron und Leben. Der Khakhan ist zugleich Kaiser von China. Was aber bedeutet es den Chinesen, ob bei uns große Reiche entstehen oder untergehen? Das gilt ihnen nur als Grenzplänkeleien ferner westlicher Barbaren.

Sonst hätte der Großkhan den Übertritt des Goldenen Khans ebenso mißbilligen müssen. Er rührte sich aber nicht, und während der Khan der Goldenen Horde sich durchsetzen konnte, fiel Achmed seinen Verwandten und Generälen zum Opfer. Nur ihnen. Eine mongolische Gesamtmacht gibt es nicht mehr, mein Osman, sie ist zur Scheuche geworden, vor der sich nur noch die Spatzen fürchten.»

Osman verneigte sich. «Das sprach Sultan Alaeddins Wesir», sagte er. «Was aber meint des regierenden Ilkhans Barvannah Schermugan?» Auch Schermugan mußte lächeln.

«Nicht nur den Pfad Allahs beschritt Ilkhan Achmed, weiland mein erhabener Herr», wurde er dann ernst, «sondern auch den der irdischen Klugheit –»

Und irdische Klugheit, verhärtete sich Osman, möge auch wohl ihren Teil an Schermugans Bekehrungen getan haben.

«– Militärs», fuhr Schermugan fort, «denken nur an Raub. Im Frieden nennen sie ihn Requisitionen. Mit ihnen ist kein Großstaat zu verwalten. Der größte Teil der ansässigen Untertanen bekennt sich in Persien zum Islam, zu ihm die fähigsten und wichtigsten Beamten, und was mehr ist: die Beamten halten zusammen. Es war eine entscheidende Stunde des Ilkhanats, als Achmed seinen Frieden mit unserer Religion machen wollte.»

«Sie wurde versäumt?» fragte Osman.

«Sie sagen es, Kiaja, sie wurde versäumt. Achmeds Neffe Argun, der jetzige Ilkhan –»

«– der Herr unseres Herrn», flocht Osman ein –

«– kehrte zu seinem großen blauen Gott und den vielen kleinen Götzen seiner Schamanen zurück. Aus zwei feindlichen Heerlagern besteht nun wieder das Ilkhanat. Zu viel hat Argun mit der Unterdrückung der eigenen Bevölkerung zu tun, um sich noch nach außen wenden zu können.»

Schermugan hatte gesprochen. Er glaubte, genug gesagt zu haben, und wenn es ihm auch fraglich schien, ob ein einfacher Grenzreiter seinen weltpolitischen Gedankengängen habe folgen können, so war er doch selbst viel zu sehr von ihrer Richtigkeit überzeugt, um einen Widerspruch überhaupt für möglich zu halten.

Osman jedoch begriff lediglich das eine: warum der Moslem Schermugan gern die Gelegenheit ergriffen habe, als Barvannah des Ilkhans sich allzu plötzlichen Zufällen zu entziehen, vor denen er in Täbris nicht sicher gewesen wäre. Schermugans Eigenschaft als Anhänger des Propheten sei der ilkhanischen Regierung dabei offenbar recht zweckdienlich erschienen, allerdings nur soweit wie der neue Barvannah beim Seldschukensultan die Interessen des Ilkhans – und nur die! – wahrnehmen würde. Daran aber habe Schermugan, wie er selbst zugebe, niemals gedacht. Und hierin erblickte Osman eine verhängnisvolle Schwäche von dessen Lage. So schwieg er denn, aber nicht in Unterwerfung.

Als Unterwerfung deutete lediglich der Wesir dieses Schweigen.

«Sie sehen demnach, mein Osman, daß für uns alles von Sultan Alaeddin abhängt. Je mehr wir ihn stärken, um so mehr fördern wir unsere eigenen Interessen.»

Doch Osman eilte es nicht mehr mit der Antwort. Er hob nur den Kopf und blickte den Wesir mit großer Ruhe an. Dann senkte er wieder den Blick und verharrte in seinem Schweigen. – Schermugan verstand.

«Sie sind zu Unrecht verbittert», behauptete er, «kein Mensch kann bestreiten, daß Sie der ikonischen Pforte treu gedient haben; aber wenn die Pforte Sie dafür belohnen soll, so müssen Sie ihr wohl den Lohn wie dessen Form überlassen.»

«Ich lehnte beides ab», erwiderte Osman. «Ich verkenne nicht, daß jeder Günstling einen mehr oder weniger großen Anteil an der Macht des Herrschers hat ... solange er nämlich in Gunst steht. Einen eigenen Grund, der ihm gehört, hat der Günstling nicht mehr. Und Euer Exzellenz müssen sich doch selbst sagen, daß es, wenn ich schon Söldner werden soll, mehr Kronen gibt als nur die seldschukische.»

«Sie vergessen Ihre Religion und die Tradition Ihres väterlichen Stammes!» fuhr Schermugan auf.

«Also doch Stamm?» fragte Osman ironisch, und von diesem Augenblick an war der Wesir nicht mehr ganz so überzeugt, es nur mit einem gehobenen Viehtreiber zu tun zu haben.

«Ich hätte es mir denken können», grollte er. «Taindschar ist tot. Der Basileus braucht einen neuen Generalkapitän für seine Turkopolen. Denn unter einem Generalkapitän tun Sie es wohl nicht ...?»

«Vielleicht», warf Osman ein.

«Vielleicht?» verlor Schermugan jede Überlegenheit. «Sie stellen einen Verrat als möglich hin?!»

«Möglich ist alles», meinte Osman um so ruhiger. «Möglich ist auch, daß ein Barvannah des Ilkhans die Geschäfte des Hofes besorgt, den er eigentlich überwachen sollte. Warum also könnte es nicht möglich sein, daß ein vom Seldschukensultan preisgegebener Türke sich nun seinerseits in die Dienste des Ilkhans begäbe?»

«Das ist Hochverrat!» rief Schermugan, und nur sein Alter hinderte ihn aufzuspringen.

«Hochverrat?» fragte Osman mit großen, erstaunten Augen. «Aber meine liebe Exzellenz! Sollten Sie wirklich nicht wissen, daß der Seldschukenkaiser Mesud und dessen Statthalter Sultan Alaeddin Untertanen Seiner Allerhöchsten Kaiserlichen Majestät des Ilkhans Argun aus dem himmlischen Geschlecht des Dschingis sind? Hochverrat nennen Exzellenz mein Treuerbieten an Ilkhan Argun? Sind Exzellenz als Barvannah nicht selbst ein hoher Beamter des göttlichen Hofes zu Täbris? Wie können Sie einen jungen Mann Hochverräter nennen, der nichts weiter verlangt, als mit Ihnen, Barvannah Schermugan, in Treue gegen den Allerhöchsten Herrn und Sohn des Blauen Himmels zu wetteifern?»

«Sie spielen mit Fiktionen statt mit Realitäten», parierte der Wesir Osmans Hohn mit Grobheit.

«So?» meinte Osman. «Das ist doch wohl noch eine Frage, die zu untersuchen sich lohnte, mein Vater. Oder scheuen Euer Exzellenz die Untersuchung?»

«Ich scheue nichts, wenn Euer Edlen dafür die Zeit zu haben glauben.»

«Keine Angst. Für Sie habe ich Zeit. Heute noch.»

Es grauste Ghundus davor, wie der Bruder mit dem großen Mann verfuhr. Osman aber war unbefangen und fühlte sich beschwingt wie noch nie. Nichts machte ihm Mühe. Er brauchte nicht selbst zu denken. «Es» dachte in ihm.

«Belehren Sie mich, mein Vater», sagte er; «denn vermutlich irre ich mich. Mir scheint nämlich, Euer Exzellenz machen den gleichen Fehler wie der Basileus. Taindschar sollte die alten Provinzen Ostroms wieder unter das Zepter des Basileus bringen. Die Rechnung wäre auch aufgegangen, wenn nicht ...», Osman verneigte sich ehrerbietig, «... Sultan Alaeddin und Eure Exzellenz gewesen wären.»

«Sie meinen vielleicht auch Osman?» fügte Schermugan spöttisch hinzu.

«Ich meine vielleicht auch mich», bestätigte Osman unerschüttert. «Jedenfalls sprachen alle Umstände für den Erfolg Konstantinopels, und doch scheiterten die Byzantiner an einem Fürsten, der Kopf genug hat, daß andere Köpfe sich ihm gesellen. Ich meine Sultan Alaeddin.»

«Und doch wollen Sie Seine Hoheit an Täbris verraten?»

«Verriet nicht die Hoheit mich ebenfalls schon?»

«Noch nicht!» entfuhr es Schermugan.

«Noch nicht?» dehnte Osman die beiden Silben. «Das ist gut, mein Vater, so können wir fortfahren. – Das meinte ich nämlich mit dem Fehler in Eurer Exzellenz erhabenen Erwägungen: Auch in Täbris gelangte ein Fürst zur Macht, der Berechnungen, die unumstößlich schienen, umwirft. Ilkhan Argun und Sultan Alaeddin – daß sie zu gleicher Zeit erschienen, ist ein Verhängnis für beide. Jeder allein würde entweder das Reich Seldschuks wieder errichten oder das der Ilkhane befestigen. Beide zu gleicher Zeit ...» Osman machte eine Geste des Nichtwissens und Zweifelns. «Jedenfalls lag die Niederlage des Basileus ebenso im Interesse Arguns wie in dem der ikonischen Pforte. Von einem Erstarken der seldschukischen Macht wäre das gleiche nicht zu behaupten.»

«Sie glauben an direkte Einwirkungen von Täbris?» begriff Schermugan sofort.

«Allerdings. Die Selbständigkeitsgelüste der großen Bege sind immer vorhanden; aber der Abzug ihrer Hilfstruppen fast am gleichen Tage und ungeachtet ihrer gegenseitigen Eifersüchteleien läßt auf einen höheren Plan schließen. Dazu kämen dann noch die Schwierigkeiten, die den entschiedenen Parteigängern Sultan Alaeddins bereitet wurden und werden.»

«Dachten Sie an sich?»

«Ich dachte an mich.»

«Und ich glaube Täbris besser zu kennen, mein Osman. Von Ihrer Existenz hat man dort nie gehört.»

«Exzellenz kennen Täbris, aber nicht Argun», war die Antwort, «und wenn Sie nach Biledschik kommen, achten Sie bitte auf die Spuren des Kapidschi Belgutai – falls er nicht noch da sein sollte.»

«Des Kapidschi …?» entsetzte sich Schermugan.

«Bei Dündar war er bereits», lächelte Osman.

Es sah aus, als wolle Schermugan mit seinen Blicken Osman durchbohren. Keiner konnte wissen, was im Wesir dabei vorging. Aber dieses war es: das Gottesurteil, sein Gottesurteil! dachte er. Stehe es vor ihm?

«Ich gehe nicht nach Biledschik», entrang es sich ihm schließlich.

Osman konnte nicht ermessen, was den andern diese Antwort gekostet hatte.

«Dennoch kann ich Euer Exzellenz nicht zu bleiben bitten», sagte er leichthin. «Ich könnte nicht für Dero Sicherheit einstehen.»

Alle drei standen.

«Osman Ertoghruloghlu», sprach der Wesir und neigte sein Gesicht dicht zu dem des andern hinüber, «Sie haben eine kluge Frau.»

Osman errötete. Doch dann meinte er voll Freimut:

«Auf welche Art Allah seine Gnade schickt, bleibt sich gleich. Doch der Bote sei geehrt.»

«Die Botin», bestand Schermugan auf seinem Wort.

XXVI

Es war Nacht geworden. Zuerst hatte Abdorrahmanghasi den Boten Ertoghruls Siegel gezeigt, und die jungen Männer hatten sich tief mit verschränkten Armen verneigt: Sehen ist Gehorchen. Dann hatten sie sich darangemacht, den Rat der Alten zusammenzurufen. Aber nicht jeder war gleich zur Hand gewesen, wenn auch jeder gekommen war.

Sobald der Bote sagte: «Ich habe das Siegel gesehen!», war Kommen Pflicht. Selbst Dündar hatte sich fügen müssen. Kaum einer konnte lesen oder gar schreiben, und diese Unwissenheit erhöhte den Zauber der Schrift und des Siegels.

Über Rufen und Kommen war es dann dunkel geworden, und jetzt war es Nacht. Aber gleichviel, der Diwan zu Pferde, der Kriegsdiwan, sollte stattfinden. So war es nach Ertoghruls Geheiß bestimmt.

Sei es wirklich Ertoghruls Geheiß? Der Scheich sei krank, sehr krank. Was berge das Haus, einen Sterbenden oder einen Toten? Vielleicht einen Toten, und nun seien dessen Alpe Akdscha Chodscha und Abdorrahmanghasi darauf aus, den Stamm zu etwas zu führen, was gar nicht mehr Ertoghruls Wille sei? Die beiden seien schon immer für den Windhund Osman gewesen, fauchte Dündar, denen sei alles zuzutrauen.

Eine einzige Binsenfackel schwelte und verbreitete mit ihrer Rauchfahne auf der Ratswiese mehr Düsternis als Licht. Das Beste zur Erhellung tat der Mond; aber in dessen blassem Schein wogten Menschen und Pferde wie Gespenster.

«Ertoghrul!» riefen Männer und Frauen. «Ihn selbst wollen wir sehen, den Scheich! Ertoghrul!»

Hin und wieder wurde auch Osmans Name gerufen. Doch die unentwegtesten seiner Freunde lagen mit ihm vor Karadschahissar.

Das starkkehlige Geschrei seiner jungen Alpe fehlte, und so entbehrte der Zuruf seines Namens des stählernen Klanges.

Jetzt stieg Dündar zu Pferde und ritt, die Herrschaft zu ergreifen, in die Menge.

«Fort mit den Betrügern!» rief er. «Der Sohn meiner Mutter und meines Vaters soll sich zeigen! Der Diwan ist einberufen, die Stunde ist da. Wenn Ertoghrul nicht kommt, bin ich der nächste Siegel und bilde den Ring, ich, Dündar Suleimanoghlu, der Sohn des Herrn über vierzigtausend. Wenn Ertoghrul lebt, mag er kommen!»

«Ertoghrul!»

Nur Ertoghrul stand noch zwischen Dündar und der Macht. Aber Ertoghrul war nicht da. Nicht einmal seine alten Alpe waren zu sehen und niemand, der Dündar Widerstand hätte leisten können. Alle waren überzeugt, daß Ertoghrul – krank oder nicht krank – gekommen wäre, wenn er noch lebte, und da er nicht gekommen war, erwartete jeder das Trauergeschrei aus dem Haus.

«Denkt an die Schlacht auf der Ebene, auf dem Hodenfeld, da ich euch führte», rief Dündar. «Ich bin Ertoghruls Bruder und Ältester des Geschlechts.»

«Ertoghrul ...», erstarb ein Murmeln.

Dündar wandte sich um und erschrak. Neben einem jungen Mann oder was er sein mochte und umgeben von den Alpen kam eine Gestalt aus dem Dunkeln geritten. Bart und Gewand, beide hell, verschmolzen zu einem einzigen Weiß, und um die Kappe wand sich ein Bund, wie er einer feierlichen Veranlassung geziemte.

«Betrug!» keuchte Dündar. «Es ist keinen Tag her, daß ich meinen Bruder gesehen. Nie hätte er sich erheben, geschweige ein Pferd besteigen können. Man kennt diese Gaukeleien: einen Toten auf ein Pferd zu binden und in seinem Namen zu befehlen und zu handeln!»

Doch Dündars Worte bannten das Weiße nicht. Ohne Eile rückte es näher, und mit jedem Schritt seines Pferdes breitete Stille sich aus. Ertoghrul brauchte seine Stimme nicht zu heben, als er begann.

«Schließt den Ring», sagte er in das Schweigen.

«Ertoghrul! Unser Vater, unser Herr!» brauste Jubel auf. Und dieser Greis im Verlöschen, mußte Malchatun denken – und sie kannte die Nähe seines Endes –, sei jener Menge längst zu einem Fetisch geworden. Die Menschen würden ihm folgen, möge nun Fluch von ihm ausgehen oder Segen. – Jetzt hob er die Hand. «Schließt den Ring», wiederholte er, «zum Diwan über Krieg oder Frieden.»

Indes die Alten den Kreis bildeten, hielt Malchatun neben Ertoghrul. Nur noch mit ihren Gedanken konnte sie ihm helfen, mit den Strömen ihres Willens. Was ärztliche Kunst vermochte, hatte sie getan. Wenn der Diwan länger dauerte als die Wirkung ihres Mittels, sei alles umsonst gewesen, dachte sie.

Dündar war es, als habe er eine Schlacht verloren; aber er war aus einem Geschlecht, das nach einem verlorenen Kampf den neuen zu beginnen gewohnt war. «Ein Kranker oder – Sterbender kann das beste Pferd zuschanden reiten», stieß er vor.

«Mir ist ein Kranker, der seinen Verstand beisammen hat, lieber als ein Gesunder, der dem seinen nachlaufen muß», erwiderte Ertoghrul gelassen.

Er konnte sich genug ähnlicher Gespräche mit seinem Bruder erinnern, und dieses werde nach Allahs Ratschluß nun wohl das letzte sein, hoffte er, während beifälliges Gemurmel ihm in die Ohren drang. Es galt seiner Antwort und war eine Absage an die Roheit von Dündars Angriff.

Der jedoch wußte, daß er mit Liebe nicht zu rechnen habe, und machte sich wenig daraus. Ihm kam es darauf an, mit dem Eindruck der Härte den der Stärke zu erwecken, die ihn, wie er glaubte, in diesen unruhigen Zeiten dem Stamm als geeigneten Führer erscheinen lassen würde.

«Warum sind wir hergerufen?» schrie er. «Scheut das Begehren des Scheichs so sehr das Licht, daß er die Nacht dazu wählte?»

«Dies ist es, worüber Beschluß gefaßt werden soll», erklärte seinem Amte gemäß Abdorrahman. «Es handelt sich um die Fehde Osmans gegen die Mazaris und darum, ob der Stamm sich ihr anschließen oder von ihr Abstand nehmen will.»

«Ich widerspreche der Fehde!» rief Dündar, kaum daß Abdorrahman geendet.

«Nenne deine Gründe», sagte Ertoghrul.

«Was geht es den Stamm an, wenn Osman seine Leute nicht zu halten vermag? Männer wollen von Männern geführt werden, von erfahrenen, bejahrten. Soll der Stamm wegen eines leichtfertigen Unternehmens verbluten?»

«Nicht leichtfertig ist das Unternehmen, mein Dündar», erklärte Ertoghrul. «Osman setzt nur fort, was Sultan Alaeddin begann, und Osman ist mein Kiaja an der Grenze.»

«Warum ist er dein Kiaja an der Grenze? Gerade er?» brach es voll Haß aus Dündar. «Immer geht es um Osman und nie um den Stamm.»

«Es geht um Karadschahissar», sagte Ertoghrul, und Dündar spürte die Wirkung dieses Namens.

«Karadschahissar?» gab er zurück. «Ich sprach über Karadschahissar mit Alaeddin vor der Schlacht, und er sagte es mir zu. Ihr braucht nur zu wollen, und der Stamm hat, was er wünscht. Ihr braucht nur mich zu wollen, und ihr habt Karadschahissar.»

«Gab der Sultan dir eine Schrift?» fragte Ertoghrul, und der spärliche Beifall für Dündar verstummte.

«Er versprach es mir, mir, mir!» schrie Dündar.

«Hier ist eine Schrift von Alaeddin», erwiderte Ertoghrul; «aber sie nennt nicht deinen, sie nennt Osmans Namen. Sein und des Stammes soll Karadschahissar sein, wenn er die Stadt erstürmt. Hier, Osmans Frau brachte den Berat.»

Jetzt erst ward Dündar Malchatuns gewahr.

«Was haben Frauen im Ring zu suchen?» eiferte er. «Seit wann sitzen Frauen im Rate der Männer?!»

«Seit jeher», erwiderte Ertoghrul. «Die Frauen der freien Stämme sind frei. Wir sind keine Städter. Wahrlich, es würde uns nicht anstehen, sie hinter Gitter zu stecken. Du könntest leicht ohne Kumys bleiben, mein Dündar.»

Ein Gelächter begrub Dündars Protest.

Um die Schlappe wettzumachen, ritt er zu Ertoghrul und in den Ring, was ein Verstoß war.

Aber seine Stimme wurde fast sanft.

«Bruder», sagte er, «erinnere dich des Euphrats, in dem unser Vater ertrank. Damals wollten die Brüder von den andern Frauen des Vaters dich verjagen, weil du ihnen nicht nach dem Osten zu folgen gewillt warst. Bei dem Andenken an unsere Mutter beschwöre ich dich: Wer stand dir zur Seite, als wir uns nächtlich davonstahlen mit den Männern und Frauen aus vierhundert Zelten, die uns anhingen? Ich war es, dein Bruder, und ich murrte nicht, als der Stamm dich wählte. – Jetzt aber», brach er los, weil Ertoghrul immer noch schwieg, «da dir die Herrschaft entgleitet, bin ich der nächste, nicht dein Sohn! Ich verlange die Wahl, jetzt gleich, sofort, die Wahl!»

«Ich widerspreche der Wahl», sagte Ertoghrul, und nun sahen die Brüder das Weiße im Auge des andern. – Schwankte Ertoghrul? überlief es Malchatun, dann sei alles vorbei. – Nein, jetzt sitze er wieder fest im Sattel. «Verblendeter», fuhr Ertoghrul bereits fort, «nur Allah weiß, wer von uns beiden den andern überlebt. Nimm deinen Platz wieder ein, Dündar. Keine Wahl, solange ich lebe!»

Und jetzt widerfuhr Malchatun etwas Unerwartetes: Der Selbstsicheren schauderte vor sich selbst. Wie hervorgestoßen fühlte sie sich. Sie sprach Worte, die nicht ihre Worte waren, aber nichts vermochte sie dagegen, sie mußte so reden, wie sie sprach, und so tun, wie sie tat. Ein Fremdes hatte sie überwältigt, und nur ganz ferne noch dämmerte ihr als ein tröstlicher Gedanke, daß es um Osman gehe.

«Sollen eure Brüder verloren sein, die vor Karadschahissar ihre Treue erweisen?» rief sie – selbst eine Gefangene der Menge – der Menge zu.

«Sie weichen nicht. Aber wenn ihr noch lange zögert, werden sie sterben. Was werdet ihr dann sein? Wenn ihr erst ruhig zugesehen haben werdet, wie der Sohn eures Scheichs dort fiel, wohin die Pflicht ihn als Kiaja berief – dann seid ihr der Stamm der kaiserlichen Grenzreiter gewesen. Noch ist euer Ansehen das größte unter den Stämmen im Tumanidsch. Aber wer viel besitzt, kann um so mehr auch verlieren. Ein kleiner Stamm werdet ihr bleiben, der mißachtetste unter den kleinen. Wird man euch trauen, wenn ihr eure eigenen Brüder im Stich laßt? Sie stehen, wo der Stamm zu stehen hat. Ihn laßt ihr mit ihnen im Stich. Wo ist der Stamm? Hier in Sögüd? Oder auf den Almen bei den Herden? Ich sage euch, heute steht er vor Karadschahissar. Dort ist der Stamm. Aber es liege kein Beschluß vor, sagt Dündar. Gelogen! sage ich. Der Beschluß liegt vor, in euren Herzen liegt er vor, seit Ertoghrul zum erstenmal Stadt und Burg Karadschahissar nahm.»

«Ertoghrul! Osman! Ertoghrul ...»

«Oft habt ihr davon gesprochen und immer daran gedacht!»

«Ja! Ja! Ja!»

«Jetzt aber ist nicht die Stunde, nur daran zu denken!»

«Nein!»

«Oder nur an den Lagerfeuern davon zu singen! Wenn es je geschehen soll, ist dies die Stunde, es zu tun! Und so frage ich euch: Wer ist für Osman?!»

«Wir! Ich! Wir! Malchatun, Osman, Ertoghrul!»

Beim Blauen Himmel und den Göttern der Jurten schwor Dündar sich zu, es dieser Malchatun einmal zu vergelten. Was menge das Weibsstück, das naseweise, hochmütige, sich in die Angelegenheiten des Stammes? Sie sei genauso verrückt wie ihr Vater. Aber natürlich, so sei diese verderbte Zeit. Solch hergelaufenes Gesindel finde Anhang bei Weibern und Männern, die auch nur Weiber seien, indes das Verdienst eines angestammten fürstlichen Mannes ...

«Abstimmung, Abstimmung! Krieg oder Frieden! Abstimmung.»

Abdorrahman ritt mit Schweigen gebietender, erhobener Hand in die Mitte des Rings.

«Abstimmung!» rief er aus. «Wer für das große Aufgebot gegen Karadschahissar ist – zu Ertoghrul! Wer dagegen ist – zu Dündar!»

Nur wenige hielten es noch mit Dündar, und diese wenigen band der Beschluß genau wie die andern: Krieg gegen Karadschahissar.

Eine Wolke von Geschrei erhob sich. Pfeilboten herbei! Junge Männer entzündeten Fackeln, um davonzujagen. Keiner durfte ihnen ein frisches Pferd versagen, wenn das ihrige ausfiel. Hin auf die Almen des Tumanidsch! Ausgestoßen war jeder, der dem Beschluß sich versagte. Pfeilboten an die Verbündeten: türkische und turkmanische Stämme. Zündet die Feuer an auf den Bergen! Von Berg zu Berg, von Tal zu Tal: Krieg gegen Karadschahissar. Von Sögüd nach Seraidschik, von Seraidschik nach dem Ermeni – in einer halben Stunde würde der Tumanidsch es wissen. Mit starren Augen sah es Malchatun. Sie erwachte. Langsam stieg ihr versunkenes Ich wieder herauf. Sie überschaute, was vor ihr war und sich selbst.

Dies fackeldurchglommene Menschengewimmel wurde ihr zu einem einzigen sich windenden, um sich schlagenden Leib. Nichts sei der einzelne, dachte sie, als eins der willenlosen Glieder dieses Leibes, an den er seine menschliche Seele verloren habe, um keine andere dafür zu gewinnen, jedenfalls keine menschliche. Er würde tun, was er als einzelner nie getan hätte. Er würde sengen und brennen und morden, und sein Gewissen würde schweigen, seine Seele wäre gestorben und nicht mehr berührt. Alles, was er tue, habe das große Tier getan.

Und sie, sie selbst habe das Untier entfesselt oder entfesseln helfen!

Sie entsetzte sich sehr.

Um was geschehe das alles? Eine Stadt gewonnen oder nicht. Ein paar Weidegründe mehr – und der Gewinn wiege vielleicht nicht den unvermeidlichen Verlust auf. Und dann wieder neue Fehde, neuer Krieg, neuer Mord. Sie fühlte sich müde und von Gott verlassen, eines Lebens überdrüssig, das nur gebäre, auf daß sich das Geborene wieder verschlinge. Nicht die leiseste Spur von Allah erblickte sie in dem allen. Nur ein menschlicher Wunschtraum sei Gott, ein Traum von Gerechtigkeit und Güte, die dem Seienden in Wahrheit fehle und bis in alle Ewigkeit fehlen werde. Und da Gerechtigkeit und Güte Vollendung und somit Tod seien, so sei Gott die Todessehnsucht der Menschen.

Einen winzigen Augenblick war Malchatun völlig von dieser Sehnsucht erfüllt, bis das Leben, dem sie gehörte, sich ihrer wieder bemächtigte. Plötzlich war es ihr ein Trost zu denken, daß alles Gedachte genauso existiere wie das, was man sehen und anfassen könne, und daß Gott demnach Wirklichkeit sei wie jeder Traum. Auch wie Osmans Gesicht von der Ulme ...

Aber Osmans Traum verwandelte sich in ihr. Sie erblickte ein gestautes Wasser, das bis an die höchsten Ränder seiner Ufer gestiegen war, und wurde von der Frage voll schmerzhafter Spannung ergriffen, wo der Ausbruch erfolgen werde. Ganz klar war es, daß die ersten spärlichen Rinnsale bald einen tiefen Einbruch bewirken und die hinabstürzenden Gewässer das darunterliegende Land weit überfluten würden.

Und nun sah sie bereits über Sturz und Vernichtung hinaus die ausgebrochenen Wasser zu einem breiten, stetig hinfließenden Strom gebändigt.

Und es war Osmans Strom, den sie sah, seine gesegneten Länder, seine Schiffe und Flotten.

Ein Winziges mußte den Ausschlag geben. – Wenn die Zeit erfüllt sei, dachte sie, könne fast ein Nichts, ein Ritt, ein paar Worte, ein Satz das Schicksal wenden. Sei sie es, die den Ritt getan, die Worte gesprochen habe?

Feuerbrände lohten auf. Wie ein brennendes feines Geriesel sah sie die Pfeilboten davonstürmen. Arme Hirten seien das, ohne tiefes Wissen um das eigene Tun, arme Hirten, dieser Stamm der Ertoghruler, die nach Waffen und Pferden durcheinanderwimmelten. Und doch hatte Malchatun das Bewußtsein, einem Ereignis beizuwohnen, das für viele Jahrhunderte das Schicksal der Menschen bestimmen und mitbestimmen werde.

Sie warf einen Blick auf Ertoghrul und zog hastig dessen Pferd zum Haus hin in den Schatten. Es war kein Augenblick zu früh.

Denn kaum angelangt, fiel der Greis aus dem Sattel und ihr in die Arme.

XXVII

Zum Weiberland war von heute auf morgen das Gebirge geworden. Nicht nur, daß Frauen die Herden trieben und versorgten – sie versahen auch deren bewaffneten Schutz. Die Männer hatten sich auf die Pferde geworfen, und nun waren sie davon, und wenn die Weiber nicht achtgegeben hätten, wäre manch einer ohne Proviant oder gar Handpferd geritten – so toll waren die Kerle auf einmal gewesen, als sie die Feuer gesehen und die Pfeilboten gehört hatten. Allen war diese Tollheit – und den Tollen selbst zuerst – als etwas Unabweisbares wollüstig ins Blut geschossen. Selbstverständlich hatte den Frauen das Herz danach gestanden und stand ihnen noch danach, daß die Männer, die Söhne, die Brüder zurückkehren möchten, jedenfalls die eigenen, und mit heilen Gliedern. Dennoch hatten die stets Redebereiten sich weniger an diese wärmeren Gefühle, sondern, um den männlichen Hochmut doch wenigstens in etwas zu dämpfen, mehr an ihre kleinen Überlegenheiten des Alltags geklammert – gegen die Sache selbst dagegen war ihnen kein Wort über die Lippen gekommen. Als eine höhere Gewalt, als ein Wille, dem sich zu widersetzen Sünde sei – als der Wille des Blauen Himmels etwa oder von den Göttern oder Allah – gepriesen sein Name! –, war ihnen das Ereignis erschienen.

Jedenfalls hatte der Tumanidsch all seine Männer ausgespien. In gewaltigen Sturzbächen waren sie zu Tal gejagt, um als Bugwelle eines großen Stromes an Karadschahissar zu branden.

Ertoghrul selbst war nicht dabeigewesen, und Dündars Abwesenheit hatte man nicht bemerkt, weil man sie nicht hatte bemerken wollen. So waren es allein Osmans Scharen gewesen, die Karadschahissar überrannt und die Burg zur Übergabe gezwungen hatten.

Weniger Blut, als zu befürchten gewesen, hatte die Eroberung gekostet. Alle seine Rinder und Schafe und viele Pferde hatte Osman den Mitsiegern überlassen, um seine

Stadt vor der Zerstörung und seine neuen Untertanen vor Plünderei, Mord und Sklaverei zu bewahren.

Denn, mochte es Sultan Alaeddin gefallen oder nicht, Karadschahissar gehörte jetzt Osman.

Im Jahre 1288 nach Christi Geburt oder 687 nach der Flucht Mohammeds aus Mekka war das geschehen, fünfzig Jahre nach der ersten Eroberung durch Ertoghrul.

Und Ertoghrul starb bei der Kunde des Sieges mit einem Lächeln, als sei nun alles so, wie es sein solle, in den Armen seiner Schwiegertochter Malchatun. Alles, was er hatte erleben können, hatte er erlebt. Mehr war ihm von Allah nicht beschieden gewesen.

Bei der Nachricht vom Tode des Vaters legte Osman Trauergewänder an, und niemand sagte etwas dawider, daß er den fürstlichen Kopfbund in Schwarz hinzutat. Jetzt war Osman der Herr. Das verstand sich für alle von selbst.

Mit Bewilligung des Sultans verwandelte er die Kirche von Karadschahissar in eine Moschee, deren Kanzelredner, ein Schüler Edebalis, zugleich Richter des Wochenmarktes war, der an jedem Freitag stattfand.

Nach wenigen Monaten lud Osman dann die Nachbarn und Stämme des Tumanidsch zum Fest. Niemand sagte ab. Sogar von den Asanes kamen Kir David und Apollonia.

Außerhalb der Stadt, auf der Ebene am Pursuk, fand die Feierlichkeit statt. Die christlichen Herren hatten ihren ganzen Staat, alle aber ihre besten Kleider angelegt. Statt der Trauergewänder trug Osman eine oben abgestumpfte, mit weißem Kopfbund umwundene rote Kegelhaube, dazu über dem iltisbesetzten Ehrenkursk des Sultans einen weiten grünen Kaftan mit einem hochstehenden Kragen in der roten Farbe des Unterfutters. Leer von den Schultern hingen ihm die Ärmel des Kaftans für die herunter, deren Rang es ihnen nicht gestattete, ihm die Hand zu küssen. Auf einem Rappen saß er, und beim Reiten umtanzte ihn die Sulfakar zur Linken.

Alle bewahrten Schweigen, wie er sich inmitten roter

Fahnen durch das Spalier der Gäste und des Volkes bewegte. Seine eigenen Gefährten waren mit der Geistlichkeit vorausgeritten, um den Wesir Schermugan einzuholen und den Neffen Aktimur.

Nun hörte man das Gedröhn der Pauken und die stählernen Klänge der Hörner, nun erschien Schermugan, von Geistlichen und Weltlichen umringt, nun riß die Musik mit einem Paukenschlag ab, und zugleich standen auch schon alle Berittenen neben ihren Pferden.

Einzig und allein Schermugan und Osman ragten noch in ihren Sätteln. Wenige Schritte nur führte Abdorrahmanghasi den Rappen seines Scheichs voran – den kaiserlichen Geschenken aber näherte sich auch Osman zu Fuß.

Noch einmal erscholl das Gewitter der Pauken, der Flöten und der Drommeten, während Osman mit gekreuzten Armen in tiefster Verneigung verharrte.

An Stirn und Herz führte er den Lehensberat, den Aktimur ihm kniend überreichte. Als er dann aber Sandschak und Tugh, Fahne und Roßschweif aus Schermugans Händen empfing, zerriß wildes Tosen das achtungsvolle Schweigen.

Immer wieder erhob es sich, brach es sich an den Mauern der eroberten Stadt.

Mit Pauke, Fahne und Roßschweif hatte die Kaiserliche Majestät des Padischah von Anatolien den Nomaden Osman Ertoghruloghlu zu fürstlichem Rang und zum Bey der Grenze erhoben.

Zu Ehren dieses hohen Festes brannte heute Öl in der Lampe, und das war viel; denn der ehemalige Olivenreichtum Bithyniens war längst dahin. Selbst Kirchen und Moscheen pflegte man daher nach Nomadensitte durch Butterlampen zu erhellen. Aber heute und in diesem einen Gemach brannte wirklich Öl. Mit seinem beigemengten Wohlgeruch durchdrang es den großen Raum.

Keineswegs aus Speckstein war die Lampe geschnitten. Sie bestand aus fünf spitzschnäbligen silbernen Kännchen um eine vom Fußboden aufragende Ebenholzsäule, und sie war so alt, daß alles Putzen die Schwärze aus den Fugen und Beulen der Kannen nicht völlig hatte vertreiben können. Diese Zeichen des Alters taten jedoch der Form keinen Abbruch und adelten nur den matten und milden Schein des Metalls. Einfach und edel wie der Leuchter war auch das Gemach. Wieder einmal bewährten sich die unverwüstlichen Farben byzantinischer Mosaiken. Wenn nicht gerade Steine herausfielen, war ihnen nichts anzuhaben. Eine längst verstorbene göttliche Kaiserin stellte es dar mit ihrem Hofstaat weiblichen, sächlichen und männlichen Geschlechts. Nun wirkte es wie ein ferner goldschimmernder Himmel im spärlichen Licht.

Nicht überall jedoch stand es so gut. Dreimal im Laufe des letzten Jahrhunderts hatte fremdes Kriegsvolk die Burg erstürmt, zu einer Zeit also, da zur Beseitigung entstandener Schäden bereits das Geld und vielleicht auch schon das Bedürfnis gefehlt hatten. Weite Lücken waren in den Wandmosaiken unausgebessert geblieben. Man hatte sich begnügt, sie mit Lehm auszuschmieren, und der legte sich nun in schweren Wolken über die rechte Schulter des Erzengels Michael und über die Knie und Füße der Panagia.

Genug an Glanz jedoch war noch immer vorhanden, um als farbige Dämmerung den Raum zu beherrschen.

Gar nichts hatte auch das Bett mit dem Fellager türkischer Nomaden und wenig mit arabischen Polstern zu tun. Es war ein richtiges Bett aus nachgedunkeltem Kirschholz, zum Fußende hin offen und mit einer hohen Kopfleiste, deren Kurven sich in zwei gegeneinander flutenden Wogen umschlangen. Unter der Oberdecke leuchtete trapezuntisches Leinen.

Im unerstürmten Biledschik hatte der Krieg den ebenso kostbaren Hausrat verschont. Das war in Karadschahissar nicht der Fall gewesen, und die junge Herrin besaß weder die Mittel, noch hätte sie die Künstler gewußt, um allem, was sie vorgefunden hatte, die volle alte Pracht zurückgeben zu können. Immerhin war es die Erinnerung an Biledschik gewesen, die Malchatun ein byzantinisches Schlafgemach hatte wählen lassen.

Jetzt stand sie am Fenster dieses Gemaches in ihrer Burg.

An Inöni dachte sie, an damals, als Manuels Schwerbewaffnete die schwachen Lehmmauern bedroht hatten. Dasselbe summende Brausen vieler Menschen war da. – Durch geschlossene Lider fühlte sie Flammenschein. Dieselben Geräusche, dasselbe Flackern, dieselben Gefühle der Angst ...

Erschrocken schlug sie die Augen auf. Sei sie denn nicht glücklich? Müsse sie es nicht sein? Wie seltsam ...

Die Reihen eines unübersehbaren Zeltlagers verloren sich in der Nacht. Auf dem frei gelassenen Platz an der Mauer umtanzten die Menschen brennende Holzstöße. Fackeln und Pechtonnen und Pfannen loderten. Jubel überall. Sie atmete den Geruch von Rauch und verbranntem Fett ...

Alles sei anders, dachte sie, ganz anders als in Inöni und weit eher wie in Seraidschik bei ihrer Hochzeit ... nur daß sie eben nicht habe dabeisein mögen wie in Seraidschik, wenn auch Osman als Gastgeber und Fürst sich nicht habe entziehen können ...

Über jedes Erwarten war ihnen Ehre widerfahren: Im Berat stand der Namenszug des Sultans mit silberner Tusche geschrieben! Das war viel für den Lehensbrief eines Beys. An Gold zu denken wäre Vermessenheit gewesen. Gold kam nur in Briefen an Kaiser und Könige vor. Malchatun hatte also Grund, zu frohlocken. Vor nicht langer Zeit habe Salmenikos sie zur Fürstin machen wollen, und nun sei sie es, aber – nicht Salmenikos sei ihr Mann!

Als Nachkommin sternengläubiger Vorfahren trennten sie nicht die natürlichen Regungen des Körpers von den unterbewußten Träumen. Mit den weit umfassenderen Bewegungen des Kosmos, der Erde und der erdbevölkernden Menschheit fühlte sie sich ganz selbstverständlich verwoben.

Dieses Gefühl gab ihr auch den festen Glauben, ihre Vereinigung mit Osman sei vor deren Anbeginn bereits die Notwendigkeit eines Außerhalbs gewesen, und so dankte sie es ihm, daß sie ihn zu lieben vermochte.

Die Nacht der ersten Empfängnis hatte dennoch nichts von einem Aufgeben ihrer selbst gesehen. Keinen winzigen Augenblick hatte sie sich an etwas außerhalb ihres Wesens verloren. Und schließlich hatte sich Malchatun damit abgefunden, daß die Fragwürdigkeit einer Hochzeitsnacht mit der Entfernung des jeweiligen Menschen vom Tiere wachse. Fast beglückte der Gedanke sie, die Stunde ihrer völligen Befreiung von sich, des Aufgehens ihres Ichs in einem Du könne ihr noch bevorstehen ...

Sie schrie auf und warf sich herum.

Es war Osman, der sie umfing.

Wie eine ermattete Schwimmerin warf sie, ihrer Gedanken müde, die Arme um seinen Nacken. Sie war gar nicht mehr die würdevoll-sanfte Malchatun, vor der Osmans tapfere junge Alpe sich um die Ecken verdrückten. Eine junge Frau war sie, fast nur ein kleines Mädchen, das den Geliebten nicht lassen will und den Kopf an dessen Schultern birgt.

So wenig war das ihre Gewohnheit, daß Osman sie voll Besorgnis fragte, ob ihr etwas Besonderes widerfahren sei.

Mit Tränen in den Augen schüttelte sie stumm den Kopf.

«Daß du da bist!» sagte sie nur.

«Nun ja, ich bin da!» lachte Osman. «Leicht war es nicht, zu entkommen. Alle wollten mich dabehalten. Und nun erst die Jungen, ich wette, sie lästern nicht schlecht über mich als einen Mann, der seiner Frau nicht vom Kittel weicht.»

«Dann hättest du lieber nicht kommen sollen», meinte Malchatun und löste sich von ihm.

«Böse?» fragte er.

«Deine Alpe, finde ich, sollten sich deiner Würde erinnern, gerade weil sie noch neu ist», lenkte sie ein.

«Du lieber Himmel!» lachte Osman. «Die Jungen sind meine Jugendgefährten. Die frechsten Mäuler zwischen Mekka und Samarkand. Die müßtest du hören!» fügte er mit ersichtlichem Stolz auf die Unerziehbarkeit seiner Alpe hinzu. «Die fürchten den Teufel nicht. Höchstens dich.»

«Aber ich bin doch kein – bin doch keine ...!» Auf Malchatuns Gesicht lag so viel ehrliches Staunen, daß sich Osmans Lachen verstärkte.

«Schlimmer, meine Gebieterin, viel schlimmer», erheiterte er sich. «Du bist eine Dame. Und da sie sich auf so etwas nicht verstehen, haben sie eine Hundsangst vor dir.»

«Ich fand sie stets höflich gegen mich.»

«Das ist es ja: schrecklich höflich. Du glaubst nicht, welche Mühe ihnen das macht.»

«Dann sollen sie's doch lassen!»

«Das können sie auch wieder nicht. Ich glaube nämlich, sie haben so eine Ahnung, wieviel ich dir verdanke.»

«Bitte nicht, Osman!»

«Bitte doch, Malchatun! Außerdem würde schon Schermugan dafür sorgen, daß ich mich erinnere.»

«Ich hoffe, daß der Wesir nicht ...»

«Wie kannst du dir denken, Seine Hohe Exzellenz könne sich jemals so weit vergessen?» ließ er sich in seiner Ironie nicht beirren. Er kannte ihre kleine Schwäche für den alten Herrn und hatte ihr nicht verschwiegen, auf welche Weise Schermugan in der entscheidenden Unterredung sie zum Schluß noch erwähnt hatte. «Schermugan ist viel zu fein», fuhr er fort, «um auch nur ein Wort daran zu verschwenden, daß ich vielleicht lieber bei dir hätte sein mögen.»

«Und wer leistete mir diesen Dienst?»

«Kir David. Er nahm mich mit in ein Zelt, und ebendort fand ich Kira Apollonia. Glücklicherweise war sie müde, und du kannst dir denken, daß selbstverständlich nur ich die Pflegeschwester meiner fürstlichen Gemahlin nach Hause bringen durfte. Auf diese Weise bin ich entwischt!» Er lachte sein helles Jungenlachen, dem sie so schwer widerstehen konnte. Dann jedoch verschanzte sie sich um so fester gegen jede Überrumpelung ihrer Gefühle. «Deine Pollizza wollte noch zu dir», erhellte er nämlich etwas zu betont seine Wünsche; «aber ich hab' ihr das ausgeredet, weißt du?»

Es sei schrecklich mit ihm, dachte Malchatun, aber sie könne nicht anders! Es sei klar, er habe ihr Apollonia erspart, um keine Stunde an ein drittes abgeben zu müssen. Nur zu sehr seien die wenigen Nächte ihres bisherigen Zusammenseins mit Plänen und Sorgen belastet gewesen, und nun ...

Sie fühlte, wie gefährlich es sei, wenn sie sich auch weiterhin mehr bewahren wolle, als Osman lieb sein könne. Das Glück sei nicht zu halten? Wie falsch! Es sei zu halten, es sei herbeizuziehen, zu wünschen, herbeizubeten, und ... es sei zu verscheuchen. Sie selbst sei im Begriff, das zu tun.

Lässig hatte Osman sein Oberkleid abgelegt, um sich zu entgürten.

Sie fühlte die Ströme von Osmans Verlangen auf ihrer Haut. Aber nicht diese Ströme und nicht ihn fürchtete sie, sondern sich selbst und den Augenblick, da sie lebenslang gehegte Hemmungen endgültig abwerfen müsse. Ihr war, als solle sie aus einem unergründlichen Becken siedenden Metalls den Zapfen lassen, ohne dessen gewiß zu sein, ob dem glühenden Chaos eine lebenerhöhende neue Form oder nur Brand, Vernichtung und zuletzt Ekel entsteigen werde. Dabei lockte das Chaos, dem sie so lange widerstanden, fast unwiderstehlich.

Selbstaufgabe und Selbstbehauptung hielten sich die Waage. Nur ein letzter, winziger Rest ihres Denkens blieb klar, und der war dieser: sich Osmans vorher ganz zu versichern!

Daran klammerte sie sich. Denn damit ...

«Höre, Osman», trotzte sie ohne Grund, «ich bin deine Frau, und ich begehre, deine einzige zu sein. Solltest du dich jemals einer zweiten geneigt zeigen ...»

«Aber Malchatun! Ist heute der Tag ...?»

«Mit oder ohne geistlichen Segen», fuhr sie unerbittlich fort, «dann verlange ich den Scheidebrief.»

Wie ein Überfall wirkten diese Worte. Osman jedoch konnte selbst ein Überfall nicht verwirren. Und es sei schändlich, äußerte er, wie anhänglich so ein schlechter Ruf sei. Oder ob sie ihn etwa untreu gefunden habe?

«Nein.»

«Es gibt genug schlechte Menschen!» versuchte er sie.

«Es hat dich niemand verleugnet.»

«Ich sagte es ja: mein schlechter Ruf!» wiederholte er mit einem tiefen, aber etwas verspielten Seufzer. «Wenn man den erst einmal weghat, kann man ein Hanife, ein engelhaftes Wesen sein – es nützt einem gar nichts. Und was war? Leichtfertig war ich mit den Worten –.»

«Ich fand deine Hände auch recht geschäftig, als du Perid zu dir in den Sattel hobst, damals, als sie den Stier ritt», unterbrach ihn ihr eifersüchtiger Zorn, «ganz fest drücktest du sie an dich!»

«Aber Malchatun! Perid ist die Gattin deines Vaters!» erinnerte er sie. «Perid sah nur Edebali. Er ist ein außerordentlicher Mann, mein Lehrer.»

«Wenn Edebali außergewöhnlich ist», lenkte sie, nun doch etwas beschämt, ein, «so ist er dafür auch der Schwiegervater eines Fürsten.»

«Der Vater einer Fürstin», gab er die Schmeichelei artig zurück.

«Nur solange du dich an das hältst, was ich dir eben sagte.»

«Oh, Malchatun», überwältigte es ihn nun doch, «wenn ich nur daran denke, daß du mich verlassen könntest ...»

Aber auch in ihr war sie immer stärker geworden, der allzu irdischen Gewalten unwiderstehliche Macht.

«Ich meine ...», stammelte sie. «Ach, Osman ...»

«Vieles werden wir noch erleben, Malchatun, du meine Frau», warb Osman mehr noch mit den dunklen Tönen seiner Stimme als mit Worten. «Immer werde ich stolz auf dich sein, wie ich es an unserem Hochzeitstag war. Mir scheint er erst heute zu sein, der Tag unserer wirklichen Hochzeit ... Malchatun ...»

«Ja ...», sagte sie, und mit diesem Ja wandte sie sich ihm endgültig zu.

Schwarz behaart und braun stand er vor ihr, der nichts entging und die alles an ihm bejahte. Und als sie sich neigen wollte, die Lichter zu löschen, konnte er sie in seine Arme nehmen.

«Verbirg dich mir nicht mehr», bat er, «du meiner Augen Freude.»

«Nein», sagte sie, und ihr Nein war ein Ja zu ihm, zu sich und zu seiner und ihrer Lust.

Viertes Buch

XXVIII

Es war einmal Malchatuns Rat gewesen, einen hölzernen Luginsland gegen die Veste Ainegöl des grimmigen Mattäos Botoniates zu errichten, und nun – nach fast anderthalb Jahrzehnten – fand man solche Türme allerorten in den osmanischen Weidegebieten, bei Türken und Turkmanen.

Als Wachttürme gegen Viehräuber waren sie sehr nützlich. Die bequemere Übersicht über die weidenden Herden ersparte manchen Ritt. Dadurch fanden sich die Erbauer für ihre Mühe hinreichend belohnt. Im Winter und wenn sie mit ihren Herden weiterzogen, überließen sie die Gerüste getrost der Einsamkeit und dem guten Glück. Außerhalb der Karawanenstraße zeigten die Verlassenen den spärlichen Reisenden dann immer noch die Orte an, wo

Wasser zu finden war, und boten ihnen auch wohl bei Nacht oder Unwetter Schutz. Dagegen hatten die Erbauer nichts; denn dem Fremden Obdach zu gewähren, gebot schon der Islam.

Auch die Gefahr der Zerstörung durch Böswillige wurde nicht allzu hoch angeschlagen, weil solch ein Turm leichter neu zu errichten als ständig zu bewachen war. Kam es doch in grasreichen Sommern sogar vor, daß eine Reihe derartiger Sammelplätze überhaupt nicht besucht wurde. Wozu also viele Umstände mit einem Turm, der vielleicht jahrelang leer stand? Es gab deren genug. Und einen Namen hatten sie auch bekommen, obwohl niemand wußte, wer ihn aufgebracht hatte. Tschardake nannte man sie, und es wurde behauptet, daß die Einrichtung keineswegs neu sei und daß sich die Beduinen Syriens ihrer schon lange bedient haben.

Ein solcher vorgeschobener Tschardak befand sich nahe der byzantinischen Grenze auf einem Westausläufer des Ermeni. Diesem lange nicht mehr benutzten Turm näherte sich als Vortrab eines größeren Zuges ein Dutzend Reiter.

Der Turm sei besetzt! meldete einer von ihnen dem Chalil Tschendereli, dem trotz seiner Jugend die Ehre der Führerschaft anvertraut worden war, und das Ungebührliche daran sei, fuhr der Späher fort, daß eine fremde Herde auf dem Weidegrund grase.

«Byzantiner!» grollte Chalil, und keiner seiner bärtigen und unbärtigen Gefährten war weniger erzürnt als er selbst. Grenzüberschreitungen waren das tägliche Ärgernis, und die Grenze verlief nur allzu nahe am Fluß. Wer anders als Byzantiner solle sich hier wohl mausig machen? fanden die Reiter. Wenn man derartige Übergriffe hingehen lasse, könne sich leicht ein Gewohnheitsrecht daraus ergeben.

Das Chalil die siebzehn noch nicht erreicht hatte, lähmte seine Entschlußkraft durchaus nicht. Ohnehin wurde er von Osman als der jüngere Sohn jenes Herrn Isa von Inöni bevorzugt, der für den Flüchtigen einst Stadt und Leben eingesetzt hatte. Außerdem galt der junge Chalil nicht nur für einen der begabtesten Schüler Edebalis auf dem Gebiet des koranischen Rechtes, sondern er war auch mit der Hand der jüngeren Schwester Perids begabt worden und somit wieder seinerseits der Schwager von Osmans ehrwürdigem Schwiegervater. Eine große Laufbahn stand dem Jüngling bevor, und dieser sich würdig zu machen war dessen Bestreben.

Als Krieger wie als Rechtsbeflissener sah er seine Gelegenheit gekommen. Er dachte nicht daran, die Ankunft seines Beys abzuwarten und dem die Entscheidung zu überlassen. Auch daß Frauen bei den Friedensbrechern seien, wie man ihm berichtet hatte, störte ihn nicht.

«Sie werden unser sein», entschied er und traf dann seine Maßnahmen wie ein Ergrauter.

Seine Leute ließ er absteigen, um auf diese Weise die Fremden ungesehen umzingeln zu können. Ein Signal auf der Surna, der schrillen Pfeife, sollte den Befehl zum überraschenden Angriff geben. Ganz als kleiner Feldherr fühlte sich Kara Chalil ...

Eigentlich wäre Osman am liebsten mutterseelenallein abenteuernd durch die Berge gestreift. Nicht etwa, daß er der Menschen überdrüssig geworden wäre. Im Gegenteil! Seiner Malchatun schon gar nicht, obwohl mehr als ein Dutzend Jahre in einer Ehe keine geringe Zeit sind und gemeinhin völlig ausreichen, um aus einem jungen Balzer einen behäbigen Ehemann zu machen. Doch ein behäbiger und lässiger Ehemann war Osman keineswegs geworden, und Malchatun war in der Mitte ihrer dreißiger Jahre so anziehend wie nur je.

Etwas herrscherhaft war sie allerdings immer gewesen; aber gerade das hatte ihr Osman so geneigt gemacht, und nachdem sie ihm zwei Knaben geboren hatte, Orkhan und Alaeddin, waren zu Osmans unverminderter Liebe, wie bei jedem türkischen Mann, noch die Achtung und Ehrerbietung vor der Mutter seiner Söhne getreten.

Eine zweite Frau – o nein –, das hätte Osman nicht gewagt. Nicht einmal eine der Frauen «unter seiner Hand», eine der Mägde, hatte er, wie es der Koran ihm doch gestattete, sich jemals beigesellt. Gegen Malchatun kam auch der Koran bei Osman nicht auf. Jedes flüchtige Wohlgefallen an der anmutigen Jugend, mit der Malchatun sich zu umgeben liebte, war vielmehr schließlich immer wieder starkströmig zur Herrin zurückgekehrt. Kein Ergötzen bei einer anderen hätte der Herr des Harems mit einem Stirnrunzeln seiner Frau bezahlen mögen und freilich ebensowenig mit einer Trübung der guten Beziehungen zu den wichtigeren Personen seines Machtbereichs. Malchatun pflegte nämlich ihre Mädchen noch als Kinder einem der Alpe, einem Stammeshäuptling oder Verwandten zu versprechen, so daß stets ein Wall fremder Rechte die Flüggen umgab.

Nicht unweise war dies Verfahren. Denn so war Malchatun von den jungen Frauen, ihren Zöglingen, stets zuverlässig über deren Männer unterrichtet. Schon darum hatten sich in Osman unstatthafte Wünsche, die er hätte überwinden müssen, gar nicht erst geregt, und nichts bewies so sehr die Sicherheit seiner Gefühle, als daß er über sein Verhältnis zu Malchatun ebensowenig nachdachte wie über sein Verhältnis zu Gott.

Aber selbst als Ehemann seiner ihm von Allah verliehenen so hohen Gemahlin konnte er gelegentlich den Wunsch haben, einmal völlig allein zu sein oder vielmehr – des anscheinend Unverlierbaren sicher – alles Gewohnte zu einem Ausflug ins Unbekannte für eine Weile gänzlich abzustreifen und zu vergessen. Auch Schwanenjungfrauen und ähnliche Zauberwesen entäußern sich zu gewissen Zeiten gern ihrer höheren Existenz, was dann nicht immer ohne irdische Verwicklungen abgeht. Und wenn die Dichter in unausrottbarer Parteilichkeit auch stets den Damen die überirdische Herkunft zuschreiben, so sind im Fluchtverlangen und in der Lebensneugier die Männer und Weiber so unähnlich nicht. Sehr viele Männer – und das sind mehr, als man denken sollte – sind, ohne es selbst zu wissen, aus diesen Gründen sogar einem kleinen Krieg keineswegs immer abgeneigt.

Auch Osman war sich der Vielgestalt seiner Wünsche genausowenig bewußt. Etwas Großes, Buntes, Freies, Heiteres war es, wohin es ihn drängte: ein Wiegen der Gräser im Wind, ein Kräuseln der Wellen, Himmelsblau und weiße Wolken, Regen, Unterkunft und eine Hammelkeule über dem Feuer, eine Blumenwiese am Hang, Rinder und Pferde und ein Schwatz mit Hirten – vielleicht auch, wenn es sich ohne sein Zutun ergäbe – mit einem Mädchen ...

So ganz unberechtigt war Edebalis Begründung der Ablehnung von Osmans erster Werbung um Malchatun nicht gewesen, und sie selbst glaubte wohl, daß ihr Osman der beste Mann in Bithynien, aber durchaus nicht, daß er anders als alle anderen Männer sei. Dennoch hatte sie keinen Einwand gegen sein Erbieten erhoben, die Freunde aus Jarhissar, Apollonia und die junge Nilufer, persönlich zu Besuch nach Karadschahissar einzuholen. Malchatun wollte den Frieden mit den christlichen Herren, und der beste Beweis von Osmans günstiger Gesinnung sei – so war ihre Meinung gewesen – diese sichtliche Ehrung der christlichen Asanes.

Osman hatte das gleiche behauptet. Aber allein durchs Gebirge zu schweifen wäre gefährlich und unziemlich gewesen. Immerhin hatte seine Ferienstimmung sich dadurch zu erkennen gegeben, daß seiner Alpe scharfe Augen und Mundwerk ihm nicht genehm gewesen waren. Nur der Knabe Chalil hatte Gnade vor seinem Auge gefunden, und zur weiteren Begleitung war ein Beritt von Sipahis, von schwerbewaffneten Söldnern, befohlen worden. Die Not der Zeit zwang Osman, solche Männer zu besolden, und die Gunst der Umstände erlaubte es ihm.

Lässig wiegte er sich im Sattel. Mit einem Lächeln beschwor er die heiteren Stunden der vergangenen Tage. Doch nun zog er plötzlich die Zügel an, und im Nu war er wach und gestrafft.

Er hatte den Lärm vernommen, den seine Vorhut mit ihrem Sturm auf Pferde und Rinder, Frauen und Männer entfacht hatte.

«Hört ihr!» rief er und setzte seinem Falben die Sporen in die Flanke. «Sürün! Vorwärts!»

Auf dem nächsten Hang parierte er das Pferd; denn nun sah er.

Byzantiner! dachte er grimmig. Genau dasselbe, was Chalil gerufen hatte. Die Grenze lag eben zu nahe. Er war um so zorniger, als es gerade in letzter Zeit um die Grenze wieder unruhig geworden war, und er empfand es bitter, daß er wohl der Bey, aber trotz seines Titels keineswegs dieses Landes Fürst sei.

Sultan Alaeddin saß nach dem Tode seines Onkels Mesud wohl als Selbstherrscher auf dem Thron von Ikonium, doch erwartete er, daß Osman die Beywürde rechtfertige und die Westgrenze ohne jeden Beistand sichere. Kaiser Alaeddin II. war der letzte, an den Osman sich hätte wenden können. Statt seinem Vasallen Kriegshilfe zu senden, erwartete er sie vielmehr von ihm.

Was Osman nun unten um seinen Tschardak herum sich abspielen sah, beunruhigte ihn darum. Das schien mehr als kecker, verstohlener Überfall, ein Raub und eine Flucht zurück über die Grenze zu sein. Offenbar wollten diese Leute nicht nur Vieh, sondern auch Land stehlen, um sich darin seßhaft zu machen und es zu behaupten. Auf einfache Streifereien nahm man keine Frauen mit. Und daß da unten Frauen sich breitgemacht hatten – um das zu wissen, brauchte man keine Augen. Das Gekreisch aus den Büschen war nicht zu überhören.

Nichts von Schonung war in Osmans Stimme, als er sich an die verharrenden Söldner wandte. Seine Ansprache war ein Schrei, der jedem Raubtrieb der Männer die Bahn freigab. «Wir wollen sie uns ansehen!» schrie er. «Die Weiber! Und laßt mir keine entwischen! Packt sie, und was einer hat, das hat er und soll es behalten! Sürün!»

«Sürün!» jubelte es zurück, und damit rasselte die stählerne Lawine zu Tal.

XXIX

Niemand hätte zu sagen vermocht, um wie vieles leichter Kira Apollonia mit ihrem Kir David fertig werden konnte als mit ihrer einzigen Tochter Nilufer. Sie aber wußte es: Das Mädchen machte ihr viel schwerer zu schaffen als der sanfte Herr David.

Ein Kind noch, kaum aus den Windeln, hatte Nilufer, wie Tante Malchatun sie türkisch benannte, oder Nenuphar, wie sie auf griechisch getauft war, einen so erstaunlichen Eigensinn gezeigt, daß ihre geplagte Mutter oft und lange vor den Ikonen gebetet hatte. Malchatuns Freundin und Pflegeschwester war ernstlich der Meinung gewesen und war es im Grunde noch jetzt, daß der liebe Gott zur Strafe ihrer Sünden ein gutes Teil von des Bruders Manuel verderblichen Eigenschaften dem armen, unschuldigen Kinde vererbt habe. Warum – hatte sich gerade in letzter Zeit Kira Apollonia immer wieder gefragt – könne sie nicht eine Tochter haben wie Ana Tagaris, Kir Michaels sittsames und gefügiges Mädchen, das nun schon so lange auf Jarhissar zu Besuch sei? Aber Nilufer war nun einmal ganz anders geartet. Alle geweihten Kerzen halfen nichts, und es war, wie Apollonia selbst am besten hätte wissen können, völlig umsonst gewesen, die väterliche Autorität anzurufen. Die Dame hatte ihren Mann viel zu gut erzogen, als daß er nun etwa mehr vermocht hätte als sie selbst. Wenn der Ärmste in löblicher Unterwerfung unter die zielbewußtere Gattin auch wirklich einmal versucht hatte, sich ein richterliches Ansehen zu geben, war der verblendeten Tochter darüber immer nur ein Lachen angekommen. Das schlimmste aber war es dann stets, daß es nie lange dauerte, bis der Vater in das Lachen einstimmte, wodurch aus dem mahnenden Erzieher unversehens ein Spießgeselle wurde. Meist pflegten die beiden sich bei solchen Anlässen so schnell wie möglich der besorgten Mutter zu entziehen, damit Kir David seiner Pollizza hinterher vorlügen konnte, was zu hören sie nur zu geneigt war. Auf Nilufer war in solchen und anderen Fällen Verlaß. Die verriet niemanden, schon gar nicht ihren Papa.

Der Übelstand lag eben darin, daß Nilufer nicht nur die einzige Tochter, sondern überhaupt das einzige Kind ihrer Eltern und darum von Vater und Mutter hoffnungslos verzogen worden war. Die Tochter brauchte das freilich nicht zu kümmern. Im Gegensatz zu ihrer Freundin Ana aus Kir Michaels dürftigem Chirmenkia konnte sie sich leicht damit trösten, die weitaus reichste Erbin in Bithynien zu sein. Aber sie war es, weil das Geschlecht der Asanes nur noch auf zwei männlichen Augenpaaren stand, auf dem des Salmenikos und dem von Nilufers Vater David. Von den Asanes gesehen, war Nilufers Eigensinn also mehr als ein kleines Ärgernis. Er stellte den Bestand des alten Hauses in Frage.

Salmenikos war noch immer unvermählt. Nichts konnte ihm demnach näherliegen, als durch eine Ehe mit seiner Nichte Nilufer den gesamten Besitz des Hauses endgültig in seiner Hand zu vereinigen und zugleich auch mit Gottes und der lieben Heiligen Beistand die Fortpflanzung des Geschlechtes ehrenvoll und geziemend zu bewirken.

Jeder vernünftige Mensch sah das ein, und alle waren in dieser Hinsicht vernünftig – leider mit der einen Ausnahme: Nilufer. Hunderte von Malen hatte Kira Apollonia ihrer Tochter die Vorteile, ja die Notwendigkeit einer solchen Verbindung vorgehalten – mit sanften Worten, mit Heftigkeit und sogar unter Bedrohung der jungfräulichen Lenden mit Birkenreisern. Nilufer jedoch hatte nur die närrischsten Gegengründe vorgebracht, wie den, Salmenikos sei ihr zu alt, oder den anderen, er würde sich nie nach ihr umgeschaut haben, wenn sie nicht die Erbin sei, oder gar, der Onkel solle getrost eine andere nehmen, sie selbst, Nilufer, habe keine Lust, einen Haufen Jungen zu kriegen, nicht das geringste liege ihr daran!

Bei solchen Worten der kleinen Aufsässigen hatte sich Kir Davids väterliches Gemüt an der Tatsache ergötzt, daß die Krabbe knapp vierzehn Jahre alt sei, und dabei seinem

Vetter und künftigen Schwiegersohn gegenüber eine echt männliche Schadenfreude empfunden. Er schätzte Salmenikos zwar, hätte aber dessen Erhabenheit von Herzen einen kleinen Dämpfer in Gestalt seiner Nilufer vergönnt, die sich noch erstaunlich zu entwickeln versprach. In der Überzeugung jedoch, daß sie schließlich den Biledschiker heiraten werde, hatte ihn der jungen Dame Aufbegehren in keiner Weise erschüttern können.

Seine liebe Frau war dagegen dessen nicht so sicher gewesen. Nur hatte sie sehr daran gezweifelt, der Verstocktheit ihrer Tochter selbst mit der allerschönsten Rute noch Herr werden zu können, und deshalb und um ihr Gesicht wenigstens in etwas zu wahren, lieber eine andere Strafe ersonnen.

In Jarhissar hätte man es nämlich als unter der Würde des Schlosses erachtet, häufiger als zweimal im Jahr eine große Wäsche zu veranstalten. Auf diese Weise ward es aller Welt kund, daß man keineswegs der Leinwand in gehöriger Menge ermangele. Kein Mensch dachte mehr darüber nach, warum es im Schloß so gehalten werden müsse und gar nicht anders sein könne. Jeder Hintersasse, dessen Frau alle paar Tage am Trog stehen mußte, hätte sich in seinem Wert gemindert gefühlt, wenn von der Herrschaft an diesem Brauch jemals etwas geändert worden wäre.

Aber zweimal im Jahre wusch man – im Herbst und im Frühling –, und das war jedesmal ein Fest zur Zeit des sich erfüllenden Mondes. Auch das gehörte sich so, war doch jedermann bekannt, daß nicht allein das Sonnenlicht, sondern weit mehr noch des Mondes milder Schein dem Leinen jenen weichen, silbrigen Glanz verleihe, den man in Jarhissar so schätzte.

Natürlich gab es weder im Schloß noch in der Stadt eine Bleiche, die groß genug gewesen wäre, die Unzahl von Laken, Hemden, Überzügen und Vorhängen aller Art aufzunehmen. Selbst die Wiesen am Fluß erwiesen sich erfahrungsgemäß als zu schmal, und so gab es denn jedesmal nach der eigentlichen großen Wäsche einen Auszug vieler hochbepackter Wagen mit den Mägden obendrauf und nebenher mit bewaffneten Knechten zum Schutze der Schätze, ob nun der Leinwand, der Mädchen oder von beiden – das kam dabei ganz auf den Standpunkt an.

Dieser Auszug hatte gerade wieder bevorgestanden, und zur Feldherrin des Krieges gegen die Unsauberkeit war wie seit vielen Jahren die oberste Schaffnerin mit dem wohllautenden Namen Eurydike bestimmt gewesen, aus dem eine ihr abgeneigte Welt aber eine gewöhnliche «Dike» zu machen pflegte. Auf Dike nun war Kira Apollonia verfallen, als sie darüber nachgedacht hatte, ob die erwünschte Demut und mädchenhafte Unterwürfigkeit bei ihrer Nilufer nicht vielleicht durch eine beschämend untergeordnete Tätigkeit zu entwickeln sei. Das mütterliche Urteil war demnach ergangen, die Tochter habe unter Dikes strenger Aufsicht bei der Bleiche Magdarbeit zu leisten und solle – das werde sie, Apollonia, der Dike schon einschärfen! – dabei genau wie die anderen Mägde gehalten werden.

Kaum verkündet, hatte dieses Urteil auch anscheinend schon die wohltätigste Wirkung gehabt. Keineswegs hatte Nilufer ihren heimlichen Jubel darüber gezeigt, einmal aus Jarhissar fortzukommen, mitten hinein in die Freiheit der Wiesen und Berge. Was sie gezeigt hatte, waren vielmehr Zerknirschung und Kummer gewesen, gerade so viel, daß Apollonia nicht, von Mitleid ergriffen, den Befehl widerrufen hatte. Beinahe wäre es geschehen. Aber als ihr danach zumute gewesen war, hatte Kir David eine ungewohnte Festigkeit an den Tag gelegt, was ihm von Kira Apollonia hoch angerechnet worden war. Denn daß er zwischendurch der Tochter mal zugezwinkert hatte, war der strafenden Mutter zu seinem Glück entgangen.

Auch der Auszug war ganz nach Wunsch verlaufen. Unter den Augen der Mutter hatte Nilufer durchaus den Anblick einer Tochter im Zustande beginnender Läuterung geboten. Ganz gerührt war Kira Apollonia gewesen, und Kir David hatte sie trösten und ihr die Tränen abwischen müssen, als sie ins Schloß zurückgeführt worden war, von ihm und der sanften Ana, die sich vergeblich erboten hatte, die bußfertige Nilufer auf ihrer Besserungsreise zu begleiten.

Am meisten hatte sich Nilufer dagegen gewehrt; denn was habe die arme Ana begangen? Nichts, sie selbst dagegen ... Überhaupt hatte sich Nilufers Entfaltung erst viel später vollzogen, weit außer jeder Sicht von Stadt und Burg Jarhissar.

Eben noch hatte Dike so schön von dem ungeheuren Anschwellen ihrer Autorität geträumt, wenn sich erst, den losen Mägden sichtbar und hörbar, ihre Vollmachten auch über das Fräulein erstreckt haben würden. Fest entschlossen war sie gewesen, es ihrerseits an nichts fehlen zu lassen. Was gar nicht wenig hatte besagen wollen; denn das vorlauteste Mundwerk unter ihren Mädchen war stets zu einem reinen Quell klagender Töne geworden, wenn sie wieder einmal nach einem Stecken gegriffen hatte.

Doch nun war Dike erwacht. Ein Wispern und Kichern in der Reihe der voranfahrenden Wagen hatte sie aufhorchen lassen. – Wie alle begabten Despoten, wußte sie sich die leisesten Anzeichen einer bevorstehenden Unbotmäßigkeit zu deuten. Aber es war schon zu spät gewesen. Als die lange Wagenreihe plötzlich stehengeblieben war, hatte kein Rufen und Drohen mehr genützt. Die Mägde waren von den Wäschebergen geklettert und mit den Knechten, ohne ihr überhaupt zu antworten, nach vorne gelaufen.

Und das war – nun hatte Dike es gewußt – das stets zu Fürchtende gewesen: die Revolution.

Vom jubelnden Zuruf ihrer Untertanen begrüßt, hatte Nilufer, einen starken Hengst unter sich, wieder im Sattel anstatt züchtig auf der Wäsche gesessen und so forsch drauflos kommandiert, daß es für jedermann eine Freude gewesen war, ausgenommen für Dike. Eine angestammte und im rechten Bett geborene Herrscherin zu verdrängen war für einen verhaßten weiblichen Büttel noch niemals leicht gewesen, und dies im voraus gewußt zu haben hatte eine tiefere Einsicht Kir Davids und seiner Tochter bewiesen, als sie von Kira Apollonia an den Tag gelegt worden war. Die entmachtete Dike hatte es erfahren. An ein Pferd oder gar einen Wagen war nicht zu denken gewesen, und zurücklaufen hatte sie nicht können. So war dann aus der Feldherrin die letzte der Mägde geworden, der man alles aufbürdete, was den andern zu tun nicht gefiel.

Der Grund des Halts aber war gewesen, daß die Wagen auf eine Herde des Kir David gestoßen waren, und deren Hirten, von Nilufer um die beste Gelegenheit zur Durchführung des Bleichgeschäfts befragt, hatten einen Hang weiter landeinwärts wohl gerühmt, aber gleichzeitig vor ihm gewarnt, weil dort als ein Zeichen fremden Besitzes ein Tschardak des Grenzbeys stehe. Nilufer aber war wie jeder neue Gewalthaber viel zu sehr darauf erpicht gewesen, alles anders zu machen, als es vordem getan worden war, um sich mit dieser Auskunft abzufinden. Außerdem war um Osman schon der Grenzwacht wegen immer so viel kriegerischer Lärm, daß sein Ruf kein anderer als ein zwiespältiger hätte sein können. Den einen galt er nicht viel besser als ein Räuberhauptmann, den anderen als Held.

Für Nilufer war er ein Held.

Soweit sie sich erinnern konnte, war er für sie nie etwas anderes gewesen. Selbst die abträglichsten Lügen, die man über ihn verbreitete, hatten ihm, aller Düsternis entkleidet, bei Nilufer zur Verherrlichung gereicht. Die Lieder aber, die zu seinem Ruhme umgingen, hatte sie schon als Kind gesungen. Sei es etwa denkbar, den Vater zu besingen? Niemals sei jemandem so etwas eingefallen. Oder den Onkel Salmenikos? Ebensowenig. Der Vater sei nun lieb, und mit dem könne man alles anfangen; aber der Onkel, den sie gar noch heiraten solle, wisse von nichts als von Herden, Kappenfabrikation und Sicherheit zu reden. Der und Lieder! Sicherlich habe er niemals auch nur die kleinste Liebesgeschichte gehabt. Osman dagegen …

Gerade vor ihrem Einbruch in fremdes Gebiet waren Nilufers Vorstellungen von einem romantischen Osman in keiner Weise zu erschüttern gewesen. Und Osman sei auch nur ein Mann, hatte sie gesagt, und wenn er fremde Leute von seinen Weiden verjage, so sei das vollkommen richtig; aber mit ihr sei das etwas anderes. Denn Osman sei der Mann von Ihrer Tante Malchatun, und wenn er sie, Nilufer, sehe ...

Sie hatte nicht gesagt, was sich ereignen würde, wenn er sie sähe; aber weder Mägde noch Knechte hatten daran gezweifelt, daß ihre Kirina schon wisse, was sie tue. – Und so war es denn geschehen. Doch nun saß sie fest, wenn auch in einer freilich recht zweifelhaften Sicherheit. Denn die Leiter zum oberen Stockwerk des Tschardaks hatte sie beim Überfall von Osmans Leuten geistesgegenwärtig heraufgezogen. Dort oben hockte sie nun ganz allein im Mittelpunkt allen Lärmens und wäre gern wieder in Jarhissar gewesen.

Aber sie war es nicht. Und was den Lärm anlangte, so übertönte ihn jetzt eine gebietende Stimme.

«Lösegeld! Lösegeld!» schrie Osman. Zurufe aus den Reihen der Bestürmten hatten ihn nämlich bedenklich gemacht.

Auch ließ er sich keineswegs zu früh vernehmen, da bereits eine Anzahl seiner Söldner im besten Zuge war, sich für ihre Bemühungen an gefangenen Mägden schadlos zu halten. Der Ruf «Lösegeld» bedeutete nämlich, daß der Soldherr die Preisgabe der Frauen widerrufe und seinen Leuten dafür eine bare Entschädigung zusichere. So schätzbar das Gebot den Sipahis auch in einer ruhigeren Stunde erschienen wäre – jetzt mußte es mehrere Male wiederholt und bei einigen durch Peitschenhiebe bekräftigt werden. So leicht ließ sich der kriegerische Eifer, einmal entfacht, nicht stillen.

«Lösegeld, mein Bey?» ließ sich ein Vorlauter vernehmen. «Wer zahlt es? Die da sehen nicht danach aus ...»

«Gehorsam oder deinen Kopf!» schmetterte Osman dem Frechen zurück. «Treibt sie hier zusammen, Männer und Weiber, mit der Klinge, wenn sie es nicht anders wollen, aber mit der flachen! Euer Geld bekommt ihr. Wenn kein anderer, zahle ich!» Damit warf er auch schon den Kopf zurück. Hatte nicht jemand von oben «Großmaul» heruntergerufen?

Oh, ungeheure Frechheit!

Keineswegs täuschte er sich, und nicht einmal er allein hatte es gehört. Schon sah er auf einigen Gesichtern ein Grinsen, was seine Laune nicht besserte.

«Warum steht ihr noch herum?» ärgerte er sich. «Da unten ist Platz genug. Treibt sie dorthin.»

«Die Gefangenen sind Leute Kir Davids von Jarhissar», meldete der junge Chalil.

«Weiß ich selbst. Wenn es Pack aus dem Byzantinischen gewesen wäre, hätte ich den Sipahis das Vergnügen nicht vergällt. Kann mich ein schönes Stück Geld kosten, falls Kir David nicht zahlen will, dein heldenhafter Überfall auf Rinder und Weiber! Und jetzt geh auf die andere Seite», bedeutete er dem Jüngling, als sich die Söldner etwas verzogen hatten. «Wenn das Weibsstück – und es war eins! – drüben auf der Leiter 'runter will, halt es fest, sag' ich dir!» Osman hätte andere Mittel gehabt, die Unverschämte herunterzuholen. Aber schon dies ganze Scharmützel empfand er als beschämend. Er kenne andere Gefechte und Schlachten! bestärkte er sich. Das asanische Volk habe sich ja kaum gewehrt, und außer ein paar Schrammen sei nichts dabei herausgekommen. Solle man etwa in den christlichen Burgen Spottlieder auf ihn singen, weil er alle seine Knechte gegen eine einzelne Frauenstimme habe stürmen lassen? Da sei Gott vor!

«Komm herunter, du da oben!» rief er und reckte sich.

Es war erstaunlich, wie rasch wenige Abende an den Lagerfeuern vermocht hatten, Nilufer alle Spuren einer Damenerziehung abzustreifen. Nur noch die Anführerin ihr wild ergebener Knechte und Mägde war sie jetzt. Worte hatte sie gelernt, die Kira Apollonia nie aus dem Munde der Tochter hätte hören dürfen! Und ihre Taten standen – wie sich jetzt zeigte – diesen Worten in keiner Weise nach. Vorsichtig schielte sie erst über die Brüstung und streckte dann nicht nur den Kopf, sondern auch die Zunge mit einem lauten «Bäh!» in Richtung des Widersachers heraus.

Da sich Nilufer nach dieser Heldentat schleunigst wieder in Sicherheit brachte, dauerte der Vorgang nur einen kurzen Augenblick. Allerdings genügte er, um dem Manne Osman die freundliche Gewißheit zu vermitteln, daß es sich bei dem weiblichen Wesen keineswegs um einen reiferen Jahrgang handle.

«Komm herunter, daß ich dir die Haut über die Ohren ziehe!» stellte er sich gerade darum nur um so grimmiger.

«Schön dumm wäre ich», gab sie zurück, «meine Haut kann ich selber brauchen! Behalt du nur deine eigene, die schäbige, für dich ist sie gut genug!»

Sehr ehrenvoll sei das auch wieder nicht für ihn, mußte er sich eingestehen, und was der Junge, der Chalil, sich nur denken möge, wenn jetzt nicht bald was geschehe.

«'runter mit dir!» befahl er barsch.

«Komm herauf, wenn du kannst», höhnte sie und fügte noch einige besonders kränkende Wendungen aus ihrem neuerworbenen Sprachschatz hinzu.

Aber die hätte sie sich sparen können. Ohnedem hatte Osman schon genug davon und hörte gar nicht mehr hin.

Nun besaß er wohl seinen langen Leibrock, den kaiserlichen Ehrenkursk und die gute linnene Kopfbinde – aber diese ganze Pracht, mit der er in Jarhissar zu blenden gedachte, lag wohlverwahrt auf dem Rücken eines Packtieres, und als er jetzt aus dem Sattel sprang, stand er wie irgendein türkischer Hirte nur in Hose und Hemd da, auf dem Kopf die weiße Kappe und ein Messer im Gurt.

«Das wirst du gleich sehen!» rief er und packte die Sache in der Weise an, daß er den Seitenpfosten des Tschardaks zu erklimmen begann.

Ein wenig verging der Nilufer das Lachen nun doch! Immer höher kam dieser schreckliche Mensch.

Schleunigst spähte sie nach brauchbaren Gegenständen, um sie ihm an den Kopf zu werfen. Und einiges fand sie auch: eine Bank und zwei vergessene Melkeimer, aber mit einem Butterfaß und dem dazugehörigen Klöppel war ihr Vorrat erschöpft. Ohne sichtbaren Erfolg! Osman hatte sich nur jeweils mit der Rechten festgeklammert und die Wurfgeschosse mit der Linken abgefangen, als seien sie ebenso viele Blumensträuße zum Willkomm.

Das Heulen lag Nilufer näher als das Lachen. Was nun? Nur noch einen Knüppel hatte sie. Den hob sie sich auf. Und dann war es soweit.

Schon griff Osman über das Geländer. Nilufer hob den Arm ... Aber dann zauderte sie, als sie in sein lachendes Gesicht sah ... Gerade nur einen kleinen, winzigen Augenblick währte dieses Zögern, doch es genügte dem Gefühllosen vollkommen, sich in das obere Stockwerk zu schwingen.

Was dann folgte, war das Aufplumpsen eines Knüppels auf die Bohlen und ein mädchenhafter Schrei. Denn dem Osman war die Beute trotz Melkeimer und Butterfaß keineswegs abstoßend erschienen, und er, der soeben noch gegen die Sipahis gewettert hatte, erwies sich nun erst recht als ein Unbedenklicher, der sich seines Kriegsrechts unverweilt bediente, nicht gerade ausschweifend, doch immerhin so weit, daß Nilufer unter einem wilden Geschrei von «Nein, nein!» und «Ich will nicht!» mit den Fäusten an seine Brust und in sein Gesicht trommelte. Nur einige kurze Augenblicke gelang ihr das, gerade so lange, bis er den vorlauten Mund mit seinen Lippen verschloß. Und das sei die einzig richtige Art eines Mannes, ein Mädchen zum Schweigen zu bringen, dachte er – sofern er überhaupt etwas dachte.

Mit Fäusten war für Nilufer nun nicht mehr viel zu wollen. Eine Weile freilich setzte sie den Nahkampf noch mit Füßen und Knien fort, und es wäre schwer zu sagen gewesen, wie weit Osman vielleicht noch in seinem Rechte des Eroberers gegangen wäre, wenn nicht plötzlich jeder Widerstand aufgehört hätte. Schlaff und mit herabhängenden Armen schien sie sich zu ergeben, und wenn sich der Mann anfangs auch noch der Gelegenheit bediente, so wurde ihm allmählich beim Anblick des versteinerten Gesichts doch unheimlich zumute.

Leise weinend sank sie dann auch zu Boden, kaum daß er den Griff etwas lockerte.

Immer war sich Malchatun dessen bewußt gewesen, daß ihr Osman ein Mann wie andere Männer sei. Wie recht sie damit hatte, erwies sich gerade jetzt. Er konnte vieles, aber eine Frau weinen sehen konnte er nicht. Und so machten denn die Tränen der kleinen Durchtriebenen einen weit tieferen Eindruck auf ihn als alle Melkkübel der Welt.

«Nun, nun ...», murmelte er, «nur nicht gleich weinen ...»

Damit war gewiß nicht viel gesagt; aber Nilufer genügte es vollauf, an ihren Schultern Schwingen wachsen zu fühlen.

«Komm mir nur nicht zu nahe!» verbot sie, was noch gar nicht geschehen war.

«Ich tue dir ja nichts», verteidigte er sich.

«Nichts? Das nennst du nichts? Du solltest dich schämen!» belehrte sie ihn. «Arme Leute wie wir sollten zusammenhalten. Ich bin eine Leibeigene des Kir David, und wem du auch gehören magst – irgendeinem Herrn gehörst du!»

«Hoho!» widersprach er voll Eifer. «Ich bin ein Türke, und wir Türken sind frei, und unsere Frauen sind freie Frauen – das heißt ...», unterbrach er sich, denn so ganz wollte er die Schlacht noch nicht verloren geben, «Mädchen wie du, gefangene Mädchen, weißt du ...»

Recht bedrohlich sagte er das. Nilufer aber wußte genau, warum sie sich als Leibeigene ausgab. Wenn man etwa erfahre, daß sie das Herrenkind sei, werde man ihrem Vater eine schöne Rechnung aufmachen, dachte sie, und auf ihre Leute könne sie sich verlassen.

«Du willst mich doch nicht mit dir fortschleppen – in dein schmutziges Zelt?» verwahrte sie sich. «Rühr dich nicht vom Fleck!» rief sie dann, als er eine Bewegung machte. «Setz dich hin, wo du bist!»

«Kann ich ja tun», meinte er und hockte sich nieder, wobei er mit den Armen seine Knie umschlang. Und eingebildet sei sie wohl nicht ein bißchen? Und für eine Leibeigene kommandiere sie doch recht geläufig. Was aber das schmutzige Zelt anlange ... Habe sie schmutziges Zelt gesagt? – Jawohl, das habe sie.

Nun, da sei es doch gar nicht ausgemacht, ob er sie so ohne weiteres in sein sauberes Zelt lasse. Da steckte er sie wohl lieber erst einmal nackend in die Regentonne ...

«Nein!» schrie sie.

«Doch!» sagte er, und für so was, was sie meine, dafür sei sie ihm lange nicht hübsch genug.

«Aber geküßt hast du mich ...?» wurde sie unsicher.

Geküßt! Was das schon sei! Und so im ersten Augenblick habe er sie gar nicht recht angesehen. Denn nachher ... Na ja, das wisse sie wohl selbst. Und dann habe sie auch gleich zu heulen angefangen. Ein türkisches Mädchen heule nie. Das sei mehr etwas für die Feinen, und eine Leibeigene, die heule – brrr –, da schüttele er sich nur.

«Ich bin keine Heulkirina.»

Was er gesehen habe, habe er gesehen. Und ob sie überhaupt wisse, was so ein Zelt bedeute? Jeden Tag woanders. Andere Berge, andere Wiesen, andere Flüsse. Bei Regen sei es nirgends so gemütlich wie in einem richtigen Zelt, und nachts der Sternenhimmel ... Osman sang sein uraltes Lied von der Steppe.

In Wirklichkeit empfand Nilufer schon eine kleine Verlockung. Aber das hätte sie nie zugegeben. Und er werde sie nicht in sein Zelt nehmen und in die Regentonne stecken, sagte sie, er habe ja selbst großmächtig geschrien, daß Lösegeld verlangt werden solle. Sie gehöre Kir David, und der werde für sie und die anderen bezahlen. Er kenne doch Kir David und dessen Frau, Kira Apollonia? Und Kirina Nilufer oder vielmehr Nenuphar, die alles einmal erben werde, den ganzen großen asanischen Besitz – von der müsse er doch auch schon gehört haben ...?

«Soll eine fade Ziege sein», sagte er.

Das jedoch war ihr zuviel! An das Lösegeld dachte sie nun nicht mehr.

«Was?!» sprang sie empört auf. «Das sagst du mir ins Gesicht? Weißt du, wer ich bin? Ich selbst bin Kirina Nilufer!»

Hoheitsvoll blickte sie in Erwartung seiner Zerknirschung auf ihn hinab. Aber leider war die Wirkung nur mäßig.

«Dann wirst du uns Geld einbringen», meinte Osman keineswegs überrascht, «viel Geld, Kirina.»

«Das wird sich noch finden!» sagte sie wütend. «Wenn du wüßtest, was ich weiß, würdest du dich nicht so aufblasen wie ein Frosch. Osman kommt, und der wird dann eure Dickschädel schon zurechtrücken. Es soll euch nur einfallen, frech zu werden!»

«Was du nicht alles weißt!» spöttelte er.

«Er kommt wirklich! Selbst kommt Osman», versicherte sie aber, über so viel Starrsinn voll Wut. «Hat man je einen Mann wie dich gesehen? Um mich und die Mutter und die Ana des Kir Michael auf Besuch nach Karadschahissar zu geleiten, kommt er. – Da staunst du, was?»

«Nicht sehr», sagte er, indem auch er sich erhob. «Wir sind nämlich Osmans Leute, wenn du es genau wissen willst. Es kann gar nicht lange dauern, bis er selbst hier sein wird. In eigner Person!»

Weit offen blieb ihr der niedliche Mund …

«Ihr seid …?»

«… seine Leute», ergänzte er. «Wenn dein Vater uns Sipahis das Lösegeld nicht zahlt, wird Osman es tun. Kümmere dich nicht darum.»

«Oh, du …!»

Ihre Augen sprühten Zorn, wie sie an ihn nun herantrat.

«Was?» tat er harmlos.

«Scheusal!» fauchte sie.

«Aber Nilufer», lachte er herzlich. «Ein kluges Mädchen wird doch einen Spaß vertragen?»

«Ich wollte, dich hätte das Butterfaß getroffen – das wäre ein besserer Spaß gewesen.»

«Böse?» schmeichelte er, «wirklich böse, Nilufer?»

«Ausgelacht hast du mich», grollte sie zwar immer noch – doch nur noch wie ein abziehendes Gewitter.

«Du hast mich doch auch ausgelacht, Nilufer. Sei doch ehrlich, kleine Leibeigene. Ich wollte, du wärst eine und gehörtest mir», warb er mit einer bestrickenden Begehrlichkeit hinter dem Scherz.

«Vorhin sagtest du, ich sei dir zu häßlich», schmollte sie.

Nilufer war jung und Osman der erste Mann, von dem sie sich als Frau genommen fühlte – aber auch Osman hatte in ihr, was er brauchte: ein Mädchen, das ihn ganz respektlos als ihresgleichen hinnahm, als das, was er sein wollte, eben als jung und nichts als das. «Höre, Kirina», sagte er, «ich bin so wenig Knecht, wie du Leibeigene bist. Du hast doch wohl schon bemerkt, daß ich bei meinen Leuten einiges gelte?»

«Gewiß», gab sie zu, ohne weiter daran zu rühren, daß sie ihn bei jener Gelegenheit Großmaul genannt hatte. Wohl zuckte etwas in ihr, es zu tun – aber dann unterließ sie es doch.

«Ich bin ein Alp des Osman», fuhr er fort, «und eine Stadt habe ich auch.»

«Also ein Tschendereli bist du, aus diesem Inöni?» sagte sie. «Überwältigend soll deine Stadt gerade nicht sein.»

«Stadt ist Stadt», meinte er, «und ich erwähnte sie nur, um dir zu zeigen, daß ich ein Adeliger bin, einer von den Aschraf. Da du also nun unter meinem Schutz stehst, könntest du mir eigentlich ruhig gestehen, wie du in diesen Kittel und überhaupt hierhergekommen bist. Meinst du nicht auch?»

«Ach!» seufzte sie und empfand es wonnevoll, daß ein ausgewachsener Mann, der so wundervoll klettern könne, einen derart großen Anteil an ihrem Schicksal nehme. Sie kargte darum durchaus nicht mit der Darstellung ihrer Leiden und verschwieg keineswegs, daß sie ihren Onkel Salmenikos heiraten solle und wie wenig Beruf sie dazu in sich verspüre.

‹Salmenikos also ... immer wieder Salmenikos ...›, dachte er.

Dem äußeren Anschein nach war Osman mit dem Herrn von Biledschik befreundet. Aber wenn er auch lange nicht mehr daran erinnert worden war, so hatte er es doch nie ganz verwunden, daß Salmenikos seine, Osmans, Frau einmal nackt gesehen habe. Sogar die Stelle am Pursuk, wo das geschehen sei, hatte Osman, als er zufällig in der Nähe gewesen war, aufgesucht. Selbst Malchatun wußte davon nichts. Die am allerwenigsten. Das Geheimnis dieser fast vergessenen Wunde gehörte ihm allein.

Doch nun stand da vor ihm ein Mädchen, jung und prächtig geschaffen, die Braut jenes Mannes, der ihm – wie es Osman empfand – schuldig geworden sei. Vieles änderte sich damit. Der Besitz des Mädchens und die Vergeltung an Salmenikos waren nun eins. Was eben noch Tändelei gewesen war, wurde nun Ernst. Was dem strengen Moslem sonst als Schuld erschienen wäre, galt ihm jetzt als Gerechtigkeit. Er habe ein Recht auf Nilufer, wollte es ihn dünken. Selbst seine Gedanken an Malchatun verkrampften seine Gefühle, statt sie zu lösen. Auf eine seltsame Weise schwärte die aufgebrochene Wunde sein Begehren nach Malchatun mit dem nach dem Mädchen zu einem einzigen großen Verlangen zusammen. Diesem Verlangen gab er sich hin.

Sei Nilufers Leib geheiligter als der Malchatuns? Und könne die Vergeltung mit der Apothekerwaage zugemessen werden? Nilufer! Solle sie dem Kühlen, Hochmütigen zufallen, daß er sich gelassen ihrer bediene? Niemals!

Osman war in Wahrheit nicht wie Salmenikos kühl und voller Bedenken. Einmal die Zügel gelockert, ging das Roß seiner Begierde mit ihm durch. Ganz durchdrang ihn die Wärme des Mädchenkörpers, und als er sie an sich zog, zitterte seine Stimme.

«Du solltest einen Mann haben, der dich liebt», brannte er Silbe für Silbe in sie ein.

«Und wer, meinst du, könnte mich wohl lieben?»

«Ich», sagte er. Ihre Münder vermählten sich, und in diesem langen Kuß genoß Osman das Erwachen einer Frau.

«Nenne mir deinen Namen, Liebster», bat sie dann.

«Osman.»

«Osman …?» erschrak sie.

«Osman Bey», lächelte er.

«Osman Bey», wiederholte sie und schlang ihre Arme um seinen Nacken.

XXX

Auch in die Burg Jarhissar ließen die Asanes keine Besucher. Zur Zeit von Nilufers Geburt hatte man wohl die Wehranlagen ausgebaut, ohne dabei jedoch die Schloßräume zu bedenken. Nicht ohne Absicht war das verabsäumt worden; denn auf diese Weise hatte man immer den höflichen Vorwand, daß die Gäste weit besser unten in der Wassermühle am Ainegölssuji aufgehoben seien. In der Tat waren sie es auch. Die Mühle störte kaum. Das Gästehaus war ihr nur lose angegliedert und im übrigen mit allem versehen, was man an Stallungen, Kellern und Küche erwarten durfte. Nur befestigt war die Anlage nicht. Einem Belagerer Jarhissars hätte sie zu leicht als Stützpunkt dienen können, und darum war es ihr bestimmt, im Falle einer Gefahr niedergebrannt zu werden. – Bis jetzt freilich war das dank der vorsichtigen Politik von Salmenikos nie nötig gewesen.

Nach dem ständig geübten Brauch war demnach Osman ungeachtet Apollonias enger Beziehung zu Malchatun ebenfalls im Gästehaus untergebracht worden, und die immer noch warmen Herbsttage hatten neben den Gebäuden ein munteres Zeltlager entstehen lassen. Im Schloß dagegen war Osman überhaupt nicht gewesen – er nicht –, wohl aber Chalil Tschendereli, und zwar mit Hilfe eines Mädchens.

Die fünfzehnjährige Nilufer hätte den Jüngling allerdings auch dann nicht beachtet, wenn sie nicht ganz von

Osman erfüllt gewesen wäre – mit um so größerem Wohlgefallen hatte eine wesentlich reifere Zofe ihrer Mutter Chalils jungmännliche Formen betrachtet, und da Osman sich günstige Gelegenheiten wie diese nie entgehen ließ, war er nicht gewillt gewesen, auf die grüne Ehe seines jungen Alpen irgendwelche Rücksicht zu nehmen. Perids Schwester Aïscha, Chalils Frau – so hatte Osman gemeint –, sei wegen eines Fehltritts ihres jugendlichen Gatten keineswegs zu bedauern. Gerade sie werde nach Chalils Rückkehr nur Vorteile von Unterweisungen haben, deren der junge Ehemann dann seitens des bereitwilligen Zofenwesens teilhaftig geworden sei.

Chalil war also zu seiner Lehrmeisterin an der Schloßmauer hinaufgeklommen und hatte sich dabei diese Mauer und deren Möglichkeiten genau angesehen, nicht etwa nur ein einziges Mal, sondern mehrere Male. Und gerade darum war es Osman zu tun gewesen. Jedenfalls wußten er und Chalil jetzt mehr von der Burg Jarhissar, als Kir David oder sonst irgendeiner ahnte.

Für Gewissensbisse war die Zeit nicht geschaffen. Osman empfand auch keine, sondern war sehr mit sich und seinem jungen Freunde zufrieden. Durch Malchatun und noch mehr durch Nilufer fühlte er sich der Familie Kir Davids zwar aufrichtig verbunden, aber jede Freundschaft könne einmal einen Riß bekommen, besonders wenn der eine ein Moslem und der andere ein Christ sei. Das war es, was Osman bedachte.

Schon allein die Sache mit Joannes Mazaris, dem Sohn des Kalanos, der bei Agridsche gefallen war, hatte ihre Gefahr. Natürlich hockten die Mazaris nach ihrem Hinauswurf aus Karadschahissar rings in den christlichen Burgen, nicht gerade bei den Asanes, was Osman zugeben mußte, aber um so hartnäckiger beim Botoniates und hin und wieder sogar in Chirmendschik bei Kir Michael. Der Chirmendschiker war von Osman stets als Verbündeter behandelt worden. Und dennoch war an der Tatsache, daß er Osmans Feinde beherbergte, nicht zu zweifeln, und zwar

war es Joannes Mazaris, der von Kir Michael aufgenommen worden war, derselbe Joannes, der kurz danach bei einer Viehräuberei seine Freiheit an Osman verloren hatte.

Früher war es dem Bey bei ähnlichen Gelegenheiten nicht darauf angekommen, sich mit einer Buße an Vieh oder Geld zu begnügen.

Aber das wäre in diesem Fall keine Warnung für Kir Michael gewesen.

Joannes Mazaris war also vor den Kadi gebracht worden, und bei dem hatte ihn nichts anderes als ein Todesurteil erwartet. Auf Viehraub stand Tod. Allerdings war das ein Gesetz mehr für die kleinen Leute und weniger für Archonten, die derlei als eine ihnen zustehende adelige Betätigung ansahen. Und wenn der Bey der Grenze in diesem Fall keinen Rangunterschied gelten lassen wollte, so wies das deutlich genug darauf hin, daß nicht der Viehraub, sondern die Annäherung an Kir Michael bestraft werden solle.

Freilich hätte Osman das Urteil nun auch sogleich vollstrecken lassen müssen. Dazu jedoch hatte er sich nicht entschließen können, und diese ihm sonst ungewohnte Halbheit in seinen Entschlüssen war für ihn in Jarhissar zu einer großen Peinlichkeit geworden.

Für den Toten nämlich hätte Kir David nicht mehr bitten können, wie er das für den Lebenden getan hatte. Und schwer genug war es für Osman gewesen, sich der Gewährung zu entziehen. Nur mit einer Lüge war ihm das gelungen. Das Urteil sei bereits vollstreckt, war seine Antwort gewesen, und er, Osman, bedaure sehr, dem verehrten Freunde die kleine Gefälligkeit nicht mehr erweisen zu können.

In der gleichen Nacht jedoch hatte die Zofe vergeblich auf Chalil gewartet. Der war von seinem Herrn mit nur zwei Mann Begleitung, aber auf den besten Pferden, nach Karadschahissar gehetzt worden. Beim Eintreffen der Damen aus Jarhissar mußten die Totengebete über Joannes Mazaris bereits gesprochen sein.

Für alle Fälle aber fand Osman es gut, zu wissen, daß Jarhissar nicht ganz so uneinnehmbar sei, wie Kir David sich einbilde.

Sonst waren die Tage von Osmans Aufenthalt bei den Asanes wirklich ein einziges ungetrübtes Fest gewesen. Sogar den Sipahis war von Kir David lachend das Lösegeld für Nilufer und das Gesinde bewilligt worden. Darauf hatte er trotz Osmans anfänglichem Sträuben bestanden, und knauserig hatte er sich dabei auch nicht gezeigt. Kira Apollonia jedoch war dankbar gewesen, daß Osman – wie sie es sah – sich des ungeratenen Kindes so onkelhaft angenommen habe, und hatte sich glücklich gefühlt, es wieder bei sich zu wissen. Ihrem fehlgeschlagenen Besserungsversuch hatte sie nicht lange nachgetrauert, und so war jedermann mit Ausnahme der Schaffnerin Eurydike fröhlich und guter Dinge gewesen.

Ebenso sollte nach dem Wunsch und Willen aller Beteiligten die Reise nach Karadschahissar nur ein Ritt zu neuen Festen sein. Bis zu dem Tschardak der ersten Begegnung zwischen Nilufer und Osman hatte Kir David seinen Damen und Osman das Geleit gegeben. Nach dem Abschied war dann der Zug unter Voranritt einer Gruppe Sipahis mit den Klängen von Taul, Surna und Sil, von Trommeln, Pfeifen und Tschinellen aufgebrochen.

Wie es sich gehörte, ritt Osman zur Linken Apollonias. Ihr Sänfte hatte die Herrin wohl auch in der Erwägung verschmäht, daß Nilufer in keiner Weise hineinzulocken gewesen wäre und um vor all den fremden Männern ihre mütterliche Autorität lieber gar nicht erst aufs Spiel zu setzen.

Immerhin hatte sie es erreicht, daß ihre Tochter, statt nach Bubenart ein Roß zu reiten, sich in geziemendem Seitensitz eines Zelters bediente.

Übel könne einem werden, meinte Nilufer gerade zu Kir Michaels Tochter. Als schauderhaft bezeichnete sie den vornehmen Paßgang, den sie ein Watscheln nannte. So wenig achtete sie die Mühe des Stallmeisters, aus guten Pferden fromme Damentiere zu machen.

Aber Ana Tagaris antwortete nicht. Sie war drei Jahre älter als Nilufer, und die ihr in Jarhissar gewährte Gastfreundschaft hatte ihren tieferen Grund darin, daß Kira Apollonia der Meinung gewesen war, das sanfte Mädchen könne auf die eigenwillige Nilufer einen wohltätigen Einfluß ausüben. Daß Kir Michael mit dem Aufenthalt seiner Tochter in dem so viel reicheren Haushalt, als es sein eigener sein konnte, gern einverstanden sei, war von allen Seiten als selbstverständlich vorausgesetzt worden. Freilich hatte auch Kirina Ana das Temperament ihrer jungen Freundin nicht ganz zu dämpfen vermocht. Es war schon als Gewinn zu betrachten, daß es der stärkeren Nilufer nicht gelungen war, die Ältere ebenfalls in eine Ungebärdige und Aufsässige zu verwandeln. Aber eine zweite Nilufer zu werden war der Kirina Ana nun einmal nicht bestimmt. Dafür hatte sie sich zu deren ergebener Freundin und Untertanin entwickelt, die zwar mit Furcht und Zittern, aber dennoch, ohne zu wanken, alles tat, um die Streiche der jungen Herrin vor den Augen einer weniger nachsichtigen Welt und vor allem vor denen Apollonias zu verbergen. Weder hübsch noch häßlich war Ana. Auch das Braunblond, zu dem das Rot ihrer Kinderhaare nachgedunkelt war, konnte nicht auf sie aufmerksam machen, und ihre Augen schon deshalb nicht, weil sie sie meist unter den gesenkten Lidern verbarg.

«Was hast du nur wieder», nörgelte Nilufer, die den beklommenen Ausdruck ihrer Freundin nur gar zu gut kannte, «ich habe doch noch gar nichts angestellt! Daß ich mich mit Osman getroffen habe, weißt doch nur du, die ich aufpassen ließ, und das war sehr gut; denn so konntest du uns warnen ...»

«Es war schrecklich», sagte Ana, «und ich werde mich schämen, so lange ich lebe. Der wildfremde Mann ...»

«Wildfremde Mann?» staunte Nilufer. «Er ist doch der Freund deines Vaters?»

«Ach, Nilufer», wehrte Ana ab, «der Bey war immer gütig zu uns, aber wir sind so viel ärmer als ihr – da kann man nicht gerade von Freundschaft zwischen dem Bey und meinem Vater sprechen. Und wenn ich nun noch denken muß, daß deine Mutter, die immer so gut zu mir ...»

«Meine Mutter weiß eben nichts», unterbrach Nilufer sie mit ihrer handfesteren Moral. «So kann sie mir keine Predigt halten und dir auch nicht. Und was wäre schon, wenn Dike mich hätte verpetzen können – und das wäre geschehen, wenn sie mich erwischt hätte, das Ekel! Osman ist Tante Malchatuns Mann. Gerade von dir hätte ich am allerwenigsten erwartet ...»

«Ich weiß, Osman Bey steht euch nahe – ich meine ja auch nur – du bist noch schrecklich jung, und er ist schon so alt, und ein verheirateter Mann ist er auch ...»

«Alt?» widersprach Nilufer leidenschaftlich. «Salmenikos ist alt, und den soll ich heiraten. Das findet ihr alle ganz in der Ordnung. Du auch! Eine schöne Freundin bist du – das muß ich schon sagen. Osman ist nicht alt. Den hättest du klettern sehen sollen! Glaubst du, daß Salmenikos jemals klettern würde? Der könnte mich nackt auf einem Tschardak stehen sehen ...»

«Nilufer! Ich bitte dich ...», vertrat Ana den jungfräulichen Anstand.

«Ach was! Du ärgerst dich doch nur, weil Osman nicht zu dir hinaufgeklettert ist. Aber das wird er nie tun. Und wenn er es täte, kratzte ich dir die Augen aus, dir und ihm! Zu mir kam er hinauf, ganz nach oben, so hoch, daß dir schwindeln würde, meine Liebe!» schloß sie stolz.

«Aber ich sag' ja gar nichts gegen ihn!» Mit diesen Worten bat Ana um Gnade, und Nilufer gewährte sie, allerdings auf ihre eigene Weise.

«Dann red auch nicht so dumm daher und mach nicht solch Gesicht», sagte sie. «Immer gerade, wenn ich mal vergnügt bin, machst du ein Gesicht!»

«Ach Nilufer, du weißt doch!»

Da waren die Mädchen nun wieder glücklich bei dem, was sie alle Tage unermüdlich und mit Lust besprachen: bei einer echten und rechten Liebesgeschichte. Denn wenn

Nilufer nicht das Mädchen war, eine Geschichte von Liebe – und noch dazu einer so unglücklichen – jemals langweilig zu finden, so war Kirina Ana wiederum keins, vor der geliebten Freundin ihres Herzens Geheimnisse verbergen zu können.

Und dies hatte sich begeben:

Eines Tages war in Chirmendschik große Aufregung gewesen. Ein Flüchtling war in den Herrenhof gebracht worden. Ihn fortzuweisen hätte seiner schweren Wunden wegen bedeutet, ihn zu töten. Dennoch hatte Kir Michael in Ansehen der möglichen Folgen gezaudert, bis er von Ana zu dem Werk christlicher Nächstenliebe überredet worden war. Keinem Manne aber widersteht eine Frau, zumal eine junge, schwerer als dem, der ihr sein Leben verdankt, und von dieser Regel war Kirina Ana keine Ausnahme. Joannes Mazaris hinwieder – denn das war der Flüchtling gewesen – hatte in seiner Bresthaftigkeit der Liebe zu seiner Pflegerin nur geringen Widerstand entgegensetzen können. Auf diese Weise war der Schüchternen wider eigenes Erwarten Liebe zuteil geworden. Mit einer Inbrunst, die nichts zu löschen vermochte, hing sie nun an ihrem Joannes, dem Tod zu bringen Chalil Nacht und Tag Karadschahissar entgegenritt. «Ach soo ...», fühlte Nilufer ihr Gewissen sich regen. «Gräm dich deswegen doch nicht. Ich hätte es Osman bestimmt gesagt, daß er deinen Joannes freilassen solle. Aber erst waren wir so lustig, und dann wurden wir gestört. Du mußt mir nicht böse sein, Ana», schmeichelte sie, «Anizza ...!»

«Ich bin dir nicht böse. Doch du weißt es noch nicht: Dein Vater hat mit Osman Bey gesprochen ...»

«Und?»

«Ich kenne die Antwort des Beys nicht.»

«Hat dir der Vater beim Abschied nichts gesagt?»

«Nein.»

«Da siehst du es, Anizza: diese Männer! Immer machen sie sich wichtig, und zuletzt müssen sie doch tun, was wir wollen. Aber laß Väterchen nur. Mit Osman werde ich reden, und ich sage dir, er muß. Er muß deinen Joannes freilassen. Das wäre ja noch schöner!»

«Wenn du das könntest!» schöpfte Ana wieder Hoffnung.

«Was heißt hier könntest? Kümmere du dich um deinen Joannes – ich kümmere mich um meinen Osman.»

«Nilufer ...»

«Du armes Kind», spottete Nilufer, «du glaubst gar nicht, wieviel hübscher du wärest, wenn du dich entschließen könntest, weniger moralisch zu sein.»

«Du mußt mich hören», ließ sich Ana jedoch nicht beirren. «Fürchtest du dich denn gar nicht. Ich habe so viel von Malchatun Begum gehört. Sie soll eine schrecklich große Dame sein ...»

«Sie wird mich schon nicht fressen.»

«Nilufer!» steigerten sich Anas Bedenken zur Angst. «Vergiß nicht: Er ist ein Moslem!»

«Das ist es ja gerade», lachte Nilufer aber nur. «Du kriegst deinen Joannes, und mich laß zufrieden.»

Doch weder an diesem noch am nächsten Tag gelang es Nilufer, den Bey ohne Zeugen zu sprechen.

Die unruhigen Zeiten verringerten die Einnahmen des Grenzbeys und zwangen zu Ausgaben, die bei friedlicheren Zuständen hätten wegfallen können. So waren allein schon Sold und Unterhalt der Sipahis und der Ghureben, der Fremdlinge, für Malchatun stets ein Gegenstand immer erneuter sorgenvoller Berechnung. Aber zu entbehren waren die Söldner nicht. Auch hatte sich in mehr als einem Jahrzehnt so etwas wie ein Harem um Malchatun gebildet, und den konnte man aus politischen Gründen und wegen des fürstlichen Ansehens erst recht nicht verkleinern.

Unter diesen Umständen war gute trapezuntische Leinwand etwas, dem auf Karadschahissar mit Achtung begegnet wurde. Der Bedarf war groß, und selbst für den Bey wäre es nicht in Frage gekommen, etwa ein schadhaftes Hemd fortzuwerfen – es wurde geflickt. Die Nähstunden bei Malchatun, die der Ausbesserung und Anfertigung der

Wäsche dienten, waren daher sehr wichtige Veranstaltungen im Schloß. Die Männer freilich beteiligten sich mehr am Verschleiß der Erzeugnisse, und da von einem Eunuchendienst keine Rede sein konnte, fehlten auch die Halbmänner. An diesem Tage war das einzige männliche Wesen ein Knabe, Malchatuns zehnjähriger Sohn Alaeddin, so genannt nach Kaiser Alaeddin II., dem Großherrn in Ikonium. Der Junge saß zu Füßen der Mutter, in der Linken, hohl eingehalten, ein Papier – in der Rechten den abgeschrägten Holzstift, den er von Zeit zu Zeit in eine Tintenflasche tunkte. Alaeddin schrieb.

Im Gegensatz zu dem dreizehnjährigen Orkhan neigte der feingliederige Knabe überhaupt mehr zur Schrift und zur Literatur als zu den Waffen. Schwarzhaarig wie sein Vater, doch von blasser Gesichtsfarbe, hatte sich die derbe Hakennase seines väterlichen Geschlechts bei ihm stark gemildert und in zartere Züge gefügt, die mehr an die seiner Mutter und seines Großvaters Edebali erinnerten. Gerade beugte sich Malchatun, um das Geschriebene entgegenzunehmen, über ihn, als der Eintritt ihres ältesten Sohnes die Frauen und Mädchen aufblicken ließ.

Weit mehr als Alaeddin erinnerte Orkhan an den Vater – mit dem mütterlichen Erbe seiner rötlichblonden Haare, den gewölbten Brauen und hellblauen Augen war er eine Verwandlung Kara Osmans ins Lichte. Gleichen starkknochigen Körperbaus wie sein Vater, hatte sich freilich bei ihm dessen dunkle Haut nicht wiederholt. Gut durchblutet spielte vielmehr das volle Gesicht des Jünglings von dem schneeigen Weiß der Rothaarigen in die Farbe der Rosen hinüber, so daß gefällige Dichter das dunkle Muttermal unterhalb des rechten Ohrläppchens schon als Schönheitsinsel in einem Meer von Milch gepriesen hatten.

Mit gekreuzten Armen verneigte sich Orkhan vor seiner Mutter. Ein Bote sei gekommen, meldete er, und bitte um die Gnade, von der Fürstin empfangen zu werden.

Das war genug, um die ewig wache Neugier der Haremsmädchen zu reizen, und zu wenig, sie zu befriedigen. Aber

Malchatun machte dem Gewisper und dem Austausch der Blicke ein Ende. Schon neigte der Tag sich der Stunde des Gebetes, und so entließ sie das aufgeregte Weibervolk mit einem Wink ihrer Rechten.

«Meine Söhne bleiben», sagte sie und war nun mit Orkhan und Alaeddin allein. «Wer ist es?»

«Chalil Tschendereli.»

«Er kommt von Jarhissar?» beunruhigte sie sich.

«Dem Vater ist nichts geschehen», beruhigte sie Orkhan. «Chalil bringt nur eine Botschaft.»

«Ich will ihn hören», entschied sie, um sich dann, nachdem ihr Ältester gegangen war, wieder an Alaeddin zu wenden, als seien sie überhaupt nicht unterbrochen worden. «Laß sehen», sagte sie und erfreute sich dann der klaren Schrift ihres Sohnes, um hier und da Bemerkungen einzuflechten, die mehr auf weitere Möglichkeiten der Schreibart und des Ausdrucks hindeuteten, als daß sie Verbesserungen von Fehlern gewesen wären.

In dieser Beschäftigung wurde sie erst durch die Einführung des Tschendereli unterbrochen.

Ehrerbietig küßte Chalil den Saum von Malchatuns Kaftan. Sie selbst saß in einem byzantinischen Sessel mit Rücken- und Armlehnen – ihre Söhne standen zur Linken und Rechten neben ihr. Und dann brachte Chalil seine Botschaft vor.

Der Kopf des Joannes Mazaris müsse, erklärte er als Osmans Gebot, noch vor Mitternacht auf das Blutleder rollen.

Gesenkten Blickes verharrte Malchatun eine lange Zeit des Schweigens. Keiner der drei Knaben wagte sich zu rühren. Schließlich hob sie den Kopf und wandte sich an Chalil.

«Erfreue Aïscha mit deinem Kommen», schien ihre ganze Antwort zu sein, und schon verneigte sich Chalil zum Zeichen seines Gehorsams, als sie fortfuhr: «Vergiß deine Botschaft, Chalil, vergiß sie so sehr, daß auch Aïscha nichts von ihr erfährt, zumal deine Frau nicht!»

«Hören ist Gehorchen», erwiderte der Jüngling und überlegte bereits, wie er seine junge Gattin von überflüssigen Fragen abhalten wolle! Als er gegangen war, erscholl die Stimme des Muezzins zum Preise Allahs vom Minarett der Moschee. Es war die Stunde des Gebetes. Gelassen kniete Malchatun in der Richtung nach Mekka. Ihre Söhne folgten dem Beispiel.

Dann herrschte wieder Schweigen. Eine Dienerin erschien und entflammte die Lampen, und erst als das Mädchen sich entfernt hatte, begann Malchatun: «Ihr hörtet des Vaters Geheiß», sagte sie. «Was dünkt dich, du mein Ältester, Orkhan, was geschehen möge?»

«Was der Vater befiehlt», war Orkhans rasche Antwort, «er ist der Fürst, wir haben zu gehorchen.»

«Und wenn der Fürst, dein Vater, abwesend ist – wem gehorchst du dann?»

«Dir, meiner Mutter und Herrin!»

«Du bist der Älteste, mein Sohn», widersprach sie, «prüfe dich wohl! Könnte es dir niemals einfallen, an Stelle des Vaters befehlen zu wollen? Auch mir?»

«Nie!»

«Und warum nicht?»

«Weil du die Gebenedeiete über allen Frauen bist. Keine gleicht dir. Was von den anderen gelten mag, gilt nicht von dir.»

«Weil dein Vater und ich eins sind», berichtigte sie. «Ich bin sein Auge, sein Ohr, sein Mund und sein Herz. Ich sehe, höre und fühle, was er nicht vernehmen kann. Und darum ist sein Wort in Fällen wie diesem erst dann sein Befehl, wenn er ihn zuvor mit mir besprach.»

«Ich sagte es nur, Mutter», meinte Orkhan ein wenig beschämt, «weil ich dachte, eine Ordnung müsse sein.»

«Ich sagte dir die Ordnung», entschied Malchatun, «und bitte du Allah um eine Frau, mit der du leben kannst wie dein Vater mit mir. – Also Joannes Mazaris soll sterben», kam sie auf die Botschaft zurück. «Was sagst du, mein Sohn Alaeddin?»

«Sie werden sagen, wir haben Angst davor, daß die Mazaris uns Karadschahissar wieder nehmen könnten», meinte der Knabe.

«Das würde man sagen», bestätigte Malchatun, «aber man würde auch sagen, daß Kir Michael durch des Mazaris Tod habe bestraft werden sollen.»

Einen Augenblick bedachte sich Alaeddin. «Warum dann nicht Kir Michael selbst bestrafen, wenn wir keine Angst vor ihm haben?»

«Du sagst es, mein Sohn. – Siehst du», wandte sie sich an Orkhan, «der Knabe Alaeddin spricht die Wahrheit. Will der Bey, unser Herr, Kir Michael treffen, so bestrafe er ihn in dessen eigener Person und nicht durch den Tod eines anderen. Dadurch verlöre er nur einen Freund – einen schwankenden, aber einen, der durch Großmut vielleicht noch zu gewinnen wäre –, und er warnte zugleich den neuen Feind. Der Bey möge seine Gesinnung verbergen und die Gelegenheit abwarten. Erst dann sterbe der Verurteilte ..., wenn Osman dann noch verurteilen will. Um so schneller dagegen handele er, falls er den Freund wiedergewinnen möchte, auf daß man ihn allerorten preise als den Hort der Bedrängten und der Gerechtigkeit.»

«Du bist klug, liebe Mutter, unsere Herrin ...», wollte Orkhan anheben ...

«Es wäre nicht klug», unterbrach sie ihn aber, «so zu handeln, als sei der Befehl des Beys nie erfolgt. Darum lasse du in meinem Namen alles zur Hinrichtung des Mazaris vorbereiten. Ziehe aber zugleich Vogt und Henker ins Vertrauen, daß nur Hammelblut das Leder befeuchte und Kir Joannes verborgen gehalten werde, bis der Bey über ihn verfüge.»

«Hören ist Gehorchen, meine Mutter.»

«Gehorchen ist gut, aber besser als blinder Gehorsam ist der des Verständigen.»

«Ich glaube dich zu verstehen.»

«Sprich.»

«Du gebotest dem Chalil Schweigen, und so hat der Vater nichts mit der Hinrichtung zu tun. Sie ist nur die Folge des Urteils und zeigt allen – wenn sie nicht erfolgt –, was hätte geschehen können, falls der Bey nicht über jedes Erwarten Gnade geübt hätte ..., wenn der Bey Gnade üben sollte ...»

Malchatun lächelte und legte ihren Arm um die Schultern des hoch aufgeschossenen Jungen. Er stand, so groß wie sie, die nicht klein war, neben ihr.

«Wohlgesprochen», lobte sie, «und nun geh. Dir gebührt das Tun.»

XXXI

Das Fest der Ankunft in Karadschahissar war ein Fest des Harems und der Familie. Wohl verbrüderten sich die Gefolge von Christen und Moslemin, und Osman ließ es an nichts fehlen, was die Gelage heiter machen konnte; aber die Herrschaften selbst trafen sich bei Malchatun und deren Frauen. Das waren außer den Damen von Jarhissar die Verwandtschaft der fürstlichen Familie und Osmans Alpe, die auch alle irgendwie mit ihm verschwägert waren.

Wenn es nicht mehr so ungezwungen wie in den Filzjurten zuging, so nahm man es dafür in bezug auf den Koran nicht gerade ängstlich. Als Mongolen wollten Türken und Turkmanen immer noch nichts vom Abschließen der Frauen vor fremden Männern wissen. Sie fanden das – Moslemin oder nicht – einfach lächerlich, jedenfalls ihre Weiber waren dieser Meinung. Und so hatten sich denn viele ansehnliche Männer mit ihren Gattinnen aufgemacht, Apollonia zu begrüßen.

Ganz abgesehen vom Reichtum stand eben die Macht der Asanes der des Beys so wenig nach, daß man Kira Apollonia als der ersten Dame des Hauses willig den gleichen Rang mit der Fürstin zugestand. Von Joannes Mazaris sprach dagegen kein Mensch. Doch wie ein Gespenst ging er mit der Nachricht von seiner Hinrichtung um, die der Herrin von Jarhissar freilich nichts Neues bedeuten konnte. Diesem Gerücht gegenüber fiel das Fernbleiben Kirina Anas von der Abendunterhaltung kaum ins Gewicht. War doch in Nilufer ein Mittelpunkt vorhanden, der aller Augen auf sich lenkte.

Ihren eigenen Wünschen und Absichten half es dabei sehr, daß niemand an ihrer künftigen Heirat mit Kir Salmenikos zweifelte. Die Braut des Herrn von Biledschik galt allen als zu unantastbar, um sie und Osman zu beargwöhnen. Während des ganzen Herritts hatte Nilufer denn auch nicht ein einziges Mal so unbefangen und selbstverständlich mit ihrem Freund sprechen können, wie sie es hier unter den Augen von Kira Apollonia und Malchatun durfte – wenn auch nicht gerade in der Art wie auf dem Tschardak. Ein paar Worte – ganz nebenbei geflüstert – mußten genügen, ihm ihr Verlangen nach einer geheimen Zusammenkunft zu vermitteln.

Erst dadurch begann Osman allmählich den ganzen Umfang der Unsicherheit zu erkennen, die Nilufer in sein Leben gebracht hatte. Mochte er sich auch noch so einfach inmitten seiner Leute und der Bevölkerung von Karadschahissar bewegen – er war der Bey, und keiner seiner Schritte konnte unbemerkt bleiben. Die mehr knabenhaften Liebesabenteuer seiner ersten Jugend spielten sich zwischen den Herden und auf den Triften ab; jetzt aber stellte die junge Dame Nilufer, so kindlich sie noch sein mochte, ihn vor die Geheimnisse der Gynaeceen, der griechischen Frauengemächer, und der Harems.

Er war ihnen so gar nicht gewachsen und erst recht nicht den Rätseln eines wirklichen byzantinischen Gynaeceums, wie es in Jarhissar bestand.

Zwar hatte Salmenikos seinen Vetter David mit Jarhissar als Afterlehen abgefunden, und wenn er eigene Kinder gehabt hätte, wäre es dabei verblieben. Aber er war immer noch Junggeselle. Und so war Nilufer von Geburt an die Erbin und jetzt die künftige Frau des Familienoberhauptes. Ein Strom schön geprägter byzantinischer Goldstücke und weniger schöner, doch ebenfalls goldener Persermünzen waren daher ständig von Biledschik nach Jarhissar geflossen, um die Hoffnung des Hauses mit allem zu versehen, was aus ihr einmal eine große Despoina machen sollte.

Seit ihrem sechzehnten Lebensjahr hatte sie einen richtigen Grammatikos, einen echten Eunuchen aus Byzanz, zum Hofmeister gehabt, und die mütterliche Zofe, der Chalil so vielerlei verdankte, war auch nicht in Bithynien geboren. Viele und vielerlei hatten sich vereinigt, um aus Nilufer eines jener kostbaren Wesen zu machen, die immer noch zu den begehrten Schätzen des einst weltbeherrschenden Byzanz gehörten. Täglicher Sport, Bäder, Massagen und sogar ein ebenfalls aus Konstantinopel verschriebener Schminkkünstler hatten dafür gesorgt, daß sie in ihrer weit weniger kultivierten Umgebung wie eine Gestalt aus höheren Welten erschien.

An ihren rosig gefärbten Füßen mit den gelackten Nägeln glänzten weißlederne Sandalen. Auf sie fielen aus einem brokatenen Silberkasak schmiegsame Schleier, die Beine umschäumend, hernieder. Eine niedrige juwelengeschmückte Mitra krönte das blonde Haar.

Selbst Kira Apollonia war überrascht. Bis jetzt hatte sie ihrer Tochter nur den einem Edelkinde geziemenden Aufwand gestattet. Aber was half schon Gestatten und Verbieten, wenn Nilufer sich etwas in den Kopf gesetzt hatte! Alle ihre Vorbereitungen waren heimlich getroffen worden, und so erschien sie, sehr gegen den Willen ihrer Mutter, heute zum erstenmal in byzantinischer Hoftracht.

Niemals hätte Osman es gewagt, im Tschardak mit ihr so zu verfahren, wie es geschehen war, wenn sie ihm entgegengetreten wäre wie in diesem Augenblick, mit einem Gesicht nämlich, dem höchste Kunst mit allen Kräften der Anziehung zugleich die Unnahbarkeit verliehen hatte. Sämtliche Männer empfanden sie wie er, als einen Hauch aus dem Märchen, aus jener unerreichbaren großen Welt jenseits des Bosporus. Und alle Frauen flüsterten sich fast berstend vor Neid zu, daß sie nicht solche seien, die sich hosenlos unkeusch vor aller Welt tummeln möchten.

Nur Malchatun lächelte.

Mit irgendeinem Einbruch des Westens hatte sie gerechnet und darum ihrer Pflegeschwester zu Ehren lieber selbst sich byzantinisch gekleidet, zwar nicht in prunkenden Brokat, aber in eine lichte, weich fließende und hinten nachschleppende Seide. Darunter trug sie die hauchzarten und engen Byssusbeinkleider byzantinischer Damen, so daß auch ihre Körperformen nicht gänzlich einer ungefügen Pluderhose derberen Stoffes zum Opfer fielen. So völlig aller Mittel entblößt war man in Karadschahissar nicht. Zwar ging es nun schon in das siebente Jahr, daß Osman keine Streifzüge mehr unternommen hatte. Vordem war es anders gewesen, und vorzüglich von der Streife an die Sakaria war manches hängengeblieben, was nun im Licht der Lampen sich zeigte.

Osman bemerkte es, und der Anblick seiner Frau richtete ihn auf. Ein wenig verlor sich die Angst vor den Verwicklungen, die ihm Nilufer sicher noch bereiten werde, und dafür erfüllte ihn ein zunehmender Stolz auf die beiden herrlichsten Frauen, die ihm seines Vermeinens gehörten: die reif Erblühte und die sich Öffnende.

Malchatun machte sich weniger Gedanken über ihren Osman als er sich über sie. Ihr waren die brennenden Augen, mit denen Orkhan Nilufer anstarrte, viel wichtiger. Mit der leichten Wehmut einer Frau, die ihre Jugend dahinfließen sieht, dachte sie daran, daß die Kinderjahre ihres Ältesten, dessen Geschlecht sich so sichtlich zu regen beginne, nun auch schon vorüber seien.

Daß Nilufer aber Orkhans Blicke übersehen hätte, wäre zuviel von ihr verlangt gewesen.

Mit der ganzen Erbarmungslosigkeit ihrer Jugend bemächtigte sie sich vielmehr des Jungen, der zwar weniger ihrer Eitelkeit als ihrer Neugier zu dienen vermochte.

«Geht alle hinaus, die ihr da seid!»

Mit diesen Worten betrat Nilufer ihr Zimmer, das sie mit Kirina Ana teilte. Natürlich schliefen mit den jungen Herrinnen noch mindestens ein halbes Dutzend Dienerinnen im gleichen Raum. Das betrachteten die Damen als eine ihrem Range gebührende Selbstverständlichkeit. Keineswegs bedeutete das jedoch, daß Nilufer nun auch bereit sei, ihre Geheimnisse dem Gesinde auszuliefern. Und wenn es zwischen ihren lieben Eltern auch immer noch eine Streitfrage war, ob sie bereits der Rute entwachsen sei oder nicht, so wußte sie jetzt doch ihre Wünsche so deutlich kundzutun, daß sie in bemerkenswert kurzer Zeit mit ihrer Freundin allein war.

«Er lebt!» rief sie jetzt. «O Ana, Anizza, Liebste, er lebt!»

Mit keinem anderen Wunsche hatte Ana auf dem Lager gelegen, als daß der Tod sie mit Joannes Mazaris, dem Enthaupteten, vereinigen möge. Jetzt fuhr sie schlohbleich aus ihren Kissen und umklammerte Nilufer.

«Sag es nicht!» rief sie. «Bitte, sag es nicht, wenn du es nicht ganz genau weißt!»

«Laß mich los, du! Du tust mir ja weh!» wehrte sich Nilufer. «Hältst du mich für solch eine Gans, dir das zu sagen, wenn ich dessen nicht sicher wäre?!»

«O nein! Ganz gewiß nicht», beteuerte Ana. «Sag schnell, von wem du es weißt. Von Osman?»

«Keine Spur! Überhaupt Osman – mit dem werd' ich noch viel Arbeit haben. Das sehe ich schon. Weißt du, was er ist?»

«Ein Held, nicht wahr?» fragte Ana, weil sie sich nie ganz klar darüber war, welche Antwort Nilufer im Augenblick gerade erwartete.

«Selbstverständlich ein Held!» bestätigte die andere auf eine Weise, die eine Verwahrung gegen jeden Zweifel einschloß. «Ein Bahadur, wie die Türken das nennen, ist mein Osman! Aber weißt du, was er sonst noch ist?»

Ana wußte es nicht.

«Schüchtern!» sagte Nilufer. «Schüchtern ist mein Bahadur!»

«O Nilufer ...», wollte Ana auf ihren Joannes zurückkommen.

Aber Nilufer konnte sich ebensowenig von ihrem Osman losreißen. «Du meinst natürlich», lehnte sie sich gegen eine Meinung auf, die gar nicht geäußert worden war, «ich müsse mit niedergschlagenen Augen dasitzen und warten, was er tun werde? Da könnte ich lange warten!»

«Du wolltest mir doch sagen», bettelte Ana, «woher du es weißt ...»

«Aber das sagte ich dir doch schon! Joannes lebt, und so wird er auch weiterleben. Osman muß die Nachricht ziemlich ruhig hingenommen haben, sonst würde man ihm etwas anmerken. Gesagt aber hat es mir Orkhan.»

«Der Junge ...?» Ana war enttäuscht. Orkhan schien ihr keine sichere Quelle zu sein.

Doch Nilufer beruhigte sie auf ihre Weise.

«Natürlich ist Orkhan ein dummer Bengel. Doch ob du mir es nun glaubst oder nicht – ganz kranke Augen machte er mir. Und er ist nun mal Osmans Ältester. Ganz wunderlich ist es, zu denken, daß Osman schon einen so großen Jungen hat. Doch wie auf seine künftige Stiefmutter blickte Orkhan durchaus nicht auf mich», kicherte sie, «und als sie da so einen Hirtenreigen tanzten, nahm ich ihn mir ...»

«Aber du kannst doch gar nicht ...!»

«Orkhan war anderer Meinung», lachte Nilufer. «Jedenfalls hab' ich mit ihm diesen albernen Reigen getanzt, hab' ihn meinen lieben Vetter genannt, da doch unsere Mütter Schwestern seien – wie Honig war ihm das. Und dabei hab' ich dann erfahren, was ich wissen wollte.»

«So geradezu ...?»

«Selbstverständlich nicht ‹geradezu›! Erst wurde er rot, dann ganz weiß, als ich ihm drohte, nie in meinem ganzen Leben je wieder ein Wort mit ihm zu sprechen. Denn wenn ein Mann – ich habe ihn ‹Mann› genannt», unterbrach sie sich, «du hättest sehen sollen, wie das zog! –, denn wenn ein Mann», wiederholte sie, «einer Frau nicht vertraue, dann zeige er ihr, daß er sie nicht so achte, wie eine Dame geachtet werden müsse!»

«Und das glaubte er dir?»

«Du ahnst nicht», prahlte Nilufer, «was die Männer einem alles glaubt, wenn man es darauf anlegt. Und nun so ein Junge! – Die Begum hat nicht zugegeben, daß man deinen Joannes köpfte. Was Osman wollte, weiß ich freilich nicht. Das war aus dem Jungen nicht herauszukriegen. In dieser Hinsicht war er nun einmal störrisch wie ein Maulesel, sosehr ich ihn auch bedrängte. Hauptsache aber ist, daß Joannes lebt.»

«Und nun wirst du Osman bitten, ihn am Leben zu lassen, nicht wahr, Nilufer, versprich mir, daß du es tun wirst!»

Nilufer erhob sich, und über Ana kam eine grenzenlose Enttäuschung.

«Ich dachte ...», flüsterte sie mehr für sich, «du würdest ohnehin mit ihm reden ... mit Osman, meine ich ...»

«Gewiß möchte ich», gab Nilufer zu, «aber hier ist es unmöglich. Sieh mal, Ana, im Tschardak war es so einfach. Er hat mich geküßt, sag' ich dir, und wenn ein Mann ein Mädchen küßt, dann muß er es auch heiraten. Da kannst du alle fragen! Aber in Jarhissar fing der Jammer an, und hier erst ... er hat einfach Angst vor mir, Ana.»

«Ja dann ...»

«Gar nicht: ‹ja dann›! Verstehst du denn nicht? Wenn Malchatun sich herausnehmen kann, ein Urteil des Kadis einfach aufzuheben, dann vermag sie noch viel mehr über Osman. Was hat es also für einen Zweck, wenn er mich noch einmal küßt und noch einmal und Malchatun hinterher nein sagt?»

«Du kannst doch nicht erwarten, daß sie ja sagt!» entsetzte sich Ana.

«Warum nicht ...?»

«Ich hätte Angst», war alles, was Ana noch herausbringen konnte.

«Hab' ich ebenfalls», versicherte Nilufer, «schreckliche Angst. Aber was getan werden muß – das muß ich selbst tun. Osman würde nie damit fertig werden.»

XXXII

«Du begehrst ein Fetwa von mir?» fragte Edebali seinen Schwiegersohn.

«Nein, mein Lehrer, unser Vater.»

Osman begehrte kein Fetwa gegen Malchatun. Zu seinem eigenen Erstaunen hatte ihn die Mißachtung seines Todesbefehls gegen Joannes Mazaris ziemlich kaltgelassen. Nach seiner Rückkehr wieder Auge in Auge mit seiner Frau, war er ihr eher mehr verfallen gewesen als zuvor. Ihm in den Arm zu fallen, war sonst keineswegs Malchatuns Gewohnheit, und ihn gar mit Tadel und Warnungen zu belästigen, lag ihr völlig fern. Um so wirksamer war die sanfte Sicherheit gewesen, mit der sie ihm ihre Entscheidung in der Angelegenheit des Kir Joannes mitgeteilt hatte.

Es war während des Aufsuchens ihres gemeinsamen Lagers gewesen, und das Herabgleiten von Malchatuns Gewändern hatte ihn nicht weniger besiegt als ihre Gründe. Niemals war er so davon durchdrungen gewesen, daß er bei ihr zu Hause, daß ihr mütterlicher Schoß seine Heimat sei und daß nichts Feindseliges an ihn könne, solange er sich ihren ihm so vertrauten Gliedern hingebe.

Aber er hatte es doch sich schuldig zu sein geglaubt, die ganze Angelegenheit noch einmal ohne Malchatun zu durchdenken, und zu diesem Zweck war er bei Edebali erschienen. Nach seiner Gewohnheit saß er zu Füßen des Meisters, und da es ein kühler Tag war, stand ein eiserner Korb mit glühenden Kohlen zwischen ihnen.

Unter Perids Aufsicht war er von den Mägden gebracht worden. Denn den hohen Gast zu begrüßen, hatte die kleine Frau sich nicht entgehen lassen. War es doch ihr ganzer Stolz, sich als die Gebieterin zu zeigen, die sie war. So völlig aufgegangen war sie in ihres Gatten Edebali Würde, daß sie ihre eigene Lage als Stiefmutter Malchatuns und Schwiegermutter des großen Beys niemals erheiternd empfunden hatte, und Osman versäumte denn auch nie, ihr stets alle Ehrerbietung zu erweisen, auf die sie Anspruch erhob. Nicht nur in ihren eigenen Augen war sie nach dem Beispiel der Frauen des Propheten eine Mutter der Gläubigen.

Jetzt waren die Männer allein.

«Glaube nicht, mein Vater», begann Osman nach einer Pause, «daß ich die Meinung deiner Tochter geringachte. Aber ist es unrecht, wenn ich einen Abtrünnigen strafe?»

«Wer ist abtrünnig?»

«Kir Michael.»

«Was tat er dir?»

«Er nahm meinen Feind in sein Haus.»

«Das tat er nicht», erklärte Edebali. «Einen Verwundeten, Schutzflehenden nahm er auf. – Lies den Koran, mein Sohn, und du wirst finden, daß der Prophet des Christen Tun gebilligt hätte.»

«Wenn ich Kir Joannes freilasse, werden sie sich in Zukunft alles gegen mich erlauben, die Mazaris, der Botoniates und die anderen», grollte Osman.

«Sagte ich, daß du ihn freilassen solltest?»

«Ich verstand dich so, mein Vater!» erstaunte Osman mehr, als daß er sich freute; denn gegen Malchatun war ihm keine Bundesgenossenschaft willkommen, nicht einmal die des Edebali. «Ich soll das Urteil vollstrecken lassen?»

«Dadurch verlierst du einen Freund, der bisher nichts tat, als was Gott uns allen gebietet», war des Hochwürdigen Antwort.

«Als Geisel soll ich den Joannes behalten? Meinst du das, mein Vater?»

Edebali wiegte bedächtig sein Haupt.

«Als Geisel? Gegen wen?» antwortete er mit einer Frage. «Glaubst du wirklich, daß die christlichen Herren wegen dieses jungen Menschen alle feindlichen Anschläge aufgeben? Denn du befürchtest doch Anschläge?»

«Ich habe Grund dazu!» bestätigte Osman.

Immer hatte er seine Sorgen hinter einem Gebaren von Zuversicht und selbst Übermut versteckt. Er wußte, wie leicht selbst ein geringfügiges Anzeichen von Schwäche die

Feindseligen ermuntern und Lauen zum Abfallen reizen konnte. Während er nun aber vor seinem Schwiegervater die Lage umriß, wie sie sich im letzten Jahrzehnt gestaltet hatte, ließ er alle Rücksichten fallen.

Nicht um einen Schritt war Osman seit Verleihung des Tughs, des Roßschweifes, vorangekommen, wenn sein Amt und die Fürstenwürde auch immer noch die Hauptstützen seiner Stellung waren. Daß er sich in ihr hatte behaupten können, verdankte er nur der Vereinigung der Nomadenstämme unter seiner Führung und der der mosleminischen Herren in einem bündnisähnlichen Verhältnis zu ihm. Freilich war das allein schon ein großer Erfolg Osmans, wenn dieser Erfolg auch jeden Tag immer wieder neu errungen werden mußte.

Was aber würde nach einem etwaigen plötzlichen Tode Sultan Alaeddins sein? Von dessen Sohn hörte man Befremdliches, und der Bey von Kermian wäre dann jeder Rücksicht ledig und könne seinem Erbhaß aus Ertoghruls Zeiten gegen Osman die Zügel schießen lassen. Im geheimen tat er ohnehin schon, was er nur Feindliches zu tun vermochte. Ein offnes Bündnis aber zwischen Kermian und den Christen wäre das Ende Osmans und zugleich das Ende des Islams in Bithynien.

Noch freilich regierte Alaeddin, und den herauszufordern würde der Bey von Kermian nicht wagen. Dennoch hatte nur zweierlei Osman bis jetzt vor einem Kampf auf Leben und Tod bewahrt: die Freundschaft mit den Asanes und die Verfeindung der übrigen christlichen Archonten untereinander.

«An Täbris dachtest du dabei nicht?» fragte Edebali. «Zwar ist Ilkhan Arghun abgefallen von der reinen Lehre. Doch der Islam ist immer noch mächtig in Persien wie je.»

«Es war Sultan Alaeddin, der Seldschuke, der mir den Tugh verlieh, mein Vater.»

«Ich verstehe und billige, mein Sohn», entkleidete Edebali Osmans Treuebekenntnis jeder Großartigkeit, «ein guter Name kann zuweilen eine Schlacht gewinnen, und außerdem dürfte der Ilkhan für die Westgrenze kaum Truppen übrig haben. Aber wenn es so steht, ist Kir Michael doch äußerst wichtig für dich?»

«Du sagst es, mein Vater. Mag Michaels Macht auch gering sein – er ist ein Keil in der christlichen Front ...»

«... solange er treu ist, meinst du?» ergänzte der Scheich.

«Genau so lange. Ein unsicherer Freund aber ist gefährlicher als ein offener Feind.»

«Nicht immer. Ein Feind ist leicht zu bekommen. Durch die Hinrichtung seines Gastfreundes machst du aus Michael einen sicheren und recht gefährlichen Feind. Er ist geschäftig, vergiß das nicht, und was bisher nicht gelang, vielleicht gelänge es ihm: der Bund aller christlichen Herren gegen dich. Bleibt er dagegen dein Freund, so hättest du an ihm einen Fürsprecher oder auch einen Kundschafter im anderen Lager.»

«Bleibt er mein Freund, werden seine Glaubensgenossen ihm nicht trauen.»

«Warum sagte ich dir, mein Osman, du mögest Kir Joannes nicht freilassen? Weil das ein Beweis einer unerschütterten Freundschaft zwischen dir und Kir Michael wäre. Geschähe aber dem Archonten nicht der gleiche Dienst, wenn du dessen Gast entfliehen ließest?»

Osman war immer noch so jung, daß er beinahe aufgesprungen wäre. Zur rechten Zeit entsann er sich doch noch eines schicklicheren Benehmens.

Edebali schmunzelte.

«Du verdankst diesen Rat nicht mir», sagte er mit jener heiteren Befriedigung, die er jederzeit für das Tun seiner Gattin hatte, «sondern deiner Schwiegermutter Perid.» Hierbei vertiefte sein Lächeln sich. «Sie berichtete mir», fuhr er fort, «daß Kir Michaels Tochter erkrankt sei, als sie die Kunde von einer Hinrichtung des Joannes vernommen habe. Oder glaubst du etwa, ich will dir raten, auf den Eid eines Mazaris – auf einen dir geschworenen Eid! – dich zu verlassen?»

«Er würde vermutlich Kir Michael ein Märchen von

Grausamkeit und Tücke auftischen, nur nicht die Wahrheit ... dagegen Kirina Ana ... so meinst du doch?»

«Kennst du sie?»

«Nicht eben sehr ...», zögerte Osman.

«Dann sprich mit Nilufer.»

Mit einem Ruck hob Osman den Kopf und begegnete Edebalis Blick. Aber nichts stand in dessen Augen. Wie eine Wand waren die Augen, und nichts war von dem zu sehen, was hinter ihr sein mochte.

Was Edebali über ihn und Nilufer wohl wissen könne, fragte sich Osman, und falls der Scheich nichts wisse, müsse ausgerechnet Malchatuns Vater ihn zu Nilufer schicken? «Warum zu ihr?» sagte er.

«Weil sie die Freundin von Kir Michaels Tochter ist. Und Mädchen in diesem Alter erzählen sich ihre Liebesgeschichten.»

«Einander wohl, aber darum doch nicht mir», verwahrte sich Osman.

«Dir wird sie es sagen, ob du es mit Kirina Ana wagen kannst», lächelte Edebali. «Ich sah Nilufer, und ich sah dich mit ihr.»

Osman begriff nicht, daß der alte Mann so mit ihm reden könne. Ob er der eigenen Tochter Besonderheit weniger erkenne als er, Osman, deren Mann? Ein heißes Mitgefühl quoll urhaft in ihm für die so Verkannte empor, und er fühlte sich plötzlich gerührt als deren einziger verläßlicher Liebender und Freund. – Aber vielleicht halte Edebali den Anlaß für so wichtig, um über Malchatuns Empfindungen hinwegzugehen?

«Ich müßte Nilufer allein sprechen», hörte er sich sagen.

«Mein Haus steht euch offen», erwiderte Edebali.

Mit einer ehrerbietigen Verneigung schob Osman alle Verantwortlichkeit dem Schwiegervater zu.

«Ich gehorche dem Lehrer des Islams, meinem hochwürdigen Vater.»

«Allah gebe dir Kraft und Verstand, Osman Ertoghruloghlu.»

«Allah gebe dir Kraft und Verstand.»

An diese Worte seines Schwiegervaters mußte Osman noch oft denken – und Grübeln war doch eigentlich seine Sache so gar nicht! Aber gerade zu einer Zeit, da alle Verhältnisse einer entscheidenden Wendung zudrängten, hatte auch sein eigenes Leben einen Stoß bekommen.

Nicht sogleich wurde er dessen gewahr. Selbst wenn ein Verlangen nach Nilufer ihn ebenso unvermutet wie unwiderstehlich überfiel, hoffte er immer noch, seiner Herr werden zu können, und vielleicht wäre es ihm auch gelungen, wenn ihn Edebali nicht genötigt hätte, sie wiederzusehen.

Aus eigener Autorität war der Scheich das Haupt des Islams in Bithynien geworden. Osman aber war Edebalis weltlicher Arm. Für die Stämme und seine Besitzungen hatte er als Fürst die Verantwortung, und soweit war Edebalis Beweggrund auch sein eigener. Aber dieser eine schloß leider den anderen nicht aus, der ihn mit Gefühlen von Schuld und Unsicherheit erfüllte. Er mußte sich eingestehen, daß er sich auf die Zusammenkunft, auf möglichst viele und häufige Zusammenkünfte mit Nilufer freue. Kraft und Verstand, hatte Edebali gesagt.

An jene Nacht mußte Osman denken, die auf den Tag der Übergabe des Tughs und der Pauken gefolgt war. Damals hatte Malchatun begehrt, immerdar seine einzige zu sein. Und sie war seine einzige. Ganz unmöglich schien es ihm, sie je zu verlieren. Er war fest entschlossen, daß dieser Tag nie erscheinen solle ... aber er hatte Verstand genug, sich vor Nilufer zu fürchten.

Nicht einmal das fast unfehlbare Mittel, einer allzu großen Verliebtheit Herr zu werden, half ihm, nämlich genau hinzusehen und dem Ziel all seines Begehrens ganz nahe zu sein. Denn obwohl sich alles sehr sittsam und ehrenhaft begeben hatte, war er ihr nahe genug.

Selbst nach der strengsten Regel des Korans konnte er bei seiner Schwiegermutter Perid zu jeder Stunde des Tages erscheinen, und für das Mädchen Nilufer bestanden ohnehin keine Hindernisse, dagegen sehr viel Grund, die

Stiefmutter ihrer Tante Malchatun zu besuchen. Um alte Freundschaft zu festigen und neue zu schließen, hatten ja die Damen von Jarhissar die Reise unternommen.

Wenn nun also Osman als Sohn des Hauses Edebali dem Klang eines Gelächters gefolgt war und den Vorhang des türlosen Gemaches gehoben hatte, war es nicht überraschend gewesen, bei Perid die Dame Nilufer zu treffen.

Das war weit entfernt von dem liederlichen Gebaren so mancher Christen und Christinnen, die in Unkenntnis dessen, daß Allah sie sehe, Hurerei an verborgenen Orten trieben. Schande über sie!

Dieses hier war geziemend. Sogar das Ende ihres Schleiers, der ihr wie eine mittägliche Märzwolke vom Scheitel herabhing, warf sich Nilufer mit einem Girren über die rechte Schulter, daß er die Nacktheit ihres Kinnes und ihres Mundes bedecke. Auch war sie keineswegs hosenlos, sondern im züchtigen Gewand einer Moslemin erschienen und konnte daher, ohne bei der Mutter der Gläubigen Anstoß zu erregen, mit gekreuzten Beinen auf den Polstern verharren. Was hätte bei so viel Anstand Perid demnach hindern sollen, das Paar für eine Weile allein zu lassen, um Gebäck und einen Sorbet zu holen, in dessen Zubereitung sie als Meisterin galt?

Immerhin bediente sich Osman nicht der gleichen Polster wie Nilufer. Zu Füßen des Mädchens hatte er sich niedergelassen, freilich mit gesenktem Antlitz.

Denn wahrlich, eine unlösbare Aufgabe war ihm überkommen: Die Zuneigung Nilufers, der Erbin der Asanes, deren Macht der seinen nicht nachstand, sollte er nicht verlieren, und Malchatuns wegen durfte er sie, die er begehrte, auch nicht gewinnen. Was konnte er tun? Lügen? Nicht einmal die Lüge bot ihm eine Zuflucht. Denn wenn er Nilufer sagte, was sie zu hören begierig war, würde er mitnichten gelogen haben.

Ein wenig zuviel war das für Osmans gerades Gemüt.

Nilufer dagegen schien die Lage als nicht reizlos zu empfinden. Was begehrte sie? Lieber wollte sie die zweite Frau

Osmans als die einzige ihres Onkels Salmenikos sein. Sie begehrte Osman, durchaus nur ihn. Kämpfe machten ihr nichts aus. Selten hatte sie ihren Willen durchgesetzt, ohne erst einmal auf Widerstand zu stoßen. Für den Widerstand hatte Kira Apollonia schon gesorgt. Und darüber war Nilufer sich völlig klar, daß sie sich auch jetzt wieder in einem der gefährlichen Durcheinander von Erwachsenen befinde. Aber ebenso gewiß fühlte sie sich wie stets ihres Sieges.

«Gelangweilt, mein Bey?» spöttelte sie, wobei sie, ungesehen von ihm, ihre Schuhe abstreifte. «Begegnet man so einer Dame? Den Kopf nach unten und stumm wie ein totes Huhn? Ihre Berechnungen über die Ornamente des Teppichs können Sie ein andermal anstellen. Ich hatte gedacht, Sie seien ein Tschelebi, ein Kavalier?»

«Behandelt haben Sie mich wie einen Landstörzer und Straßenräuber», gab er nicht uneben zurück.

«Das auch», nickte sie. «Und wenn man mich nicht belogen hat, waren Sie es. Männer haben sich immer so, wenn man sie als das behandelt, was sie sind.»

Einen Melkschemel an den Kopf zu kriegen, hätte er diesem Gespöttel bei weitem vorgezogen. Ein Melkschemel war ein Melkschemel – da wußte man, woran man war.

«Mir ist es gleich, wie Sie mich nennen», brummelte er und wollte ihr seine Gelassenheit durch einen hochmütigen Blick beweisen.

Aber wie er den Kopf hob, sah er einen mageren, schmalen Fuß mit rot gefärbten Nägeln an den langen, aufwärts gebogenen Zehen. Es war der Fuß eines gebadeten Mädchens, und Osman fand nichts Unnatürliches an dem Geruch von Moschus und Ambra, der auf ihn eindrang. Unmöglich war es, sich diesen Feenfuß unter dem Euter einer Kuh oder im Stallmist zu denken. Doch wenn Osman auch keine eigentlichen Erfahrungen mit Feen besaß, so wirkte in seinem Blut doch das mongolische Gefühl für den Frauenfuß als einem Reiz des Geschlechtes.

Es war daher recht gewagt, daß Nilufer mit der großen Zehe auf seine Nase tupfte. Denn nun ergriff er ihren Fuß und bedeckte Zehen, Sohle und Spann mit Küssen. Ganz weltmännisch dünkte er sich, bis Nilufer ihn mit einem plötzlichen Stoß mitten in sein Gesicht überfiel, ihren Fuß wieder unterschlug und damit verbarg.

Sie lachte.

«Oh, Nilufer ...!» rief er und sprang auf.

«Wie, mein Bey?» tat sie arglos. «Erst kitzeln Sie mich mit Ihrem Bart, was ich doch gar nicht leiden kann, und nun wollen Sie schelten? Setzen Sie sich wieder hin. Wenn Sie hier umherrennen, muß ich mich ebenfalls erheben, und wenn ich aufstehe, muß ich gehen.» Mit Befriedigung vermerkte Nilufer, daß er ihr gehorchte. «Ich möchte wohl sehen», schloß sie mit einem Versuch, ihr Gesicht in die Falten der Strenge zu legen, «was Gregoras zu Ihnen sagen würde.»

«Wer ist Gregoras?» fragte er.

«Mein Hofmeister», sagte sie, «vielmehr er war es. Aber er war nicht irgendeiner, der was gelernt hat und nichts weiter – das müssen Sie nicht denken, mein Bey. Haben Sie überhaupt schon mal einen Eunuchen gesehen?» fragte sie sehr von oben.

Osman dachte an Schermugan, und der genüge für viele. Er hatte also einen gesehen, was Nilufer gar nicht ganz recht war.

«Nun gut», lenkte sie etwas ein, «so einer war also Gregoras. Ganz fein war er, immer in Weiß – Engel nennen sie so etwas in Konstantinopel, und es hat den Vater viel Geld gekostet, daß der Grammatikos überhaupt nach Jarhissar kam. Er fand dann auch bei uns alles ganz schrecklich. Besonders mich. Meine wilden Triebe müsse er beschneiden, sagte er, und das machte ihm so viel Mühe, daß er schließlich gern wieder nach Konstantinopel zurückging.»

«Und dieser Gregoras ...?» wollte Osman ein wenig nachhelfen ...

«Berufen Sie ihn lieber nicht!» warnte Nilufer. «Er sprach sehr schlecht von dem barbarischen Verhalten bärtiger Männer, und das muß ich auch sagen! Im Tschardak haben

Sie mich geküßt. Auf den Mund. Und hier küßten Sie meinen Fuß. Ich bin wirklich neugierig, was Ihnen noch alles einfallen wird, bis Sie zu einem vernünftigen Entschluß kommen.» Leider beachtete Osman diesen Wink jedoch so wenig, daß sie plötzlich fern aller damenhaften Ergebenheit in einem ganz anderen Ton ausrief: «Warum du eigentlich ein Moslem bist, der doch mehr als eine Frau haben darf, das möchte ich wohl wissen!»

Ihm aber war, als habe sie ihm die Tür zu einem paradiesischen Garten geöffnet, in den einzutreten ihm auf ewig verboten sei.

«Vorwürfe machst du mir», konnte er nur antworten, «und ich kam zu dir, um deine Hilfe zu erbitten.»

Er hätte nichts Besseres sagen können, um Nilufers Beharrlichkeit eine andere Richtung zu geben. Hilfe! Ihr Bahadur kam, sie um Hilfe zu bitten. Sofort schwelgte Nilufer im Gefühl einer nie empfundenen Wichtigkeit. Begierig lauschte sie, als Osman ihr seine Lage schilderte. «Du fühlst dich bedrängt?» fragte sie.

«Ich war immer in Bedrängnis – heute mehr als je.»

«Aber du bist doch Bey?» verwunderte sie sich.

«Die Sorgen eines Fürsten unterscheiden sich von denen anderer Leute oft nur durch ihre Größe.»

«Könntest du dich nicht dennoch irren?» überlegte sie mit der Reife einer jungen Frau, die liebt. «Mein Vater müßte doch auch etwas wissen, und er hätte mir nichts verbergen können, das kannst du mir glauben!»

«Vielleicht ist noch gar nichts geschehen, aber es liegt in der Luft. Auch meine ich nicht so sehr deine Leute wie die anderen christlichen Herren. Nicht einmal des Kir Michael fühle ich mich sicher. Und es wäre doch so gut, wenn ich bei den Christen einen zuverlässigen Freund hätte, dem dessen Glaubensgenossen nicht mißtrauen. Meinst du, daß Kir Joannes …?»

Nilufer kannte Joannes Mazaris nicht, aber auch sie konnte sich nicht denken, daß er jemals Osmans Freund sein würde, nicht einmal um den Preis seines Lebens und seiner eigenen Freiheit. Die Ana sei freilich in ihn verliebt.

«Und sie, Kirina Ana? Wäre das Leben und die Freiheit des Joannes ihr vielleicht mehr wert als ihm selbst?»

«Die Ana tut, was ich will!» erklärte Nilufer, ohne zu zaudern.

«Solange du bei ihr bist», schränkte Osman ein. «Bei uns freilich wäre ein Eid auf den Koran ...»

«Die Ana ist fromm», unterbrach Nilufer ihn, «wenn man sie dazu brächte, auf Kreuz und Hostie zu schwören, könnte man ihr vertrauen. Aber das schwierige ist, daß sie ihrem Joannes nicht verraten dürfte, wem er in Wirklichkeit seine Befreiung zu danken hätte ... Mädchen sind Gänse!» schloß Nilufer plötzlich und dachte dabei in keiner Weise an sich selbst.

Zweifellos müsse man es mit Ana Tagaris wagen, war jedoch schließlich auch ihre Meinung. Zugleich aber verdichtete sich in ihr immer mehr mit dem Wunsch und dem Willen die Überzeugung, daß das Letzte und Größte von ihr, Nilufer, selbst getan werden müsse. Das freilich verschwieg sie. Nur darüber kam sie mit Osman überein, daß alles Nähere noch besprochen werden müsse. «Ich werde dich retten, mein Osman», sagte sie nur, «ich verspreche es dir, ich ...»

Und für einen Augenblick waren Joannes und Ana vergessen.

Um ein weniges später fand Perid die beiden allerdings wieder in zwei verschiedenen Winkeln des Zimmers.

«Glaube mir», sagte Perid am Abend zu ihrem Mann, «die beiden haben sich gezankt. Ich sah es ganz genau. Wie denn auch nicht? Sie ist eine Kröte!»

XXXIII

Für Kir Joannes gab es angenehmere Laute als das Kratzen und Quietschen einer Feile, die dicke, an beiden Enden fest in die Mauern gefügte Eisenstangen ihres Haltes berauben sollten. Er war der Meinung: wie die Feile das Eisen, so zersäge das Mißgetön, stundenlang fortgesetzt, allmählich seine Nerven.

Jedenfalls behauptete er es, und daß die Nerven des Täters Achmed den gleichen Angriffen ausgesetzt waren, brauchte er dabei seiner Beschaffenheit nach nicht in Betracht zu ziehen. Achmed war nur ein kleiner Marktmann, der wegen zu leichter Gewichte gehängt werden sollte – Kir Joannes dagegen wäre als Pferdedieb beinahe schon geköpft worden, ein Schicksal, das noch immer über ihn kommen konnte. Kir Joannes also nahm ein Recht auf Nerven in Anspruch, weil doch Hängen weit weniger vornehm sei als Köpfen.

Aus diesem Grunde und zugleich aus Abscheu über die Schweißperlen auf Achmeds verzerrtem Gesicht schüttelte Kir Joannes sein adeliges Haupt. Ihm war dieser Mann, mit dem er sein Gefängnis teilen mußte, durchaus nicht genehm, und er hatte seinem Unmut auch entsprechend Ausdruck verliehen, als ihm der andere vor einigen Tagen zugesellt worden war. Beileibe nicht als ein Gleichgestellter! Das lehrte glücklicherweise der Augenschein. Während nämlich der Mann Achmed sich mit einer Strohschütte begnügen mußte, schliefen Seine Edlen in einem Bett. Noch mehr! Auf eine geheimnisvolle Weise waren ihm sogar weiße Laken zugeteilt worden, nicht nur eines, sondern gleich mehrere, um ein unansehnlich gewordenes sofort wechseln zu können. Auch war sich Kir Joannes nicht nur seines Ranges, sondern auch seiner männlichen Reize genügend bewußt, um keinen Augenblick daran zu zweifeln, daß diese zarte Aufmerksamkeit ihm nur vom Harem erwiesen sein könne. Kein Wunder war es daher, daß er von Stund an mit weit größerem Vertrauen in die Zukunft blickte. Aus dieser gesicherten Lage sah er mit begreiflicher Mißbilligung auf das Tun des anderen.

«Höre, Achmed ...», wollte er beginnen.

«Euer Edlen», unterbrach ihn aber der andere mit leisem Vorwurf, «ich wiederhole, daß ich ein Nadelmacher bin.

Vielmehr sollte ich es sein. Aber ich war erst dabei, die Kunst zu erlernen, als die Verfluchten über Modreni kamen. Zwischen zwei kahlen Bergen liegt diese gesegnete Stadt, meine Heimat. Am gleichnamigen Fluß liegt sie, der sich bei Keiwa in den Sangaris ergießt. Sagte ich es Euer Edlen nicht schon, daß uns Osman, den die Hölle erwartet, vor sieben – nein – acht Jahren überfiel und mich mit vielen andern davonschleppte? Bei der Panagia! Ich bin ein Christ, so gut wie einer, und flehe Euer Edlen an, mir meinen ehrlichen christlichen Namen Philippos zu geben!»

«Du warst Philippos», entgegnete Joannes streng. «Um deines Bauches willen – pfui über dich! – verließest du unsern heiligen Glauben, verrietest du unsere hochheilige Mutter, die Kirche, und geselltest dich der Abgötterei der Beschnittenen. Jetzt bist du Achmed. Ich warne dich, Achmed! Lasse dich nie unter meiner Herrschaft in Melangeia antreffen, meiner Stadt, in der ich gegen alles göttliche Recht jetzt gefangengehalten werde und die sie obendrein noch Karadschahissar nennen! Ich ließe dich peitschen, bevor du gehenkt würdest.»

Kaum begriff es Joannes, daß der Mann mit dem Namen Philippos, der nun Achmed sei, so vieler Würde und so großer Gerechtigkeit widersprechen könne. Dennoch tat der Unglückselige es.

«Euer Gnaden», seufzte er, «sollten weniger einer recht ungewissen Zukunft und mehr unserer gegenwärtigen, recht mißlichen Umstände gedenken. Ihr gnädiger Kopf sitzt recht locker auf Dero hochedlen Schultern, während meiner Kehle nicht minder Gefahr droht.»

«Vermenge nicht unziemlich unser beider Schicksal, Bursche! Selbst wenn wir gemeinsam sterben sollten, wäre immer ein Unterschied – der unüberbrückbare Unterschied zwischen einer gemeinen und einer edlen Natur.»

«Ich weiß – ich weiß –», pflichtete Achmed bei, was aber Kir Joannes keineswegs veranlassen konnte innezuhalten. Er hatte nicht umsonst die Schule der Rhetorik in Konstantinopel besucht.

«Sagtest du nicht, mein Kopf sitze locker auf meinen Schultern? Nichts beweist mehr, daß deine Worte einer niederen Anschauung entspringen. Während wir hier noch reden, reifen vielleicht bereits die Anschläge meiner treuen Untertanen zu meiner Befreiung ...»

«Sie haben sich Zeit gelassen, die Untertanen», meinte Achmed oder Philippos. «Soweit ich etwas bemerken konnte, war es nur ein allgemeines Bedauern, daß Euer Edlen, wie es schien, ganz insgeheim abgetan seien.»

«Da siehst du es.»

«Freilich sah und hörte ich es. Die wackeren Leute hatten sich auf Dero öffentliche Hinrichtung schon so sehr gefreut!»

«Du wirst sie entschädigen, Achmed», meinte Joannes verärgert.

«Ich bitte Sie, edler Herr: Philippos!»

«Achmed!» blieb Joannes unerbittlich. «Oder glaubst du immer noch, deinem Schicksal zu entrinnen? Am nächsten Markttag sollst du gehenkt werden, und das ist übermorgen. Bis dahin mußt du sechs Stäbe durchgefeilt und hochgebogen haben. Möglicherweise gelingt es dir, da es mir nicht ansteht, dich zu verraten. Aber was dann? Diese Zelle liegt zweiunddreißig Fuß über dem Grund. Wenn du 'runterspringst, brichst du dir so gut das Genick, wie es dir der Henker am Galgen brechen würde. Wozu also erst die viele Arbeit?»

«Ich werde nicht springen, Euer Edlen.»

«Was dann?»

«Klettern. Die Laken ergeben, in Streifen geschnitten und zusammengeflochten, einen sehr guten Strick. Auch die Länge dürfte reichen.»

«Meine Laken?»

«Jawohl, Euer Gnaden.»

«Für deine Flucht?»

«Für unsere Flucht, Euer Gnaden. Wer gibt Ihnen die Gewähr, daß der Markttag nicht auch für Sie das Ende bedeute?»

«Man wird es nicht wagen.»

«Der Bey ist nicht ängstlich.»

Ein wenig beunruhigt war Joannes nun doch.

«Hör doch endlich auf mit dem Gefeile!» schrie er. «Wie soll man dabei nachdenken?»

«Euer Edlen sollten mir lieber helfen», meinte Philippos ungerührt. «Kann ja immerhin sein, daß der Bey Ihnen das Leben schenkt, weil er dabei auf Euer Gnaden Dankbarkeit rechnet ...»

«Dankbarkeit?!» empörte sich Kir Joannes. «Und wenn er mir mein Melangeia auf den Knien darböte, würde ich ihm keinen Dank schulden, er würde nur zurückerstatten, was er uns stahl!»

An Osmans Absicht, Karadschahissar dem Kir Joannes auf den Knien darzubieten, glaubte Philippos nicht recht. Er riet vielmehr immer wieder zur Flucht. Wie denn, wenn der Bey die geheime Hinrichtung nur deswegen nicht habe vollziehen lassen, um sie in eine öffentliche zu verwandeln? – Doch zunächst gewann Philippos den hohen Mitgefangenen nicht für seinen Plan. Das änderte sich erst, als gegen Abend der Henker erschien.

Den Schwertmann kannte Kir Joannes bereits, und deswegen hätte dessen Erscheinen nicht gar so schreckhaft gewirkt, wenn nicht ein Haar- und Bartscherer in der Begleitung des Unheimlichen gewesen wäre. Dieser beflissene Mann mußte nämlich nach den Angaben des Nachrichters dem edlen Herrn die blonden Locken stutzen, ganz aus dem Nacken heraus, auf daß nichts die Wirkung einer schön geschliffenen Klinge beeinträchtige.

Nach diesem Besuch wurde Kir Joannes ein wenig zugänglicher.

«Wie war das mit deinem Fluchtplan?» ließ er sich endlich zu einer Frage herab.

Der Plan sei einfach, erklärte Philippos, er habe an diesem Turm mitgebaut und kenne alle Gelegenheiten, was übrigens später dem edlen Herrn bei etwaigen Absichten auf Karadschahissar sehr wohl nützen könne. Unten angekommen, sei eine kurze Strecke auf dem Bauch zu kriechen und ein Graben zu überqueren. Jenseits finde man an der verabredeten Stelle den dritten Mann mit den Pferden.

«Wer ist dieser Dritte?»

Seine Edlen werde ihn vermutlich kennen, wich Philippos aus, und nicht unfroh sein, ihn zu erblicken. Auf mehr ließ er sich nicht ein. Dagegen forderte er das Versprechen, künftig mit seinem Christennamen Philippos gerufen und von Kir Joannes als dessen treuer Diener gehalten zu werden. Denn nach Karadschahissar könne er, der rechtgläubige Philippos, nie mehr zurück, und wohin er sich sonst wenden solle, wisse er nicht.

Was hätte Kir Joannes sagen sollen? Nach dem Besuch des Scharfrichters und des Barbiers war er ohnehin nicht geneigt, viele Umstände zu machen. Außerdem war er arm und konnte einen billigen Diener gebrauchen. Philippos aber verlangte nicht einmal das Gewand und nur ein bißchen Essen. Statt des Lohnes gar wollte er sich mit dem Anteil an etwaiger Beute begnügen. – Unter solchen Umständen war der Handel bald gemacht.

«Ruhe dich aus und gib mir einstweilen die Feile», sagte Kir Joannes.

Auf einmal konnte es dem edlen Herrn nicht schnell genug gehen.

Zeus II, der Stier, befand sich im Zustand eines unausgeglichenen Gemütes. Sonst war er sich seiner Zu- und Abneigungen immer völlig klar, und mit ebensolcher Entschiedenheit pflegte er sie zu äußern. Diese Eigenschaft hatte er von seinem Vater geerbt, jenem ersten Zeus, der einst Frau Perids Liebling und zuweilen auch deren Reittier gewesen war, damals nämlich, als Perid es noch nicht bis zur Würde einer Mutter der Gläubigen gebracht und infolgedessen auch keine Veranlassung gehabt hatte, sich dementsprechend zu benehmen. Heute kann sie nur selten in den Stierstall, der nach ihrer Meinung der Frau des großen Edebali nicht mehr recht anstehe.

Die kleine Perid von einst war ein wenig hoffärtig geworden. Aber das war ihr stärkster Halt. Im Schutz ihres weißbärtigen Gatten mußte sie, um glücklich zu sein, sich über alle anderen Weiber erhaben fühlen.

So war sie es denn auch nicht, die Zeus II in solche Unruhe versetzt hatte. Zu anderen Zeiten ging die Frau, die es tat, nie durch die Doppelreihe der angeketteten Rinder, ohne mit dieser oder jener Kuh, besonders nach dem Kalben, eine kleine Zärtlichkeit auszutauschen, und bei Zeus blieb sie ein jedes Mal stehen, ihm die Stirn zu kraulen. Auch heute war das geschehen, nachdem sie mitternächtlicherweise mit einer fackeltragenden Sklavin den langen Gang aus festgestampfter Erde entlanggekommen war. Bei keinem Stand hatte sie sich verweilt, nur bei dem des Zeus. Doch der verleugnete all seine Höflichkeit, die er ihr sonst bezeigte. Kettenklirrend und schnaubend wich er vor der sonst so Vertrauten zurück.

«Er riecht das Blut», sagte die Sklavin und wandte sich zum dunklen Gang zurück, in dessen fernes Ende aus einer halben offenen Tür Licht hereindrang.

Dieser Lichtstrahl kam aus einem der Pferdeställe, und zwar dem der kostbaren arabischen Zuchtstuten, deren Aufgabe es war, die Rasse der ausdauernden, aber unansehnlichen Turkmenenpferde zu veredeln. Bei den Pferden war jedoch schon wieder alles in Ordnung. Die Mutterstute hing mehr in ihren Gurten, als daß sie stand, und leckte ihr neugeborenes Fohlen.

Wenn sich der Bey, wie gerade in diesen Tagen, fern von Karadschahissar auf der Streife befand, ließ Malchatun das eine oder andere ihrer Mädchen in ihrem Zimmer schlafen. Heute war das die Fackelträgerin gewesen, und die hatte die Herrin geweckt, da Hawa, die leichtfüßige Gefährtin des Windes, nicht fohlen könne und Schlimmes für die Stute zu befürchten sei.

Tier oder Mensch – Malchatun war mit dem Reiter- und Herdenvolk schon viel zu verwachsen, um die gebildete Dame herauszukehren, und da ihre Leute nun einmal überzeugt waren, daß sie, wenn sie nur wolle, alles vermöge, war sie in den Stall gekommen und hatte das Ihre getan, um die mütterliche Kreatur von der reifen Bürde zu befreien. Sehr zur Freude der Stalleute war das geschehen; denn Osmans Zorn konnte gewaltig sein! Aber Malchatun war nicht weniger froh als die Knechte.

Als Araberin hatte sie einen hohen Begriff von der Vornehmheit eines Pferdes von Geblüt. Sie hatte sich darum auch nicht geschont.

Bis an die Ellenbogen war sie im Leib der Tiermutter gewesen.

«Das Wasser ist schon heiß», drängte die Dienerin.

«Lassen wir ihn also», lächelte Malchatun und zog ihren schwarzen Mantel fest um sich.

«Selbst der Stier will mich nicht. Es ist auch kein schöner Anblick, den ich jetzt biete.»

«Es ist mehr der Geruch», meinte die andere. «Das Blut macht ihn wild.»

«Hat er nicht recht?» antwortete Malchatun im Weiterschreiten mit einer Frage. «Wie kann der Stier wissen, daß dies das Blut des neuen Lebens ist?»

Wenn es jemals im alten Melangeia ein Schwimmbad gegeben hatte, so war es längst den vielen Umbauten zum Opfer gefallen. Nicht eine Spur fand sich mehr von ihm. Dagegen gab es einen Raum mit Ziegelboden, in dem man über Rollen an der Decke Kübel hochwinden und durch zweite Schnüre zum Kippen bringen konnte, auf daß sich der Inhalt in einem Schwall nach unten ergieße. Das war Malchatuns vielbewunderte Badegelegenheit, und es hatte manchen Klumpen Lehmes und noch mehr der Arbeit bedurft, die Risse in den Ziegeln und die Lücken auszufüllen sowie die Abflüsse wiederherzustellen. Alltäglich erfüllten Lachen und Geschrei nackter Mädchen und Frauen diesen Saal – jetzt freilich war Nacht, und die einsame Fackel ließ kaum die Umrisse erkennen, indes Malchatun, nur von zwei Sklavinnen bedient, ihre beschmutzten Kleider abwarf, um sich dann erwärmtes Wasser über den Leib gießen zu lassen.

Danach jedoch gelüstete es sie nach der Ruhe des Bettes, und so schlüpfte sie, kaum abgetrocknet, schnell in einen sauberen Kaftan.

Mit der Ruhe wurde es freilich vorerst noch nichts; denn beim Betreten ihres Schlafzimmers fand sie es von allen Lampen erhellt, und sie erinnerte sich doch, daß die Dienerin nur eine entzündet habe.

«Laß uns allein bleiben, Tante», bat nun auch noch jemand, den die Lehne des großen Stuhles verbarg, «ich möchte mit dir reden. Darf ich?»

Nicht einen Augenblick zauderte Malchatun.

«Geh in den Schlafsaal», bedeutete sie der Dienerin, «und halte deinen Mund verschlossen.» Sie kannte ihre Mädchen und wünschte kein Geschwätz über den späten Besuch. «Aber Kind», sorgte sie sich, als sie Nilufers ansichtig wurde, «mit bloßen Füßen, und ausgezogen bist du auch schon?»

«Ich hab' warten müssen, bis die andern schliefen. Eher konnte ich nicht», erklärte die junge Dame, als sei es das Selbstverständlichste von der Welt, ungeachtet der nächtlichen Stunde, nur mit einem Mantel bekleidet, in einem fremden Schlafzimmer zu hocken.

«Und wenn Osman nun gekommen wäre?»

«Ich weiß doch, daß er fort ist.»

«Das ist nie ganz sicher», meinte Malchatun. «Manchmal kehrt er unversehens zurück, und kaum einer weiß, daß er im Schloß ist.»

«Außer dir natürlich», sagte Nilufer mit einem Anflug von Vorwurf. «Nun ja», gab sie dann großmütig zu, «schließlich bist du ja seine Frau.»

«Schließlich ... ja ...», dehnte Malchatun die Silben.

Sie glaubte mehr zu wissen, als sie freiwillig zugegeben hätte. Dennoch fand sie dies nächtliche Beisammensein noch nicht beängstigend. Ein kleines Mädchen, das verliebt sei! dachte sie. Ein wenig schmeichelte ihr das sogar. Nilufers Verliebtheit erhöhte gewissermaßen den Wert ihres Besitzes. Denn für sie war Osman ihr Besitz, und sie liebte ihn mit allen seinen Schwächen, ja, vielleicht hätte sie ihn ohne diese Schwächen weniger geliebt. Wie ein Pfau werde er, um sich von diesem halben Kind anschmachten zu lassen, sein Rad geschlagen haben, war sie überzeugt. Aber offenbar sei es nun an der Zeit, aus dem verwirrenden Helden auch in Nilufers Augen wieder einen guten Familienvater und verantwortungsbewußten Fürsten zu machen. Gerade des Kindes wegen sei das nötig. Denn daß es da vor ihr mit untergeschlagenen Füßen auf dem Stuhlsitz kauere, sei wohl nicht ganz das richtige. Mädchen gehören nachts in die Betten, war ihre mütterliche Meinung, zuerst in das eigene und später in das des Eheherrn. Schließlich sei Nilufer die geliebte Tochter ihrer lieben Apollonia, und es sei unverantwortlich von dem Mannsbild Osman, der Kleinen den Kopf zu verdrehen.

Der letzte Gedanke war allerdings mehr ein Schmunzeln als ein Zürnen.

«Bist du gekommen, mit mir von Osman zu reden?» fragte sie geradezu.

Die Antwort fiel jedoch ganz gegen Malchatuns Erwarten aus.

«Ja», sagte Nilufer.

XXXIV

Wenn auch vorerst noch nichts geschah, war es mit Malchatuns Schmunzeln doch vorbei. Nilufers Offenherzigkeit ließ sie auf einen schon verhärteten Willen schließen, der gebrochen werden müsse. Ihr wäre es lieber gewesen, das Mädchen hätte irgendeine Ausflucht versucht.

So verschaffte sich Malchatun denn Zeit zum Überlegen, indem sie in einem Nebenraum verschwand und mit einem Fuchspelz zurückkam, den sie sorglich um Nilufer legte. «Du könntest dich erkälten, Liebling», meinte sie, «die

Nächte sind schon recht frisch. Oder willst du lieber zu mir ins Bett kommen?»

Nilufer wollte nicht. Es lasse sich besser sprechen, wenn man sich gegenübersitze, erklärte sie, worauf Malchatun ihr beipflichtete und dem Stuhl eine Drehung zum Bett gab. Auch ihr war es jetzt lieber, das Gespräch auf eine Weise zu führen, bei der die Körper sich gegeneinander abgrenzten.

«Wenn du willst, möchte ich dir eine Geschichte erzählen», sagte sie. Nilufer hätte es eigentlich vorgezogen, selbst zu sprechen. Aber da saß sie, zu einem Knäuel zusammengekrochen, ihrer Tante Malchatun gegenüber, der Vielgeliebten. Ihr zu widerstehen, fand sie plötzlich, sei gar nicht so einfach.

«Es war einmal ein junger Mensch, fast noch ein Knabe», begann also Malchatun ungehindert, «und dieser Junge konnte kein Mädchen sehen, wenn es nicht gerade einen Höcker hatte, ohne es anzureden, sich mit ihm zu necken und ihm ein Stelldichein vorzuschlagen, bei dem nur der Mond der dritte sein sollte. Was die Leute ihm sonst noch Übles nachsagten, wurde nie eigentlich bewiesen, doch mochte wohl nicht immer alles mit rechten Dingen zugegangen sein. Dieser Jüngling nun erblickte eines Tages die Tochter seines Lehrers, und von Stund an sah er, wie selbst seine ärgsten Tadler zugeben mußten, kein anderes Mädchen mehr an. Sein Lehrer aber verweigerte ihm seine Tochter …»

«Oh, Tante Malchatun», unterbrach Nilufer heftig, «du behandelst mich wie ein Kind, dem man Märchen erzählt. Und es ist doch alles gar kein Märchen! Der Junge ist Osman, dem Kumral die Fürstenwürde prophezeite. Die Tochter bist du, und ganz Bithynien weiß, wie lange er um dich warb. Und daß er dir treu war – davon bin ich überzeugt. Wie hätte er dich nicht lieben sollen! Aber das alles ist schon schrecklich lange her. Jetzt liebt er eben mich!» schloß sie mit der ganzen Unbarmherzigkeit erster Jugend.

«Hat er dir das etwa gesagt?» forschte Malchatun nun

doch in der ersten Aufwallung eines eifersüchtigen Zornes.

«Er hat mich geküßt!» ließ Nilufer nicht auf die Antwort warten, und zwei Augenpaare blitzten sich feindlich an.

«Sonst nichts?» stieß Malchatun ebensoschnell zu; denn es war ein Zustoßen und keine Frage.

Jetzt erst entstand eine Pause.

«Was denn sonst ... was meinst du, Tante ...?» stotterte Nilufer in ehrlicher Unwissenheit sowohl wie unter dem Eindruck der Drohung, um sich dann gerade gegen jedes Drohen mit Trotz und Eigensinn zu wappnen. «Er hat mich geküßt, sag' ich dir!» behauptete sie sich in ihrer festesten Stellung. «Frag ihn selbst, wenn du es nicht glaubst. Und wenn ein Mann ein Mädchen küßt, muß er es heiraten! Das weißt du sehr gut, Tante Malchatun, und es hat gar keinen Zweck, daß du mir etwas anderes sagst. Ich glaube dir doch nicht.»

Im ersten Augenblick hätte Malchatun beinahe ihren Gleichmut wiedergefunden: Ein Kind, ganz wie sie gedacht habe, nichts als ein Kind sei die Kleine.

Aber in ihrem Eifer hatte Nilufer sich aufgerichtet, die Decke war herabgeglitten, der schwarze Mantel hatte sich geöffnet, und nun – es war ja niemand da, vor dem sich Nilufer hätte verbergen müssen –, nun sah Malchatun genug von den Verlockungen eines weißen Mädchenkörpers, um zu wissen, daß sie es mit keinem Kind mehr zu tun habe.

Plötzlich war alles anders. Mehr als die kindischen Worte bedeutete Malchatun dieser Anblick, der ihr so unbefangen und ohne jede Herausforderung geboten wurde und dennoch so feindlich auf sie wirkte. Zu keinem Lächeln fühlte sie sich versucht. Körperhaft nahe empfand sie den harten Willen und die nicht geringe Intelligenz, die ihr in diesem Mädchen entgegentraten, und sie saugte sich mit den Blicken fest an dieser Jungen, noch von keinen Falten Bedrohten, die noch nicht geboren und von Sorgen nie etwas gewußt hatte. Angegriffen fühlte sich Malchatun und in einem Besitz bedroht, der ihr stets unverlierbar erschienen war. Ob denn nichts mehr gelte, was gewesen sei? fragte sie sich voll schmerzlicher Empörung, keiner ihrer Ritte – der nicht zum Sultan Alaeddin nach Kutahie – der zum sterbenden Ertoghrul nach Sögüd nicht, und nicht ihr Auftreten in der nächtlichen Dschirga gegen Dündar? Sei das alles nichts mehr? Komme jetzt die Jugend, sie aus ihrem Recht zu verdrängen, das ihr wahrlich nicht ohne Kampf zugefallen sei!

In ihrem ersten Kummer sah sie ihre Furcht bereits verwirklicht, sah sie unmittelbar vor sich, was bis zur Unwahrscheinlichkeit fern war. Nur einen kurzen Augenblick dauerte diese Furcht; aber als er vorbei war, hatte sie es schon gesagt:

«Du hast also vor, mich von Osman zu trennen?» hatte sie gefragt.

Die Antwort war ein neues Erstaunen Nilufers.

«Ich dich ...? Oh, Tante, du Liebe», rief sie und warf sich über Malchatun, «nicht mehr ansehen würde ich Osman, wenn er sich von dir trennte. Wie könnten wir glücklich werden ohne dich? Ich will doch nur, daß du uns nicht verstoßen sollst, und das müssen wir Frauen miteinander bereden. Osman ist dazu nicht imstande.»

Darin freilich mußte Malchatun der Kleinen zustimmen. Ihr, seiner Frau, derartige Vorschläge zu machen, sei Osman allerdings nicht fähig, sagte sie und dachte dabei, wenig beglückt, wie gut das Mädchen ihn bereits kenne.

«Siehst du, Tante, wir verstehen uns schon», erklärte Nilufer.

«Nicht ganz, Nenuphar», meinte Malchatun und betonte Nilufers griechischen Namen.

Doch jetzt war es auch der Kirina zuviel, und zwar des Vorhaltens und Mahnens. Es sei doch alles so einfach, war sie überzeugt. Aber könne man wohl mit diesen alten Leuten vernünftig reden? Man könne nicht!

«Bei allen Heiligen!» rief sie und sprang auf. «Hab' ich ein Pferd, fahr' ich nicht darauf zur See, und hab' ich ein Schiff, versuch ich nicht, darauf zu reiten. Ihr aber seid

Moslemin und gebärdet euch, als wäret ihr Christen. Aber das sag' ich dir: ich geh' zu deinem Vater und red' so lange mit ihm, bis er mir ein Fetwa gibt, daß Osman mich neben dir zur Frau haben darf. Das muß dein Vater, es steht im Koran!» triumphierte sie.

«Aber nicht in der Bibel», meinte Malchatun.

«Oh, in der Bibel steht es auch», ließ Nilufer sich nicht abschrecken, «man braucht nur genau hinzuschauen im Alten Testament. Doch wenn man darauf zu sprechen kommt, dann weichen sie aus. Immer weichen sie aus, die Popen, die Eltern und alle, die einen erziehen wollen und entweder nichts wissen oder nicht die Wahrheit sagen.» Höchst rebellisch war Nilufer, um dann mit einem fast sanften Vorwurf zu schließen: «Ich meinte immer, du seiest anders», sagte sie.

Malchatun verschränkte ihre Hände im Nacken. Warum sie wohl dem Gedanken im Innersten so widerstrebe, sann sie, daß dieser schlanke Mädchenkörper, den sie doch liebe, sich genauso mit Osman vereine wie sie selbst? Es spreche sogar sehr viel für eine zweite Frau. Wohl habe sie, Allah sei Dank, zwei Söhne, aber in dieser menschenfressenden Zeit könne ein Fürst nie genug Kinder haben. Wer aber hindere Osman? Sie, Malchatun, die Begum, die doch eigentlich fördern solle, was ihm fromme, hindere Osman an der Erfüllung seiner Pflicht. Was einer geborenen Christin wie Nilufer so selbstverständlich dünke, dürfe doch sie, die Moslemin, nicht erschrecken. Könne sie sich denn eine liebere Schwester denken als Nilufer? Was mache schon der Altersunterschied, habe sie doch den Vater mit der um so vieles jüngeren Perid verheiratet! Selbstsüchtig schalt sie sich, neidisch, ja unfromm, und dennoch: ihr war, als sei ein Geheimnis in Gefahr, von dem die Unversehrtheit ihres Lebens abhänge. Sie richtete sich auf.

Glücklicherweise könnten sich Nilufers Wünsche niemals erfüllen, fiel ihr ein. Sie dachte «glücklicherweise» und empfand keine Reue darüber.

«Ich will dir nicht mehr Märchen erzählen», sagte sie.

«Auch will ich dir nicht vorhalten, daß du Christin bist; denn offenbar scheinst du entschlossen zu sein, dich zum Islam zu bekehren.»

«Was macht denn das schon aus», entgegnete Nilufer, «die Mutter ist Christin, und du bist Moslemin, und doch seid ihr Schwestern.»

«Wir sind es mehr, als wären wir leibliche», bestätigte Malchatun. «Und dir kann ich nicht widersprechen – meine eigene Mutter war Christin und nahm den Islam an. Aber da du dich zu groß für Märchen dünkst, darf ich dich wohl fragen, ob du schon einmal über Osmans Lage nachgedacht hast?»

Wenn Malchatun bei dieser Frage der Meinung gewesen war, Nilufer einer kindischen Unwissenheit und Gedankenlosigkeit überführen zu können, so mußte sie sich jetzt ihren Irrtum eingestehen. Es war klar, daß man auch in Jarhissar nicht einfach in den Tag hinein leben konnte und allem, was sich in Bithynien ereignete oder vorzubereiten schien, seine Aufmerksamkeit schenken mußte. Jedenfalls zeigte sich die junge Herrin gut unterrichtet, besser vielleicht als ihr eigener Vater. Gerade das Schwebende des gegenwärtigen Zustandes im Lande hatte sie sehr wohl erkannt, und daß er nicht mehr lange so währen könne und dann einem Umschwung in allen Machtverhältnissen Platz machen müsse. Sehr bald werde die Entscheidung fallen, behauptete sie.

«Niemand weiß, wann und wo», versuchte Malchatun diese Behauptung einzuschränken.

«Doch!» widersprach ihr aber Nilufer. «Ich kann es dir sagen. Wo? Hier. In diesem Zimmer. Und wann? Heute. Zwischen dir und mir, in dieser Nacht, fällt die Entscheidung. Mit mir bekommt Osman meine Burgen und Städte. Ich habe nicht weniger, eher mehr als ihr. Damit ist alles entschieden. Wer will Osman bei solchem Zuwachs an Macht noch widerstehen?»

«Vorläufig gehört dir nicht eine einzige Burg und keine Stadt», stellte Malchatun unerbittlich fest. «Jarhissar gehört deinen Eltern und alles zusammen dem Salmenikos. Du wirst ihn nehmen müssen, liebes Kind. Es wird dir nichts anderes übrigbleiben», schloß sie mit der fast grausamen Genugtuung, daß ihre Worte unumstößliche Tatsachen seien. Aber was bedeuten Tatsachen der Jugend?

«Nie!» sagte Nilufer. – Das war alles.

Salmenikos ...

Malchatun erstaunte über sich selbst, doch ihrer unbestechlichen Wahrheitsliebe konnte sie nicht verhehlen, daß sie einen ganz echten Ärger über die Entschiedenheit empfinde, mit der dieses Kind den Herrn von Biledschik ablehne. Als ein Angriff gegen sich selbst erschien ihr das. Seien ihre eigenen Instinkte damals so viel schwächer gewesen als heute die der Nilufer?

«Sagtest du das nur, weil du nach deiner Meinung Osman liebst?» fragte sie. «So wenigstens verstand ich dich.»

«Das ist es nicht allein», lehnte Nilufer diese Deutung ab. «Selbst wenn es nie einen Osman gegeben hätte, würde ich Salmenikos doch nicht wollen.»

«Warum nicht?» fragte Malchatun mit einer Schärfe, die so gar nicht begründet schien.

Die Antwort ließ freilich auf sich warten.

«Du kennst ihn doch selbst ... den Salmenikos ...», sagte Nilufer schließlich.

«Wer hat ...»

Wer ihr das gesagt habe, hatte Malchatun fragen wollen, sich dann aber besonnen, daß Apollonia vielleicht eine Bemerkung gemacht haben könne – sei ihre, Malchatuns, Verbindung mit Salmenikos doch einst deren innigster Wunsch gewesen.

«Also gut», fuhr sie fort, «ich kenne ihn. Dann laß dir aber auch sagen, daß ich Kir Salmenikos immer nur als einen Weltmann von besten Formen, von großem Wissen und einer oft bewährten Klugheit empfunden habe.»

«Und geschniegelt wird er damals auch schon gewesen sein, nur daß er sich heute Haare und Bart färben muß. Gescheit ist er trotzdem – dagegen kann ich nichts sagen.

Wenn er nur nicht selbst so unerträglich überzeugt davon wäre! Immer hält er für uns andere arme Leute ein mildes Lächeln erhabener Nachsicht bereit. Immer hat er recht. Es ist schrecklich! Wenn er etwas gesagt hat, kann man ihm nie widersprechen. Ich begreife schon, warum du nicht ihn, sondern Osman geheiratet hast. Aber für mich, meinst du, sei Salmenikos gut genug. Ich will aber keinen Mann, der immer recht hat, und statt des ganzen Salmenikos für mich allein begnüge ich mich lieber mit einem Teil von Osman!» Ganz erhitzt warf sich Nilufer nach diesem wilden Protest in die Kissen ihres Stuhles.

Lieber einen Teil von Osman als den ganzen Salmenikos – das sei es also, dachte Malchatun, und eigentlich müsse sie selbst sich schämen, nicht ebenso großherzig empfinden zu können. Doch für Nilufer bedeutete die Doppelehe eben nur einen Wechsel der Konfession, aus dem sie sich offenbar wenig mache, und im Grunde sei sie selbst, Malchatun, ebenfalls in zwei Religionen aufgewachsen. Wenn sie sich zum Islam bekenne, so sei das auch mehr Tradition der Familie und Rücksicht auf den Vater als bedingungslose Rechtgläubigkeit. Dennoch müßte sie als eine Moslemin die Mehrehe als solche anerkennen und demnach Osman Nilufer gönnen. Doch da sei etwas anderes, was nichts mit Islam und Christentum zu tun habe. Ihr sei eben der Weg zu Osman sehr schwer geworden. Und dann habe sie um ihn gekämpft. Osman sei auch ihr Werk. Osman seien er und sie. Ganz sei sie ein Teil von Osman geworden, und mit ihm würde sie sich selbst verlieren. Wie könne man teilen, was ein Ganzes geworden sei?

Nilufer hatte sich unterdes gefaßt.

«Übrigens, was du vorhin sagtest, Tante Malchatun, von den Burgen und Städten, die mir noch nicht gehören», kam sie auf Malchatuns «Tatsachen» zurück, «das stimmt wohl und stimmt auch wieder nicht. Onkel Salmenikos ist gar nicht sehr beliebt bei den Untertanen. Vielleicht war er einmal anders, aber das war dann eben früher. Ich weiß nur, daß er mit einem milden Lächeln sehr hart sein kann.

Nichts hassen die Leute so wie lächelnde Härte. Den Vater haben sie jedenfalls viel lieber, selbst die Mutter, am liebsten jedoch haben sie mich. Vor allem in Eskischehr, weil ich doch von Mutter her eine Kontophres bin, und natürlich auch in Jarhissar und Jundhissar. Und was glaubst du wohl, was die Leute alles anstellen, wenn ich mal nach Biledschik komme!»

«Du bist eben die Erbprinzessin. Kronprinzen sind meist beliebter als die Herrscher.»

«Gehörst du etwa auch zu denen, die da meinen, daß es ganz gleich sei, was das Volk wolle? Onkel Salmenikos glaubt das.»

«Ich nicht, Nilufer.»

«Dann siehst du doch selbst, Tante, wie notwendig es ist, daß wir zusammenhalten und zusammenbleiben.»

Mit Osman sich selbst verlieren? wiederholten Malchatuns Gedanken. Wie nun, wenn es Osman zum Vorteil gereiche? Denn so unrecht habe die Kleine nicht. Allerdings ...

«Denke einmal nach, Nilufer. Aber denke nicht an dich und nicht an mich, sondern nur an Osman.»

«Das tue ich doch die ganze Zeit!»

«Das tatest du nicht, sonst hättest du dich gefragt, was wohl geschähe, wenn Osman um dich als seine zweite Frau werben würde. Ich denke, du kennst die Antwort deines christlichen Vaters?»

«Natürlich würde er nein sagen! Er will doch, daß ich den Onkel heirate. Aber ...»

«Es gibt kein Aber, mein Kind. Dein Vater würde nein sagen und, was mehr ist, Salmenikos auch. Sie können gar nicht anders, selbst deine Mutter könnte es nicht wollen. Nicht einmal in den kaiserlichen Harem zu Ikonium hat jemals eine Asanes geheiratet. Als Erste Frau des Sultans wäre sie nicht vornehm genug und sonst zu vornehm gewesen. Vergiß nicht, die Asanes stehen in der Hofmatrikel von Konstantinopel. Darauf ist Kir Salmenikos besonders stolz. Und nun sollen sie dich als Zweite Frau und noch dazu mit dem ganzen Familienbesitz einem andersgläubigen Manne geben, dessen Vater erst vor einem Menschenalter ins Land kam?»

«Freilich, wenn man alles gleich so umständlich wie nur möglich auffassen will ...», schmollte die kleine Dame.

«Wie denn anders?» fragte Malchatun. «Du befindest dich hier unter Osmans und meinem Schutz. Sollen wir dich gegen den Willen deiner Verwandten ehrvergessen in Karadschahissar zurückhalten? Nicht nur die christlichen Herren und der Bey von Kermian ließen aufsitzen – auch vom Sultan Alaeddin wäre nichts zu erwarten als die Achterklärung gegen Osman. Kannst du seinen Untergang wollen, wenn du ihn liebst?»

«Sagst du das nun, weil ich es bin, die du nicht willst?» fragte Nilufer.

«Ich sage es, weil es so ist», wich Malchatun aus.

«Und ich meine doch gar nicht, daß er mich gleich heiraten müsse. Aber es kann sich vieles ändern und dann ... Du verkennst mich. Ich will ihm nicht schaden. Ganz im Gegenteil! Hilfe versprach ich ihm! Hat er dir nichts davon erzählt?»

Malchatun wurde es gar nicht leicht, ihre Unkenntnis einzugestehen. Osman habe also Geheimnisse mit diesem Mädchen – so weit sei es schon, bekümmerte sie sich. Darüber konnte ihr auch nicht hinweghelfen, daß Nilufer ihr jetzt die Abmachung mit Osman im Hinblick auf Kir Joannes und Kirina Ana preisgab.

«Und du meinst, Ana Tagaris würde ihren Schwur halten?» fragte Malchatun dennoch, weil sie die Durchführung dieser List sofort als möglich und im Falle des Gelingens auch als überaus nützlich erkannte.

«Dafür laß mich nur sorgen», meinte Nilufer, «sie wird schon!» Aber das klang ein wenig, als verberge sie ein Geheimnis hinter der Prahlerei. Jedenfalls glaubten Malchatuns geschärfte Ohren etwas Ähnliches herauszuhören.

Sie war eben argwöhnischer als Osman und nahm sich vor, die Kleine nicht unbeobachtet zu lassen. Das sei sie deren Mutter schuldig, beschwichtigte sie dabei ihr Gewissen, und so ganz unrecht hatte sie auch nicht.

Nilufer jedoch war viel zu sehr von der großen Rolle durchdrungen, die sie sich in dieser Angelegenheit gesichert hatte, um nicht die Führung an sich reißen zu wollen. «Wir müssen es wissen, wenn die Leute am Olymp etwas gegen Osman aushecken», rief sie, «und wir werden es erfahren, verlaß dich darauf! – Ist die Gefahr übrigens wirklich so groß?» fragte sie dann ein wenig mit der Überlegenheit, die ein erhöhter Standpunkt verleiht. «Osman hat seine Leute fest in der Hand, dagegen sind die Archonten uneinig wie stets, und wir Asanes sind mit euch befreundet.»

«Kannst du mir sagen, wie lange noch, Nilufer?» meinte Malchatun dagegen in einem Nebenbei, das die Bedeutsamkeit der Frage gerade unterstrich.

Einen Augenblick nur zauderte Nilufer. Dann hatte sie verstanden! «Und dabei willst du, daß ich Salmenikos heirate!» empörte sie sich.

«Vielleicht hielte er uns dann die Treue», warf Malchatun wie eine Frage hin.

«Meinetwegen?» kam es von Nilufer voll Hohn zurück. «Dem Salmenikos ist seine Nachtmütze wichtiger als ich. Aber er soll es nur wagen!» drohte sie. «Ich weiß, was ich dann tue.»

«Und was tätest du?» lächelte Malchatun in der Hoffnung, Nachsicht mit der kleinen Unentwegten üben zu müssen.

«Ich ritte nach Eskischehr und ließe euch als meine Verbündeten in die Stadt», sagte Nilufer jedoch, als habe sie alles längst überlegt. «Auch dich, Tante, lieben die Leute dort. Überhaupt gehört Eskischehr gar nicht Salmenikos, sondern uns.»

So unausführbar sei dieser Plan keineswegs, mußte Malchatun sich sagen, und gerade das ließ ihr Lächeln verschwinden.

Nilufer aber warf ihre Arme stürmisch um Malchatuns

Nacken. «Und wenn es so kommen sollte und Osman hätte nichts mehr zu fürchten, sag mir, Liebste, ob du mich dann noch verwürfest?»

Während Malchatun das bebende Mädchen streichelte, verlor sich ihr Blick ins Unsichtbare. Schließlich überwand sie sich zu einem Satz, der ihr schwerer wurde als alles, was sie je zuvor in ihrem Leben gesprochen hatte.

«Wir werden tun, was Osman zum Besten gereicht», sagte sie leise. Und dann nach einer Weile: «Komm jetzt in mein Bett, daß du nicht frierst ... meine ... Schwester ...»

XXXV

«Du hast geschworen, Ana, ich hoffe, du wirst das nie vergessen», sagte Nilufer.

«Wie könnte ich, Nilufer!» beteuerte Kirina Ana.

Doch so leicht war Nilufer nicht zufriedenzustellen.

«Du weißt, was die Hölle ist», mahnte sie. «Unausdenkbar schrecklich muß die Verdammnis sein – ohne alle Hoffnung, so für alle Ewigkeit! Daran mußt du immer denken, Anizza! Ein Wort von dir – und es ist geschehen. Gott sieht dich nicht mehr an und kein Heiliger, keine Heilige und kein Engel! Die Muttergottes gar ...»

«Aber ich bin doch Christin! Kannst du denn daran zweifeln?»

«Ich zweifle gar nicht. Und ich meine ja auch nur, daß selbst die Muttergottes kein Erbarmen mit dir hätte. Ausspucken würde sie vor dir und dich zu allem übrigen noch für hunderttausend Jahre nackend in glühendes Blei tunken lassen ...»

«Du bist schrecklich, Nilufer, Liebe, hör doch auf. Ich fürchte mich vor dir. Ich hab' doch gar nichts Böses getan!»

«Fürchte dich immerhin, Ana Tagaris, und glaube nicht, daß ein Pfaffe dich jemals lossprechen könnte. Wenn er das täte, käme er nur selbst in die Verdammnis, ohne dich davor zu bewahren. Gar nichts würde es dir nützen. Nicht einmal Christus könnte etwas für dich tun. Niedergefahren zur Hölle, heißt es, und am dritten Tage wieder auferstanden von den Toten. Aber nichts, keine Silbe steht in der Bibel darüber, daß er, wozu er doch damals die schönste Gelegenheit gehabt hätte, auch nur eine einzige verdammte Seele befreit habe. Er vermochte es nicht; denn die Hölle ist nicht nur für schlechte Christen, sie ist für alle schlechten Menschen, Christen, Nestorianer, Mohammedaner, Juden, Mongolen und Mameluken.»

«Wenn du so weitersprichst, muß ich weinen!» verkündete Kirina Ana mit zuckendem Mund.

«Über die Mameluken willst du weinen? Was gehen dich die Mameluken an?» wies Nilufer sie zurecht. «Denke lieber an deinen Joannes und daß du ihm kein Wort darüber verraten darfst, wer ihm in Wirklichkeit seine Freiheit geschenkt hat. Dankbar ist der, wie wir wissen, ja doch nicht!»

«Aber ich, Nilufer!» beteuerte Ana. «Du glaubst gar nicht, wie dankbar ich dir bin!»

«Das darfst du ruhig sagen, und dich selbst brauchst du auch nicht zu vergessen. Soll er uns ruhig dankbar sein, dein Joannes, besonders dir. Aber in der Hauptsache schuldest du doch wohl Osman Erkenntlichkeit. Schließlich ist er es doch, der deinen Joannes, statt ihm den Lockenkopf abschlagen zu lassen, in die Freiheit entläßt.»

«Ich kann es noch gar nicht recht glauben», bangte Kirina Ana. «Sag doch, Nilufer, es wird doch gewiß nichts dazwischenkommen ...?»

«Naß werden wird dein Joannes», meinte Nilufer, jeder Rührung bar, «denn durch den Bach müssen die beiden, und vielleicht bekommt er 'nen Schnupfen ...»

Sie sagte noch vieles. Auf keinen Fall wollte sie, daß Ana wieder davon anfangen solle, sie, Nilufer, zur Umkehr zu bewegen. Es sei etwas anderes, war nämlich Anas Meinung, wenn sie selbst mit Gottes Hilfe und Osmans Gewährung Karadschahissar verlasse, und sei es auch in Begleitung des Liebsten, weil das Ziel ihrer heimlichen Entfernung immer die väterliche Burg Chirmendschik und der Vater sei – Nilufer dagegen entfliehe bei gleichem Beginnen ihrer Mutter Apollonia und damit den Eltern, was eine große Sünde wäre!

Nilufer war auch gar nicht das Mädchen, eine Sünde zu bestreiten, die sie begehen wollte. Daß sie deswegen davon Abstand genommen hätte, war freilich bisher nie bemerkt worden. In diesem Fall gar hatte die Besorgnis, ob Kirina Ana, allein gelassen, auch ihren Schwur halten werde, Nilufer auf den Gedanken gebracht, selber darauf zu schauen, daß es geschehe.

Denn geschworen hatte Ana – erst bei Malchatuns Knien und dann in der kleinen Kapelle, die den wenigen Christen des alten Melangeia völlig genügen konnte.

Auf Hostie und Kreuz hatte sie schwören müssen, niemandem, auch ihrem Joannes nicht, zu verraten, daß dessen Flucht im Grunde gar keine Flucht gewesen sei. Ferner hatte sie geschworen, alles was sie von Anschlägen auf Osman erfahren würde, an den Knecht Achmed, der sich Philippos nennen lasse, weiterzugeben.

Erst hatte Ana einige Gewissensbisse zu überwinden gehabt, ihren Joannes derart hintergehen zu sollen. Doch Nilufer hatte gemeint, Mädchen seien wohl Kinder, aber nur, um dann Frauen und Mütter zu werden, während die Männer immer Kinder bleiben. «Aber können wir ohne sie?» hatte sie gefragt. «Wir können nicht. Das ist es eben. Das sei der Ablauf einer barbarischen Natur, meinte mein Gregoras immer.»

Schließlich war alles wie vorgesehen verlaufen. Weniger entsprach es dem Plan, daß statt eines Hirtenjungen noch ein zweiter durch das Eskischehrer Tor Karadschahissar verlassen hatte, und es beruhigte Kirina Ana wenig, an der verabredeten Stelle statt der drei Pferde noch ein viertes, und zwar für Nilufer, vorzufinden.

Der jungen Herrin aus Jarhissar hingegen erschien alles ganz vortrefflich. Sie hatte versprochen, ihrem Osman zu helfen, fühlte sich durch das Abenteuer beschwingt und hatte sich inzwischen der Zeit bedient, durch das Beschwören aller Höllenschrecken die Freundin in ihrer Eidtreue und Verläßlichkeit nicht wenig zu bestärken.

«Wenn er doch endlich käme!» ängstigte sich Kirina Ana.

«Der kommt schon früh genug», erklärte Nilufer mit rauher Gelassenheit und stellte in bezug auf das Märchen, das Ana ihrem Bräutigam zu erzählen hatte, ein neues Verhör mit der Zitternden an. «Also gut», gab sie sich endlich zufrieden, «nicht zuletzt bin ich ja auch noch da. Oder glaubst du, daß die Archonten mir, die ich doch aus Karadschahissar nur geflohen sein kann, weniger Vertrauen schenken werden als dir?»

Das meinte Ana keineswegs. «Doch wenn sie …», kamen der Dame plötzlich Bedenken, «wenn sie uns beiden nun überhaupt nichts sagen, weil wir doch nur Mädchen sind …?»

Nachdrücklich verwies ihr Nilufer die unklugen Worte. «Erstens willst du deinen Joannes doch heiraten, also bist du dann kein Mädchen mehr …», hob sie an. – «Wie sagtest du?» unterbrach sie sich dann.

«O nichts», schluckte Ana ihren Einwand hinunter, da es doch keinen Sinn habe, Nilufer zu weniger ungeschminkter Rede veranlassen zu wollen.

«Ein Mädchen bist du dann nicht mehr», wiederholte Nilufer also, «und Mutters Zofe, die Rina … Sieh mal, Anina, man kann über sie sagen, was man will, aber sie ist nun einmal Mutters Zofe, und da hat sie doch die Pflicht, mich etwas aufzuklären …»

«Ja?» fragte Kirina Ana, auf einmal nicht ohne Interesse. «Was meint sie?»

«Im Bett sagen die Männer einem alles», flüsterte Nilufer Rinas Weisheit der Freundin zu.

«Aber Nenuphar!» empörte sich Kir Michaels Tochter.

«Stell dich nicht so an!» rügte die andere so unzeitgemäße Gefühle. «Dein Joannes ist auch nur ein Mann, und wenn du nicht einmal das bei ihm fertigbrächtest, dann könnte ich dich nur bedauern. Er würde es ja recht armselig bei dir haben …»

Zu einer Erwiderung kam es nicht. Denn jetzt vernahmen die Mädchen ein Knacken in den Zweigen, das sich in immer größerer Nähe wiederholte. Zuletzt krochen zwei Männer aus dem Busch. Es waren Kir Joannes und Achmed, den der edle Herr sich inzwischen gewöhnt hatte, Philippos zu nennen. Die Verwunderung beider war gleich groß. «Der vierte Mann» verschlug freilich dem Archonten nicht viel, weniger jedenfalls als der Umstand, daß «der dritte» Kirina Ana Tagaris war. Seit ihm Ana in einer Stunde höchster Not den rettenden Unterschlupf verschafft und ihn dann noch gesund gepflegt hatte, war sie in der Vorstellung des Umhergetriebenen der feste Punkt in dessen Leben geworden, alles, was er an Gefühlen der Dankbarkeit, Liebe und Anhänglichkeit zu empfinden vermochte, war ihr anheimgefallen, und so ersetzte sie ihm als Geliebte zugleich die verlorene Heimat. Dennoch war er ritterlich genug, um über Anas Auftauchen bei einer Gelegenheit, die ihm überaus gefährlich dünken mußte, zu erschrecken.

Achmed wiederum war sehr darüber beunruhigt, in dem «vierten» das edle Fräulein von Jarhissar zu entdecken, deren Anwesenheit gewiß nicht den Wünschen des Beys entsprechen könne.

«Halt nicht erst lange Reden», fuhr Nilufer ihn jedoch an, bevor er sich überhaupt erst so richtig hätte äußern können. «Daß wir hier fortmüssen, und zwar so schnell wie möglich, das wirst selbst du einsehen!»

Fast vierundzwanzig Stunden später erhob sich Kir Joannes aus seinem Versteck.

«Ich höre nichts mehr, Philippos», sagte er.

Auch Achmed-Philippos bestätigte, daß nichts mehr von einem Pferdegetrappel zu vernehmen sei.

«Dann also voran!» meinte der Archont.

Hätten die vier am hellen Tage den Ermeni überqueren wollen, so hätten sie nicht einen einzigen von Osmans Reitern zu sehen bekommen. Aber Kir Joannes war im ständigen Grenzkrieg aufgewachsen, und darum hätte ihn das Gelingen eines derartigen Leichtsinns mißtrauisch machen können. So hatten sie denn bei Tagesanbruch unter Beachtung aller Vorsichtsmaßnahmen am Fuß des Ermeni ein Versteck aufgesucht, um darin tagsüber zu bleiben. Die Stunden waren nicht ohne eingehende Besprechung von Nilufers Eigenmächtigkeit vergangen; aber Kir Joannes wünschte zu sehr, schlecht von Osman denken zu dürfen, um Anas Freundin seinen Schutz zu versagen. Habe Ana nicht ebenfalls Gastfreundschaft in Jarhissar genossen? Dafür, daß Kirina Nenuphar, wie er Nilufer nannte, wohlbehalten ins Elternhaus zurückgebracht werde, würde nicht nur von ihm, sondern auch von Kir Michael gesorgt werden.

Mit diesem Hin und Her, mit Postenstehen, mit Essen, Trinken und Schlafen war schließlich der lange Tag vergangen. Nichts Verdächtiges hatte sich gezeigt, und erst das unvorhergesehene Pferdegetrappel erschien Achmed und den beiden Mädchen bedenklich. Kir Joannes freilich würde sich eher gewundert haben, wenn alles ohne Zwischenfall abgelaufen wäre.

Gerade hatte er angeordnet, daß Achmed und er selbst im breiten Abstand voneinander vorausreiten, die Mädchen aber folgen sollen, als sich von neuem ein fernes Geräusch wie von weit ausgreifenden Gäulen vernehmen ließ. Dieses Mal aber von der entgegengesetzten Seite, nämlich im Rücken!

«Wir werden verfolgt», rief Joannes, und nun waren auch die anderen davon überzeugt.

Alle aber hofften, ausgeruht wie sie waren, entkommen zu können. Nur abwerfen lassen dürfe man sich nicht, und mit dieser Gefahr war bei dem schlechten Pfad in der Nacht allerdings zu rechnen. Doch darauf konnte keine Rücksicht genommen werden, und so lagen im nächsten Augenblick vier Menschen vornübergebeugt auf ihren Pferden.

Schon zog Hoffnung in ihre Herzen. Aber kaum eine

Viertelstunde später sperrte eine Wand von Reitern vor ihnen den Weg, und Geschrei von den Flanken und vom Rücken her bewies die Umzingelung.

Doch so hoffnungslos die Lage auch schien – Kir Joannes war schon in ähnlichen gewesen. So zog er denn sein Schwert und ergriff Anas Zügel.

«Vorwärts und durch!» rief er und sah gerade noch, daß Achmed seinem Beispiel folgte.

Was dann geschah, hätte Kir Joannes später in allen Einzelheiten nicht mehr zu sagen gewußt. Er erinnerte sich nur des Klanges von Eisen auf Eisen und eines fremden Gesichtes, ohne zu wissen, ob er getroffen habe. Nur das eine nahm er wahr, daß Ana und er selbst unverwundet entkommen seien. Erst jetzt fühlte er sich nach den Monaten der Einkerkerung völlig befreit, und wenn er auch daran dachte, daß noch eine zweite gefährliche Nacht zu durchreiten sei, so erlebte er doch die glücklichsten Augenblicke seines bisherigen Lebens. Anhalten freilich durfte er nicht. Auch hörte er Achmed hinter sich.

«Wir sind durch, Ana, durch!» rief er; denn ein Gespräch ließ die Hetze nicht zu, und erst als er die Überzeugung gewann, nichts mehr von den Verfolgern fürchten zu müssen, wandte er sich um.

Und nun kam Achmed heran; aber ... er war allein.

«Wo hast du die Kirina, Philippos?» fuhr Kir Joannes ihn an.

«Ich dachte, sie sei bei Ihnen, edler Herr», entschuldigte sich der Knecht. Die gleiche Frage legten beide sich vor, Ana und Achmed: Es sei doch alles abgekartet gewesen, der Paß von Ermenibeli habe frei sein sollen diese Nacht, und nun dieser nächtliche Überfall durch Osmans eigene Leute? Im Ernstfalle wären sie, die Mädchen und beide Männer, zweifellos der Übermacht erlegen, und so könne es wohl nur auf Nilufer abgesehen sein?

Knecht und Fräulein verständigten sich mit den Augen.

«Du kannst jetzt nicht zurück!» sagte Ana, da Kir Joannes eine Bewegung der Unschlüssigkeit machte. «Wenn Nilufer auch gefangen sein sollte, so wird ihr doch niemand etwas antun. Dir aber und Achmed geht es an den Kopf.»

«Und Osman?» fragte er. «Was war zwischen ihr und Osman?»

«Sie haben sich gestritten, soviel ich weiß», log Ana und war froh, daß Joannes ihr Erröten in der Nacht nicht bemerkte. «Aber der Bey ist mit den Asanes befreundet, und Kira Apollonia ist noch immer als Gast in Karadschahissar. Man wird ihr Nilufer zurückbringen – das ist alles.»

Trotz ihrer Freundschaft sagte Ana das wie befreit.

«Ich hoffe, die Asanes werden nicht mehr lange mit Osman befreundet sein», meinte Kir Joannes. «Deine Freundin scheint zu wissen, was sie will.»

Auf einen Wink Orkhans hatten sich die Reiter von ihm und Nilufer zurückgezogen, ohne darum aufzuhören, einen Ring um die beiden jungen Menschen zu bilden. Nur die Lücken waren größer geworden, was Nilufer sofort erspähte.

Gleichzeitig fauchte ihre Peitsche wie ein Blitz über Orkhans Hand, die ihr Pferd am Zügel hielt. Ebenso schnell und unvermutet hoffte sie durchzubrechen und ihren Gefährten zu folgen.

Orkhan jedoch hielt dem Schmerz stand, und zu einem zweiten Hieb kam es nicht, da er mit der Linken die Peitsche abfing und sie ihr aus der Hand drehte. Kein Laut kam dabei über seine Lippen.

Die junge Dame freilich war so zurückhaltend nicht. Sie kämpfte mit Wuttränen und trachtete nur danach, ihren Widersacher so tief wie möglich zu verletzen.

«Was diesen erwachsenen Männern nur einfällt», sagte sie, «dir bei deinen kindischen Streichen zu helfen – das möchte ich wohl wissen.»

«Ich bin ihr Baschi und Führer, Nilufer», warf er als etwas Selbstverständliches hin, das kein Aufheben verdiene.

«Und dein Vater? Ich fürchte, er wird dir etwas erzählen, was dir nicht gefallen wird. Dafür laß mich nur sorgen!»

«Es steht dir nicht zu, so vom Bey zu reden, als wenn er dir gehöre!» rief auch er nun heftig. «Du solltest dich schämen, Nilufer, du ermangelst der Ehrfurcht.»

«Ehrfurcht ...?» Sie war erstaunt. Unter diesem Wort konnte sie sich nicht allzuviel vorstellen. Doch dann besann sie sich. «Aber wie du meinst, Orkhan. Nur vergißt du, daß du wohl sein Sohn, ich aber nicht seine Tochter bin.»

«Jedermann in Karadschahissar konnte sehen, daß du dich nicht wie eine Tochter ihm gegenüber benahmst», antwortete er voll Bitterkeit.

«Wie denn auch? Als Vater eines erwachsenen Mädchens, wie ich es bin, ist er doch viel zu jung!»

Sie hätte kaum etwas sagen können, was mehr geeignet gewesen wäre, seine Eifersucht zu entfachen, die Ureifersucht des heranwachsenden Sohnes gegen den beneideten Vater – geliebt oder nicht, aber immer beneidet –

«Im Hause meines Großvaters habt ihr euch getroffen und überall!» brach er los. «Schändlich war dein Verhalten, Nilufer!»

«Dann sollte deine Mutter froh sein über meine Flucht!»

«Was sich nicht ziemt, bemerkt meine Mutter nicht», sagte er stolz, «aber Kirina Apollonia verlangt dich, und du stehst unter dem Schutze Osmans und der Osmanoghli.» In dieser Erklärung erblickte Nilufer nur eine Bestätigung ihrer Vermutung.

«Also doch die Frau!» meinte sie. «Was denkt sich Tante Malchatun? – Denn dich zu schicken, dieser Einfall wäre meiner Mutter nie gekommen. – Glaubt die Tante etwa, ich wolle mich hier draußen irgendwo mit Osman treffen?»

Böse und trotzig funkelten Orkhans Augen, während es noch ganz kindlich um seinen Knabenmund zuckte.

Ein klein wenig schämte sich Nilufer, als sie das sah; sie mußte daran denken, wie sie durch Augenaufschläge, durch Lächeln und mit dem ganzen Rüstzeug eines Mädchens sich an Orkhan versucht habe. So lenkte sie denn ein:

«Sei mein guter Junge und sag mir, was du weißt.»

«Mehr, als du glaubst.»

«Wenn das der Fall wäre, müßtest du wissen, daß Kirina Ana jemanden braucht, der sie überwacht. Es war unklug, mich wegzufangen.»

«Unsere Mütter dachten, glaub' ich, weniger an die Klugheit. Sie wollten dich wiederhaben. Das ist, scheint mir, alles.»

Und so dumm sei der Junge gar nicht, überlegte Nilufer, wobei sie zu begreifen begann, warum Malchatun ihren Ältesten zu Aufträgen verwandte, die über dessen Jahre hinauszureichen schienen.

«Dann sei wenigstens du gescheit», meinte sie nun.

«Es wäre zu spät», widersprach Orkhan. «Man würde dir mißtrauen, wenn du jetzt noch den dreien folgtest. Die Christen würden erraten, daß es mit unserer Einwilligung geschehen sei. Was wir Grenzreiter haben, das halten wir. Man kennt uns.»

Es war etwas Wichtigtuerei bei diesen Worten; aber deswegen waren sie doch wahr. Das erkannte auch Nilufer.

«Immer die Alten!» murrte sie. «Niemals können sie einen Gedanken zu Ende denken. Das müssen wir schon tun, du, Orkhan, und ich. Denn daß es grundfalsch war, mich nicht bei der Ana und Kir Joannes zu lassen – das siehst du doch ein?»

Ob Orkhan es einsah oder nicht, konnte sich nicht völlig erweisen, weil Nilufer es vorzog, ihm mit einer neuen Schmeichelei zuvorzukommen. «Du bist nicht wie andere Jungen, Orkhan, du bist schon ein Mann!»

Ein Blick traf sie, in dem Mißtrauen und Beglückung kämpften. Doch mit dem Mißtrauen werde sie schon fertig werden, war Nilufer überzeugt.

«Also hör gut zu», redete sie weiter auf ihn ein. «Unsere Mütter wollen mich nicht im feindlichen Lager wissen. Denn für deinen Vater ist das Ainegöl des alten Stelzfuß Botoniates ganz gewiß ein feindliches Lager. Was aber würde geschehen, wenn ich mit dir nach Karadschahissar zurückkehrte? – Kirina Nilufer, würde es heißen, habe ihrer Freundin Ana und deren Bräutigam zur Flucht verholfen, und als sie beide in Sicherheit gewußt habe, sei sie als Freundin der Osmanoghli wieder nach Karadschahissar gegangen.»

«Kir Joannes und Kirina Ana werden es anders erzählen.»

«Man wird ihnen nicht glauben. Zu sehr sprechen die Tatsachen dagegen. Und wo sollte ich auch wohl lieber sein als in Karadschahissar? Dort ist Osman und – Tante Malchatun», fügte sie schnell hinzu, «und du, Orkhan, bist da! Schließlich wäre es ja auch selbstverständlich, daß ich mich bei meiner Mutter befände.»

«Genau das, was Kira Apollonia und die Begum sagen!»

«Ich erklärte dir ja schon, daß sie nie etwas zu Ende denken. Mütter sind so. Wenn ich in Karadschahissar bin, wird man mich für ihre Freundin halten ...»

«Ja, bist du es denn nicht?»

«Natürlich bin ich es, aber halten muß man mich für das Gegenteil, sonst bekomme ich nie zu wissen, wenn man in Ainegöl oder sonstwo etwas gegen Osman aushecken sollte. Ich muß also geflohen sein – etwa weil mir als Christin euer Wesen zuwider sei oder ...», sie suchte nach Worten, «... wegen mir widerfahrener Anfechtungen ...»

«Durch meinen Vater?» fragte Orkhan schnell, aber Nilufer war auf ihrer Hut.

«Oder durch dich, Orkhan, zweifellos durch dich! Man könnte es sogar unter die Leute bringen.»

Ein Glücksgefühl berauschte Orkhan. Nicht das geringste hatte er dagegen, daß er als Nilufers großer Bedränger in Frage kommen solle – nur eins wußte er nicht, wohin sonst er sie wohl bringen könne, wenn nicht nach Karadschahissar? Aber die junge Dame verriet es ihm auch nicht. Vielmehr ergriff sie seine Rechte, auf der eine dicke rote Strieme aufgelaufen war.

«Mein armer Junge», sagte sie und führte seinen Handrücken an ihre weiche Wange.

«Ach, laß doch», sagte er zugleich trotzig und verlegen, «das macht doch nichts!»

Nilufers Zärtlichkeit wurde dadurch nur größer.

«Verzeih mir, mein Lieber», sagte sie, «ich habe mich scheußlich benommen. Aber wie wäre es, wenn du gelegentlich fallenließest, dies ...» – dabei strich sie ganz leicht mit den Lippen über die Röte –, «dies wäre ein Andenken von mir, was ja leider auch wahr ist, und ich sei dir nach Jundhissar entkommen? Ja, nach Jundhissar», wiederholte sie zur Bekräftigung, «dorthin führe mich. Jundhissar gehört mir. Du und deine Leute dürfen natürlich weder Stadt noch Burg betreten. Das ist nun mal bei den Asanes so. Und außerdem sollt ihr ja auch überhaupt nicht gesehen werden.»

Eine Pause entstand. Nein, dumm sei Orkhan gewiß nicht, dachte Nilufer, nur einer, vor dem man sich in acht nehmen müsse.

«Wenn wir uns eilen, können wir vor Sonnenaufgang dasein», sagte Orkhan.

XXXVI

In den Ländern Bithynien und Phrygien wurde genauso geklatscht wie in Konstantinopel oder am Sitz der Seldschukenpforte in Konia. Die Geschichte der Kirina Nilufer kam denn auch bei den christlichen Archonten schnell herum, und wenn man bei den Stämmen von dem Mädchen Nilufer sprach, so erzählte man auch nichts anderes.

Eines Morgens sei sie ganz allein in Jundhissar erschienen, und da sei sie nun und da bleibe sie, habe sie erklärt – kein Wort mehr.

Natürlich wollte alle Welt etwas von einer Flucht aus Karadschahissar wissen und wunderte sich nun, daß Kira Apollonia nicht ebenfalls einen Ort verlassen habe, an dem ihrer Tochter offenbar Unbill widerfahren sei. Auch munkelte man, daß die vorbildliche Einigkeit im Hause der Asanes sich darüber verflüchtigt habe. Andere wunderten sich über die Gelassenheit Kir Davids und seines Vetters Salmenikos. Jeder hatte seine eigene Meinung, und einig war man sich nur darin, daß Nenuphar oder Nilufer eine unerbittliche Feindin des Hauses Osmans und Malchatuns geworden sein müsse.

Weniger feindselig schien Kir Salmenikos gegen Karadschahissar gesonnen zu sein, jedenfalls deutete nichts darauf hin, daß sein gutes Verhältnis zu den Osmanen eine Trübung erfahren habe. In bezug auf Nilufer hatte er sich bei Kir David und Kira Apollonia mit der Erklärung begnügt, daß er sie als seine Braut betrachte, und gebeten, sie in ihrer selbstgewählten Zurückgezogenheit zu belassen. Er selbst hatte sich, schicklich wie stets, von Jundhissar ferngehalten, wohl aber die Besatzung verdreifacht und dadurch bekundet, daß er den Schutz der jungen Dame übernommen habe.

Dies alles fand viel Beachtung und wenig Verständnis, aber zu oft schon hatten die Absonderlichkeiten des Salmenikos Staunen erweckt, um sich zuletzt dennoch für ihn als das Richtige erwiesen zu haben. So hielt man sich also zurück. Wer sollte auch gegen Osman feindlich auftreten, wenn es die Asanes selbst nicht taten?

Außerdem wurde die öffentliche Anteilnahme von Nilufers Flucht aus Karadschahissar bald auf ein anderes Ereignis abgelenkt.

Schon die Befreiung des Kir Joannes und sein Erscheinen mit Kirina Ana bei Kir Michael hätten zu jeder Zeit Aufsehen erregt, hatte man ihn doch bereits verloren geglaubt, und wenn nicht das Rätsel um die reiche Erbin der Asanes gewesen wäre, hätten er und seine Braut ohnehin im Mittelpunkt der allgemeinen Aufmerksamkeit gestanden. Nun aber geschah etwas völlig Unerwartetes.

Die Vermutung hatte freilich nahegelegen, daß die alte Freundschaft zwischen Osman und Kir Michael durch das Todesurteil gegen dessen künftigen Schwiegersohn einen Stoß erlitten habe, doch bis jetzt hatte der Herr von Chirmendschik nichts getan oder auch nur geäußert, was ihr recht gegeben hätte. Die Heirat zwischen Ana und Joannes, nun, nachdem er seine Freiheit wiedergewonnen hatte, erschien allen als eine Selbstverständlichkeit. Die Überraschung war auch nicht diese Heirat, sondern das Hochzeitsfest und der Ort, wo es stattfand.

Der alte Botoniates, der wildeste von Osmans Gegnern, hatte sich erboten, das Fest für seinen Gastfreund Joannes Mazaris in Ainegöl oder – wie er sagte – in Angelokoma, seiner Engelsburg, auszurichten, und Kir Michael hatte eingewilligt!

Das war die erste sichtbare Auswirkung von Nilufers Flucht und des Joannes Befreiung. Den Archonten erschien sie wichtig genug. Denn war Kir Michaels Macht auch gering, so lag sein Chirmendschik doch inmitten christlicher Besitzungen, mehr noch bedeutete Michaels Betriebsamkeit und am meisten dessen Schritt als erster offener Abfall eines Bundesgenossen von Osman.

Mit Ausnahme von Kir Salmenikos und Kir David von Jarhissar war denn auch alles, was sich christlich nannte, zu diesem Beilager des armen Vertriebenen mit der Tochter eines wenig begüterten Herrn erschienen. Das Fest war eben nicht nur eine Hochzeit, sondern zugleich eine Versammlung fast der gesamten christlichen Macht an der Grenze.

Nur die Asanes standen noch abseits.

Niemals hatte Kir Michael Inöni betreten.

Dem Tage, da er als Bundesgenosse von Manuel Kontophres und Kalanos Mazaris siegreich einzuziehen gehofft hatte, war jene verhängnisvolle Nacht mit dem Angriff der feurigen Rinder vorangegangen.

Gern dachte er nicht an diese Nacht. Und so wäre er in keinem Fall von angenehmen Empfindungen erfüllt gewesen, als er jetzt an der Seite von Chalil Tschenderli, dem Sohn des Stadtherrn und jungen Freunde Osmans, durch dasselbe Tor einzog, dem er einst feindlich gegenübergelegen hatte.

Es war jedoch nicht nur die peinliche Erinnerung, die

ihn, als er in die engen Gassen einritt, bedrückte. Wohl hatte Chalil die Einladung seines Vaters dem Archonten in höflichster Weise vorgetragen, doch war sie leider innerhalb eines Ringes von so vielen Waffenknechten der Tschendereli erfolgt, daß Kir Michael sie mit Rücksicht auf seine wenigen eigenen Begleiter hatte annehmen müssen. Als Gefangener fühlte Kir Michael sich, wenn auch beileibe kein Wort von Gefangenschaft gefallen war.

Verbissen dachte er daran, wie er jede nur denkbare Vorsicht angewandt habe, um ein Entdeckung zu vermeiden. Um nicht auf Osmans Leute zu stoßen, sei er den drei Pässen über Ermeni und Tumanidsch ausgewichen, habe er allein aus diesem Grunde den weiten Umweg nach Süden gemacht und sich auf der Hauptstraße nach Eskischehr schon völlig in Sicherheit gewähnt, um dann die schwere Enttäuschung zu erleben, daß sein Ritt keineswegs so geheim geblieben sei, wie er es gehofft habe.

Unablässig, doch ohne Erfolg arbeitete nun sein Hirn, aber er konnte nicht darauf kommen, wer von den Hochzeitsgästen wohl der Verräter gewesen sein möge. Keinem traute er es zu, und dennoch konnte jeder einzelne es gewesen sein. Doch vielleicht wisse man in Inöni auch gar nichts, und der Grund dieser nachdrücklichen Einladung sei ein ganz anderer, tröstete er sich mit jäh erwachender Hoffnung, um daraufhin um so tiefer in ein Grübeln zu versinken, dem ihn die Anwesenheit des jungen Chalil gewiß nicht entriß.

Jetzt klapperten die Hufe auf dem Pflaster des Burghofes, und fast froh war Kir Michael, daß die Ungewißheit nun bald ein Ende haben werde.

Schon erschien Herr Isa Tschendereli, der Schloßherr, ihn zu begrüßen.

Um seiner selbst willen, meinte der Burgherr nicht ohne mitschwingende Ironie, würde er nie gewagt haben, einem Mann wie Kir Michael, dem hochgelobten Freunde Osmans, den Aufenthalt in einem so bescheidenen Hause, wie es das von Inöni sei, zuzumuten. Aber eine sehr hohe Persönlichkeit, die er als Gast zu beherbergen ebenfalls die Ehre habe, sei so sehr von dem Wunsch nach einer Plauderstunde mit dem Herrn von Chirmendschik ergriffen, daß ihm, Isa Tschendereli, nichts anderes übiggeblieben sei, als zu gehorchen.

Worauf Kir Michael erklärte, daß diese Gelegenheit zu einem Besuch ihn unter allen Umständen glücklich mache, denn die Freunde seiner Freunde seien auch die seinen, und Herr Isa sei Osmans Freund wie er selbst.

Alles geschah somit der Schicklichkeit und dem Brauch gemäß, und während die beiden Herren über die Fliesen der Schloßgänge weiterschritten, schöpfte Kir Michael bereits wieder Hoffnung. Eine sehr hohe Persönlichkeit? Zweifellos sei Osman eine, aber in bezug auf den Bey würde der Tschendereli sich wohl nicht so ausgedrückt haben. Neben Osman aber wußte der Chirmendschiker weit und breit nur noch einen einzigen gleich vornehmen Mann: Kir Salmenikos. Dem freilich mußte ebenso wie ihm, Kir Michael selbst, daran liegen, unerkannt zu bleiben.

Salmenikos also! dachte Michael. Und das treffe sich gut, denn gerade an Salmenikos gehe sein Auftrag.

Schon immer hatte der Vielgeschäftige den Herrn von Biledschik für einen bedeutenden Mann gehalten. Nun jedoch erfüllte es ihn mit Bewunderung, daß der Asanes in Erwartung entscheidender Ereignisse seine Macht offensichtlich mit Osmans eigenen Bundesgenossen verstärken wolle. Anders konnte Michael sich des Salmenikos Anwesenheit in Inöni nicht erklären.

Und als nun eine Tür sich öffnete, sah er auch in einem Raum, dem Wolfsfelle und Hirtenteppiche den Anschein von Wohnlichkeit zu geben versuchten, eine Gestalt am Feuer eines Kohlenbeckens, eines Tendurs.

«Nobilissimus, Euer Hochedlen ...», sagte er für alle Fälle mit einer tiefen Verneigung, mochte dem Archonten von Biledschik diese Anrede nun zukommen oder nicht.

Doch dann blieb dem Gewandten der Satz im Munde

stecken. Die Gestalt erhob sich, die Pelze fielen von ihr ab, und vor Kir Michael stand eine Frau.

Malchatun stand da.

«Euer Hochedlen», wiederholte Kir Michael seine Anrede mit größerem Recht ...

«Nehmen Sie Platz», unterbrach ihn jedoch Malchatun.

«Man bedeutete mir ...», stotterte er, «ich sollte ...»

«Platz nehmen», lächelte sie.

Vergebens blickte Kir Michael sich nach Hilfe um. Und Herr Isa sei kein redlicher Mann, ihn so einfach mit der Gefürchteten allein zu lassen! ergrimmte er. Viel lieber wäre er Osman begegnet. Mit dem getraute er sich – ob er nun unrecht habe oder nicht – zu reden. Der sei ein Mann wie er selbst, wenn auch in einer höheren Lage der Macht und ein Bey. Aber Malchatun ...

Schweißperlen glänzten auf seiner Stirn, als er sich setzte.

«Verzeihen Sie mir, Archont», begann sie, «daß ich Sie so kurzerhand zu mir bitten ließ. Aber ich dachte, ein wenig gehören Sie noch mir. Wir befinden uns gerade in einer Stadt, vor der Sie mein Gefangener wurden. In Seraidschik schenkte ich Ihnen die Freiheit, wofür Sie mir die Freundschaft versprachen. Unter Freunden aber – nicht wahr, Kir Michael? – ist manches erlaubt.»

«Zweifelt meine Nobilissima an der Ergebenheit ihres untertänigsten Dieners?»

«Bis jetzt tat ich es nicht.»

«Die durchlauchtigste Begum tut gut daran.»

«Vielleicht.»

«Ich war auf dem Weg nach Karadschahissar.»

«Und befanden sich doch, als der junge Chalil Ihnen meine Einladung überbrachte, auf der Straße nach Eskischehr?»

«Ich hatte mich, fürchte ich, verirrt.»

«Das fürchte ich auch», sagte Malchatun in einem Ton, der Kir Michael nichts von der Zweideutigkeit ihrer Bemerkung verbarg. «Übrigens Eskischehr», fuhr sie fort, «erinnern Sie sich noch? Dort begegneten wir uns zum erstenmal. Wenn ich nicht irre, hielten Sie mich damals für so etwas wie eine Magd?»

«Kir Aristides Kontophres nannte Sie seine Tochter», wich er aus.

«Was Sie dann später veranlaßte, mich im Bunde mit Kir Manuel als eine entlaufene Leibeigene zu verfolgen.»

«Nobilissima ...!» flehte Kir Michael.

«Unbesorgt!» beschwichtigte sie ihn. «Übrigens hatte Manuels Vater so unrecht nicht, wenn er mich seine Pflegetochter nannte. Ich wollte mit meiner Bemerkung nur andeuten, daß selbst ein Mann wie Sie sich einmal irren könne.»

«Wir alle sind Menschen», seufzte Kir Michael fromm, «und ermangeln des Ruhmes, den wir vor Gott haben sollten.»

«Freilich des Ruhmes. Und so sehr rühmlich ist auch das nicht für Sie, was in Ainegöl geschah, Michael Tagaris.»

Das war ein Schlag ins Gesicht. Selbst den Vielgewandten riß es hoch.

«Was wissen Sie, Begum?!»

«Nicht genug», sagte sie kalt. «Immerhin weiß ich, daß Sie ehrlich versuchten, ihre Glaubensgenossen mit Osman zu versöhnen. Es soll nicht vergessen werden.»

«Keiner folgte mir – glauben Sie mir, Nobilissima, ich habe getan, was ich konnte», murmelte er.

Ein wenig bebte Malchatun nun doch, als sie damit die klare und endgültige Bestätigung eines heraufziehenden Unheils erhielt.

«Ich sagte bereits, daß ich es weiß», erklärte sie dennoch mit einer allerdings nur vorgetäuschten Gelassenheit. «Doch dann bestürmte man Sie, und dann wurden Sie schwach.»

Der Archont senkte den Blick und schwieg.

Aber Malchatun wußte jetzt, was ihren Mann, ihre Söhne und sie selbst bedrohte. Das erste Erschrecken war vorüber, und gezwungen zu handeln, fühlte sie sich stärker als zuvor. Sie erinnerte sich der Stunden, die sie am Wundlager desselben Mannes verbracht hatte, der jetzt armselig auf der Stuhlkante hockte. Damals hatte er im Fieber immer wieder die Namen seiner Töchter und Söhne gerufen, aus Angst vor der Vergeltung, die auch seine Kinder treffen könne. Gar so schlecht scheine er nicht zu sein, hatte sie damals gedacht und ihm als einem Menschen verziehen, der um andere zu leiden vermöge. Wenn er aber ein Mensch sei und nicht ein Tier wie Kir Manuel oder ein Steinblock wie Salmenikos, so wolle sie an sein Menschlichstes sich wenden. Vielleicht, daß Allah ihr helfe.

«Damals, als Sie verwundet in Seraidschik lagen», hob sie langsam an, «habe ich Sie hart angelassen. Doch dessen sollten Sie sich nicht mehr erinnern; denn Sie wissen sehr wohl, was mir zugedacht war, wenn Kir Manuel mit Ihnen und dem Mazaris Inöni erobert hätte. Ihnen aber, Kir Michael, wurde verziehen.»

«Sie haben recht, Patricia Nobilissima, meine hohe Herrin. Schändlich wäre es, wollte ich leugnen.»

«Immerhin war Kalanos Mazaris Ihr Waffengefährte. Er fiel bei Agridsche, und sehr glimpflich verfuhr Osman nicht mit ihm ...»

«Osman dachte an Sie, die er liebt.»

«Joannes aber denkt an seinen Vater Kalanos und ist jetzt der Mann Ihrer Tochter, Kir Michael.»

«Warum mußte Osman das Todesurteil über Joannes verhängen lassen?» rief Michael, um in irgendeinem Groll seine Stärke wiederzufinden. «Konnte er am Tode des Kalanos sich nicht genügen lassen? Konnte er nicht an unsere Freundschaft denken und an meine Treue?»

«Er dachte daran, und Kir Joannes ist nicht gestorben.»

«Weil Joannes floh.»

«Joannes glaubte zu fliehen. Doch wie wäre das in Wirklichkeit möglich gewesen, wenn Osman selbst ihn nicht hätte entweichen lassen?»

«Osman selbst ...? Ich kann es nicht glauben.»

«Ich sage es. Kira Ana könnte es Ihnen bestätigen.»

Ana hatte es ihm gesagt, aber er hatte ihrer nicht bedurft. Kir Michael kannte die Türme von Karadschahissar, und so verstärkten Malchatuns Worte seinen von Anfang an gehegten Zweifel.

Doch nun holte Malchatun aus.

«Osman war Ihnen so treu, wie Sie es – waren. Waren, Kir Michael!»

Offenbar wisse die Frau zuviel, dachte der Mann, wieviel aber – das werde er eher erfahren, wenn er schweige. Malchatun jedoch hielt den Augenblick gekommen, sich mit Güte und Klugheit an ihren Gegner zu wenden.

«Ich kann mir vorstellen», sagte sie, «wie alles gewesen sein mag. Sorgen und Angst bedrängen Sie, nicht wahr? Angst um das Schicksal Ihrer Tochter. Ohne eigentliche Heimat ist Joannes Mazaris, Kira Ana eine Vertriebene mit ihm. Oh, diese erniedrigende Unsicherheit, diese Sorgen, die den Stolz beugen! Ist es nicht so? Und dann wurden Sie mit Versprechungen gemästet und schließlich mit Drohungen überschüttet. Doch glauben Sie mir, Michael Tagaris: Das einzig Wirkliche sind dabei nur die Drohungen. Muß ich, eine Frau, Ihnen das erst sagen, einem Manne von Ihrer Klugheit?»

«Was hätte ich tun sollen?»

«Sich an Osman wenden.»

«An ihn, der seine Hand von mir zog?»

«Osman mag gefehlt haben, aber er ist der Bey. An Ihnen war es, ihn Ihrer Treue zu versichern. In Wahrheit, Kir Michael, Osman ist immer noch Ihr einziger Schutz. Im Augenblick mögen Sie Ihren Glaubensgenossen wertvoll erscheinen, weil diese Leute meinen, daß Ihr Abfall den anderer Bundesgenossen Osmans nach sich ziehen könnte. Bedenken Sie jedoch, Mann von Chirmendschik, was sein würde, wenn die Christen siegen sollten. Der alte Hasser Botoniates konnte die Hochzeit Ihrer Tochter gern fürstlich ausrichten. Er tat das nicht Ihnen zulieb. Und auch dann wäre es nur ein Almosen im Vergleich zu dem gewesen, was er Ihnen nahm. Denken Sie an Koladscha, das er besitzt, obwohl es Ihnen gehört. Nach dem Kampf würde niemand mehr etwas davon wissen wollen, daß der Sieg vor allem Ihnen zu verdanken gewesen sei. Oh, Mann! Eine Politik, wie Sie sie treiben, darf sich nur ein Starker erlauben, Sie aber sind schwach. Und ein Vorwand, Sie zu berauben, brauchte nicht gesucht zu werden, er ist bereits da – man würde sich einfach Ihrer Bundesgenossenschaft mit Osman erinnern. Haben Sie denn völlig vergessen, Michael Tagaris, daß Ihr Chirmendschik sich vortrefflich zur Abrundung des Gebietes von Ainegöl eignen würde?»

Michael lächelte ein wenig.

«Euer fürstliche Gnaden sind sehr klug», sagte er, «die Ausführungen haben nur einen kleinen Fehler. Nach einem christlichen Sieg würde nämlich nicht Botoniates, sondern Kir Salmenikos Herr in Bithynien sein, und Salmenikos ist nicht Botoniates.»

Malchatun erhob sich. In letzter Zeit konnte sie den Namen des Salmenikos nicht hören, ohne in eine ihr unerklärliche Erregung zu geraten. Aber was Kir Michael gesagt habe, sei dennoch so uneben nicht. Ebenso wie für Osman nahe für Salmenikos der Tag der Entscheidung. Osman und Salmenikos könnten auch ferner Freunde sein. Dann blieben die Machtverhältnisse in der Schwebe. Sie könnten sich aber auch gegeneinander kehren. Dann würde einer von beiden fallen und dem andern das Land überlassen – o ja – das ganze Land! Einen Ausweg gäbe es dann nicht mehr. Und für sie, Malchatun selbst, sei die Stunde der Entscheidung bereits jetzt gekommen, in diesem Augenblick, wenn man noch Entscheidung nennen könne, was längst entschieden sei.

Wie damals, als sie die Fackelreiter der Ertoghruler in die Nacht stürmen sah, empfand Malchatun.

Wohl sei Kir Michael nur ein kleiner Mann, aber in diesen Tagen könne das kleinste Gewicht, in eine der Schalen des Schicksals geworfen, diese Schale zum Sinken bringen. Sie habe recht getan, Michael herbringen zu lassen, und eine alte, verstaubte Erinnerung an Salmenikos dürfe sie ebensowenig in ihrem Vorsatz beirren wie die Greuel, die auf Kir Michael warteten, falls er nicht freiwillig sprechen würde. Eins rechtfertigte alles: Es sei Osmans Schale, die Kir Michael zum Sinken bringen solle!

«Archont», sagte sie, «Sie nannten Salmenikos?»

«Ich nannte ihn.»

«Salmenikos bejahen heißt Osman verneinen.»

«Ich wollte den Bey nicht verneinen, sondern nur andeuten, daß er nicht der einzige sei.»

«Vielleicht doch. Sie glaubten, Osman untreu gefunden zu haben, und ich bewies Ihnen, daß Sie sich irrten. Jetzt aber will ich Ihnen eine Geschichte erzählen. Niemand kennt sie so, wie sie sich begab, niemand kennt sie ganz, und niemand bekam sie von mir zu hören. – Alle Welt glaubt, daß meine Verbindung mit Osman gleichsam von Gott begründet sei und niemals in Frage gestanden habe. Wer trat auf der Dschirga für mich ein, als Kir Manuel von den Stämmen meine Auslieferung verlangte? Es war Osman, und er tat es auf die Gefahr eines Bruchs mit seinem eigenen Stamm. – Wir sprachen schon von der Jagd, die der Eskischehrer dann in Ihrer und Kir Kalanos' Begleitung auf mich veranstaltete. – Sie hatten mit Osman zu kämpfen, Tagaris, und von ihm wurden Sie besiegt. Immer Osman. Ein anderer war nie zu erblicken. Und doch gab es einen andern. Es war – Salmenikos.»

Wie ein Überfall wirkte dieser Name. Ohne zu wissen, daß er es tat, machte Michael einen Schritt zu ihr hin.

«Sie wundern sich, Archont?»

«Bei der Panagia, meine Gebieterin! Wie hätte ich das ahnen können? Die Leute reden sonst so viel, aber davon vernahm ich niemals auch nur ein einziges Wort!»

«Dann achten Sie darauf, daß es so bleibe, Kir Michael, und vergessen Sie nicht, daß ich nur Ihnen das Geheimnis eröffnete. Wenn es je ein anderer erführe, hätten Sie gesprochen.»

Statt einer Antwort verneigte Kir Michael sich tief.

«Um Ihretwillen spreche ich. Da es sich so fügte: auch

Ihretwegen», sagte sie und erzählte ihm, daß es nur darum zu jener Hetzjagd auf sie gekommen sei, weil sie Salmenikos in Todesnot geglaubt habe, und daß ihr von Salmenikos dennoch Jundhissar verschlossen worden sei.

«Schon deswegen verdiente er ...!» rief Kir Michael ungestüm.

«Was? Wer?» stieß sie zu.

«Nichts», verschloß sich Michael sofort wieder, als habe er sich in einem Gefecht eine Blöße gegeben. «Wollen Euer fürstliche Gnaden mir lieber sagen, was zu wissen Sie mir zugedacht haben?»

«Sie mögen über des Salmenikos Geschicklichkeit erstaunt gewesen sein, der bei diesem ...» – sie zauderte mit Rücksicht auf Michael –, «... bei diesem Unternehmen», fuhr sie fort, «bei dem alle andern verloren, sich nicht nur Osmans Freundschaft erhielt, sondern auch die große Stadt Eskischehr dazugewann. Aber daß er noch einen anderen Grund hatte, die Stellung am Berghang über diesem Haus hier einzunehmen, wissen Sie noch nicht. Auch wenn Sie mit Kir Kalanos und Manuel in die Stadt eingedrungen wären – im Schloß hier wäre Salmenikos Ihnen zuvorgekommen, und so hätte er sich meiner als erster bemächtigt. Jedenfalls dachte er es sich so. Und vielleicht ist er auch wirklich nicht gern ohne mich in Eskischehr eingezogen. So sagte er wenigstens, als er mir die Heirat antrug. Doch als er es sagte, war es schon zu spät. – Die Frage, die sich für Sie ergibt, ist aber eine andere: Wollen Sie immer noch Ihr Schicksal an das des Herrn von Biledschik knüpfen, Michael Tagaris?»

Ganz ungewöhnlich war, was der formengewandte Herr von Chirmendschik jetzt tat. Fast schien es, als habe er Malchatun völlig vergessen. In sich gekehrt, als sei er allein, durchmaß er den Raum. Plötzlich blieb er stehen.

«Ich weiß, daß ich nicht mehr reiten kann, wohin ich will. Welche Art ... Gastfreundschaft habe ich zu erwarten?»

«Nun stellen Sie sich vor, Sie seien noch frei. Wohin

würden Sie sich wenden? Sie befanden sich auf dem Weg nach Eskischehr, nicht wahr?»

«Ich würde umkehren.»

«Ohne mit Salmenikos gesprochen zu haben? Zur Zeit befindet er sich dort. Ich weiß es.»

«Ohne mit ihm gesprochen zu haben.»

«Und das ist alles?»

«Die Begum sagt es.»

Mehr, weit mehr hatte Malchatun erwartet, und sie war nicht gesonnen, ihren Gefangenen – denn das war Kir Michael – um den billigen Preis eines solchen Versprechens zu entlassen.

«Ich fürchte, Sie sind verstockter, als ich es dachte», sagte sie nach einer kleinen Pause mit sanftem Vorwurf und ohne jede Drohung mit Ochsenziemer und Folter. Aus Michaels Frage nach der Art der ihm gewährten Gastfreundschaft hatte sie auch ohnedem herausgehört, daß er seine Lage erkenne und um alle Möglichkeiten wisse, unter denen das Gespräch fortgesetzt werden würde. Aber wie auch immer – sie war fest entschlossen, ihm sein Geheimnis zu entreißen, und daß es ein Geheimnis gebe, davon war sie überzeugt. Als sie nun von neuem begann, dachte sie an Osman und nur an ihn. «Soviel steht fest, daß Kir Salmenikos bis jetzt einem Zusammenschluß der christlichen Archonten noch nicht beigetreten ist, und wenn Sie auf dem Wege zu ihm waren, so gehe ich darin wohl nicht fehl, daß Sie ihn dazu bewegen sollten?»

Michael war es, als verenge das Zimmer sich, als schließe es sich unentrinnbar um ihn zusammen. Fast körperlich fühlte er Malchatuns Entschlossenheit, und ihm bangte vor ihr.

«Sie schweigen?» fuhr sie fort. «Also ist es wahr.» – Das war abgetan. Wie ein Hammer auf den Nagel fiel ihr Satz. – «Haben Sie es sich aber niemals überlegt», meinte sie dann, «wie es sein würde, wenn Sie Salmenikos gewonnen hätten? Zweifellos ist seine Macht sehr groß, auch dann wäre sie es, wenn Kir David ihm mit Rücksicht auf meine enge Verbindung mit Kira Apollonia die Gefolgschaft verweigern würde. Doch daran glaube ich nicht. Die Macht der Asanes im Bündnis mit der aller christlichen Herren, Sie eingeschlossen, wäre in jedem Fall eine gefährliche Drohung für Osman. Eine Drohung, Kir Michael – weiter noch nichts. Gerade Sie werden nicht übersehen haben, daß Ihre Glaubensgenossen untereinander so uneinig sind wie nur möglich, und diese Uneinigkeit wird stets deren Schwäche bleiben, selbst wenn sie sich einmal zu Osmans Vernichtung zusammenfänden. Osman dagegen hat die Stämme und die Männer des Islams fest in seiner Hand. Daß die Herren von Inöni, wo wir uns befinden, von Oinasch, von Bosojuk und Ilidsche Ihrem Beispiel folgen könnten, mögen Ihre Freunde glauben, aber nicht Sie. Seit heute nicht mehr. Ein Krieg könnte wohl entbrennen, doch einer, dessen Ausgang höchst ungewiß wäre – ein Kampf also, dem die Archonten bisher stets ausgewichen sind, weil sie die Gefahr zwar kennen, aber nicht lieben. – Was folgt daraus, Kir Michael Tagaris? – Ich will es Ihnen sagen: Nicht Kampf planen die Archonten, sondern Verrat! Und ich müßte mich sehr irren, wenn Sie diesen Verrat nicht in Ihrer Botentasche durch die Lande trügen.»

«Selbst wenn ich frei wäre, würde ich den Ritt nach Eskischehr nicht fortsetzen», wiederholte er, und daß er nichts hinzufügte, bedeutete eine Weigerung, ihr zu antworten.

«Das hieße nur: ein anderer würde an Ihrer Stelle reiten», tat sie denn auch seine Worte kurz ab. «Wenn Sie also – und so soll ich Sie doch verstehen – es bereuen, von Osman abgefallen zu sein, so können Sie das Bündnis nur dadurch neu knüpfen, daß Sie alles sagen, was Sie wissen.»

«Ich habe geschworen, Begum, ich habe geschworen!» rief Michael, ohne mit seiner Verzweiflung Malchatun rühren zu können.

«Sie haben auch mir geschworen», herrschte sie ihn an, «und bei diesem Schwur, der älter ist, fordere ich von Ihnen die volle Wahrheit!»

«Ich sagte sie Ihnen, Begum», log er, «mehr weiß ich nicht.»

Michael bereute es aufrichtig, die Farben gewechselt zu haben, aber, einmal die Treue verraten, wollte er es nicht ein zweites Mal tun. Er wollte sich heraushalten aus dem Kampf.

Doch für Malchatun gab es nur noch eins: ein Geständnis, ein volles Geständnis!

Bis auf einen kleinen Schlitz verengten sich ihre Augen. Jetzt waren es böse Augen. Sie wußte um Kohlenbecken im unteren Verlies und um Eisen, die darin glühten. Schon hob sie, den Gong zu schlagen, den Arm. Wenn die Scheibe ertönte, würden Männer kommen, Kir Michael hinauszuführen.

Ihr graute vor dem Ablauf dessen, was dann unvermeidbar wäre, aber – es gehe um Osman.

Dennoch ließ sie den Arm noch einmal sinken und wandte sich ihrem «Gast» wieder zu. Ihre Augen öffneten, ihre Hände entspannten sich.

«Wie alt sind Sie, Kir Michael?»

Er nannte die Zahl seiner Jahre. Sie übertrafen nur wenig ein halbes Jahrhundert.

«Davon sind Sie gut dreißig Jahre geritten – hierhin, dorthin –, haben Ihr Gehirn zermartert, in dieser oder jener Sache zu irgendeinem Ziel zu gelangen. Mißgeschick ist Ihnen nicht ferngeblieben, auf den Tod wurden Sie verwundet – immer waren Sie in Gefahr, immer in Angst, daß erworbene Ungunst sich als Rache nicht nur an Ihnen selbst, sondern auch an Ihren Kindern auswirken könnte. – Welchen Gewinn hatten Sie von alledem?»

«Keinen», sagte er und stierte vor sich hin, «gar nichts hatte ich von alledem.»

«Sie sind so arm, wie Sie waren, als Sie das heruntergewirtschaftete Chirmendschik übernahmen?»

«Ich bin heute ärmer. Schon damals hätte ich meine paar Knechte nehmen und zum Basileus oder einem Herrn der Küste reiten sollen, dort Dienste zu nehmen gegen Sold.

Entweder wäre ich jetzt tot, oder mir wäre wohler, sehr viel wohler.»

«Und jetzt?»

«Ich weiß, daß ich nie mehr reiten werde.»

«Wieso nicht reiten?» verlockte sie ihn. «Sind die Akindschi nicht beritten? Braucht ein General der Akindschi kein Pferd?»

Michael horchte auf. Sei das ein ihm zugeworfenes Tau, sich zu retten? Doch er glaubte nichts mehr. Wenn er sein Wissen preisgäbe, würde man ihn dennoch abtun, redete er sich ein, und so könne er auch sein Geheimnis mit sich ins Grab nehmen. Das war das einzige, was ihn aufrecht hielt: das Bewußtsein, sich versagen zu können und den andern Tod und Vernichtung zu hinterlassen.

«Wenn man von einem General der Grenzwächter und Renner sprechen kann, so ist das doch wohl der Bey selbst», sagte er unwirsch.

Malchatun lächelte.

«Geben Sie sich selbst die Antwort», forderte sie ihn auf. «Osman ist wohl mächtiger als Sie, sonst aber ebenfalls arm, und darum sind Sie von ihm abgefallen. Wenn er jedoch siegt – und er wird siegen! –, dann wird er in Wahrheit Fürst in Bithynien und reich sein, dann wird er an seiner Stelle eines Generals, eines Kiaja-Baschi, an der Grenze bedürfen.»

«Mir gab noch niemand etwas», murrte Michael voll Mißtrauen, «auf mich entfielen höchstens ein paar Knochen aus der allgemeinen Beute. Doch wie lange ist das schon her! Vor sieben Jahren ritt Osman das letztemal um Gewinn.»

«Weil diese Raubzüge einem Fürsten nicht ziemen!» entgegnete Malchatun. «Armer Mann! Immer gingen Sie leer aus. Niemand hielt sein Versprechen. Und wenn ich Ihnen für den Fall des Sieges große Lehen zusagen würde, wären das Lügenlehen, niemals würden Sie sie bekommen. Alle anfallenden Lehen muß Osman selbst behalten. Höchstens auf Lebenszeit darf er sie vergeben. Sonst wird er nie ein wirklicher Fürst sein. Doch das Kiajat kann er erblich machen und mit höchstem Rang und dem Einkommen eines Großlehens begaben. Nur – muß ich die Wahrheit wissen.»

«Immer werde ich betrogen ...» Störrisch und müde war er. Alles sei ihm recht, wenn er nur fort könne von dieser entsetzlichen Frau. – Daß sie ihm im Grunde wert sei – danach fragte er jetzt nicht.

«Michael! Träumen Sie nicht!» schrie Malchatun, auch sie am Ende ihrer Kräfte. «Machen Sie die Augen auf, Mann! Unten ist eine Zelle, aus der kein Schrei nach außen dringt. Und doch werden Sie schreien, wenn man Sie brennt, wenn man Ihnen die Riemen aus der Haut schneidet. Ich muß die Wahrheit wissen, ich lasse es geschehen und werde selber dabeisein, wenn es geschieht. Ich werde die Wahrheit wissen, ich schwöre es Ihnen!» – Sie warf sich auf die Knie und hob die Hände zu ihm auf. «Haben Sie doch Erbarmen mit sich und mit mir! Zwingen Sie mich doch nicht, zu tun, wovor mir so graut! Es ist nicht mein Beruf, die Kreatur zu quälen ... nicht meiner ... ich kann es nicht tun und muß es doch tun ... ich muß die Wahrheit wissen ... es geht um Osman, ich liebe ihn ... seien Sie gnädig ...»

Lange hörte man nur noch ihr Schluchzen.

Niemals hätte Kir Michael geglaubt, Malchatun je knien zu sehen. Vor ihm! Und nun lag sie mit dem Gesicht auf dem Boden und schluchzte in das Wolfsfell hinein. – Demnach sei sie also auch ein Mensch, dachte er, demnach leide auch sie, und so sei sie, genau betrachtet, gar nicht eine so entsetzliche Frau? – Dabei zweifelte er durchaus nicht, daß sie ihn foltern lassen würde. Sie müsse ja die Wahrheit wissen, gab er ihr innerlich recht, und er kenne die Wahrheit. Warum – eigentlich – sage er ihr sie nicht? Wegen der Archonten etwa? – Er lachte schallend.

Erschreckt blickte sie auf.

Schweißig und blaß war Kir Michael, das rote Haar hing ihm strähnig in die Stirn. Aber unter ihren irren Blicken fand er zu sich zurück. Seine Haltung wurde wieder die eines Edelmannes, und über sein Gesicht legte sich der Ausdruck höfischer Ergebenheit.

«Euer Hochedlen scheinen gestrauchelt zu sein», sagte er und reichte ihr seinen Arm, «geruhe die Patricia, sich zu erheben.»

Und dann teilte er ihr mit, was sie um Osmans willen zu wissen begehrte.

Die Archonten hatten vereinbart, Salmenikos möge unter Berufung auf die alte Freundschaft auch Osman zur Hochzeit mit Nilufer einladen.

Während des Festes wolle man dann den Ahnungslosen überfallen und töten.

Als Michael geendet hatte, war Malchatun überzeugt, daß sie die Wahrheit gehört habe.

«Ist Salmenikos einverstanden?» fragte sie.

«Er wird es gar nicht erfahren. Jedenfalls nicht von mir», antwortete Michael.

Malchatuns Überlegung war kurz. Sie war sich klar darüber, daß ihre nächsten Worte über des Salmenikos Leben entscheiden könnten, aber – tröstete sie sich – er brauche ja nicht auf den Vorschlag einzugehen.

«Sie irren, Kir Michael», entschied sie, «der Beauftragte muß dem Salmenikos den Vorschlag unterbreiten, und der Beauftragte sind Sie. Sie müssen reiten. Es versteht sich von selbst, daß Sie niemals in Inöni waren. Diese Unterredung hat nie stattgefunden.»

Michael trat einen Schritt zurück. «Wie?» erstaunte er. «So viel Vertrauen schenken mir Euer fürstliche Gnaden? Nach alledem …?»

«Nach alledem», sagte sie. «Vielleicht wissen Sie es selbst noch nicht, aber Sie werden mich nicht mehr verraten.»

Er schlug die Hände vors Gesicht.

So blieb er lange.

«Ich schäme mich, Begum …», sagte er, als er sein Gesicht zu ihr hob.

«Noch eins», schnitt sie ihm das Wort ab. «Wie hoch war der Botenlohn, den man Ihnen bot? – Nichts? – Wir pflegen Dienste nicht unbelohnt zu lassen. In Ihrer Satteltasche werden Sie die Anzahlung auf ein Jahrgeld finden, das Sie vorerst mit der Anwartschaft auf die Würde des Kiaja beziehen werden.»

Kir Michael kniete nieder und küßte den Boden vor Malchatun, genauso wie er das vor dem Basileus oder vor dem Sultan in Konia getan hätte.

«Von heute ab bin ich das Eigentum meiner Herrin.»
«Ich weiß es.»
«Aber» – fiel ihm ein – «was tue ich, wenn Salmenikos in den Verrat einwilligen sollte?»

«Das ist nicht Ihre Sache, Kir Michael. Sie sind der Bote und haben nur zu berichten.»

XXXVII

Die Heirat von Kir Michaels Tochter, Kirina Ana, mit dem Mazaris, das glanzvolle Fest des Beilagers, das der alte Botoniates dem jungen Ehepaar in Ainegöl ausgerichtet hatte, und selbst Kirina Nilufers «Flucht» aus Karadschahissar hatten längst aufgehört, eine erregende Neuigkeit zu sein. Kam wirklich einmal die Rede auf diese sogenannte Flucht, so beeilte sich sogar der Sprecher, vorauszuschicken, daß alles nur Klatsch gewesen sei, an den er selbst natürlich nie geglaubt habe. Flucht und Hochzeit waren als Gesprächsstoff unergiebig geworden.

Jetzt sorgte ein anderes Ereignis dafür, daß man – es war zuweilen noch recht kühl – an den Kaminen der Schlösser, falls sie welche hatten, an den Feuerstellen der Hirten und an den Tenduren zu reden habe.

Was man bei solchen Gelegenheiten besprach, war nicht so sehr die stets erwartete Verbindung der reichen Erbin Nilufer mit deren Onkel Salmenikos, wie vielmehr die Wendung zum Besseren, die davon erwartet wurde.

Seit Jahren war es in Bithynien nicht so ruhig zugegangen. Zuvor waren die Unstimmigkeiten zwischen dem Bey und den christlichen Archonten offen zutage getreten. Viehdiebstähle und Gegenmaßnahmen, wie unter anderem auch das nichtvollstreckte Todesurteil über Joannes Mazaris, waren gefährliche Anzeichen gewesen. Das alles hatte nun aufgehört. Von keinem Zwischenfall wurde auf den Märkten mehr geredet, weil die hartnäckigsten Gerüchtemacher allzu schnell der Lüge überführt worden wären. Wie ein Wunder war das: Christen und Moslemin lebten in Eintracht und versicherten sich gegenseitig ihrer Zuneigung und Achtung.

Manche freilich meinten, man versichere es zu oft und zu laut, und so sei Mißtrauen am Platze. Aber solche Schwarzseher schwiegen bald, weil sie nicht scheel angesehen werden und Prügel beziehen wollten.

Solange das freundschaftliche Verhältnis des Bey zu den Asanes bestand, war auch wirklich kein Grund zu unheilvollen Voraussagen vorhanden. Und dieses Verhältnis hatte sich anläßlich der bevorstehenden Heirat nur noch vertieft. Die Bedeutung der Hochzeit ging schon heute weit über die eines Freudenfestes in einer erlauchten Familie hinaus.

Nicht allein die christlichen Archonten, was sich von selbst verstand, waren geladen, sondern auch keiner der Herren des Islams war übergangen worden und am wenigsten natürlich der Bey. Osmans Kommen mit seiner Gattin Malchatun und seinen Söhnen Orkhan und Alaeddin wurde erhofft; denn bei einem persönlichen Zusammentreffen konnte möglicherweise sogar der alte Groll zwischen dem grimmigen Botoniates und dem Fürsten begraben werden.

Osman nicht einzuladen wäre ohnehin in keinem Fall erlaubt gewesen. Er war Kaiser Alaeddins Statthalter an der Grenze, und als sicher wurde es erwartet, daß er seinem Amte gemäß dazu ersehen sei, ein huldvolles kaiserliches Schreiben mit den erhabenen Glückwünschen für Braut und Bräutigam zu überbringen oder – überbringen zu lassen. Das eben war noch die Frage: die Einladung war gewiß – würde Osman in Person erscheinen oder sich nur durch seinen Sohn vielleicht oder einen seiner berühmten Alpe aus Ertoghruls Zeiten vertreten lassen?

Nach dem Gesetz der Asanes konnte nicht Biledschik oder eine der andern Burgen der Schauplatz des Festes sein. Dazu war der Markt Tschakirbinari, Schmerlenbrunn, bestimmt, wo auch vor Jahren das Siegesfest zu Ehren Osmans gefeiert worden war.

Nach einer Zeit des Zweifelns, Hoffens und Abwartens stand es dann schließlich fest: Osman würde selber kommen.

Alle seine Leute sagten es, und auf allen Wegen erhoben sich graue Staubwolken von den Hammelherden, die der Bey als sein Hochzeitsgeschenk nach Tschakirbinari treiben ließ. Alle Welt pries seine Freigebigkeit und seine Höflichkeit. Denn auch in diesem Jahr hatte Osman es nicht unterlassen, den Herrn von Biledschik zu fragen, ob es wiederum bei der alten Abmachung bleibe und die Hirtenweiber während des Austriebs ihre Habe in Biledschik hinterlegen dürften. Daß die Stämme sich angelegen sein lassen würden, den Bedarf der Herrschaft an Erzeugnissen der Herden und an den begehrten selbstgeknüpften Teppichen zu bestreiten, wurde ebenfalls zugesagt. Ein Bedürfnis zu diesem Gesuch lag längst nicht mehr vor. Jedermann lobte daher auch die vornehme Bescheidenheit Osmans, mit der er durch Übung des alten Brauches freimütig an Zeiten erinnerte, da die Macht seiner Familie eine weit geringere gewesen sei als heute.

Auch Kir Salmenikos faßte es so auf, und er wäre allgemeinem Tadel nicht entgangen, wenn er – woran er übrigens keinen Augenblick gedacht hatte – sich ablehnend verhalten hätte.

Ein Aufatmen ging bei all diesen Freundschaftsbezeigungen durch das Land. Osmans Gerechtigkeit war bekannt. Vor seinem Richter galt ein Christ soviel wie ein Moslem. Nun aber sollte dieser Rechtssatz allgemein anerkannt werden. Alle wollten sich in der Erkenntnis des einen einzigen Gottes ohne Ansehen des Namens vereinigen und ihm durch Friedensliebe dienen und Duldsamkeit.

Unter diesen Umständen glich Kira Apollonias Heimreise nach Jarhissar einem Triumph. Von weither kamen die Leute mit Geschenken und riefen, indes sie immergrüne Zweige schwenkten, Segenswünsche auf das Haupt der edlen Frau herab, die durch ihr Ausharren in Karadschahissar den Asanesschen Friedenswillen so sichtbar bekundet habe.

Es waren zumeist kleine Leute, die das taten, es waren die Leute, die bei einem Ausbruch der Feindseligkeiten in jedem Fall verlieren mußten.

Daß Apollonias Weg über Jundhissar führte, damit sie von dort mit Kirina Nilufer die Reise nach Jarhissar fortsetzte, empfanden alle als eine Selbstverständlichkeit.

Außer Malchatun und einigen wenigen anderen, darunter auch Osman, ahnte niemand, mit welcher Bangnis Apollonia dem Zusammentreffen mit ihrer Tochter entgegensah.

In jenem Zimmer, dessen Fenster einen Blick auf die Straße nach Eskischehr gewährte, demselben, in dem Salmenikos einst den streitbaren Manuel abgefertigt hatte, fand auch die Aussprache zwischen Mutter und Tochter statt.

Sie waren allein. Nur eine Sklavin oder was sie sein mochte, ein Geschenk Malchatuns jedenfalls, wie Apollonia sagte, hockte im Winkel. Nilufer achtete ihrer nicht. Sie wußte, daß ein heißer Kampf entbrennen würde, und war nicht gesonnen, sich durch irgend etwas ablenken zu lassen. Möge das Mädchen bleiben, wenn es der Mutter so gefalle, dachte sie.

Natürlich begann Apollonia mit Vorwürfen über Nilufers unkindliches Entweichen nach Jundhissar, und daß die Tochter ihr nicht widersprach, beunruhigte sie bei ihrer reichen Erfahrung mit Nilufer nicht wenig. In Wirklichkeit war das Schweigen der jungen Dame auch weit von Zerknirschung entfernt. Es gelang ihr gerade noch, ein Lächeln zu unterdrücken. Allerdings war sie, Nilufer, es gewesen, die der Tante Malchatun eine Nachricht über Kir Michaels Botenreise hatte zukommen lassen können, und dem Verhalten der Mutter entnahm sie nur mit Befriedigung, daß Malchatun ihre Pflegeschwester nicht ins Vertrauen gezogen habe. Auf diese Weise fühlte die Kleine sich als Mittelpunkt von Geheimnissen, an denen Kira Apollonia nicht teilhabe, und damit der mütterlichen Autorität um vieles überlegen.

Nur eins trübte diese Genugtuung ein wenig: gar zu gern hätte sie den Inhalt der Botschaft an Salmenikos gekannt. Denn daß Malchatun Kir Michael abgefangen und verhört habe, daran zweifelte sie nicht.

Schließlich mußte Kira Apollonia jedoch von der Angelegenheit sprechen, vor der sie sich so fürchtete.

Es ist soweit, sagte sie, und Nilufer müsse nun ihren Onkel heiraten.

Sie erklärte das in einem Ton, als handle es sich um etwas Selbstverständliches.

Aber leider widersprach die junge Kirina in gleicher Weise. Nein, sagte sie, und sie werde nicht. Auch unterließ sie es keineswegs, hinzuzufügen, daß sie ihre Ablehnung doch schon zu oft und zu deutlich kundgetan habe, als daß sich jetzt noch irgend jemand darüber wundern dürfe.

Und das Kind möge doch Vernunft annehmen! flehte Apollonia.

«Das kenne ich», meinte das Kind, «wenn ihr alten Leute von ‹Vernunftannehmen› sprecht, dann habt ihr uns Jungen immer etwas ganz Ausgefallenes vorzuschlagen, was jeglicher Vernunft ermangelt. Kannst du mir etwa sagen, warum ich Salmenikos nehmen sollte? Ich mag ihn nicht einmal als Onkel. Glaubst du, daß er mir als Mann besser gefallen würde?»

«Es handelt sich doch nicht nur um dich!» rief die Mutter in ihrer Ratlosigkeit.

«Ausgezeichnet», antwortete die Tochter kühl, «wenn es sich nicht um mich handelt, dann braucht ihr mich ja auch nicht dabei.»

«Du bist doch schon groß genug, daß du auch einmal an deine Familie denken könntest», stellte Apollonia ihr vor. «Meine Familie bist du und der Vater», meinte Nilufer, «aber es will mir nicht in den Kopf, warum ich, nur um euch einen Spaß zu machen, zu einem stocksteifen alten Mann ins Bett kriechen muß.»

«Du verdienst, daß ich dich ...»

«... übers Knie lege und dir deinen Hintern verhaue», ergänzte Nilufer ruhigen Gemütes. «Das wäre nun wirklich nicht das erste Mal.»

«Weil es nur zu oft nötig war!»

«Oder weil du es zu oft tatest. Denn sag einmal ehrlich, Mutter, hast du jemals etwas durch Prügel bei mir erreicht?»

«Leider nein, du ungeratenes Kind!»

«Deine Schuld. Wenn man sich erst zu sehr an etwas gewöhnt, wirkt es nicht mehr. Versuch es doch und laß mich zum Altar schleifen, und das wirst du müssen, wenn du mich hinkriegen willst. Vielleicht gedenkst du, mich auf diese Weise für Salmenikos zu begeistern? Aber du irrst dich, Mutter. Ich würde nur so laut und so lange Nein! schreien, sag' ich dir, daß kein Mensch hinterher behaupten könne, ich hätte das Ekel geheiratet.»

«Oh, Nilufer, ich will dich nicht mehr schlagen. Es wäre schade um die Ruten, du bist viel zu verstockt!» entschloß sich Apollonia zu einem Verzicht, der nicht ohne Bitterkeit war. «Doch komm her, mein Kind», rettete sie sich dann in eine überlegen sein sollende Milde, «sieh mir in die Augen.»

Und Nilufer sah ihr in die Augen, weil sie keinen Grund wußte, warum sie der Mutter diesen Gefallen nicht tun sollte. Hierauf zeigte sich Kira Apollonia dann ihrer Neigung zu Gefühlsseligkeiten nicht mehr gewachsen und vergoß einige Tränen.

«Nein, mein Kind», sagte sie, «ich kenne dich, du hast nichts Schlechtes getan, und niemand hat dir Böses zugemutet, niemand in Karadschahissar, nicht wahr?»

«Den möchte ich sehen, der ...», wollte Nilufer beginnen ...

«Nun also!» unterbrach die Mutter sie jedoch. «Überlege aber, was sich alles daraus ergeben könnte, wenn Kir Salmenikos deine Weigerung auf unseren Aufenthalt in Karadschahissar zurückführen würde. Streit und selbst Krieg könnten daraus entstehen! Und überhaupt verstehe ich dich nicht», sagte sie in der Erinnerung an ihre Jungmädchenträume nicht wenig gekränkt, «dein Onkel ist doch der eleganteste Mann in Bithynien!»

«Warum hast Du ihn dann nicht selbst genommen?»

«Du unausstehliches, freches Geschöpf, du!» rief Kira Apollonia empört, und, ihrer feierlichen Versicherung zuwider, klatschte sie der Tochter nun doch die beringte Hand durchaus nicht sanft auf deren anmutige Wange.

Freilich verriet die große Dame auch, wie gern sie – wenn der Angeschwärmte nur die leiseste Neigung dazu hätte erkennen lassen – den Biledschiker genommen hätte –, und Nilufer wiederum war schon Frau genug, um die Blöße einer andern, mochte es die der eigenen Mutter sein, zu erspähen. An Backpfeifen war sie gewöhnt, die pflegten sonst umfassendere Erziehungsmaßnahmen einzuleiten, um so mehr aber fühlte sie sich als Tochter in ihrem geliebten Vater gekränkt, und so hatte Apollonia auf keine Nachsicht von seiten Nilufers zu rechnen.

«Ach, so ist das also!» sagte das Mädchen. «Weil du den Salmenikos nicht gekriegt hast, möchtest du ihn wenigstens zum Schwiegersohn haben?»

Zu beider Glück erwies sich Apollonias damenhafte Erziehung stärker als ihr Wunsch, so ungehörigen Gedanken mit welchen Mitteln auch immer entgegenzutreten.

«Törichtes Mädchen», erwiderte sie vielmehr voll Würde. «Statt unziemlich mit deiner Mutter zu reden, solltest du lieber bedenken, daß Kir Salmenikos jeden Tag eine andere heiraten kann. Wie nun, wenn solche Ehe gesegnet wäre? Dann bliebest du auf unserem Jarhissar sitzen und müßtest froh sein, wenn er es dir nicht auch noch nähme.»

Das jedoch war mehr als genug, um Nilufer in Harnisch zu bringen. «Er soll es nur wagen!» rief sie voll Wut. «Der arme Papa, das wissen wir beide, ist ja viel zu gut. Und du warst gegen den Salmenikos natürlich zu schwach. Aber ich spüre nichts von Schwäche für ihn, ich nicht! Mein Jarhissar will ich behalten, und mein Eskischehr will ich wiederhaben!»

«Dein Eskischehr ...?»

«Meins!» verkündete Nilufer mit Kraft. «Du bist eine Kontophres, dir gehört Eskischehr, also gehört es mir, und ich kenne Leute genug, die mir dazu verhelfen werden, wenn er es mir nicht freiwillig herausgibt.»

«Aber das wäre ja ...», sagte Apollonia und sah aus wie eine brave Henne, die einen Basilisken ausgebrütet hat, «das wäre ja ... Streit im Hause Asanes?»

«Warum nicht?» kam es forsch von Nilufer zurück. «Meinetwegen kann er heiraten, wen er will, und mit seiner Scharteke soviel Bamsen in die Welt setzen, wie ihm beliebt. Biledschik ist groß genug. Aber mein Eskischehr will ich wiederhaben! Ich bin eine Kontophres.»

«Ich dachte, du seiest eine Asanes?»

«Das auch. Aber eigentlich scheint mir» – dabei faßte Nilufer ganz von ungefähr an ihre Backe –, «eigentlich bin ich wohl mehr ein Kontophres», schloß sie auf eine Weise, mit der Kira Apollonia recht zufrieden hätte sein können, wenn sie nicht an unterschiedliche Eigenschaften ihrer Familienmitglieder hätte denken müssen, die bei Nilufer auftauchen zu sehen ihre ständige Furcht war.

So konnte die Dame denn nur den Kopf schütteln. Und so ein Kind, dachte sie, nenne sich nun Nenuphar-Nilufer ... Lotosblüte. Was ihr, Kira Apollonia, wohl eingefallen sei, als sie dem Mädchen diesen ausgefallenen Namen gegeben habe, das möchte sie selbst wohl wissen. Aber sie wisse es nicht – sie wisse überhaupt nichts mehr.

«Siehst du denn nicht ein, daß Salmenikos nur Jarhissar will und an mich gar nicht denkt?» fragte jetzt die Lotosblüte. «Ja, wenn ich ihn heiraten würde, dann hättest du recht, dann wäre ich Jarhissar los, alles übrige auch. Dann hätte er alles.»

Doch Apollonia hörte nicht mehr hin. «Die Schande», stöhnte sie, «die Schande! Die Hochzeit ist angesagt, und wenn du nun nicht ...»

«Bis dahin ist Zeit genug, eine andere herbeizuschaffen», unterbrach ihre Tochter sie ungeduldig, «was geht das uns an? Mich hat er nicht gefragt.»

«Aber uns, deine Eltern, hat er gefragt!» beschwor Apollonia sie.

«Und du, Mutter ...?»

Es war kein Glanz mehr um die erste Dame der Asanes – ihre mütterliche Autorität war dahin.

«Ich dachte», stammelte sie, «wenn alles auf dem besten Wege sei, dann müßtest du einfach, dann könntest du gar nicht anders ...»

«Und ob ich anders kann! Weil Kir Michael – ich sehe ihn, den Allerweltsmann – bei den Archonten am Olymp den Hochzeitsbitter gemacht hat – in Karadschahissar war er natürlich auch –, und deswegen soll ich ...? Ja, Mutter, schämst du dich denn gar nicht, auf diese Weise mit deiner Tochter zu verfahren? Ich will nicht, sag' ich dir, nein, niemals!»

Zornig trat sie an das Fenster und blickte in die Richtung, in der Eskischehr lag. Sie verbiß ihre Tränen und fühlte sich von ihrer Mutter verlassen, wie sie es in einem gewissen Sinne ja auch war. Denn jetzt hörte sie ein leises Klinken, und als sie sich umwandte, sah sie die Tür sich schließen.

Kira Apollonia war gegangen.

Mit keinem Gedanken hatte Nilufer sich jenes Wesens erinnert, das ihr als ein Geschenk der Tante Malchatun bezeichnet worden war. Jetzt stand es zwischen ihr und der Tür und schlug den Schleier zurück.

Es war Orkhan.

«Du?!» fragte sie, wenig angenehm berührt, denn ihr erster Gedanke war, der Junge habe in seiner Verliebtheit etwas angestellt. Denn für sie war Orkhan nur ein großer Junge. Für den fühlte sie sich verantwortlich, sie konnte nicht anders.

«Kira Apollonia geruhte, mir auf diese Weise den Eintritt in Jundhissar zu ermöglichen. Ich soll mit dir reden, Nilufer», versuchte er sie über seine Verkleidung zu beruhigen.

Er erreichte das Gegenteil. Daß die Mutter den Orkhan zu ihr schicke, und noch dazu auf so geheimnisvolle Art, schien ihr wenig glaublich. Was könne es wohl geben, was sie ihr nicht selbst hätte sagen können? Zur Ausführlichkeit lud sie ihn darum nicht gerade ein.

«Eil dich, Orkhan, ich warte!» trieb sie ihn an und hob hochmütig witternd die Stupsnase.

«Daß du den Salmenikos heiraten mögest, soll ich dir sagen, Nilufer.»

«Und dazu braucht die Mutter dich?! Was fällt ihr ein! Und du? Hast du nicht gehört, was hier eben gesprochen wurde? Und glaubst du mehr über mich zu vermögen als die Mutter? Ich meine, ihr seid beide nicht bei Verstand. Zu denken, daß du mich mit Salmenikos verkuppeln möchtest ...»

«Oh, Nilufer!» unterbrach Orkhan sie. «Ich? Ich sollte das wünschen ...?!»

Jetzt erst erblickte Nilufer im Gesichte des Jünglings die Verzweiflung. «Dann möchte ich wohl wissen, warum du es mir rätst», meinte sie etwas milder gestimmt.

«Warum? Die wirklichen Gründe weiß auch ich nicht. Deine Mutter, glaub' ich, hat noch weniger erfahren als ich. Aber ich habe den Auftrag, es dir zu sagen.»

«Siehst du, so ist es!» fiel Nilufer ein. «Immer haben sie ihre Geheimnisse, diese Eltern und was dazugehört, und wenn man fragt, heißt es immer gleich: ‹Das verstehst du noch nicht›, und tun dabei, als hätten sie den Stein der Weisen entdeckt. Kommen sie dann aber damit heraus – lange können sie es ja doch nicht für sich behalten –, da sieht man dann gleich, was für einen Unsinn sie ausgeheckt

...ben. Wundern muß ich mich nur über dich, Orkhan, daß du, ein gescheiter Junge, alles so brav ausführst, was man dir aufträgt. Das tut doch kein Mann!»

«Doch, gerade!» versuchte er sie aufzuklären, und da sie von der Tischecke gerade aufreizend ihr linkes Bein schlendern ließ, setzte er sich in seinem Eifer ihr gegenüber auf die Bank. «Ich bin doch ein Befehlshaber», belehrte er sie, «das darfst du nicht vergessen. Wenn ich will, daß meine Männer mir gehorchen, dann darf ich mich der Begum, meiner Mutter, und dem Bey, meinem Vater, auch nicht widersetzen. Du weißt doch, daß ich der Erbe bin, der künftige Bey!»

«Aber du hättest doch fragen können!» warf sie ihm vor.

«Das gehört sich nicht», lehnte er ab. «Man muß warten, bis es einem gesagt wird, und wird es nicht gesagt, dann weiß man, daß man es nicht wissen soll.»

Nilufer schüttelte den Kopf.

«Ich frage immer», sagte sie, «und natürlich mögen sie das nicht, aber wenn mein Vater hier wäre – da könnte meine Mutter sagen, was sie wollte –, dann wüßte ich es gleich. Der kann mir überhaupt nichts verbergen, wenn er es auch manchmal möchte.»

«Freilich ...», meinte Orkhan nachdenklich, «bei euch Mädchen mag das alles ganz anders sein. Davon verstehe ich nichts. Denn bis du kamst, habe ich mir nie etwas aus Mädchen gemacht. Aber das kannst du mir glauben», schloß er im Ton einer unerschütterlichen Überzeugung, «bei uns Männern ist es so, wie ich es dir sage.»

Voll Zustimmung, wenn auch mehr im Sinne einer allgemeinen Betrachtung, nickte Nilufer.

«Ach ja», klagte sie, «man hat es nicht leicht mit seinen Eltern. Und da wirst du Armer von Karadschahissar hergejagt und weißt nun nicht, wie du hier wieder 'rauskommst.»

Wenn Orkhan sich durch sein Verhältnis zu Nilufer und durch seinen Auftrag nicht so bedrückt gefühlt hätte, würde er gelacht haben.

«Hier nicht 'rauskommen?» fragte er, nun aber wenigstens

in einem Ton erhabener Verachtung für das bevorstehende Unternehmen. «Das laß nur meine Sorge sein. Lange werde ich mich nicht verweilen. Niemand darf wissen, daß wir uns gesprochen haben, Nilufer.»

«Ja, aber ...»

«Meine Männer warten mit Pferden. Wir reiten die Nacht hindurch.» Nilufer kannte Jundhissar nur mit den Befestigungen, die damals, als Malchatun vergebens Einlaß begehrt hatte, noch nicht vorhanden gewesen waren. Sie wußte also, wie schwierig das Ausbrechen sein würde, und empfing somit von Orkhans Heldenhaftigkeit einen stärkeren Eindruck, als sie ihm und sich selbst zugestehen möchte. «Allerdings, Tante Malchatun wird sich schon nach dir bangen», fiel sie darum, um nicht weich zu werden, gegen den Heldenhaften und dessen Mutter aus. «Erzähl ihr aber nur, was ich zu Kira Apollonia gesagt habe. Das gilt auch für deine Mutter. Aber natürlich, das kann ich mir denken, Tante Malchatun wäre es sehr recht, wenn ich Salmenikos heiratete. Dann wär sie mich los!»

«Du solltest nicht so über meine Mutter reden», wehrte sich Orkhan, «was soll das heißen, daß sie dich lossein wolle? Sie liebt dich nicht weniger als meinen Bruder Alaeddin und mich – vielleicht liebt sie Alaeddin etwas mehr ... Aber einen Auftrag gab sie mir nicht!»

Nilufer vernahm nur den letzten Satz. Bis zu diesem Augenblick hatte sie geglaubt, es habe sich bei Orkhans Erscheinen um den überheblichen Versuch einer älteren Nebenbuhlerin gehandelt, sie zu der ihr so mißfälligen Heirat zu bestimmen – und allein weil Orkhan für Salmenikos eingetreten war, hatte sie den weiteren Verdacht fallenlassen, er habe sich, nur um sie wiederzusehen, in Jundhissar eingeschmuggelt. Aber nun ...

«Meine Mutter gab dir den Auftrag nicht», fragte sie, «und deine auch nicht? Ja, wer ...?»

«Es war der Bey», sagte Orkhan.

«Osman!» schrie sie und glitt vom Tisch.

Ganz blaß stand sie da. Osman, ihr Bahadur, wolle sich

ihrer zugunsten von Salmenikos entledigen! Sie sei ihm keineswegs zu jung – o nein – sie wolle ja heiraten, aber – einen andern.

Verschmäht und verraten kam sie sich vor, und sie wäre in die Tränen einer seelisch Mißhandelten ausgebrochen, wenn Orkhan nicht zugegen gewesen wäre. Vor dem Sohn des Entarteten wollte sie sich eine derartige Blöße nicht geben!

Nein, nicht vor Orkhan wolle sie weinen. Sei aber Osman wirklich verdammenswert? regte sich auch schon die erste Hoffnung in ihr. Noch wisse sie nichts! Und überhaupt der Junge!

In einer Hinsicht erwies sich die Anwesenheit dieses Jungen dennoch als nützlich: Wie hätte sie sich sonst nach der Windstille des ersten Erschreckens durch einen gewaltigen Zorn erleichtern können, wenn dieser Zorn kein Ziel gehabt hätte? Eitel Verschwendung wäre er gewesen! Nun aber war Orkhan da, und mit höchst stiefmütterlichen Gefühlen konnte sie ihn anherrschen, warum er da herumstehe und sie immer nur anglotze? Dazu habe ihn sein Vater vermutlich nicht hergeschickt. Er solle ihr berichten, was Osman ihm aufgetragen habe. Jedes Wort! Ohne eins fortzulassen oder hinzuzufügen!

Orkhans Versicherung, daß er nichts anderes vorhabe, half ihm zunächst gar nichts, und er wäre noch lange nicht zu Worte gekommen, wenn er nicht den kurzen Augenblick eines natürlichen Versagens von Nilufers Atem blitzartig wahrgenommen hätte, um ihr endlich zu berichten, was zu hören sie so begierig war.

Dann erst schwieg Nilufer und hing nun mit aufgerissenen Augen an seinem Mund.

«Der Bey sagte», verkündete Orkhan mit der Feierlichkeit eines Herolds, «gehe, mein Sohn, nach Jundhissar zu der Dame Nilufer. Kira Apollonia wird dir dazu verhelfen. Die Botschaft aber, die du Nilufer ausrichten sollst, ist zu gefährlich, sie aufzuschreiben. – Ich habe sie auswendig gelernt», flocht Orkhan ein.

«Die Botschaft, die Botschaft!» drängte Nilufer.

«So sprach der Bey, mein Vater», fuhr er also fort. «‹Mögest du, o Nilufer, in die Hochzeit mit dem Herrn von Biledschik willigen. Ich, Osman Bey, verbürge mich, daß du dem Manne Salmenikos nicht angehören wirst, und sollte ich dich aus seinem Hochzeitsbett reißen!›»

«... und sollte ich dich aus seinem Hochzeitsbett reißen ...», wiederholte Nilufer. «Das ist ja etwas ganz anderes, als was du mir zuerst sagtest!» rief sie dann.

Die Worte waren auf das vollkommenste dazu angetan, ein Mädchen wie Nilufer zu begeistern. Den Mangel an Liebesversicherungen empfand sie nicht als Kränkung. Sie verstand sehr wohl, daß der Vater den Sohn nicht zum Liebesboten machen könne. Aber Osman bitte sie, Osman brauche sie!

Das gab den Ausschlag. Jede Angst vor den Folgen ihres Schrittes verscheuchte das Bild von einem Osman, der sie aus des Salmenikos Armen in die seinen hinüberreißen würde!

Den Grund freilich von Osmans Verlangen hätte sie gern gewußt; aber auch dabei tröstete sie sich mit der Erwägung, daß Osman dieses Geheimnis für den Sohn wohl als zu bedeutend erachte und daß er sich auf sie verlassen habe. Auf seine Nilufer!

«Du lehnst das ab, nicht wahr, Nilufer?» fragte Orkhan nun.

«Ablehnen? Warum denn?»

«Du sagtest noch soeben, daß du immer den Grund wissen müßtest, wenn man etwas von dir verlange.»

«Was würdest du tun?»

«Ich würde gehorchen, aber ...»

«Und ich werde vertrauen. Ich vertraue Osman. Sage ihm das. Er soll mich in Tschakirbinari finden.»

An der Tür wandte sie sich noch einmal um und sah Orkhans Verwunderung, die einer Bestürzung sehr ähnlich war.

«Gar nichts verstehst du, mein Orkhan, nicht wahr?»

fragte sie. «Das ist auch nicht nötig», gab sie sich selbst die Antwort und zugleich ihm einen Kuß. «Du bist mein dummer, lieber Junge, das sollst du niemals vergessen.»

XXXVIII

Zu keiner anderen Zeit hätte der vorsichtige Kir Salmenikos Stadt und Festung Biledschik so sehr von Mannschaften entblößt, wie es anläßlich seiner Hochzeit mit Kirina Nilufer geschehen war. Den Burgvogt mit den wehrhaften Knechten hatte er nach Tschakirbinari befohlen. Es konnte auch kein Zweifel darüber bestehen, daß junge Arme und Beine dort besser am Platze seien bei Bedienung der Gäste, bei Trunk und Tanz. Seine ganze Macht wollte er dort entfalten, wo sie gesehen und – auch gebraucht werden sollte.

Was wäre dagegen für das ohnehin uneinnehmbare Biledschik zu fürchten gewesen! Christen, Moslemin und selbst die wohlberittenen Grenzwächter aus Osmans Hirtenstämmen strömten zur Hochzeit. Ein allgemeiner Friede herrschte im ganzen Land. Keiner würde ihn zu stören wagen. In dem fast undenkbaren Fall eines Angriffs aber konnte selbst eine schwache Besatzung Stadt und Festung lange halten. Und schwach freilich war die Besatzung, da auch die Bevölkerung ihre Kinder den Großmüttern überlassen hatte, um in hellen Haufen nach Tschakirbinari zu ziehen. Leer lagen die Straßen in der Sonne. Kaum daß einmal die Katze empört ihren Buckel machte, wenn ein dummer Köter sie anblaffte.

Auf diese Weise war der alte Wachtmeister des Bergfrieds als Befehlshaber einer kleinen Schar von zurückgebliebenen Knechten so etwas wie ein Stadtkommandant geworden. Aber der Schließ- und Wachtdienst wäre, wenn nicht gerade heute die osmanischen Hirtenweiber ihre Ballen an Teppichen und Krimskrams angeschleppt hätten, noch eintöniger gewesen. Der Alte überließ ihn auch unter diesen Umständen gern den andern, indes er selbst bei einem Krug Wein in der Küche saß. Er hatte das Schauspiel nun schon so oft erlebt, daß es ihm gleichgültig geworden war.

Um so ärgerlicher war es ihm, als ein Waffenknecht in die Schloßküche stürzte, und zwar gleich so, daß er liegenblieb. Auch breitete sich – kein schöner Anblick fürwahr! – eine rote Lache um den Gefallenen aus. Nur noch stöhnen konnte er: die Türkenmädel seien gar keine Mädel, sondern Männer und ...

Aber da hatte der Wachtmeister schon seine Waffe in der Hand. Ohne allerdings weit damit zu kommen. Kaum an der Tür, sah er eine Klinge blitzen und sackte zusammen, um sich nicht wieder zu erheben.

Was war geschehen? – Nicht viel, doch immerhin genug, um Biledschik einen neuen Herrn zu geben, und der hieß Osman.

Vierzig seiner jungen Männer waren laut dem Vertrag mit ihren Ballen und als Mädchen verkleidet in die Burg gekommen. Welcher Uneingeweihte hätte wohl wissen können, daß in den Frauenhosen gar keine Mädchen, dafür aber in den Teppichen Waffen steckten? Bis das Jungvolk sich der Tore bemächtigt hatte, war keinem einzigen Biledschiker dieser Gedanke gekommen, und indes man nun die Leichen beseite schaffte, legte Osman bereits eine starke Besatzung in die eroberte Stadt.

Den Befehl erhielt Orkhan.

Von Smyrna, Philadelphia und selbst Konstantinopel waren sie zu diesem Fest, das so viel von sich reden gemacht hatte, gekommen: Seiltänzer aus Ägypten, Mimiker aus Adrianopel, Jongleure, Tänzer und Tänzerinnen. Jetzt warfen die Tänzerinnen aus Lesbos ihre Mäntel ab und huschten über den Rasen.

Im großen Kreis, damit alle etwas sehen sollten, umstanden die Gäste diese Vision in Weiß. Daß sich dabei Türken und Turkmanen zusammenfanden, fiel nicht auf. Das ergab sich aus der gemeinsamen Sprache. Und wie hätte Osman nicht unter ihnen verweilen sollen, war er doch ihr erwählter Scheich und ihr Fürst.

Wenn man freilich geglaubt hatte, er werde mit Malchatun und den Söhnen kommen, so hatte man sich getäuscht. Doch wurde dieser Mangel durch die stattliche Begleitung in manchem wieder wettgemacht. Nicht so sehr der Prunk der Gewänder als die Männer selbst hatten seinen Einzug in Tschakirbinari verherrlicht. Die berühmten Alpe seines Vaters fehlten so wenig wie seine eigenen jungen Gefährten, und dazu kam ein so zahlreiches Gefolge von anderen Personen, daß man fast von einer kleinen Heerschar sprechen konnte. Auf diese Weise hatte Osman nichts unterlassen, das Haus der Asanes anläßlich des hohen Festes so zu ehren, wie es der alten Freundschaft entsprach.

Kir Salmenikos hatte das zu schätzen gewußt. Bei der ersten Begrüßung hatte er lachend daran erinnert, wie es vor Jahren in demselben Tschakirbinari beinahe zwischen ihnen zu Streit gekommen sei und daß eigentlich jetzt er, Salmenikos, dem Bey die Hand küssen müsse und nicht umgekehrt, wie er es damals zu Unrecht gefordert habe. Osman aber hatte abgewehrt und gerufen, daß Freunde sich die Wange küssen und nicht die Hand. Und dann hatte er unter allgemeinem Beifall nach seinen Worten getan.

Dabei hielt er sich nicht nur selbst als Fürst, der er war, fürstlich, auch der Dienst um seine Person betonte deren hohen Rang. Nie stand er allein, stets waren seine Alpe um ihn. Wie ein einziger Körper waren er und seine Getreuen, und obwohl selbst Gast, hielt er dennoch Hof. Sogar mit dem Stelzbein und Einauge Matthäos Botoniates hatte er auf diese Weise einen Händedruck getauscht und die Hoffnung erwähnt, daß der Geist der Freundschaft, der dieses Fest so verschöne, von nun ab alle und für immer beseelen möge.

Jetzt allerdings hatten die Festgäste nur Augen für die Mädchen von Lesbos.

Sie erneuerten den spartanischen Karyatidentanz, und der näherte sich seinem Ende.

Das Fortissimo der Triangeln, Zithern, Flöten, Handpauken und das Furioso des Tanzes selbst verbanden sich immer mehr zu einem einzigen Rausch. Die weiten Sprünge der Tänzerinnen und deren kühne Drehungen um die eigene Achse ließen manchen von Osmans Hirten erstaunt und auch verlegen dreinblicken. Sie selbst hatten andere Tänze, und ihre Mädchen gingen in Hosen und züchtigen Gewändern. Diese Griechinnen aber waren mit Ausnahme ihrer silbernen Kronen nackt. Wie bei ihren Vorgängerinnen aus der Antike ließ der leichte Tanzchiton den Busen frei, ein kurzes Röckchen um die Hüften war er, der die Nacktheit mehr umflatterte als bedeckte.

Als einzige hatte die Erste Tänzerin einen hochwallenden, weiten und langen Rock an, der beides konnte: fliegen und schweben! Doch nicht weniger nackt war sie als die andern, wie bei dem auf den Zehen getanzten rasenden Schlußwirbel zu sehen war. Weit stand der weiße Rock waagerecht von den Hüften, um sich dann mit dem Ermatten der Taumelnden langsam als überirdische Blume mit ihr auf den Rasen zu senken.

«Lotosblüte» nannten die Tänzerinnen ihren Tanz zu Ehren der Braut.

Kir Matthäos Botoniates schneuzte sich wütend.

«Dieser heidnische Satan sei verdammt!» fluchte er. «Nirgends ist ihm beizukommen. Man könnte fast meinen, er sei gewarnt.»

«Unsinn», sagte Kir Salmenikos.

Er dachte an jenes Fest zu Ehren Osmans in Tschakirbinari. Damals war der junge Sieger über Köprihissar ebenfalls nie ohne seine Alpe und eine zahlreiche Begleitung seiner Grenzwächter anzutreffen gewesen. Und Kir Matthäos möge berücksichtigen, sagte Salmenikos nun, daß dies die Gepflogenheit der Stämme sei, wenn sich ihr Chef außerhalb ihres Gebietes zeige.

Der alte Botoniates war wenig befriedigt.

«Sie müssen es ja wissen», murrte er nur, «Sie und Kir

Michael. Sie beide waren ja bis zuletzt dick mit ihm befreundet.»

Die Herren, darunter auch Kir Joannes Mazaris, standen wie von ungefähr etwas abseits. Ein längeres Verweilen war Kir Salmenikos gar nicht recht. Es müsse alles, aber auch alles vermieden werden, was irgendwie auffallen könne.

«Und Ihr Hirtenkönig kann inzwischen tun, was ihm beliebt?» fragte Botoniates. «Mit jedenfalls ist es verdammt aufgefallen, daß er sein Zeltlager abgesondert von uns allen aufgeschlagen hat. Mit der Pferdehürde in der Mitte, damit man nichts sehe!»

«Um so besser», versetzte Salmenikos kühl, «dann habt ihr sie schön beieinander, wenn ihr sie nachts überfallt. – Es hat bei der Absprache zu bleiben, Kir Matthäos», fuhr er ernster fort. «Wenn einer von euch Herren sich vorzeitig hinreißen läßt ... habe ich mit der ganzen Sache nichts zu tun gehabt. Bedenkt das! Jetzt aber, wenn ich bitten darf, kein Wort mehr. Mich entschuldigt – man könnte den Gastgeber vermissen.»

Selbst an einer so weitgereisten Persönlichkeit wie Kira Apollonias Zofe Rina, die sich doch der Erziehung des jungen Chalil Tschendereli so liebevoll angenommen hatte, waren die Darbietungen dieser Hochzeit keineswegs spurlos vorübergegangen. Die ägyptischen Jongleure waren ein Gegenstand ihres Erstaunens und der persische Feuerfresser einer ihres Erschauerns gewesen. Aber sie rühmte sich ihrer Herkunft aus Konstantinopel, und das verpflichtete sie.

Freilich so ganz genau und richtig war Konstantinopel ihre Geburtsstadt nicht. Unmenschlich jedoch wäre es gewesen, von ihr das Eingeständnis zu verlangen, daß ein kleines Bergbauernnest am Hämos ihren ersten Schrei vernommen habe. Demnach war sie also in Konstantinopel so gut wie alle anderen geboren, die sich einmal auf der Meza, der großen Kaufstraße der Weltstadt, ergangen hatten.

Und danach verhielt sie sich denn auch, wie sie jetzt die junge Kirina oder vielmehr seit zwei Stunden die junge Kira Nenuphar oder Nilufer für den Ritt nach Biledschik umkleidete.

Mit einem Lächeln der Verachtung sprach sie von den Schaustellungen, die das Volk so bejubelt habe, und dann seufzte sie über das beklagenswerte Schicksal der jungen Gebieterin, die nun vielleicht niemals Konstantinopel zu sehen bekommen würde, das in jeglicher Hinsicht weit höhere Genüsse darzubieten vermöge als die ganze übrige Welt. – So überlegen gab sich die Zofe Rina!

Aber Nilufer gelüstete es keineswegs nach dem Neuen Jerusalem. Ihre Gedanken kreisten unablässig um Osmans Versprechen, das sich – woran sie keineswegs zweifelte – in den nächsten Stunden erfüllen müsse. Schon auf dem Gang zur Kapelle war sie auf irgendein Ereignis gefaßt gewesen. Aber nichts war geschehen. Dann war der große Augenblick gekommen, da der Bey das brokatumwundene Schreiben Sultan Alaeddins überreicht hatte. Auch dabei war ihre Hoffnung auf einen Blick des Einverständnisses von seiten Osmans enttäuscht worden.

Doch der Weg nach Biledschik und ins Bett des Salmenikos sei noch weit, dachte sie nun, und niemals werde sie in Wirklichkeit die Frau ihres Onkels sein.

Auf welche Weise Osman das jedoch verhindern wolle, wußte sie nicht, und so litt sie alle Qualen der Neugier und eines ungestillten Verlangens.

Noch war die Jahreszeit nicht vorgeschritten, und so dunkelte es bereits, als Salmenikos unter den Segenswünschen des Gästeheeres inmitten eines prächtigen Gefolges seinen Hochzeitsritt nach Biledschik begann.

Nilufer ritt allerdings nicht. In Anbetracht der Gelegenheit ihres hohen Ranges wäre ein Zelter kaum zu umgehen gewesen. Sie aber hatte behauptet, der Paßgang solcher Tiere verursache ihr Übelkeit und sie hasse es, mit einem Brett unter den Füßen sich im Seitensitz auf einem Kissen schaukeln zu lassen. Eine Sänfte, die vorn und hinten zwischen zwei Maultieren aufgehängt war, hatte beschafft werden müssen.

Es war eine mondlose Nacht, und es auf das Hochzeitsbett ankommen zu lassen, war Nilufer keineswegs gewillt. Wisse sie denn, wessen ein Mann fähig sein könne? Mit Jungenkleidern hatte sie sich versehen, und aus der verhangenen Sänfte glaubte sie in finsterer Nacht entweichen zu können.

Das bedeutete keinen Zweifel an Osman. Doch tatenloses Warten war ihre Sache nicht. Osmans Anschlag könne mißlingen, und in jedem Fall sei es gut, im entscheidenden Augenblick nicht durch alberne Röcke behindert zu sein.

Zum Glück hatte Salmenikos keine Ahnung von den Absichten und Gedanken seiner Nenuphar. Ein feuriger Liebhaber war er ohnehin nicht. Er hielt die Ehe mit seiner Nichte für etwas Unvermeidliches, aus dem sich noch manches Ungemach ergeben könne. Aber seinen Erfahrungen glaubte er entnehmen zu sollen, daß alles auch seine guten Seiten habe. Sogar eine Heirat! Und sowenig sich der Erfahrene auch von der bevorstehenden Hochzeitsnacht versprach, so war er doch guten Willens, ihr die beste Seite abzugewinnen. An Höflichkeit ließ er es jedenfalls nicht fehlen. Durch die Vorhänge erkundigte er sich nach dem Befinden und den Wünschen der Kleinen, die jetzt seine Frau sein sollte, bis sie ihn schließlich bat, ihrer Ermüdung Rechnung zu tragen und sie ein wenig ruhen zu lassen. In Tschakirbinari hatte sich indessen das Fest erst richtig entfaltet. An großen Feuern wurden Hammel und Ochsen am Spieß gebraten, an Geflügel und Fischen fehlte es nicht und erst recht nicht an Wein. Besonders in dem großen Zelt für die Herrschaft ging es hoch her. Auch Osman ließ sich mit seinem Gefolge blicken.

Um freilich zu erkennen, daß jedes Erscheinen von ihm einem Aufmarsch mit Rückendeckung glich, hätte es sehr scharfer Augen bedurft, die jedoch hatte, wenn sie überhaupt vorhanden waren, der Wein schon getrübt. Und der Hinweis gerade auf dieses ihrer Konfession verbotene Getränk erlaubte es den Herren des Islams, sich frühzeitig zurückzuziehen, zumal eine Zusammenkunft zwischen ihnen und den Archonten sowieso für den folgenden Tag verabredet sei.

Wahrscheinlich habe Salmenikos eine Wagenlast der scharfen Arrjka ins türkische Lager gesandt! lachten die Zurückbleibenden hinter ihnen her. Und die Annahme, daß der Milchschnaps die Bahadure Osmans noch weit schneller auf den Boden legen würde als der Wein, hatte viel für sich. Denn bald mehrten sich die Feuer bei den Türken, und aus deren Zelten drang Lärm und Geschrei, sehr zur Freude der Archonten, die sich gegenseitig zur Mäßigkeit ermahnten, auf daß ein jeder bei der bevorstehenden Entscheidung kampfbereit sei. Hätte man die Osmanen jedoch heimgesucht oder wäre vielmehr einem Fremden der Zutritt ins Lager von den Wachposten erlaubt worden, so hätte sich jeder leicht überzeugen können, daß in der Hürde mit wenigen Ausnahmen nur noch Packpferde standen und Osman mit seinem Gefolge längst auf und davon war. Die Feuer wurden nur von wenigen jungen Männern mit Holzscheiten genährt, und ebenso waren sie es, die in den Zelten ihre Kehlen heiser schrien und eisernen Pfannen und Holzbrettern einen Höllenlärm entlockten. Weniger geräuschvoll ging es bei Kir Salmenikos her. Mit Rücksicht auf die angeblich so schläfrige Nilufer waren Musikinstrumente und Sänger verstummt. Jeder Lärm war verboten, und dieser Umstand erleichterte es den Vorreitern, rechtzeitig Pferdegetrappel und Waffengeklirr zu vernehmen. Fast schon am Ausgang der Schlucht von Kaldiralik geschah das. Auf die erste Nachricht davon jagte Salmenikos für alle Fälle Verstärkung nach vorn, und das war gar nicht überflüssig, denn sie fanden ihre Gefährten schon mit türkischen Angreifern im Gefecht.

Der Ausgang aus der Schlucht war dem Hochzeitszug verlegt.

Zuerst faßte Salmenikos den Entschluß, daß sein Vortrupp die Gegner aufhalten solle, damit er mit seiner Gemahlin die Schlucht nach der anderen Seite wieder verlassen könne. Doch schon belehrten ihn die Geräusche einer zweiten, nun auch von hinten auf ihn einstürmenden Reitermasse, daß er in eine Falle geraten sei.

«Durchschlagen nach Biledschik!» rief er, riß sein Roß herum und warf sich ins Handgemenge. «Durchschlagen!»

Auf diese Weise wurde «Biledschik! Biledschik!» das Feldgeschrei der Asanesschen – «Osman, Osman!» kam es von der anderen Seite zurück. Osman hatte seinem Ältesten nicht nur Türken, sondern vor allem seine Ghureben und Sipahis, seine schwerbewaffneten Söldner, zurückgelassen. In der engen Schlucht waren sie weit verwendbarer als türkische Grenzwächter, deren Kampfkraft mehr in ihrer Wendigkeit und der Schnelligkeit ihrer Pferde bestand. Salmenikos' Versuch, die Osmanen mit den schweren Gäulen seiner Knechte zu überrennen und mit deren langen und breiten Schwertern zusammenzuschlagen, mißlang daher. Schwerbewaffnete rangen mit Schwerbewaffneten im engen Raum, und immer näher kam der Reitersturm, der die Biledschiker im Rücken bedrohte.

«Orkhan!» hörte Salmenikos in diesem Augenblick Nilufers Schrei. «Was tust du, Orkhan!»

Mit einem Male war alle Beherrschtheit von Salmenikos abgefallen. Er wußte von nichts anderem mehr, als daß diese langen Jahre Osman, und nur er, der Gegner und Feind seines Lebens gewesen sei. Sein Nebenbuhler um die Macht, sein Nebenbuhler bei Malchatun! Und nun habe er, Salmenikos, dessen Sohn vor der Klinge, das schmächtige Bürschlein!

Er schwang das gewichtige Schwert, den Knaben bis auf den Sattel zu spalten. Aber er traf nur die Luft. Mit einem Sprung seines Pferdes hatte Orkhan dem Gegner die linke Seite abgewonnen, was dem Burschen aber nichts nützen solle, dachte der Archont. Doch als er zum zweitenmal schäumend ausholen wollte, entfiel ihm die Waffe. Bis zum Wirbel hatte ihm Orkhans Sulfakar den ungeschützten Hals aufgeschlagen.

Es war fast der letzte Schlag in diesem Scharmützel; denn nun war Osman mit seinen Hunderten zur Stelle und jeder weitere Widerstand vergeblich.

«Ich bin da, wie ich es dir sagen ließ», rief er Nilufer zu, «und du», wandte er sich an den Sohn, «bringst die Hanum und die Gefangenen zur Burg.»

Noch war die Entscheidung darüber, wer künftig Herr in Bithynien sein solle, nicht gefallen. Nur Orkhan wurde durch den Befehl seines Vaters den weiteren Kämpfen entzogen. Acht Grenzwächter waren seine ganze Bedeckung.

Nilufer hatte ihre Sänfte dem Salmenikos überlassen müssen. Es war etwas anderes, von Helden zu träumen, und etwas anderes, zu sehen, was sie hatte sehen müssen. Nicht einmal den Versuch hatte sie gemacht, zu Osman durchzudringen, was auch völlig vergeblich gewesen wäre. Ihre ganze Überlegenheit war dahin, und ohne Widerstand hatte sie sich zu Orkhan aufs Pferd heben lassen. Gar nicht mehr wie ein kleiner Junge kam er ihr vor.

«Laß uns vorausreiten», bat sie jetzt, als sie schaudernd die Blutspur erblickte, die aus der Sänfte sickerte. Schutzheischend barg sie ihr Gesicht an der Brust des Knaben. Aber es änderte nichts daran, daß der Herr von Biledschik in seine Burg als Leiche einzog.

Osman hatte seinem heimlichen Verschwinden aus Tscharkirbinari absichtlich den Anschein einer Flucht gegeben. Nach dem Niederbrennen der türkischen Wachtfeuer war dann auch wirklich der Überfall auf das Lager erfolgt. Doch keine Schlafenden und aus der Trunkenheit Emportaumelnden hatte man als leichte Schwertbeute vorgefunden. Leer war das Lager gewesen, und nach Überwindung der ersten Enttäuschung hatten sich die Angreifer auf die Verfolgung gemacht. Alle christlichen Streitkräfte mit Einschluß der der Asanes, die Salmenikos zurückgelassen hatte, waren daran beteiligt. Und als die Archonten sich nun gar überzeugten, daß der Bey nur kurze Zeit vor ihnen in die Schlucht hineingeritten sei, kannte der Jubel keine Grenzen. Das Letzte wurde aus den Gäulen herausgeholt, um den Verhaßten noch in der Schlucht zu stellen. Zur Entfaltung der mongolischen Taktik bot sich darin allerdings keine Möglichkeit. Selbst seine Ghureben und Sipahis hätten Osman nicht retten können, falls sie seine einzige Hoffnung gewesen wären.

Aber Osman suchte nicht die Rettung, sondern den Sieg.

Auf Grund einer klaren Berechnung hatte er seine Verfolger ganz nahe an sich herangelassen; denn die vierhundert Reiter, die er führte, waren nur ein kleiner Teil seiner Truppe. Alle Stämme des Ermeni und Tumanidsch hatte er aufgeboten. Sie standen in Deckung bereit, und während Osman selbst an einer engen Stelle dem ersten Anprall der Christen standhielt, strömte seine Hauptmacht ebenfalls in die Kaldiralikschlucht, den Christen in den Rücken.

Das Gefecht wurde ein Gemetzel. Fast keiner von den Christen entkam. Unter den wenigen Gefangenen befanden sich Kir Joannes Mazaris und Nilufers Vater, Kir David von Jarhissar, das der junge Chalil Tschendereli dank seiner genauen Kenntnisse in gleicher Nacht erstürmte. Torghudalp aber nahm Ainegöl, die Burg des Matthäos Botoniates.

Es gab keine christliche Macht mehr an der Grenze.

XXXIX

Bei seinem Eintritt in Biledschik erfuhr Osman als erstes, daß Malchatun schon in der Burg sei.

Sie saß in dem gleichen Zimmer, in dem der Derwisch Kumral vor ihr erschienen war mit der Kunde von der Gefangennahme eines Boten, der ein Bote des Salmenikos hatte sein wollen. Ihre Hände krampften sich um die Löwenknäufe des Sessels, ihr Blick verlor sich in der Ferne.

Zweimal hatte sie mehr als ihr Leben eingesetzt in jenen Tagen: um Apollonia beizustehen, als Nilufer geboren wurde, und um Salmenikos aus vermeintlicher Todesgefahr zu erretten. Ohne Kumrals Widerspruch zu beachten, hatte sie damals der falschen Botschaft vertraut. Jetzt lag Salmenikos in aller Wirklichkeit unten aufgebahrt in der Halle. Malchatun hatte sich nicht gescheut, das Tuch zu heben und in das ausgeblutete Antlitz zu blicken.

In der Leiche noch war der schöne Mann zu erkennen gewesen. Im Schein der flackernden Fackeln waren die silbernen Strähnen in Haupthaar und Bart rötlich erglänzt. Kein Ausdruck des Zorns hatte auf dem Gesicht gelegen, sondern nur der eines hochmütigen Verwunderns. Bis zum letzten Augenblick sei er sich treu geblieben, hatte Malchatun gedacht: ein Mann der Reaktion und des Beharrens – den Kopf voll von Berechnungen, aber zu phantasielos, um die Wirklichkeiten seiner Gegenwart und der Zukunft zu erkennen. Und dann hatten seine Augen sie bedrängt. Im Widerschein des bewegten Lichtes war der Blick des Toten dem eines Lebenden allzu ähnlich gewesen. Mit zwei Fingern ihrer Rechten hatte sie die Lider darübergezogen – gleichsam mit Siegeln verschlossen hatte sie den vom Leben verlassenen Leib.

‹Ich liebe ihn›, hatte sie einst zu Abdal Kumral gesagt und immer wieder: ‹Ich liebe ihn.› Ihr war, als hafte der Klang noch im Raum. Aber die Erinnerung mahnte umsonst.

Der Klang war tot wie Salmenikos ...

Doch Osman ...?

Bei dem Gedanken an ihn fröstelte es sie in ihrer Einsamkeit.

Sie erhob sich und stieß die Läden auf. Die Kerzen waren niedergebrannt. Der Morgen schaute fahl in das Gemach.

Auch für ihre Besiegerin Nilufer – sann sie voll Bitterkeit – habe sie das gleiche getan wie für den Toten auf der Bahre. Zuletzt kehre eben jede gute Tat sich wider den Täter, und Mani, der Perser, möge wohl damit recht haben, daß diese Welt keine Schöpfung Gottes, sondern des Teufels sei. Dieses Pendeln zwischen Hoffen und Enttäuschung gleiche nur zu sehr der Verdammnis des Sisyphos, der immer wieder und immer vergeblich den Felsblock bergan kanten müsse. Nichts als die Ewigkeit fehle diesem irdischen Leben zur Hölle.

Sie erschauerte und blickte auf. Osman war eingetreten.

«Daß du da bist», sagte er und wollte sie in seine Arme ziehen. Doch sie entwand sich ihm sanft.

«Setze dich zu mir, mein Osman», bat sie und wies auf den zweiten Stuhl.

Gern hätte er diesen Augenblick mit einem Austausch von Gefühlen erfüllt und ein wirkliches Gespräch vermieden. Denn zweierlei könnte Malchatuns überraschende Gegenwart zu bedeuten haben: Vielleicht sei sie nur aus übertriebenem weiblichem Mißtrauen erschienen, um Unwiderrufliches zwischen ihm und Nilufer zu verhindern. Dieser Gedanke schreckte ihn nicht. Nur als Liebesbeweis hätte er dann ihr Erscheinen betrachtet. Glücklich wäre er gewesen, die Entwirrung aller ausgesprochenen und nicht ausgesprochenen Verflechtungen ihr überlassen zu können. Aber freilich ... könne auch, wie schon einmal, die Lebensgefahr des früheren Geliebten sie herbeigerufen haben ... Bei dieser Erwägung verfinsterte sich Osman.

«Ich dachte, du seiest meinetwegen gekommen», sagte er, «oder wenn nicht wegen mir, so doch wegen Orkhan ...?»

«Ich kam wegen Nilufer», erklärte sie, «denn da Apollonia nicht hiersein kann, muß ich dem Mädchen wohl Mutter sein. Du aber, mein Osman, bist mir entwachsen.»

«Du bist meine Frau», war die Antwort, und sie war Widerspruch.

«Ich war es mehr, als du es wohl dachtest», erwiderte sie, um dann auf etwas überzugehen, was Osmans Befürchtung zu bestätigen schien. «Vielleicht erinnerst du dich noch – ich sagte es dir –, daß ich um des Toten willen mich in eine Gefahr begab, aus der du mich errettetest. In diesem Zimmer beschwor Kumral mich, es nicht zu tun. Aber ich tat es dennoch.»

«Ich weiß es, Malchatun», erklärte er mit aller Tapferkeit, der er fähig war.

«Und ich danke dir, daß du es nie mehr erwähntest. Immer warst du es, der mir beistand, wenn Salmenikos mich der Gefahr überließ.»

«Du liebtest ihn», sagte er.

«Ich glaubte ihn zu lieben», berichtigte sie.

Doch diese letzten Worte Malchatuns hörte Osman nicht mehr. Kaum je hatte er Eifersucht auf eine Vergangenheit gezeigt, die ihm als begraben erschienen war. Was aber der Lebende nie bewirkt hatte, erweckte der Tote.

«Und jetzt hassest du mich», rief er, «obwohl nicht ich ihn erschlug, sondern unser Sohn. Dennoch hast du ein Recht zum Haß. Wäre ich ihm wie Orkhan im offenen Kampf begegnet, so hätte ich ihn getötet oder er mich. Sage mir also, Malchatun, was du dem Manne sagen willst, der Salmenikos umbrachte. Mein Sohn oder ich – es ist so gut, als hätte ich ihn selbst erschlagen.»

«Es wäre Notwehr gewesen», sagte sie, «Salmenikos trachtete nach deinem Leben.»

«Ich wollte, er hätte das seine noch. Es ist etwas Gefährliches um die Macht der Toten.»

«Nicht gefährlich für dich, mein Osman», kam es ihm sanft zurück. «Du mißverstehst mich. Als wir uns das letztemal trafen, Salmenikos und ich, wünschte er, daß wir uns nie feindlich begegnen möchten, denn uns zu begegnen, könnten wir kaum vermeiden. Immer glaubte ich, er habe sich geirrt. Und doch sah ich ihn noch einmal. Unten.»

«Und ...?» Osman beugte sich vor.

«Höre weiter», bat sie. «Du kennst den Christenpriester Aratos. Er beschwor mich, den Salmenikos zu heiraten, damit ich dem Lande den Frieden bringe zwischen uns Moslemin und den Christen.»

«Warum tatest du es nicht?»

Viel Bitterkeit lag in seiner Stimme. Sie aber wollte, daß er ihre Gedanken vernehme, und achtete weder seiner noch ihrer eigenen Gefühle.

«Heute weiß ich, daß ich recht hatte, mich zu weigern. Salmenikos dachte an sich, an sein Haus, an die Fürstenwürde und nie an den Frieden. – Ich habe sein Antlitz gesehen, Osman», sagte sie leise, «es im Tode gesehen. Es war leer.»

«Du hast mich nie geliebt!» verschloß sich Osman; denn er wollte sie – seine Frau wollte er und nicht ihre Betrachtungen.

«Du bist immer noch Knabe», meinte sie jedoch mit einer tiefen Zärtlichkeit, der er sich trotzig entzog. «Du kanntest ihn und nanntest dich seinen Freund. Er war klug und abhold aller rohen Willkür, die mir so zuwider war ...»

«Ein Zierbengel, ein Geck, ein Frauenheld!» schrie Osman.

«Kumral nannte Salmenikos nicht gut und nicht schlecht und meinte, daß Eitelkeit dessen Denken sei. Und wenn mich die Leute auch gelehrt nannten, so war ich damals jünger – vergiß das nicht, mein Osman, und auch das andere nicht, daß ich ihn schließlich verwarf.»

«Warum verwarfst du ihn?» bedrängte Osman sie. «Sag es mir, Malchatun. Warum?»

«Ich bin dabei, es dir zu erklären», erwiderte sie, «habe ein wenig Geduld mit deiner Frau. Alles sollst du wissen, auch dieses: Das letzte Wort, mit dem ich von Salmenikos schied, entsprach nicht der Wahrheit. Ich könnte ihm nicht vergeben, sagte ich, denn ich habe ihn zu sehr geliebt.»

«Und jetzt willst du mich glauben machen, daß du ihn belogst?»

«Ich belog ihn nicht. Damals. Denn wenn es mir auch seit langem so schien, daß ich mich geirrt habe – gewiß bin ich dessen erst heute.»

«Und warum sprachst du mit mir nie darüber?» mißtraute er ihr immer noch.

«Weil du mich nicht fragtest.»

«Wie hätte ich dich fragen sollen?» lehnte er sich gegen diese Zumutung auf. «Was gewesen war, konnte mich nicht mehr berühren. Nur wenn dieser Tod alles von neuem aufrühren sollte ...»

«Du bekennst also», unterbrach sie ihn, «daß du von meiner früheren Neigung zu Salmenikos genauso überzeugt warst wie ich. Wir irrten uns beide, und du kannst versichert sein, daß ich zwischen einem erloschenen Gefühl und einem, das nie bestand, einen Unterschied zu machen weiß. – Ich wollte, es wäre anders. Oh, mein Osman, ich wollte es», brach es aus ihr, «mir würde alles viel leichter werden.»

«Ich verstehe dich nicht», wunderte er sich.

«Gleich wirst du mich verstehen. Mit Salmenikos und mir trennten sich unsere Bekenntnisse und unsere Völker. Ich wußte es schon damals, und ich glaube, ich sagte es auch. Es waren nicht nur zwei Menschen, die voneinander schieden, und so frage ich auch dich: Was sind wir? Menschen mit eigenem Willen? Ist dieser Wille nicht zugleich der von vielen, die an uns glauben? Verbanden sich in uns nicht auch alle Menschen unseres Glaubens in diesem Lande, die Seßhaften und die Nomaden? Siehe, was mich von Salmenikos trennte, verbindet mich mit dir.»

«Malchatun!» rief Osman, und ohne ihre abwehrende Geste hätte er sie an sich gerissen.

«Erinnerst du dich noch der Waldwiese beim Dorfe Sindschirli?» fragte sie.

«Ich erinnere mich, ich erinnere mich, Malchatun!»

«Damals fühlte ich mich auf der Woge eines unaufhaltsam dahinfließenden Stromes von Völkern meiner Bestimmung entgegengetragen. Zu dir getragen! Und so wie damals habe ich unsere Ehe bis auf diese Stunde erlebt. – Eine Ehe kann vielerlei sein – mir war die unsere alles, etwas Unteilbares. Und da sie das nicht mehr sein kann, geht sie jetzt ihrem Ende entgegen.»

Jeden Gedanken an eine solche Möglichkeit hatte er bis jetzt stets von sich gewiesen. Nun aber hatte Malchatun selbst ihn ausgesprochen, und das verschlug ihm die Rede. Seine Antwort war eine Gebärde der Fassungslosigkeit und des Erschreckens.

«Du bist gütig, Osman, und du bist es, weil du von uns beiden immer der Stärkere warst», kam sie auch schon jedem gesprochenen Wort von ihm zuvor. «Oder willst du es leugnen, daß du seit jenem Ramadan, da du mich im Hause meines Vaters zum erstenmal erblicktest, niemals mehr schwanktest? Während ich in die Irre ging, sahst du in mir die dir bestimmte Frau und in unserer Verbindung, ob du dir dessen bewußt warst oder nicht, die Vereinigung zweier Völker.»

«Hör auf, dich herabzusetzen und mich zu erheben!»

«Ich setze mich nicht herab – ich spreche die Wahrheit», sagte sie. «Ich hatte dem Salmenikos gar nichts zu vergeben – er schuldete mir nichts. Nichts als Vernünftelei war mein Gefühl für ihn. Ich schmückte ihn mit dem, was längst dir gehörte ...»

«Malchatun! Und dennoch willst du ...»

«Zuverlässig weiß ich es erst heute, seit dieser Nacht. Ich konnte ihn vor mir liegen sehen und fühlte nichts. Ich lauschte in mich hinein, aber ich nahm nichts wahr als Abscheu über den geplanten Verrat an dir. Die ganze Zeit vorher schon habe ich mit mir gerungen und zu Allah gefleht, so zu sein wie Nilufer, die, als Christin aufgewachsen, sich dennoch ganz unbefangen dem Gesetz unseres Propheten beugt. Mir scheint, ich bin keine gute Moslemin ... meine Gebete waren umsonst.»

«Glaube nicht, Malchatun, ich bitte dich, daß ich dir untreu gewesen sei!»

«Ich weiß, daß du es nicht warst. Du hättest es mir nicht verbergen können. Es ist auch nicht die Rede von Treue und Untreue. Der Koran gibt dir ein Recht auf eine zweite Frau, auf eine dritte und vierte und auf die Mägde unter deiner Hand und deren Kinder.»

«Du bist die Mutter meiner Söhne!»

«In diesen Zeiten hat ein Fürst deren nie genug. Und du bist ein Fürst – seit heute bist du es. Du werdest vom Künftigen getragen, sagte Edebali einmal, und wenn dich die Woge nicht verschlinge, werde sie dich auf das Feste werfen, und dort werdest du stehen und bleiben. Jetzt mußt du die Erbfolge sichern. Wo sind deines Vaters Söhne? Außer dir und Ghundus sind sie alle dahin.»

«Mir genügen Orkhan und Alaeddin. – Malchatun! Stellst du mich im Ernst vor eine Wahl zwischen dir und Nilufer?»

«Edebali wird mich unfromm nennen, aufsässig dem Gesetz. Aber zu Lebzeiten meiner Mutter erkannte er nie eine andere. Predigen ist eben leichter als danach leben. Du aber hast ein Recht auf jüngere Frauen, als ich es bin, du hast ein Recht auf Nilufer. Ich liebe sie. Sie ist mir wert wie eine Tochter. Nur entlasse du mich in Frieden und verlange nicht von mir, wozu Allah mir nicht die Kraft gab.»

«Daß du jemals denken konntest, ich möchte Nilufer heiraten, ist meine Schuld. Aber in Wahrheit dachte ich niemals daran. Ich will dich, Malchatun, nur dich!»

«Du tust ihr unrecht und – auch dir. Du bist kein Handwerker, kein Krämer, bedenke es wohl. Als Haupt eines Landes bedarfst du eines ansehnlichen Harems. Auch Nilufers Zeit wird kommen. Doch sie wird eine neue Frau als Schwester umarmen und um ihretwillen dich nicht, wie ich, verlassen.»

«Haupt eines Landes!» lehnte Osman sich auf. «Und wenn ich ein Kaiser wäre. Auch für einen Kaiser wärest du Glanz genug. Du allein!»

«Nilufer fühlt sich dir versprochen, Osman!» bedrängte sie ihn noch einmal. «Und du sagtest selbst, du seiest nicht ohne Schuld.»

«O Malchatun», rief Osman, «daß auch du eine Frau bist! Nimmst du mich so beim Wort?»

«Vergiß nicht, was das Mädchen für uns getan hat. Ohne sie lägest vielleicht du erschlagen statt des Salmenikos.»

«Ganz gewiß wäre das der Fall, wenn du nicht gewesen wärst.»

«Das ist etwas anderes! Ich bin deine Frau ...», wollte sie einwenden.

«Das bist du und wirst du bleiben», bestätigte er. «Bedenke auch du, Malchatun! Du entzweist mich mit mir selbst und nimmst mir mein Bestes: dich.»

«Und Nilufer? Um uns verlor sie alles. Willst du sie verstoßen und ihren Besitz behalten? Das wäre Raub. Wenn du sie heiratest, fiele er dir zu – rechtmäßig und nach dem Gesetz.»

Noch immer kämpfte Malchatun. Doch Osman merkte wohl, daß es nur noch um ihren Rückzug ging. In diesem Kampf aber wollte er Sieger sein. Auch über Malchatun!

«Du sagtest, daß ich ab heute wirklich der Bey sei – nun höre auch, wie der Bey nach dem Recht, auf das du dich berufst, entscheidet: Kir David möge sich mit Kira Apollonia nach Brussa, oder wohin er sonst will, zurückziehen. Für ein Jahrgeld wirst du als die Begum sorgen. Aber Nilufer heirate ich nicht. Warum nicht, willst du wissen? Weil sie mir nicht zukommt. Denn hier gilt nur das Recht des Krieges, und nach ihm gehört sie Orkhan.»

«Dem Knaben?»

«Aus Knaben werden Männer, und aus einem Kinde wie Nilufer wird eine Frau. Was das Alter anlangt, haben sich beide nicht viel vorzuwerfen. Orkhan aber nahm sie ihrem Manne auf dessen Hochzeitsritt und machte sie zur Witwe. Er möge ihr Ersatz leisten. Nilufer wird nicht deine Schwester, sondern als Orkhans Frau deine Tochter sein, Malchatun. Und später einmal – sehr viel später! – wird sie deine Nachfolgerin werden.»

Bar aller Überlegenheit, aber auch aller gewaltsamen Spannungen war jetzt Malchatuns Gesicht, wie das einer Erlösten war es.

«Willst du dich dem Spruch deines Herrn widersetzen?» fragte Osman.

«Ich dachte, du wolltest sie», war ihre ganze Antwort.

«Mit Melkkübeln hat sie nach mir geworfen!» spielte er, um Malchatun in seine Heiterkeit hineinzureißen, den Entrüsteten. «Möge Orkhan sich mit ihr plagen. Er hat einen härteren Kopf als ich.»

«Und du meinst nicht doch, daß er zu jung sei?» sagte sie, um ihre Niederlage noch einmal zu genießen.

Und wirklich lachte Osman auch nur.

«Natürlich ist Orkhan ein Knabe, doch so groß ist der

Unterschied nicht. Manchmal will mir scheinen, du habest drei Söhne statt zweien. Nur daß die beiden andern soviel ernsthafter und verständiger sind! Findest du nicht?»

«Du bist mein Jüngster», sagte Malchatun. Ohne sich zu besinnen, sagte sie es.

Biledschik und die anderen Städte und Burgen waren im sechshundertneunundneunzigsten Jahre der Hedschra oder 1299 nach Christus in Osmans Hand gefallen.

Siebenundzwanzig Jahre später verschied Malchatun fast gleichzeitig mit ihrem Vater im Jahre 1326. Sie wurde von Osman in Biledschik begraben. Er selbst überlebte sie nur wenige Tage.

Schätze der Geschichte

Historische Romane entführen in längst vergangene Welten: vom alten Ägypten bis ins England zur Zeit der Rosenkriege, von den Machtintrigen im Reich Karls des Großen bis zum Großinquisitor Tomás de Torquemada.

Einmalige Sonderausgaben:

Catherine Clément
Die Senyora *Roman aus dem Europa des 16. Jahrhunderts*
(rororo 13856)

Dorothy Dunnett
Der Frühling des Widders *Die Machtentfaltung des Hauses Niccolo*
(rororo 13857)

Robert S. Elegant
Bianca *Venezianische Aufzeichnungen*
(rororo 13858)

Pauline Gedge
Pharao *Der eindrucksvolle Roman über den machtbesessenen Pharao Echnaton*
(rororo 13859)

Pauline Gedge
Der Sohn des Pharao *Ein Roman, der in die Pracht und geheimnisvolle Magie des alten Ägypten führt*
(rororo 13860)

Thomas R. P. Mielke
Karl der Große *Der Roman seines Lebens*
(rororo 13861)

Siegfried Obermeier
Torquemada *Der Großinquisitor – Symbol für Angst und Schrecken*
(rororo 13862)

Boris de Rachewitz / Valenti Gómez i Oliver
Das Auge des Pharao *Das Imperium des Pharao Nefekara Pepi zerbricht: ein Ägypten-Roman*
(rororo 13863)

Kate Sedley
Gefährliche Botschaft. der zerrissene Faden *Historische Kriminalromane*
(rororo 13864)

Johannes Tralow
Roxelane *Soliman II., Herrscher des Osmanischen Reiches, verliebt sich in eine Sklavin*
(rororo 13865)

rororo Unterhaltung

Werke von Johannes Tralow
in Echtleinen-Ausgaben:

Johannes Tralow: Der Eunuch

Mit 30 Ill. von Harry Jürgens (8. Aufl. 1994)
472 S., Ln., DM 29.80; ISBN 3-373-00346-6

Johannes Tralow: Irene von Trapezunt

Mit 39 Ill. von Harry Jürgens (8. Aufl. 1991)
704 S., Ln., DM 34.80; ISBN 3-373-00254-0

Johannes Tralow: Malchatun

Mit 29 Ill. von Harry Jürgens (10. Aufl. 1990)
448 S., Ln., DM 29.80; ISBN 3-373-00260-5

Johannes Tralow: Roxelane

Mit 30 Ill. von Harry Jürgens (9. Aufl. 1994)
496 S., Ln., DM 29.80; ISBN 3-373-00153-6

Johannes Tralow: Osmanische Tetralogie

(Gesamtausgabe der vier obigen Bände – durch Nachauflage von
zwei Teilbänden endlich wieder komplett lieferbar!)
4 Bde., 2120 S., Ln., Gesamt-Sonderpreis nur DM 118.–;
ISBN 3-373-00491-8

Johannes Tralow: Mohammed

496 S., Ln., DM 29.80; ISBN 3-373-00409-8
Die spannende, lebenssprühende Romanbiografie des
Glaubensgründers (3. Aufl. 1990)

Johannes Tralow: Neuhoff – König von Korsika

7. Aufl. 1995 (früher „König Neuhoff"), 432 S., Ln., DM 34.80;
ISBN 3-373-00043-2

VERLAG DER NATION
Berlin · Bayreuth · Zürich